M. R. HALL

Totenstätte

GOLDMANN
Lesen erleben

Buch

Vor sieben Jahren verschwanden Nazim Jamal und Rafi Hassan, zwei junge britische Studenten, spurlos. Wegen ihrer angeblichen Nähe zu einer islamistischen Gruppierung waren die beiden Freunde über längere Zeit von der Polizei observiert worden. Den fassungslosen Eltern wurde mitgeteilt, es sei anzunehmen, dass die Studenten ihren gefährlichen neuen Idealen gefolgt seien und sich in Afghanistan zu Terroristen ausbilden lassen wollten. Doch nach sieben Jahren ohne ein Lebenszeichen von ihrem Sohn hat Nazims Mutter Zweifel an dieser Hypothese. Jenny Cooper ist ihre letzte Hoffnung. Denn in ihrer Eigenschaft als »Coroner Ihrer Majestät« hat sie allein die Befugnis, ungeklärte Todesfälle neu untersuchen zu lassen. Doch Jenny hat noch immer mit den Dämonen ihrer Vergangenheit zu kämpfen. Dennoch entscheidet sie sich, Nazims Fall neu aufzurollen. Je stärker der politische Druck wird, desto mehr ist Jenny überzeugt, einem unglaublichen Verbrechen auf der Spur zu sein, einer Verschwörung, an deren Aufdeckung niemand gelegen ist. Doch Jenny ist bereit, bis zum Äußersten zu gehen …

Autor

M. R. Hall, ein ehemaliger Rechtsanwalt, ist Drehbuchautor und Fernsehproduzent. Seine Krimiserie um Jenny Cooper – Coroner Ihrer Majestät – wurde von der britischen Presse mit großer Begeisterung aufgenommen. Hall lebt mit seiner Frau und seinen zwei Söhnen in Monmouthshire, Wales.

M. R. Hall

Totenstätte

Roman

Aus dem Englischen
von Claudia Franz

GOLDMANN

Die Originalausgabe erschien 2010 unter dem Titel
»The Disappeared« bei Macmillan,
an imprint of Pan Macmillan Ltd., London.

FSC
www.fsc.org
MIX
Papier aus verantwortungsvollen Quellen
FSC® C014496

Verlagsgruppe Random House FSC-DEU-0100
Das FSC®-zertifizierte Papier *München Super* für dieses Buch
liefert Arctic Paper Mochenwangen GmbH.

1. Auflage
Deutsche Erstveröffentlichung August 2012

Umschlaggestaltung: UNO Werbeagentur, München
Umschlagfoto: © Fine Pic, München
Redaktion: Susanne Bartel
mb · Herstellung: Str
Satz: DTP Service Apel, Hannover
Druck und Bindung: GGP Media GmbH, Pößneck
Made in Germany
ISBN 978-3-442-46912-3

www.goldmann-verlag.de

Für Bob und Romayne
und viele großartige Jahre

Verhülle nicht den Spiegel, süße Amine,
Solang die Nacht nicht ihre Sterne verhüllt!
Ein zweifach Wunder siehst du dort:
Das Gesicht, das einzig schön wie deins,
Die einz'gen Augen weit und breit,
Die ohne Neid in deines schaun.

James Clarence Mangan

1

Während der sechs Monate, die Jenny Cooper nun als Coroner des Severn Vale District arbeitete, hatte sie nur wenige Leichen zu Gesicht bekommen, die länger als ein oder zwei Tage nicht identifiziert werden konnten. Eingewickelt in ihr Leichentuch aus weißem Plastik lag die Jane Doe, wie unidentifizierte weibliche Tote genannt wurden, mittlerweile seit über einer Woche in dem unteren Kühlfach in der Leichenhalle des Severn Vale District Hospital. Da man mit den Obduktionen stark im Rückstand war, hatte noch niemand JD0101 aufgeschnitten und untersucht.

Die Leiche war auf der englischen Seite der Severnmündung angespült worden, dort wo der Avon in den Severn floss. Die Strömung hatte sie mit sich getragen und auf einer Sandbank ein Stück flussabwärts von der Stelle, wo die Autobahn M5 den Fluss überquerte, liegen lassen. Sie trug keine Kleidung, war blond, einen Meter siebenundsiebzig groß, hatte keinerlei Körperbehaarung und war schon teilweise von den Möwen angefressen worden. Vom weichen Gewebe ihres Unterleibs und ihrer Brüste war nicht mehr viel übrig, und wie bei allen Leichen, die für eine gewisse Zeit den Elementen ausgesetzt waren, hatte sie anstelle der Augen nur noch leere Höhlen. Weil sie noch identifiziert werden musste, hatte Jenny darauf bestanden, dass man ihr Glasaugen einsetzte, deren unnatürliches Blau ihrem Gesicht nun etwas Dümmliches, Puppenhaftes verlieh.

Alison Trent, Jennys Assistentin, hatte für den späten Freitagnachmittag einen Termin angesetzt, damit einige Angehörige vermisster Mädchen einen Blick auf die Leiche werfen konnten. Kurz zuvor war sie dann zu einem Supermarkt gerufen worden, wo man in einem Kühltransporter zwischen einer Ladung Rinderhälften aus Frankreich die Leichen dreier junger Afrikaner entdeckt hatte. Um die Familien nicht auf die Folter zu spannen, beschloss Jenny unwillig, ihr Büro früher zu verlassen und den Termin in der Leichenhalle selbst zu übernehmen.

Es war die letzte Januarwoche. Eisiger Schneeregen fiel schräg aus dem stahlgrauen Himmel. Obwohl es noch nicht einmal vier war, hatte sich das Tageslicht bereits verflüchtigt. Als Jenny eintraf, wartete etwa ein Dutzend Personen im Eingangsbereich der Leichenhalle, die hinter dem Krankenhaus lag. Die alten Heizlüfter waren entweder nicht angeschaltet oder defekt, und wenn sich die Wartenden, die in Paaren gekommen waren, miteinander unterhielten, konnte man ihren Atem als winzige Wölkchen sehen. Die meisten waren Eltern mittleren Alters, sie verbargen Gefühle wie Schuld und Scham hinter einer Miene von unverhohlener Panik. In ihren düsteren, von Falten durchfurchten Gesichtern stand die Frage: *Wie konnte es nur so weit kommen?*

Da kein Pathologieassistent Zeit hatte, die Leichenschau zu begleiten, war Jenny gezwungen, sich wie eine Lehrerin an die Gruppe zu wenden und sie aufzufordern, nacheinander durch die Schwingtür zu treten und bis nach hinten zum Kühlraum durchzugehen. Sie bereitete sie darauf vor, dass sie die Tote vielleicht nicht ohne Weiteres identifizieren könnten, und nannte die Kontaktdaten eines Privatlabors, das DNA-Proben nehmen und die Befunde mit denen der Jane Doe vergleichen konnte. Die Kosten hielten sich zwar in Grenzen, ließen sich aber nicht aus ihrem bescheidenen

Budget bestreiten. Pflichtbewusst notierten sich die Leute E-Mail-Adresse und Telefonnummer des Labors. Nur einer der Anwesenden verzichtete darauf, wie Jenny bemerkte. Er trug sich auch nicht in die Liste derjenigen ein, die informiert werden wollten, wenn weitere nicht identifizierte Leichen auftauchten. Der große, schlanke Mann, der etwa Mitte fünfzig sein durfte, hielt sich von der Gruppe fern. Sein schmales, wettergegerbtes Gesicht war ausdruckslos, und nur die Art und Weise, wie er sich gelegentlich durch das mit grauen Strähnen durchzogene Haar strich, ließ eine gewisse Unruhe erahnen. Jenny bemerkte seine umwerfenden grünen Augen und hoffte, dass es nicht seine Tränen sein würden, die gleich auf den gekachelten Boden fielen.

Tränen gab es immer.

Das Gebäude war so konstruiert, dass schon vorhandene Traumata der Besucher noch verstärkt wurden. Wenn sie die zwanzig Meter durch den Flur gingen, kamen sie an einer langen Reihe von Bahren vorbei, auf denen in glänzend weißen Plastikhüllen die Leichen lagen. In der abgestandenen Luft hing der Gestank von Verwesung und Desinfektionsmitteln, dazu kam ein Hauch vom Qualm verbotener Zigaretten. Eins nach dem anderen schritten drei verschiedene Paare den Gang entlang und wappneten sich für den Moment, in dem sie auf den kahlen Kopf und die Schultern der Jane Doe mit ihrer mittlerweile papierenen, gelblichen Haut hinabschauen würden. Und eins nach dem anderen schüttelten die Paare den Kopf, erleichtert und zugleich hilflos und ängstlich, weil ihnen bewusst war, dass sie sich dieser Tortur nicht zum letzten Mal unterzogen hatten.

Das Auftreten des Mannes mit den grünen Augen war anders als das der restlichen Wartenden. Seine Schritte näherten sich forsch, und seine Art war eher schroff und geschäftsmäßig. Er schien damit seine Traurigkeit und Unsicherheit überspielen zu wollen. Jenny interpretierte dies als Ausdruck von Bedauern. Ohne mit der Wimper zu zucken, schaute er auf das Gesicht der Jane Doe hinab, musterte es eine Weile und schüttelte dann entschieden den Kopf. Neugierig fragte Jenny, nach wem er denn suche. Mit einem kultivierten amerikanischen Akzent erklärte er knapp, dass seine Stieftochter nach England gereist sei und sich seit etlichen Wochen nicht mehr gemeldet habe. Ihre letzte Mail habe sie aus einem Internetcafé in Bristol geschickt. Die Polizei habe ihm von der unidentifizierten Leiche erzählt. Bevor Jenny noch einen Vorwand finden konnte, das Gespräch fortzusetzen, wandte er sich von ihr ab und verschwand so schnell, wie er gekommen war.

Mr. und Mrs. Crosby trafen nach dem Pulk ein. Er war Ende fünfzig und trug einen Anzug, der auf eine höhere berufliche Stellung oder eine erfolgreiche Karriere als Geschäftsmann schließen ließ. Seine Frau war etliche Jahre jünger. Ihrem Gesicht sah man das Alter nicht an, und sie besaß die sanften Umgangsformen einer Person, die sich nicht mit harter Arbeit im Job aufreiben musste. Begleitet wurden die beiden von einem Mann Ende zwanzig, der ebenfalls Anzug und Krawatte trug. Mr. Crosby stellte ihn steif als Michael Stevens vor, den Freund seiner Tochter. Die Bezeichnung schien ihm Unbehagen zu bereiten – ein Vater, der noch nicht bereit war, das Gefühlsleben seiner erwachsenen Tochter zu akzeptieren. Jenny schenkte ihnen ein mitfühlendes Lächeln und beobachtete, wie sie die Leiche betrachteten, die Züge des leblos vor sich hin starrenden Gesichts musterten, sich einen Blick zuwarfen und dann die Köpfe schüttelten.

»Nein, das ist nicht Anna Rose«, sagte Mrs. Crosby leicht zögerlich. »Ihre Haare sind viel kürzer.«

Ihrem Ehemann schien die Begründung zu genügen. Der junge Mann hingegen warf noch einen schnellen Blick auf den Körper, weil er offenbar klug genug war, um zu wissen, dass sich Tote auf irreführende Weise von Lebenden unterscheiden konnten.

»Die Augen sind aus Glas«, sagte Jenny. »Die Farbe stimmt also möglicherweise nicht mit der originalen überein. Besondere Kennzeichen gibt es keine. Außerdem war ihr Körper vollständig depiliert.«

Mr. Crosby warf ihr einen fragenden Blick zu.

»Enthaart«, erklärte seine Frau.

Er brummte etwas vor sich hin.

»Das ist sie nicht«, sagte Michael Stevens schließlich. »Das ist sie ganz bestimmt nicht.«

»Falls Sie sich in irgendeiner Weise unsicher sein sollten, rate ich Ihnen zu dem DNA-Test«, sagte Jenny zu den Eltern.

»Wir haben Anna Rose adoptiert«, sagte Mrs. Crosby. »Aber ich denke, dass wir für den Abgleich irgendetwas von ihr finden können. Eine Bürste würde helfen, oder?«

»Eine Haarprobe wäre perfekt.«

Mr. Crosby bedankte sich knapp und legte die Hand um die Taille seiner Frau, aber als er sie wegführen wollte, drehte sie sich zu Jenny um.

»Anna Rose ist schon seit zehn Tagen vermisst. Sie studiert Physik und arbeitet zusammen mit Mike in Maybury. Es gab keinerlei Probleme. Sie schien vollkommen glücklich zu sein.« Mrs. Crosby schwieg einen Moment lang, um sich zu fassen. »Kommt so etwas häufig vor?«

Mr. Crosby war von der Naivität seiner Frau peinlich berührt und schaute zu Boden. Mike Stevens sah unsicher zwischen den Eltern seiner vermissten Freundin hin und her. Seine Augen verrieten seine Unruhe. Er war der Situation nicht gewachsen.

»Nein. Nicht oft«, sagte Jenny. »Meiner Erfahrung nach kündigt sich Selbstmord – falls Sie darauf hinauswollen –

unweigerlich durch Depressionen an. Ich denke, wenn man einer Person nahesteht, würde man das merken.«

»Danke«, sagte Mrs. Crosby. »Danke.«

Ihr Ehemann schob sie fort.

Mike Stevens warf Jenny einen kurzen Blick zu, als hätte auch er noch eine Frage. Mochte es nun an seiner Schüchternheit oder an den familiären Gepflogenheiten liegen, er behielt sie schließlich für sich und folgte den Crosbys hinaus.

Als sie verschwunden waren, erinnerte sich Jenny vage an einen Radiobeitrag über eine junge Frau, die nicht mehr in ihre Wohnung in Bristol zurückgekehrt war. Sie hatte eine Ausbildung in Maybury gemacht, in dem abgeschalteten Atomkraftwerk, das drei Meilen östlich der Severn Bridge lag. Maybury und die anderen drei stillgelegten Atomkraftwerke an der Severnmündung waren in letzter Zeit häufig in die Diskussion geraten. Eine neue Generation von Wissenschaftlern sollte die fünfzig Jahre alten Reaktoren abbauen und neue errichten, die Regierung hatte bereits grünes Licht gegeben. Als sie die erhitzte Debatte verfolgte, hatte sich in Jenny ein pubertärer Idealismus gerührt, und sie hatte daran denken müssen, wie sie früher mit Kommilitonen zu Friedenscamps vor amerikanischen Luftstützpunkten gefahren war. Ihr kam es merkwürdig vor, dass nur eine Generation später eine junge Frau in dem Industriezweig arbeiten wollte, der für sie selbst der Inbegriff von Korruption und Gefahr gewesen war.

Jenny streifte einen Latexhandschuh über, zog die Plastikhülle über das Gesicht der Jane Doe und schob die schwere Schublade wieder zu. Nachdem die Leichenhalle fünf Monate lang nur mit unzuverlässigen Aushilfen besetzt gewesen war, würde am Montag endlich ein neuer Gerichtsmediziner eintreffen und eine volle Stelle antreten. Als Coroner freute sich Jenny schon, dass sie bald wieder pünktlich mit Obduktionsberichten versorgt werden würde und ihre Nachmittage nicht mehr mit Dingen vergeuden musste, für die eigentlich andere zuständig waren. In ihrem Büro, dem die miserable finanzielle Situation anzumerken war, war es nicht leicht, eine gewisse professionelle Würde zu wahren, und obwohl Jenny mittlerweile ein paar hundert Leichen in jedem erdenklichen Stadium der Verstümmelung und Verwesung zu Gesicht bekommen hatte, versetzte die räumliche Nähe zu ihnen sie immer noch in Panik.

Sie entsorgte den benutzten Handschuh und eilte in die eisige Luft hinaus, so schnell ihre schmalen Absätze es zuließen. Sie hatte einen Termin einzuhalten.

Der Tod und ihre angespannte Beziehung zu ihm verschlang die meiste Zeit der Sitzungen, zu denen sie alle vierzehn Tage bei Dr. Allen in seinem Sprechzimmer im Chepstow Hospital erschien. Die Fortschritte waren langsam und die Erkenntnisse gering, aber mit den Antidepressiva und Betablockern kam Jenny gut zurecht, und auch das Verbot von Alkohol und Beruhigungsmitteln hielt sie im Großen und Ganzen ein. Obwohl sie alles andere als geheilt war, hatte sie dank der Chemie ihre Angststörung in den letzten fünf Monaten mehr oder weniger in den Griff bekommen.

Förmlich wie immer griff der jungenhafte Dr. Allen zu dem dicken schwarzen Notizbuch, das er ausschließlich für ihre Sitzungen benutzte. Er blätterte zum letzten Eintrag und las ihn aufmerksam durch. Jenny wartete geduldig. Sie hatte sich ein paar höfliche Antworten auf die Fragen nach ihrem Sohn Ross zurechtgelegt, mit denen Dr. Allen die Sitzungen für gewöhnlich eröffnete. Nach einer Weile spürte sie, dass irgendetwas anders war als sonst. Dr. Allen schien in Gedanken versunken.

»Träume ...«, sagte er. »Ich neige nicht dazu, ihnen allzu viel Bedeutung beizumessen. Normalerweise spiegelt sich nur der aufbereitete Müll des Tages darin wider. Allerdings muss ich zugeben, dass ich ein paar Dinge darüber gelesen habe.« Sein Blick blieb fest auf das Notizbuch gerichtet.

»Aha?«

»Ja. Am College habe ich mich ein wenig mit der Psychoanalyse von C.G. Jung beschäftigt, aber niemand bestärkte mich darin. Mein Professor sagte, es sei eine Sackgasse. Noch nie sei ein Patient gesund geworden, weil man die Bedeutung seiner Träume verstanden habe.«

»Heißt das, ich habe Sie zur Verzweiflung getrieben?«

»Überhaupt nicht.« Er blätterte erneut in seinen Notizen und suchte einen früheren Eintrag. »Mir ist nur wieder eingefallen, dass Sie in der Zeit, als Sie die aktuellen Medikamente noch nicht genommen haben, ziemlich lebhaft geträumt haben ... Genau, hier ist es.« Er hatte das Gesuchte gefunden. »Ein unheimlicher Spalt in der Wand Ihres Kinderzimmers, hinter dem sich ein finsterer, verbotener Raum auftut. Etwas Schreckliches lauert dort, das Sie weder sehen noch sich vollständig vorstellen können ... Unaussprechliche Panik befällt Sie, wenn Sie es beschreiben sollen.«

Jenny spürte, wie sich ihre Herzgefäße weiteten. Ihr Gesicht wurde heiß. Sie versuchte, ihre Stimme unter Kontrolle zu halten. *Ruhig bleiben, ruhig sprechen*, sagte sie sich ein ums andere Mal.

»Das stimmt. Diese Träume hatte ich.«

»Wie alt waren Sie, als sie zum ersten Mal auftraten?« Er wandte sich der leeren Seite des Notizbuches zu und war jetzt bereit und aufmerksam.

»Anfang dreißig, glaube ich.«

»Das war eine anstrengende Zeit. Sie mussten Arbeit und Muttersein unter einen Hut bringen, nicht wahr?«

»Ja.«

»Und wie alt sind Sie in Ihren Träumen?«

»Ich bin ein Kind.«

»Sind Sie sich sicher?«

»Ich *sehe* mich nie selbst. Vermutlich gehe ich einfach davon aus.«

»Und als Kind fühlen Sie sich hilflos? Sie geraten in Panik wegen einer Bedrohung, die sich Ihrer Kontrolle entzieht?«

Sie nickte. »Ich ahne schon, was Sie als Nächstes sagen werden.«

»Nämlich?«

»Dass der Traum nichts mit meiner Kindheit zu tun hat. Dass er nur meine Angst und mein Gefühl der Ohnmacht widerspiegelt.«

»Das ist eine Interpretation.« Er machte ein langes Gesicht, weil sie seine Theorie so mühelos vorweggenommen hatte.

»Stimmt. Trotzdem bleibt die Tatsache, dass ich an die Zeit, als ich vier und fünf war, keine Erinnerungen habe. Und erzählen Sie mir bitte nicht, dass ich mir die Gedächtnislücke nur einbilde.« Sie starrte ihn auf eine Weise an, die ihm zu denken gab.

»Einer bestimmten Schule zufolge lässt so etwas auf einen unterbewussten Verteidigungsmechanismus schließen«, sagte Dr. Allen dann. »Dieser erzeugt einen Puffer, wenn Sie so wollen, und in die Leerstelle projiziert das Bewusstsein dann einen glaubwürdigen Grund für sein Leid. Ein intelligenter, rationaler Verstand wie der Ihre – so die Theorie – würde eine Geschichte konstruieren, die vor allem den Ansprüchen einer logischen Erklärung gerecht wird. Während der Schmerz also anhält, muss sich der Verstand mit der Vorstellung abfinden, dass die allem zugrunde liegende Ursache unentdeckt bleibt.«

»Das bleibt sie ja auch«, unterbrach sie ihn.

»Was ist aber, wenn wir nach der falschen Ursache suchen? Vielleicht ist sie ja ganz einfach – bloßer Stress zum Beispiel?«

Jenny dachte über die Möglichkeit nach, obwohl ihr durchaus bewusst war, dass Dr. Allen sie vielleicht nur in die Irre führte. Wollte er sie mit einem neuartigen Gedanken ablenken, bevor er die entscheidende Frage stellen würde, wenn sie gerade nicht auf der Hut war? Sie wartete darauf, dass er weitersprach, aber es kam nichts.

»Was meinen Sie dazu?«, fragte er dann. Seine Augen glänzten angesichts der genialen Einfachheit seiner Diagnose.

»Gleich werden Sie mir vorschlagen, dass ich Urlaub machen oder den Job wechseln soll.«

Seine Stimme bekam eine strenge Note. »Um ehrlich zu sein, haben Sie sich hartnäckig geweigert, eine dieser altbewährten Methoden auch nur in Betracht zu ziehen.«

Jenny strich ihren Rock glatt, um ihre Niedergeschlagenheit zu verbergen. »Ist das die höfliche Art und Weise, mir mitzuteilen, dass wir alles ausgeschöpft haben, was man sinnvollerweise für mich tun kann?«

»Ich möchte nur das Naheliegende ausschließen.«

»Und dann?«

»Wenigstens ein etwas längerer Urlaub ...«

»Ich werde Ihnen sagen, was im Urlaub mit mir geschieht. Alles kehrt zurück – die Angst, die unerwünschten Gedanken, die irrationalen Befürchtungen, die Träume ...« Sie machte eine Pause. Die Zunge fühlte sich schwer an in ihrem Mund, jüngster Zuwachs auf der stetig wachsenden Liste von Nebenwirkungen.

»Was ist los, Jenny?«

Sie sah die Tränen schon in ihrem Schoß landen, noch bevor sie in ihren Augen aufstiegen.

»Warum weinen Sie?«

Es gab keinen unmittelbaren Grund dafür, nur ein vages, vertrautes Angstgefühl, das sich ihrer bemächtigte, so als würden sich riesige Hände um ihren Verstand legen und ihn ersticken. »Ich weiß nicht …«

»Das letzte Wort, das Sie gesagt haben, war *Träume*.«

Noch mehr Tränen. Die unbestimmte Angst wurde schlimmer. Ein Schauder lief ihr über den Rücken, und ihre Hand zitterte, als sie sie nach der stets griffbereiten Schachtel mit den Papiertaschentüchern ausstreckte.

»Erzählen Sie mir von Ihren Träumen.«

Sie schüttelte den Kopf. Die Medikamente hatten die Träume verschwinden lassen – oder Jenny vor ihnen geschützt. Dann aber blitzte etwas in ihrer Erinnerung auf, ein einzelnes Bild, das sich mit ihrer Angst verband und ein weiteres Zittern auslöste. Wie ein Elektroschock durchzuckte es ihren Körper.

»Sie hatten einen Traum?«

»Ich hatte einen … denselben …« Ihre Worte quälten sich zwischen erstickten Schluchzern hervor.

»Wann?«

»Vor vielen Jahren … Ich war neunzehn … zwanzig …«

»Erzählen Sie mir davon.«

»Da ist ein Garten.« Das Bild stand ihr klar vor Augen. »Und viele Kinder. Kleine Mädchen mit Röcken und Zöpfchen … Sie gehen in Dreiergruppen hintereinander her, halten sich an den Händen und hüpfen. Die Stimmung ist fröhlich. Dann …« Sie presste das durchgeweichte Taschentuch an ihre Augen. »Dann bleiben sie stehen. Immer zwei Mädchen aus den Dreiergruppen halten ein Seil in der Hand. Das dritte springt … Und wenn das Seil über seinen Kopf schwingt, verschwindet es.«

»Wer verschwindet?«

»Die Mädchen in der Mitte.«

Dr. Allen schrieb etwas in sein Notizbuch. »Wohin verschwinden sie?«

»Wohin? Ich habe ... Ich weiß nicht ... Da ist nur ein *Nichts.*«

»Und die Mädchen, die zurückbleiben?«

»Die scheinen nichts zu bemerken.«

»Das ist alles?«

»Ja.« Jenny atmete tief ein. Die Welle der Angst ebbte langsam ab und ließ sie benommen zurück – wie gestrandet. Sie schaute aus dem Fenster und sah, wie der Regen im gelblichen Licht auf die öde Grünanlage fiel.

»Wie alt waren Sie noch mal, als Sie diesen Traum hatten?«

»Ich habe studiert ... Er kam immer wieder. Ich kann mich erinnern, dass er mich tagelang belastet hat, obwohl es doch eigentlich eine sorglose Zeit hätte sein sollen.«

»Was bedeutet er Ihrer Meinung nach?«

Sie schüttelte den Kopf. Sie wollte an dem Glauben festhalten, keine Ahnung zu haben, aber die Worte bildeten sich wie von selbst und sprudelten fast gegen ihren Willen aus ihr heraus. »Für alles, das existiert, gibt es ein Nichts. Jeder Gegenstand verweist auf seine Abwesenheit ... Es ist nicht der Tod, vor dem ich Angst habe. Es ist die *Leere.*«

»Die Angst zu verschwinden?«

»Nein.« Sie hatte große Mühe, ihren Gemütszustand in Worte zu fassen. »Eher die Angst, dort zu sein, wo nichts ist ... Und nicht dort, wo alles ist.«

Dr. Allen machte sichtbare Anstrengungen zu verstehen. »So als wäre man am falschen Ende eines Fernrohrs gefangen? Jenseits von Zeit und Raum und allen Zusammenhängen?«

»So ähnlich.«

Stille trat ein, als Dr. Allen seine Notizen überflog. Dann rieb er sich die Augen. Offensichtlich kämpfte er mit einem beunruhigenden Gedanken, den er trotz allem aber aussprechen musste. Er sah auf und musterte sie eine Weile, bevor er zu reden begann. »Sind Sie gläubig, Mrs. Cooper?« Dass er sie mit ihrem Nachnamen ansprach, verriet sein Unbehagen.

»Warum fragen Sie?«

»Die Dreifaltigkeit ist ein wichtiges christliches Symbol. Vater, Sohn und Heiliger Geist …«

»Viele Dinge treten in Dreiergruppen auf: Vater, Mutter, Kind. Gut, schlecht, neutral. Himmel, Erde, Hölle.«

»Ein gutes Beispiel. Sie sind im Glauben erzogen worden, wie ich mich erinnere. Die Begriffe sind Ihnen geläufig.«

»Wir waren Anglikaner, irgendetwas in der Richtung. Ich ging zur Sonntagsschule.«

Dr. Allen wirkte nachdenklich. »Wissen Sie, vermutlich haben Sie recht. Irgendetwas fehlt – das Mädchen, der Raum hinter dem Zimmer. Ob es sich dabei nun um etwas Psychisches, Physisches oder Spirituelles handelt, kann ich noch nicht sagen, aber oft ist es so, dass wir uns am meisten vor dem fürchten, was wir brauchen. Die eindrucksvollsten Geschichten handeln von seltsamen Rettern – Dämonen, die zu Vorbildern werden. Der heilige Paulus zum Beispiel oder …«

»Darth Vader?«

Er lächelte. »Warum nicht?«

»Das hört sich nach der guten alten Diagnose von Verdrängung an. Glauben Sie mir, ich habe versucht, alles rauszulassen. Es war keine erfreuliche Erfahrung.«

»Würden Sie mir einen Gefallen tun?« Dr. Allen war plötzlich ernst. »Mir wäre sehr daran gelegen, noch etwas zu versuchen, um vielleicht einen entscheidenden Schritt vorwärtszukommen.«

»Schießen Sie los.«

»Könnten Sie in den nächsten vierzehn Tagen ein Tagebuch führen? Schreiben Sie Ihre Gefühle auf, Ihre Impulse, auch Widersprüchliches, egal wie abstrus oder irrational es Ihnen vorkommen mag.«

»Um was zu finden?«

»Das werden wir erst wissen, wenn wir es sehen.«

»Sie können ruhig ehrlich sein. Ist das jetzt der letzte Versuch?«

Er schüttelte den Kopf und lächelte freundlich. »Ich wäre nicht hier, wenn ich nicht der Überzeugung wäre, dass ich Ihnen helfen kann.«

Jenny tat so, als würde seine Antwort sie trösten, aber sie konnte sich nicht gegen das Gefühl wehren, dass die Therapie eine Sackgasse war. Noch hatte sie ein Fünkchen Hoffnung, dass sie irgendwann in den blauen Himmel aufschauen und dabei nichts als ungetrübtes Glück verspüren würde. Wie es dazu kommen sollte, war ihr zwar nicht klar, aber in der Zwischenzeit waren die Diskussionen mit Dr. Allen sicher hilfreich. Immerhin rüttelte er sie gelegentlich auf und brachte sie dazu, in dunkle Ecken zu schauen, die sie sonst mied.

Als sie durch die sternenlose Nacht fuhr, ging ihr eine seiner Formulierungen im Kopf herum: *seltsame Retter*. Das war eine neue Idee. Sie gefiel ihr.

2

Jenny hatte sich daran gewöhnt, mit dem Lärm eines Sechzehnjährigen zu leben, und in gewisser Weise vermisste sie die Geräusche sogar, wenn Ross das Wochenende bei seinem Vater in Bristol verbrachte. Sie hätte Steve anrufen können, den unverbesserlichen Freigeist, den sie ihren »Gelegenheitsfreund« nannte, der sich aber seit fast vierzehn Tagen nicht mehr bei ihr gemeldet hatte. Dabei war er von den Kollegen des Architekturbüros, in dem er im Rahmen seines letzten Studienjahrs ein Praktikum absolvierte, dazu gezwungen worden, sich ein Telefon zuzulegen. Jenny hatte ihn dazu ermutigt, sein selbstauferlegtes Exil auf einem Bauernhof hinter dem Dorf Tintern zu verlassen, wo er zehn Jahre lang versucht hatte, seine Aussteigerfantasien auszuleben. Nun, da er zur Arbeit nach Bristol fuhr und seine Nächte am Zeichentisch verbrachte, sahen sie sich nur noch selten.

Sie gestand es sich ungern ein, wenn sie sich einsam fühlte – der Ausbruch aus einer erstickenden Ehe und das Leben auf dem Land hatten eine Befreiung sein sollen –, aber als sie am frühen Montagmorgen die kurvige Straße durch die dichten, kahlen Wälder des Wye Valley entlangfuhr, war sie froh, bald von ihrer eigenen Gesellschaft erlöst zu werden. Eine ganz gewöhnliche Woche wartete auf sie: Todesfälle in Krankenhäusern und Straßenverkehr, Industrieunfälle, Selbstmorde. Sie zog einen gewissen Trost daraus, den schrecklichen Erlebnissen anderer Menschen mit professioneller Distanz zu begegnen. Die Arbeit als Coroner hatte ihr die Illusion von Kontrolle und Unsterblichkeit verliehen. Während Jenny Cooper, die zweiundvierzigjährige Frau, um ihren gesunden Verstand und ihre Nüchternheit fürchten musste, hatte Jenny Cooper, Coroner Ihrer Majestät, Gefallen an ihrem Beruf gefunden.

Mit einem Kaffee in der einen Hand und der Aktentasche in der anderen stieß Jenny die Tür zum Empfang mit der Schulter auf. Ihr Büro bestand aus zwei Räumen, befand sich im Erdgeschoss einer Häuserreihe aus dem 18. Jahrhundert und lag in einer Seitenstraße, die von der Whiteladies Road abging. Während ihr Arbeitsbereich renoviert worden war, präsentierten sich die öffentlich zugänglichen Teile des Gebäudes unverändert schäbig, und unter dem fadenscheinigen Teppich knarrten die Dielen. Die Weigerung des Vermieters, den Wänden auch nur einen neuen Anstrich zu verpassen, ärgerte sie jedes Mal, wenn sie die Haustür öffnete. Ihre Assistentin Alison war mit dem Kompromiss hingegen zufrieden. Sie hatte ihr halbes Leben bei der Polizei gearbeitet und fühlte sich in bodenständigen Umgebungen wohl. Wurde zu viel Wert auf Äußerlichkeiten gelegt, erregte das nur ihr Misstrauen. Auf dem nierenförmigen Designertisch, an dem sie jetzt saß und die Papiere sichtete, die über das neue Computersystem eingetroffen waren, standen verschiedene Topfpflanzen. Der hochmoderne Bildschirm war mit erbaulichen Spruchkarten aus dem christlichen Buchladen dekoriert: *Leuchte wie ein Licht in dieser Welt* wurde von kindlichen Engeln eingerahmt.

»Hallo, Alison.«

»Guten Morgen, Mrs. Cooper. Fünfzehn Todesmeldungen übers Wochenende, tut mir leid.« Sie schob einen Stapel Papiere über den Schreibtisch. »Außerdem kommt in fünf

Minuten eine Dame, die mit Ihnen sprechen möchte. Ich habe ihr gesagt, dass sie einen Termin machen soll, aber …«

»Wer?«, unterbrach Jenny und ging im Geiste die Liste der hartnäckigen Verrückten durch, die sie in letzter Zeit hatte abwimmeln müssen.

Alison sah auf ihren Notizblock. »Mrs. Amira Jamal.«

»Nie gehört.« Jenny griff nach einer Mappe, die in ihrem Posteingangskorb lag, und blätterte in ihrem Inhalt. Es waren Polizeifotos von den gefrorenen Leichen im Kühltransporter. »Was will Mrs. Jamal?«

»Das konnte ich nicht verstehen. Sie hat ohne Punkt und Komma geredet.«

»Großartig.« Jenny nahm die Berichte und bemerkte plötzlich, dass Alison über ihrem grob gestrickten Rollkragenpullover ein goldenes Kreuz trug. Mit ihren knapp fünfundfünfzig Jahren war ihre Assistentin gar nicht mal unattraktiv – sie war gut gebaut und färbte ihren dichten Bubikopf in einem natürlichen Blond –, aber seit sie sich den Evangelikalen zugewandt hatte, war sie irgendwie gesetzter geworden.

»Ein Taufgeschenk«, sagte Alison fast trotzig und wandte sich wieder ihren E-Mails zu.

»Aha.« Jenny wusste nicht, was sie sagen sollte. »War die Taufe erst kürzlich?«

»Gestern.«

»Oh. Herzlichen Glückwunsch.«

»Sie haben doch kein Problem damit, wenn ich es bei der Arbeit trage, oder?«, fragte Alison.

»Machen Sie nur.« Jenny lächelte gleichgültig, trat durch die schwere Eichentür in ihr Büro und fragte sich, ob sie in Alisons Alter auch so sein würde. Kirchliches Engagement und späte Bekehrung zum Lesbentum schienen die häufigsten Symptome zu sein. Schwer zu sagen, wofür sie selbst sich entscheiden würde, würde sie jemand vor die Wahl stellen. Vielleicht würde sie beides ausprobieren.

Amira Jamal war eine kleine, rundliche Frau, keine eins sechzig groß und älter als fünfzig. Sie trug ein schickes schwarzes Kostüm und hatte sich kunstvoll einen Seidenschal um den Kopf geschlungen. Als sie sich setzte, nahm sie ihn ab und drapierte ihn sich um die Schulter. Aus einem kleinen Trolley zog sie eine Archivbox, die etliche Dokumente, Papiere und Zeitungsartikel enthielt. Die Frau wirkte gebildet, aber auch emotional und erschöpft. In kurzen, aufgeregten Sätzen erzählte sie von ihrem vermissten Sohn, als nähme sie an, dass Jenny mit dem Fall längst vertraut war.

»Sieben Jahre hat es gedauert«, sagte Mrs. Jamal. »*Sieben Jahre*. Letzte Woche bin ich zum High Court nach London gefahren, zum Familiengericht. Es war ein langer Kampf, überhaupt so weit zu kommen. Ich habe meinen Anwalt feuern müssen, den vierten schon. Keiner von diesen Idioten wollte mir glauben, aber ich wusste, dass der Richter mir zuhören würde. Die Leute können sagen, was sie wollen, ich habe immer an das britische Rechtssystem geglaubt. Schauen Sie sich das hier an …« Sie griff nach der Schachtel.

»Einen Moment bitte, Mrs. Jamal«, sagte Jenny verwirrt, blieb aber geduldig. »Ich fürchte, wir müssen von vorne anfangen.«

»Was müssen wir?« Mrs. Jamal sah Jenny aus tiefbraunen, verständnislosen Augen an. Die Wimpern waren schwer von Mascara und die Augen stark mit Lidstrich betont.

»Ich höre zum ersten Mal von Ihrem Fall. Wir müssen Schritt für Schritt vorgehen.«

»Aber der Richter hat doch gesagt, dass ich mich an Sie wenden soll«, erklärte Mrs. Jamal mit einem panischen Unterton in der Stimme.

»Richtig. Aber als Coroner bin ich eine unabhängige Instanz. Wenn ich mir einen Fall anschaue, beginne ich ganz am Anfang. Sie müssten mir also bitte erzählen, was passiert ist.«

Mrs. Jamal blätterte in ihren unsortierten Papieren herum und schob ihr schließlich eine gerichtliche Verfügung hin. »Hier.«

Jenny sah, dass sie aus der letzten Woche datierte, von Freitag, dem 22. Januar. Mrs. Justice Haines vom Familiengericht am Höchsten Gerichtshof erklärte, dass Nazim Jamal, geboren am 5. Mai 1982, vermisst gemeldet am 1. Juli 2002, woran sich seit sieben Jahren nichts geändert hatte, für tot gehalten wurde.

»Nazim Jamal ist Ihr Sohn?«

»Mein einziger Sohn. Mein einziges Kind ... Alles, was ich hatte.« Sie rang ihre Hände und schaukelte vor und zurück, was, so vermutete Jenny, bei den Anwälten mehr Verärgerung als Sympathie ausgelöst haben dürfte. Allerdings hatte sie in den fünfzehn Jahren, die sie als Familienanwältin einer viel beschäftigten Stadtbehörde gearbeitet hatte, genug verzweifelte Mütter erlebt, um Theater und Wirklichkeit unterscheiden zu können. Was sie in den Augen von Mrs. Jamal sah, das war echte Qual. Trotz ihrer intuition Vorbehalte beschloss Jenny, sich die Geschichte anzuhören.

»Vielleicht können Sie mir erzählen, was passiert ist, ganz von vorn.«

Mrs. Jamal starrte sie an, als hätte sie für einen Moment vergessen, weshalb sie überhaupt hier war.

»Dürfen wir Ihnen einen Tee anbieten?«, fragte Jenny.

Mit einer Tasse von Alisons starkem Tee bewaffnet begann Mrs. Jamal mit der Geschichte, die sie skeptischen Polizisten und Rechtsanwälten schon unzählige Male erzählt hatte. Zunächst wirkte sie misstrauisch, aber als sie merkte, dass Jenny aufmerksam zuhörte und sich detaillierte Notizen machte, entspannte sie sich allmählich und sprach flüssiger. Sie unterbrach sich nur, um Tränen wegzuwischen und sich für ihre Gefühlsausbrüche zu entschuldigen. Sie war eine extrem nervöse, aber stolze Frau, dachte Jenny. Hätte sie in ihrem Leben die entsprechenden Chancen gehabt, würde sie jetzt vielleicht auf der anderen Seite des Schreibtischs sitzen.

Je mehr Jenny zu hören bekam, desto stärker wühlte sie die Geschichte auf.

Amira Jamal und ihr Ehemann Zachariah waren beide in den Sechzigerjahren als Kinder nach England gekommen. Die Ehe war von ihren Familien arrangiert worden, als sie beide Anfang zwanzig gewesen waren, doch glücklicherweise hatten sie sich ineinander verliebt. Zachariah wurde Zahnarzt, und Anfang der Achtziger zogen sie nach Bristol, damit er in die Praxis seines Onkels einsteigen konnte. Sie waren schon drei Jahre verheiratet, als Amira endlich schwanger wurde. Eine große Erleichterung, denn sie hatte schon befürchtet, die erzkonservative Familie ihres Ehemanns könnte wegen der bisherigen Kinderlosigkeit Druck auf ihn ausüben, sich von ihr scheiden zu lassen oder eine weitere Frau zu heiraten. Als sie einen gesunden Jungen zur Welt brachte, war die Freude groß.

Die hingebungsvollen Eltern schenkten Nazim all ihre Liebe und Aufmerksamkeit, und so absolvierte er die Grundschule mit wehenden Fahnen und bekam ein Stipendium für das renommierte Clifton College. Während ihr Sohn vollkommen in der britischen Kultur aufging, gewöhnten sich auch Amira und Zachariah als Eltern eines Privatschulschülers an ihr neues soziales Milieu. Nazim eilte von Erfolg zu Erfolg, erzielte Bestnoten und spielte Tennis und Badminton in den Schulmannschaften.

Zum ersten Mal wurde die Familie erschüttert, als Nazim siebzehn war und sein letztes Schuljahr begann. Nachdem sie so viel Zeit mit anderen Müttern verbracht hatte, sehnte sich Amira mittlerweile nach Dingen, die ihr in ihrem häuslichen Gefängnis verwehrt blieben. Gegen Zachariahs Willen bestand sie darauf, arbeiten zu gehen. Die einzige Stelle, die sie finden konnte, war die als Verkäuferin in einer respektablen Modeboutique. Doch für ihren Ehemann war das nicht akzeptabel, und so stellte er sie vor die Wahl – er oder die Arbeit. Sie hielt alles für einen Bluff und entschied sich für den Job. Noch am selben Abend warteten daheim ihre zwei Schwäger auf sie und teilten ihr mit, dass ihr Mann sich scheiden lasse. Sie habe sofort auszuziehen.

Nazim gab dem Druck der Familie nach und lebte weiter bei seinem Vater, der kurz darauf eine jüngere Frau heiratete und mit ihr drei weitere Kinder zeugte. Amira wurde in eine Mietwohnung abgeschoben. Nazim besuchte sie regelmäßig an mehreren Abenden in der Woche und lehnte einen Studienplatz am Imperial College in London ab, um sie nicht alleine zu lassen. Stattdessen studierte er Physik an der Universität von Bristol.

Im Herbst 2001, als die Welt aus den Angeln gehoben und das Wort *Muslim* zum Synonym für Grausamkeit geworden war, begann er sein Studium. Da er sich nicht für Politik interessierte, redete Nazim kaum über die Ereignisse in Amerika. Er freute sich nur, auf die Uni gehen zu können, und beschloss in einer ersten Rebellion gegen seinen Vater, auf dem Campus zu wohnen.

»In jenem Jahr habe ich ihn nur selten gesehen«, sagte Mrs. Jamal. Sie klang gleichzeitig traurig und stolz. »Er hatte so viel mit seinem Studium zu tun und auch mit dem Tennistraining, weil er unbedingt in die Universitätsmannschaft wollte. Wenn er mich dann besuchte, überraschte es mich immer, wie gut er aussah, so glücklich. Er war kein Junge mehr, sondern ein richtiger Mann.« Ihre Stimme wurde wieder brüchig, und sie schwieg einen Moment. »Im zweiten Trimester, nach den Weihnachtsferien, entfernte er sich zunehmend von mir. Ich habe ihn nur drei, vier Mal gesehen. Natürlich fiel mir auf, dass er plötzlich einen Bart hatte und manchmal auch eine Gebetskappe trug, die *taqiya*. Ich war schockiert. Selbst mein Ehemann trug westliche Kleidung. Einmal kam Nazim vollständig traditionell gekleidet zu mir. Er trug ein weißes Gewand und einen *sirwal*, so wie die Araber. Als ich ihn nach dem Grund dafür fragte, sagte er, dass sich viele seiner muslimischen Freunde so kleideten.«

»Er war religiös geworden?«

»Unsere Familie war immer religiös, aber gemäßigt, friedvoll. Mein Exmann und ich sind Anhänger von Sheikh Abd al-Latif. Religion ist eine Sache zwischen uns und Gott. Politik bleibt außen vor. Auch Nazim war so erzogen worden. Er sollte seine Mitmenschen achten, egal um wen es sich dabei handelt.« Auf ihrem Gesicht machte sich Unverständnis breit. »Später hieß es dann, er sei in die Al-Rahma-Moschee gegangen, auch zu den Treffen ...«

»Was für Treffen?«

»Mit den Radikalen von der Hizb ut-Tahrir, hat die Polizei gesagt. Die Beamten haben behauptet, er hätte eine *halaqah* besucht.«

»*Halaqah*?«

»Eine kleine Gruppe. Eine Zelle, wie die das nennen.«

»Lassen Sie uns einen Moment hier verharren. Wann ist Ihr Sohn erstmals zu diesen Treffen gegangen?«

»Das weiß ich nicht genau. Irgendwann nach Weihnachten.«

»Okay.« Jenny notierte sich, dass alles, was mit Nazim geschehen war, irgendwie mit Leuten zu tun haben musste, die er im Winter 2001/2002 kennengelernt hatte. »Anfang 2002 haben Sie also eine Veränderung an Ihrem Sohn bemerkt. Was passierte dann?«

»In den Osterferien war er noch genauso. Sein Vater hat nicht mit mir gesprochen, also wusste ich nicht, ob Nazim sich auch bei ihm anders verhielt. Aber ich habe mir Sorgen gemacht.«

»Warum?«

»In meiner Gegenwart hat Nazim nie über Religion gesprochen, aber mir waren ein paar Dinge zu Ohren gekommen. Dinge, die jeder gehört hatte. Die Hizb, die Anhänger dieses Kriminellen Omar Bakri, haben nur Politik im Sinn. Sie erzählen den jungen Leuten, dass sie für ihr Volk kämpfen müssen, für ein *khalifah* – einen islamischen Staat. Für junge Gemüter ist das Gift.«

»Wissen Sie genau, dass Ihr Sohn sich mit Radikalen eingelassen hatte?«

»Ich weiß gar nichts. Ich gebe nur wieder, was die Polizei mir erzählt hat.« Sie zeigte auf die Box mit den Papieren. »Angeblich haben sie beobachtet, dass er jeden Mittwochabend zur *halaqah* in ein Haus in St. Pauls gegangen ist. Er und Rafi Hassan, ein Freund von der Uni.«

»Erzählen Sie mir von Rafi.«

»Er war in Nazims Jahrgang und hat Jura studiert. Sie haben im selben Studentenheim gewohnt, in Manor Hall. Seine Familie kommt aus Birmingham.«

»Haben Sie ihn kennengelernt?«

»Nein. Nazim hat ihn kaum erwähnt. Ich habe das alles erst von der Polizei erfahren … Danach.« Sie holte ein frisches Taschentuch aus der Tasche und tupfte sich die Augen ab, während sie auf ihrem Stuhl vor und zurück schaukelte.

»Nach was?«, drängte Jenny vorsichtig.

»Im Mai habe ich Nazim nur noch ein Mal gesehen. Er

kam an einem Samstag, es war mein Geburtstag. Seine Tanten und Cousins waren auch da. Es war ein wunderbarer Tag, und er war wieder ganz der Alte ... Und dann hat er mich noch ein Mal im Juni besucht, am 22., ebenfalls ein Samstag.« Die Daten hatten sich in ihr Gedächtnis gebrannt. »Er tauchte mittags bei mir auf, vollkommen blass. Angeblich fühlte er sich nicht wohl und hatte Fieber und Kopfschmerzen. Den Nachmittag und den Abend hat er im Gästebett verschlafen. Dann hat er Suppe gegessen, meinte aber, er sei immer noch zu müde, um zur Uni zurückzukehren. Also ist er über Nacht geblieben. In der Morgendämmerung bin ich aufgewacht und habe ihn beten hören, im perfekten *tajwid* – er hat aus dem Koran rezitiert, wie er es als Junge gelernt hatte.« Zittrig atmete sie ein und schloss die Augen. »Ich muss wieder eingeschlafen sein. Als ich später aufstand, um das Frühstück zu machen, war er fort. Er hatte eine Nachricht hinterlassen: *Danke, Mum. Bye. Naz.* Der Zettel ist hier bei den Papieren ... Ich habe ihn nie wiedergesehen.« Tränen liefen ihr die Wangen hinab. Sie presste das mit Wimperntusche beschmierte Taschentuch an die Augen und versuchte, sich zu sammeln. »Die Polizei sagte ... Sie sagten, sie hätten ihn Freitagabend, den 28. Juni 2002, um halb elf von der *halaqah* kommen sehen. Das war in der Marlowes Road in St. Pauls. Nazim ist mit Rafi Hassan zur Bushaltestelle gegangen, sonst nichts. Am nächsten Morgen kam er nicht zum Tennistraining, und am Montag ist keiner der beiden zum Seminar erschienen. Die Polizei hat mit allen Studenten des Wohnheims gesprochen, aber niemand hatte ihn am Wochenende gesehen – oder später.«

Jetzt verlor Mrs. Jamal doch die Fassung. Jenny ließ sie ungestört weinen. Sie hatte gelernt, dass man trauernden Angehörigen am besten mit respektvollem Schweigen und einfühlsamem Lächeln begegnet. Wie gut auch immer sie gemeint sein mochten, Worte konnten den Schmerz der Trauer nur selten lindern.

Als die Tränen endlich versiegten, erzählte Mrs. Jamal, dass jemand von der Universität ihren Ehemann angerufen habe, der wiederum sie benachrichtigt habe, weil Nazim auch am darauffolgenden Mittwoch nicht zu seinem Tutorium erschienen war. Dabei hätte er eine wichtige Arbeit abgeben müssen. Zachariah suchte mit einigen seiner Neffen den Campus ab, doch niemand hatte Nazim oder Rafi in der vergangenen Woche gesehen. Die beiden schienen außer dem jeweils anderen keine engen Freunde gehabt zu haben. Selbst die Studenten, die in den Nachbarzimmern wohnten, hatten sie angeblich nur flüchtig gekannt.

Die Polizei reagierte zunächst gleichgültig, so wie immer, wenn Menschen vermisst gemeldet wurden. Ein Verbindungsbeamter ging sogar so weit zu behaupten, dass die beiden eine sexuelle Beziehung miteinander eingegangen und durchgebrannt sein könnten. Mrs. Jamal kannte ihren Sohn gut genug, um zu wissen, wie unwahrscheinlich das war. Dann stellte sich heraus, dass die Laptops und Handys der beiden fehlten. Der Polizist, der ihre Zimmer durchsuchte, fand Hinweise darauf, dass beide Türen gewaltsam geöffnet worden waren, möglicherweise mit einem breiten Schraubenzieher. Und dann, fast eine Woche später, meldete sich die Studentin Dani James bei der Polizei. Sie wohnte im Nachbargebäude und erzählte, dass sie gegen Mitternacht des 28. Juni gesehen habe, wie ein Mann in einem unförmigen Anorak aus Manor Hall geeilt sei, eine Baseballkappe tief ins Gesicht gezogen. Ihrer Aussage nach hatte er einen Rucksack oder eine Art Reisetasche über seine Schulter geworfen.

Obwohl beide Familien sich beschwerten, war die Polizei nicht geneigt, Ermittlungen einzuleiten. In ihrer Verzweiflung schrieb Mrs. Jamal an die Vertreter im Stadtrat und im Parlament, als sie plötzlich von zwei jungen Männern Besuch bekam, einem Weißen und einem Indopakistaner. Sie behaupteten, für die Geheimdienste zu arbeiten, und erklärten, dass Nazim und Rafi sich mit der Hizb ut-Tahrir eingelassen hätten und von der Polizei beim Besuch einer radikalen *halaqah* beobachtet worden seien.

»Das war das erste Mal, dass ich davon hörte, obwohl ich so etwas schon geahnt hatte«, sagte Mrs. Jamal. »Aber ich hatte es nicht wahrhaben wollen. Die beiden stellten eine Frage nach der anderen. Sie konnten nicht glauben, dass ich nicht wusste, was Nazim am College getrieben hatte. Sie haben mir gewissermaßen unterstellt, dass ich lüge, um ihn zu schützen.«

»Was dachten sie denn, wo er abgeblieben ist?«

»Sie haben mich immer wieder gefragt, ob er davon gesprochen habe, nach Afghanistan zu gehen. Und ob er die Al-Qaida erwähnt habe. Ich sagte, dass er das nicht getan habe. Niemals. Nie.«

»Sie dachten, er und Rafi könnten ins Ausland gegangen sein, in ein Trainingslager der Extremisten?«

»Das haben sie behauptet. Aber sein Pass lag immer noch in der Wohnung seines Vaters.«

»Und der von Rafi?«

»Der besaß noch nicht mal einen. Außerdem hat man alle Bankvorgänge geprüft, aber nichts Verdächtiges gefunden.«

»Hat einer der beiden nach dem 28. sein Bankkonto oder seine Kreditkarte benutzt?«

»Nein. Sie sind einfach verschwunden. Spurlos.«

Jenny spürte, wie die Angst anschwoll, ein Gefühl von geistiger Enge, mit dem sich die Panikattacken stets ankündigten. Sie atmete tief durch, entspannte ihre Arme und Beine und hoffte, dass das Gefühl vorübergehen würde. »Was wissen Sie sonst noch über die Ermittlungen?«

»Zwei Wochen später hat ein Mann namens Robert Donovan gegenüber der Polizei ausgesagt, dass er am Morgen des 29. Juni mit dem Zug nach London gefahren sei. In seinem Waggon habe er zwei junge Indopakistaner gesehen, auf die ihre Beschreibung zutreffe. Er hat behauptet, beide hätten Bärte gehabt und traditionelle Gewänder getragen. Die Abschrift seiner Aussage befindet sich auch in der Mappe. Sie hat die Polizei zu der Überzeugung gebracht, dass Nazim und Rafi ins Ausland gegangen sein müssen, und sie haben erneut mit den Studenten gesprochen. Ein Mädchen namens Sarah Levin behauptete, sie habe Nazim mal etwas über Brüder sagen hören, die nach Afghanistan gehen.« Mrs. Jamal schüttelte energisch den Kopf. »Das hätte er nicht getan, Mrs. Cooper. Ich kenne meinen Sohn. Das hätte er niemals getan.«

Jenny dachte an Ross, den sie im letzten Sommer von der Schule hatte abholen müssen, weil er sich mit Cannabis zugedröhnt hatte. An seine unberechenbaren Launen und seine verletzenden Ausbrüche. Sie glaubte zwar, den sensiblen Jungen hinter dieser Maske zu kennen, aber manchmal kamen ihr daran Zweifel. Nicht einmal die Menschen, die einem nahestanden, kannte man wirklich.

»Was hat die Polizei mit den Informationen gemacht?«, fragte Jenny.

»Sie haben nach Beweisen gesucht, aber keine gefunden. Dann haben sie behauptet, beide Jungen seien möglicherweise mit gefälschten Papieren ausgereist, nach Pakistan.«

»Hat man die Passagierlisten überprüft? Es ist nicht leicht, unentdeckt das Land über einen Flughafen zu verlassen.«

»Angeblich haben sie alles gecheckt, ja. Sie denken, dass sie auch über ein anderes europäisches Land oder über Afrika oder den Nahen Osten ausgereist sein könnten. Keine Ahnung.« Sämtliche Energie schien aus ihr gewichen zu sein. Sie wirkte noch kleiner und zerbrechlicher als zuvor.

»Wie ist die Sache ausgegangen?«

»Im Dezember 2002 haben wir einen Brief bekommen. Die Polizei teilte uns mit, dass sie alles Menschenmögliche getan habe. Man halte es für mehr als wahrscheinlich, dass die beiden mit einer islamistischen Gruppe ins Ausland gegangen seien. Das war alles. Mehr haben wir nicht gehört. Kein Wort mehr.«

»Was war mit der Moschee und der *halaqah*?«

»Die Polizei sagte, die Moschee sei im August des Jahres geschlossen worden. Die *halaqah* wurde aufgelöst. Die Geheimdienste haben deren Aktivitäten wohl noch beobachtet, konnten aber über Nazim und Rafi nichts weiter herausfinden. Man hat versprochen, uns zu informieren, falls sich noch irgendetwas ergibt.«

»Haben die Leute von den Geheimdiensten noch einmal Kontakt zu Ihnen aufgenommen?«

Mrs. Jamal schüttelte den Kopf.

»Sie haben Rechtsanwälte erwähnt ...«

»Ja. Ich wollte, dass sie Fragen stellen, dass sie mit den Geheimdiensten und der Polizei sprechen, aber das Einzige, was sie getan haben, war, sich von mir bezahlen zu lassen. Alles blieb an mir hängen. Unter anderem habe ich in Erfahrung gebracht, dass man eine vermisste Person nach sieben Jahren für tot erklären lassen kann.« Sie schaute Jenny an. »Außerdem habe ich gelesen, dass der Coroner untersuchen muss, wie eine Person gestorben ist. Die Adresse seines Vaters, wo Nazim offiziell gemeldet war, liegt in Ihrem Zuständigkeitsbereich, deshalb bin ich hier.«

Von dem Moment an, da sie die Verfügung gesehen hatte, war Jenny davon ausgegangen, dass Mrs. Jamal sie um die Einleitung einer gerichtlichen Untersuchung bitten würde. Das aber warf eine Reihe von Problemen auf, nicht zuletzt deshalb, weil es keine Leiche gab und der Tod nicht als sicher galt. Unter diesen Bedingungen würde sie laut Abschnitt 15 des Coroner's Act die Genehmigung des Innenministeriums einholen müssen, und die würde ihr nur erteilt werden, wenn die Eröffnung des Verfahrens im öffentlichen Interesse lag. Diese Entscheidung wiederum war mindestens ebenso sehr eine politische wie eine rechtliche. Und selbst wenn sie diese Hürde nehmen sollte, würde es nicht leicht sein, so viele Jahre nach dem Vorfall unwillige Polizisten und Funktionäre dazu zu bringen, die Akten zu entstauben und all das an Informationen herauszurücken, was nicht als eine Bedrohung der nationalen Sicherheit eingeschätzt wurde. So weitreichend Jennys Befugnisse als Coroner auch waren, in diesem Fall würde sie es mit der mächtigen Staatsmaschinerie zu tun bekommen.

»Mrs. Jamal«, sagte Jenny, ihr Tonfall eine Mischung aus Umsicht und Interesse, »ich werde mir den Fall Ihres Sohnes gerne anschauen, aber vorerst kann ich nicht mehr tun, als eine Anfrage an das Innenministerium …«

»Ich weiß. Das hat mir schon der Richter gesagt.«

»Dann wissen Sie vermutlich auch, dass die Chancen, entsprechende Ermittlungen einleiten zu dürfen, eher gering sind. Fast nicht existent. Ein derartiges Verfahren ist äußerst unüblich in einem Fall, in dem es keinerlei Beweise für den Tod der Person gibt.«

Mrs. Jamal schüttelte den Kopf, ihre Miene verhärtete sich. »Was wollen Sie mir damit sagen? Dass ich nach all den Kämpfen einfach aufgeben soll?«

Wäre sie ehrlich gewesen, hätte Jenny ihr gesagt, dass es nach einem Zeitraum von sieben Jahren und in Ermanglung einer Leiche das Beste wäre, die gerichtliche Verfügung als letzten Beweis für Nazims Tod anzusehen, sich eine Zeit der Trauer zu gönnen und dann das eigene Leben weiterzuleben. Sie würde Mrs. Jamal sagen, dass ihrem Glück vor allem die besessene Beschäftigung mit dem Schicksal ihres Sohnes im Weg stand und dass eine Untersuchung keine Abhilfe schaffen würde.

»Ich möchte Ihnen keine falschen Hoffnungen machen, dass wir herausfinden, was mit Ihrem Sohn passiert ist«, sagte Jenny. »Vielleicht sollten Sie sich fragen, was Sie von einer gerichtlichen Untersuchung erwarten. Sie wird Ihnen Ihren Sohn nicht zurückbringen.«

Mrs. Jamal sammelte ihre Papiere ein. »Es tut mir leid, dass ich Ihre Zeit vergeudet habe.«

»Ich lehne es nicht ab, das Verfahren …«

»Offenbar haben Sie keine Kinder, Mrs. Cooper, sonst würden Sie verstehen, dass ich keine Wahl habe. Verglichen mit dem meines Sohns ist mein Leben ein Nichts. Ich würde lieber sterben, um herauszufinden, was passiert ist, als weiter mit dieser Ungewissheit leben zu müssen.«

Mrs. Jamal stand auf, als würde sie ohne ein weiteres Wort hinausmarschieren wollen, dann aber schien plötzlich die Energie aus ihr zu weichen, und sie zögerte. Langsam stellte sie die Archivbox auf den Schreibtisch, faltete die Hände vor dem Körper und ließ den Kopf hängen, als hätte sie nicht mehr die Kraft, ihn aufrecht zu halten. »Ich muss mich entschuldigen, Mrs. Cooper. Ich habe zu viel von Ihnen erwartet. Ich hoffe nicht auf Wunder … Ich weiß, dass Nazim tot ist. Als er damals mit Fieber in meine Wohnung kam, hatte ich schon so eine Ahnung … Wenn ich daran zurückdenke, wie er am nächsten Morgen in *tajwid* den Koran rezitiert hat, bin ich mir nicht mehr sicher, ob er es selbst war oder nur sein Geist.« Sie sah auf, die Augen trocken, ihr Blick trostlos. »Vielleicht haben Sie recht. Es ist zu viel Zeit vergangen.«

Jenny war vor dem scheinbar grenzenlosen Selbstmitleid dieser Frau zurückgeschreckt, aber nicht zum ersten Mal in dem Gespräch erkannte sie dahinter die abgrundtiefe Trauer einer Mutter, die ihr verlorenes Kind sucht. Ein weiterer nervenaufreibender Fall war das Letzte, was sie jetzt gebrauchen konnte, aber ihre Gefühle waren schon auf die Geschichte angesprungen. Die Gesichter der beiden vermissten Jungen standen ihr klar vor Augen, ihre Geister verfolgten sie.

»Lassen Sie die Unterlagen hier«, sagte Jenny. »Ich schaue sie mir heute Nachmittag an und melde mich dann bei Ihnen.«

»Danke, Mrs. Cooper«, antwortete Mrs. Jamal leise. Sie nahm das Seidentuch von der Schulter und schlang es sich wieder um den Kopf.

»Was ist mit Rafi Hassan? Will seine Familie ihn auch für tot erklären lassen?«, fragte Jenny.

»Wir reden nicht mehr miteinander. Sie haben sich mir gegenüber ziemlich feindselig verhalten. Ihrer Überzeugung nach ist Nazim dafür verantwortlich, was mit ihrem Sohn passiert ist.«

»Und Ihr Exmann?«

»Der hat schon vor langer Zeit aufgegeben.«

Als Jenny Mrs. Jamal zur Tür begleitete, bemerkte sie eine gewisse Unterkühltheit in Alisons Verhalten. In den sechs Monaten, die sie nun zusammenarbeiteten, hatte sie jede Gemütsbewegung ihrer Mitarbeiterin zu deuten gelernt. Alison hatte wie manche Frauen die unheimliche Gabe, ihrem Gegenüber wortlos zu verstehen zu geben, was sie fühlte. In ihrer Reaktion auf Mrs. Jamal spürte Jenny ein Misstrauen, das an unverhohlene Missbilligung grenzte. Als Alison ein paar Minuten später in der Bürotür erschien und ihr mitteilte, dass die Polizei dringend die Obduktionsberichte der Leichen im Kühltransporter brauche, sprach Jenny sie darauf an, dass sie sich über Mrs. Jamal zu ärgern schien.

Alison verschränkte die Arme. »Ich kann mich an den Fall ihres Sohnes noch erinnern. Damals war ich bei der Kripo. Jeder wusste, dass er und sein Freund ins Ausland gegangen waren, um zu kämpfen.«

Noch eine Charaktereigenschaft, die Jenny an Alison bemerkt hatte: die sture Beharrlichkeit, mit der sie den Konsens unter ihren Exkollegen für bare Münze nahm.

»Und wer soll dieser *Jeder* sein?«, fragte Jenny.

»Die Leute, die sie fünf Monate lang beobachtet haben. Damals haben sich die Extremisten noch nicht versteckt.«

Jenny spürte Verärgerung in sich aufsteigen. »Trotzdem hat seine Mutter ein Recht zu erfahren, was aus ihm geworden ist.«

»Wenn ich sie wäre, wüsste ich nicht, ob ich das wirklich wissen wollte. Außerdem können wir schlecht Zeugen aus Afghanistan herbeizitieren.«

»Nein. Sie erinnern sich nicht zufällig, wer damals die Observierung leitete?«

»Das lässt sich vermutlich herausfinden. Erwarten Sie aber nicht, dass Sie allzu weit kommen werden. In diesen Geschichten lauern zu viele Gespenster.« Alison wechselte das Thema. »Was ist mit den Leichen im Kühltransporter? Soll ich sie mir ansehen? Das ist sicher auch so ein Fall, den die Polizei für sich beanspruchen wird.«

»Es wäre gut, wenn Sie einen eigenen Bericht anfertigen«, sagte Jenny und konnte sich einen Seitenhieb nicht verkneifen. »Wir kennen ja unsere Freunde in Blau. Die können etwas sehen, aber etwas ganz anderes schreiben.«

»Ich habe Ihnen nur erzählt, was ich damals gehört habe, Mrs. Cooper«, gab Alison zurück. »Zu der Zeit gingen wir auch bei Muslimen bei einem Verdacht noch immer zuerst von deren Unschuld aus.«

Jenny biss sich auf die Zunge. Alisons Reaktion machte deutlich, dass Mrs. Jamal verwirrende Empfindungen in ihr ausgelöst hatte. Obwohl es sechs Monate her war, wusste Jenny, dass Alison noch immer dem Mann nachtrauerte, den sie geliebt hatte: dem verstorbenen Harry Marshall, Jennys Vorgänger im Amt des Coroners. Die beiden hatten sich nahegestanden, und die unschönen Umstände seines plötzlichen Todes hatten eine Menge ungelöster Gefühlskonflikte hinterlassen, die Alison nun mit einer Dosis Strenggläubigkeit verarbeiten wollte. Wenn sie unsicher war, klammerte sie sich an Institutionen – an die Polizei oder die Kirche – und wehrte sich gegen alles, was diese bedrohte. Das war zwar irrational, aber wer war Jenny, sich diesbezüglich ein Urteil anzumaßen? Ohne ihre Medikamente war sie ebenfalls ein Opfer irrationaler Ängste.

»Ihr Sohn wurde für tot erklärt«, sagte Jenny. »Sie hat das Recht auf eine gerichtliche Untersuchung, wie begrenzt die Möglichkeiten auch sein mögen. Ich hege größte Zweifel, dass etwas dabei herauskommt.«

Alisons Feindseligkeit hing noch in der Luft, nachdem sie das Büro verlassen hatte. Jenny fühlte sich fast schuldig, als sie Mrs. Jamals Papiere ordnete. Seit dem ersten Fall, in dem sie mit Alison zusammengearbeitet hatte – der vierzehnjährige Danny Wills war erhängt in einer Zelle einer privaten Haftanstalt aufgefunden worden –, hatte sie sich nicht mehr so gefühlt. Vielleicht besaß Alison als Expolizistin ja ein sensibleres Gespür für Ärger.

Obwohl Mrs. Jamals Box voller Dokumente war, warfen auch sie kein neues Licht auf den Fall. Es gab Listen von Studenten, die damals in den Wohnheimen gewohnt hatten, dann Aussagen von Mitgliedern beider Familien, Aussagen von den Polizisten, die den Campus durchkämmt hatten, und Kopien der sinnlosen Korrespondenz mit Anwälten und Politikern. Es folgten eine Kopie der Aussage, in der Robert Donovan die beiden jungen Männer im Zug beschrieben hatte, sowie Kopien der Aussagen der Studentinnen Dani James und Sarah Levin über den geheimnisvollen Eindringling einerseits und über Nazims Bemerkung über nach Afghanistan gehende muslimische Brüder andererseits. Auch eine schlechte Kopie von Nazims Pass fand sich in der Box, außerdem die Bestätigung des Einwohnermeldeamts, dass Rafi Hassan nie einen Pass besessen oder beantragt hatte. Dem folgte ein emotionsloser Brief einer Verbindungsbeamtin namens Sarah Cole, die in einem überheblichen Tonfall erklärte, dass die Polizei die Ermittlungen einstelle, bis weitere Indizien auftauchen würden. Das letzte Dokument war ein Suchplakat, das auf einem gewöhnlichen Computer aus verschiedenen Porträts der jungen Männer zusammengebastelt worden war. Jenny war überrascht, wie gut die beiden aussahen mit ihren wachen Augen und den feinen Gesichtszügen. Nachdem sie die Fotos für einen langen Moment angeschaut hatte, wurde sie von einer fast unerträglichen Traurigkeit überwältigt. Die beiden waren nicht einmal tot, etwas viel Schlimmeres war mit ihnen passiert: Sie waren einfach verschwunden.

Sie schob alles beiseite und kämpfte gegen ihre Gedanken an, die bereits Verbindungen zwischen dem Fall und ihren Diskussionen mit Dr. Allen herstellten. Ständig verschwanden Leute spurlos. Es war nur ein Zufall, dass dieser Fall ausgerechnet jetzt auf ihrem Schreibtisch gelandet war. Im Prinzip hätte er auch vom Coroner von Bristol bearbeitet werden können, da Nazim zuletzt in dessen Zuständigkeitsbereich gesehen worden war. Jenny müsste ihn eigentlich gar nicht übernehmen, und doch wusste sie, dass sie keine Wahl hatte.

Vorne, im leeren Empfangsbereich, klingelte das Telefon, dann wurde der Anruf automatisch auf ihren Apparat umgeleitet. Sie meldete sich mit ihrer geschäftsmäßigsten Stimme. »Büro des Coroners des Severn Vale District. Jenny Cooper am Apparat.«

»Guten Morgen. Andrew Kerr. Der neue Pathologe vom Vale.« Er klang aufgekratzt und gesprächig. »Ich habe soeben einen Blick auf Ihre Jane Doe geworfen. Vielleicht sollten wir uns treffen.«

3

Jenny betrat das Anatomiegebäude. Einer der einsilbigen Assistenten hatte den Türsummer betätigt. Er war ein klassischer Vertreter dieses schweigsamen, wortkargen Völkchens, das man bestenfalls von Weitem, wenn es unter sich war, mal lachen hörte. Vorsichtig ging sie über den frisch gewischten Boden im Foyer. Hinter der Schwingtür wurden plötzlich Stimmen laut. Als sie hindurchtrat, erblickte sie einen muskulösen jungen Mann in Chirurgenkluft, vermutlich der neue Gerichtsmediziner, der sein Bestes gab, um sich gegen einen angriffslustigen Schotten zur Wehr zu setzen. Der Besucher trug einen schwarzen Anzug und einen Mantel derselben Farbe und hatte einen drohenden Tonfall angeschlagen. Als er dem Pathologen einen Finger zwischen die Rippen stieß, wich Jenny erschrocken zurück.

»Hören Sie zu, mein Sohn. Die Kleine meines Klienten ist seit sechs Monaten verschwunden, und noch immer gibt es keine Spur. Dem armen Schwein sind alle Haare ausgegangen, und es würde mich nicht wundern, wenn er auch noch Krebs bekommen würde, wenn er sie nicht bald findet.«

»Sie müssen mit der Polizei wiederkommen. Sie können hier nicht einfach so hereinspazieren und verlangen, die Leiche anzusehen.«

»Ich bin sein Anwalt, verdammt noch mal, sein Rechtsvertreter. Ich weiß, dass es mit der Bildung heutzutage nicht mehr weit her ist, aber Ihnen dürfte trotzdem klar sein, was das heißt.« Er wischte sich das widerspenstige rotblonde Haar aus der Stirn und gab die Sicht auf ein früher mal attraktives Gesicht frei, das jetzt faltig und verlebt war.

Der Gerichtsmediziner stemmte die Hände in die Hüften, hielt seine Stellung und brachte seine durchtrainierten Schultern zur Geltung. »Okay, das reicht jetzt. Ich habe Ihnen erklärt, wie sich die Sache verhält. Sie haben die Nummer des Polizisten: Rufen Sie ihn an. Ich muss an meine Arbeit.« Er sah an dem Mann vorbei zu Jenny. »Entschuldigung, Madam. Kann ich Ihnen behilflich sein?«

Doch der Schotte dachte gar nicht daran, klein beizugeben. »Was zum Teufel macht es für einen Unterschied, wenn ein Bulle dabei ist, der meine Hand hält?«

Jenny trat zu den beiden Männern. »Jenny Cooper, Coroner des Severn Vale District. Ich bin zurzeit für die Leiche zuständig.« Sie hatte sofort beider Aufmerksamkeit. »Dr. Kerr?«

»Ja.«

Sie wandte sich an den Besucher. »Und Sie sind?«

»Alec McAvoy. Von O'Donnagh and Drew.« Er musterte sie mit überraschend blauen Augen, die zu einem erheblich jüngeren Gesicht gehörten. »Besteht die Chance, dem jungen Herrn Nachhilfe in Rechtsdingen zu geben?«

Jenny ignorierte die Bemerkung. »Wenn Sie mir sagen, wen genau Sie vertreten, kann ich Ihnen möglicherweise helfen.«

»Mein Klient ist Stewart Galbraith. Meine Kanzlei vertritt die Familie seit Urzeiten. Die Polizei hat ihm von der Leiche erzählt.«

»Welche Polizei?«

»Jetzt machen Sie aber Witze. Woher soll ich das wissen? Haben Sie in letzter Zeit mal bei den Bullen angerufen? Wenn man nicht gleich in Bangalore landet, gerät man an einen verfluchten Automaten.«

Jenny sah Dr. Kerr zornig werden, blieb selbst aber ruhig. Rechtsanwälte wurden nun einmal dafür bezahlt, anderen Leuten auf die Füße zu treten. Obwohl er sich so aufplusterte, konnte Jenny den Schalk in McAvoys Augen sehen. Sein Verhalten war nicht persönlich gemeint.

»Haben Sie eine Visitenkarte?«

McAvoy schnaubte, wühlte in seiner Jackentasche und brachte eine Karte zum Vorschein: *Alec McAvoy LLB, Legal Executive, O'Donnagh & Drew, Solicitors*. Sie las die Angaben ein zweites Mal und fragte sich, warum ein Mann mit dem entsprechenden juristischen Abschluss kein richtiger Anwalt war.

Er wusste, was sie dachte.

»Dafür gibt es Gründe. Irgendwann werde ich sie Ihnen erzählen«, sagte McAvoy.

»Haben Sie etwas dagegen, wenn ich in Ihrer Kanzlei anrufe?«

»Machen Sie nur.«

Sie nahm ihr Handy, besann sich dann aber eines Besseren. Es kam ihr kleinlich vor, die Angaben auf der Visitenkarte anzuzweifeln. Der Name O'Donnagh & Drew war ihr aus ihren Jahren als Anwältin bekannt. Die Kanzlei war etabliert und zog praktisch alle bedeutenden Strafprozesse in Bristol an Land.

Sie wandte sich an Dr. Kerr. »Hätten Sie etwas dagegen, wenn wir schnell einen Blick auf die Leiche werfen? Es wird nicht lange dauern.«

»Es ist Ihre Leiche, Mrs. Cooper. Ich bin im Büro.« Er drehte sich um, eilte den Flur entlang und zog lautstark die Tür hinter sich zu.

»Sind Sie sicher, dass der Mann für den Job alt genug ist?«, fragte McAvoy. »Der ist doch kaum den kurzen Hosen entwachsen.«

»Wollen wir es hinter uns bringen?«

Sie ging zu dem Kühlraum voran. Während sie an einem halben Dutzend aufgebahrter Leichen vorbeikam, spürte sie McAvoys Blick auf sich. Er gehörte zu den Männern, die nicht einmal so taten, als würden sie nicht hinschauen.

Sie zog einen Latexhandschuh aus einem Spender, der an die Wand geschraubt war. »Haben Sie ein Foto von der Tochter Ihres Klienten? Manchmal ist es schwierig ...«

»Nicht nötig. Ich kenne sie seit ihrer Geburt.«

»Wie heißt sie?«

»Abigail.«

Sie öffnete die Tür des Kühlfachs – ein schweres Stück Metall in einer Größe von zweieinhalb Metern mal eins zwanzig – und zog die Schublade heraus. Als sie nach der Plastikhülle griff, um sie zurückzuziehen, bemerkte sie, dass McAvoy sich instinktiv bekreuzigte. Als sie die Leiche anblickten, fuhren sie beide zusammen: Das Gesicht starrte sie mit leeren Augenhöhlen an.

»Gütiger Gott«, flüsterte McAvoy.

Jenny wich zurück und schaute zur Seite. »Entschuldigung. Sie hatte eigentlich Glasaugen. Irgendjemand muss sie herausgenommen haben.«

Er beugte sich über die Leiche. Aus dem Augenwinkel sah Jenny, dass er jedes Detail des Gesichts genau betrachtete, dann zog er die Plastikhülle ein weiteres Stück zurück, um den Oberkörper frei zu legen.

»Das ist nicht Abigail«, sagte er schließlich und richtete sich wieder auf. »Sie hat ein Grübchen am Kinn und ein kleines Muttermal seitlich am Hals. Trotzdem vielen Dank.«

Jenny nickte und zögerte, die Leiche wieder anzuschauen und deren Gesicht zuzudecken.

»Lassen Sie mich das machen«, sagte McAvoy und griff

bereits nach der Plastikhülle, bevor sie auch nur die Hand ausstrecken konnte. »Der Körper ist nichts als Staub, wenn die Seele entwichen ist, das muss man sich einfach klarmachen.« Er schob die Schublade in die Kühlung zurück. »Die gottlose Mehrheit lebt hingegen mit dem quälenden Gedanken, dass Fleisch und Blut alles sind.« Er schloss die Tür und warf einen Blick auf die Leichen, die an den Flurwänden auf Bahren aufgereiht waren. »Sperren Sie einen Ungläubigen für eine Nacht hier ein, und er wird schnell nach seinem Schöpfer schreien.« Er warf ihr einen herausfordernden Blick zu. »Wir haben uns noch nie gesehen, nicht wahr?«

»Nein.« Sie zog den Handschuh aus und ließ ihn in den Abfalleimer fallen.

»Neu?«

»Kann man so sagen.«

»Genau der richtige Job für eine Frau.« Er betrachtete sie eine Weile und nickte dann, als wäre seine Neugierde gestillt. »Ja, jetzt verstehe ich es.« Sein Lächeln wurde milde, vielleicht ein Hinweis darauf, dass er auch freundlichere Seiten besaß. »Nun gut, verbringen Sie nicht zu viel Zeit mit diesen Genossen. Dann bis bald.« Er drehte sich um, schüttelte mit einer Kopfbewegung sein Haar aus der Stirn und verließ das Anatomiegebäude, die Hände tief in den Manteltaschen vergraben.

Jenny schaute ihm nach, bis er verschwunden war, und erwartete fast, dass er auf dem Weg hinaus noch irgendetwas mitgehen ließ.

Als Jenny das Büro betrat, saß Dr. Kerr an seinem Computer. Die Chirurgenkluft hatte er gegen ein T-Shirt eingetauscht, das seine Muskeln betonte. Vermutlich war er knapp dreißig, Single und hatte viel Zeit, sich um sein Äußeres zu kümmern.

»Sind wir ihn los?«, fragte er, während er eine E-Mail abschickte.

»Ja. Es ist nicht das Mädchen, nach dem er sucht.«

Dr. Kerr drehte sich auf seinem Stuhl zu ihr hin. Sie bemerkte, dass er die Möbel umgestellt und Regale und Teppich ausgetauscht hatte. Die Fachbücher auf dem Brett hinter ihm sahen neu und unbenutzt aus. Direkt daneben standen einige Zeitschriften, *Men's Health* und *Muscle and Fitness*.

»Freut mich, Sie kennenzulernen, Mrs. Cooper.«

Er streckte seine Hand aus. Erfolglos versuchte sie, seinem kräftigen Händedruck etwas entgegenzusetzen.

»Ganz meinerseits. Ich hatte allmählich genug von Aushilfen.«

»Dann wird es Sie freuen, dass ich meine Obduktionsberichte selbst schreibe und sie gerne vom Tisch habe, bevor ich abends nach Hause gehe.«

»Wie ich sehe, haben Sie bereits angefangen.«

»Kein Kommentar«, sagte er lächelnd.

An seinem leichten Akzent erkannte Jenny, dass er aus Ulster stammte. Aus irgendeinem Grund beruhigte sie das – solide und verlässlich.

»Mir war aufgefallen, dass Ihre Jane Doe schon eine Weile hier herumliegt«, sagte Dr. Kerr, »also habe ich sie mir heute Morgen einmal angeschaut.« Er reichte ihr einen dreiseitigen Bericht. »Ich wusste nicht, ob ich zuerst mit der Polizei oder erst mit Ihnen sprechen soll, aber ich habe in der Akte gelesen, dass Sie eine gerichtliche Untersuchung eingeleitet haben.«

»Eingeleitet und gleich wieder vertagt, weil ich zunächst herausfinden muss, wer sie ist.«

»Hat die Polizei kein Interesse?«

»Das wird sie haben, wenn man irgendetwas Belastendes

findet. Aber bis dahin ist sie mehr als froh, wenn sie die Kleinarbeit anderen überlassen kann.«

Er nickte, obwohl ihm die Überraschung ins Gesicht geschrieben stand. Jenny hoffte, dass seine Fähigkeiten als Pathologe besser waren als sein Verständnis jobpolitischer Zusammenhänge.

»Nach der ersten Untersuchung kann ich unmöglich sagen, woran sie gestorben ist. Die meisten inneren Organe fehlen – Möwen, habe ich gelesen.«

»Offenbar.«

»Ein Stück Lungengewebe war noch übrig, gerade genug, dass sich daraus schließen lässt, dass ihre Bronchien aufgebläht waren …«

»Soll heißen?«

»Vielleicht ist sie ertrunken, aber das kann ich nicht beweisen. Was ich auch interessant finde, sind zwei Kerben in den Lendenwirbeln, und zwar an der Seite zum Bauch hin. Die können von Möwen verursacht worden sein, aber ich würde auch Stichwunden nicht ausschließen.«

»Aber genau kann man es nicht festmachen?«

»Leider nicht.« Etwas weniger forsch fuhr er fort. »Noch zwei Dinge. Erstens ihre Zähne. Es gibt keine Karies und keine Füllungen, daher werden uns Zahnarztbefunde nicht weiterhelfen. Zweitens: Ich habe ihren Nacken seziert und nach Hinweisen auf Tod durch Erhängen gesucht. Die habe ich nicht gefunden, dafür aber einen Tumor an der Schilddrüse, frühes Stadium. Er ist schon so groß, dass sie ihn möglicherweise zu spüren begonnen hat. Vielleicht war sie bei einem Arzt und hat über Druck auf die Luftröhre geklagt.«

»Schilddrüsenkrebs? Was könnte den verursacht haben?«

»Was sind schon im Einzelfall die Ursachen von Krebs? Wenn die Leiche nicht eine Ladung radioaktiver Strahlen abbekommen hat, kann man das unmöglich sagen.«

»Strahlen?« Sie dachte an die Crosbys und ihre Tochter, die in dem abgeschalteten Atomkraftwerk gearbeitet hatte. »Es wird eine junge Frau vermisst, die draußen in Severn im AKW Maybury gearbeitet hat. Sie ist adoptiert.«

»Darauf wollte ich hinaus. Diese Art von Tumor kommt vor allem in Osteuropa vor, als Folge von Tschernobyl. Die Wangenknochen der Leiche sehen leicht slawisch aus.«

»Die Familie wird Haare oder Ähnliches für einen DNA-Test zur Verfügung stellen. Wenn das zu nichts führt, werden wir es mit raffinierteren Methoden versuchen – mit geographisch-mineralogischen Analysen oder was auch immer.«

»Aber nicht von meinem Budget.«

»Das werden wir ja sehen«, sagte Jenny und lächelte verhalten. »Wir könnten die Polizei überreden, das Ganze zu bezahlen.«

»Vielleicht kann ich irgendwo ein Dosimeter auftreiben. Es gibt ziemlich exakte radiologische Daten, die man zum Vergleich heranziehen könnte. Wenn sie aus Osteuropa stammt, lässt sich sogar möglicherweise grob der Herkunftsort bestimmen.«

»Jedes Detail wäre hilfreich.« Jenny stand auf. »Je schneller wir ihre Identität feststellen, desto eher wird auch wieder ein Platz in Ihrer Kühlung frei.«

»Können wir die Leiche nicht bei einem Bestattungsunternehmen unterbringen oder …«

»Sie haben einen festen Vertrag, nicht wahr?«, unterbrach ihn Jenny.

»Ja, wieso?«

»Dann können Sie es sich leisten, die Muskeln spielen zu lassen. Wenn Sie nicht von Anfang an Forderungen stellen, wird man Sie ausbluten lassen. Irgendwann werden Sie sich dann das Besteck für Ihre Obduktionen in der Kantine zusammenklauen müssen.«

»Es kommt mir noch ein bisschen zu früh vor, um den Laden aufzumischen.«

Eine fast mütterliche Sorge befiel sie – er war noch keine dreißig und bekam es schon mit den finstersten Geheimnissen eines Krankenhauses zu tun.

»Hören Sie, Andrew ... Darf ich Sie so nennen?«

»Sicher.«

»Die geben Ihnen eine Woche, dann werden sich die Ärzte ans Telefon hängen und Sie bedrängen, ihre Fehler zu vertuschen. Die Verwaltung wird Ihnen nahelegen, dass Sie um nichts in der Welt eine Infektion im Krankenhaus als Todesursache angeben dürfen. Lassen Sie sich ein einziges Mal korrumpieren, dann hängen Sie für immer und ewig mit drin. Fragen Sie Ihren Vorgänger.«

»Okay«, sagte er unsicher. »Ich werd's mir merken.«

Der Regen hatte aufgehört. Stattdessen glitzerte jetzt rauer Frost auf dem Asphalt, als Jenny über die in einem weiten Bogen gebaute Severn Bridge nach Hause fuhr. Die Lichter der Fabriken von Avonmouth zur Linken und von Maybury zur Rechten spiegelten sich in der glatten Wasseroberfläche in der windstillen Nacht. Als sie am Ende der Brücke Wales erreichte, an Chepstow vorbeikam und in den Wald eintauchte, wartete Jenny darauf, dass die Anspannung des Tages von ihr abfiel. Doch aus irgendeinem Grund war die Erleichterung an diesem Abend nicht so deutlich zu spüren wie sonst. Die Begegnung mit Mrs. Jamal und der nervenaufreibende Fall mit der Jane Doe hatten eine hartnäckige Angst in ihr heraufbeschworen, die ihr die Freude an der Mondsichel verleidete, die hinter skelettartigen Bäumen hervorblitzte.

Sie versuchte sich über ihre Gefühle klar zu werden. *Willkürlich*, *ungerecht*, *verstörend* waren die unangemessenen

Worte, die ihr in den Sinn kamen. In den letzten drei Jahren war sie von beunruhigenden Mächten gejagt und zeitweise überwältigt worden, aber den Grund dafür kannte sie jetzt kaum besser als damals, als sich die Symptome erstmals bemerkbar gemacht hatten. Ihre Fortschritte waren bescheiden gewesen. Nur sechs Monate war es her, dass sie sich mit Hilfe von Beruhigungsmitteln und literweise Wein durchs Leben geschleppt hatte. Dr. Allen hatte ihr geholfen, beide Gewohnheiten abzulegen. Jetzt nahm sie Medikamente, hielt sich aber wacker: Sie funktionierte. Und sie hatte bewiesen, dass die Maske, hinter der sie sich versteckte, nicht so fragil war wie befürchtet. Sechs Monate lang hatte sie sich perfekt hinter ihr versteckt. Niemand, der ihre Geschichte nicht kannte, würde je etwas vermuten.

Alle Fenster von ihrem winzigen Cottage Melin Bach – Walisisch für *Kleine Mühle* – waren erleuchtet. Ross war also zu Hause. In letzter Zeit ließ er sich fast jeden Abend von einem neuen Englischdozenten seines Colleges mitnehmen, der ein Stück weiter das Tal hinauf wohnte. Jenny hatte den Eindruck, dass sie die Fahrt damit zubrachten, Zigaretten zu rauchen und Indiemusik zu hören, die sie sich aus dem Internet herunterluden und dann tauschten. Der Lehrer war keine Spur erwachsener als Ross.

»Muss denn wirklich *jedes* Licht an sein?«, rief sie die Treppe hinauf. Aus Ross' Zimmer drang Musik, raue Gitarren und Stimmen, die wie ein Abklatsch der Stones klangen. »Was ist mit Mutter Erde? Der Natur?«

»Die ist schon ruiniert«, rief Ross.

Großartig. Sie hängte ihren Mantel auf. »Ich nehme nicht an, dass du dir Gedanken übers Abendessen gemacht hast, oder?«

»Nein.« Die Musik wurde lauter. Jenny verzog sich ins Wohnzimmer und knallte die Tür hinter sich zu.

Sie sammelte die mit Toastkrümeln übersäten Teller und die schmutzigen Tassen und Gläser ein, kickte ein paar Turnschuhe aus dem Weg und trug das Geschirr in die kleine, unrenovierte Küche im hinteren Bereich des Hauses. Ihr Exmann hatte gelacht, als er sie gesehen hatte. Seine eigene Küche hatte achtzigtausend Pfund gekostet und war von einem Team deutscher Installateure geliefert worden, die in einem Winnebago-Wohnmobil vorgefahren waren. Genau das war der Grund, warum sie so an ihrer alten Waliser Anrichte und dem Kohleherd hing. Ihre Nachbarn hatten ihr erzählt, dass Letzterer noch aus den Vierzigern stammte.

Wie immer war nichts zu essen im Haus. Bis auf ein Glas getrocknete Linsen und eine Packung Müsli ohne Zuckerzusatz, das ein fehlgeleiteter Instinkt sie im letzten Sommer hatte kaufen lassen, war alles Ross zum Opfer gefallen. Sie kramte im Küchenschrank und fand eine Dose Kondensmilch und ein Glas vergammelte Currypaste.

Ross polterte herein. Er trug eine Militärjacke. Bei seinen eins achtzig befanden sich Jennys Augen gerade mal auf Kinnhöhe.

»Du solltest online shoppen und alles nach Hause liefern lassen. Vermutlich bist du sowieso die Einzige, die das noch nicht macht«, sagte er und warf eine leere Pepsidose in den Abfalleimer.

»He, Mülltrennung.«

»Klar. Als würde das uns retten.« Er war schon wieder an der Tür. »Ich geh dann mal.«

»Wohin?«

»Zu Karen. Die bekommt bei ihrer Mutter wenigstens jeden Abend etwas zu essen.«

»Nichts hindert dich daran zu ...«

»Kochen? Du wirst doch immer gleich panisch, wenn ich die Küche auch nur betrete.«

»Weil du hinterher nie sauber machst.«

»Du wolltest doch mit einem Teenager zusammenleben. So sieht die Realität aus.« Er zuckte mit den Achseln, grinste sarkastisch und verließ die Küche.

Jenny folgte ihm. »Wie kommst du um diese Zeit zu Karen?«

»Laufen.«

»Aber es ist eiskalt.«

»Nicht viel kälter als hier drinnen.« Er ging durch die Wohnzimmertür in die Diele. »Steve hat angerufen.«

»Was wollte er?«

»Hat er nicht gesagt.«

Mit einem Knall schloss er die Haustür hinter sich und war in der Nacht verschwunden.

Jenny ließ ihn ziehen. Sie fühlte sich zu schwach für weitere verbale Auseinandersetzungen. Sie wusste, dass es Teil des Erwachsenwerdens war, dass er sie von sich stieß, aber leichter zu ertragen war es deswegen auch nicht.

Sie erwog ihre Möglichkeiten: sich ins Auto setzen und einen geöffneten Supermarkt suchen oder sich hungrig an den Schreibtisch setzen, die überfälligen Todesmeldungen abarbeiten und früh schlafen gehen. Keine der beiden Optionen war verlockend. Sie ließ sich in einen Sessel fallen und dachte darüber nach, wie sie ihr häusliches Leben gestalten konnte, damit sich Ross in den achtzehn Monaten, die ihm noch blieben, bis er auf die Uni gehen würde, hier wohlfühlte. Es musste ein System her, damit die planlosen Ausflüge zu Tankstellenshops aufhörten. Das Cottage musste gemütlicher werden. Alles bestand aus Holz und Stein, und Ross bevorzugte offenbar die gesichtslosen, mit Teppichboden und Zentralheizung ausgestatteten Häuser seiner Freunde. Sie musste sich endlich wie eine richtige Mutter benehmen.

Jenny hatte sich gerade überwunden, nach oben zu gehen, weil sie den Saustall von seinem Zimmer aufräumen wollte, als es an der Haustür klingelte. Vorsichtig schaute sie um den Vorhang des Flurfensters herum und war erleichtert. Es war nicht Ross, der zurückkam, um sie zu beschimpfen. Es war Steve.

Sie öffnete. Er stand in Wanderstiefeln und einem dicken Mantel vor ihr, eine Taschenlampe in der Hand. Alfie, sein Border Collie, schnüffelte im Vorgarten.

»Lange nicht gesehen«, sagte Jenny. Gegen ihren Willen klangen die Worte vorwurfsvoll.

Er lächelte entschuldigend. »Ich dachte, es wär mal wieder an der Zeit.«

»Möchtest du hereinkommen?«

»Ich gehe mit Alfie spazieren. Er war den ganzen Tag zu Hause. Willst du mitkommen? Es ist ein wunderschöner Abend.«

In schnellem Tempo gingen sie die steile, schmale und von dichten Hecken gesäumte Straße hinauf und bogen dann in einen Feldweg ein, der in den Wald führte. Alfie rannte ihnen voraus, die Schnauze am Boden, und brach ab und zu ins Unterholz aus. Jenny ging neben Steve. Ihre Arme berührten sich, aber keiner war gewillt, die Hand des anderen zu nehmen. Seit sie sich im letzten Juni erstmals begegnet waren, hatten sie nicht mehr als ein halbes Dutzend Nächte miteinander verbracht und nur ein Mal über ihre »Beziehung« geredet. Zu einem Ergebnis waren sie nicht gekommen, außer dass Steve nach zehn Jahren in der Wildnis bereit gewesen war, sein Architekturstudium wieder aufzunehmen und einen Abschluss zu machen. Um finanziell zu überleben, hatte er sein Bauernhaus an ein paar Londoner vermietet, die an den Wochenenden aufs Land fuhren, und wohnte jetzt in einem Raum, den er sich über der Scheune eingerichtet hatte. Er hatte nie gefragt, ob er bei ihr einziehen könne, und sie hatte es ihm nie angeboten. Allerdings konnte Jenny nicht behaupten, dass sie es nicht in Erwägung gezogen hätte. Allein zu wohnen war in Ordnung, aber mit einem launischen Teenager zusammenzuleben konnte verdammt einsam sein. Es hatte Zeiten gegeben, in denen sie sich die Durchsetzungskraft eines Mannes gewünscht hätte, um die Spannungen zwischen ihr und Ross zu lösen.

Gefrorener Matsch knirschte unter ihren Füßen. Ein Waldkauz rief, und aus den Tiefen des Waldes war eine Antwort zu hören.

»Weißt du, warum ich so gerne nachts hierherkomme?«, sagte Steve. »Man sieht keine Menschenseele. Alle hocken vor dem Fernseher und haben keine Ahnung, was es vor ihrer Haustür zu entdecken gibt.«

Er war stolz darauf, dass er nie einen Fernseher besessen hatte. Jenny hatte mal zu ihm gesagt, dass er für einen überzeugten Antimaterialisten ziemlich viel Ehrgeiz darauf verwende, sich von anderen in Äußerlichkeiten zu unterscheiden. Er hatte den Scherz nicht verstanden.

»Ist das deine Vorstellung von Glück – keinem anderen Menschen zu begegnen?«, fragte sie.

»Ich mag den Frieden.«

»Allein zu sein jagt den meisten eine Wahnsinnsangst ein.«

»Weil sie Angst vor sich selbst haben.«

»Du nicht?«

»Nein. Nie.«

In dieser Hinsicht hatte er sich verändert: Seit er kein Gras mehr rauchte, war er offener geworden. Er beantwortete Fragen, auf die er früher geschwiegen oder nur mit den Achseln gezuckt hätte. Jenny mochte seine neue Art.

»Macht es dir dann nichts aus, den ganzen Tag mit anderen Menschen in einem Büro zu sein?«, fragte sie.

»Das schaffe ich schon. Die meisten von uns haben eine Menge gemeinsam.«

»Ich dachte, Idealisten geraten unentwegt aneinander.«

»Bis jetzt nicht.«

Ihrem Zynismus zum Trotz gefiel ihr die Idee, dass Steve und seine selbst ernannten »Ökotekten« ihre Zeit dem Versuch opferten, die Welt zu einem schöneren, harmonischeren Ort zu machen. Ihre eigene Arbeit war immer ein einziger Kampf gewesen, und das schien sich auch nicht zu ändern.

»Tut es dir nicht leid, dass du dein Haus vermietet hast?«

»Doch, es ist furchtbar, aber es ist ja nicht für lange. In ein, zwei Jahren werde ich alles wieder übernehmen.«

»Dann wirst du vielleicht andere Pläne haben.«

»Wer weiß.«

Seine Antwort überraschte sie. Er hatte von seinem Hof immer in einer Weise gesprochen, als würde er seinem Leben Sinn und Beständigkeit verleihen. Die Wälder, in denen er arbeitete, und das Gemüse, das er zog, waren seine Welt. Alles andere diente nur dazu, ihm ein Leben in der Natur zu ermöglichen. Einen Moment lang hatte sie das Gefühl, ihn nicht zu kennen, dabei hatte sie ihm doch selbst das Stichwort gegeben. Vielleicht hatte sie seine Veränderung im Unterbewusstsein auch schon geahnt.

»Du könntest dir wirklich vorstellen, woanders zu wohnen?«

»Ich bin für alles offen.«

»Wahnsinn.«

Er schaute sie an. »Du bist es doch, die mich dazu gebracht hat.«

»Vielleicht war ich auch nur der nötige Vorwand?«

Er schaute weg. »Du kannst nie ein Kompliment einfach so hinnehmen, oder?«

Sie gingen schweigend weiter. Steve war in Gedanken versunken, und Jenny beschäftigte sich damit, sie zu erraten. Sie war es nicht gewöhnt, dass er so empfindlich reagierte. Er war immer so unbekümmert gewesen und hatte alles, was sie sagte, auf die leichte Schulter genommen. Ihre Beunruhigung wegen seiner Grübelei wuchs sich allmählich zu einem Unbehagen aus. Ihr wurde bewusst, wie wichtig es ihr war, dass sie gut miteinander auskamen, dass sie die Nacht miteinander verbringen würden und dass die Bilder von den Toten und den Vermissten, die ihre Gedanken bevölkerten, verschwinden würden.

Sie schob ihren Arm unter den seinen und drückte ihn fest an ihren Körper. Dann tastete sie nach seiner Hand und verflocht ihre kalten Finger mit den seinen. Sie waren warm und weicher, als sie sie in Erinnerung hatte. Sie gehörten zu Architektenhänden, nicht zu denen eines Arbeiters.

»Tut mir leid, dass so viel Zeit vergangen ist«, sagte sie leise. »Es ist nicht so, dass ich nicht an dich gedacht hätte.«

»Ist schon okay.«

»Es ist nicht so, dass ... Ich habe so viel mit mir selbst zu tun. Die Arbeit, Ross ...«

Steve zögerte, dann fragte er: »Gehst du noch zu dem Psychiater?«

»Ja. Mir geht es gut.«

»Sicher?«

»Warum? Wirke ich irgendwie merkwürdig?«

»Nein ... Überhaupt nicht.« In seiner Stimme klang eine gewisse Unsicherheit mit.

»Was ist los?«, fragte Jenny. »Du bist so anders als sonst.«

»Nichts.«

Sie umklammerte seine Hand fester, entschlossen, ihn zum Reden zu bringen.

»Es ist wirklich nichts.« Er seufzte. »Nur ... Kürzlich ist Sarah-Jane wieder aufgekreuzt ...«

»Oh.« Die Eifersucht schlug Jenny sofort auf den Magen. Für sie hatte Steves Exfreundin immer einer fernen Vergangenheit angehört. Bei den wenigen Gelegenheiten, bei denen er sie erwähnt hatte, hatte er sie ihr wie ein Monster beschrieben: hoch kreativ, gefühlsgesteuert, unberechenbar. Schamlos hatte sie ihm jahrelang das Leben zur Hölle gemacht, bevor sie ihn dann verließ, um die Männer der restlichen Welt zu beglücken.

»Verrückt wie gehabt. Sie hat behauptet, ich schulde ihr Geld. Als ich sagte, sie solle verschwinden, ist sie unter lautem Gezeter abgehauen. Mitten in der Nacht kam sie dann zurück und wollte in mein Bett kriechen.«

»Und?«

»Was denkst du denn?«

»Entschuldigung.« Sie wünschte, sie hätte die Frage nicht gestellt. »Ich wollte nicht ...«

»Ich weiß.« Steve ließ ihre Hand los. Gott, war er reizbar. »Ich weiß gar nicht, warum ich dir das überhaupt erzähle ... Eigentlich hätte ich gedacht, dass ich über sie hinweg bin, aber sie ist so eine Art Dämon. Du weißt schon – die Person in der Welt, die dich mit einem einzigen Wort vernichten kann.«

Jenny hatte ihn noch nie so aufgewühlt und nachdenklich erlebt, aber sie konnte ihn verstehen. Sie selbst kannte Frauen wie Sarah-Jane. Emotionale Parasiten, die Eigennutz und gewalttätige Launen als Kreativität ausgaben. Steve dagegen war methodisch, zielstrebig und außerdem, wie Jenny mit der Zeit gemerkt hatte, in mancher Hinsicht sehr feinfühlig. Am liebsten hätte sie ihn mit nach Hause genommen, ihn getröstet und aufgebaut. Gleichzeitig aber hatte sie Angst, ihn zu sehr zu bemuttern und ihn dadurch noch stärker von sich zu stoßen.

Sie wollte etwas Nettes und Intelligentes sagen, tatsächlich aber sagte sie: »Das Letzte, was du vermutlich brauchst, ist noch eine komplizierte Frau, mit der du dich herumschlagen musst.« Noch als sie die Worte aussprach, merkte sie, wie bedürftig sie klangen.

»Es ist kalt. Ich sollte dich heimbringen«, sagte Steve.

Er begleitete sie bis zur Haustür und verschwand, ohne auf den üblichen Moment zu warten, in dem sie ihn hereinbat. Sie war verwirrt. Er war zu ihr gekommen, aber ab einem gewissen Punkt während ihres Spaziergangs hatte sie sich gefühlt, als würde sie sich ihm aufdrängen. Eigentlich hatte sie gedacht, ihn mittlerweile zu verstehen und ihn von seiner gelegentlichen Melancholie befreien zu können. Doch heute hatte nichts funktioniert.

Ross war noch nicht wieder zu Hause, und das Cottage war kalt und ruhig. Als Jenny in der Stille stand, hörte sie, wie sich das alte Gemäuer knackend bewegte. Ihre Einbildungskraft verwandelte die Geräusche selbst in ihrem fünften Lebensjahrzehnt noch in Gespenster. Ein leises Klopfen in der Warmwasserleitung wurde zum verlorenen Geist der Jane Doe, der ruhelos umherwanderte und nach einer irdischen Seele suchte, der er seine Geheimnisse ins Ohr flüstern konnte.

Jenny zog sich in das kleinste, sicherste Zimmer zurück, in ihr Arbeitszimmer direkt neben der Treppe. Sorgsam schloss sie die Tür hinter sich und schaltete den Heizlüfter an, mehr wegen seines beruhigenden Geratters als wegen der schwachen Heizkraft. Aus der untersten Schreibtischschublade holte sie ein Notizbuch hervor, das als das Tagebuch für Dr. Allen dienen sollte. Einen Moment lang schloss sie die

Augen und ließ ihre Gefühle so klar in ihr Bewusstsein dringen, wie sie es ertragen konnte. Dann schrieb sie.

Montag, den 25. Januar
Sie haben mich gefragt, ob ich glaube. Mir ist nicht klar, was das bedeutet. Habe ich eine Religion? Nein. Glaube ich an einen Gott und den Teufel? Ja. An Himmel und Hölle? Ich denke schon. Warum? Weil ich den Raum dazwischen kenne, die Vorhölle. Der Ort, vor dem ich mich fürchte. Der leere Raum, die Vergessenheit, in der die Seelen warten, unfähig, irgendetwas zu fühlen oder zu wissen, wie oder warum. Ich hasse es zu wissen. Ich wünschte, ich könnte alles ins Hier und Jetzt herüberziehen, könnte in der Gegenwart leben, fröhlich und ignorant. Doch aus irgendeinem Grund hat man mir den Blick darüber hinaus ermöglicht, und ich wünschte, ich könnte die Tür schließen.

4

Alison legte schnell den Hörer auf, als Jenny ins Büro kam. Sie wirkte nervös.

»Alles in Ordnung?«, fragte Jenny.

»Ja.«

Jenny war klar, dass nichts in Ordnung war, aber sie wusste auch, dass es Alison stören würde, wenn sie nachbohrte. Aus Gesprächsfetzen, die sie von Telefonaten mitbekommen hatte, hatte sie geschlussfolgert, dass Alison und ihr Ehemann Terry gerade eine schwere Zeit durchmachten. Er war ebenfalls Polizist gewesen und wechselte jetzt von einem frustrierenden befristeten Job zum nächsten. Zuletzt hatte er für einen Privatdetektiv gearbeitet, der bei einem Versicherungsunternehmen unter Vertrag stand. Terrys Aufgabe war es gewesen, Leuten hinterherzuspionieren, die Versicherungsleistungen in Anspruch nehmen wollten. Alison hatte es geschmacklos gefunden, jemandem mit einer Videokamera zu folgen, um zu dokumentieren, dass er, obwohl krankgeschrieben, mit seinen Kindern Fußball spielte, aber Terry wollte unbedingt eine Eigentumswohnung an einem spanischen Golfplatz kaufen, und es war ihm ziemlich egal, woher das Geld dafür kam.

»Mrs. Jamal hat Ihnen eine Nachricht hinterlassen«, sagte Alison knapp. »Fünf Nachrichten vielmehr.«

»Oh. Was wollte sie?«

»Größtenteils sich über die Polizei beschweren. Dass da

nur Lügner und Kriminelle arbeiten, die gerne wehrlose Frauen einschüchtern. Wenn sie nicht Muslima wäre, würde ich sagen, sie hat ein bisschen zu viel getrunken.«

Jenny ignorierte Alisons Seitenhieb, ging in ihr Büro und hörte die Nachrichten ab. Mrs. Jamal hatte zuerst um zehn Uhr abends angerufen, die letzte Nachricht war nach Mitternacht hinterlassen worden. Sie klang müde, einsam und verzweifelt, aber nicht verwirrt. Offenbar hatte sie ihre quälenden Gedanken mit irgendjemandem teilen wollen. Im Zentrum ihrer Klagen stand die Überzeugung, dass die Polizei viel mehr über das Verschwinden ihres Sohnes wusste, als sie zu erzählen bereit war. Jenny konnte sie verstehen, aber ihr Gefühl sagte ihr, dass Mrs. Jamals Verdacht unbegründet war. Schon unter normalen Bedingungen war es schwer genug, die Polizei dazu zu bringen, eine vermisste Person zu suchen. Zwei junge Indopakistaner, die mit dem Extremismus geliebäugelt und das Land verlassen hatten, warfen heikle Probleme auf. Nach einer flüchtigen Suche würde die Akte mit dem Vermerk »Keine weiteren Ermittlungen« wieder im Regal landen.

Jenny zögerte zurückzurufen, rang sich dann aber dazu durch, weil sie zumindest ein paar grundlegende Dinge klären wollte.

Sie wählte Mrs. Jamals Nummer, geriet an einen Anrufbeantworter und hinterließ eine Nachricht auf dem Band. »Mrs. Jamal, hier ist Jenny Cooper, Coroner des Severn Vale District. Vielen Dank für Ihre Anrufe. Ich kann Ihnen versichern, dass ich dem Fall Ihres Sohnes meine volle Aufmerksamkeit widmen werde, aber wenn Sie vielleicht berücksichtigen könnten …«

Am anderen Ende wurde der Hörer abgenommen. Angespannt flüsterte Mrs. Jamal: »Sie haben mich beobachtet, Mrs. Cooper. Ich weiß es. Sie können von der anderen Straßenseite aus in meine Wohnung sehen. Die Männer sitzen in einem Auto. Einer von ihnen hat letzte Nacht hier einzubrechen versucht. Ich habe gehört, wie an der Tür herumhantiert wurde.«

»Das muss alles sehr beängstigend für Sie sein, Mrs. Jamal, aber Sie müssen mir vertrauen …«

»Nein, Mrs. Cooper, ich sage die Wahrheit. Jahrelang war Ruhe, aber jetzt sind sie wieder zurück. Ich kann sie von meinem Fenster aus sehen. Es sind zwei. Sie sind auch jetzt da.«

Legte sie jetzt auf, würde dies möglicherweise nur eine weitere Flut von Anrufen provozieren. Jenny beschloss, Mrs. Jamal entgegenzukommen. »Okay. Vielleicht könnten Sie zum Fenster gehen und mir sagen, wie die Männer aussehen und was für ein Auto sie fahren.«

Sie hörte, wie der Hörer hingelegt wurde und Füße über den Boden liefen. Ein Geräusch, als der Vorhang beiseitegezogen wurde, dann ein überraschter Ausruf.

Mrs. Jamal kam zum Telefon zurück. »Sie sind weg. Sie müssen uns gehört haben.«

»Aha«, sagte Jenny geduldig. »Ich möchte, dass Sie von nun an Folgendes tun: Melden Sie sich immer bei mir, wenn Sie irgendetwas bemerken, von dem Sie denken, dass ich es wissen sollte. Sobald ich ein paar Ermittlungen angestellt habe, werde ich eine gerichtliche Untersuchung einleiten.«

»Wann?«

»Das kann ich nicht genau sagen. Bald. In ein, zwei Wochen. Wenn Sie in der Zwischenzeit irgendetwas stört oder beängstigt, dann müssen Sie die Polizei verständigen.«

»Glauben Sie etwa, das hätte ich nicht getan? Ich rufe permanent dort an, und jedes Mal bekomme ich dieselbe Antwort: Name, Adresse, Nummer des Verbrechens. Wozu soll man sich an die Polizei wenden?«

Jenny hielt den Hörer vom Ohr weg, während Mrs. Jamal zu einer Tirade ansetzte. Als sie nach einiger Zeit noch immer keine Anstalten machte aufzuhören, unterbrach Jenny sie ruhig und versprach, sich zu melden, sobald sie irgendetwas herausbekommen hätte.

Alison kam aus dem Empfangsbereich herein und lächelte süffisant. »Wenn Sie mögen, kann ich ihre Nummer sperren lassen.«

»Sie wird sich schon beruhigen.«

»Sind Sie sicher, dass Sie den Fall übernehmen wollen? Es ist ja nicht so, dass sie mir nicht leidtäte, aber es gibt Leute, bei denen man einfach so ein Gefühl hat.«

»Und was sagt Ihnen Ihr Gefühl?«

Alisons Blick wirkte gequält. »Wir sind beide Mütter, Sie wissen doch, wie das ist. Wenn Ihnen irgendjemand irgendetwas über Ihren Sohn erzählt, das Sie nicht glauben möchten, wie würden Sie sich dann fühlen?«

Es war eins der seltenen Male, dass Alison ihre Tochter Bethan, ihr einziges Kind, immerhin indirekt erwähnte. Jenny wusste nur, dass sie dreiundzwanzig war und in Cardiff lebte. Da sie spürte, dass Alison aus Erfahrung sprach, sagte Jenny: »Ich werde Mrs. Jamal in einem lichten Moment erklären, dass die Untersuchung eines Coroners unparteiisch ist und nicht dazu dient, ihre Theorien zu bestätigen.«

»Viel Erfolg.« Alison reichte ihr einen Zettel mit einem Namen und einer Telefonnummer.

»Wer ist das?«

»Kriminalinspektor Dave Pironi, ein alter Freund und Kollege von mir«, sagte Alison. Im Klartext hieß das, dass Jenny den Kontakt nicht überstrapazieren durfte. »Er hat damals die Observierung der Al-Rahma-Moschee geleitet.«

»Danke. Gibt es irgendetwas, das ich über ihn wissen sollte?«

»Er ist ein guter Mensch. Hat vor ein paar Jahren seine Frau verloren. Brustkrebs. Sein Sohn ist Unteroffizier bei den Schützen. Er ist gerade zum dritten Mal nach Afghanistan aufgebrochen.«

Jenny nickte. Die Botschaft war angekommen.

Sie verabredeten sich an einem neutralen Ort, in einem Café einer großen Kette zwischen Jennys Büro und New Bridewell, wo Pironis Polizeiwache lag. Jenny war als Erste da und setzte sich möglichst weit weg von den Lautsprechern, aus denen ein alter Fleetwood-Mac-Song wummerte.

Aus dem knappen Telefongespräch hatte sie den Eindruck gewonnen, dass Kriminalinspektor Pironi ein mürrischer, einsilbiger Mann war. Bestimmt ein typischer Polizeibeamter mit feistem Gesicht und leerem Blick, den nichts mehr schockieren konnte. Der Mann, der jetzt mit einem Espresso und einem Glas Wasser zu ihr herüberkam, wirkte eher wie ein Geschäftsmann, der soeben einen lukrativen Deal abgeschlossen hat. Er war Anfang fünfzig und sah für sein Alter ausgesprochen gut aus. Unter einem Wollblazer trug er ein schwarzes Strickshirt, beides edel und lässig, wahrscheinlich aus Italien. Ihr Blick fiel auf seine Fingernägel: Sie waren gefeilt und poliert.

»Mrs. Cooper?« Er sprach mit leichtem Waliser Akzent.

»Ja.« Sie erhob sich kurz von ihrem Stuhl und schüttelte seine Hand.

»Leider habe ich nicht viel Zeit.«

»Kein Problem. Liegt etwas Aufregendes an?«

»Ich muss vor Gericht aussagen. Haben Sie von Marek Stich gehört? Ein Tscheche. Hat letztes Jahr einen uniformierten Kollegen erschossen. Hartes Stück Arbeit.«

»Kann ich mir vorstellen. Nachtclubbesitzer, oder?«

»Der Club ist eins seiner Interessengebiete. Unser Junge

war gerade fertig mit der Ausbildung. Er hat Stich rausgewunken, weil er bei Rot über die Ampel gefahren war, und *peng.*«

»Wird man ihn rankriegen?«

»Das hoffe ich doch. Allerdings nur wegen der gerichtsmedizinischen Daten. Kein Zeuge hatte den Mumm auszusagen.« Er schüttelte den Kopf, als er Süßstoff in den Espresso rührte. »Wissen Sie, was die Leute wirklich gegen die Polizei aufgebracht hat? Die Radarkameras am Straßenrand. Die Maschine als Richter, Jury und Vollstrecker in einem, ohne jeden Ermessensspielraum. Das bringt die Leute dazu, jegliche Autorität zu verachten.«

»Sie sind ein Typ, der im Zweifelsfall auf der Seite des Angeklagten steht, stimmt's?«

»Das war ich schon immer.« Er lächelte, als er die Tasse zum Mund führte.

Jenny versuchte, den schicken, modernen Kriminalinspektor mit dem Bild in Einklang zu bringen, das sie vom Polizeialltag hatte. Was sagte es über einen Polizisten auf dem Höhepunkt seiner Laufbahn aus, wenn er eine solche Selbstbeherrschung an den Tag legte? Was hatte er zu verbergen?

Sie ging zum Geschäftlichen über. »Alison hat mir erzählt, dass Sie mit der Observierung der Al-Rahma-Moschee betraut waren.«

»Mhm.« Mit kontrollierter Präzision setzte er die Tasse zurück auf die Untertasse.

»Können Sie mir erzählen, wonach Sie gesucht haben?«

»Uns waren Informationen zugetragen worden, dass Extremisten dort Zellen aufbauen, um junge Leute für die Hizb ut-Tahrir und andere Organisationen anzuwerben. Damals hatten wir noch keine Informanten. Drei Monate lang mussten wir warten und beobachten, um an Namen, Zeiten und Ortsangaben zu kommen.«

»Dürfen Sie sagen, woher die Informationen stammten?«

»Formulieren wir es mal so: Wir waren einer der Partner in dieser Geschichte.«

»Neben den Geheimdiensten?«

»Ich bin nur ein bescheidener Kriminalinspektor, Mrs. Cooper. Wenn ich auf solche Fragen eine klare Antwort geben würde, käme ich in Teufels Küche.«

Der Polizist in ihm hatte das Wort ergriffen: Pironi ließ etwas durchblicken, tat aber so, als würde er es nicht tun, und hielt sich dabei für unheimlich schlau.

»Lassen Sie uns eine rein theoretische Situation annehmen«, sagte Jenny. »Sagen wir mal, der MI5 hat einen Tipp bekommen und möchte, dass eine Moschee beobachtet wird. Man tritt in Kontakt mit den Ordnungskräften vor Ort und bringt sie dazu, die Warterei in den Autos zu übernehmen, richtig?«

»In den letzten Jahren haben sie eine Menge Leute neu eingestellt. Vermutlich würden die das jetzt selbst machen.«

»Aber damals?«

»Damals waren wir alle ein bisschen dümmer.«

»Was soll das heißen? Dass Dinge übersehen wurden, die man nicht hätte übersehen dürfen?«

»Ich sage nur, dass wir es jetzt anders handhaben würden. Heute hätten wir unsere Kontaktpersonen und würden schneller zum Kern der Sache vorstoßen. Wir würden Ärger vermeiden, bevor etwas passiert.«

Jenny strich sich das Haar aus der Stirn und bedachte ihn mit einem unschuldigen Blick, der ihn vielleicht ein wenig ablenken, ein wenig unachtsam werden lassen würde. »Nazim Jamal und Rafi Hassan waren vermutlich zwei der jungen Männer, die Sie observiert haben, oder?«

»Ja.« Seine Augen glitten über ihren Hals zum Ausschnitt ihrer Bluse.

»Wie lange?«

»Ein paar Wochen, wenn ich mich recht entsinne.«

»Haben Sie irgendeine Vorstellung, was in der Nacht des 28. Juni 2002 mit ihnen passiert ist?«

»Nachdem sie das Treffen verlassen haben? Nein.«

»Niemand ist ihnen gefolgt?«

»Meine Leute haben sie aufbrechen sehen, aber ihre Aufgabe war es, dort zu bleiben und zu beobachten, wer ein und aus ging. Sie sollten den beiden nicht quer durch die Stadt folgen.«

»Glauben Sie, dass sie in jener Nacht ins Studentenheim zurückgekehrt sind?«

»Ich bin mir sicher, dass Sie den Bericht meines Teams gelesen haben, Mrs. Cooper. Wir wissen es nicht hundertprozentig, aber sie wurden am nächsten Morgen im Zug nach London gesehen.«

»Haben Sie irgendeine Idee, wohin sie anschließend gegangen sein könnten?«

»Die Aufnahmen der Überwachungskameras in der Paddington Station waren schon überspielt, als wir sie uns ansehen wollten. Die Spur hat sich verlaufen. Wir haben noch herausfinden können, dass es über Frankreich, Italien und den Balkan Schleichwege gab, aber niemand hat die beiden mehr gesehen. Wenn sie es bis in die Türkei geschafft haben, hätten sie einen Flug nach Kabul, Islamabad oder sonst wohin nehmen können.«

Er trank den letzten Schluck von seinem Espresso und tupfte sich mit der Serviette den Mund ab.

»Gehe ich recht in der Annahme, dass Ihre Partner nach dem Verschwinden der beiden die Leitung des Falls übernommen haben?«, fragte Jenny.

»Wir haben alles getan, was im Bereich unserer Möglichkeiten lag. Ob andere die Sache weiterverfolgt haben, weiß ich nicht. Wir wurden nicht mehr über den Fall informiert.«

»Unter den Papieren, die Mrs. Jamal mir gegeben hat, finden sich nur wenige Aussagen von Polizisten. Ich nehme an, dass Ihre Leute detaillierte Beobachtungsprotokolle geschrieben haben.«

»Wir haben getan, was man von uns verlangte«, sagte er und schaute auf seine teure goldene Uhr. Wahrscheinlich trug er die auch bei Verhören, damit die Verbrecher gleich kapierten, dass auch ein Bulle auf Statussymbole nicht verzichten musste.

»Gibt es Namen? Was ist mit Leuten, die die jungen Männer gekannt haben? Unter den Personen, die unter Beobachtung standen, müssen sie doch Freunde und Gleichgesinnte gehabt haben.«

Pironi sah aus dem Fenster. Jenny wusste, dass er sich auf schmalem Grat bewegte. Während der gemeinsamen Ermittlungen mit den Geheimdiensten war er vermutlich ständig ermahnt worden, dass absolute Diskretion unabdingbar war. Jenny spürte aber auch, dass Pironis Eitelkeit es nicht zulassen würde, sie mit leeren Händen ziehen zu lassen.

»Sie kennen die Gepflogenheiten«, sagte er. »Alles, was ich Ihnen sagen kann, sind die Namen in unseren Aussagen, die wir für besonders wichtig gehalten haben. Es gab einen Mullah, Sayeed Faruq, der damals um die dreißig gewesen sein muss und ein paar Wochen später nach Pakistan gegangen ist. Er hat nie mit uns gesprochen, und er ist auch nie wiedergekommen. Dann war da noch ein anderer Bursche, ein Radikaler. Wir denken, dass er die *halaqah* ins Leben gerufen hat. Sein Name war Anwar Ali. Er ging regelmäßig in die Moschee und hielt in seiner Wohnung kleinere Treffen ab. Ich habe mich selbst um ihn gekümmert und konnte ihm nie etwas nachweisen, trotzdem hatte ich das Gefühl, dass er junge Leute anwirbt und weitervermittelt. Er hat noch studiert … Politik und Soziologie oder so etwas.«

»Wissen Sie, was aus ihm geworden ist?«

Pironi betrachtete seine gepflegten Hände. »Ich habe mich einverstanden erklärt, mich heute mit Ihnen zu treffen, weil Alison eine gute Freundin von mir ist. Wir haben vor fünfzehn Jahren auf derselben Wache gearbeitet. Sie hat in ihrem Leben ziemlich viel riskiert, und jetzt ist nicht der richtige Zeitpunkt, um noch eins draufzusetzen. Ich wäre Ihnen dankbar, wenn Sie nicht Alison losschicken würden, um mit diesen Leuten zu sprechen.«

»Ich würde Alison nie etwas tun lassen, bei dem sie ein ungutes Gefühl hat.«

»Das habe ich nicht gemeint.«

Er sah ihr in die Augen. Offenbar traute er ihr nicht.

»Okay. Verstanden.«

»Gut.«

Er holte einen Zettel aus der Tasche und schob ihn unter die Untertasse.

»War nett, Sie kennenzulernen, Jenny.« Er stand auf.

»Noch etwas«, sagte sie. »Interessiert sich noch irgendjemand für den Fall?«

»Sie werden nicht lange in der Geschichte herumwühlen müssen, um das herauszufinden.«

Er eilte Richtung Tür.

Sie sah, wie er über die Straße lief und in einen Zivilstreifenwagen sprang, der auf der anderen Straßenseite parkte. Am Steuer saß ein junger Polizist. Jenny zog den zusammengefalteten Zettel unter der Untertasse hervor und faltete ihn auseinander. Auf dem Ausdruck stand der Name Anwar Ali, außerdem eine Adresse in Morfa, South Wales.

Es war schon später Nachmittag, als sie die dringendsten Vorgänge auf ihrem Schreibtisch abgearbeitet hatte. Zwischen den Papierbergen war auch Dr. Kerrs Obduktionsbericht zu den drei Afrikanern im Kühltransporter gewesen. Er hatte Farbe unter ihren Fingernägeln gefunden, was darauf hindeutete, dass sie, bevor sie der Kälte zum Opfer gefallen waren, sich zu befreien versucht hatten. Der Jüngste war ein etwa fünfzehnjähriger Junge, der nichts als ein Fußballshirt von Manchester United getragen hatte. Papiere oder Dokumente, die ihre Identifizierung ermöglichen würden, hatten sie nicht bei sich gehabt. Auch diese drei würden jetzt im Leichenhaus landen, bis die Polizei zu einem unbestimmten Zeitpunkt beschließen würde, die Ermittlungen einzustellen.

Als Alison wieder einmal in eins ihrer angespannten, geflüsterten Gespräche mit ihrem Mann vertieft war, nutzte Jenny die Gelegenheit und verließ das Büro. Ihre Assistentin sah sich in ihrer beruflichen Symbiose mit ihr immer noch als die Ermittlerin und betrachtete Jennys Versuche, selbst mit Zeugen zu sprechen, als Eindringen in ihren Zuständigkeitsbereich. Viele Coroner arbeiteten tatsächlich vom Schreibtisch aus und zogen es vor, ihre Assistenten loszuschicken, um Leute zu befragen und Aussagen aufzunehmen, doch außer falscher Prinzipienreiterei gab es keinen Grund, warum Jenny nicht selbst nach der Wahrheit suchen sollte. Jahrhundertealten Regeln zufolge war es die Pflicht eines Coroners, das Wer, Wann, Wo und Wie von Todesumständen herauszufinden, und Jenny hatte nie begriffen, wie das möglich sein sollte, ohne sich die eigenen Finger schmutzig zu machen.

Morfa war eine Siedlung aus den Sechzigerjahren und lag in einem Außenbezirk von Newport, dreißig Meilen nordwestlich von Bristol auf der Waliser Seite des Severn. Sie war ein verwahrloster Teil einer größtenteils in Vergessenheit geratenen Stadt und stammte aus einer Zeit, als die meisten walisischen Männer noch in den Kohlebergwerken und in der Stahlindustrie unterkamen. Die Siedlung aus identischen Betonklötzen in Fertigbauweise sollte die Arbeiter mit ihren Familien beherbergen. Jetzt wohnten darin die Arbeitslosen. Ganze Gruppen von kahl geschorenen Jungen und blassen, übergewichtigen Mädchen lungerten an den Ecken. Schrottreife Autos ohne Reifen waren auf Ziegelsteinen aufgebockt. Ein streunender Hund irrte über zugemülltes Brachland, das einst ein Park gewesen war. Morfa war kein Wohnviertel mehr, hier wurden Menschen lediglich verwahrt.

Zu den schon vorhandenen Problemen der Siedlung kam noch hinzu, dass sie mittlerweile ein Unterschlupf für Asylsuchende geworden war. Als Jenny durch das verwirrende Netz identischer Straßen fuhr, sah sie immer wieder in Gesichter aus dem Nahen Osten, Asien und Afrika. In einer Passage versteckte sich hinter schweren Stahlläden ein indischer Imbiss. Gleich daneben befand sich ein mit Brettern zugenageltes Spirituosengeschäft, in dem es offensichtlich gebrannt hatte.

Sie hielt vor dem Haus im Raglan Way. Da es fast am Ende einer Häuserreihe lag, hatte es wenigstens den Vorteil, dass man von hier aus auf die fernen Berge blicken konnte. Im Gegensatz zu den Nachbargrundstücken waren Eingangsweg und der kleine Vorgarten sauber und gepflegt, auch die Haustür war erst kürzlich frisch gestrichen worden. Eine kleine Oase des Stolzes in einer Wüste von Apathie.

Sie klingelte. Niemand öffnete, obwohl sie von drinnen Geräusche zu hören vermeinte. Sie versuchte es noch einmal, aber jetzt schlug ihr Stille entgegen. Als sie durch den Briefschlitz rufen wollte, stellte sie fest, dass er zugeschraubt war. Verärgert darüber, dass sie erneut hier herausfahren musste, wollte sie schon kehrtmachen, als sie sah, wie sich im Obergeschoss einer der schweren Vorhänge bewegte. Eine verschleierte Frau wich schnell wieder zurück. Jenny ging erneut zur Haustür und rief: »Sind Sie es, Mrs. Ali? Mein Name ist Jenny Cooper. Ich bin Coroner. Ich möchte mit Ihrem Ehemann sprechen. Es gibt keine Probleme mit ihm, es ist nur eine Routinebefragung.«

Sie wartete auf eine Antwort und hörte zögerliche Schritte eine Treppe herunterkommen.

»Was wollen Sie?«, fragte eine ängstliche Frauenstimme hinter der Tür.

»Ich untersuche den Fall eines jungen Mannes, der 2002 verschwunden ist. Sein Name ist Nazim Jamal. Ich habe gehört, dass Mr. Ali ihn gekannt hat.«

»Er ist nicht hier. Er ist noch bei der Arbeit.« Ihre Stimme klang jung. Ihr Akzent war eine Mischung aus Pakistani und Nordbritisch.

»Wann kommt er heim?«

»Das weiß ich nicht. Er ist bei einer Versammlung.«

»Sind Sie seine Ehefrau?« Keine Antwort. Jenny nahm eine Visitenkarte aus ihrem Portemonnaie und schob sie unter der Tür hindurch. »Hier, das ist meine Karte. Darauf können Sie sehen, wer ich bin. Ich bin keine Polizistin, aber Sie sind von Rechts wegen verpflichtet, mich bei meinen Ermittlungen zu unterstützen. Ich möchte nur wissen, wo ich Ihren Mann finden kann. Ich würde gerne mit ihm sprechen.«

Sie spürte die Panik und die Unentschlossenheit der Frau. Schließlich wurde die Karte zurückgeschoben. Auf ihr stand eine Telefonnummer.

Das Flüchtlingszentrum war in einem zweistöckigen Betongebäude inmitten der Siedlung untergebracht worden. Früher war es ein Pub gewesen. Große Buchstaben waren von der Fassade abgeschraubt worden und hatten ihre Spuren in hellerem Grau hinterlassen: The Chartist's Arms. Durch die halb geschlossenen Fensterläden eines Erdgeschossfensters konnte sie sehen, wie ein spindeldürrer Indopakistaner mit einer Frau und zwei kleinen Kindern im Schlepptau auf eine müde weiße Frau wild gestikulierend einredete. Sie schien taub für sein Gezeter zu sein und konzentrierte sich stattdessen auf die Papiere, die er ihr in einem großen Umschlag gegeben hatte. An den Wänden standen alte Aktenschränke, und vor den Fenstern waren Gitter angebracht, um die wenigen klapprigen Computer und ein ältliches Kopiergerät zu schützen.

Anwar Ali kam selbst an die Tür. Jenny schätzte ihn auf Anfang dreißig, auch wenn Vollbart, Anzug und Krawatte ihn älter aussehen ließen. Er begrüßte sie knapp und führte sie ins obere Stockwerk, in ein kleines, aufgeräumtes Büro. Auf der anderen Seite des schmalen Flurs befand sich ein Klassenraum. Die Schüler eines Sprachkurses rezitierten gerade im Chor: »Pleased-to-meet-you.« In einem Regal standen ordentlich sortiert Bücher, sowohl auf Englisch als auch in einer Sprache, die Jenny für Urdu hielt.

»Was kann ich für Sie tun, Mrs. Cooper?«, fragte Ali. Er kaschierte seinen Ärger über ihre Anwesenheit nur mühsam mit einer oberflächlichen Höflichkeit.

»Sie wurden mir als jemand genannt, der mit Nazim Jamal und Rafi Hassan zu tun hatte, bevor die beiden verschwanden.«

»Von wem?« Er sprach klar und deutlich und trat auf wie ein Mann mit einem scharfen und analytischen Verstand. Er gehörte zu der Sorte Mensch, die Jenny Angst einjagte. Und Ali schien gereizt zu sein. Sie musste sich vorsehen.

»Von der Polizei. Angeblich sind Sie mit Jamal und Hassan in den Monaten zuvor in die Al-Rahma-Moschee gegangen und haben in Ihrer Wohnung in der Marlowes Road eine *halaqah* abgehalten. Ich hoffe, ich habe das richtig ausgesprochen.«

»Ihre Aussprache ist gut. Beschäftigt sich die Polizei immer noch mit der Geschichte?«

»Damals hat man Sie als radikal eingeschätzt. Wie die Polizei das heute sieht, weiß ich nicht.«

»Erfreulicherweise haben wir wenig miteinander zu tun. Die kurze Zeit in widerrechtlicher Haft hat mir vollkommen gereicht. Ich weiß immer noch nicht, ob ich von der Polizei oder von den Geheimdiensten festgehalten wurde. Ich wurde geschlagen und getreten. Man hat mir Essen und Schlaf entzogen. Ich durfte mich nicht waschen, wurde beim Beten gestört und musste auf den Fußboden urinieren. Sie haben nichts gefunden, und ich wurde nicht angeklagt, weder damals noch sonst jemals.« Er beugte sich vor. »Ich sollte wohl äußerst genau hinhören, was Leute, die sich so benehmen, Ihnen erzählen, Mrs. Cooper. Ich sage Ihnen, die haben nichts mit Schuld, Unschuld oder Wahrheit am Hut, sondern wollen einzig und allein Muslime hinter Gitter bringen.«

»Mrs. Jamal hat man erzählt, dass Sie der Hizb ut-Tahrir angehören.«

»Sie klingen genau wie die Polizei. Ich dachte, der Coroner hätte eine andere Funktion?«

Er lehnte sich zurück und betrachtete sie, während er auf eine Erwiderung wartete.

»Nazim Jamal wurde offiziell für tot erklärt. Meine Aufgabe ist es herauszufinden, wie er gestorben ist.«

»Ich dachte, er sei nur *vermutlich* tot. Das wäre dann kein hinreichender Grund für eine gerichtliche Untersuchung.«

»Dies hier sind die einleitenden Ermittlungen. Mrs. Jamal hat ein paar Jahre in der Vorhölle verbracht. Meiner Meinung nach ist es das Mindeste, was ich für sie tun kann.« Jenny bemühte sich um ein aufrichtiges Lächeln. »Ich nehme an, dass Sie den beiden damals nahestanden oder mit ihnen vielleicht sogar befreundet waren?«

»Ja, eine Weile lang.«

»Gibt es etwas, von dem Sie denken, dass die Familien der beiden es wissen sollten?«

»Da gibt es nichts zu erzählen. Wir sind zur Moschee gegangen und haben manchmal miteinander studiert. Das ist alles.«

»Würden Sie mir verraten, was Sie studiert haben?«

»Religiöse Sachverhalte.«

Sie nickte zum Bücherregal hinüber. »Waren diese Studien politisch?«

»Wir waren Studenten. Wir haben über alles Mögliche diskutiert.«

»Sieben Jahre sind eine lange Zeit. Ich nehme an, Sie haben sich seither verändert?«

Er schüttelte den Kopf. »Sie haben wirklich Ihren Beruf verfehlt, Mrs. Cooper. Ich bin«, er machte eine Pause, um seinen Worten Nachdruck zu verleihen, »und war nie ein Befürworter von Gewalt.«

»Wissen Sie, wohin die beiden verschwunden sind, Mr. Ali?«

Er hielt ihrem Blick stand, ohne zu blinzeln. »Glauben Sie ernsthaft, dann hätte ich es ihren Familien nicht erzählt?«

»Haben die beiden je die Absicht erwähnt, ins Ausland zu gehen, zum Beispiel nach Afghanistan?«

»Nein.«

»Sie wissen, dass die beiden am nächsten Morgen in einem Zug nach London gesehen worden sein sollen?«

»Wenn das stimmt, hatte ich keine Ahnung davon.«

»Die Polizei denkt, dass Sie eine Art Anwerber waren. Angeblich haben Sie idealistische junge Männer angelockt und an gefährliche Fanatiker weitervermittelt.«

»Die Polizei denkt viel und versteht wenig.«

»Was ist Ihrer Meinung nach geschehen? Sie müssen doch eine Theorie haben.«

Er senkte für einen Moment den Blick, wählte seine Worte sorgfältig. »Ich hatte viel Zeit, mir Gedanken zu machen, und kann nur zwei Schlüsse ziehen. Erstens: Auch wenn wir jemanden zu kennen meinen, kann sich herausstellen, dass wir uns in ihm irren. Und zweitens: Selbst in diesem Land zählt das Leben eines Muslims nicht viel.«

»Sagen Sie mir die ganze Wahrheit, Mr. Ali?«

»Die beiden jungen Männer waren nicht einfach irgendwelche Freunde von mir, sie waren meine Brüder. Warum sollte ich Sie belügen?«

Aus allen möglichen Gründen, dachte Jenny, aber es hatte wenig Sinn, die Sache noch weiter zu vertiefen. Das Beste, was sie tun konnte, war, an sein Gewissen zu appellieren und dann zu gehen. »Ich bitte Sie nur um eins«, sagte sie. »Denken Sie an Mrs. Jamal. Nazim war ihr einziges Kind.« Sie holte eine Visitenkarte hervor und legte sie auf seinen Schreibtisch. »Sie hat ein Recht darauf, die Wahrheit zu erfahren, auch wenn die Öffentlichkeit sie nicht kennen darf.«

Er stand nicht auf, um sie hinauszubegleiten. Als sie die Hand auf die Türklinke legte, sagte er: »Seien Sie vorsichtig, wem Sie trauen, Mrs. Cooper. Will einem ein Freund die Kehle durchschneiden, so sieht man ihn meistens nicht kommen.«

Alis Abschiedsworte klangen noch in ihr nach. Sie wusste nicht, was sie von ihm halten sollte, war sich aber sicher, dass er in einer Welt lebte, die sie nicht verstand. Und dass er sie nervös gemacht hatte. Gut möglich, dass er früher ein Radikaler gewesen war, vielleicht sogar ein Fanatiker. Trotzdem konnte sie sich kaum vorstellen, dass man es einer muslimischen Mutter nicht auf irgendeine Weise mitteilen würde, wenn ihr Sohn sich freiwillig gemeldet hätte, um für eine heilige Sache zu kämpfen. Wenn Nazim und Rafi aber nicht fortgegangen waren, um mit den Mujahedin zu kämpfen, wohin konnten sie dann verschwunden sein? Sie waren doch kaum mit der Schule fertig gewesen. Vor Jennys geistigem Auge spielten sich düstere Szenarien ab. Vielleicht waren sie nach London gelockt und gegen ihren Willen in eine Organisation gezwungen worden. Vielleicht waren sie höchst lebendig und hatten sich zu eifernden Fanatikern entwickelt. Oder sie lebten auf der Flucht im Untergrund und hatten eine Heidenangst.

Im Moment war nur eins sicher: Wenn Ali mit ihrem Verschwinden irgendetwas zu tun hatte, dann würden alle, mit denen er in Kontakt stand, längst über sie und ihre Ermittlungen Bescheid wissen. Der gesunde Menschenverstand sagte Jenny, dass sie sich zurückziehen sollte, solange das noch möglich war. Aber jedes Mal, wenn sie einen Rückzug erwog, regte sich in ihrem tiefsten Innern Protest.

Sie kannte das Gefühl. So als hätte sie keine Wahl.

5

Um vom Innenministerium die Erlaubnis zu erhalten, eine gerichtliche Untersuchung zum Tod einer nur mutmaßlich toten und vermissten Person einleiten zu dürfen, musste Jenny die zuständigen Personen davon überzeugen, dass Nazim mit sehr hoher Wahrscheinlichkeit tatsächlich gestorben war. Streng genommen musste sie sogar Gründe für die Annahme vorlegen, dass sein Tod in ihrem Zuständigkeitsbereich oder zumindest in der Nähe eingetreten war. Da sie das aber unmöglich beweisen konnte, hoffte sie, mit Fällen argumentieren zu können, in denen Leichen aus dem Ausland heimgeflogen worden waren. Sollte Nazims Leiche jemals zurückkehren, würde sie in Jennys Zuständigkeitsbereich fallen. Das war ein schwaches Argument, aber wenn man es genau betrachtete, waren die Gegenargumente noch schwächer. Es lag ganz klar im öffentlichen Interesse zu erfahren, wo die beiden intelligenten jungen Männer abgeblieben waren. Die Verweigerung von Ermittlungen würde nach Vertuschung riechen, und eineinhalb Millionen muslimische Wähler waren eine zu starke Macht, als dass man es riskieren konnte, sie gegen sich aufzubringen.

Stabilisiert von ihrer morgendlichen Kombination aus Betablockern, die ihre körperlichen Angstsymptome in Schach halten sollten, und Antidepressiva, um ihre Stimmung zu regulieren, war Jenny bereit, sich den Herausforderungen zu stellen. Den Bericht für das Innenministerium wollte sie so schnell wie möglich schreiben, aber zunächst musste sie die zwei naheliegendsten Schritte unternehmen: Sie musste herausfinden, was über die beiden Jungen an der Universität bekannt gewesen war und was die Polizei noch an Unterlagen zu den damaligen Ermittlungen besaß.

Während sie wie jeden Morgen mit Ross zusammen in die Stadt fuhr, rief sie die Büros der Universität an. Ihr Sohn hatte sich die Kopfhörer vom iPod in die Ohren gestöpselt und hing noch halb schlafend auf dem Beifahrersitz. Jenny landete im Vorzimmer von Professor Rhydian Brightman, dem Vorsitzenden der Fakultät für Physik. Seine nicht allzu entgegenkommende Sekretärin erklärte ihr, dass er die gesamte nächste Woche ausgebucht sei, aber Jenny hielt ruhig dagegen, dass sie in ihrer Funktion als Coroner ermittele und die Weigerung, sie zu unterstützen, mit Gefängnis bestraft werden konnte.

Ross hatte während des Gesprächs aufgesehen und zog nun einen Stöpsel aus dem Ohr, um den Ausgang des Gesprächs mitzubekommen: Für den späten Vormittag wurde ein Treffen vereinbart.

»Wahnsinn«, sagte er. »Kannst du wirklich Leute ins Gefängnis schmeißen?«

»Wenn's sein muss.«

»Hast du das schon mal getan?«

»Letzten Sommer. Zwei Zeugen eines Verfahrens. Hat einen ganz schönen Aufruhr gegeben.« Sie schaute ihn lächelnd an, aber er wippte schon wieder mit dem Kopf zur Musik.

Alison begrüßte sie mit dem üblichen Stapel Arbeit und ein paar Anfragen von Familien, die eine Tochter vermissten und einen Blick auf die Jane Doe werfen wollten.

»Was ist mit den Laboruntersuchungen der letzten Gruppe? Sollten wir die Ergebnisse nicht erst abwarten?«, fragte Jenny.

»Die dauern mindestens vierzehn Tage. Keine Sorge, ich werde den Termin für später in der Woche ansetzen. Dann reicht die Schlange wahrscheinlich schon ein Mal um den Block.«

Jenny überflog die Anfragen und wunderte sich laut, dass es unglaublich sei, wie viele vermeintlich gut situierte junge Leute einfach aus ihrem Leben verschwanden. Wo blieben sie nur alle? Alison versicherte ihr, dass es jedes Jahr Hunderte, wenn nicht gar Tausende von solchen Fällen gab. Meist handelte es sich dabei um Personen, die einen psychischen Zusammenbruch erlitten hatten oder vor Schulden oder schlechten Beziehungen flohen. Die gute Nachricht war, dass bis auf einen geringen Bruchteil alle irgendwann wieder auftauchten.

Jenny reichte Alison einen Brief, den sie an den Polizeipräsidenten von Bristol und Avon geschrieben hatte. Sie forderte ihn auf, ihr den Zugang zu den Akten über den Fall der verschwundenen Jungen und über die Observation der Al-Rahma-Moschee und der *halaqah* in der Marlowes Road zu gewähren.

Alison verzog das Gesicht. »Sie verschwenden Ihre Zeit, Mrs. Cooper. Die haben die Akten nicht mehr da.«

»Woher wissen Sie das?«

»Ich habe gestern Abend mit Dave Pironi gesprochen. Am Nachmittag sind ein paar offizielle Typen mit einem ministeriellen Schreiben gekommen und haben alles mit nach London genommen.«

»Und wer waren diese Leute?«

»Das konnte er mir nicht sagen.«

»Aber er muss doch irgendeine Vermutung haben.«

Alison hielt sich bedeckt. »Ich hatte nicht den Eindruck, dass sie von der Polizei waren.«

»Dann vom MI5.« Jenny ging ins Internet und begann, nach einer Telefonnummer zu suchen.

Alison stand im Türrahmen und beobachtete sie.

»Was ist?«, fragte Jenny.

»Ich würde so etwas normalerweise nie sagen, Mrs. Cooper, aber Dave denkt, dass Sie sich nicht mit der Sache beschäftigen sollten.«

»Ach ja?« Sie hatte die Nummer von der Zentrale des MI5 gefunden und notierte sie. »Hat er etwas zu verbergen?«

»Nein, nichts. Es ist nur so, dass die Polizei mehr oder weniger umgangen wurde, nachdem die beiden verschwunden waren. Die Leute, die das Ganze überblicken – falls das überhaupt jemand kann –, stehen so weit oben in der Hierarchie, dass es witzlos wäre, sich auch nur auf die Suche nach ihnen zu machen. Insofern werden Sie mit Ihrer Untersuchung nichts erreichen, als sich Ärger einzuhandeln.«

»Das hat er Ihnen gesagt?«

»Nicht so ausführlich. Aber wenn er meint, dass Sie sich nicht mit der Sache beschäftigen sollen, dann wird er schon seine Gründe dafür haben.«

»Vielleicht hat er ja Lust, mir die Gründe in meiner Anhörung mitzuteilen.«

Alison seufzte resigniert. »Ich kann Ihnen versichern, dass niemand übermäßiges Mitleid mit den beiden Jungen hatte, aber selbst bei der Kripo war man mit dem Ausgang der Ermittlungen nicht glücklich. Ich weiß, dass Sie Polizisten für verkappte Rassisten halten, aber es waren damals umfangreiche Ermittlungen im Gange. Nach allem, was man zu der Zeit wusste, hätten sich die Burschen in einer Wohnung versteckt halten können, um sich Bomben um den

Leib zu schnallen. Man durfte nicht einmal Fotos …« Sie brach mitten im Satz ab, als sie merkte, dass sie zu viel erzählt hatte.

»Man durfte nicht einmal Fotos was?«

»Egal. Das war nur Kantinengeschwätz.«

»Wollen Sie mir mitteilen, dass Pironis Leute die Anweisung hatten, keine Ermittlungen anzustellen, wie sie normalerweise vermissten Personen zugutekommen?«

»Das hat er nicht behauptet.«

»Vielleicht sollten *Sie* in meiner Anhörung aussagen. Was hat man denn sonst noch so in der Kantine erzählt?«

»Ich wünschte, ich hätte nichts gesagt. Man wird Ihnen sowieso nicht die Genehmigung zu dieser Untersuchung erteilen.«

Jenny schaute von ihrem Bildschirm auf und spürte, dass Alison kurz davor war, panisch zu werden. »Pironi hat Sie gebeten, mich von dieser Sache abzubringen, nicht wahr?«

»Um so etwas würde er mich nie bitten. Aber wir wissen doch alle, dass die Schuldzuweisungen immer Leute auf den unteren Hierarchieebenen treffen. Dave hat nur noch wenige Jahre bis zu seiner Pensionierung. Die Behandlung seiner Frau hat er aus eigener Tasche bezahlt, und er braucht seine Rente. Wenn Sie sich unbedingt in die Sache reinhängen wollen, bitte ich Sie wenigstens, mir zu glauben. Er hätte niemals irgendetwas Schlechtes getan.«

Anscheinend neigte Alison dazu, bestimmte Männer, zu denen ihr Ehemann allerdings nicht zählte, auf ein Podest zu stellen. Harry Marshall, der ehemalige Coroner, der jetzt schon acht Monate tot war, hatte auch zu ihnen gehört. Jenny hegte keinerlei Zweifel, dass Dave Pironi ein perfekter Charmeur sein konnte, aber ihr war auch klar, dass ihre Mitarbeiterin ihre Urteilskraft einbüßte, wenn sie einen Mann attraktiv fand.

»Ich bin mir sicher, dass Sie recht haben«, sagte Jenny. »Trotzdem wäre ich Ihnen dankbar, wenn Sie den Brief abschicken könnten.« Sie griff nach einem Block und ließ ihn in ihre Aktentasche fallen. »Wir sehen uns dann später. Ich habe einen Termin an der Uni.«

Rhydian Brightman war ein großer, fahriger Mann mit ewig abwesender Miene. Er mochte höchstens ein, zwei Jahre älter sein als Jenny, aber er hatte nichts Jugendliches mehr an sich. Auf halber Höhe seiner Nase balancierte eine Brille mit dicken Gläsern. Sie trafen sich in einer überfüllten Cafeteria im Erdgeschoss des Physikgebäudes, weil ein Kollege angeblich Brightmans Büro belegte. Der wahre Grund war vermutlich, dass Jennys Anwesenheit ihn nervös machte. Er wirkte auf sie so überspannt wie jemand, der sich nur in seiner Welt und unter seinesgleichen wohlfühlt. Neugierige Coroner kamen darin nicht vor.

Sie saßen an einem kleinen Tisch, dessen Oberfläche klebte, und tranken muffigen Tee aus dem Automaten. Am Nebentisch gaben Studenten mit Trinkgelagen und sexuellen Eskapaden an, aber der Professor schien nichts davon mitzubekommen. Mit einem Auge beobachtete er Jenny, mit dem anderen die Tür.

»Sie erinnern sich an Nazim Jamal? Er hat im Herbst 2001 hier zu studieren angefangen«, sagte Jenny.

»Vage. Er muss in meinen Vorlesungen gewesen sein. Wir sind uns sicher ein, zwei Mal im Seminarraum über den Weg gelaufen.«

»Können Sie sich an sein Verschwinden erinnern?«

»Ja, natürlich. Wir erinnern uns alle daran. Schrecklich.«

»Ich nehme an, die Polizei hat Ihnen damals eine Menge Fragen gestellt.«

»Sie sind ein, zwei Wochen lang geschäftig hier herumgelaufen. Aber ich hatte den Eindruck, dass sie nicht viel gefunden haben, das ihnen weiterhalf. Der Vorfall blieb ziemlich mysteriös.« Er lächelte fast entschuldigend. »Der Kontakt zwischen den Lehrkörpern und den Studenten ist in den ersten Trimestern nicht besonders ausgeprägt, nicht wirklich persönlich. Die meisten Anfänger würde ich zwar erkennen, aber ich wüsste beispielsweise nicht, was sie sonst in ihrem Leben tun.«

»Wer war damals die wichtigste Kontaktperson für die Polizei?«

»Ich, nehme ich an. Ich war praktisch für die jüngeren Studenten zuständig. Wir haben uns ein paarmal getroffen. Aber wie ich schon sagte, es kam nicht viel dabei heraus.« Als ihm bewusst wurde, dass seine Finger nervös auf dem Tisch herumtrommelten, legte er die Hände in den Schoß.

»Praktisch?«

»In einem akademischen Sinn. Natürlich, wenn sie mit einem persönlichen Problem zu mir kommen wollten ... Aber für solche Dinge haben wir eigentlich andere Anlaufstellen.«

»Am meisten interessiert mich im Moment die Frage, was die Studenten und die Angestellten über das Verschwinden der beiden Jungen so geredet haben. Es muss doch endlose Spekulationen gegeben haben. Die Leute, die sie kannten, müssen doch irgendeine Theorie gehabt haben.«

»Überraschenderweise eher nicht. Das war ja das Merkwürdige. Die Polizei hat mit etlichen Studenten aus dem Jahrgang gesprochen, aber der andere Typ ...«

»Rafi Hassan.«

»Genau. Er schien der Einzige gewesen zu sein, zu dem Jamal wirklichen Kontakt hatte. Selbst die Leute aus seiner Seminargruppe wussten wenig über ihn.«

»Seine Mutter hat mir erzählt, er sei sehr kontaktfreudig gewesen. Er kam vom Clifton College, hat Tennis gespielt ...«

»Sie meinen, man hätte mehr herausfinden müssen, nicht wahr?«

Jenny dachte an das Schwarze Brett der Studenten, an dem sie vorbeigekommen war. Es war voll von Flyern, Informationen über bestimmte Zirkel und Ankündigungen politischer Veranstaltungen gewesen. Vieles stammte von muslimischen Gruppen, die Debatten über die Außenpolitik der USA und die Zukunft Palästinas organisierten.

»Gab es auf dem Campus damals viele islamische Aktivitäten?«

»Die Polizei hat das behauptet, aber ich kann nicht sagen, dass mir das aufgefallen wäre. Die Studenten der Naturwissenschaften sind sowieso nicht so politisch interessiert wie andere – müssen zu viel lernen, nehme ich an.« Er brach in ein nervöses Lachen aus und schaute dann ängstlich zu zwei Kollegen hinüber, die sich an einem Nebentisch niedergelassen hatten.

Jenny senkte die Stimme, versuchte eine gewisse Vertraulichkeit zu vermitteln. »Ich bin ehrlich mit Ihnen. Ich glaube nicht, dass Sie zu einer gerichtlichen Untersuchung viel beitragen können. Vermutlich werde ich Sie nicht einmal als Zeugen anhören.« Seine Stirnpartie entspannte sich, und um seine Augenbrauen glätteten sich die Falten. »Aber ich brauche mehr als das.« Sie machte eine Pause und fixierte ihn auf eine Weise, die den Menschen und nicht den Professor in ihm ansprechen sollte. »Gehe ich recht in der Annahme, dass Sie und die anderen hier nicht nur von der Polizei befragt wurden?«

»Das wäre nur logisch.«

»In diesem Fall hätte man Ihnen zweifellos nahegelegt, den Inhalt der Gespräche geheim zu halten.«

»Glauben Sie mir, Mrs. Cooper. Es gibt wirklich nicht viel zu erzählen.«

»Ich bitte Sie ja auch gar nicht darum, einen Vertrauensbruch zu begehen. Vielleicht könnten Sie mir nur sagen, ob man Nazim Jamal für ein Mitglied einer extremistischen Gruppe gehalten hat. Ein Mitglied der Hizb ut-Tahrir zum Beispiel.«

»Sätze dieser Art könnten gefallen sein.«

»Noch eine Frage, deren Beantwortung Ihnen vielleicht schwerer fällt: Wurden außer Nazim Jamal und Rafi Hassan noch andere Studenten verdächtigt, der Gruppe anzugehören?«

Brightman schüttelte schnell den Kopf. »Mir gegenüber hat niemand so etwas erwähnt.«

»Haben Sie damals eine offizielle Aussage gemacht?«

»Nein. Es gab nur ein paar informelle Gespräche.«

Jenny musterte ihn einen Moment und fragte sich, was für Gründe ein Physikprofessor haben mochte, Informationen zurückzuhalten. Vermutlich war die Universität über einen längeren Zeitraum hinweg von den Geheimdiensten beobachtet worden. Sicher hatte man die Institutsmitglieder angewiesen, alle Studenten zu melden, die verdächtig waren, extremistischen Neigungen nachzugehen, und sehr wahrscheinlich hatte man praktisch alle Tutoren als Spione angeworben. Und einmal Spitzel, immer Spitzel. Möglicherweise hatte Professor Brightman noch immer eine Telefonnummer in seinem Adressbuch, die er in Abständen anzurufen versucht war, wenn auch nur, um sich selbst zu schützen. Hätte er Jenny das alles erzählt, wäre es im besten Fall für ihn kompromittierend gewesen. Darüber hinaus würde seine Kontaktperson vom MI5 die unabdingbare Bedeutung von Diskretion betont haben. Wollte man den Radikalen auf die Schliche kommen, musste die Universität einen Teil ihrer

Aktivitäten dulden, denn würde bekannt werden, dass sämtliche Mitarbeiter auch Informanten waren, dann würde man die Extremisten in den Untergrund treiben.

»Mir ist bewusst, wie heikel die Sache für Sie in Ihrer Position sein muss«, sagte Jenny, »aber vielleicht könnten Sie mir helfen, Kontakt zu ein paar von Jamals damaligen Kommilitonen herzustellen. Wer weiß, vielleicht erinnert sich einer von ihnen an etwas, das ihm damals nicht wichtig erschien.«

»Dafür würde ich Sie gerne an die Verwaltung verweisen«, sagte er. »Die Mitarbeiter haben sämtliche Daten des entsprechenden Jahrgangs gespeichert. Eine unserer Assistentinnen gehört übrigens auch dazu, aber sie ist zurzeit leider auf einer Konferenz in Deutschland. Ihr Forschungsteam hat ein neues Teilchen entdeckt.« Er lächelte und war offensichtlich erfreut über die Aussicht, dass sich die Unterredung dem Ende zuneigte.

»Glückwunsch. Wie heißt sie?«

»Sarah Levin. Dr. Sarah Levin, so sollte ich wohl besser sagen. Sie ist einer unserer zukünftigen Stars.«

Der Name kam Jenny bekannt vor. »Hat sie nicht damals eine Aussage gemacht?«

»Schon möglich. Ich bin mir sicher, dass sie alles getan hätte, um behilflich zu sein.«

Professor Brightman rief in der Verwaltung an, um Jenny ein Treffen mit einem Mitarbeiter zu organisieren, der ihr anschließend eine Liste der ehemaligen Studenten aus Nazims und Rafis Jahrgang einschließlich der Kontaktdaten ausdruckte. Jenny nahm die Papiere mit und ließ sich die Datei außerdem in ihr Büro mailen, damit Alison sofort mit den Telefonaten beginnen konnte.

Als sie über den Campus zurückging, nutzte sie die Gelegenheit, die Studenten zu beobachten und die Atmosphäre auf sich wirken zu lassen. Das erste Grüppchen, das ihr über den Weg lief, trug teure, lässige Kleidung, hatte Laptops umgehängt und telefonierte mit Handys. Junge Männer und Frauen schienen einen lockeren Umgang miteinander zu pflegen, von daher war es vermutlich kein Zufall, dass die Ankündigungen politischer Aktivitäten am Schwarzen Brett von den Einladungen zu Partys und Happy Hours in diversen Bars bei Weitem übertroffen wurden. Hedonismus war angesagt, nicht Idealismus. Jenny konnte nicht behaupten, dass es zu ihrer Zeit in Birmingham anders gewesen war. Sie hatte zwar für die streikenden Bergleute und gegen die Atomkraft demonstriert, aber in Wahrheit war es ihr vor allem darum gegangen, mit ihrem Gitarre spielenden Freund herumzuhängen und im Studentenwerk Drinks zu schnorren. Sie und ihre Freunde hatten vielleicht ein bisschen weniger an Geld und Karriere gedacht als die heutigen Studenten, aber abgesehen von den heißen Phasen vor den Prüfungen war auch ihre Studienzeit eine drei Jahre lange Dauerparty gewesen.

Unvermittelt sah sie sich gezwungen, ihr Urteil noch einmal zu überdenken. Etwa zehn junge Frauen in Burkas, die nur ihre Augen frei ließen, überquerten dicht aneinandergedrängt den Platz. Als sie an einer Gruppe junger Männer vorbeikamen, schauten sie beiseite oder zu Boden. Ihre Andersartigkeit war absolut. Verhüllt und unansprechbar schotteten sie sich von der Öffentlichkeit ab. Als Studentin hatte Jenny viele muslimische Freundinnen gehabt, Töchter aus streng orthodoxen Familien. Sie hatten nur darauf gewartet, die zu Hause geltenden Regeln über Bord zu werfen und sich wie alle anderen kleiden und benehmen zu können. Zwanzig Jahre und eine Generation später trugen die jungen Frauen noch konservativere Kleidung als ihre Großmütter.

Angesichts einer verwirrenden, feindlichen Welt besannen sie sich wieder auf ihre Religion. Niemand zwang sie dazu. Es war ihre eigene Entscheidung.

Leise glitt eine schwarze Limousine in eine Parklücke, als sich Jenny der Haustür ihres Bürogebäudes näherte und nach dem Schlüssel kramte. Eine Frau im Kostüm und ein männlicher Kollege, beide kaum über dreißig, stiegen aus und kamen auf sie zu.

»Mrs. Cooper?«, fragte die Frau.

»Ja?«

Die dunkelhaarige Fremde war attraktiv, aber ihre Augen wirkten müde. Sie streckte Jenny die Hand hin. »Gillian Golder. Das ist mein Kollege Alun Rhys.«

Rhys begrüßte sie höflich. Er war ein stämmiger junger Mann, der auch direkt vom Rugbyplatz eines Colleges hätte kommen können.

»Dies ist nur ein freundlicher Besuch«, sagte Gillian Golder. »Wir sind Mitarbeiter des Geheimdienstes. Haben Sie einen Moment Zeit?«

»Sicher«, sagte Jenny leichthin und führte sie durch den düsteren Hausflur.

Ihr war nicht klar, ob sie das entspannte Vorgeplänkel beruhigend oder bedrohlich finden sollte. Sie war hinreichend vielen Regierungsfunktionären begegnet, um zu wissen, dass man heutzutage auch im Geheimdienst nach außen hin zugänglich und vernünftig wirken wollte, selbst wenn die Absichten, die sich hinter dem freundlichen Verhalten verbargen, noch immer dieselben waren. In einem pubertären Sinn hatte Coolness die alte Aufrichtigkeit abgelöst. Die Körpersprache sollte nichts verraten, und Worte galt es so zu wählen, dass man offen, positiv und zivil wirkte. Wer sich an diese Regeln hielt, gehörte dazu. Wer hingegen unnahbar oder steif wirkte, der hatte ein Problem in seinem Job und wurde besser nicht ernst genommen.

»Ich schätze, Sie wissen, warum wir hier sind«, sagte Gillian Golder. Sie übernahm die Gesprächsführung, Rhys die Rolle des Beobachters.

Jenny lächelte und gab sich Mühe, nicht eingeschüchtert oder defensiv zu wirken. »Ich nehme an, es hat etwas mit Nazim Jamal zu tun.«

»Wir haben natürlich das Urteil des Richters letzte Woche gehört und können uns vorstellen, dass Mrs. Jamal bei Ihnen war, um Sie um die Einleitung einer gerichtlichen Untersuchung zu bitten.«

Jenny hatte keine Zweifel, dass sie längst von dem Besuch wussten. Kriminalinspektor Dave Pironi hatte wahrscheinlich noch im selben Moment zum Hörer gegriffen, als sie ihn um ein Treffen bat. Aber das war Teil des Spiels. Golder wollte sehen, wie Jenny reagierte.

»Das hat sie getan.«

»Mhm. Nun, das ist nicht weiter überraschend. Die Sache muss hart für sie sein.«

»Sicher.«

»Und? Wie stehen Sie dazu?«

»Wie *ich* dazu stehe?« Die Frage überraschte Jenny. »Ich mache nur meine Arbeit. Ich schreibe einen Bericht für das Innenministerium, das die Einleitung einer gerichtlichen Untersuchung genehmigen muss.«

»Glauben Sie, Sie werden die Genehmigung bekommen?«

»Das weiß ich nicht.«

»Was uns betrifft, so denken wir, dass man Ihnen grünes Licht geben wird. Würde man die Untersuchung verweigern, sähe es so aus, als hätte man etwas zu verbergen.« Rhys nickte zustimmend. »Und wir tun doch alle unser Bestes, um Brücken zur muslimischen Bevölkerung zu bauen.«

Es entstand eine Pause. Jenny hatte das Gefühl, dass die beiden eine Reaktion von ihr erwarteten. Gillian Golders indirekte Art verwirrte sie und machte sie wütend. »Möchten Sie über etwas Bestimmtes mit mir reden?«, fragte sie.

»Dies ist ein Fall, in dem heikle Dinge zur Sprache kommen könnten«, sagte Golder. »Und wir wissen doch, dass die Medien dazu neigen, auf Geschichten wie diesen herumzureiten und sie aufzubauschen.« Sie schaute ihren Kollegen an. »Wir haben unsererseits das Gefühl, dass man sich vielleicht gleich zu Beginn gegen ein gewisses Misstrauen absichern sollte, damit eine größere Hysterie vermieden wird.«

»Misstrauen?«, Jenny täuschte Unverständnis vor.

»Ja, genau.« Gillian Golder nahm eine neue Position auf ihrem Stuhl ein. »Mrs. Jamal ist natürlich sehr aufgewühlt – jeder in ihrer Lage wäre das. Aber sie könnte auch eine gerichtliche Untersuchung dazu nutzen, ihre irrationalen Empfindungen in die Öffentlichkeit zu tragen. Es wäre bedauernswert, würde eine ordnungsgemäße Untersuchung auf diese Weise missbraucht werden, zumal wir in den letzten Jahren so hart daran gearbeitet haben, das Vertrauen der jungen britischen Muslime zu gewinnen.«

»Ich kann Mrs. Jamal nicht davon abhalten, mit der Presse zu sprechen, falls Sie das meinen.«

»Natürlich nicht. Wir möchten einfach nur vermeiden, dass sie ungerechtfertigte Behauptungen über den Geheimdienst in die Welt setzt. Natürlich werden wir so weit wie möglich kooperieren, aber wir können Ihnen jetzt schon sagen, dass wir praktisch nichts darüber wissen, was damals mit Jamal und Hassan geschehen ist. Wir haben uns alle Akten angeschaut, wirklich, aber die Spur hat sich verlaufen.«

»Werde ich Gelegenheit haben, Einblick in diese Akten zu nehmen?«

»Das wird eine höhere Stelle entscheiden. Manchmal beantragen wir aus Gründen des öffentlichen Interesses, Akten unter Verschluss halten zu dürfen – auch um unsere Methoden nicht zu verraten. Wir werden Ihnen aber in jedem Fall einen Zeugen zur Verfügung stellen, der Ihnen alles über die Ermittlungsergebnisse erzählen kann.«

»Was ist mit den Polizeiprotokollen? Ich vermute, die haben Sie auch schon gelesen?«

»Ebenfalls nichts von Belang. Zumindest nicht in denen, die noch übrig sind.«

Jenny lehnte sich zurück und versuchte sich ein klares Bild von der Situation zu machen. Sie hatte das Gefühl, dass man sie schon jetzt, zu Beginn ihrer Nachfragen, kontrollieren und mundtot machen wollte. Die Überbringer der Botschaft wirkten allerdings so freundlich, dass sie sich nicht ganz sicher sein konnte.

»Damit ich das auch richtig verstehe«, sagte Jenny. »Sie wollen mir mitteilen, dass Sie mir, wenn ich eine gerichtliche Untersuchung durchführe, einen Zeugen vom Geheimdienst zur Verfügung stellen, ich aber die Akten nicht einsehen darf.«

Gillian Golder nickte. »So in etwa.«

»Und Sie bitten mich, nicht auf die Einsicht von weiterem Beweismaterial zu drängen oder Mrs. Jamal auf den Gedanken zu bringen, dass es geheime Informationen geben könnte, zu denen ich keinen Zugang habe.«

Jetzt mischte sich Rhys ein. »Wir wollen Ihnen keine Steine in den Weg legen, Mrs. Cooper. Wir möchten nur, dass zwei Dinge klar sind. Zum einen ist die Chance, dass irgendwelche unserer internen Daten oder Berichte zu einer öffentlichen Untersuchung beitragen, mehr als gering. Im allergünstigsten Fall werden Sie unter Ausschluss der Öffentlichkeit Einblick nehmen können. Zum anderen bitten wir Sie, uns zu glauben, dass wir absolut keine Ahnung haben, was mit Nazim Jamal und Rafi Hassan geschehen ist. Wir haben mit dem pensionierten Mitarbeiter gesprochen, der damals für den Fall verantwortlich war. Die beiden sind verschwunden. Vom Erdboden verschwunden, meine ich. Richtig ist, dass die Ermittlungen nach einem Monat eingestellt wurden, aber nachdem die beiden im Zug gesehen wurden, hat es keinerlei ernst zu nehmende Hinweise mehr gegeben.«

»Was denken Sie also, was mit ihnen geschehen ist?«

»Wir nehmen an, dass sie ins Ausland gegangen sind. So wie viele andere damals auch.«

»Andere Theorien haben Sie nicht?«

»Keine glaubwürdigen. Sie waren nur zwei muslimische Jungen, die mit dem Radikalismus geflirtet haben und wahrscheinlich zum Kämpfen abberufen wurden.«

»Ist es denn wirklich so leicht, das Land zu verlassen? Das kann ich mir kaum vorstellen.«

Beide lächelten gleichzeitig. »Sie wären erstaunt«, sagte Rhys. »Nur weil wir Überwachungskameras haben, heißt das nicht zwangsläufig, dass diese gute Bilder liefern oder es keine Idioten gibt, die sie schon wieder überspielt haben.«

»Meines Wissens nimmt die Armee routinemäßig Proben von toten Aufständischen im Irak und in Afghanistan. Wurde je ein Versuch unternommen, sie auf diesem Wege zu finden?«

»Die Jungen sind im Computersystem. Wäre etwas aufgetaucht, hätte man es uns mitgeteilt.«

Jenny seufzte. Irgendetwas stimmte an der Sache nicht. »Noch eine Frage. Warum hat die Polizei nur so kurz ermittelt? Mir ist zu Ohren gekommen, dass ein paar Beamte das Gefühl hatten, man habe zu früh aufgegeben.«

Gillian Golders Antwort kam ohne jedes Zögern. »Da sie so gänzlich spurlos verschwunden waren, ließ sich nicht ausschließen, dass sie untergetaucht waren. Es wurde also beschlossen, die Sache nicht an die große Glocke zu hängen und die Geheimdienste einzuschalten. Man wollte nicht die Spur zu etwas Größerem riskieren, indem man übereilt reagierte und wertvolle Hinweise übersah.«

Jenny nickte, aber falls die Unterredung ihr Misstrauen hatte vertreiben sollen, war der Versuch misslungen. Golder und Rhys, so jung sie auch sein mochten, verstanden ihr Handwerk. Sie stellten ihr die Möglichkeit einer Untersuchung in Aussicht, ließen aber gleichzeitig durchblicken, dass Jenny dann nach ihren Regeln zu spielen hatte. Den Geheimdiensten sollten nicht zu viele Fragen gestellt werden, und um gar keinen Preis durfte die muslimische Gemeinde aufgebracht werden.

Nachdem Jenny über ihr Dilemma nachgedacht hatte, entschied sie sich für die einzige Reaktion, die sie mit ihrem Gewissen vereinbaren konnte. »Ich habe wie Sie nicht das geringste Interesse daran, dass die Untersuchung in einen Medienzirkus ausartet«, sagte sie. »Und ich möchte auch keine Plattform für wilde, unbegründete Spekulationen zur Verfügung stellen. Da Sie aber den Weg auf sich genommen haben, um mit mir zu reden, sollten Sie wissen, dass ich keine Einmischung in meine Untersuchung dulden werde. Wenn ihr zugestimmt wird, wird sie ordnungsgemäß, gründlich, unabhängig und in Übereinstimmung mit dem Gesetz ablaufen.«

»Etwas anderes hätten wir von Ihnen auch nicht erwartet«, sagte Gillian Golder. »Wirklich, Mrs. Cooper, wir sind genauso interessiert daran wie Sie herauszufinden, was passiert ist.«

Jenny wusste nicht, ob sie dieses kleine Scharmützel gewonnen oder verloren hatte. Hatte sie alles dafür getan, dass es nie zu einer Untersuchung kommen würde, oder sich durch ihre entwaffnende Ehrlichkeit als hinreichend naiv und damit vertrauenswürdig erwiesen? Ebenso wenig war ihr klar, ob die beiden sie schamlos belogen hatten oder ob die Behauptung, dass die Geheimdienste keine Ahnung hatten, was mit Rafi und Nazim geschehen war, immerhin ein Körnchen Wahrheit enthielt. Alles, was Jenny wusste, war, dass sie eine Welt betreten hatte, die ihr vollkommen fremd war.

Sie wehrte Alisons Versuch ab, ihr eine wortwörtliche Wiedergabe der Unterhaltung mit den Geheimdienstleuten zu entlocken, und zog sich für den Rest des Nachmittags zurück, um ihren Bericht für das Innenministerium zu verfassen. Sie hielt ihn knapp und unverfänglich, zitierte nur selten andere Fälle und gab sich alle Mühe, einen vernünftigen und beherrschten Ton anzuschlagen. Das Ministerium könne mit vollster Berechtigung, so argumentierte sie, zu dem Schluss kommen, dass es für eine Untersuchung nicht genug Gründe gab, vor allem wegen des Fehlens einer Leiche. Dennoch müsse im Namen der Gerechtigkeit eine Untersuchung als wünschenswert angesehen werden.

Zu guter Letzt bleibt noch auf Folgendes hinzuweisen, schrieb sie und erlaubte sich etwas rhetorischen Überschwang.

Während andere Ermittlungsinstanzen der Krone von den Angehörigen beschuldigt wurden, eigene oder politische Interessen zu verfolgen, ist der Coroner eine wahrhaft unabhängige Instanz, deren einzige Pflicht es ist, die Wahrheit ans Licht zu bringen. Obwohl die Erfolgsaussichten in diesem Fall eher gering sind, wäre ein negatives Ergebnis immer noch besser als der gänzliche Verzicht auf einen Versuch.

Jenny ließ den Bericht von einem Motorradkurier nach London bringen. Als er wieder fort war, ertappte sie sich dabei, dass sie ein stummes Gebet sprach.

6

Mrs. Jamal hatte irgendwie Jennys Privatnummer in Erfahrung gebracht. Als Jenny auf Melin Bach eintraf, erzählte ihr Ross, dass alle zehn Minuten eine Verrückte angerufen habe. Der Anrufbeantworter war vollgesprochen. Mit wachsender Hysterie behauptete Mrs. Jamal immer wieder dasselbe: dass sie beobachtet werde, dass man ihr auf der Straße folge, dass ihre Post abgefangen werde, dass man in ihrer Wohnung heimlich Kameras installiert habe. »Ich bin eine Gefangene in meinen eigenen vier Wänden«, diesen Satz wiederholte sie gleich mehrfach. Beim letzten Anruf wurde sie so von Tränen überwältigt, dass Jenny kaum noch etwas verstand.

Der Kontakt mit Angehörigen von Toten oder Vermissten sollte sich eigentlich auf eine förmliche Ebene beschränken. Engere Beziehungen mit ihnen zu knüpfen führte unausweichlich zu Schwierigkeiten. Angehörige verstanden selten, dass der Coroner ausschließlich im öffentlichen Interesse handelte. Die freundlichen Umgangsformen dienten vor allem dazu, die Prozedur für die Hinterbliebenen so schmerzlos wie möglich zu gestalten. Das korrekte Prozedere würde verlangen, Mrs. Jamal einen Brief zu schreiben und ihr darin höflich zu erklären, dass ihr Verhalten unangemessen war. Würde Jenny sie hingegen zurückrufen, weckte sie damit vermutlich Erwartungen, die sie niemals erfüllen konnte. Aber was für ein Mensch musste man sein, um derart verzweifelte Hilferufe zu ignorieren?

Mrs. Jamal nahm beim ersten Klingeln ab. »Ja? Wer ist da?« Sie klang angespannt.

»Mrs. Jamal, hier ist Mrs. Cooper, der ...«

»Dem Himmel sei Dank«, unterbrach sie Mrs. Jamal. »Ich war mir sicher, dass ich Ihnen vertrauen kann. Sie wurden mir von Gott gesandt, das weiß ich. Niemand sonst versteht mich. Niemand.« Sie redete weiter, ohne Luft zu holen. »Diese Leute verfolgen mich Tag und Nacht, Mrs. Cooper. Sie lassen mich nicht aus den Augen. Sie beobachten meine Wohnung, sie folgen mir auf der Straße. Heute Nacht waren sie in meiner Wohnung, wirklich. Sie haben ein paar Sachen umgestellt und alles verwanzt, ich bin mir ganz sicher. Auch jetzt hören sie uns zu. Ich muss verschwinden, ich muss ...«

»Einen Moment bitte. Beruhigen Sie sich doch. Lassen Sie mich auch mal zu Wort kommen.«

»Ja, natürlich, aber Sie müssen mir glauben ...«

»Jetzt hören Sie mir zu.«

Endlich war Mrs. Jamal still.

»Bleiben Sie bitte ruhig. Es bringt niemandem etwas, wenn Sie sich so aufregen.«

»Nein. Sie haben recht. Ich bin Ihnen so dankbar ...«

»Wer, glauben Sie, beobachtet Sie?«

»Ich weiß es nicht. Es sind Männer. Weiße Männer. Aber ich habe keine Ahnung, was sie von mir wollen. Ich weiß überhaupt nichts. Ich bin nur eine Mutter ...« Sie zog die Nase hoch, weil sie kurz davor war, wieder zu weinen.

»Erinnern Sie sich an unser letztes Telefonat? Sie sind zum Fenster gegangen, aber vor Ihrer Wohnung war niemand.«

»Sie belauschen mich. Sie wissen, wann sie verschwinden müssen. Ich muss irgendwohin, wo sie mich nicht finden können.«

»Mrs. Jamal, Sie sind aufgeregt. Sie machen etwas durch, das zum Schlimmsten gehört, das man sich vorstellen kann.

Sie haben Ihren Sohn verloren und möchten unbedingt erfahren, was mit ihm passiert ist. Aber hören Sie mir bitte zu: Sie wissen nicht, was mit ihm passiert ist, deshalb wollen Sie, dass ich eine Untersuchung einleite. Niemand hat einen Grund, Sie zu verfolgen oder Ihre Gespräche abzuhören. Es ist bestimmt nicht leicht zu verstehen, aber ich vermute, dass Ihnen Ihr Verstand einen Streich spielt.«

»Nein«, sagte Mrs. Jamal, aber es klang nicht sehr überzeugt.

»Ich möchte Sie um Folgendes bitten. Gehen Sie zu Ihrem Arzt und erklären Sie ihm, wie Sie sich fühlen. Ohne professionelle Hilfe wird es Ihnen nicht besser gehen, und ich möchte, dass Sie ruhig genug sind, um eine Untersuchung durchzustehen, wenn es denn dazu kommen sollte.«

»Ich bin nicht krank, Mrs. Cooper. Ich weiß, was ich sehe. Ich kann nicht hierbleiben. Sie kommen nachts und …«

»Vertrauen Sie mir. Bitte. Ich habe genug Erfahrungen mit Menschen, um zu verstehen, wie Sie sich fühlen.« Sie machte eine Pause und spürte, dass sie jetzt die nötige Aufmerksamkeit hatte. Endlich hörte Mrs. Jamal zu. »Sie fühlen sich sehr allein, sehr schutzlos und sehr unsicher«, fuhr sie fort. »Aber sobald Sie Fortschritte erkennen, werden auch diese Gefühle vorübergehen. Glauben Sie mir.«

»Aber ich habe Angst, Mrs. Cooper.«

»Das ist ganz normal. Sie haben länger als sieben Jahre mit einer unbeantworteten Frage gelebt und haben nun Angst davor, was die nächsten Wochen bringen werden.«

Mrs. Jamal schluchzte. »Ich weiß, dass er mich nicht verlassen hätte. Er war ein guter Sohn und hat mich immer besucht, auch als sein Vater ihn davon abhalten wollte. Nazim hätte mich nie verlassen.«

»Ich mache Ihnen jetzt einen Vorschlag«, sagte Jenny. »Ich erledige in den nächsten Wochen meine Arbeit, so gut ich nur kann. Und im Gegenzug lassen Sie sich helfen, damit Sie die nächste Zeit irgendwie überstehen. Können wir uns darauf einigen?«

»Ja«, antwortete Mrs. Jamal schwach. »Danke.«

Ross war den ganzen Abend in seinem Zimmer, skypte mit seinen Freunden, hörte Musik und kam nicht im Traum auf die Idee, etwas Zeit mit seiner Mutter zu verbringen. Um sich gegen das Gefühl der Zurückweisung zu schützen, verkroch sich Jenny in ihrem Arbeitszimmer und nahm den ständig wachsenden Berg an unerledigtem Papierkram in Angriff. Leichen waren ein zuverlässiger Indikator für gesellschaftliche Trends. In den letzten Wochen waren zwei Mädchen unter fünfundzwanzig an alkoholbedingtem Leberversagen gestorben, ein drittes war in der Toilette einer Disco mit einer Alkoholvergiftung zusammengebrochen. Zwei depressive fünfzehnjährige Jungen hatten sich umgebracht, nachdem sie sich in einem Chatroom kennengelernt hatten. Ein fünfunddreißigjähriger Familienvater war von einer Autobahnbrücke gesprungen, weil seine Bank die Hypothekenforderung geltend gemacht hatte. Und auch wenn die Jungen unglücklich wirkten, waren die Alten kaum besser dran. Vor ihr lag das Foto eines achtzigjährigen Witwers, der das Schlafzimmer seiner kleinen Wohnung zu einer Gaskammer umfunktioniert hatte. In der Nachricht, die er hinterlassen hatte, stand, dass es eine unerträgliche Last geworden sei, das Leben zu meistern.

Niedergeschlagen steckte Jenny die Papiere in ihre Aktentasche und griff zum Telefon, um Steve anzurufen. Vielleicht würde er sich freuen, ein, zwei Stunden aus seiner zugigen Scheune herauszukommen. Doch niemand meldete sich, nicht einmal der Anrufbeantworter, auf dem sie eine Nachricht hätte hinterlassen können. Ein Handy besaß Steve nicht. Sie nahm an, dass er mit seinem Hund spazieren war, der unter der Woche nun immer in einem öffentlichen Zwinger bleiben musste. Nachdem sie es später erneut versuchte und dann bis Mitternacht noch etliche weitere Male, fand sie sich endlich damit ab, dass er nicht daheim war. Es gab viele Möglichkeiten, warum sie ihn spät an einem Mittwochabend nicht erreichen konnte. Wahrscheinlich war er mit Freunden unterwegs oder bei einem Kollegen in Bristol geblieben. Eine andere Frau steckte mit Sicherheit nicht dahinter. So unverbindlich ihre Beziehung auch sein mochte, sie hatte mittlerweile doch eine zu große Bedeutung, als dass Steve sie durch die Verlockungen einer sporadischen Affäre gefährden würde. Und Jenny hatte ihn nie abgewiesen, wenn sie das Gefühl gehabt hatte, er wolle die Nacht mit ihr verbringen.

Zu unruhig, um Tagebuch zu schreiben, nahm sie zwei Tabletten, legte sich hin und lauschte dem Eisregen, der gegen das Fenster schlug. Die Bleiglasscheiben klapperten in ihren verzogenen Rahmen, und unter dem Dach jammerte der Wind und beschwor Geister und dunkle Mächte herauf. Eine Zeit lang dämmerte Jenny an der Bewusstseinsschwelle vor sich hin. Sie vermeinte noch zu spüren, dass sich unter ihr der Boden bewegte, die Erde ächzte und irgendeine dramatische Veränderung vor sich ging, dann fiel sie in einen tiefen, aber unruhigen Schlaf.

Innerlich aufgewühlt klammerte sie sich an den Anschein von Normalität ihrer morgendlichen Rituale. Sie machte für Ross das Frühstück und plauderte während der Autofahrt so lange mit ihm, bis sie ihn an seinem College hinausließ. Erst als er sich unter die jungen Leute mischte, gab sie dem Gefühl der Panik nach. Es brodelte in ihr, seit sie unter der Dusche gestanden und das Wasser auf ihrer Haut gespürt hatte. Dr. Allen hatte sie davon überzeugt, dass die schlimmsten Symptome ihrer psychischen Störung der Vergangenheit angehörten. Er hatte Zeichnungen gemacht, um zu illustrieren, wie das Gehirn unter dem Einfluss der Medikamente umlernte und die Fight-or-Flight-Reaktion, die tief in der Amygdala ausgelöst wurde, auf ein normales Maß zurechtstutzte. Er hatte ihr *versprochen*, dass sie niemals wieder dorthin zurückkehren musste, wo sie einmal gewesen war. Trotzdem fühlte sich ihr Herz jetzt, sechs Monate später und im morgendlichen Berufsverkehr eingepfercht, fast doppelt so groß an, und ihr Zwerchfell wurde zusammengepresst.

Jenny wehrte sich gegen die Symptome, schrie und fluchte. Die erstaunten Blicke anderer Autofahrer trafen sie. Wie konnte die Krankheit es wagen, ihr schon wieder das Leben zu vermiesen? Sie kämpfte sich durch jede Panikattacke hindurch und weigerte sich, an den Straßenrand zu fahren und sich zu ergeben. Schließlich sank ihr Adrenalinspiegel und ließ sie müde, schwer und ausgehöhlt zurück. An einer Ampel hielt sie an und klappte den Schminkspiegel herunter. Ihre Pupillen waren geweitet und starr, ihr Gesicht war blass: klassische Symptome akuter Angstzustände. Die Wut verwandelte sich in Verzweiflung. Warum war sie an einem ganz gewöhnlichen Morgen, an dem nichts vorgefallen war, in eine solche Panik geraten? Was arbeitete in ihr? Und warum machte es sich gerade jetzt wieder bemerkbar, da sie sich stärker denn je unter Kontrolle haben musste?

Ihr Handy klingelte, als sie gegenüber von ihrem Büro in eine Lücke einparkte. Während sie das Telefon aus der Tasche angelte, touchierte sie den Wagen hinter sich. Plastik splitterte. Jenny tat, als hätte sie nichts gehört.

Eine aufgeregte Stimme sagte: »Mrs. Cooper? Hier ist Andy Kerr vom Vale. Haben Sie Anweisung gegeben, die Jane Doe abzuholen?«

»Entschuldigung?«

»Ich dachte, Sie hätten vielleicht ihren Abtransport veranlasst. Sie ist weg.«

»Wie bitte?«

»Gestern Abend war sie noch da. Jetzt ist sie weg.«

»Meinen Sie das ernst? Wer hatte Dienst?«

»Heute Nacht war nur ein Angestellter hier. Wenn jemand es geschafft hätte einzubrechen, dann …«

Sie hörte die Sorge in seiner Stimme und konnte sich schon die Schlagzeile vorstellen: »Unidentifizierte Tote aus Leichenhalle gestohlen.«

»Sie ist nicht mehr hier, Mrs. Cooper. Sie waren für sie verantwortlich. Was sollen wir tun?«

»Ich komme sofort.«

Dr. Kerr sah noch schlimmer aus, als sie sich fühlte. Sie folgte ihm den Flur entlang und starrte auf die leere Schublade. Er erklärte ihr, dass der Mitarbeiter, der Nachtwache gehabt hatte, eher eine Art Aushilfe war, ein Philippiner, der tagsüber als Reinigungskraft arbeitete und manchmal länger blieb. Möglicherweise hatte er die gesamte Nacht im Mitarbeiterraum geschlafen, der gleich um die Ecke lag, nur zehn Meter von dem Kühlraum entfernt. Die Einbrecher könnten entweder durch die Tür, die auf den Parkplatz hinausging, gekommen sein oder durch den Tunnel, der vom Untergeschoss des Krankenhauses hierherführte. Es gab keine Spuren für eine gewaltsame Öffnung der Türen, aber die Schlösser waren auch nicht besonders kompliziert.

»Könnte es nicht sein, dass sie verwechselt wurde?«, fragte Jenny. »Es ist schon vorgekommen, dass Bestattungsfirmen die falsche Leiche mitgenommen haben.«

Andy Kerr schüttelte den Kopf. »Wir haben im Moment sechsunddreißig Leichen hier, und über jede einzelne können wir Rechenschaft ablegen.«

Im Geiste ging Jenny sämtliche Möglichkeiten durch, kam aber immer wieder zu der einen logischen Schlussfolgerung: Die Jane Doe war gestohlen worden. Aber warum sollte irgendjemand so etwas tun?

Andy wirkte nervös. »Noch etwas. Sie haben die junge Frau erwähnt, die in Maybury gearbeitet hat, erinnern Sie sich?«

»Ja?«

»An wirklich professionelle Geräte bin ich nicht herangekommen, aber ich habe mir aus der Radiologie ein einfaches Dosimeter ausgeborgt. Die Leiche hat schwache Beta- und Gammastrahlen ausgesendet. Um was für ein Isotop es sich gehandelt hat, kann ich nicht sagen, aber sie muss auf jeden Fall zu irgendeinem Zeitpunkt einer intensiven Strahlenbelastung ausgesetzt gewesen sein.«

»Woran denken Sie? An einen nuklearen Zwischenfall?«

»Nein, nichts Derartiges. Aber die Ausprägung war mehr als doppelt so stark als die, die man bei jemandem, der in einem Atomkraftwerk arbeitet, erwarten würde. In Osteuropa wäre das nichts Ungewöhnliches.«

»War die Strahlung hinreichend stark, um einen Tumor an der Schilddrüse auszulösen?«

»Möglich. Die Belastung könnte ja auch schon eine Weile zurückliegen. Vielleicht sogar ein paar Jahre.«

»Ich denke, es ist an der Zeit, die Polizei zu rufen«

Der Kriminalmeister hieß Sean Murphy. Er war nicht älter als dreiunddreißig, trug einen verknitterten Anzug und hatte den obersten Hemdknopf offen gelassen. Sein Haar war ungekämmt, und ein schütterer Bart sollte die ersten Anzeichen eines Doppelkinns verbergen. Als er sich zur Seite drehte, sah Jenny, dass oben am Ohr ein winziger Diamantstecker blitzte.

Sie standen um das leere Kühlfach herum, als könnte es ihnen einen Anhaltspunkt liefern. »Woher wissen Sie, welcher Tote wer ist?«, fragte Murphy.

»Sie haben alle einen Zettel am Zeh«, sagte Andy. »Und an der Tafel dort drüben wird dokumentiert, wo sich welche Leiche gerade befindet.«

»Ist es je zu Verwechslungen gekommen?«

»Keine Ahnung. Ich bin erst den vierten Tag hier.«

»Oh«, sagte Murphy und nickte, als könnte das den Vorfall erklären.

»Es geschieht sehr selten«, sagte Jenny. »Dr. Kerr geht mit ziemlicher Sicherheit davon aus, dass die Leiche über Nacht verschwunden ist. In der Zwischenzeit war kein Bestattungsunternehmer hier, der den Empfang einer Leiche bestätigt hat. Ich denke, wir dürfen annehmen, dass sie gestohlen wurde.«

»Haben Sie irgendeine Vorstellung, wer das getan haben könnte?«, fragte Murphy.

»Nicht im Geringsten«, sagte Jenny. »In der letzten Woche hatten wir ungefähr fünfundzwanzig Eltern hier, die alle ihre Tochter vermissen. Niemand hat die verschwundene Leiche identifiziert. Morgen sollten die nächsten Angehörigen kommen.«

»Und Sie haben keine Vorstellung, wer sie sein könnte?«

Andy schüttelte den Kopf.

»Die Familien wurden alle an ein Labor verwiesen, das DNA-Tests durchführt«, sagte Jenny.

»Mhm.« Murphy streckte den Fuß aus und schob das Fach mit seinem Turnschuh zu. »Gibt es Bilder von der Leiche?«

»Ich kann Ihnen welche mailen«, sagte Andy.

»Das wäre gut.« Der Kriminalmeister schaute in beide Richtungen den Flur entlang. »Was ist mit dem Mann, der hier aufpassen sollte?«

»Er ist um acht nach Hause gegangen. Gegen Mittag wird er wiederkommen, zur Reinigungsschicht.«

Murphy verzog das Gesicht, strich sich mit der Hand über den Mund und kratzte sich am Bart. »Was ist der Mann für ein Typ?«

»Laut Auskunft der anderen Mitarbeiter ist er sehr zuverlässig.«

Jenny ahnte, was kommen würde, und ersparte dem Polizisten die Mühe. »Falls Sie fragen wollen, ob er die Leiche in irgendeiner Weise missbraucht haben könnte: Das halte ich für sehr unwahrscheinlich. Die Augenhöhlen waren leer, ein Großteil des Unterleibs fehlte, und als ich zum letzten Mal hier war, roch sie auch nicht mehr gut. Wenn Sie sich umschauen möchten – es gäbe hier bedeutend attraktivere Optionen.«

»Das glaube ich Ihnen.« Er bedachte sie mit einem anzüglichen Grinsen. Seine Augen waren nach den Exzessen der letzten Nacht noch mit geplatzten Äderchen durchzogen. »Keine Kameras oder so, nehme ich an?«

»Hier nicht«, sagte Andy. »Nur im Foyer des Haupthauses und in der Wöchnerinnenstation. Es ist also ziemlich unwahrscheinlich, dass die Diebe an einer vorbeigekommen sind.«

»Möglicherweise gibt es auf der Straße welche. Wir sollten ein Team anfordern, um festzustellen, ob die Leichenräuber irgendwelche Spuren hinterlassen haben. Sind heute Morgen schon viele Leute hier durchgekommen?«

»Fünf oder sechs«, sagte Andy.

Murphy holte sein Handy aus der Tasche. »Mist. Kein Empfang. Wo ist Ihr Telefon?«

»Möchten Sie denn nicht mehr über die Leiche wissen?«, fragte Andy. »Beweisen kann ich es nicht, aber ich halte es nicht für ausgeschlossen, dass die junge Frau umgebracht wurde.«

»Das machen wir alles später, wenn Sie Ihren Bericht schreiben.«

»Damit würde ich gerne jetzt beginnen. Ich habe noch einen anstrengenden Tag vor mir.«

Murphy senkte das Kinn und schaute ihn mit hochgezogenen Augenbrauen an. »Das glaube ich nicht, mein Freund. Sie stehen unter Tatverdacht.«

»Keine Ahnung, wie viel Sie gestern getrunken haben, Mr. Murphy«, sagte Jenny, »aber es ist sehr zu hoffen, dass Sie auf dem Weg hierher nicht am Steuer gesessen haben.«

Murphy öffnete den Mund zu einer Erwiderung, aber Jenny warf ihm einen scharfen Blick zu. »Und wenn Sie Dr. Kerr freundlich darum bitten, dann lässt er Sie vielleicht auch das Telefon in seinem Büro benutzen.«

Der Kriminalmeister schnaubte und schlurfte auf der Suche nach einem Funksignal davon.

»Meint der das ernst?«, fragte Andy. »Was sollte ich denn mit einer Leiche anfangen wollen?«

»Vergessen Sie es. Der hat noch einen Kater.«

Eine Weile später erschien Murphy am anderen Ende des Flurs und rief: »Wie heißt das Labor, das die DNA-Tests durchführt?«

Jenny verzichtete darauf, erneut eine bissige Bemerkung zu machen. Sie würde seinen Chef später bitten, ihm ein paar Manieren beizubringen. »Meditect. Sitzen draußen in Parkway.«

»Interessant. Der Laden ist soeben abgebrannt.«

Es war bereits früher Nachmittag, als Jenny in ihr Büro zurückkehrte. Sie hätte sich auch früher auf den Weg machen können, aber Andy hatte derart verwirrt ausgesehen, als sich ein Spurensicherungsteam und mehrere Polizisten in seiner Leichenhalle breitgemacht hatten, dass sie sich verpflichtet gefühlt hatte, ihm Beistand zu leisten. Sie hatten beide eine Aussage zu Protokoll gegeben, und Alison hatte ihnen die Daten aller Leute zugemailt, die sich die Leiche angeschaut oder einen entsprechenden Wunsch danach geäußert hatten.

Anfangs waren die Informationen nur tröpfchenweise geflossen, aber im Verlauf des Morgens hatte sich herausgestellt, dass Meditect, das in einem Gewerbegebiet lag, sehr geschickt dem Erdboden gleichgemacht worden war. Zunächst waren die Kabel der Alarmanlage durchtrennt worden, dann hatte man Dieselöl in die Belüftungsanlage gepumpt und es angezündet. Auf einem nahe gelegenen Stück Brachland war ein weiteres Feuer gelegt worden, sodass die Feuerwehr in den entscheidenden Minuten abgelenkt war. Der Schaden im Labor war verheerend. Die gesamte Einrichtung war zerstört.

Jenny und Andy gingen gemeinsam in die Histologie des Vale, um die Blut- und Gewebeproben zu holen, die dort hätten analysiert werden sollen. Eine chaotische Szenerie erwartete sie. Verschiedene Behälter schienen über Nacht aus den Kühlschränken verschwunden zu sein, darunter auch die mit den Proben der Jane Doe. Dem elektronischen Schließsystem des Krankenhauses zufolge war eine junge MTA um vier Uhr morgens für sieben Minuten im Labor gewesen, doch sie schwor, um diese Zeit im Bett gelegen zu haben. Als Murphy kam, um persönlich mit ihr zu reden, brach sie zusammen und wollte einen Anwalt sprechen. Jenny sah noch, wie sie von zwei Polizisten abgeführt wurde.

Sämtliche DNA-Spuren der Leiche waren verwischt worden. Selbst die Innenwände der Kühlschublade waren mit Industriebleiche eingesprüht worden. Wer auch immer die Doe hatte verschwinden lassen, er war gründlich, mit der nötigen Ausrüstung und wesentlich raffinierter als ein gewöhnlicher Krimineller zu Werke gegangen. Es gab keinen Hinweis mehr auf sie.

Alison wurde von dem Drama voll und ganz in Anspruch genommen. Alle fünf Minuten telefonierte sie mit einem anderen ehemaligen Kollegen, um sich auf den neuesten Stand bringen zu lassen oder Klatsch auszutauschen. Über die Identität der Jane Doe grassierten mittlerweile die wildesten Theorien.

Jenny öffnete gerade eine E-Mail vom Innenministerium, als Alison mit der neuesten Sensationsmeldung hereinplatzte. »Die MTA, die man verhaftet hat ... Sie behauptet, dass ihre Schließkarte gestohlen wurde, als sie gestern Morgen in der Kantine war. Nachmittags tauchte die Karte dann plötzlich wieder auf.«

»Was will sie damit sagen? Dass irgendjemand sie kopiert hat, dupliziert?«

»Möglich wär's. Das funktioniert wie mit Kreditkarten. Wenn man sie erst einmal durch ein Lesegerät gezogen hat, dauert die Kopie nur wenige Minuten.«

»Und wo bekommt man ein solches Lesegerät her?«

»Gibt's für ein paar Pfund im Internet. Klingt komplizierter, als es ist, das Ganze. An Tankstellen passiert so etwas ständig.«

»Aber selbst wenn: Es ist nicht leicht herauszufinden, wo im Histologielabor die Proben gelagert werden, glauben Sie mir«, sagte Jenny. »Die haben gewusst, wonach sie suchen.«

»Offenbar wurde die Schließkarte gestern Nachmittag mehrfach verwendet. Wenn die Frau die Wahrheit sagt, dann sieht es so aus, als wäre jemand ein und aus gegangen und hätte das Terrain sondiert.«

Jenny hörte nur mit halbem Ohr zu. In der E-Mail, die sie soeben geöffnet hatte, war zu lesen, dass das Innenministerium ihre Ansicht teile und es zweifellos im öffentlichen Interesse sei, Nazim Jamals Verschwinden zum Gegenstand einer gerichtlichen Untersuchung zu machen,

> *mit dem Vorbehalt, dass der Coroner angewiesen wird, in Angelegenheiten der öffentlichen Sicherheit besondere Diskretion walten zu lassen. In dieser Hinsicht wird sich der Coroner mit entsprechenden Personen absprechen wollen, zu denen, wie es scheint, der Kontakt bereits hergestellt wurde.*

»Offenbar bekommt Mrs. Jamal ihren Willen«, sagte Jenny.

»Man lässt Sie wirklich weitermachen?«, fragte Alison ungläubig.

»So einigermaßen.«

»Es wird nichts dabei herauskommen. Dafür werden die schon sorgen.«

»Sie müssen sich nicht mit dem Fall abgeben, wenn Sie nicht wollen, Alison.«

»Habe ich das je behauptet? Ich habe bloß meine Meinung gesagt, Mrs. Cooper. Niemand wird je herausfinden, was mit den beiden Jungen passiert ist. Vor acht Jahren hat man der Polizei ins Handwerk gepfuscht, und Ihnen wird es nicht besser ergehen.«

»Das werden wir ja sehen. Trotzdem: Wenn Sie ein Problem mit dem Fall haben – oder mit Muslimen oder womit auch immer –, dann wäre ich Ihnen dankbar, wenn Sie es einfach sagen würden, damit wir später keine Probleme bekommen.«

»Ich hege tatsächlich keine sonderliche Sympathie für radikale Muslime, Mrs. Cooper. Mich hat es immer komisch berührt, dass wir um jeden Preis nett zu diesen Leuten sein wollen, obwohl wir alles verachten, wofür sie stehen. Nehmen wir nur mal ihre Haltung Frauen gegenüber – wenn mein Mann so denken würde, wäre er in unserer Gesellschaft unten durch, ein Außenseiter.«

»Sind Radikale das nicht immer?«

»Stellen Sie sich versuchsweise einmal vor, Sie wären von deren Ansichten betroffen. Würden Sie dann immer noch so reden?«

»Sprechen Sie aus persönlicher Erfahrung?«, fragte Jenny sarkastisch.

Alison schob ihren Kiefer nach vorn und schaute weg. »Mrs. Cooper, ich bin sehr wohl in der Lage, meine persönlichen Gefühle bei der Arbeit außen vor zu lassen. Ich war fünfundzwanzig Jahre bei der Polizei.« Sie drehte sich um und eilte hinaus. Es herrschte dicke Luft.

7

Die Anhörung war für Montagmorgen, den 1. Februar, angesetzt worden. Wie viele Coroner im Land hatte Jenny noch immer keinen festen Gerichtssaal. Alison versuchte ihre Kontakte zu den Gerichtsverwaltungen zu nutzen, erfuhr aber, dass in den nächsten Monaten in Bristol keine Räumlichkeiten zur Verfügung standen. Jenny war diese Art der Amtsbehinderung auf unterster Ebene schon gewöhnt. Sie hatte keine Probleme mit den städtischen und dörflichen Rathäusern, die sie bislang für ihre Befragungen benutzt hatte – es gab auch Coroner, die in Pfadfinderheimen unterkommen mussten oder in den Gesellschaftsräumen von Gaststätten ohne Alkoholausschank. Gaststätten, die eine Lizenz besaßen, waren für Anhörungen von Gesetzes wegen nicht zugelassen. Trotzdem sehnte sich ein Teil von Jenny nach der Anerkennung und Würde, die ein richtiger Gerichtssaal mit sich brächte. Alison hatte auch die ehemalige Methodistenkapelle, wo sich sonntags ihre New Dawn Church versammelte, vorgeschlagen, aber Jenny hatte höflich abgelehnt. Schließlich einigten sie sich auf einen bescheidenen Veranstaltungssaal. Er lag am nördlichen Ende der Severnmündung, in einem Dorf nahe des Vogelschutzgebiets Slimbridge. Alison war Mitglied des unterstützenden Vereins und wusste, dass es dort ein ausgezeichnetes Café gab.

Banalitäten dieser Art buhlten um Jennys Aufmerksamkeit im Wettstreit mit gestohlenen Leichen, Mrs. Jamals paranoiden SMS, die jetzt ihre Telefonanrufe abgelöst hatten, und ihren eigenen Plänen, aus der Polizei und den Geheimdiensten so viele Informationen wie möglich herauszukitzeln. Die Symptome akuter Angstzustände verdrängte sie mithilfe von zwei zusätzlichen Betablockern am Tag. Sie hatte Dr. Allen eine E-Mail geschrieben und um Rat gebeten, hatte allerdings nur eine automatische Antwort erhalten, in der ihr mitgeteilt wurde, dass er für eine Woche zum Skifahren in die italienischen Alpen gefahren sei. Für Notfälle hatte sie seine Handynummer, aber sie befürchtete, dass er sie, wenn sie ihn tatsächlich anrufen würde, krankschreiben müsste, auch gegen ihren Willen. Sie hatte keine Wahl, als sich so gut wie möglich durchzuschlagen.

Samstagnacht kamen Ross und Karen spät heim. Jenny wachte von ihrem unterdrückten Gekicher und den stolpernden Schritten auf der Treppe auf. Die beiden zogen sich in sein Zimmer zurück, und kurz darauf erklang Musik. Es war Teil von Jennys Deal mit Ross, dass er seine Freundin mitbringen durfte, wenn ihre Eltern einverstanden waren. Jenny verspürte eine gewisse Befriedigung darüber, dass sie cool genug gewesen war, die Vereinbarung von sich aus vorzuschlagen, aber wenn sie ehrlich war, war es eine Qual. Innerlich wehrte sie sich dagegen, dass Ross zwar wie ein Erwachsener behandelt werden wollte, andererseits aber noch nicht einmal ein Mindestmaß an Verantwortung übernahm. Außerdem war sie auf kindische Weise eifersüchtig. Sie war noch jung genug, um denselben Spaß zu haben wie die beiden jetzt nebenan, aber die Chancen, dass sich das noch einmal ergeben würde, schienen mit jedem Tag geringer zu werden.

Die beiden blieben bis mittags im Bett, kamen dann gähnend und zerzaust nach unten und klagten darüber, dass sie müde waren. Trotz der gestörten Nachtruhe hatte Jenny in ihrem Arbeitszimmer einen produktiven Morgen verbracht und sich Fragen überlegt, die sie den Zeugen bei der Anhörung stellen wollte. Ein Adrenalinschub hatte ihre unterbewussten Ängste zeitweise vertrieben. Konzentriert und voller Energie ging sie in die Küche, um ein frühes Mittagessen zuzubereiten. Sie konnte sogar den Anblick von Ross und Karen ertragen, die auf dem Sofa hingen und die Vorhänge halb zugezogen hatten, damit – Gott bewahre – das Tageslicht nicht das Fernsehbild stören konnte. Mit übertriebener Fröhlichkeit trug sie Teetassen hinein und hinaus und erntete dafür von Karen sogar ein Dankeschön und ein Lächeln.

Die beiden hingen noch immer vor dem Fernseher, als Jenny stolz mit einer kompletten Mittagsmahlzeit aus der Küche trat. Sie war durchaus in der Lage, eine gute Mutter zu sein.

Nachdem sie den Tisch im Wohnzimmer gedeckt hatte, nahmen sie alle Platz. Ross und Karen schienen überrascht, dass auf fast magische Weise etwas Essbares aufgetaucht war. Jenny versuchte, ein möglichst harmloses Gespräch anzufangen, was sich als ziemlich schwierig erwies. Ross hatte panische Angst, vor seiner Freundin bloßgestellt zu werden. Jedes Mal, wenn seine Mutter den Mund aufmachte, warf er ihr einen giftigen Blick zu. Seine Furchtsamkeit war erstaunlich. Er durfte praktisch alles, was er wollte, benahm sich aber trotzdem wie ein verängstigtes Kind.

Jenny war es leid, sich ständig zusammenreißen zu müssen. »Hat Ross dir erzählt, was am Freitag passiert ist?«, fragte sie Karen. »Aus der Leichenhalle wurde eine Tote gestohlen. Sie ist spurlos verschwunden.«

»Oh Gott, wie schrecklich. Warum denn?«

Ross warf seiner Mutter einen bösen Blick zu. Sie ignorierte ihn.

»Das wissen wir nicht. Es wäre naheliegend, dass sie ermordet wurde und der Mörder jetzt die Beweise vernichten will.«

»Müssen wir die ganze Zeit über deine ekelhafte Arbeit reden?«, unterbrach Ross.

»Mir macht das nichts aus«, sagte Karen. »Das ist doch interessant.«

»Finde ich nicht. Den ganzen Tag mit Toten rumzumachen, das ist doch krank.«

»Aber wir müssen wissen, wie die Leute gestorben sind«, sagte Jenny.

»Ich nicht. Das ist abartig.«

Jenny hob die Hände. »Tut mir leid, dass ich es erwähnt habe.«

»Ich sag ja nur. Sei doch nicht so unentspannt.«

»Ich soll nicht unentspannt sein?«, fuhr Jenny auf. »Ich habe nur versucht, etwas zu tun, damit wir hier nicht rumsitzen und uns anschweigen.«

»Mach dir darüber bloß keine Gedanken.«

»Okay.«

Sie nahm sich noch ein paar Kartoffeln, lächelte Karen zu und aß wortlos. Sie hätte ihm sagen sollen, dass er sich entweder ordentlich zu verhalten hatte oder den Tisch verlassen sollte. Und dass er entweder zum Familienleben beitragen sollte oder sich damit abfinden musste, wie ein Kind behandelt zu werden, wenn er sich so verhielt. Stattdessen schwieg sie. Ihre positive Einstellung verflog, und an ihrer Stelle stieg Panik auf. In Jennys Magen bildete sich ein Klumpen. Als sie ihr Glas nahm, um einen Schluck Wasser zu trinken, zitterte ihre Hand. Gott, wie sie wünschte, es wäre Wein. Ein wenig Alkohol würde den Schmerz vertreiben, die aufsteigenden Tränen zurückdrängen und sie so entspannen, dass sie die Atmosphäre auflockern könnte.

Schnell sammelte Jenny die leeren Teller zusammen und bot an, Apfelkuchen im Ofen warm zu machen. Ross lehnte für sie beide ab und verkündete, dass sie den Nachmittag bei Karen verbringen würden. Er ging zur Tür, ohne auch nur einen Finger krumm zu machen.

»Ross, kann ich kurz mit dir sprechen?«, sagte Jenny.

»Worüber?«

»Karen, würdest du bitte das Geschirr in die Küche bringen? Danke.«

Sie erstickte die Proteste ihres Sohns mit einem Blick, der eine mehr als peinliche Szene versprach, sollte er sich ihr widersetzen. Schmollend folgte er ihr in den Vorraum.

»Kannst du mir bitte mal erklären, was ich dir getan habe? Deine Freundin darf hier übernachten, ich mache für euch beide Mittag, und du kannst dich nicht einmal dazu aufraffen, auch nur ein einziges vernünftiges Wort mit mir zu wechseln«, sagte Jenny.

»Ich habe doch gar nichts gesagt.«

»Genau. Du sitzt nur da und schaust mich an, als würdest du dir wünschen, dass ich mich im nächsten Moment in Luft auflöse.«

»Du bist immer so schlecht gelaunt. Warum kannst du dich nicht einfach mal entspannen? So wie andere Leute auch?«

»Gütiger Gott, ich tue ja schon mein Bestes.«

»Hm, klar.«

»Wie bitte?«

»Die Atmosphäre hier ist ... Ich weiß auch nicht, was mit dir nicht stimmt.«

»Mit mir? Ich habe meinen Teil vom Deal erfüllt. Was soll ich denn sonst noch tun? Sag's mir. Ich würde es wirklich gerne wissen.«

»Du bist nie entspannt. Nie.«

Jenny öffnete den Mund, aber die Worte blieben ihr im Hals stecken. Sie spürte Tränen aufsteigen.

»Siehst du, was ich meine?«

»Ross …«

Er ging wieder zu Karen zurück ins Zimmer.

Jenny flüchtete in ihr kleines Büro und versuchte, die Tränen zu stoppen, die ihr ohne Pause die Wangen hinunterliefen. Sie hatte den verzweifelten Wunsch, zu Ross zu gehen und sich zu versöhnen, aber mit den roten Augen konnte sie Karen nicht gegenübertreten. Aus ihrem Refugium hörte sie, wie die beiden den Tisch abdeckten, den Geschirrspüler einräumten und dann leise durch die Hintertür das Haus verließen, um ja nicht das Risiko einzugehen, ihr beim Hinausgehen über den Weg zu laufen.

Der Himmel war noch blauer und klarer als im Sommer. Der Bach am Ende des Gartens, gleich hinter der verfallenen Mühle, war tief, sein Wasser sauber. Kleine braune Forellen sammelten sich im Sonnenlicht, um die ersten warmen Strahlen des Jahres einzufangen. An den Ufern aus Schiefergestein brachen zarte Krokusse und Schneeglöckchen aus der kalten Erde. Für Jenny war es eine Offenbarung gewesen zu realisieren, dass die Natur im Winter nicht schlief. Als sie noch in der Stadt gewohnt hatte, war ihr irgendwann im April vielleicht mal aufgefallen, dass die Bäume grün geworden waren. Aber jetzt hatte sie einen ganzen Winter lang mitten in der Natur gelebt, und selbst als die Bäume im Dezember ihre letzten Blätter fallen gelassen hatten, konnte sie bereits neue Knospen entdecken. Es gab keinen Stillstand. Das Leben war ein ewiger, unaufhaltsamer Kreislauf.

Mit diesen Gedanken tröstete sie sich, als sie über ihr mehr als tausend Quadratmeter großes Grundstück schlenderte, um den Frieden zu genießen, bevor sie wieder an ihren

Schreibtisch zurückkehren würde. Als ihre Finger über das dicke, weiche Moos an der bröckligen Wand des Mühlenschuppens fuhren, spürte sie die zarten Blätter eines Stechpalmentriebs, der aus dem Kalkmörtel spross. Alles Alte und Verrottete diente als fruchtbarer Boden für Neues.

Als ein vager Optimismus ihre Melancholie zu verdrängen schien, erlaubte sie sich den Gedanken, dass Ross nur eine weitere unausweichliche Phase durchmachte. Um eine eigenständige Persönlichkeit zu werden, musste er sie zurückweisen. Ob begründet oder unbegründet spielte dabei keine Rolle. Wenn sie das nur verstehen würde, wäre es auch erträglicher. Er würde wegziehen, seinen Weg finden und irgendwann als selbstsicherer junger Mann zurückkehren. Nicht sie selbst war es, die er zurückwies, oder eine bestimmte Atmosphäre, er löste sich nur von den Fesseln der Kindheit. Sie wünschte ihm mehr Glück dabei, als sie selbst es gehabt hatte. Sie hatte ihre Lebensmitte erreicht und kämpfte noch immer mit psychischen Problemen, die sich im Moment sogar zu verfestigen schienen.

Hinter sich hörte sie ein Hecheln und Schritte. Sie drehte sich um und sah Alfie über den zugewucherten Karrenweg, der an ihrem Haus vorbeiführte, auf sich zukommen. Der Hund sprang in den Bach und schnappte nach den kleinen Wellen. Einen Moment später erschien auch Steve. Er trug nur ein T-Shirt und Jeans, den Pullover hatte er sich um die Schultern gehängt.

»Herrlicher Tag«, sagte er beim Näherkommen. »Störe ich?«

»Nein.«

Er trat neben sie ans Ufer. »Anstrengende Woche?«

»Ja. Und bei dir?«

»Ich musste mich um ein Projekt in Manchester kümmern, für das wir uns bewerben wollen. Furchtbar. Der Architektenfluch – man möchte alles niederreißen und von vorne anfangen.«

»Ich habe mich schon gefragt, wo du bist.«

»Ich wollte dich anrufen …«

»Das musst du nicht.«

»Vielleicht doch?« Er lächelte sie erwartungsvoll an.

Sie zuckte mit den Achseln und wünschte, sie könnte herzlicher sein, aber ihr fragiles inneres Gleichgewicht drohte zu kippen. All die Gefühle, die sie bewältigt zu haben glaubte, stiegen wieder in ihr auf.

»Geht es dir gut?«

»Ja.« Sie schaute auf das Weideland und den Wald, die hinter der Mauer begannen. Ein paar hoch trächtige Schafe standen im Schlamm.

Sie fühlte eine warme Hand über ihre Schulter streichen. Die andere legte sich um ihre Hüfte. Er stand hinter ihr und drückte sie an sich. Dann lehnte sie sich gegen ihn, und er berührte ihr Haar und ihr Gesicht. Er schwieg, als er ihre Tränen spürte.

Mit dem Ärmel wischte sie sich die Augen. »Tut mir leid.«

»Gibt es etwas, worüber du reden möchtest?«

Sie drehte sich um, sah ihn an und schüttelte den Kopf. Er beugte sich vor und küsste sie sanft.

Später saßen sie an dem verwitterten Tisch auf dem Rasen, hatten sich Pullover übergezogen und tranken Tee. Steve rauchte eine dünne Selbstgedrehte, und Jenny zog ab und zu daran, während sie ihm gestand, dass sie seit der letzten Sitzung mit Dr. Allen wieder von ihren alten Symptomen verfolgt wurde. Steve hörte still zu, ließ sie reden und drehte sich eine zweite Zigarette.

Als sie fertig war, fragte er: »Diese Träume hattest du, als du, was, zwanzig warst?«

»So ungefähr.«

»Also, als du erwachsen wurdest. Hast du je darüber nachgedacht, ob die Träume nicht einfach deine Trauer um die verlorene Kindheit sind?«

»Meine Kindheit war nicht schlecht. Sie war nicht besonders glücklich, aber auch nicht besonders traurig. Zumindest nicht, bis meine Mutter gegangen ist. Aber damals war ich schon fast ein Teenager.«

»Das passt doch gut. In deinen Träumen ist es immer die Unschuld, die verschwindet. Darin liegt eine der menschlichen Tragödien: Wenn man die Unschuld einmal verloren hat, dann gibt es keinen Weg zurück.«

»Warum geht es dann anderen Menschen nicht genauso?«

»Wir alle bleiben an einem bestimmten Punkt in unserem Leben stecken. Gott weiß, dass es mir nicht anders ging – ich habe mich zehn Jahre im Wald versteckt.«

»Und wo bin ich stecken geblieben, Mr. Freud?«

»Du hast einen dominanten Mann geheiratet, als du noch sehr jung warst.«

»Aber David war kein Vaterersatz.«

»Ich würde wetten, dass du dich selbst viel besser kennengelernt hast, seit du nicht mehr mit ihm zusammen bist.«

»Geschenkt.«

»Und während der gesamten Zeit deiner Ehe hattest du im Job mit gestörten Kindern zu tun.«

»Wie lautet also deine Theorie?«

»Ich arbeite noch daran.« Er zündete sich mit dem alten Messingfeuerzeug, das sie ihm zum Geburtstag geschenkt hatte, die Zigarette an. »Es wird alles zu viel für dich, du brichst zusammen ...«

»Und?«, sagte sie skeptisch.

»Und dann ... Dann erholst du dich von dem ganzen

Mist, indem du dich beruflich total neu orientierst. Fortan beschäftigst du dich mit den Todesarten anderer Leute.«

»Soll heißen?«

»Ein Teil von dir ist gestorben?«

Jenny seufzte. Das Territorium hatte sie bereits abgegrast. »Mein erster Psychiater, Dr. Travis, war davon überzeugt, dass ich missbraucht worden bin. Keine Ahnung, wie oft ich darüber nachgedacht habe, aber ich weiß, dass es nicht stimmt. Es war einfach nicht so.«

»Darf ich noch etwas fragen? Glaubst du, dieser Job ist gut für dich? Könnte es nicht sein, dass ein Teil von dir das Unmögliche versucht? Dass du die Toten wieder ins Leben zurückholen willst, obwohl du eigentlich das Leben seinen Gang nehmen lassen solltest?«

Sie sagte nichts. Seine Worte waren gut gemeint, klangen aber nach einer Anklage.

»Das war nicht so hart gemeint, wie es sich anhört.«

»Allgemein ist man der Auffassung, dass ich meinen Job gut mache.«

»Ich will ja auch nur sagen, dass in deinem Leben ein bisschen mehr Platz für Spaß wäre, wenn du es zulassen würdest.«

»Und der heutige Nachmittag?«

»War ein Anfang.« Er lächelte. »Aber eins solltest du wissen. Egal wie du dich innerlich fühlst, du siehst großartig aus.«

Etwas in ihrem Innern verschloss sich. Sie hasste solche Kommentare. Genauso gut hätte er sagen können, dass sie sich grundlos aufregte.

Er streckte die Hand aus und berührte die innere Seite ihres Handgelenks. Er wollte sie noch einmal verführen.

Sie zog ihre Hand zurück, verschränkte die Arme und zitterte. »Ich mach dann jetzt besser weiter.«

»Klar.« Steve wirkte etwas verletzt. Er stand auf und pfiff nach Alfie, der sofort aufhörte, hinter der Mühle nach Mäusen zu buddeln, und angesprungen kam. Dann blickte Steve zu den Eschen hinüber, die sich vor der Dämmerung abhoben. »Ich habe es dir schon einmal gesagt: Du lebst an einem wunderschönen Ort. Hör auf ihn, vielleicht hat er eine Botschaft für dich.« Sanft berührte er ihre Wange, bevor er schließlich ging und sie ihren Gedanken überließ.

Als sie wieder an ihrem Schreibtisch saß, nahm sie das Tagebuch und versuchte erfolglos, ihre Verwirrung in Worte zu fassen. Mit Vernunft kam man der Sache nicht bei. Seit über drei Jahren drehte sie sich im Kreis und hatte keinerlei Einsichten gewonnen, sondern erinnerte sich lediglich an einen zwanzig Jahre alten Traum und ein paar unangenehme Kindheitserlebnisse, die aber wohl kaum für ihre jetzige Verfassung verantwortlich gemacht werden konnten. Trotz Jennys Qualen und ihrer Versuche, ihre persönliche und berufliche Situation zu verbessern, war keinerlei Licht ins Dunkel gebracht worden. Und wenn sie in sich ging, wurde alles nur noch schlimmer. Sie fühlte sich, als würde sie einen Sumpf durchqueren: Geh schnell, und der Boden trägt dich vielleicht. Bleib aber auch nur einen Moment stehen, und der Schlamm zieht dich hinab.

Alles, was sie schreiben konnte, war: *Es muss sich etwas ändern. Nachdenken führt zu nichts. Von jetzt an werde ich nur noch dorthin gehen, wohin mein Instinkt mich leitet, und darauf hoffen, das andere Ende zu erreichen.*

8

Ross registrierte ihren Stimmungsumschwung während des hektischen Frühstücks und brachte eine Art Entschuldigung für sein Verhalten vom Vortag zustande. Jenny riet ihm, die Sache einfach zu vergessen und sich lieber ein bisschen zu beeilen, sie hatte gleich eine Anhörung. Als er nach oben verschwunden war, um sich Gel ins Haar zu schmieren und sich mit Deo einzusprühen, ging sie in ihr Arbeitszimmer und schluckte ihre Tabletten. Als die Substanzen in ihren Blutkreislauf eintraten, legte sich die Aufgeregtheit, mit der sie aufgewacht war. Ihr Herzschlag beruhigte sich, ihre Glieder wurden schwer, und ihre wirren Gedanken ordneten sich. Sie redete sich ein, dass die Panikattacke vom Freitag ein Ausrutscher gewesen war, mit dem ihr Unterbewusstsein ihre Entschlossenheit hatte testen wollen. Sie hatte die Attacke abgewehrt und war daran gewachsen.

Und jetzt wartete Arbeit auf sie.

Alison hatte die Liste von Nazims und Rafis Kommilitonen abgearbeitet, aber nicht viel erreicht. Lediglich Dani James, das Mädchen, das den Mann aus dem Wohnheim Manor Hall hatte eilen sehen, hatte sich als Zeugin zur Verfügung gestellt. Dr. Sarah Levin hatte angeboten, sich am zweiten Anhörungstag Zeit zu nehmen, aber gleich darauf hingewiesen, dass sie der Aussage, die sie damals bei der Polizei gemacht hatte, nichts hinzuzufügen habe. Alle anderen hatten erklärtermaßen gar keine oder nur vage Erinnerungen an die beiden jungen Männer und konnten somit keine Informationen zu ihrem Verschwinden beisteuern. Am ersten Tag der Anhörung stand Jenny also mit einer ziemlich übersichtlichen Zeugenliste da, konnte sich so allerdings auf den zweiten Tag einstimmen, an dem verschiedene Polizisten und ein mittlerweile pensionierter MI5-Agent namens David Skene ihre Aussagen machen würden.

Der Raum, der Jenny in der Rushton Millenium Hall als Büro zugewiesen worden war, besaß ein Fenster mit Blick auf den großen Saal, der auch als Turnhalle genutzt wurde. Alison hatte, soweit das überhaupt möglich war, das Mobiliar so umgestellt, dass er an einen Gerichtssaal erinnerte. Jenny empfand eine merkwürdige Freude dabei, die Anwälte eintreffen zu sehen und zu beobachten, wie sie sich begrüßten und angesichts des Ambientes den Kopf schüttelten. Im Foyer kündigten Plakate einen Quizabend für Senioren an, daneben hingen die Fotos vom letzten Weihnachtsmärchen der Gemeinde.

Als Jenny vorne im Saal hinter ihrem Tisch Platz nahm, stellte sie erfreut fest, dass sich nur wenige Journalisten in den zwei Sitzreihen, die als Pressetribüne dienten, niedergelassen hatten. Zu viel Medieninteresse schüchterte die Zeugen oft ein oder verstärkte ihre Aufregung, was dazu führen konnte, dass sie nicht mehr verlässlich aussagten. Rechts von Jenny warteten fünfzehn Juroren, von denen acht ausgewählt werden würden. Mrs. Jamal saß unscheinbar in der zweiten Reihe. Neben ihr hatte eine Frau Platz genommen, die dem Aussehen nach eine Verwandte sein konnte. Beide trugen schwarze *salwar kamiz* – weite Hosen und weite, lange Hemden – und hatten sich breite Schals um den Kopf geschlungen. Die unbekannte Frau hielt Mrs. Jamals Hand fest in ihrem Schoß. Eine Gruppe Zeugen, darunter auch Anwar

Ali und eine hübsche junge Frau, die vermutlich Dani James war, saß in der ersten Reihe. In der rechten Saalecke, diskret hinter den Journalisten, konnte Jenny Alun Rhys erkennen, den jungen MI5-Mitarbeiter.

Nachdem alle zur Ruhe gekommen waren, stellte Jenny sich vor und bat die Anwälte, ihrem Beispiel zu folgen. Mrs. Jamal wurde von Trevor Collins vertreten, einem gewöhnlichen Anwalt mit schütterem Haar und schlecht sitzendem Anzug, der trostlos an ihm herunterhing. Collins sprach stockend, wirkte nervös und erweckte ganz allgemein den Eindruck, als würde er den Morgen lieber in seinem viel zu kleinen Büro verbringen und Testamente aufsetzen. Ein gut aussehender, weltgewandter Barrister namens Fraser Havilland, von dem Jenny wusste, dass er in letzter Zeit bei Anhörungen in London eine wichtige Rolle gespielt hatte, würde den Polizeipräsidenten von Bristol und Avon vertreten. Martha Denton, eine scharfzüngige und schroffe Kronanwältin, die sonst zumeist im Krongericht anzutreffen war, wo sie mit Terrorismusfällen zu tun hatte, vertrat den Präsidenten der Geheimdienste. Jeder Barrister hatte Solicitors mitgebracht, beratende Anwälte, die mit einer ganzen Batterie an Fachbüchern und Laptops bewaffnet in der Reihe dahinter saßen. Jenny dagegen hatte einen abgegriffenen *Jervis* dabei, außerdem einen Stapel neuer Notizbücher und den Füller, den sie von ihrem Vater zum Examen geschenkt bekommen hatte. Alison saß an einem kleinen Tisch zu ihrer Rechten und war für denselben Kassettenrekorder zuständig, der schon seit den frühen Achtzigern die Anhörungen im Severn Vale District dokumentierte.

Mit Ausnahme von Havilland wurden die Anwälte immer ungeduldiger, als Jenny gemeinsam mit Alison die Juroren nach vorne rief und jeden einzeln danach fragte, ob er aus irgendeinem Grund nicht einsatzfähig sei. Zwei alleinerziehende Mütter, die ihr leidtaten, schickte sie nach Hause, dann wurden von den Verbliebenen durch Losverfahren acht Personen ausgewählt. Jene, auf die die Wahl fiel, setzten sich in die zwei Reihen links von Jenny. Alle ausgelosten Juroren waren weiß, sechs von ihnen hatten graue Haare. Die einzige männliche Person unter dreißig trug eine schmuddelige Jeans und eine Sweatshirtjacke und wirkte jetzt schon unendlich gelangweilt. Die Jüngste unter ihnen, eine neunzehn- oder zwanzigjährige junge Frau, machte einen eher ratlosen Eindruck und schien sich zu fragen, was sie hier überhaupt tat.

Jenny ignorierte das Stöhnen der Anwälte und bat die Jurymitglieder, alles zu vergessen, was sie an Gerichtsdramen bisher im Fernsehen gesehen hätten. Sie erklärte, dass es sich bei dieser Untersuchung nicht um einen Strafprozess handele, vielmehr würde man Aussagen zum unerklärlichen Verschwinden von Nazim Jamal und seinem Freund Rafi Hassan hören. Falls – und nur in diesem Fall – die Indizien hinreichend waren, um den Tod von Nazim Jamal als relativ sicher anzunehmen, hatte die Jury außerdem zu entscheiden, wann, wo und wie der Tod eingetreten war. Nach einer etwa dreißigminütigen Erklärung war Jenny überzeugt, dass die Jurymitglieder die grundlegenden Dinge begriffen hatten.

Als Mrs. Jamal aufstand, um zum Zeugenstand zu gehen, flog plötzlich hinten im Saal die Tür auf, und eine Gruppe junger Indopakistaner platzte herein, gefolgt von mindestens einem halben Dutzend aufgeregter Journalisten. Sie wirkten feindselig und einschüchternd und gaben sich gar nicht erst die Mühe, leise zu sein. Die meisten setzten sich auf die noch freien Stühle, der Rest reihte sich an der Wand auf. Plötzlich war der Raum überfüllt und stickig. Zorn hing in der Luft.

Jenny sah, wie Anwar Ali einem der Leute zunickte. Alison warf ihr einen ängstlichen Blick zu.

»Diese Anhörung ist öffentlich«, sagte Jenny und versuchte sich professionell und bedacht zu geben. »Allerdings fasst dieser Raum nur eine gewisse Anzahl an Menschen. Allen, die jetzt hier sind, gestatte ich vorerst, bis zum Ende der Sitzung zu bleiben.«

»Wenn es beliebt, Ma'am, ich bin im Auftrag der British Society for Islamic Change hier.« Ein Pakistaner von Anfang dreißig näherte sich dem Tisch, an dem die Rechtsanwälte saßen, Block und Fachbücher unter dem Arm. »Yusuf Khan. Ich bin der Rechtsvertreter des Vereins.« Er legte seine Sachen auf den Tisch und reichte Alison seine Visitenkarte. »Man hat mich beauftragt, Ma'am, den Antrag zu stellen, in dieser Sitzung Zeugen befragen zu dürfen.«

Jenny schaute auf die Karte, die Alison an sie weitergereicht hatte. Khan war Solicitor einer Kanzlei in Birmingham, von der sie noch nie etwas gehört hatte. »Auf welcher Grundlage, Mr. Khan?«

»Ma'am, nach der Bestimmung zwanzig des Gesetzbuchs für den Coroner darf dieser jeder Person, die ein ernsthaftes Interesse anmelden kann, das Recht einräumen, hier Fragen zu stellen. Hiermit bitte ich Sie, dieses Recht Mr. Khalid Mahmond zu erteilen, dem Präsidenten des Vereins, den ich vertrete. Die Organisation hat im Vereinigten Königreich fünftausend Mitglieder, alles junge muslimische Männer und Frauen zwischen achtzehn und fünfunddreißig. Sie ist der hauptsächliche Rechtsvertreter der muslimischen Gemeinschaft und steht regelmäßig mit hohen Politikern aller Parteien in Kontakt. Außerdem berät sie sich mit dem Innenministerium in strafrechtlichen Fragen und entsendet Vertreter in alle bedeutenden gesellschaftspolitischen Kommissionen.« Er zog eine Hochglanzbroschüre zwischen seinen Büchern hervor und gab sie Alison, die sie wiederum mit gerunzelter Stirn an Jenny weiterreichte.

Jenny überflog das professionell gestaltete Heft. Die Gesellschaft nannte sich BRISIC und hatte ein aussagekräftiges Logo aus ineinander verschränkten braunen und weißen Händen. Man sah Fotos von jungen Männern, die stolz vor neuen Moscheen standen. Andere zeigten Repräsentanten mit Ministern im Parlament, und ein betont heiter gehaltener Abschnitt zeigte BRISIC-Mitglieder, die ein Sommerlager in den Yorkshire Dales verbrachten.

»Sie vertreten zweifellos eine respektable und erfolgreiche Organisation, Mr. Khan. Anhörungsrechte können aber nur jemandem zugestanden werden, der ein legitimes und begründetes Interesse an dem entsprechenden Fall hat.«

»Ma'am, als Vertreter einer der wichtigsten Organisationen junger Muslime im Vereinigten Königreich würde ich denken, dass das Interesse gegeben ist. Uns geht es nicht nur um den Fall von Mrs. Jamal. Seit 2001 sind noch zehn weitere Personen verschwunden. Die offizielle Erklärung lautet ausnahmslos, alle seien ins Ausland gegangen, um in Afghanistan oder im Irak mit den radikalen Aufständischen zu kämpfen. Meine Klienten sind allerdings der Meinung, dass zu wenige Beweise für diese Behauptung erbracht wurden. Eine wichtige Funktion des Coroners besteht darin, Todesursachen festzustellen, damit es in Zukunft nicht mehr zu vergleichbaren Fällen kommt. Ich vertrete eine Vereinigung, die von dem unerklärlichen und anhaltenden Verschwinden von Menschen mehr als betroffen ist.« Zustimmendes Gemurmel erhob sich im Saal. »Die British Society for Islamic Change ist nicht hier, um politische oder religiöse Ziele zu verfolgen, sondern vielmehr aus Sorge um zehn, wenn nicht gar um viele Hundert junge Indopakistaner. Wo sind sie? Wohin sind sie verschwunden? Beide Fragen scheinen mir mehr als legitim zu sein.«

Jenny merkte, dass Alun Rhys ihre Aufmerksamkeit

suchte, ignorierte ihn aber. Sein Blick allein sprach schon Bände: Lassen Sie die Leute mitmischen, dann gehen Sie das Risiko ein, die Untersuchung in einen gewaltigen Medienzirkus zu verwandeln. Aber selbst wenn sich der Rechtsanwalt zurückhalten würde – und sie hatte immerhin jederzeit die Möglichkeit, ihn auszuschließen, täte er es nicht –, dann würde die BRISIC ihre Empörung in die Öffentlichkeit tragen und die gesamte Angelegenheit gnadenlos ausschlachten. Aber was war die Alternative? Wenn Jenny eine Beteiligung ablehnte, würde sie dadurch nur Proteste provozieren, die Muslime gegen sich aufbringen und Mrs. Jamal darin bestärken, dass sich alle gegen sie verschworen hatten.

Rhys hatte sich jetzt auf auffällige Gesten verlegt. Vielleicht hatte er sogar recht, aber wer war sie, Befehle von Geheimdienstleuten entgegenzunehmen? Sie war gesetzlich verpflichtet, sich eine eigene Meinung zu bilden, daher beschloss sie, ihn weiterhin zu ignorieren.

»Warten Sie bitte einen Moment, Mr. Khan«, sagte Jenny, bevor sie sich an die versammelten Zuhörer wandte. »Ich gehöre nicht zu den Coronern, die anderen Interessengruppen den Zugang zu ihren Untersuchungen verweigern. Im Namen der Offenheit und der Gerechtigkeit neige ich dazu, jeder begründet interessierten Partei die Erlaubnis zur Zeugenbefragung zu erteilen, nicht zuletzt, weil dies den Anschuldigungen entgegenwirkt, wichtige Fragen seien nicht gestellt worden. Grundsätzlich bin ich also bereit, der British Society for Islamic Change zu erlauben, einen Vertreter zu entsenden. Sollte es irgendwelche Einwände geben, werde ich sie mir jetzt anhören.«

Fraser Havilland sah sich zu seinen beratenden Anwälten um, die mit den Achseln zuckten. Der füllige junge Mann, der Martha Denton beriet, hatte mit Alun Rhys den Kopf zusammengesteckt und flüsterte erregt auf ihn ein. Jenny gab ihnen einen Moment, um den Austausch zu beenden, dann erstattete der rotgesichtige Solicitor seiner Vorgesetzten Bericht.

Unbeeindruckt von der stillen, aber spürbaren Feindseligkeit, die ihr entgegenschlug, erhob sich Martha Denton und wandte sich mit gelangweiltem Ausdruck an das Gericht. »Ma'am, es gibt keinerlei Hinweise darauf, dass Mr. Jamal oder seine hinterbliebenen Angehörigen irgendetwas mit dieser seltsamen Organisation zu tun hatten oder haben. Der Verein mag zwar behaupten, Personen zu vertreten, die aus dem einen oder anderen Grund ebenfalls verschwunden sind, aber diese Anhörung hier beschäftigt sich nur mit dem Verschwinden einer einzigen Person. Es gibt keinen Grund, warum andere Vermisste hier repräsentiert werden sollten. Wenn die Gesellschaft der Anhörung als Zuschauer beiwohnen möchte, steht es ihr natürlich frei, dies zu tun.«

»Können Sie irgendeine Facette der Aktivitäten der Organisation benennen, die es nicht ratsam erscheinen lässt, dass sie hier vertreten wird?«, fragte Jenny.

»Die Frage ist doch vielmehr, Ma'am, ob sie ein begründetes Recht darauf hat, hier vertreten zu werden.«

»Und die Antwort liegt allein in meinem Ermessen.«

»Jedes Ermessen sollte sich auf vernünftige Gründe stützen«, sagte Martha Denton.

Jenny spürte Alun Rhys' drohenden Blick auf sich. Sie wandte sich an den Anwalt der BRISIC. Ihre Entscheidung stand fest. »Unter der Bedingung, dass sich alle Rechtsvertreter vernünftig verhalten, werde ich Ihnen die gewünschten Anhörungsrechte erteilen, Mr. Khan.«

»Danke, Ma'am«, sagte Khan und verbeugte sich ehrerbietig. Auf den Gesichtern der jungen Männer im Saal zeichnete sich ein überraschtes Lächeln ab.

Martha Denton verzog ihr Gesicht und ließ sich demonstrativ wieder auf ihren Stuhl fallen. Alun Rhys verschränkte die Arme.

»Gut«, sagte Jenny. »Wenn Sie dann bitte in den Zeugenstand treten würden, Mrs. Jamal.«

Mrs. Jamal kam nach vorne und setzte sich. Ihr Schal verhüllte teilweise ihr Gesicht. Der Stuhl für die Zeugen stand zwischen Jenny und der Jury, direkt neben einem Tisch, der gerade groß genug für eine Bibel, einen Koran und einen Krug Wasser war. Mrs. Jamal sprach den Schwur mit leiser, aber fester Stimme. Die Nervosität war ihr kaum anzumerken. Sie wirkte gefasst und würdevoll und unterschied sich deutlich von der Person, die Jenny in ihrem Büro erlebt hatte.

Jenny ließ ihr Zeit, ihre Geschichte zu erzählen, und leitete sie mit Fragen durch Nazims Kindheit, seine Zeit am Clifton College, ihre Scheidung und den Beginn seines Studiums an der Universität von Bristol. Mrs. Jamal beschrieb Nazim als hingebungsvollen Sohn und fleißigen Schüler. Ihre Stimme wurde erst brüchig, als sie erzählte, wie er im zweiten Trimester in traditioneller Kleidung zu ihr nach Hause gekommen war.

»Haben Sie mit ihm darüber gesprochen, warum er sich so angezogen hat?«, fragte Jenny.

»Ja. Er sagte, viele Muslime seines Alters liefen jetzt so herum.«

»Haben Sie ihn nach dem Grund gefragt?«

Mrs. Jamal stockte einen Moment. »Ja, schon ... Er wollte nicht darüber sprechen. Er sagte, er wolle es halt.«

»Wie haben Sie reagiert? Waren Sie besorgt?«

»Natürlich. Wir wussten ja alle, was mit unseren Söhnen passierte. Damals sind die Extremisten in die Moscheen gegangen und haben mit den Jungen über den Dschihad und solchen Unsinn gesprochen.«

»Haben Sie mit ihm auch darüber geredet?«

Sie schüttelte den Kopf. »Das wollte ich nicht. Sie können das vielleicht nicht nachvollziehen, aber ich wollte ihn nicht verärgern. Ich habe ihm einfach vertraut. Junge Leute machen bestimmte Phasen durch, das ist Teil des Erwachsenwerdens. Außerdem war er Wissenschaftler, er studierte Physik. So religiös konnte er gar nicht sein. Ich dachte, dass es nicht lange anhält.«

»Sie hatten wahrscheinlich auch Angst, er würde Sie nicht mehr besuchen, wenn Sie ihn zu direkt mit diesen Dingen konfrontieren?«

»Ja. Er war alles, was ich hatte.« Sie wandte sich an die Jury. »Ich war allein. Er war mein einziges Kind.«

In den Gesichtern, die sie anschauten, spiegelte sich eher Skepsis als Mitleid.

Jenny ließ Mrs. Jamal etwas Zeit, sich zu sammeln, bevor sie mit ihr über die letzten beiden Begegnungen mit Nazim sprach: die freudige Überraschung, als er sie im Mai 2002 zu ihrem Geburtstag besucht hatte, und sein unerwartetes Auftauchen am Samstag, den 22. Juni, als er blass und fiebrig gewesen war.

»Würden Sie sagen, dass Nazim, als er im Juni über Nacht bei Ihnen geblieben ist, anders war als im Mai?«

»Es ging ihm nicht gut ...« Sie unterbrach sich, als wäre ihr etwas eingefallen.

»Mrs. Jamal?«

»Einen Unterschied gab es tatsächlich.«

»Ja?«

»An meinem Geburtstag ist er zwei Mal für sein Nachmittags- und sein Abendgebet ins Gästezimmer gegangen. Er betete fünf Mal am Tag, wie es verlangt wird. Das tun nicht viele.«

»Und im Juni?«

»Er ist mittags gekommen und gegen neun ins Bett gegangen. Gebetet hat er nicht. Er sprach über sein Studium und über Tennis. Er hatte schon eine Weile nicht mehr gespielt und wollte eventuell wieder anfangen. Wir haben über die Familie geredet, über seine Cousins ... Religion war, glaube ich, kein Thema.«

»Was trug er damals?«

»Ganz normale Sachen: Jeans, ein Hemd. Sein Haar und sein Bart waren kürzer als vorher.« Ängstlich schaute sie sich im Saal um, bewusst, dass man ihr aufmerksam zuhörte. Die meisten Muslime im Raum waren westlich gekleidet, einige trugen traditionelle Gewänder, und fast alle hatten einen Bart. »Ich erinnere mich, dass ich froh darüber war. In unserer Familie haben wir nie geglaubt, dass man sich wie ein Wüstenbewohner anziehen muss, um Gott nahe zu sein. Solche Meinungen kamen von außen. Wir waren nicht so.«

Die jungen Männer im Saal tauschten missbilligende Blicke aus.

»Hat Nazim angedeutet, dass sich irgendetwas verändert hat?«

»Nein. Aber so etwas sieht man seinem Kind an. Etwas an ihm war anders. Er brauchte mich und wollte, dass alles wieder so sein sollte wie früher ... als er noch ein Junge war.«

»Haben Sie irgendeine Ahnung, worin die Veränderung bestanden haben könnte, Mrs. Jamal? Und wodurch sie hervorgerufen worden war?«

Mrs. Jamal schaute zu Boden und schwieg für einen langen Moment. »Ich weiß noch, dass ich dachte: Jetzt ist es vorbei. Ich war erleichtert. Und als ich ihn dann am nächsten Morgen beten hörte, so wie er es als Kind getan hatte, dann wusste ich es.«

»Womit war es vorbei?«

»Mit den Ideen, die irgendwelche Leute ihm in den Kopf gesetzt hatten.« Sie nickte zu Anwar Ali hinüber. »Leute wie der da. Radikale.« Das letzte Wort spuckte sie fast aus. »Mein Nazim war nie einer von denen.«

Anwar Ali fixierte sie. Seine Freunde und Kollegen wurden unruhig.

»Mrs. Jamal«, sagte Jenny, »hat Ihr Sohn jemals von Rafi Hassan gesprochen?«

»Nein, nie.«

»Hat er andere Freunde von der Uni erwähnt?«

»Nicht namentlich.«

»Kam Ihnen das nicht irgendwie merkwürdig vor?«

»Ich habe ihn neun Monate lang kaum gesehen, von Oktober bis Juni. Und die paar Male, die er dann bei mir war, habe ich mich vielleicht ein wenig eigennützig verhalten. Ich wollte ihn für mich haben und nicht über seine Freunde reden.«

»War es nicht eher so, dass Sie nichts über sie wissen wollten?«

»Möglich ...«

»Weil Sie wussten, dass Gruppen wie die Hizb ut-Tahrir keine Bedenken hatten, ihre Mitglieder von ihren Familien wegzulocken?«

»Ja. Davon hatte ich gehört.«

Jenny notierte sich, dass Mrs. Jamal von Januar bis Juni 2002 mitbekommen hatte, dass sich ihr Sohn radikalisierte. Aber sie hatte den Kopf in den Sand gesteckt. Aus eigener Erfahrung wusste Jenny, wie bereitwillig eine Mutter sich selbst belügen konnte.

Was die Beweislage betraf, so hatte Mrs. Jamal nicht mehr viel beizutragen, aber Jenny ließ sie trotzdem noch von den Wochen nach Nazims und Rafis Verschwinden erzählen. Sie beschrieb die fruchtlosen Treffen mit Sarah Cole, der Verbindungsbeamtin der Polizei von Bristol und Avon, außerdem die Gespräche mit David Skene und Ashok Singh, den MI5-Mitarbeitern, die sich, bevor die Ermittlungen im Dezember dann faktisch eingestellt wurden, drei Mal mit ihr getroffen hatten. Mrs. Jamal beharrte darauf, dass der letzte offizielle Kontakt zwischen ihr, der Polizei und den Geheimdiensten in dem Brief von Sarah Cole vom 19. Dezember 2002 bestanden hatte. In ihm war folgender unsinnige Satz zu lesen gewesen: »In Ermanglung glaubwürdiger Hinweise auf den Verbleib Ihres Sohnes oder den Mr. Hassans wurde entschieden, dass die Ermittlungen eingestellt werden, bis neue Hinweise auftauchen.« Ein Polizist, an dessen Namen sich Mrs. Jamal nicht erinnern konnte, hatte ihr ein paar Tage zuvor mitgeteilt, dass die Geheimdienste über Informationen verfügten, denen zufolge die beiden jungen Männer sich ins Ausland abgesetzt hätten. Niemand aber, so Mrs. Jamal, habe je einen einzigen Beweis vorgelegt, der diese Behauptung gestützt hätte. In den folgenden Monaten und Jahren hatte sie zahllose Briefe an die Polizei und den MI5 geschrieben, sowohl persönlich als auch mit Hilfe verschiedener Rechtsanwälte, hatte aber im besten Fall wenig freundliche Empfangsbestätigungen als Antwort erhalten. Zumeist war sie gegen eine Mauer aus Schweigen geprallt.

Bevor Jenny den Anwälten die Möglichkeit geben würde, Mrs. Jamal zu befragen, blätterte sie in den Fotokopien, die diese ihr gegeben hatte, und zog die Aussage von Kriminalmeister Angus Watkins vom 3. Juli 2002 hervor. Sie gab sie Alison, um sie der Jury vorzulesen. Watkins erklärte darin, dass er die Türen von Nazims und Rafis Zimmern in der Manor Hall untersucht und in beiden Türrahmen identische, fünf Millimeter breite Vertiefungen gefunden habe. Es sei nicht ausgeschlossen, dass sich jemand mit einem stumpfen Gegenstand gewaltsam Zutritt zu den Räumen verschafft habe. Außerdem habe er bemerkt, dass sich die Laptops und die Handys der beiden Studenten nicht in den Räumen befunden hätten, es aber sonst keinerlei Hinweise auf ein Eigentumsdelikt gegeben habe. Wertvolle Gegenstände wie ein MP3-Player seien noch vorhanden gewesen.

»Wurde die Spur eines möglichen gewaltsamen Zutritts zu den Zimmern Ihrer Meinung nach verfolgt?«, fragte Jenny Mrs. Jamal.

»Das weiß ich nicht. Ich habe von dieser Aussage erst erfahren, als mein Anwalt im Jahr darauf an die Polizei schrieb.«

»Waren Sie damals selbst im Zimmer Ihres Sohns?«

»Ja.«

»Was für einen Eindruck hat es auf Sie gemacht?«

»Seine Kleidung war noch da, so wie sein Koffer. Sein Koran – die Ausgabe, die sein Vater und ich ihm geschenkt hatten, als er das Stipendium bekam – stand noch im Regal. Sein Gebetsteppich lag auf dem Boden. Außer Handy und Computer hat meines Erachtens nichts gefehlt.«

»Was ist mit dem Zimmer von Mr. Hassan?«

»Ich habe nur kurz mit seiner Mutter gesprochen, aber dort war es das Gleiche. Nur der Computer fehlte. Alles andere war so, wie er selbst es zurückgelassen hätte.«

»Wurde wegen Einbruch ermittelt? Hat Ihr Anwalt die Polizei gefragt, ob man Fingerabdrücke oder DNA sichergestellt hat?«

»Mein Anwalt …« Mrs. Jamal schüttelte verzweifelt den Kopf. »Er war noch mit dem Fall beschäftigt, als er verhaftet wurde und ins Gefängnis kam.«

»Verhaftet weshalb?«

»Es hatte irgendetwas mit Zeugenaussagen in einem anderen Fall zu tun.« Wieder schüttelte sie den Kopf. »Ich weiß noch immer nicht, was ich von ihm halten soll.«

»Wie heißt er?«

»Mr. McAvoy«, sagte sie, als würde sie den Namen nie wieder vergessen. »Mr. Alec McAvoy.«

Aus dem Augenwinkel sah Jenny, wie Alison aufschaute und die Stirn runzelte. Im nächsten Moment erinnerte sie sich. McAvoy – der Anwalt, dem sie in der Leichenhalle begegnet war. Seine Karte trug sie noch im Portemonnaie. Sie wandte sich an Alison. »Könnten Sie bitte Mr. McAvoy einbestellen? Heute Nachmittag noch, falls das möglich ist.« Sie würde gerne seine Version der Geschichte hören, bevor sie die Zeugen von der Polizei befragte. Es wurde immer offensichtlicher, dass die polizeilichen Ermittlungen weitaus nachlässiger geführt worden waren als üblich, und dafür würde sie eine Erklärung verlangen.

Fraser Havilland, der Anwalt des Polizeipräsidenten, stellte Mrs. Jamal nur wenige, unbedeutende Fragen. Hatte die Polizei schnell reagiert, nachdem sie sich an sie gewandt hatte? Würde sie zustimmen, dass die Polizei die geeigneten Maßnahmen ergriffen hatte, um ihren Sohn aufzuspüren? War sie nicht auch der Meinung, dass die Polizei, hätte ihr Sohn tatsächlich das Land verlassen – möglicherweise mit gefälschten Dokumenten –, nicht viel mehr hätte tun können? Zwar erhielt er nicht immer die gewünschte Antwort, aber Mrs. Jamal reagierte wenigstens nicht so verärgert oder emotional, wie Jenny zuvor befürchtet hatte. Als Havilland sie respektvoll fragte, was sie seinen Klienten in erster Linie vorzuwerfen habe, antwortete sie, dass ihrer Meinung nach gar nicht die Polizei die Schuld an der Sache trage. Diese habe im Auftrag einer höheren Instanz gehandelt und nur Befehle ausgeführt. Warum sonst hätte sie so schnell aufgeben sollen?

Martha Denton, die Anwältin der Geheimdienste, auf die sich, wie jetzt klar geworden war, Mrs. Jamals Verdacht konzentrierte, ließ es am respektvollen Tonfall ihres Vorgängers fehlen. Ihre erste Frage war eher eine gezielt verletzende Bemerkung. »Sie lügen, nicht wahr, Mrs. Jamal? Sie wussten ganz genau, dass Ihr Sohn ein radikaler Islamist geworden war, und jetzt benutzen Sie diese Untersuchung, um Ihre eigenen Schuldgefühle zu verarbeiten, weil Sie nichts dagegen unternommen haben.«

»Was habe ich für einen Grund, um mich schuldig zu fühlen? Es waren doch Ihre Leute, die die Polizei daran gehindert haben herauszufinden, was mit ihm passiert ist.«

»Woher wollen Sie das wissen?«

»Der Polizist, der mir von den Geheimdienstinformationen erzählt hat, deutete so etwas an.«

»Etwa der, an dessen Namen Sie sich nicht erinnern können?«

»Er war ungefähr vierzig. Und schlank.«

»Aha.« Denton schlug einen sarkastischen Tonfall an. »Und hat er Ihnen auch erklärt, warum die Geheimdienste es darauf anlegen sollten, die beiden *nicht* zu finden? Zwei radikale Islamisten, die bekanntermaßen Umgang mit Mitgliedern der Hizb ut-Tahrir pflegten, einer Organisation, die zwar nicht offiziell den Terrorismus unterstützt, aber in ihren Reihen bekannte Sympathisanten beherbergt?«

Dreißig wütende Augenpaare richteten sich auf Martha Denton. Ungerührt fuhr sie fort. »Hat er Ihnen das erklärt, Mrs. Jamal?«

»Nein.«

»Das haben Sie sich ausgedacht, nicht wahr? Sie suchen verzweifelt nach irgendjemandem, den Sie dafür verantwortlich machen können, dass Sie nichts über das Schicksal Ihres Sohnes wissen. Und nun haben Sie beschlossen, meinen Klienten die Schuld aufzubürden.«

Jenny schaltete sich ein. »Wir haben zwar eine Jury, Miss

Denton, aber dies hier ist kein Strafgericht, sondern eine zivile Anhörung, bei der ein entsprechender Tonfall vorherrschen sollte. Bitte mäßigen Sie sich.«

Martha Denton sah ihren Berater an und zog die Augenbrauen hoch, dann fuhr sie mit falscher Höflichkeit fort. »Mrs. Jamal, hat Ihr Sohn je mit Ihnen über seine neuen religiösen Überzeugungen gesprochen?«

»Nein, das hat er nicht.«

»Wussten Sie, dass er sich regelmäßig mit Mitgliedern der Hizb ut-Tahrir getroffen hat, einer Organisation, deren Ziel es ist, einen internationalen islamischen Staat zu schaffen?«

»Das behaupten Sie. Ich habe davon keine Ahnung.«

»Aber Sie hatten einen Verdacht?«

»Was genau ist der Punkt Ihrer Frage, Miss Denton?«, drängte Jenny.

Martha Denton seufzte ungeduldig. »Ich versuche herauszufinden, Ma'am, was die Zeugin über die Kontakte ihres Sohns zu Radikalen und Extremisten wusste.«

Mrs. Jamal explodierte. »Mein Sohn hätte nie etwas Schlechtes getan. Nie. Wer das Gegenteil behauptet, der lügt.« Ihre Worte hallten im stillen Saal wider.

»Sein Vater sieht das etwas anders, nicht wahr?«, sagte Martha Denton. »Er hat sich mit der naheliegendsten Erklärung für das Verschwinden Ihres Sohns ziemlich schnell zufriedengegeben, oder? Das ist auch der Grund dafür, warum er heute nicht hier ist. Er glaubt nicht, dass all die Fragen notwendig sind.«

»Für ihn kann ich nicht sprechen. Sechs Jahre lang hat er es nicht geschafft, zum Telefonhörer zu greifen. Woher soll ich also wissen, was er denkt?«

»Und was ist mit Rafi Hassans Familie?«

»Die hat Angst. Alle haben Angst vor Ihren Leuten. Ich bin die Einzige, die sich nicht einschüchtern lässt. Ich habe sie vor meinem Haus gesehen, sie sind mir auf der Straße gefolgt …«

»Danke sehr, Mrs. Jamal«, sagte Martha Denton mit einem amüsierten Gesichtsausdruck und setzte sich.

Mrs. Jamal bedachte sie mit einem finsteren Blick. All ihre Bemühungen, vernünftig zu erscheinen, hatte sie mit ihrem letzten emotionalen Ausbruch zunichtegemacht. Die Jurymitglieder sahen sich fragend an, Jenny malte eine Reihe von Fragezeichen auf ihren Block. Sosehr sie auch wollte, sie konnte Mrs. Jamal nicht beim Wort nehmen.

Yusuf Khan erhob sich mit einem beschwichtigenden Lächeln. »Mrs. Jamal, Sie haben gerade gesagt, dass Ihr Sohn nie etwas Schlimmes getan hätte. Glauben Sie das wirklich?«

»Er hätte keinem Menschen etwas zuleide tun können. Das schwöre ich bei meinem Leben.«

»Glauben Sie, dass er ins Ausland gegangen ist, um sich einer Organisation von Gotteskämpfern anzuschließen?«

»Sollte er das getan haben, dann nicht aus freiem Willen. Das wäre nicht seine Art gewesen.«

»Das haben Sie auch der Polizei und den Geheimdiensten gesagt, doch ich nehme an, die haben Ihnen nicht geglaubt?«

Sie schüttelte den Kopf. »Die glauben nur, was ihnen passt.«

»Haben sie gesagt, dass sie Ihren Sohn für einen Extremisten halten, einen jungen Mann, der mit der Idee sympathisiert, gegen den Westen Krieg zu führen?«, fragte Khan.

»Das mussten sie gar nicht erst aussprechen. Es stand ihnen ins Gesicht geschrieben, sogar dem Inder, diesem Singh.«

Jenny schaute zu Rhys hinüber, der ihren Blick auffing. *Wart's nur ab*, besagte seine Miene.

»Haben Polizei oder Geheimdienste Ihrem Eindruck nach

überhaupt auch nur erwogen, dass Ihr Sohn oder Mr. Hassan Opfer eines Verbrechens geworden sein könnte? Immerhin gab es an beiden Türen Spuren gewaltsamen Eindringens.«

»Nein. Nie.«

Mit Blick auf die Jury fragte Khan: »Wollte man Ihnen das Gefühl vermitteln, Mrs. Jamal, Ihr Sohn sei ein innerer Feind?«

Jenny warf Khan einen warnenden Blick zu. Sie würde keinen Showdown dulden.

Es sprach für Mrs. Jamal, dass sie nicht auf Khans Vorlage einging. »Man hat mir das Gefühl vermittelt, dass mein Sohn niemanden interessiert. Aber ich habe jeden Tag zu Gott gebetet, und ich glaube immer noch, dass Gerechtigkeit möglich ist.«

Khan blieb beharrlich. »Meinen Sie nicht, dass man Ihnen diese Untersuchung nur zugestanden hat, um den Ruf Ihres Sohnes als Verräter und Dschihadisten zu besiegeln?«

»Mr. Khan«, sagte Jenny, »ich warne Sie ein für alle Mal. Dies ist eine gerichtliche Untersuchung und kein Forum, um politische Gefechte auszutragen. Beim nächsten Mal sind Sie draußen.«

Eine Welle der Empörung schwappte durch den Saal. Anklagende Blicke richteten sich auf Jenny.

»Sie haben vollkommen recht, Ma'am«, sagte Khan. »Möge Gott uns davor bewahren, dass eine gerichtliche Untersuchung jemals für politische Zwecke missbraucht wird.«

Während er noch lächelte, kicherte jemand, und ein weiterer Mann stimmte ein. Bald darauf war der gesamte Saal in spöttisches Gelächter ausgebrochen. Jenny war auf dem falschen Fuß erwischt worden und zögerte einen Moment zu lange. Ihre Wangen wurden rot, und ihr Herz pochte hart gegen ihre Rippen.

9

Der halbierte Betablocker, den Jenny auf dem Weg aus dem Gerichtssaal genommen hatte, zeigte noch kaum Wirkung, als Alison klopfte und dann unaufgefordert eintrat.

»Mr. Rhys möchte Sie sprechen.«

»Sagen Sie ihm, dass er mir eine Mitteilung schicken soll.«

»Er besteht darauf.«

»Während einer Anhörung spreche ich nicht mit beteiligten Parteien. Das sollte er eigentlich wissen.«

Alison nickte wenig überzeugt, ging zur Tür zurück und schaute sich dann noch einmal um.

»Was denn noch?«, fragte Jenny ungeduldig.

»Ich denke, Sie sollten diese Zuschauer rausschmeißen, Mrs. Cooper. Die haben kein Interesse an dem Fall. Sie sind nur Pöbel mit ein paar Wortführern. Gerade stehen sie draußen vor dem Saal und sprechen in laufende Fernsehkameras.«

»Aber wie kann ich in Anspruch nehmen, eine offene und gerechte Untersuchung zu führen, wenn ich die Öffentlichkeit ausschließe?«

»Denken Sie etwa, diesen Leuten ist das wichtig? Die werden ihre Meinung sowieso nicht ändern.«

»Die da wäre?«

»Ihr Anwalt hat es doch praktisch schon gesagt. Er hält alles nur für Augenwischerei. Seiner Meinung nach dient

Ihre Untersuchung nur der Bestätigung, dass die beiden Jungen abgehauen sind, um Terroristen zu werden.«

»Mit den paar Typen werde ich schon noch fertig. Sagen Sie Rhys, er soll sich zum Teufel scheren.« Sie trank einen Schluck Wasser aus dem Glas auf ihrem Schreibtisch. Alison sah, dass ihre Hand zitterte, sagte aber nichts.

»Haben Sie McAvoy ausfindig gemacht?«, fragte Jenny.

Alison verzog das Gesicht. »Seine Kanzlei sagt, er sei mit einer komplizierten Gerichtssache beschäftigt. Er wird aber versuchen, heute Nachmittag herzukommen.«

»Kennen Sie ihn?«

»Jeder bei der Kripo kennt ihn.«

»Aha? Und was gibt es über ihn zu berichten?«

»Was er selbst darauf antworten würde, entspricht jedenfalls nicht den Tatsachen.«

Alison verließ den Raum.

Jenny lehnte sich zurück, schloss die Augen und versuchte sich zu entspannen. Sie hatte schon etliche anstrengende Anhörungen unter den Augen der Öffentlichkeit er- und überlebt. All die kranken, unerwünschten Gedanken waren nur Nebenwirkungen der Anspannung. Sie hatte sich im Griff.

Ihre Glieder wurden langsam schwer, als es plötzlich piepste. Eine SMS war eingegangen. Sie öffnete die Augen, griff nach dem Handy und las. *Machen Sie was, Sie wollen. Sie sind jetzt allein.* Arbeitet für den MI5 und beherrscht nicht einmal die Zeichensetzung, dachte Jenny.

Die Stimmung war spürbar nüchterner, als das Gericht erneut zusammenkam und Anwar Ali in den Zeugenstand trat. Beherrscht und selbstbewusst schien er den jungen Muslimen Respekt einzuflößen. Jenny ließ ihren Blick über die Zuschauertribüne gleiten und konnte Rhys nicht mehr entdecken. Angst befiel sie, und ihr wurde bewusst, dass seine

Anwesenheit ihr ein Gefühl der Sicherheit gegeben hatte. Plötzlich hätte sie nur allzu gerne gewusst, was er ihr hatte sagen wollen. Sie musste sich selbst daran erinnern, dass ein Coroner stets allein arbeitete. Er war unabhängig und nur dem Lordkanzler gegenüber verantwortlich. Sie war auf niemanden angewiesen.

Mit ein paar unverfänglichen Fragen klärte sie, dass Mr. Ali zweiunddreißig Jahre alt war und zum Zeitpunkt von Nazims und Rafis Verschwinden schon länger Politikwissenschaften und Soziologie studiert hatte. Kürzlich war er vom Stadtrat von Newport als Verwalter des Flüchtlingszentrums angestellt worden, außerdem hatte er eine halbe Promotionsstelle an der Universität Cardiff. Der Titel seiner Doktorarbeit lautete: »Anglo-muslimische Identität: Integration oder Kohabitation«. Ali erklärte, kein Mitglied der British Society for Islamic Change zu sein, obwohl er verschiedene Artikel für ihre Website verfasst habe. Sich selbst beschrieb er als »politisch engagierten britischen Muslim, dessen Anliegen es ist, das friedliche Zusammenleben zwischen den Gemeinschaften zu fördern«.

»In Ihrer Zeit in Bristol waren Sie regelmäßig in der Al-Rahma-Moschee, nicht wahr?«

»Ja. Ich habe freitags dort gebetet.«

»Die kleine Moschee war zuvor ein Privathaus, oder?«

»Richtig.«

»Was war das Besondere an dieser Moschee? Es gab ja auch noch andere in der Stadt.«

»Sie war fortschrittlich. Mullah Sayeed Faruq hatte sie Mitte der Neunzigerjahre gegründet, um jungen Männern und Frauen, die eine andere Einstellung zu ihrem Platz in der Welt hatten, eine Anlaufstelle zu bieten.«

»Wie würden Sie Sayeed Faruqs Theologie charakterisieren?«

»Als ganz normal.«

»Und seine politische Einstellung?«

»Als kritisch.«

»Könnten Sie das näher erläutern?«

Ali dachte sorgfältig nach, bevor er antwortete. »Faruq hat sich gefragt, in welchem Ausmaß die muslimische Identität durch westliche Einflüsse verwässert wird. Viele von uns wollten damals über eine Zukunft diskutieren, die nicht von Materialismus und Gewalt geprägt ist. Wir wollten das Wesen der Religion wiederentdecken.«

»Die Polizei war offensichtlich der Meinung, dass Faruq radikale und extremistische Ansichten vertrat. Stimmte das?«

»Wenn Sie damit meinen, dass er für Gewalt eingetreten ist, dann nicht. Es ging ihm um die Kraft des Arguments, um die Einsicht, dass der islamische Weg für das Seelenheil der Menschen besser ist.«

»War Sayeed Faruq Mitglied der Hizb ut-Tahrir?«

»Ich glaube schon«, sagte Ali. »Ich war es nicht, genauso wenig wie Nazim und Rafi, soweit ich weiß. Sie sollten aber wissen, Ma'am, dass die Hizb nicht propagiert, den Islam mit gewaltsamen Mitteln zu verbreiten. Ihr Ziel ist es, zu argumentieren und zu überzeugen. Die Organisation hat erhebliches Misstrauen auf sich gezogen, aber in der großen Mehrheit der freien Länder ist sie nicht verboten.« Er wandte sich an die Jury. »Der Name bedeutet übersetzt übrigens ›Partei der Befreiung‹.«

»Danke, Mr. Ali. Auch ich habe mich ein wenig kundig gemacht. Meinen Recherchen zufolge gehörte es zu den Überzeugungsmethoden der Hizb, junge Leute zu Treffen einzuladen. Zu sogenannten *halaqah*, wie auch Sie sie in Ihrer Wohnung in der Marlowes Road abgehalten haben.«

»Bei mir haben Diskussionsrunden stattgefunden, aber

ich war nie Mitglied der Hizb oder irgendeiner anderen Organisation.«

Ali ließ sich nicht aus der Ruhe bringen und hatte auf alle Fragen eine unverfängliche, einstudierte Antwort parat. Er rückte auch nicht von seiner Position ab, dass sowohl in der Moschee als auch bei seinen eigenen Diskussionsrunden ausschließlich friedliche Mittel zur Verbreitung der islamischen Botschaft diskutiert worden seien. Sayeed Faruq und er hatten darauf hingearbeitet, ein internationales Kalifat zu errichten. Gewalt und Terrorismus dagegen waren ihrer Meinung nach, außer zum Zwecke der Selbstverteidigung, ein Sakrileg.

So interessant der Dialog auch war, Jenny hatte bemerkt, dass ein paar Jurymitglieder zu gähnen begonnen hatten. Die Finessen der islamischen Theologie konnten ihre Aufmerksamkeit nicht fesseln. Es wurde Zeit, zum Kern der Sache vorzudringen.

»Wann sind Nazim Jamal und Rafi Hassan zum ersten Mal in die Al-Rahma-Moschee gekommen?«

»Ich glaube, am 1. Oktober 2001. Genau kann ich das nicht sagen. Erst kam Rafi. Nazim folgte einige Wochen später.«

»Und wann haben sie erstmals an Ihren Diskussionsrunden teilgenommen?«

»Irgendwann im November.«

»Wer war außer ihnen sonst noch da?«

»Die Leute kamen und gingen. Meist Studenten.«

Er ratterte ein halbes Dutzend Namen herunter, behauptete aber, den Kontakt zu den meisten verloren zu haben. Jenny machte sich einen Vermerk. Falls nötig, würde sie die Leute ausfindig machen.

»Können Sie uns erzählen, worüber typischerweise diskutiert wurde? Um was für Themen ging es?«

Ali zuckte mit den Achseln. »Wir haben über Palästina geredet, über mögliche Lösungen für den Konflikt. Dann über den Krieg in Afghanistan, über den Verfolgungswahn der Amerikaner und wie die Muslime darauf reagieren sollten.«

»Wie würden Sie Nazims politische Einstellung beschreiben?«

Ali sah zu Mrs. Jamal hinüber. Sie blickte ihn fragend an. Dieser Mann kannte eine Seite ihres Sohnes, die ihr verborgen geblieben war.

»Zu Beginn war er ziemlich ruhig, aber dann wurde er selbstsicherer und offener. Ich erinnere mich, dass er ein guter Schüler war. Er kannte seinen Koran in- und auswendig.«

»Offener ...? Für was genau?«

»Für Ideen. Für die Vorstellung einer Gesellschaft, die auf religiösen Grundlagen beruht. Man könnte sagen, Nazim besaß die ungestüme Begeisterungsfähigkeit der Jugend.«

»Und seine Einstellung zur Anwendung politisch motivierter Gewalt?«

»Er war dagegen. Wie wir alle.«

»Und Rafi Hassan?«

»Er war stiller als Nazim und hat mehr zugehört. Ich hatte nicht das Gefühl, ihn gut zu kennen.«

»Hatte er ähnliche Überzeugungen?«

»Soweit ich weiß, ja. Sie müssen begreifen, dass unsere Gespräche nicht radikaler waren als die Diskussionen beliebiger anderer Studentengruppen, egal was die Geheimdienste geglaubt haben mögen. Wir waren jung und haben uns an bestimmten Ideen abgearbeitet, das ist alles. Vermutlich wurden wir überhaupt nur beobachtet, weil Sayeed Faruq auf einer Liste von Hizb-Mitgliedern aufgetaucht war. Er gehörte damit automatisch zur fünften Kolonne. Über britische Muslime wusste man ja damals nichts, als dass sie demselben Glauben wie die Terroristen angehören.«

Bis jetzt hatte Jenny nichts, aber auch gar nichts Neues von Ali erfahren, der den beiden Vermissten nähergestanden hatte als irgendeine der Personen, die später noch in den Zeugenstand treten würden. Mit allen Mitteln versuchte sie ihm nun das Eingeständnis abzuringen, dass die Idee, für die muslimische Sache zu kämpfen, immerhin diskutiert worden sei, aber er ließ sich nicht darauf ein. Er leugnete, auch nur irgendeinen Kontakt mit Leuten gehabt zu haben, die potentielle Dschihadisten für den Kampf im Ausland anwerben wollten, und beharrte darauf, dass keiner der regelmäßigen Besucher der *halaqah* in der Marlowes Road auch nur die leiseste Neigung zum Kämpfen zu erkennen gegeben habe. Wohin Nazim und Rafi verschwunden waren, sei ihm völlig schleierhaft, und auf die Idee, sie hätten extremistische Überzeugungen gehegt, wäre er allein nie gekommen. Jenny bohrte weiter nach, um herauszufinden, ob er am Wochenende vor Nazims Verschwinden einen Stimmungsumschwung bei ihm bemerkt habe, aber auch dies bestritt er. Er habe den Mitgliedern seiner *halaqah* zwar nahegestanden, aber nicht in einem solchen Maß, dass er über die Einzelheiten ihres Lebens informiert gewesen sei. Ihre Treffen seien spiritueller und intellektueller Natur gewesen, nicht sozialer.

Alis Auftritt war meisterhaft. Jenny glaubte nicht die Hälfte von dem, was er gesagt hatte.

Allmählich war sie der Verzweiflung nahe. »Aber Sie müssen doch irgendeine Vorstellung davon gehabt haben, wohin die beiden gegangen sind. Wenigstens Gerüchte müssen Sie gehört haben.«

»Nein, nichts dergleichen. Ich habe damals Hunderte von Fragen dieser Art beantwortet, und meine Antwort ist heute immer noch dieselbe. Ich schwöre bei Gott, bei Allah, dem Barmherzigen, dass ich nicht weiß, wo sie hingegangen sind und was aus ihnen geworden ist.«

Der feierliche Schwur wurde mit respektvollem Schweigen quittiert. Die jungen Männer im Raum waren sehr ernst. Selbst Alison schien von so viel Aufrichtigkeit beeindruckt.

»Wie ging es mit Sayeed Faruq weiter?«, fragte Jenny. »Wo ist er abgeblieben?«

»Er ist nach Pakistan gegangen. Er war klug genug, um zu wissen, dass er in diesem Land immer ein Verdächtiger sein würde.«

»Und Sie glauben nicht, dass er mit dem Verschwinden der beiden Jungen etwas zu tun hatte?«

»Noch einmal, ich schwöre es. Was auch immer mit ihnen geschehen sein mag, es ist mir genauso rätselhaft wie Ihnen.« Er wandte sich an Mrs. Jamal. »Ich wünschte wirklich, es wäre anders, Ma'am.«

Fraser Havilland und Martha Denton nahmen das Angebot nicht an, dem Zeugen weitere Fragen zu stellen. Nachdem sich bei Jennys Verhör nicht die geringsten Abgründe aufgetan hatten, waren sie nicht geneigt, ihrerseits das Risiko freiwillig einzugehen. Ihre Zurückhaltung strafte Gillian Golders Aussage Lügen, die behauptet hatte, die Geheimdienste würden die Wahrheit genauso gerne herausfinden wollen wie Jenny. Eine große Überraschung war das nicht. Allmählich teilte Jenny Yusuf Khans Überzeugung, dass man die Untersuchung nur deshalb genehmigt hatte, weil man abgesehen davon, dass sich das sowieso schon verheerende Bild von jungen muslimischen Männern noch verschlechtern könnte, keinerlei Gefahren befürchtete. Vielleicht hatte Rhys ihr mit seiner SMS einfach nur mitteilen wollen, dass sie die Konsequenzen einer ergebnislosen Untersuchung alleine zu tragen habe. Wenn Jenny die Wahrheit nicht ans Licht brachte, würde sie es sich selbst zuschreiben müssen.

Sie verdrängte die beunruhigenden Gedanken und wollte von Yusuf Khan wissen, ob er den Zeugen noch zu befragen wünschte.

»Nur kurz, Ma'am.« Er wandte sich an Ali. »Sie müssen doch ebenso wie ich von den Gerüchten gehört haben, dass im Präventivkrieg gegen den Terror Lockvögel eingesetzt wurden, um potentiell radikale junge Männer ins Ausland zu locken. Ihr Schicksal können wir nur erahnen.«

»Ja, davon habe ich gehört.«

»Ist je jemand mit einem solchen Anliegen an Sie oder an irgendeinen Ihrer Bekannten herangetreten?«

Mr. Ali zögerte lange genug, bis er schließlich verneinte, um in Jennys Augen unglaubwürdig zu erscheinen. Aus der Art und Weise, wie Yusuf Khan ihn ansah, schloss sie, dass er seine Antwort genauso anzweifelte.

Dani James war achtundzwanzig Jahre alt und arbeitete in einer gut gehenden Kanzlei in Bath, die auf Nachlassverwaltung für extrem wohlhabende Bürger spezialisiert war. Ihr attraktives Gesicht wirkte offen und flößte Vertrauen ein. Ihr Akzent aus Manchester nahm die Zuhörer für sie ein. Sie war eine unkomplizierte, aufrichtige Frau, so Jennys erster Eindruck. Dani hatte den ganzen Morgen über geduldig gewartet und schien noch nicht einmal verärgert darüber zu sein, dass man sie aus ihrem hektischen Berufsalltag herausgerissen hatte.

Jenny ließ sich von ihr bestätigen, dass sie im selben Jahrgang wie Rafi und Nazim gewesen war. Sie hatte Jura studiert und in einem Zimmer im ersten Stock von Manor Hall gewohnt. Sie gab an, mit Rafi nicht viel zu tun gehabt zu haben. Man habe nur dieselben Seminare besucht. Er sei ein stiller Student gewesen und meist allein für sich geblieben. Im Gemeinschaftsraum hatte sie ihn allerdings mit anderen indopakistanischen Studenten reden sehen und so den Eindruck gewonnen, dass er sich lieber unter seinesgleichen aufhielt. Nazim war geselliger gewesen. Sie erinnerte sich, dass sie ihn im ersten Herbst des Studiums auf etlichen Partys gesehen hatte. Er konnte gut tanzen und war das reinste Energiebündel. Das, was sie von ihm mitbekam, gefiel ihr.

Im Frühjahr darauf erkannte sie ihn kaum wieder, als er mit Bart und Gebetskappe durch den Flur ging. Ein paarmal grüßte sie ihn noch, erhielt aber kaum eine Antwort. Ihr fiel auf, dass er und Rafi nun identische Kleidung trugen und sich aus dem Studentenleben zurückgezogen hatten. Sie kamen nicht mehr zu Partys und gingen auch nicht mehr in Bars, noch nicht einmal für einen Orangensaft. Dani wusste noch, dass sie das schade fand, aber viele muslimische Studenten waren anders geworden, empfindlicher, und blieben unter sich. In Danis Jahrgang war eine Studentin gewesen, die kurze Röcke trug und jede Woche mit einem anderen Mann schlief. Gegen Ende des Frühlings trank sie plötzlich keinen Alkohol mehr, traf sich nicht mehr mit Männern und war vollständig verschleiert. Jeder nach seiner Fasson, hatte Dani gedacht. Da Muslime allgemein als Terroristen hingestellt wurden, konnte sie ihnen nicht verdenken, dass sie sich zurückzogen.

»Sie haben am 8. Juli 2002 bei der Polizei eine Aussage gemacht«, sagte Jenny. »Wie kam es dazu?«

»Die Polizisten sind durch Manor Hall gegangen. Sie haben an alle Türen geklopft und jeden gefragt, was er über Nazim und Rafi wusste. Wann sie zum letzten Mal gesehen wurden und mit wem sie zusammen waren zum Beispiel.«

»Konnten Sie ihnen behilflich sein?«

»Nicht wirklich. Ich weiß nur noch, dass ich ihnen erzählt habe, dass ich an dem Freitag, an dem sie angeblich verschwanden, einen Fremden aus Manor Hall habe kommen sehen.«

»Freitag, den 28. Juni?«

»Ja. Ich war ausgegangen und kam zurück. Es war schon spät. Ungefähr Mitternacht. Nicht gerade nüchtern ging ich durch den Haupteingang, und ein großer Mann kam die Treppe heruntergelaufen. Er hatte es ziemlich eilig. Er rannte mich fast um, was ihn aber nicht weiter bekümmerte.«

»Wie sah er aus?«

»Eher dünn. Irgendwie drahtig. Er hatte eine Baseballkappe ins Gesicht gezogen, sodass ich ihn nicht erkennen konnte. Außerdem trug er einen dicken blauen Anorak, was mir mitten im Sommer komisch vorkam. Ich glaube, er hatte einen Rucksack geschultert.«

»In Ihrer Aussage steht, er habe einen Rucksack oder eine Reisetasche dabeigehabt.«

»Genau weiß ich das nicht mehr. Aber ich bin mir sicher, dass mir das merkwürdig vorkam und dass ich dachte: was für Manieren, mich fast umzurennen.«

»Haben Sie irgendeine Vorstellung, was die Polizei mit diesen Informationen angefangen hat?«

»Nein. Ich habe meine Aussage gemacht, und das war's.«

»Hat sonst noch jemand den Mann gesehen?«

»Nicht dass ich wüsste. Es war ja schon spät.«

»Wir haben etliche Studenten aus Ihrem Jahrgang kontaktiert«, erklärte Jenny. »Praktisch niemand hatte irgendetwas zu Nazim oder Rafi zu sagen. Können Sie sich vorstellen, warum das so ist?«

»Vermutlich, weil niemand die beiden kannte.«

Jenny nickte. Ihr kleiner Spaziergang über den Campus

hatte genügt, um die Begründung plausibel erscheinen zu lassen. Tief religiöse und politisierte Muslime lebten in einer anderen Welt.

Sie wollte schon den Anwälten die Möglichkeit geben, ihrerseits Fragen zu stellen, als ihr die Aussage von Sarah Levin wieder einfiel. Sie hatte kurz nach Dani mit der Polizei gesprochen und war erst am nächsten Tag als Zeugin vorgesehen. Jenny nahm die Akte und schlug eine markierte Seite auf. Viel stand dort nicht, nur zwei Absätze. Der erste umfasste Levins persönliche Daten und stellte fest, dass sie im selben Jahrgang und in derselben Fakultät wie Nazim studiert hatte. Der zweite Abschnitt gab ein Gespräch wider, das sie im Mai 2002 zufällig mitbekommen hatte.

»Erinnern Sie sich an eine Studentin namens Sarah Levin?«, fragte Jenny.

»Nur undeutlich. Ich glaube, sie hat in einem anderen Haus gewohnt.«

»Richtig, in Goldney Hall. Damals sagte sie am 10. Juli aus, dass sie im Mai 2002 in der Mensa auf dem zentralen Campus ein Gespräch zwischen Nazim und anderen Indopakistanern mitbekommen hat.« Jenny las laut vor.

Ich habe gehört, wie er gesagt hat, dass ein paar »Brüder« sich als Freiwillige gemeldet hätten, um in Afghanistan gegen die Amerikaner zu kämpfen. Das ist alles, was ich verstanden habe. Es war nur ein Gesprächsfetzen, aber ich hatte den Eindruck, dass sie über junge Muslime sprachen, die engagiert genug waren, um für ihre Überzeugungen zu kämpfen. An Nazims Gesichtsausdruck kann ich mich allerdings noch sehr gut erinnern. Er schien große Ehrfurcht vor diesen Leuten zu haben.

»Haben Sie ähnliche Gespräche mitbekommen?«

Dani schüttelte verhalten den Kopf.

»Sind Sie sich ganz sicher?«

Die junge Anwältin schaute von Jenny zu Mrs. Jamal hinüber, dann wieder zurück zu Jenny. »Überraschend finde ich das nicht. Nazim war schon manchmal ein Macho.« Sie warf Mrs. Jamal einen Blick zu. »Aber was seine Mutter vorhin gesagt hat ... dass er sich damals verändert hat ...« Sie schluckte. Aus ihrem Gesicht war die Farbe gewichen.

»Ja?«

Dani öffnete den Mund, hielt aber irritiert inne, als hinten im Saal die Tür aufging und ein großer Mann in einem langen Mantel eintrat. Jenny erkannte McAvoy sofort wieder. Auch er hatte sie mit seinen blauen Augen längst gefunden und nickte ihr zu, bevor er sich zwischen den jungen Männern an die hintere Saalwand lehnte.

Jenny löste ihren Blick von ihm. »Sie wollten etwas sagen, Miss James?«

»Ich denke, vieles war nur Show«, sagte sie. Ihre Stimme zitterte. »So religiös war Nazim gar nicht ... zumindest Ende Juni nicht mehr.«

»Wie kommen Sie darauf?«

Dani wandte ihr Gesicht von Mrs. Jamal ab. »Es war am Abend des 26. Juni, an einem Mittwoch ... Nazim kam in die Bar, und wir haben angefangen zu reden. Er hat nichts getrunken, natürlich nicht, aber er war sehr lustig, fast so wie früher.« Sie machte eine Pause, dann schaute sie auf. »Wir haben die Nacht miteinander verbracht.«

Ein Raunen ging durch den Saal. Die Journalisten beugten sich über ihre Notizblöcke. Jenny bemerkte, dass McAvoy verwundert den Kopf schüttelte. Mrs. Jamal wischte sich eine Träne aus dem Gesicht. Jenny spürte, wie ihr Herz schneller schlug. Endlich eine Enthüllung.

»Sie haben in der Nacht des 26. Juni mit Nazim geschlafen?«

»Ja.« Dani wirkte nach dem öffentlichen Bekenntnis erleichtert. »Wir hatten keine Beziehung. Es ist einfach so passiert. Nur in dieser einen Nacht. Morgens früh hat er mein Zimmer verlassen, und es war für uns beide okay.«

»Haben Sie miteinander geredet?«

»Nicht wirklich.«

»Hatten Sie einen Eindruck, was in ihm vorging?«

»Er hat gelacht und Witze gerissen ... Er war so übermütig, und ich hatte schon zu viel getrunken. Großartig geziert habe ich mich jedenfalls nicht. Es ist einfach so passiert.«

»Haben Sie ihn wiedergesehen?«

»Nein. Nie.«

»Und Sie haben auch keine Ahnung, warum er an diesem Abend Kontakt zu Ihnen gesucht hat?«

»Ich war neunzehn und habe mein Leben genossen. Die Sache war nicht wichtig genug, um irgendwelche Fragen zu stellen.«

»Einen Moment mal, Miss James.«

Fraser Havilland und Martha Denton hatten die Köpfe zusammengesteckt und debattierten. Irgendwann schienen sie sich geeinigt zu haben, denn Havilland stand auf und wandte sich an die Zeugin. Aalglatt und entwaffnend lächelte er sie an.

»Der Polizei haben Sie damals aber nichts von dieser Nacht erzählt, oder?«

Sie schüttelte den Kopf.

»Warum nicht?«

»Es erschien mir nicht wichtig.« Sie seufzte und runzelte die Stirn. »Vermutlich habe ich mich auch irgendwie schuldig gefühlt ... Es gab keinen Grund dafür, aber ich wusste nicht, was in ihm vorging.«

Havilland studierte seine Notizen. »Sie sagten, er sei übermütig gewesen?«

»Ja.«

»Warum?«

»Keine Ahnung. Das war nur ein Eindruck.«

»In der Bar hat er vermutlich keine traditionelle Kleidung getragen, oder?«

»Nein. Aber er hatte generell damit aufgehört. Das war mir schon ein paar Wochen zuvor aufgefallen.«

Havilland trommelte nachdenklich mit den Fingern auf dem Tisch herum, während er nach den richtigen Worten suchte. »Sind Sie auf die Idee gekommen, dass sein Übermut vielleicht daher rührte, dass er sich noch ein letztes Mal austoben wollte, bevor es ernst wird?«

»Damals nicht. Als ich dann später hörte, was erzählt wurde ...«

»Danke, Miss James.« Havilland schnitt ihr das Wort ab und nahm mit der zufriedenen Miene eines Mannes Platz, der gerade einen entscheidenden Punkt gemacht hat.

Martha Denton erhob sich. »Halten Sie es nicht für verlogen, dass Sie der Polizei damals nichts von der Sache erzählt haben?«

Dani sah Jenny an. »Darf ich noch ausführen, was ich gerade sagen wollte?«

»Bitte«, sagte Jenny.

Martha Denton verdrehte ungeduldig die Augen.

»Ich habe viel darüber nachgedacht, immer wieder ... Mir kam es nicht so vor, als würde Nazim irgendwohin wollen, ganz im Gegenteil. Er schien von irgendwo her *zurückzukommen.*«

»Es ist höchst verlogen von Ihnen, dass Sie der Polizei nichts davon erzählt haben«, preschte Denton noch einmal vor.

»Es ist nicht einfach, über solche Dinge zu reden, vor allem dann, wenn man so jung ist.«

»Sie wirken nicht sehr verklemmt auf mich.«

Dani schien verletzt. »Glauben Sie mir, es ist leichter, mit einem Mann ins Bett zu gehen, als mit der Polizei zu reden.«

»Miss James, egal ob Sie nun mit Nazim Jamal geschlafen haben oder nicht, Sie haben jedenfalls keine Ahnung, wo er hingegangen sein könnte, oder?«

»Nein. Aber ich habe ein Gefühl. Meiner Meinung nach war er nie ein religiöser Fanatiker, nicht wirklich.«

»Sie sind Juristin und müssten wissen, dass in unserem Job Gefühle nicht als Beweise taugen.«

Danis Miene verhärtete sich. »Und überzeugte Muslime springen nicht von einem Bett ins nächste. Ich habe von Nazim Chlamydien bekommen. Die Entzündung war ziemlich schmerzhaft, und einen Monat später bin ich deswegen sogar im Krankenhaus gelandet. Die Schädigung ist dauerhaft, vielleicht kann ich keine Kinder mehr bekommen.« Sie wandte sich an Jenny. »Sie können das alles im Arztbericht nachlesen.«

Martha Denton wirkte verunsichert. »Vielleicht haben Sie auch nur Probleme mit der Vorstellung, dass er Sie benutzt hat.«

Dani antwortete nicht, und Jenny drängte sie nicht dazu.

»Vielleicht sollten wir Ihnen aber auch gar nicht glauben. Sieben Jahre lang zu schweigen und dann mit einer Geschichte aufzuwarten, die, wie Sie nur zu gut wissen, jede Menge Staub aufwirbeln wird …«

»Ich sage die Wahrheit.« Dani schaute Mrs. Jamal an. »Es tut mir nur leid, dass ich es nicht schon früher erzählt habe.«

Martha Denton sah skeptisch zur Jury hinüber. »Da sprechen Sie mit Sicherheit für uns alle.«

Yusuf Khan, der die Entwicklung von Danis Aussage mit einer gewissen Verlegenheit registriert hatte, wollte selbst keine Fragen stellen, bat aber darum, dass dem Gericht der Arztbericht zur Verfügung gestellt werde. Dani gab ihr Einverständnis.

Bevor sie die junge Anwältin entließ, fragte Jenny, ob sie vor Nazim bereits mit anderen Männern geschlafen habe. Sie erklärte, dass sie in ihrem ersten Trimester mit einem Jungen zusammen gewesen sei, mit dem sie aber immer Kondome benutzt habe. Bei Nazim hatte sie es darauf ankommen lassen. Sie hatte keinerlei Zweifel, dass sie sich bei ihm angesteckt hatte.

Jenny bat Alison vor versammeltem Gericht, den Anwälten Kopien von Nazims und Rafis Arztberichten zur Verfügung zu stellen, und erklärte der Jury, dass es ihres Wissens nach bisher keine Hinweise darauf gebe, dass Nazim Geschlechtskrankheiten oder sonst irgendein Gesundheitsproblem gehabt hatte. Den Unterlagen seines Hausarztes zufolge hatte Nazim ihn in den drei Jahren vor seinem Verschwinden nicht mehr aufgesucht.

Dani James trat aus dem Zeugenstand und verließ den Saal. In den Blicken, die ihr folgten, spiegelten sich Bewunderung und Misstrauen. Jenny war beeindruckt von ihr. Sie war eine erfolgreiche Anwältin und hatte einen Ruf zu verlieren. Es musste sie großen Mut gekostet haben, eine solche Aussage zu machen.

Vor der Mittagspause blieb noch Zeit für einen weiteren Zeugen. Sie entschied sich für Robert Donovan, um in der Pause dann ihre Fragen an McAvoy vorzubereiten, von denen sich bereits eine lange Liste angesammelt hatte.

Donovan war ein dreiundfünfzigjähriger Verwaltungschef einer Ford-Niederlassung. Er war verheiratet und lebte in

Stoke Bishop, einem Vorort von Bristol. Der Mann, der einzig und allein durch seine Unscheinbarkeit auffiel, erzählte dem Gericht, dass er ein paar Wochen nach Nazims und Rafis Verschwinden ihre Fotos in der *Bristol Evening Post* gesehen habe. Sofort habe er die beiden jungen Männer wiedererkannt, die am Samstag, den 29. Juni, im Zehn-Uhr-Zug von Bristol Parkway nach London Paddington auf der anderen Gangseite gesessen hätten. Er selbst war, so wie viele der Mitreisenden, auf dem Weg zu einem Fußballspiel gewesen, und die beiden waren ihm vor allem deshalb aufgefallen, weil sie das Verhalten der ziemlich aufgekratzten Fans ganz offensichtlich missbilligten. Soweit er sich erinnern konnte, trugen sie schicke Freizeitkleidung und hatten nur wenig Gepäck dabei.

»Sie konnten sich nach drei Wochen noch so deutlich an die Gesichter der Fremden erinnern?«, fragte Jenny.

»Sie stachen irgendwie aus der Menge heraus«, sagte Donovan. »Vielleicht weil sie so jung waren und Bärte trugen. Damals waren wir ja wegen der Terroristen alle ziemlich nervös. Da achtete man in Zügen auf so etwas.«

»Ist das eine höfliche Umschreibung dafür, dass Ihnen die beiden Angst einjagten?«

»Ich bin kein Rassist«, sagte Donovan. »In meinem Körper fließt kein Tropfen rassistischen Bluts. Aber man muss sich doch wundern, oder? Vor allem, wenn jemand so ernst wirkt.«

»Ich danke Ihnen, Mr. Donovan«, sagte Jenny.

Havilland stellte nur ein paar harmlose Fragen, die vor allem unterstreichen sollten, dass Mr. Donovan ein zuverlässiges und besorgtes Mitglied der Gesellschaft war. Martha Denton bohrte ein bisschen nach und rang ihm das Eingeständnis ab, dass die Männer irgendwie ängstlich oder vorsichtig gewirkt hätten. Jenny machte darauf aufmerksam, dass dieses Detail in der ursprünglichen Aussage nicht vorgekommen war, worauf Donovan entgegnete, dass der Polizist, der seine Aussage aufgenommen habe, in Eile gewesen sei und allem Anschein nach nur die nackten Tatsachen hatte hören wollen. Die Erklärung überzeugte Jenny nicht.

Yusuf Khan sah Donovan lange an, den Kopf hatte er nachdenklich zur Seite geneigt. Dann endlich fragte er ihn, wie vielen jungen, bärtigen Indopakistanern er damals im Alltag über den Weg gelaufen sei. Ziemlich wenigen, musste Donovan zugeben.

»Aber die Zeitungen waren voll von ihnen, nicht wahr? An die Hysterie können wir uns noch alle erinnern. Jedes Mal, wenn man einen Zug oder ein Flugzeug bestieg, riskierte man sein Leben, wenn man den Medien glaubte.«

»Wie lautet Ihre Frage an den Zeugen, Mr. Khan?«, drängte Jenny.

»Meine Frage, Mr. Donovan, lautet, ob Sie einen beliebigen bärtigen Mann indopakistanischer Herkunft von einem anderen hätten unterscheiden können? Was Sie im Zug gesehen haben, waren doch lediglich die Bärte und die Hautfarbe, oder?«

»Ich hätte die Polizei nicht angerufen, wenn ich mir nicht sicher gewesen wäre.«

»Warum haben Sie sich überhaupt gemeldet?«

»Ich hielt es für die richtige Entscheidung.«

»Rufen Sie oft bei der Polizei an?«

»Nein.«

»Hatten Sie den Eindruck, dass es sich bei den Männern um Terrorverdächtige handelt?«

»Nun, ich ... Ich denke, dass mir so etwas durch den Kopf gegangen ist.«

Khan nickte ruhig. »Und als Sie die Polizei angerufen haben, haben Sie da gesagt: ›Ich habe die beiden vermissten

Männer gesehen‹? Oder haben Sie gesagt: ›Ich habe zwei junge Indopakistaner gesehen, die es sein könnten‹?«

Donovan rutschte unbehaglich auf seinem Stuhl herum. Sein feister Nacken wurde rot. »Ich habe gesagt, dass ich die beiden Typen gesehen hätte. Die Polizei kam dann mit Fotos zu mir nach Hause, und als ich mir ein paar davon angesehen hatte, war ich mir sicher, dass sie es waren. Warum hätte ich mir so etwas ausdenken sollen?«

Unvermittelt hörte Jenny ein scharfes, spöttisches Lachen aus dem hinteren Teil des Saals. Verärgert schaute sie auf. Es war McAvoy gewesen.

10

Alison rotierte, weil es beim Catering für die Jury eine Panne gegeben hatte. Die bestellten Sandwiches waren nicht geliefert worden, sodass sie jetzt einen Autokonvoi zum Seerestaurant des nahe gelegenen Vogelschutzgebiets organisierte. Vor der Halle drängten sich wütende junge Indopakistaner um die Medienvertreter, die mit ihrem technischen Aufgebot in der stillen Dorfstraße fehl am Platz wirkten. Zwei Nachrichtenwagen waren plötzlich aufgetaucht, und Visagistinnen puderten Gesichter. Die Rechtsanwälte eilten durch die Menge, weigerten sich, Fragen zu beantworten, und fuhren dann mit ihren teuren Autos davon. Ein paar Dorfbewohner betrachteten die Szenerie aus sicherer Entfernung und fragten sich, wie sich ein solcher Wahnsinn in ihren Ort verirrt haben mochte.

Jenny fühlte sich mit einem Mal ausgelaugt. Sie ging durch die Hintertür nach draußen und setzte sich auf eine feuchte Plastikbank, von der aus man auf ein Feld schaute, das ein Traktor pflügte. Ein Schwarm Vögel flog hinter ihm her und stritt sich um die Würmer, die sich in der frisch aufgewühlten Erde tummelten. In ihren dünnen Regenmantel gehüllt aß sie den Schokoriegel, den Alison für sie aus der Tasche gekramt hatte. Der Kaffee, den sie aus einem Becher mit Sprung trank, schmeckte entfernt nach Spülmittel.

Sie versuchte, die Ereignisse des Morgens Revue passieren zu lassen und die sich widersprechenden Ziele der verschiedenen Parteien zu sortieren. Die Polizei wollte sich offenbar nur schützen. Die Geheimdienste wiederum, so war anzunehmen, wollten um jeden Preis an ihrer Theorie festhalten, dass Nazim und Rafi ins Ausland gegangen waren. Die Absichten von Yusuf Khan und seinen Freunden, zu denen offenbar auch Anwar Ali gehörte, waren hingegen schwieriger einzuschätzen. Khans Verweis auf Lockvögel, die jungen Radikalen Fallen stellten, hatte Jenny aufhorchen lassen, aber vermutlich handelte es sich nur um eine Verschwörungstheorie von vielen. Khan vertrat eine Interessengruppe, die eine Botschaft zu verkünden hatte – nämlich dass junge Muslime gute und verantwortungsvolle Bürger waren –, und die vertrug sich nicht mit der erwiesenen Tatsache, dass ein paar von ihnen ihrem eigenen Land den Krieg erklärt hatten.

»Ist das alles, was diese geizigen Bastarde Ihnen bieten konnten?«

Sie schaute auf. McAvoy war um die Ecke gebogen. Der Lärm des Traktors hatte seine Schritte überdeckt.

»Sie sind ein Zeuge, Mr. McAvoy«, sagte sie erschrocken. »Ich darf nicht mit Ihnen reden, bevor Sie Ihre Aussage gemacht haben.«

Er verzog das Gesicht zu einem Lächeln, das sowohl jungenhaft als auch bedrohlich wirkte. Sie versuchte sich seinen blauen Augen zu entziehen, die direkt in ihr Innerstes zu sehen schienen, indem sie auf seine Haare starrte. Sie saßen im Nacken auf und mussten eigentlich geschnitten werden. Unter dem hochgeklappten Mantelkragen trug er ein Seidentuch mit dunkelgrünem Paisleymuster.

»Ich glaube nicht, dass Sie es sich leisten können, *nicht* mit mir zu reden.«

»Hören Sie, das ist wirklich nicht …«

»Ich wäre schon vorher zu Ihnen gekommen, aber Sie waren schneller als erwartet. Leider stecke ich bis zum Hals in einem Prozess.« Er holte eine zerknautschte Marlboro-Packung aus der Tasche und hielt sie ihr hin. »Hier, zum Aufwärmen.«

»Sie kennen doch die Regeln ...«

»Scheiß drauf. Außerdem dachte ich, dass die Dinge hier anders laufen als bei einem Strafprozess. Sie sind der Coroner. Sie dürfen reden, mit wem Sie wollen.«

Er klopfte eine Zigarette heraus, entzündete in der gewölbten Hand ein Streichholz und lehnte sich an die Wand. Langsam sog er den Rauch ein und stieß ihn ebenso langsam wieder aus. Der leichte Wind wehte ihn von seinen Lippen fort.

»Hat Mrs. Jamal Ihnen erzählt, dass ich beide Familien vier Monate lang vertreten habe?«

»Ich wünschte, Sie würden sich Ihre Erklärungen für den Zeugenstand aufheben«, sagte Jenny verärgert.

Sie stand auf und warf den halben Schokoriegel in einen rostigen Drahtpapierkorb. Die Feuchtigkeit der Bank war ungemütlich.

»Nein, das wünschen Sie sich nicht wirklich. Das würde die Sache nur vermasseln und diese Bastarde für Sie in unerreichbare Ferne rücken. Sie würden die Wahrheit nie erfahren.« Er zog an seiner Zigarette und blickte sie träge an. »Aber vielleicht ist die Wahrheit Ihnen auch egal?«

»Von welchen Bastarden sprechen wir genau?«

»Keine Ahnung. Man hat mich kaltgestellt, bevor ich es herausfinden konnte.« Er lächelte unbestimmt. »Möchten Sie die Geschichte hören?«

»Wie wär's, wenn Sie sie aufschreiben und meiner Assistentin geben. Das ist das übliche Prozedere.«

»Vergessen Sie's. Der Fall hat mich meine Ehe und eine vielversprechende Karriere gekostet.« Er schlenderte über die von Unkraut gesäumten Betonplatten zu dem Drahtzaun, hinter dem das Feld begann. »Sind das Möwen? Wir sind doch meilenweit vom verfluchten Meer entfernt?«

»Die Mündung ist schon fast das Meer.«

»Wohl wahr. Schauen Sie sich das an, die schubsen die anderen einfach beiseite.« Er starrte auf das Feld. »Und dem armen Mädchen haben die Viecher die Eingeweide rausgehackt, was? Ich habe es in der Zeitung gelesen.«

»Dann muss es ja stimmen.«

»Ich habe mich gar nicht getraut, an ihrem Körper so weit runterzuschauen ... Schon was gehört, wo die Leiche abgeblieben ist?«

»Bislang nicht.«

»Wahnsinn. Wer soll damit etwas anfangen können? Man sieht das ja immer im Fernsehen – die bösen Buben buddeln ein Loch im Wald. Aber haben Sie je versucht, in der Nähe von Bäumen einen Spaten in den Boden zu stechen? Nur Wurzeln. Da könnte man auch in Beton graben.« Er zog heftig an seiner Zigarette, bevor er die Kippe ins Feld schnippte. »Es ist ja nicht so, dass ich keine Schurken kennen würde, aber so etwas ist mir noch nicht untergekommen ... direkt aus der Leichenhalle.«

Er blieb stehen und beobachtete, wie der Traktor am Ende der Saatreihe anhielt, seinen Pflug anhob und wendete. Plötzlich drehte sich der Wind und trug das Geschrei der Vögel zu ihnen herüber: eine raue, lebendige und seltsam schöne Kakophonie.

McAvoy lächelte. »›Ich würde den Himmel erklimmen, ich würde die Berge umpflügen, die ganze Nacht würde ich auf den Knien liegen und beten, um dein Leiden zu heilen ... My Dark Rosaleen.‹ Wie komme ich nur jetzt darauf?« Amüsiert schüttelte er den Kopf. »Mein Vater war Lehrer. Was der mir für ein Zeug eingetrichtert hat ...« Er drehte sich um, ging ein paar Schritte auf Jenny zu und blieb stehen. »Ich habe mir schon gedacht, dass Sie nicht mit mir sprechen wollen, Mrs. Cooper.«

»Mrs. Jamal hat gesagt, Sie waren im Gefängnis.«

»Ich hatte das Vergnügen.«

»Was hat man Ihnen vorgeworfen?«

»Dass ich ein Störenfried sei. In meiner Akte steht, ich hätte die Rechtsfindung behindert. Die Bullen haben mir etwas angehängt. Sie haben mir eine verwanzte Undercoveragentin geschickt, haben ein Gespräch zusammengeschnitten und es so klingen lassen, als wäre das Alibi, das die Agentin meiner Klientin liefern wollte, auf meinem Mist gewachsen.« Er zuckte mit den Achseln. »Irgendwann musste das ja passieren. Wenn man ihnen zu oft auf die Schliche kommt, lassen sie einen am Ende über die Klinge springen.«

»Sie waren Solicitor im Strafrecht, nicht wahr?«

»Solicitor *Advocate*. Ich habe meine Klienten vor Gericht persönlich vertreten. Diesen verdammten Barristern hätte ich es nie überlassen, in meinem Namen zu sprechen. Die meisten sind entsetzliche Schlafmützen.«

»Und Mrs. Jamal ist zu Ihnen gekommen, nachdem ihr Sohn verschwand?«

»Sie und die Hassans, alle beide. Im Oktober 2002. Die Polizei hat nicht einmal mehr auf ihre Anrufe reagiert. Sie haben mich eingeschaltet, um Druck zu machen. Drei Monate später saß ich hinter Gittern. Ohne Option, auf Kaution freizukommen.«

»Und darüber wollen Sie nicht als Zeuge sprechen?«, fragte Jenny.

»Bei aller Bewunderung für Ihr Bemühen, die Sache so schnell wie möglich über die Bühne zu bringen – lassen Sie uns realistisch sein. Man kann davon ausgehen, dass diese Leute mit all den Mitteln, die ihnen zur Verfügung stehen, die Wahrheit längst herausgefunden hätten, hätten sie es gewollt. Nichts für ungut, Mrs. Cooper, aber meiner bescheidenen Überzeugung nach wird man versuchen, Ihre Untersuchung zu beeinflussen. Keine Frau, die die Wahrheit schätzt, kann das wollen.«

»Sie haben eine charmante Art, die Dinge beim Namen zu nennen.«

»Ich sag Ihnen was: Warum canceln Sie die Nachmittagssitzung nicht einfach und sprechen stattdessen mit mir?«

Erstaunt sah sie ihn an. Was für ein arroganter Schnösel, der ihr in ihre Untersuchung hineinreden wollte!

»Das werde ich ganz bestimmt nicht tun. Wir sehen uns später.«

Sie ging zur Hintertür.

»Das werden wir nicht. Und wenn Sie mir eine Vorladung schicken, werde ich schweigen. Ich habe alles eingesetzt und alles verloren, und jetzt, da die Sache plötzlich wieder hochkommt, habe ich vermutlich ein größeres Interesse an der Wahrheit als Sie.«

»Ach ja?«

»Ganz bestimmt. Wissen Sie, Mrs. Cooper, ich habe mir in meinem Leben hinreichend viele Sünden zuschulden kommen lassen, um genügend Gründe zur Buße zu haben. Aber das angebliche Delikt gehört nicht dazu, und daher werde ich bestimmt nicht meine Hand auf die Heilige Schrift legen und schwören, die Wahrheit zu sagen, wenn diese Untersuchung nur eine verdammte Farce ist.«

Unwillkürlich verspürte Jenny den Wunsch, ihn zu schlagen. Mit aller Kraft.

»Ich habe jetzt Hunger«, sagte McAvoy. »Ich werde ein Stück die Straße runter in dem Café vom Vogelschutzgebiet sein. Dort war ich mal mit meiner Frau. Ich erinnere mich noch – rosa Flamingos.«

»Nun bin ich aber mal gespannt.«

Sie hatte ihn in einer Ecke des Restaurants entdeckt. Er saß vor einem Panoramafenster, das auf einen großen, flachen Teich hinausging. Eine Schar Flamingos drängte sich wegen der eisigen Kälte aneinander. An diesem trüben Februarnachmittag war der große Speisesaal fast leer.

McAvoy schob seinen leeren Teller zur Seite und nahm seine Kaffeetasse. »Möchten Sie etwas?«

»Nur wissen, worum es in dieser Sache geht.«

»Was haben Sie der Jury erzählt?«

»Dass sie heute Nachmittag frei hat.«

»Das wird Ihnen Sympathien einbringen. Wie geht es Mrs. Jamal?«

»Sie ist mir bis zum Wagen nachgelaufen und wollte mir weismachen, dass Dani James eine Hure sei, die geschickt wurde, um den Namen ihres Sohnes in den Dreck zu ziehen.«

»Lassen Sie sie wegen Missachtung des Gerichts verhaften. Hat man je gehört, dass jemand eine Richterin der Krone in dieser Weise bedrängt?«

»In der Tat.«

»Sie war immer schon eine Nervensäge, die arme Frau. Wahrscheinlich steht sie in diesem Moment hinter der nächsten verdammten Ecke.«

»Sie hat so ihre Phasen.« Jenny ließ den Blick durch den Raum wandern, um sicherzustellen, dass niemand sie beobachtete. Die Spannung des Tages hatte die Wirkung der Medikamente fast aufgehoben. Es war noch nicht mal drei Uhr, und sie war bereits nervös und überempfindlich.

»Dabei sollte sie froh sein, dass der arme kleine Bastard sich noch ein bisschen amüsiert hat, bevor er verschwunden ist. Wenn es nach ihr gegangen wäre, hätte sie ihm noch mit vierzig die Brust gegeben.« Er nickte zu den frierenden Flamingos hinüber. »Wissen Sie, dass man noch immer keinen blassen Schimmer hat, warum diese Dinger da auf einem Bein stehen? Das ist eins der ungelösten Rätsel der Wissenschaft.«

»Ich habe mal gehört, um noch eins übrig zu haben, falls sie vom Krokodil gebissen werden.« Sie nahm ihren Block aus der Tasche. »Können wir loslegen?«

»Ich mache keine Aussage.«

»Okay, nennen wir es Notizen.« Sie zog die Kappe von ihrem Füller. »Es war Ihre Idee, falls Sie sich erinnern.«

Er schnaubte, als würde er es lieber vergessen haben. »Fangen wir mit Robert Donovan an. Die Polizei war ihm von April 2002 an wegen einer Betrugsgeschichte auf den Fersen. Damals war er Steuerberater. Er hat Steuerschecks von Klienten benutzt, um Wohneigentum zu kaufen, und hat das Finanzamt dann von den Dividenden bezahlt. Da der Markt boomte, funktionierte das wunderbar, bis er sich dann irgendwann in sechs Bauprojekte eingekauft hat, die nie realisiert wurden. Einer meiner Partner hat einen der Angeklagten verteidigt, einen Hypothekenmakler. Im August sollte die Verhandlung sein. Als Nächstes erfuhr mein Kollege, dass Donovan als Zeuge der Anklage in einem Prozess gegen vier seiner steuerflüchtigen Klienten auftrat und außerdem zu den beiden vermissten Jungen eine Aussage gemacht hatte. Sämtliche Anklagepunkte gegen ihn und den Makler wurden fallen gelassen.«

»Er hat sich also mit einem cleveren Deal aus der Affäre gezogen. Wie passt es ins Bild, dass er die Jungen identifiziert hat?«

»Haben Sie eine Vorstellung, wie faul Bullen sind? Die würden alles tun, um sich einen Gang zu ersparen.«

»Donovan war einfach im richtigen Gemütszustand, um sich zu einer Aussage überreden zu lassen?«

»Mit aller Wahrscheinlichkeit. Die Polizei wollte die Jungen unbedingt loswerden. Mit einer Aussage, die die beiden nach London verfrachtete, waren sie sofort anderer Leute Problem.«

»Was ist mit den Geheimdiensten?«

»Die Polizei hasst die Geheimdienste. Die mischen sich in ihre Arbeit ein. Stellen Forderungen.«

»Und Sie denken wirklich, die Polizei würde eine Falschaussage weiterleiten?«

McAvoy grinste. »Wollen Sie mir weismachen, dass Sie so naiv sind? Ich dachte, Sie hätten als Rechtsanwältin gearbeitet und wüssten, wie das läuft.«

»Ich hatte es vorwiegend mit Sorgerechtsfällen zu tun.«

»Dann gibt es nichts, was Sie über die miese Seite der menschlichen Natur nicht kennen. Aber speziell über die Bullen sollten Sie wissen, Mrs. Cooper, dass Lügen zu einer Lebensform werden können. Die Polizisten fangen damit an, die Dinge zurechtzubiegen, wenn sie ihren ersten Festnahmebericht schreiben, und irgendwann haben sie nicht einmal mehr Skrupel, unschuldigen Rechtsanwälten etwas anzuhängen.«

Jenny machte sich eine Notiz, auch wenn sie keine großen Hoffnungen hegte, dass sie zu etwas nütze sein würde. Weder Donovan noch die Polizei würde zugeben, Aussagen manipuliert zu haben, und einen Zusammenhang zwischen Donovans Behauptung und den Betrugsvorwürfen würde man auch nicht nachweisen können.

»Erzählen Sie mir etwas über Ihre Rolle in dem Fall«, sagte Jenny.

McAvoy berichtete, dass Mrs. Jamal und Mr. und Mrs. Hassan – Ladenbesitzer aus Birmingham – Anfang Oktober zu ihm gekommen seien. In den ersten Wochen nach dem Verschwinden ihrer Söhne hatten sie regelmäßigen Kontakt zur Polizei gehabt, aber im Frühherbst war er plötzlich abgebrochen. Sie hatten sich an Parlamentarier und Ratsmitglieder gewandt, aber die hatten sie wiederum an die Polizei verwiesen, die nicht einmal bereit gewesen war, für ein Vermisstenplakat zu zahlen. In ihrer Verzweiflung waren die Eltern zu ihm gekommen. Er hatte an die Polizei geschrieben und vier Wochen später Kopien von den Zeugenaussagen erhalten. Unter Bezug auf Dani James' Bericht über einen möglichen Eindringling hatte er sich erneut schriftlich an die Polizei gewandt und sich erkundigt, was man mit dieser Spur angefangen habe. Er hatte nie eine Antwort erhalten.

Im Dezember bekamen beide Familien den Brief von der Verbindungsbeamtin Sarah Cole, in dem sie ihnen mitteilte, dass die Ermittlungen eingestellt worden seien. McAvoy legte Protest ein, erreichte aber nichts. In den Weihnachtsferien rief ihn Mrs. Jamal zu sämtlichen Tages- und Nachtzeiten an. Offensichtlich hatte sie einen Nervenzusammenbruch erlitten. Die Hassans schrieben ihm zu Beginn des neuen Jahres, dass sie seine Dienste nicht weiter in Anspruch nehmen würden.

»Haben Sie eine Vorstellung, wieso?«, fragte Jenny.

»Die Hassans sind konservative Leute. Ihr Sohn war zu diesem Zeitpunkt schon sechs Monate verschwunden. In ihren Augen hatte er sie entweder verlassen oder führte nichts Gutes im Schilde.«

»Und Mrs. Jamal?«

McAvoys Miene spiegelte leichte Schuldgefühlte wider. »Ehrlich gesagt, ich bin ihr aus dem Weg gegangen. Im Zweifelsfall sollte man immer für den Angeklagten sein, aber sogar ich war allmählich der Meinung, dass die beiden in irgendein Ausbildungscamp verschwunden sein könnten.« Er starrte auf den Teich hinaus, als schmerzten ihn die Erinnerungen. »Das habe ich ihr auch gesagt … Daraufhin ist sie ausgerastet und hat mich beschuldigt, mit sämtlichen dunklen Mächten unter einer Decke zu stecken. Schließlich bot ich ihr an, auf die Sache einen Privatdetektiv anzusetzen, den ich kannte. Sie hatte fünfhundert Pfund übrig, das reichte gerade mal für zwei Tage. Aber dieser Typ – er ist mittlerweile tot – hat in St. Pauls an ein paar Türen geklopft und eine kleine alte Dame gefunden, die behauptete, in der Nacht vom 28. Juni vor ihrem Haus einen schwarzen Minivan gesehen zu haben. In der Nähe der Bushaltestelle, von der aus die Jungen immer zurück zur Uni gefahren sind, knapp zweihundert Meter von Anwar Alis Wohnung entfernt. Zwei weiße Männer hatten in dem Wagen gesessen. Nach der Beschreibung der Frau könnte es sich um einen Toyota gehandelt haben. Es war spät, und die beiden kamen ihr verdächtig vor. Sie wollte gerade zum Hörer greifen, um die Polizei anzurufen, als sie hörte, wie das Auto wegfuhr.«

»Das ist alles?«

»Mehr oder weniger. Ich habe bei den Verkehrsbetrieben angerufen, um mich zu erkundigen, ob die Polizei irgendwelche Busfahrer befragt hat. Es hätte ja sein können, dass auch ihnen der Wagen in der Nacht aufgefallen war. Doch mir wurde gesagt, dass man nicht darüber reden dürfe. Ich habe mich ins Zeug gelegt und ihnen erklärt, dass es keinerlei rechtliche Gründe dafür gebe, mir die Auskunft zu verweigern, aber ich habe auf Granit gebissen. Anschließend bin ich wieder zur Polizei und wollte wissen, wo das Problem sei, aber die Antwort war dieselbe. Eine Woche später betrat ein hübsches Mädchen meine Kanzlei und behauptete, sie könne einem meiner Klienten, den man damals wegen bewaffneten Raubüberfalls ranbekommen hatte, ein Alibi verschaffen. Ich habe ihre Aussage aufgenommen und wurde am nächsten Morgen splitternackt aus dem Bett geholt.

Zweieinhalb Jahre lang habe ich nur meine Zelle von innen gesehen.«

»Und Sie denken, die beiden Dinge haben etwas miteinander zu tun?«

»Ich muss gestehen, es gab mehrere Gründe, warum die Bullen mich aus dem Weg haben wollten. Ich hatte eine Mordanklage gegen zwei Typen abgeschmettert und im Jahr darauf einen Kriminalinspektor wegen Meineid rangekriegt, und das sind nur zwei Geschichten. Aber in den folgenden sechs Monaten habe ich sie für die eigentlichen Hintergründe der Sache gehalten.«

Jetzt war es McAvoys Blick, der unruhig durch den Raum wanderte. Erst als er sicher war, dass niemand der älteren Restaurantgäste ein verdeckter Spion war, schaute er Jenny wieder an.

»Zwei Dinge brachten mich dazu, diese Meinung zu ändern. Zum einen war mir etwas eingefallen. Ein paar Tage bevor ich verhaftet wurde, war ich mit einem Klienten abends aus. Wir waren beide sturzbetrunken, und irgendwann klingelte mein Privathandy. Eine Stimme mit einem amerikanischen Akzent sagte: ›Was wissen Sie?‹ Ich war so hinüber, dass ich den Anrufer kaum verstand, also wiederholte er seine Worte. ›Was wissen Sie, Mr. McAvoy?‹ Keine Drohungen, nichts. Ich hielt ihn für einen Verrückten und legte auf.«

»Wann haben Sie sich wieder daran erinnert?«

»Irgendwann Mitte 2003. Als ich auf meiner Pritsche lag und darauf wartete, dass mein Zellenkumpan sein Geschäft beenden würde.«

»Schön. Was war das zweite?«

»Der Anruf ging mir nicht mehr aus dem Kopf, so wird man halt da drinnen. Die Kanzlei hatte mich rausgeschmissen, meine Frau fickte einen anderen, und ich wollte wissen, was eigentlich los war. Also habe ich wieder den Privatdetektiv angerufen – er hieß Billy Dean – und ihn gebeten, sich noch einmal umzuschauen. Vielleicht würde er ja etwas über den Anrufer oder den Toyota herausbekommen. Okay. Zuerst hat er nach dem Anrufer gesucht, aber vergeblich. Das Telefonat war mit einer dieser Pay&Go-Karten ohne Vertrag gemacht worden. Mit der Recherche zum Toyota lief es hingegen besser. Wenn man es recht bedenkt, führen nur ein halbes Dutzend große Straßen aus Bristol heraus. Zwei davon überqueren den Severn. Billy hat mit ein paar Jungs von der Mautstation gesprochen und an der alten Severn Bridge tatsächlich einen Typen aufgetrieben, der sich an einen ähnlichen Wagen erinnern konnte: schwarzer Minivan mit zwei weißen Typen vorne drin und zwei junge Indopakistaner auf der Rückbank.«

»Ein Jahr danach?«

»Der Mann sagte, es sei ein ungewöhnlicher Anblick gewesen. Nach Monmouthshire fahren nur wenige Dunkelhäutige. Er selbst war aus Chepstow – da gibt es einen chinesischen Takeaway. Das war's dann schon mit allem Fremdländischen.«

»Gibt es auf der Brücke nicht Kameras, die sämtliche Nummernschilder registrieren?«

»Wird alles nach vier Wochen gelöscht. In diesem Fall hätte uns die staatliche Überwachungsmaschinerie wirklich mal nützlich sein können.«

»Haben Sie die Sache weiterverfolgt?«

McAvoy schüttelte den Kopf. »Ich habe sie mir aus dem Kopf geschlagen. Billy hatte einen Schlaganfall, und der gute Pater O'Riordan half mir, mich mit meiner Situation zu versöhnen. Das Schicksal schien gegen die Ermittlungen zu sein.«

»Von alldem hat mir Mrs. Jamal nichts erzählt.«

»Ich habe sie nicht damit belastet. Was hätte es ihr denn gebracht? Sie wäre nur noch verrückter geworden. Außerdem hatten wir ja nicht einmal solide Beweise. Ehrlich gesagt hatte ich mich schon weitestgehend selbst davon überzeugt, dass an der Sache nichts dran war ... bis ich dann von Ihrer Untersuchung hörte.«

»Und was genau hat zu Ihrem Meinungsumschwung geführt?«

»Da fragen Sie mich was ...« Er dachte einen Moment nach. »Vermutlich hatte ich das Gefühl, dass das Schicksal wieder milder gestimmt ist. Außerdem war da mein Klient mit der vermissten Tochter. Und wenn ich an die Sache zurückdenke, frage ich mich, ob die armen Familien der Vermissten nicht ein wenig Ruhe gefunden hätten, wären sie nicht an einen unseligen Bastard wie mich geraten.«

»Okay.« Jenny schaute auf ihre Notizen. Viele waren es nicht. »Ihr Wunsch nach Erlösung gründet also in einem nicht zurückzuverfolgenden Telefongespräch, das wichtig oder unwichtig sein mag, und dem flüchtigen Blick eines Mautkassierers in ein Auto.«

»Ich kann mich noch an seinen Namen erinnern. Frank Madog.«

Jenny schrieb ihn auf. »Wir werden sehen, ob wir ihn dazu bekommen, eine Aussage zu machen.«

»Das ist vermutlich keine so gute Idee. Warum vertagen Sie die Anhörung nicht um ein paar Tage und sprechen zuerst persönlich mit ihm, dann sehen wir ja, ob es zu irgendetwas führt? Wenn Sie wollen, kann ich den Kontakt herstellen.«

»Klar.« Sie schloss ihr Notizbuch. »Gibt es eigentlich irgendwelche Gründe, warum Sie sich berufen fühlen, sich in meine Untersuchung einzumischen?«

»Ja«, sagte McAvoy. »Ich habe einen Anruf bekommen.

Gestern Morgen, zehn Uhr. Ich war vollkommen nüchtern. Die Stimme klang wie die eines Roboters, wegen des Stimmverzerrers, aber ich glaube, es war eine männliche. ›Sagen Sie mir, was Sie wissen, McAvoy, oder Sie sind ein toter Mann.‹«

»Was sollen Sie worüber wissen?«, fragte Jenny skeptisch.

»Das habe ich auch gefragt. Mit seiner Roboterstimme sagte er, und zwar wortwörtlich: ›Ich würde nicht mal in die Kiste reinscheißen, in der du in die Hölle reist.‹ Er hat *Kiste* gesagt, nicht *Sarg*. Wer auf dieser Seite vom Atlantik redet schon so?«

»Was ist dann passiert?«

»Ich habe aufgelegt.«

Jenny nickte mit einer Miene, die hoffentlich neutral wirkte. In ihrem Kopf hatte sich eine Stimme zu Wort gemeldet, die ihr dringend nahelegte, sofort, ohne sich noch einmal umzudrehen, zu verschwinden.

»Bevor Sie sich auf irgendetwas einlassen«, sagte McAvoy, »sollten Sie noch etwas wissen.«

»Schlimmer kann es ja nicht mehr werden.«

»Ihre Assistentin, Alison Trent ... Sie gehörte zu den Leuten, die mich damals ins Gefängnis gebracht haben.« Er zuckte nachsichtig mit den Schultern. »Soll ich also den Kontakt zu Madog herstellen?«

Sie hörte Alisons Stimme schon, als sie die Eingangstür aufschloss. Es klang, als würde sie telefonieren.

»Natürlich ist sie zu Hause willkommen, sie ist schließlich meine Tochter. Ich verstehe nur nicht, warum *die* dabei sein muss.«

Jenny blieb vor der Bürotür stehen und fühlte sich schuldig, weil sie lauschte. Andererseits hatte sie das Gefühl, dass sie dieses Gespräch nicht unterbrechen sollte. Außerdem war sie neugierig.

»Wie oft soll ich das noch sagen? Ich habe nichts gegen sie, es ist nur die ganze Situation ... Ich glaube ihr einfach nicht ... Sie hatte so viele Freunde, um Himmels willen.« Alison seufzte laut. »Okay. Du gehst auf deine Weise damit um, ich auf die meine. Aber erwarte ja nicht von mir, dass ich sie mit offenen Armen empfange. Was auch immer du mir vorwerfen magst, scheinheilig bin ich jedenfalls nicht.« Sie knallte den Hörer auf den Apparat und stampfte in die Küche.

Überrascht dachte Jenny über das Gehörte nach. War Alisons Tochter lesbisch? Das würde ihre Kratzbürstigkeit und die New Dawn Church erklären. Das Hochglanzmagazin der Gemeinde, das Alison jetzt immer auf dem Couchtisch auslegte, war voll mit Geschichten über Trunksüchtige, Drogenabhängige und Homosexuelle, die durch die Kraft des Gebets wieder auf den rechten Pfad zurückgefunden hatten. Manche Berichte, das musste sogar Jenny zugeben, waren durchaus bewegend.

»Hallo!«, rief Jenny, als sie endlich eintrat. Sie ging zum Schreibtisch und schaute in ihren Posteingangskorb.

Einen Moment war es still, dann kam Alison aus der Küche.

»Mrs. Jamal hat angerufen – drei Mal. Sie glaubt, dass jemand in ihrer Wohnung war.«

»Ich muss sowieso mit ihr sprechen. Ich werde die Anhörung auf Montag vertagen.« Jenny blätterte in drei Todesmeldungen, die sofort bearbeitet werden mussten. Ein eigentlich gesunder Zweiunddreißigjähriger war beim Joggen in den Downs tot zusammengebrochen. Ein Lieferwagen war eine Autobahnböschung hinuntergerast, und beide Insassen waren gestorben. Sie waren nicht angeschnallt gewesen. Alison hatte die Polizeifotos ausgedruckt, die man ihnen gemailt hatte: Sie zeigten zwei filigrane blutige Muster auf der Windschutzscheibe, wo die Köpfe aufgeschlagen waren.

»Aha? Gibt es dafür einen besonderen Grund?«, fragte Alison wenig begeistert.

»Alec McAvoy, dieser Rechtsanwalt, hat mir noch ein paar Informationen gegeben. Ich möchte sie erst prüfen, bevor ich weitere Zeugen anhöre.«

»Ich kenne McAvoy. Er ist einer der korruptesten Anwälte, die diese Stadt je gesehen hat.«

»Er hat erwähnt, dass Sie zu den Leuten gehörten, die ihn seiner gerechten Strafe zugeführt haben.«

»So hat er sich vermutlich nicht ausgedrückt.« Alison starrte finster drein. »Er hat Zeugenaussagen manipuliert. Davon hat er gelebt. Das haben ehemalige Klienten von ihm mir selbst gesagt. Alles, was er Ihnen heute Nachmittag erzählt hat, würde ich mit äußerster Vorsicht genießen, Mrs. Cooper.«

»Ich weiß, dass eine komplizierte Geschichte dahintersteckt. Ich werde nicht von Ihnen verlangen, sich weiter damit zu beschäftigen.« Jenny klemmte sich die Berichte unter den Arm. »Wenn es Ihnen nichts ausmacht, könnten Sie aber bitte die Leute darüber informieren, dass wir uns erst am Montag wieder …«

»Darf ich fragen, was er Ihnen für Informationen gegeben hat?«

Jenny entschied sich für die halbe Wahrheit. »Es ging um ein verdächtiges Fahrzeug, das in der Nacht, in der die beiden Jungen verschwunden sind, in der Nähe von Anwar Alis Wohnung gesehen wurde. Mir kommt es komisch vor, dass die Polizei das nicht bemerkt haben soll, obwohl doch ein Observationsteam an Ort und Stelle war.«

»Warum fragen Sie nicht Dave Pironi? Er hat bestimmt eine einfache Erklärung dafür.«

»Haben Sie nicht behauptet, dass faktisch die Geheimdienste den Fall übernommen hatten? Pironi wird nicht darüber sprechen wollen, oder doch?«

Alison antwortete nicht.

»Alles okay?«, fragte Jenny freundlich.

»Sicher, Mrs. Cooper. Ich mache mir nur Sorgen, dass Sie auf einen professionellen Betrüger hereinfallen könnten.« Als sie das Wasser kochen hörten, drehte sich Alison um und eilte in die Küche zu ihrem Tee zurück.

Jenny ging in ihr Büro und schloss die Tür hinter sich. Ein frischer Stapel Todesmeldungen lag auf ihrem Schreibtisch, neben dem wachsenden Berg der Korrespondenz, den sie seit Tagen mied. Sie ließ sich auf ihren Stuhl sinken und öffnete ihre E-Mails, um sich nicht an die Arbeit machen zu müssen. Zwischen belanglosem Zeug und Spam-Mails fand sie eine Nachricht von Kriminalmeister Murphy, der mehr über die Leute erfahren wollte, die sich für die gestohlene Jane Doe interessiert hatten. Dann gab es einen schwülstigen Rundbrief vom Justizministerium, der die Coroner dazu aufforderte, emotionale oder schlagzeilenträchtige Ausdrucksweisen zu vermeiden – je schlichter und routinierter, desto besser. Außerdem bat Gillian Golder um Rückruf. Sie hatte sogar ihre Durchwahl hinterlassen.

Jenny biss in den sauren Apfel und wählte.

Gillian Golder meldete sich beim zweiten Klingeln. »Jenny. Vielen herzlichen Dank, dass Sie sich melden.« Sie klang überschwänglich.

»Gerne. Was kann ich für Sie tun?«

»Sehen Sie, natürlich möchten wir Ihnen nicht ins Handwerk pfuschen, aber Alun hat mir erzählt, dass Sie dem Anwalt der BRISIC erlaubt haben, Ihre Zeugen zu befragen.«

»Es liegt in meinem Ermessen, das zu tun. Meiner Meinung nach haben seine Klienten ein begründetes Interesse an dem Fall.«

»Natürlich. Es scheint mir aber nur fair, Sie darauf hinzuweisen, dass die Anliegen der BRISIC alles andere als harmlos sind. Es handelt sich bei ihr um eine politisch-islamistische Organisation, die gefährliche Verschwörungstheorien verbreitet. Schauen Sie sich mal die Website an: Dem britischen Staat werden alle möglichen Dinge vorgeworfen, von Propaganda bis hin zum Mord an den eigenen Bürgern. Ich kann also Ihre Meinung nicht teilen, dass das Interesse dieser Organisation begründet ist.«

Jenny hatte nicht die Absicht, sich einschüchtern zu lassen. »Ich bin mir sicher, dass ich alles unter Kontrolle habe.«

»Wie ich höre, haben Sie die Anhörung heute schon vertagt. Einer unserer Mitarbeiter sollte morgen aussagen ...«

»Daran ist nichts Verwerfliches.«

»Für unsere Freunde schon, wenn man ihre Interviews in den Nachrichten hört. Die denken, Sie würden eine große Vertuschungsaktion planen.«

»Und inwiefern, meinen Sie, sollte diese Information meine Entscheidungen beeinflussen?«

»Ich möchte gar nichts beeinflussen«, sagte Gillian Golder. »Ich möchte Sie nur warnen. Gefährlicher Unsinn kann manchmal sehr überzeugend wirken, selbst für einen absolut verlässlichen und rationalen Verstand.« Den letzten Satz hatte sie langsam und betont deutlich gesprochen. Die Botschaft war angekommen: *Stell uns bloß, und wir machen dich fertig.*

11

Am späten Abend frischte der Wind auf, ein kalter Nordwind, der neue Ritzen und Spalten fand, um in das Cottage zu dringen. Die heftigen Böen ließen die Hintertür in ihren Scharnieren klappern und Jenny jedes Mal hochfahren. Sie sehnte sich nach einem Drink, um die kindische Angst, die das knarrende Haus ihr einjagte, zu bekämpfen. Ross würde bei einem Freund in Bristol übernachten, und es war ihr zu peinlich, Steve anzurufen und ihm zu erzählen, dass sie sich in ihrem eigenen Haus fürchtete. Sie schloss sich in ihrem Arbeitszimmer ein und wurde immer nervöser. Am späten Nachmittag hatte die Polizei weitere Fotos aus dem Inneren des verunglückten Lieferwagens geschickt, die sie nicht mehr losließen: zwei Männer Anfang zwanzig mit aufgeplatzter Stirn. Der eine war um den Vordersitz gewickelt, der andere kopfüber in den Fußbereich gepresst. Am Armaturenbrett klebte ein halb gegessener Hamburger. Die beiden waren Baumchirurgen gewesen, hatten auf morschen Ästen herumgeturnt und mit Kettensägen herumhantiert, und nun schien etwas so Unbedeutendes wie ein fehlerhaftes Reifenventil ihr Bewusstsein ausgelöscht zu haben. Die Arbeit eines Coroners erinnerte ständig daran, dass täglich und ohne Vorwarnung das Leben selbst der Stärksten beendet sein konnte. Und wo gingen sie hin, diese armen Seelen, die mit gegrilltem Hackfleisch und ein paar Zwiebeln zwischen den Zähnen ins Jenseits befördert worden waren? Der Gedanke, dass der Abgang so leicht war, wie ein Licht auszuknipsen, könnte etwas Beruhigendes an sich haben. Leider glaubte Jenny nicht daran.

Zwei Tabletten reichten nicht aus, um sie zu betäuben. Es schien zu einer Gewohnheit von ihr zu werden, in der Dunkelheit zu liegen, die Bettdecke über die Ohren zu ziehen und bei jedem Geräusch zusammenzuzucken. Bilder von Mrs. Jamal, den verschwundenen Jungen und den Leichen im Lieferwagen standen ihr ständig vor ihrem geistigen Auge und schlichen sich in ihre Träume ein. Mrs. Jamal und sie selbst verfolgten darin in einem Labyrinth anonymer Straßen einen schwarzen Minivan, der sich mit einem platten Reifen dahinschleppte. Verzweifelt, atemlos und erschöpft bogen sie um eine Ecke, um zu sehen, dass er gegen einen Baum gefahren war. Aus den Fenstern tropfte Blut aufs Pflaster. Während Mrs. Jamal jammerte und an ihren Kleidern zerrte, nahm sich Jenny wütend zusammen und riss die Autotür auf. Ein junges Mädchen sah zu ihr auf, schlug die blutigen Hände vors Gesicht. Der Schrei des Kindes zerschnitt die Luft. Jenny wich zurück und wollte fliehen, aber ihre Beine waren wie versteinert. Während sie noch darum kämpfte, einen Fuß vor den anderen zu setzen, fiel ein kalter Schatten auf sie. Die körperlose Stimme ihres Sohnes sagte: »Du kennst mich nicht. Du wirst mich niemals kennen.« Sie versuchte, nach ihm zu rufen und ihn aus seinem Versteck zu locken, aber schon veränderte sich die Landschaft und wurde zu der Straße, in der Jenny als Kind gelebt hatte. Einen Moment lang wähnte sie sich in Sicherheit, doch dann merkte sie, dass die Häuser nur aus Fassaden bestanden. An den Fenstern hingen keine Gardinen, und im Inneren befanden sich weder Menschen noch Möbel. Nunmehr vollkommen allein, begann sie zu weinen.

Sie erwachte, weil ihr Kissen durchnässt war. Das Grauen,

das sie gepackt hatte, war in seiner Klarheit überwältigend. Jenny setzte sich auf, tastete nach dem Lichtschalter und wollte das Bild von dem Mädchen mit dem blutüberströmten Gesicht abschütteln. Es war vier Uhr nachts. Sie redete sich ein, dass es nur ein Traum gewesen war, Resultat einer geistigen Unruhe, die sich bald legen würde. Aber sie legte sich nicht. Das Gesicht des Mädchens, das ihr entfernt bekannt vorkam, stand ihr beharrlich vor Augen. Es drängte sich auf, verfolgte sie, flehte um Aufmerksamkeit.

Jenny zog sich ihren Morgenmantel über und ging nach unten. Auf dem Weg schaltete sie alle Lampen an. Sie nahm ihr Tagebuch aus dem Schreibtischfach und begann zu schreiben. Dann skizzierte sie hektisch das Gesicht des Mädchens …

Früh am Morgen verließ sie die M48 und bog auf den Parkplatz der Raststätte Severn View ein, wo sie sich mit McAvoy verabredet hatte. Er lehnte an seinem alten schwarzen Ford und rauchte. Sie fuhr in die Parklücke daneben und stieg aus. Der eiskalte Wind schnitt ihr förmlich in die Wangen.

McAvoy lächelte mit müden roten Augen, die aussahen, als hätte er nicht viel geschlafen.

»Was für ein Anblick – frisch und strahlend, und das trotz dieser gottverdammten Uhrzeit.«

»Drei Stunden Schminken machen's möglich.«

»Bescheiden auch noch.« Er warf seinen Zigarettenstummel auf den Boden und trat ihn aus. »Sie sind wahrhaftig eine der unschuldigen Seelen dieser Welt.« Mit beiden Händen strich er sich die Haare nach hinten und lockerte die steifen Schultern. Sie konnte seinen Kater sogar *spüren*.

»Spät geworden?«

»Liegt an den Leuten, mit denen ich Geschäfte mache. Sie neigen nicht dazu, sich an die üblichen Schlafenszeiten zu halten.« Er zitterte. »Die Heizung meiner alten Klapperkiste ist kaputt. Besteht Hoffnung darauf, dass Sie mich mitnehmen?«

»Hatten Sie nicht gesagt, dass Madog uns hier treffen würde?«

»Das hatte ich auch vorgeschlagen, aber er schien etwas zögerlich. Ich weiß allerdings, dass er heute Morgen Frühschicht hat. Er sollte gleich seine Pause machen.«

McAvoy roch angenehm nach Zigaretten, Whisky und einem Hauch Parfüm. Durch die hochgedrehte Heizung erfüllte sein Geruch ihr kleines Auto und beschwor Bilder von billigen Casinos und halb nackten Kellnerinnen herauf.

»Nehmen Sie die Fahrbahn in Richtung Norden, dann kommen wir zum Kantinengebäude am anderen Ufer«, sagte McAvoy und öffnete sein Fenster einen Spalt. »Stört es Sie?«

»Ich habe Schmerztabletten dabei, falls Sie welche brauchen.«

»Danke, aber ich hege eine abergläubische Abneigung dagegen, selbst verursachte Schmerzen zu behandeln. Nicht auszuschließen, dass der Teufel sie mir doppelt so stark zurückschenkt.«

Sie lächelte und fuhr eine Weile schweigend weiter. »Meinen Sie das ernst?«

»Lesen Sie es in Ihrer Bibel nach: Matthäus-Evangelium – neun Erwähnungen der Hölle. Die können nicht alle metaphorisch gemeint sein.«

»Sie klingen wie meine Assistentin. Sie gehört einer evangelikalen Kirche ...«

»Mein Beileid. Diese Leute tragen keine Poesie und keine Demut im Herzen«, unterbrach sie McAvoy. »Gehen Sie lieber mal alle vierzehn Tage zur Beichte und breiten Sie vor einem zölibatären Priester Ihre Sünden aus. Das hilft Ihnen zu erkennen, wo Ihr Platz in der Welt ist.«

»Ist es das, wonach Sie suchen?«

»Ich bemühe mich.«

»Und wie lässt sich die Bemühung mit Ihrer Arbeit vereinbaren?«, fragte Jenny neugierig. »Ich weiß ja, dass auch Kriminelle jemanden brauchen, der sie verteidigt, aber …«

»Als ich im Gefängnis saß, wissen Sie, wer mich besucht hat? Und wer meiner Frau Geld gegeben hat? Meine Klienten. Von meinen rechtschaffenen Kollegen habe ich kein verfluchtes Wort mehr gehört. Wenn es nach ihnen gegangen wäre, hätte ich verrecken können.«

»Vielleicht wussten sie nicht, was sie sagen sollen.«

»Das Besondere an Schurken ist, dass sie mit den Konsequenzen leben. Vergessen Sie sämtlichen Soziologen-Bullshit. Niemand weiß so gut wie diese Leute, was Recht und was Unrecht ist. Eure Anwälte und Politiker und Geschäftsleute sind nicht einen Deut besser. Sie süffeln ihren Chablis, während den kleinen Mädchen in Afrika die Beine weggesprengt werden. Nicht die Räuber und Diebe, sondern all diese vornehmen Bastarde sind für das Böse dieser Welt verantwortlich.«

Sie schaute zu ihm hinüber und sah die Anspannung in seinem Gesicht.

»Tut mir leid«, sagte sie.

»Hören Sie gar nicht hin. Ich fasele immer dummes Zeug, wenn ich Kopfschmerzen habe.«

»Nur dann?«

Er lächelte gequält. »Halten Sie den Mund und fahren Sie.«

Als sie auf der anderen Seite der Brücke englisches Terrain erreichten, sagte McAvoy, sie solle zu einem einstöckigen Gebäude an der Zufahrt zu den Mauthäuschen abbiegen. Um diese Zeit waren viele Pendler unterwegs, und der Verkehr verdichtete sich in beide Richtungen. Er wies sie an, sitzen zu bleiben, während er nach Madog suchte.

Sie beobachtete, wie er sich einer jungen, uniformierten Mautkassiererin näherte, die aus dem Gebäude getreten war, um sich eine Zigarette anzustecken. Als er auf sie einredete, wirkte sie unsicher und schaute misstrauisch zu Jenny hinüber, bevor sie schließlich auf eins der mittleren Kassenhäuschen zeigte. McAvoy bedankte sich und gab ihr Feuer, dann lief er zwischen den Autoschlangen hindurch und zeigte einem Range-Rover-Fahrer, der sich darüber aufregte, eine halbe Sekunde verloren zu haben, den Mittelfinger.

Viel konnte sie nicht sehen, aber sie hatte nicht den Eindruck, dass Madog willens war, seine Arbeit zu unterbrechen. McAvoy klopfte an die Scheibe und gestikulierte. Irgendwann trat er auf die Fahrbahn und sperrte sie mit zwei Verkehrsleitkegeln ab. Als ein wütendes Hupkonzert einsetzte, eilte sofort ein Aufseher aus dem Gebäude. Jenny sprang aus dem Wagen und fing ihn ab.

»Entschuldigen Sie bitte, Sir. Jenny Cooper, Coroner des Severn Vale District. Wir müssen mit einem Ihrer Mitarbeiter sprechen, mit Mr. Frank Madog.«

»Wie bitte?« Er zeigte auf das Auto. »Wer hat Ihnen überhaupt erlaubt, dort zu parken? Das ist eine Zufahrtsspur.« Der Aufseher war Anfang dreißig, blass, übergewichtig und streitsüchtig.

Sie steckte die Hand in die Manteltasche und zog eine Visitenkarte hervor. »Es handelt sich um eine offizielle Ermittlung. Mr. Madog ist gesetzlich zur Mitarbeit verpflichtet. Ich wäre Ihnen dankbar, wenn Sie dafür sorgen könnten, dass er zu uns herüberkommt.«

Mit dröhnender Stimme verfluchte McAvoy den Fahrer eines Lastwagens, der ihn schon fast mit den Scheinwerfern berührte.

Ohne die Visitenkarte zu beachten, fragte der Aufseher: »Und was ist das für ein Verrückter?«

»Keine Ahnung«, sagte Jenny, »aber Sie sollten sich sein Kennzeichen notieren.«

Den Tätowierungen auf seinen beiden Handrücken nach zu urteilen, hegte Frank Madog ein Faible für Elvis. Sein rötliches Haar hatte er zu einer Art Tolle zurückgekämmt, und das schuppenübersäte Hemd, das an seinen knochigen Schultern hing, erinnerte entfernt an Rockabilly-Zeiten. An der Wand der Container, die als provisorische Kantine für die Angestellten der Brücke dienten, gab es kaum einen Flecken ohne Rauchverbotsschild. Ohne Zigarette in der Hand fummelten Madogs nikotingelbe Finger nervös an dem Gestell seiner verschmierten Brille.

»Sie machen Witze, oder? Das ist echt schon eine Weile her«, sagte Madog. »Mehr als sieben Jahre.«

»Aber Sie erinnern sich doch, dass mein Kollege Billy Dean 2003 mit Ihnen gesprochen hat? Bulliger Typ. Glatze. Fett. Hässliches Gesicht.«

»Kann sein.« Er klang nicht sehr überzeugt.

»Kommen Sie, Mr. Madog. Wie oft wird man als Mauteintreiber von einem Privatdetektiv befragt?«

Madog kratzte sich an der Stirn und verzog das Gesicht, sodass der Blick auf seine gelben Zähne freigegeben wurde. »Wie ich schon sagte: Kann sein, dass ich mich an den Mann erinnere.«

Jenny warf McAvoy einen Blick zu, um ihn zu ermahnen, er möge mit Madog zivil umgehen. Immerhin handelte es sich um den offiziellen Besuch eines Coroners.

Er schlug tatsächlich einen respektvollen Ton an, was ihm ganz offenbar nicht leichtfiel. »Ich habe damals mit Mr. Dean gesprochen, und er hat mir Ihre Daten gegeben. Er hat erzählt, Sie hätten am 28. Juni 2002 einen schwarzen Toyota Minivan hier durchkommen sehen. Vorne drin zwei kräftige Weiße, hinten drin zwei junge Indopakistaner. Sie haben ihm gesagt, es sei ein ungewöhnlicher Anblick gewesen, deshalb hätten Sie es sich gemerkt.«

Madog schaute Jenny an, als würden bei ihm allenfalls entfernt Erinnerungen wachgerufen werden. »Mr. Dean hat bestimmt ein besseres Gedächtnis als ich.«

»Leider ist er tot«, sagte McAvoy. »Sonst hätten wir ihn mitgebracht. Sein Anblick würde Ihren Erinnerungen vielleicht auf die Sprünge helfen.«

»Ich möchte Sie bitten, sich alle Mühe zu geben«, sagte Jenny. »Sie werden als Zeuge in meiner Anhörung auftreten.«

Madogs Adamsapfel hüpfte auf und ab. »Hören Sie, vielleicht habe ich Ihrem Freund erzählt, dass ich einen Wagen gesehen habe, aber ich habe mir seither echt viele Nächte hier um die Ohren geschlagen, falls Sie wissen, was ich meine.« Er tippte sich an die Schläfe. »Das alte Hirn hat manchmal so seine Aussetzer.«

Jenny seufzte. »Wollen Sie damit sagen, dass Sie sich an die vier Männer in dem Toyota nicht mehr erinnern können? Es ist sehr wichtig, dass Sie uns die Wahrheit erzählen, Mr. Madog.«

Madog sah von Jenny zu McAvoy und wieder zurück. Sein Mund begann, Worte zu formen, aber er brachte keinen Ton heraus.

McAvoy betrachtete Madogs Tätowierungen und sagte: »Sein Gospelzeug mag ich am liebsten. *Peace in the Valley* – kennen Sie das?«

Madog nickte zögerlich.

»Wissen Sie noch, wie das geht? Ich hab’s vergessen.«

Madog und Jenny wechselten einen Blick.

»Kommen Sie schon, Frank«, sagte McAvoy. »Sie kennen das doch. Warten Sie ... ›Well the morning's so bright and the lamb is the light, and the night is as black, as black as the sea.‹« Er begann zu singen, ganz automatisch reihte sich Wort an Wort. »›And the beast of the wild will be led by a child, and I'll be changed, changed from this creature that I am, oh yes indeed.‹« Er lächelte. »Eine wunderbare Botschaft der Hoffnung. Wir werden uns alle verändern, Frank, und wenn er nicht an jenem bekannten heißen Ort schmort, dann wird sogar mein Freund Mr. Dean mittlerweile wieder zarte, jungfräuliche Wangen bekommen haben, zum Küssen weich.«

Jenny fühlte, wie sie rot wurde, aber McAvoy war jetzt in Fahrt und hatte nicht die Absicht, sich bremsen zu lassen.

»Der King war ein tief religiöser Mann, Frank. Deshalb glaube ich, dass er trotz all der Drogen und Mädchen und so in den Himmel gekommen ist. Und Sie werden mir sicher darin zustimmen, dass kein wahrer Fan sein Andenken beschmutzen würde, indem er eine Lüge erzählt. Vor allem in einem so schweren und wichtigen Fall.« Er lehnte sich über den Tisch und legte seine Hand auf die von Madog. »Können Sie sich vorstellen, ihn auf der anderen Seite zu treffen und ihm zu erklären, warum Sie nicht die ganze Wahrheit gesagt haben? Und währenddessen weint eine Mutter um ihren verlorenen Sohn, Frank.«

Madog zog seine Hand langsam unter der von McAvoy hervor.

»Was haben Sie uns also zu sagen?«, fragte McAvoy.

»Wer waren diese Leute?«, fragte Madog. »Worum geht es in dieser Geschichte überhaupt?«

»Soweit wir wissen«, sagte Jenny, »waren es einfach zwei Studenten. Sie wurden vermisst gemeldet, und die Polizei konnte sie nicht finden. Mein Job ist es nun festzustellen, ob sie leben oder tot sind. Und falls sie tot sind: wie sie gestorben sind.«

»Aha. Okay.« Madog rieb sich die Schläfen.

McAvoy gab ihm einen Moment, schaute Jenny an und sagte dann: »Es hat noch jemand mit Ihnen darüber gesprochen, nicht wahr? Sie sind hier unter Freunden, Frank, darauf können wir uns doch schon mal einigen?«

Madog sah Jenny an. »Was geschieht mit den Informationen?«

»Sie helfen mir, die Wahrheit herauszufinden. Und wenn ein Verbrechen dahintersteckt, könnten sie zur Verfolgung der entsprechenden Personen beitragen.«

»*Sie* sind der Coroner?«

»Sie haben doch bestimmt die Bilder von Mrs. Cooper in der *Post* gesehen? Gehen Sie mal auf die Website der Zeitung, dann sehen Sie, dass sie sich nicht einmal geschminkt hat.«

Madog nickte. »Okay. Ihr Freund hat mir erzählt, dass er Polizist sei. Das ist der einzige Grund, warum ich mit ihm gesprochen habe. Er hat gedroht, er würde mir etwas anhängen, wenn ich nicht antworte.«

»Ich entschuldige mich nachträglich für ihn«, sagte McAvoy. »Zu seiner Frau und seinen Kindern war er immer sehr nett.«

Jenny klappte den Block auf, der vor ihr lag. »Okay, Mr. Madog. Falls Sie dann so weit wären?«

»Es war genauso, wie ich es dem Mann damals erzählt habe. Ich habe einen schwarzen Toyota gesehen, vorne drin saßen zwei Typen. Das war gegen elf Uhr abends. Der Fahrer war untersetzt, sein Schädel kahl rasiert. Der Beifahrer hatte einen Pferdeschwanz.«

»Wie alt waren sie?«, fragte Jenny.

»In den Dreißigern ... Und die beiden Typen auf dem

Rücksitz waren Indopakistaner. Sie trugen Bärte, sahen aber jung aus, fast noch wie Teenager.«

»Und wieso sind sie Ihnen aufgefallen?«

»Sie sahen irgendwie verängstigt aus. Der eine hat mich mit seinen großen braunen Augen so angeschaut, als würde er mir etwas sagen wollen.«

»Hat einer der Insassen mit Ihnen gesprochen?«

»Nein. Nicht ein Wort. Das war auffällig. Normalerweise bedanken sich die Leute. Mir ist es immer wichtig, freundlich zu sein.« Er machte eine Pause. »Nein, dieser Typ hatte ein finsteres Gesicht. Das war ein echt harter Kerl.« Er schluckte ängstlich. »Aber es war der andere, der mir dann aufgelauert hat.«

Jenny schaute auf. »Was soll das heißen?«

»Es war ungefähr eine Woche später. Ich hatte gerade mit meiner Enkeltochter das Haus verlassen. Sie war damals sechs. Ich wollte sie an dem Samstagvormittag zu ihrer Mama nach Hause bringen. Wir sind gerade ins Auto gestiegen, als der Typ mit dem Pferdeschwanz an die Beifahrertür geklopft hat. Ich ließ das Fenster runter, er hat sich reingelehnt und mit einem Lächeln gesagt: ›Falls jemand fragt, hast du uns nie gesehen.‹ Dann hat er eine Dose mit orangener Farbe aus der Tasche geholt und meiner Enkelin damit die Haare eingesprüht. Sie hat geschrien, aber er hat nicht aufgehört.« Madog schüttelte den Kopf. »Ich musste ihre Haare mit Terpentin auswaschen. Es hat den ganzen Morgen gedauert.«

»Und das haben Sie nicht der Polizei erzählt?«

»Wenn Sie dabei gewesen wären, würden Sie das nicht fragen. Der Typ hat gesprüht und dabei *gelächelt.*«

»Haben Sie Mr. Dean von dem Vorfall erzählt?«

»Von der Farbe nicht. Ich schwöre bei Gott, dass nicht einmal meine Tochter etwas davon erfahren hat.«

»Der Mann muss Ihnen wirklich Angst eingejagt haben.«

»Ja. Er war wie ein ... wie der ...«

»Der Teufel in Menschengestalt?«, schlug McAvoy vor.

»Sie sollten sich von den Leuten nichts bieten lassen«, sagte McAvoy. »Sie sind der Coroner, um Himmels willen. Sie haben mehr Macht als ein High-Court-Richter.«

»Wohl kaum.«

»Gehen Sie ran da! Packen Sie die Leute bei den Eiern, wenn Sie schon selbst keine haben.«

Jenny schaute ihn kurz an, während sie den Golf auf die Ausfahrt zur Tankstelle lenkte. Er sah auf eine verbrauchte Weise gut aus, war aber nicht der Typ, dem man seine Handtasche anvertrauen würde. Ihm haftete etwas von einem gewieften Schwindler an: Sein Auftritt war perfekt, aber man wusste nicht, ob der schöne Schein nicht schon alles war, was er zu bieten hatte.

»Was werden Sie also tun? Dieser Typ mit dem Pferdeschwanz scheint ein ganz übler Hurensohn zu sein. Ein echter Profi, der genau weiß, wie er die Leute zu nehmen hat. Sprüht Farbe ins Haar eines kleinen Mädchens – Jesus!«

»Ich werde meine Assistentin bitten, Madogs Aussage aufzunehmen und ihn als Zeugen vorzuladen.«

»Und was soll die Jury damit anfangen? Erstmal müssen Sie den Toyota finden. Und natürlich den Typen mit dem Pferdeschwanz.«

»Den schwarzen Toyota? Davon gibt es sicher Tausende.«

»Sie werden überrascht sein. Von diesem Modell vermutlich nur ein paar Hundert. Schauen Sie, wo sie angemeldet sind. Es gibt nicht viele Orte, die man über die Severn Bridge erreichen kann. Die Straße erschließt nur das Grenzland.« Er schlug mit der Hand aufs Armaturenbrett, um seinen Worten Gewicht zu verleihen. »Sie müssen herausfinden, wer diese Leute sind, bevor die eine Chance bekommen, Madog wieder etwas anzutun. Verdammt, der Fall hat mich wieder voll gepackt.«

Jenny dachte darüber nach. Seine Leidenschaft hatte etwas Ansteckendes. »Vielleicht kann es tatsächlich nicht schaden. Die meisten Jurymitglieder schienen es nicht besonders eilig zu haben, zu ihrer alltäglichen Arbeit zurückzukehren.«

»So ist es recht.« Er grinste. »Braves Mädchen.«

Jenny fuhr auf den nahezu leeren Parkplatz. In ihrem Kopf schwirrte die Frage herum, wer die Männer im Toyota gewesen sein mochten. Konnte sie überhaupt sicher sein, dass Madog die Wahrheit sagte? Wieder schaute sie zu McAvoy hinüber und stellte fest, dass sie in seiner Gegenwart nicht wusste, was sie glauben sollte. Er schien die Wirklichkeit um sich herum zu verändern. Sie parkte in die Lücke neben seinem Wagen ein.

»Wie wär's mit einem Kaffee?«, fragte er.

»Lieber nicht. Die Arbeit, Sie wissen ja …«

»Ich hatte Sie für einen Freigeist gehalten, Mrs. Cooper.«

Plötzlich herrschte eine spannungsgeladene Stimmung. Die Art und Weise, mit der er sie mit seinen wachsamen Augen anlächelte … Er schien sie zu kennen, schien in ihr Innerstes vorzudringen. Ihr wurde heiß, und eine leichte Panik ergriff sie.

»Wann anders. Ich melde mich … Und danke.«

McAvoy nickte, als würde er die Gründe für ihre Zurückhaltung bestens verstehen. Er wollte die Tür öffnen, zögerte dann aber.

»Ach, ich habe vergessen, Ihnen etwas zu erzählen. Als ich gestern bei der Anhörung war, fiel mir wieder ein, dass Mrs. Jamal mir gegenüber einmal die Befürchtung geäußert hat, Nazim habe eine Freundin.«

»Sie wusste von Dani James?«

»Nein. Ich glaube, sie hat von einem früheren Zeitpunkt gesprochen, Monate zuvor.«

»Davon hat sie mir gar nichts erzählt.«

»Fragen Sie sie.« Er lächelte. »Gottes Segen.« Dann trat er in den eisigen Wind hinaus.

Alison war noch immer darüber verstimmt, dass Jenny die Anhörung so frühzeitig vertagt hatte. Jenny vermutete, dass Pironi angerufen hatte, um sich zu erkundigen, was da verdammt noch mal los war, und sicher hatte Alison ihren Loyalitätskonflikt zu seinen Gunsten entschieden. Ganz offensichtlich hatte sie ihre ersten beiden Arbeitsstunden mit Aufräumen verbracht. Außer Jennys überquellendem Posteingangskorb auf der Schreibtischecke war das Büro makellos.

Jenny sortierte die Fälle danach, ob sie unaufschiebbar oder bloß dringend waren, ignorierte die Eiseskälte ihrer Assistentin und erzählte ihr von dem Ausflug mit McAvoy zur Mautstation. Unbeeindruckt hörte Alison zu, als Jenny erklärte, dass sie erst den Toyota und seine Insassen ausfindig machen wolle, bevor sie die Anhörung wieder aufnehme.

»Und wann könnte das sein?«, fragte Alison.

»Ich dachte, wir hätten uns auf Montag geeinigt.«

»Wissen Sie, wie lange es dauern kann, die Meldestelle in Swansea zur Herausgabe von Informationen zu bewegen? Die sind schlimmer als der Kreml unter Stalin.«

»Ich habe mir vorgestellt, dass wir die Polizei einschalten. Die hat doch Zugang zum Computersystem in Swansea, oder?«

»Aber die erstickt schon in Arbeit. Außerdem können Sie mir glauben, dass ich meinen guten Ruf dort längst verspielt habe, Mrs. Cooper. Meine Exkollegen lassen sich schon verleugnen, wenn ich anrufe.«

»Wahrscheinlich ist es sowieso besser, wenn die Kripo in Bristol nichts davon erfährt. Sie war ja in die ursprünglichen Ermittlungen verwickelt.« Jenny spürte, wie sich Alisons Nackenhaare aufstellten. »Ich werde Kriminalmeister Williams in Chepstow anrufen. Vielleicht kann ich ihn ja dazu überreden, uns zu helfen.«

»Das wird er zweifellos tun«, sagte Alison süffisant. »Er wartet doch nur darauf, der englischen Polizei eins auszuwischen.«

»Wer hat denn davon gesprochen, dass irgendjemand ihr eins auswischen möchte?«

Alison sah von ihrem Bildschirm auf. »Ich habe Ihnen bereits gesagt, was ich von McAvoy halte. Er war im Gefängnis, weil er falsche Zeugen herbeigeschafft hat. Ein Riesengeschäft. Erwarten Sie also nicht von mir, dass ich jemandem glaube, den er aus seinem Hut gezaubert hat.«

»Madog wirkte sehr authentisch auf mich.«

»Aber denken Sie wirklich, er wäre nicht zur Polizei gegangen, wenn es stimmt, was er da sagt?«

»Was für ein Interesse könnte McAvoy daran haben, sich in diese Untersuchung reinzuhängen?«

»Wollen Sie meine ehrliche Meinung dazu hören, Mrs. Cooper?«

»Nur heraus damit.«

Alison legte los. »Bevor ihm die Zulassung entzogen wurde, war McAvoy der King – der auffälligste und wohlhabendste Strafverteidiger der Stadt. Er stand nicht nur über dem Gesetz, er dachte, er *sei* das Gesetz. Als wir ihm auf die Schliche kamen, vertrat er zufällig gerade die Familien der verschwundenen Jungen. Seine Behauptung, seine Verhaftung sei aus politischen Gründen erfolgt, bot sich da geradezu an. Die beiden Familien waren seine einzigen Klienten, die keine hartgesottenen Kriminellen mit einem Vorstrafenregister so lang wie ein Eselsschwanz waren, wie wir damals zu sagen pflegten. Und jetzt benutzt er Ihre Untersuchung. Denken Sie doch einmal darüber nach. Er wird Zeugen auftreiben, um seine Behauptung zu stützen, dass er Opfer einer Verschwörung geworden ist. Dann versammelt er die Medien hinter sich, und bevor man sich's versieht, ist die Anwaltskammer gezwungen, ihm seine Zulassung zurückzugeben.« Alison sah Jenny fast flehentlich an. »Er ist ein kluger Mann, Mrs. Cooper, aber er ist abgrundtief schlecht. Es ist ihm vollkommen egal, was mit den beiden Jungen passiert ist. Dieser Mensch hat sich einen Namen damit gemacht, Verbrecher, Vergewaltiger und Mörder zu vertreten.«

»Okay«, sagte Jenny. »Verstanden. Aber ich werde die Sache mit dem Auto trotzdem verfolgen, und Sie nehmen eine offizielle Zeugenaussage von Madog auf.«

Jenny zog sich in ihr Büro zurück. Das ursprüngliche Misstrauen McAvoy gegenüber hatte sich wieder eingestellt. Alisons Ausbruch erklärte auch, warum sich Jenny in seiner Gesellschaft so unwohl fühlte. Irgendetwas an seiner Ausstrahlung machte ihr Angst, und es war nicht nur die Empfindlichkeit eines zu Unrecht in Ungnade gefallenen Mannes, der sich an die paar Fetzen seiner verbliebenen Würde klammerte. Es war seine ganze Gesinnung, die ein gewisses Unbehagen bei ihr hinterließ. Ihm schien etwas von seiner Menschlichkeit verloren gegangen zu sein. Die Sache mit den Verkehrsleitkegeln und dem Lastwagen etwa ... Er war leichtsinnig, spielte mit dem Feuer und scherte sich nicht um die Folgen. Aber wenn er sie anschaute ... In ihrer Brust war Hitze aufgewallt und ihr dann unmittelbar zwischen die Beine geschossen. Sie schämte sich fast, sich das einzugestehen.

Schnell verdrängte sie die Gedanken, griff nach ihrem Adressbuch und suchte die Nummer von Kriminalmeister Owen Williams heraus, ihrem Kontakt jenseits der walisisch-englischen Grenze. Sie erwischte ihn in der Frühstückspause. Seit dem Fall mit Danny Wills hatten sie vielleicht drei, vier Mal miteinander gesprochen, und jedes Mal war er hocherfreut gewesen, von ihr zu hören. Er lauschte aufmerksam, als sie ihm, ohne McAvoy zu erwähnen, von einem neuen Zeugen erzählte und ihn fragte, ob er ihr dabei behilflich sein könne, alle schwarzen Toyota Minivans ausfindig zu machen, die an einem bestimmten Junitag vor acht Jahren in der Nähe der Severn Bridge gemeldet gewesen waren.

»Ich wäre hoch-er-freut, das tun zu dürfen«, sagte Williams in seinem Waliser Singsang. »Für meinen Lieblingscoroner würde ich alles tun, zumal Sie ja – wie ich annehme – nicht darauf vertrauen dürfen, dass die Polizei von Bristol einen anständigen Job für Sie macht.«

»Ein paar der Beamten, die damals an den Ermittlungen beteiligt waren, sind noch im Amt.«

»Sie müssen gar nicht weiterreden, Mrs. Cooper. Sie wissen ja, dass ich einem thailändischen Bordellbesitzer mehr vertraue als diesen englischen Bastarden.«

Jenny hatte kaum aufgelegt, als das Telefon klingelte und Alison ihr sagte, dass Mrs. Jamal am anderen Ende der Leitung sei.

»Stellen Sie sie durch.«

Jenny wappnete sich innerlich. Sie wurde von untröstlichen Schluchzern begrüßt.

»Mrs. Jamal? Hier ist Mrs. Cooper. Was kann ich für Sie tun?«

Das Schluchzen hielt an. Mrs. Jamal brachte kaum etwas heraus, außer etwas, das klang wie: »Ich weiß nicht ... Ich weiß nicht ...«

Jenny hatte sie darauf ansprechen wollen, dass sie McAvoy gegenüber den Verdacht geäußert hatte, Nazim könnte damals eine Freundin gehabt haben, aber der Moment war nicht günstig. Mrs. Jamal brauchte jetzt offenbar jemanden, der ihr zuhörte und ihr Leid würdigte.

Jenny rang sich die wenigen Worte des Trostes ab, die ihr in den Sinn kamen, und hörte sich selbst sagen: »Ich verspreche Ihnen – ich werde keine Ruhe geben, bis ich alles auf den Kopf gestellt habe, um herauszufinden, wo Ihr Sohn abgeblieben ist.«

Da sich die Symptome in den letzten Tagen kontinuierlich verschlimmert hatten, begann Jenny, sich vor den langen Stunden zwischen Büro und Schlaf zu fürchten, zumal sie ihre Angst weder durch Alkohol noch durch Beruhigungsmittel lindern durfte. Sank ihr Adrenalinspiegel, stieg ihre diffuse Panik so verlässlich, als müssten die beiden stets wie bei einer altmodischen Waage ausbalanciert sein. Jennys Wunsch, Ross nichts davon spüren zu lassen, intensivierte den Schmerz noch. Ihre Beziehung zu ihrem Sohn hatte sie auf das Versprechen gegründet, dass sie zurechtkam und sich nichts sehnlicher wünschte, als dass er bis zur Uni bei ihr wohnte. Leicht war es für ihn nicht gewesen, aus dem Haus seines Vaters auszuziehen – David hatte den Umzug stillschweigend, aber sehr entschieden missbilligt –, und Ross' Entscheidung, ihr zu vertrauen, hatte bei ihr das Gefühl hinterlassen, dass es ein Test war, um ihre Eignung als Mutter und ihre Belastbarkeit nach dem Nervenzusammenbruch zu überprüfen.

Sie parkte vor ihrem Cottage Melin Bach und blieb im Dunkeln sitzen, um Kraft zu sammeln. Natürlich würde sie sich irgendwie zusammenreißen können, aber die Energie, um locker und gut gelaunt zu sein, fehlte ihr. Ihre Schwäche machte sie wütend. Mit Beruhigungsmitteln würde es ihr besser gehen, und sie würde wenigstens das Gefühl haben, alles kontrollieren zu können. Ein Teil von ihr wünschte sich, in ihr Haus gehen, sich ins Bett legen, durchschlafen und am nächsten Morgen ihre Tabletten nehmen zu können, aber sie musste das Abendessen machen und sich mit Ross unterhalten. Wie ein unüberwindbarer Berg ragten die beiden Aufgaben plötzlich vor ihr auf. Sie griff nach den Betablockern, biss eine Tablette in der Mitte durch und schluckte.

Gott sei Dank gab es Medikamente. Gott sei Dank.

Das Engegefühl in ihrer Brust hatte schon etwas abgenommen, als sie das Haus betrat. Sie öffnete die Wohnzimmertür und sah Ross und Steve auf dem Sofa sitzen und Sandwiches essen.

»Ah, hallo.« Steve stand auf. »Ich bin auf dem Weg zum Pub vorbeigekommen und wurde aufgehalten.«

Jenny wandte sich an Ross, dessen Blick am Fernseher klebte. »Ich nehme an, du möchtest kein Abendessen mehr.«

»Nein, danke. Ich geh gleich zu Karen.«

»An einem Dienstag?«

»Warum nicht?«

Ihr fiel keine Antwort ein, die sie nicht wie eine der Mütter klingen ließ, die sie partout nicht sein wollte. Also verlegte sie sich auf einen Kompromiss. »Sieh aber zu, dass du um elf wieder zurück bist. Du möchtest morgen sicher nicht total erschöpft sein.« Dann ging sie in die Küche.

»Kann ich etwas für dich tun?«, fragte Steve.

»Nein, alles bestens.«

Sie ging die Reste im Kühlschrank durch – er schien sich so schnell zu leeren, wie sie ihn füllte –, als sie Steve hinter sich hörte. Er stellte seinen leeren Teller ab und legte eine warme Hand um ihre Hüfte.

»Harter Tag?«

Sie wünschte, er würde sie nicht anfassen. Im Moment

waren seine Berührungen nur eine zusätzliche Belastung. »Nicht härter als sonst.«

»Bis später!«, rief Ross aus dem Wohnzimmer herüber.

Steve schwieg einen Moment und ließ seine Hand auf ihrem Rücken liegen, als sie sich einen alten Kopfsalat, eine Tomate und einen Käserest angelte. Die Haustür öffnete und schloss sich wieder. Sie waren allein.

»Du bist angespannt«, sagte Steve.

»Nur müde.«

Sie entzog sich ihm und nahm einen Teller aus dem Schrank. Es verunsicherte sie, dass er zuschaute, wie sie sich ihr einfaches Abendessen machte.

»Ross hat gesagt, dass du in letzter Zeit nicht locker sein kannst.«

»Ach ja?«

»Es ist hart, wenn man allein ist.«

Darauf gab es keine Antwort. Sie klopfte den Rest French Dressing aus einer Flasche und blickte ohne Begeisterung auf den labbrigen Salat auf ihrem Teller. Eigentlich hatte sie gar keinen Hunger.

Steve stellte sich hinter sie, legte beide Arme um ihren Bauch und hielt sie so lange fest, bis sie sich hinreichend entspannt hatte, um sich gegen ihn zu lehnen. Durch ihre Kleidung spürte sie seinen festen Körper.

»Du bittest mich nie um etwas«, sagte er leise. »Du bist nicht allein, Jenny.« Er küsste ihren Nacken. »Ich bin da.«

Sie drehte sich zu ihm um und ließ ihn ihr Gesicht, ihre Augen, ihren Mund küssen. Sie versuchte sich in dem Augenblick zu verlieren, sich von seiner Nähe überwältigen zu lassen und die belastenden Gedanken aus ihrem Kopf zu verdrängen. Sie sträubte sich nicht, als er ihre Hand nahm und sie die Treppe hochführte. Wortlos ging sie mit ihm zu ihrem Bett und schaffte es für eine Weile, alles zu vergessen.

Hinterher rollte sie sich dicht neben ihm zusammen. Der Heizlüfter im Schlafzimmer war bestenfalls lauwarm, und die Kälte der Nacht hatte etwas Gnadenloses. Ihr Atem kondensierte fast in der eiskalten Luft. Unruhig döste Jenny vor sich hin, während sich vor ihren Augen ein Karussell von Gesichtern drehte.

In der Ferne hörte sie Steves Stimme. »Bist du wach?«

Sie überwand sich, die Augen zu öffnen. »Was?«

Sanft strich er ihr die Haare aus dem Gesicht. »Du hast etwas gemurmelt.«

»Etwas Interessantes?«

»Ich konnte es nicht verstehen.«

Das besorgte Lächeln gehörte zu einem anderen Mann als zu dem, den sie im vergangenen Juni kennengelernt hatte. Er war freundlicher, direkter, weniger geheimnisvoll. Die Nähe machte sie merkwürdig traurig. Wenn ihre Gefühle explodierten, war das immer noch intensiv, aber die Momente verflüchtigten sich schneller. Steves Berührung war nicht mehr so elektrisierend, der absolute Überschwang fehlte. Außerdem wollte er immer mehr von ihr wissen, sie kennenlernen, obwohl sie sich doch selbst nicht einmal kannte.

»Ich glaube, du brauchst etwas Schlaf«, sagte Steve. Er küsste sie auf die Stirn, schlüpfte unter der Bettdecke hervor und zog sich an.

»Ich melde mich«, sagte er und ging.

Schuldbewusst lauschte Jenny auf seine Schritte auf der Treppe. Er war ein netter Typ, sie mochte ihn, aber als sie miteinander geschlafen hatten, hatte sie sich einen Moment vorgestellt, er wäre jemand anderes. Das beunruhigte sie. Es war, als hätte der permanente Sog, der sie in die finsteren Ecken ihres Bewusstseins zog, eine weitere Schwachstelle gefunden, an der er ansetzen konnte. Das einzig Unverfälschte, was ihr bisher geblieben war, war nun auch noch verdorben worden.

Aus lauter Angst vor dem, was ihr Geist mit ihr anstellen wollte, nahm sie sich zusammen, kämpfte sich aus dem Bett und suchte ihr Tagebuch. Sie würde die quälenden Gedanken aufschreiben. Vielleicht würden sie verschwinden, wenn sie schwarz auf weiß vor ihr standen. Kaum aber hatte sie geschrieben: *Als er seine Hand auf meinen Bauch legte, schloss ich die Augen und stellte mir vor, er sei Alec McAvoy*, da spürte sie wieder dieses warme Gefühl.

Es war dasselbe wie damals, als sie Steve zum ersten Mal gesehen hatte. In ihrem tiefsten Innern hatte sie bereits gewusst, was passieren würde.

12

Kriminalmeister Williams hatte schnell gehandelt. Als Jenny ins Büro kam, fand sie eine Liste in ihrem E-Mail-Postfach. Sie enthielt die knapp fünfhundert schwarzen Toyota Minivans, die im Jahr 2002 im Vereinigten Königreich gemeldet waren, mitsamt Adresse ihrer Besitzer. Sie reichte die Liste an Alison weiter und bat sie, alle herauszusuchen, die entweder in Bristol oder in einer Fünfzigmeilenzone Richtung Norden gemeldet waren. Das war ein ziemlich willkürlicher Ansatz, aber irgendwo musste man ja beginnen. Sie hatte auch eine E-Mail von Kriminalmeister Sean Murphy bekommen, der sie darüber informierte, dass die verschwundene Jane Doe und der Brand von Meditect mittlerweile als ein und derselbe Fall behandelt wurden. Alison wusste von internen Gerüchten, denen zufolge die Kripo eine sehr vage Spur aus dem Bereich der organisierten Kriminalität verfolgte. Möglicherweise hatte das Mädchen etwas über eine Bande von Menschenhändlern erzählen wollen.

Eine weitere E-Mail traf ein, als sie die von Murphy schloss. Sie war von Gillian Golder und enthielt einen Link zu einem Artikel auf der BRISIC-Website. »Liebe Grüße, Gillian« stand darunter. Der Artikel war anonym verfasst und trug die Überschrift: »Coroner vertagt Anhörung zu den verschwundenen Jungen«. Der Autor spekulierte, dass Regierungsstellen vom hohen Tempo der Untersuchung in Panik versetzt worden seien und das Ganze gestoppt hätten, bevor irgendwelche kompromittierenden Beweise hätten auftauchen können. Er zitierte nicht belegte Gerüchte über angebliche Lockvögel, die junge britische Indopakistaner dazu bewegen sollten, ins Ausland zu gehen, wo sie dann heimlich verhaftet und eingesperrt wurden. Der letzte Absatz endete mit den Worten:

> *Wir dürfen nicht erwarten, dass die Untersuchung des Coroners irgendetwas ans Tageslicht bringen wird, das wir nicht schon längst wissen. Die kleine Chance darauf wurde verschenkt. Mrs. Cooper hat dem Druck nachgegeben und den trauernden Familien und ihrer Gemeinschaft die Möglichkeit verwehrt, die Wahrheit herauszufinden.*

Einen Moment lang spielte Jenny mit dem Gedanken, Gillian Golder zu vertrauen, ja, sie sogar zu bitten, ihr bei der Suche nach dem Toyota und seinen Insassen zu helfen. Die Vertraulichkeit des kurzen Grußes war entwaffnend – man stand schließlich auf derselben Seite, Jenny war in der Sache nicht allein. Dann besann sie sich. Golder war eine Spionin, um Himmels willen, eine professionelle Betrügerin. Es war ihr Job, falsche Freundschaften zu schließen und Menschen das Gefühl zu geben, bei ihr gut aufgehoben zu sein.

Knapp schrieb sie zurück: »Vielen Dank. Inhalt zur Kenntnis genommen.«

Ihre Aufgabe war es zuerst einmal, erneut die Aussagen zu sichten und dann zu entscheiden, worauf sie ihre begrenzten Energien konzentrieren sollte. Sie nahm den Block mit ihren Anmerkungen zu den Zeugen vom ersten Anhörungstag und las alles noch einmal durch. Bei Anwar Alis Notizen hatte sie ein komisches Gefühl. Der Mann unterhielt enge Kontakte zur BRISIC, und irgendetwas an seinem Auftreten legte nahe, dass er noch immer dieselben islamistischen Gesinnungen hegte wie vor acht Jahren. Bevor Jenny Madogs Geschichte gehört hatte, hätte sie Alis Rolle in dem Fall vielleicht darin gesehen, Nazim und Rafi anzuwerben und mit einer dritten Person zusammenzubringen, die sie anschließend außer Landes schaffen sollte. Mit dem jetzigen Wissensstand boten sich viel abwegigere Möglichkeiten an. Eine davon war, dass Ali für die Regierung arbeitete und potentielle Extremisten identifizierte und über sie berichtete. Obwohl das nicht sonderlich wahrscheinlich war, wurde Jenny bewusst, dass sie eine Welt betreten hatte, in der die normalen Regeln nicht mehr galten.

Dani James war weniger mysteriös, aber ihre Aussage hatte beunruhigende Fragen aufgeworfen. Dass sie ein paar Tage vor seinem Verschwinden mit Nazim geschlafen hatte, könnte Mrs. Jamals Behauptung bestätigen, ihr Sohn habe verändert gewirkt. Was andererseits nicht in dieses Bild passte, war McAvoys Erinnerung, Mrs. Jamal habe bereits zuvor von einer möglichen Beziehung ihres Sohns gesprochen. Alles, was Mrs. Jamal bislang erzählt hatte, erweckte den Eindruck, als wäre Nazim in seinem ersten Trimester plötzlich sehr religiös geworden. Sein Verhalten im Juni hatte wiederum so gewirkt, als hätte er sich erst vor Kurzem aus doktrinären Bindungen befreit.

Sie musste noch einmal mit Mrs. Jamal sprechen. Offiziell hätte sie sie noch einmal in den Zeugenstand rufen und mit McAvoys Behauptung konfrontieren müssen, aber Jenny war klar, dass sie in einem privaten Rahmen sehr viel mehr preisgeben würde. Es wäre zwar einfacher, sich hinter den Regeln zu verstecken, aber derselbe Instinkt, der überhaupt erst ihr Interesse an diesem Fall geweckt hatte, ließ ihr nun keine Wahl. Manchmal musste das Recht hinter dem Gefühl der Richtigkeit des Handelns zurückstehen.

Amira Jamal lebte in einem modernen fünfstöckigen Haus in einer gepflegten, begrünten Straße nördlich vom Stadtzentrum. In einem schlichten schwarzen Kostüm mit einem langen Batikschal erwartete sie Jenny im dritten Stock am Fahrstuhl. Gemeinsam gingen sie in die kleine, saubere Wohnung, wo sie im Wohnzimmer zwischen den Andenken an Nazims kurzes Leben Platz nahmen. Obwohl sie noch nicht lange als Coroner arbeitete, konnte sich Jenny nicht erinnern, wie viele Wohnungen sie bereits gesehen hatte, die als Schrein für verlorene Angehörige dienten. Ungewöhnlich in dieser war ein Regalbrett mit sorgsam beschrifteten Dokumentenkästen, die alle in irgendeiner Weise mit Nazims Verschwinden oder mit dem anschließenden Briefwechsel mit den Behörden zu tun hatten. Direkt darunter stand ein kleiner Schreibtisch mit Laptop, daneben lagen verschiedene Unterlagen und ein Buch mit dem Titel *Einführung in die Untersuchungen eines Coroners*.

Mrs. Jamal hatte Tee gekocht und den Tisch mit ihren besten Tassen gedeckt. Mit zitternder Hand schenkte sie Jenny ein. »Es tut mir leid, wie ich mich am Telefon verhalten habe, Mrs. Cooper. Manchmal kann ich mich einfach nicht beherrschen.«

»Ich verstehe.«

»Ich sehe sein Gesicht als kleiner Junge vor mir. Es ist, als würde ich ihn noch im Arm halten.«

»Heute scheint es Ihnen besser zu gehen.«

»Ich habe getan, worum Sie mich gebeten haben, und bin zu meiner Ärztin gegangen. Sie hat mir Tabletten gegeben.« Sie schüttelte den Kopf. »Mein ganzes Leben lang habe ich keine Medikamente genommen.«

Jenny griff nach ihrer Teetasse, stellte sie aber gleich wieder ab. Die Situation war ihr unangenehmer, als sie erwartet hatte. »Mrs. Jamal, ich habe noch ein paar Fragen an Sie …«

»Zuerst würde ich *Sie* gerne etwas fragen, Mrs. Cooper. Warum haben Sie die Anhörung eingestellt? Was sind die wahren Gründe?«

»Sie wurde nicht eingestellt, sie wurde nur auf Montag vertagt. Ihr ehemaliger Anwalt Mr. McAvoy hat mir etwas erzählt, das ich erst noch nachprüfen sollte.«

Erschrecken, das fast schon an Panik grenzte, zeichnete sich auf Mrs. Jamals Gesicht ab. »Was denn?«

»Ich erzähle es Ihnen unter der strikten Bedingung, dass es unter uns bleibt. Versprechen Sie mir das?«

»Ja ...«

»Erinnern Sie sich noch, dass McAvoy, bevor er ins Gefängnis musste, einen Privatdetektiv angeheuert hat? Der wiederum hat eine alte Dame aufgetrieben, die vor ihrem Haus am besagten Tag einen schwarzen Toyota gesehen hat, in der Nähe der Wohnung, in der die *halaqah* stattfand.«

»Ich habe mit diesem Mr. Dean geredet, aber er sagte, die Dame sei verwirrt gewesen. Möglicherweise habe sie sogar die Nacht verwechselt.«

»Das hat sie nicht. Vielleicht wollte Ihnen Mr. Dean keine allzu großen Hoffnungen machen ... Ungefähr sechs Monate später hat McAvoy ihn gebeten, der Spur nachzugehen. Er hat einen Mautkassierer an der alten Severn Bridge aufgetrieben. Am 28. Juni 2002 ist ein schwarzer Toyota an seinem Kassenhäuschen vorbeigekommen. Er erinnert sich noch, dass vorne zwei Weiße und hinten zwei junge Indopakistaner gesessen haben. Die Jungen wirkten verängstigt.«

»Wer ist der Mann? Warum hat mir Mr. Dean nichts von ihm erzählt?«, fragte Mrs. Jamal entsetzt.

»Offenbar hat man ihn bedroht. Wir können nicht ganz sicher sein, dass er die Wahrheit sagt. Aber er behauptet, in der nächsten Woche habe ihm einer der weißen Männer aufgelauert und seiner Enkelin Farbe ins Haar gesprüht.«

Mrs. Jamal legte ihren Kopf in die Hände. »Ich verstehe das nicht. Warum jetzt? Wer hat in dem Wagen gesessen?«

»Das möchte ich herausfinden.«

»Und Sie sagen, Mr. McAvoy hat davon gewusst? Ich habe diesem Mann nie getraut.«

»Er kannte nur einen Teil von der Geschichte. Als Mr. Dean starb, saß Mr. McAvoy im Gefängnis.«

Mrs. Jamal griff nach einer Packung Taschentücher.

»Ich weiß, dass das schon schwer genug zu verkraften ist«, sagte Jenny, »aber Mr. McAvoy erinnert sich auch noch daran, dass Sie mal behauptet haben, Nazim hätte eventuell schon vor Dani James eine Freundin gehabt.«

»Mein Sohn hat sie nicht angerührt. Sie ist eine Prostituierte. Sie beschmutzt sein Andenken.«

»Warum sagen Sie das?«

»Sie haben doch gehört, was sie behauptet hat: Sie hatte eine *Krankheit.*«

»Es könnte aber wichtig sein. Haben Sie Mr. McAvoy von einem anderen Mädchen erzählt?«

Sie schwieg und presste ein Kleenex an ihre Augen.

»Es ist keine Schande, eine Freundin zu haben. So sind die jungen Leute.«

»Wir nicht.«

»Mrs. Jamal, ich kann keine Untersuchung durchführen, wenn ich nicht über sämtliche Informationen verfüge. Sie sind rechtlich dazu verpflichtet, mir zu helfen.«

»Sind Sie gekommen, um mich zu bedrohen?«

»Natürlich nicht.«

Mrs. Jamal putzte sich geräuschvoll die Nase. »All diese Fragen. Was soll das? Sie können doch gar nicht wissen, wer lügt. Niemand kann das.« Sie sah zu einem Foto von Nazim hoch, auf dem er sechzehn sein mochte. Ein Junge, der wie ein Mann posierte, die Augen groß und gefühlvoll, die

Haut zart, dunkel, makellos. Er wirkte wie aus einer anderen Welt.

»Ich hätte mich sofort in ihn verliebt. Anderen Mädchen muss es ähnlich gegangen sein«, sagte Jenny.

Es herrschte langes Schweigen, bevor Mrs. Jamal sprach. »Ich weiß nicht, was sie Nazim bedeutet hat. Es war am Ende des ersten Trimesters. Er hatte sein Handy hier vergessen. Ein Mädchen hat angerufen und nach ihm gefragt.«

»Hat sie ihren Namen genannt?«

»Nein.«

»Was hatten Sie für einen Eindruck von ihr?«

»Sie wird ungefähr so alt gewesen sein wie er. Drückte sich ganz gut aus. Eine Weiße.«

»Sie konnten erkennen, dass es eine Weiße war?«

»Natürlich.«

»Woher wussten Sie, dass es sich nicht einfach nur um eine Freundin handelte?«

»Als sie meine Stimme hörte, klang sie schuldbewusst, als hätte ich sie bei irgendetwas ertappt. Sie hat das Gespräch schnell beendet.«

»Haben Sie den Anruf Nazim gegenüber erwähnt?«

Mrs. Jamal schüttelte den Kopf. In ihrer Miene erkannte Jenny etwas, das tiefer ging als Trauer – die Angst, ihr Sohn könnte eine andere Frau mehr geliebt haben als sie.

»Ich muss mehr darüber wissen, wie Nazim zu jener Zeit gelebt hat«, sagte Jenny. »Denken Sie, Rafi Hassan könnte seiner Familie irgendetwas erzählt haben?«

»Die werden Ihnen nicht helfen. Sie machen Nazim für alles verantwortlich. Die Art, wie seine Mutter mich anschaut – sie könnte mir genauso gut ins Gesicht spucken.«

»Vielleicht sollte ich ihnen heute Nachmittag mal einen Besuch abstatten. Falls die Hassans etwas zu sagen haben, werde ich es Sie wissen lassen.«

Mrs. Jamal zuckte mit den Achseln.

Jenny spürte, dass die Unterhaltung ihrem Ende zuging. Die Atmosphäre wurde mit jeder Sekunde angespannter. Trotzdem gab es noch eine Frage, die, so lächerlich sie auch sein mochte sie sich zu stellen verpflichtet fühlte. »In Ihrer Aussage vor Gericht haben Sie auch behauptet, dass man Sie auf der Straße verfolgt …«

»Sie glauben mir nicht?«

»Erzählen Sie mir davon.« Jenny lächelte ermunternd. »Bitte.«

»Es hat vor zwei Monaten angefangen, als ich mich ans Gericht gewendet habe, um Nazim für tot erklären zu lassen. Plötzlich parkte andauernd ein Wagen auf der anderen Straßenseite. Zwei Männer saßen darin, manchmal auch nur einer. Sie waren jung, trugen Anzüge. Von da drüben konnte ich ihre Gesichter erkennen.« Sie zeigte hinter sich auf die Tür, die auf einen schmalen Balkon hinausging. »Immer wenn ich das Haus verließ, waren sie da. Manchmal sind sie mir mit dem Auto gefolgt, manchmal zu Fuß.«

Jenny verbarg ihre Skepsis. »Wie sahen sie aus?«

»Fünfundzwanzig, dreißig. Weiß. Beide groß, kurze Haare, an den Seiten kahl geschoren – wie bei der Army.«

»Würden Sie sie wiedererkennen?«

»Nicht wirklich.«

»Und haben Sie sie in letzter Zeit gesehen?«

Mrs. Jamal schüttelte den Kopf. »Diese Woche nicht. Aber nachts bekomme ich immer noch Anrufe. Es klingelt vier, fünf Mal, dann hört es auf. Wenn ich mich melde, ist niemand dran … Was denken Sie, wer die sind, Mrs. Cooper?«

Eingebildete Dämonen, dachte Jenny. Weiße Dämonen, die wie Soldaten aussehen.

Normalerweise hatte sie mit klaustrophobischen Ängsten zu kämpfen, wenn sie über die Autobahn fuhr, doch jetzt fühlte sie sich eher, als befände sie sich außerhalb ihrer selbst. Das Gefühl stammte nicht nur vom Schleier der Medikamente, der sich schwer über sie legte, sondern auch von dem der Unwirklichkeit. Es gab so viele unbeantwortete Fragen, so viele abstruse und erschreckende Möglichkeiten, dass sie sich keinen Reim mehr auf die Dinge machen konnte. Warum hätte Nazim auf dem Höhepunkt seines religiösen Eifers mit einem weißen Mädchen schlafen sollen? Wer war der Mann mit dem Pferdeschwanz? Gab es ihn überhaupt? War Mrs. Jamal eine Spinnerin? War McAvoy einer? Und warum musste sie immer an ihn denken?

Was wollte er ihr mitteilen?

Auf keine dieser Fragen hatte sie eine Antwort. Es war, als hätte sie ein Laufband betreten, das niemals endete. Das Ziel kam nicht näher und blieb für immer verschwommen.

Sie war von etwas besessen, wie McAvoy vielleicht gesagt hätte. Sie hatte keine Wahl.

Der einfache Gemüseladen der Hassans hatte sich zu einem kleinen Supermarkt für asiatische und karibische Spezialitäten vergrößert. Er war in einer ehemaligen Tankstelle untergebracht, der Platz davor diente jetzt als Kundenparkplatz. Die gesichtslose Gegend von Kings Heath, eigentlich eine Ansammlung von schmuddeligen viktorianischen Reihenhäusern, schien sich zum Positiven hin zu entwickeln. Jenny parkte neben einem glänzenden Mercedes, aus dem ein indopakistanisches Paar in identischen Lederjacken stieg. Ihre Tochter trug eine ähnliche Jacke in Rosa.

Jenny ging auf einen jungen Verkäufer zu, der Kästen einer billigen Biersorte schleppte, und fragte ihn nach Mr. Hassan. Erst als er überzeugt war, dass sie nicht vom Finanzamt kam, machte er sich auf die Suche nach seinem Chef. Kurz darauf kehrte er mit der unglaubwürdigen Auskunft zurück, dass Mr. Hassan bei einer Versammlung sei und erst sehr viel später zurückkomme. Jenny erblickte durch den Gang ein Büro, das mit Spiegelglas vom Einkaufsbereich abgetrennt war, und erklärte dem Angestellten, er solle Mr. Hassan ihre Visitenkarte auf den Schreibtisch legen, damit er sie sofort nach seiner Rückkehr anrufen könne. In der Zwischenzeit würde sie versuchen, bei seiner Frau zu Hause vorbeizuschauen.

Die Miene des jungen Mannes wurde misstrauisch. »Worum geht es denn genau?«

»Um etwas, das vor acht Jahren passiert ist. Sein Sohn wurde als vermisst gemeldet.«

»Rafi?«

»Kannten Sie ihn?«

»Ich werde Mr. Hassan die Nachricht überbringen«, sagte er. Schnell fügte er hinzu: »Wenn er zurückkommt.«

Sie hatte noch nicht den Zündschlüssel in ihrem Wagen umgedreht, als ihr Handy klingelte. Sie wartete ein paar Sekunden und ließ ihn schwitzen.

»Hallo. Jenny Cooper.«

»Imran Hassan. Was kann ich für Sie tun?«

»Vielleicht wäre es besser, wir würden uns nicht vor Ihren Mitarbeitern unterhalten. Nach Möglichkeit würde ich auch gerne Ihre Frau miteinbeziehen.«

Die Hassans hatten es zu etwas gebracht. Sie wohnten in einem großen, allein stehenden Haus im wohlhabenden Vorort Solihull. Die Einfahrt war asphaltiert, und das elektrische Tor wurde von zwei Steinlöwen flankiert. Mr. Hassan, Mitte sechzig, fuhr einen Jaguar. Er war ruhig, höflich und sprach gutes Englisch. Im Haus wartete seine Ehefrau auf sie, eine immer noch attraktive Frau in einem schwarzen, goldbestickten *salwar kamiz*. Nach der förmlichen Begrüßung setzten sie sich in den warmen Wintergarten, von dem aus man auf einen großen, gepflegten Garten hinausschaute. Zwischen Palmen stand ein kunstvoller Brunnen, ein goldener Karpfen spie Wasser in ein farbig beleuchtetes Becken.

»Wir hatten so etwas schon erwartet«, sagte Mrs. Hassan. »Allerdings können wir Ihnen nichts Interessantes erzählen. Wir haben uns schon vor langer Zeit damit abgefunden, dass wir nie erfahren werden, was mit unserem Sohn passiert ist.«

Ihr Ehemann nickte unsicher.

»Ich möchte keine schmerzhaften Erinnerungen wecken«, sagte Jenny, »außerdem geht es bei meinen Ermittlungen ja auch nicht direkt um den Fall Ihres Sohnes. Trotzdem wäre ich dankbar, wenn ich Ihnen ein paar Fragen stellen dürfte.«

»Sicher«, sagte Mr. Hassan, bevor seine Frau protestieren konnte.

Sie machte ein finsteres Gesicht. »Die Polizei sagte damals, Rafi sei ins Ausland gegangen. Ich glaube ihr. Aber es war nicht seine Idee. Er war ein guter Schüler und ein treuer Sohn.«

»Haben Sie irgendeine Veränderung an ihm bemerkt, nachdem er angefangen hatte zu studieren?«, fragte Jenny. »Etwa in seiner religiösen Haltung oder in seiner Erscheinung?«

»Vermutlich hat Mrs. Jamal Ihnen das alles schon erzählt. Ihr Sohn hat ihn mit in diese Moschee genommen. Wir sind Anhänger des Sufismus. Politik hat in der Religion keinen Platz. So haben wir auch Rafi erzogen.«

Mr. Hassan nickte. In seinem schwarzen Anzug, das Gesicht rasiert, ließ er nach außen hin keinerlei Anzeichen für eine religiöse Gesinnung erkennen. In seinem Laden wurde Alkohol verkauft, die Familie lebte in einem Viertel, in dem der Großteil der Bewohner weiß war.

»Wann hat er sich verändert?«, fragte Jenny. »War das während seines ersten Trimesters in Bristol?«

»Man hat ihm Flausen in den Kopf gesetzt«, sagte Mrs. Hassan scharf. »Er wollte Rechtsanwalt werden.«

»Ja«, unterbrach sie ihr Ehemann. »Es war während des ersten Trimesters. Wir dachten, es sei nur eine Phase. Junge Menschen brauchen Ideale. Meines bestand darin, ein Geschäft aufzumachen. Wir hatten gehofft, die Phase ginge vorbei.«

»Aber sie ist nicht vorbeigegangen?«

»Wer auch immer diese Leute waren, an die sie geraten sind, sie haben die Jungen gegen ihre Familien aufgehetzt, Mrs. Cooper«, sagte Mrs. Hassan. »Sie haben sie davon überzeugt, wir würden falsche Werte vertreten. In der Woche vor Weihnachten war er noch einmal zu Hause, aber dann ist er im College geblieben.«

»Sind die Studentenwohnheime während der Semesterferien nicht geschlossen?«

»Er hat gesagt, er würde bei Freunden unterkommen.«

»Sie müssen sich Sorgen gemacht haben.«

»Wir haben sechs Kinder«, sagte Mr. Hassan. »Wir machen uns um alle von ihnen Sorgen.«

Die beiden tauschten einen Blick aus. Jenny hatte den Eindruck, als wollte Mr. Hassan seine Frau ermahnen, sich nicht von ihren Gefühlen überwältigen zu lassen. Ihr Gesicht verriet Wut, sie schien einen Schuldigen finden zu wollen.

»Was hat Ihr Sohn über Nazim erzählt?«

»Nichts. Bis zu ihrem Verschwinden hatten wir nicht einmal seinen Namen gehört«, sagte Mr. Hassan.

Die nächste Frage stellte Jenny direkt an seine Frau. »Und

warum glauben Sie dann, dass es Nazim war, der Ihren Sohn auf die falsche Bahn gelenkt hat?«

»Die Polizei hat herausgefunden, dass sie Freunde waren. Sie sind zusammen in die Moschee gegangen. Und zu diesen Treffen.«

Jenny versuchte, Mrs. Hassan weitere Erklärungen zu entlocken, aber vergeblich. Sie hatte es sich in den Kopf gesetzt, dass Rafi in den Bannkreis eines anderen Muslims geraten und seinem schlechten Einfluss erlegen war. Jenny fragte nach weiteren Details zu Rafis Verhalten während seiner Studienzeit, erhielt aber als Antwort nur Schulterzucken und Kopfschütteln. Offenbar hatte es zu Beginn der Weihnachtsferien eine Auseinandersetzung gegeben, die immer noch schmerzliche Erinnerungen weckte.

»Wie oft haben Sie zwischen Januar und Juni mit ihm gesprochen?«, fragte Jenny.

Mr. Hassan starrte auf den Tisch und überließ es seiner Frau zu antworten.

»Ich habe ihn manchmal angerufen«, sagte sie. »Alle ein, zwei Wochen. Ich wollte ihm sagen, dass wir ihn immer noch lieben und jederzeit für ihn da sind.«

»Das klingt fast so, als hätte er nichts mehr mit Ihnen zu tun haben wollen.«

»Er steckte in einer rebellischen Phase. So sind die jungen Leute in diesem Land doch, oder? Das kommt von dem Luxus, dass man nicht täglich zur Arbeit gehen muss.«

Ihr Ehemann nickte ernst.

»Für uns war das alles neu, Mrs. Cooper«, fuhr Mrs. Hassan fort. »Wir wussten, dass Rafi eigentlich die richtigen Werte verinnerlicht hatte. Achtzehn Jahre lang haben wir uns darum bemüht.« Zum ersten Mal drohte ihre Stimme zu brechen. »Wir dachten, wir müssten nur warten, dann käme er wieder zur Besinnung.«

»Und Sie haben bei niemandem Rat gesucht?«

Beide schüttelten den Kopf.

»Hat Rafi je von anderen Freunden oder Bekannten gesprochen? Von irgendjemandem aus der Moschee zum Beispiel?«

»Nein«, sagte Mrs. Hassan. »Was das angeht, hat er sich sehr bedeckt gehalten. Manchmal hat er über sein Studium geredet. Er hatte einen Tutor, den er ein, zwei Mal erwähnt hat, Tariq Miah.«

Jenny notierte sich den Namen.

»Gibt es irgendetwas anderes, das ich über Ihren Sohn wissen sollte? Hobbys, Interessen? Hat er Sport getrieben?«

Mrs. Hassan sah ihren Mann an, dann stand sie auf, ging ins Nebenzimmer und kam mit einer Mappe zurück. Als Jenny sie öffnete, fand sie darin etliche Zeugnisse. Rafi Hassan hatte überall Bestnoten: in Latein, Griechisch, Arabisch, Geschichte.

»Er war ein sehr guter Schüler«, sagte Mrs. Hassan. »Seit er acht war, hat er seine gesamte Freizeit damit verbracht, zu lesen und zu lernen. Manchmal hat er Kricket gespielt, aber ohne die Leidenschaft seiner Brüder. Er war überhaupt nicht wie sie. Rafi war ein Intellektueller.«

»Dann muss seine Veränderung für Sie noch schockierender gewesen sein«, sagte Jenny.

Keiner der beiden antwortete.

Als sie ging, hörte Jenny, wie Mr. Hassan zu seiner Frau sagte, dass er den Rest des Nachmittags daheimbleiben würde. Zurück im Wagen fuhr sie zwischen den Steinlöwen hindurch, bog nach links ab und kehrte nach Kings Heath zurück.

Als sie zum zweiten Mal an diesem Tag vor Mr. Hassans

Laden parkte, sah sie, wie der junge Mitarbeiter, mit dem sie zuvor gesprochen hatte, schwere Einkaufstüten zum Wagen eines älteren Kunden schleppte. Ihre Erinnerung hatte sie nicht getrogen: Er sah aus wie Rafi auf dem Foto, das in ihren Akten lag. Auf dem Rückweg in den Laden passte sie ihn ab.

»Entschuldigen Sie.« Er drehte sich mit einem freundlichen Lächeln um. »Ich bin's schon wieder. Hallo. Könnte ich kurz mit Ihnen sprechen?«

Er zeigte in den Laden. »Ich muss an die Kasse.«

»Es dauert nur eine Minute.«

»Ich kann nicht …«

»Wissen Sie, was ein Coroner ist?«, fragte Jenny. »Wenn Sie jetzt nicht mit mir reden wollen, schicke ich Ihnen eine Vorladung, dann müssen Sie vor Gericht aussagen. Sie haben die Wahl.«

Der junge Mann schaute nervös durch das Ladenfenster zu einem Kollegen hinüber, der gerade einen Kunden bediente. »Ich kann hier nicht sprechen.«

»Kein Problem. Wir können uns in meinen Wagen setzen.«

Sein Name war Fazad, er war einer von Mr. Hassans zahlreichen Neffen. Als Rafi verschwand, war er elf gewesen. In der Familie wurde danach kaum noch über Rafi gesprochen. Über sein Verschwinden habe er, Fazad, nichts als die offizielle Erklärung gehört, dass er ins Ausland gegangen sei. Seines Erachtens hatte sich nie jemand Gedanken darüber gemacht, wo er tatsächlich hingegangen sein könnte und mit wem. Das Thema sei tabu gewesen, sagte er, so als wäre das Ganze eine Schande. Als Kind dagegen sei Rafi immer als Musterschüler hingestellt worden, als jemand, an dem er selbst und seine Cousins sich ein Beispiel nehmen sollten.

Jenny fragte, ob er eine Ahnung habe, was damals in den Weihnachtsferien passiert sei.

Fazad schien sich plötzlich unbehaglich zu fühlen. »Ich möchte nichts Schlechtes über meinen Onkel sagen. Er ist immerhin mein Chef.«

»Es bleibt unter uns«, sagte Jenny. »Niemand wird etwas davon erfahren.«

Nach einem weiteren nervösen Blick in den Laden sagte Fazad: »Rafi hat mich damals in seinem Wagen mitgenommen, als er aus dem College kam. Er fuhr einen Audi A3, schon ein paar Jahre alt, aber ganz ordentlich. Ich habe ihn gefragt, ob sein Vater ihm den geschenkt habe, und er sagte, nein, den habe er sich von seinen Ersparnissen gekauft. Allerdings habe er ihn weder angemeldet noch versichert, weil das alles *kafir*-Zeug sei, das sich für Muslime nicht gehöre.«

»*Kafir* sind Ungläubige, nicht wahr?«

»Ja. Ich fand das damals ziemlich cool, aber im Nachhinein kommt es mir irgendwie komisch vor. Er trug Bart und Gebetskappe, fuhr aber wie ein Besengter, weil ihn die Radarkameras ruhig blitzen konnten. Man konnte ihm ja keinen Strafbescheid zustellen.«

»Was hat sein Vater dazu gesagt?«

»Genau darum ging es in dem Streit.«

»Streit?«

»Davon habe ich nur von meinen Cousins gehört. Meinem Onkel gefiel sein Fahrstil nicht, und er nahm ihm die Schlüssel weg. Daraufhin hat ihn Rafi so heftig geschlagen, dass er ihm den Kiefer und drei Rippen brach. Seine älteren Brüder sind mit dem Wagen weggefahren und haben ihn angezündet. Das war's dann mit Rafis Auto.«

13

Anna Rose Crosby galt offiziell als vermisst. Ihr Bild war auf Seite zwei der *Bristol Evening Post* abgedruckt, daneben ein Artikel darüber, dass die »brillante junge Atomwissenschaftlerin« seit knapp über vierzehn Tagen verschwunden sei. Ihre Mutter, so hieß es, habe auf der Treppe ihres exklusiven Hauses in Cheltenham bewegend an die Öffentlichkeit appelliert, verzweifelt und unter Tränen. Gegen ihren Willen fühlte sich Jenny von der finsteren Fantasie des Bildredakteurs angezogen: Das Farbfoto zeigte ein strahlendes blondes Mädchen, das perfekte Opfer für einen brutalen Sexualstraftäter.

Ein Papier flatterte auf ihren Schreibtisch. »Die Toyotas«, sagte Alison. »Dreiundvierzig waren in der Gegend registriert, für die Sie sich interessieren. Was wollen Sie jetzt damit anfangen?«

»Ich werde sie mir anschauen und diejenigen markieren, die Sie bitte für mich ausfindig machen sollen.«

»Die Polizei ist mit diesen armen Afrikanern im Kühltransporter nicht weitergekommen. Der Fall wird morgen wieder bei uns landen. Ich hab keine Ahnung, wie ich das bewältigen soll – all die Zeugen aus Nigeria oder wo auch immer sie herkommen.«

»Wir schaffen das schon. Haben Sie Madogs Aussage aufgenommen?«

Alison zog die Augenbrauen hoch.

»Könnten Sie das vielleicht heute noch machen?« Jenny zwang sich, ruhig zu bleiben.

»Ich werde es versuchen, aber falls Sie sich erinnern, habe ich heute noch einen Termin. Ich hatte Ihnen davon erzählt.«

»Hatten Sie das?«

»Letzte Woche. Eine Veranstaltung von der Kirche.«

»Aha.«

»Keine Sorge, ich werde um zwei zurück sein.«

Jenny hatte die Neugierde gepackt. Sobald Alison den Raum verlassen hatte, tippte sie das Stichwort »New Dawn Evangelical Church, Bristol« in die Suchmaschine ein. Der Link führte sie zu einer aufwändig gestalteten Website. In der Rubrik *Neuigkeiten* stieß sie auf den Hinweis: »Über vierhundert Menschen werden zur Eucharistie erwartet – ein neuer Rekord!« Die Kirche nahm in Anspruch, vom Heiligen Geist höchstselbst dazu berufen worden zu sein, unter den Einwohnern von Bristol Gottes Wort zu verbreiten. Pastor Matt Mitchell lächelte Jenny breit aus dem Bildschirm an und verkündete, dass die New Dawn Church dazu auserwählt sei, heilend tätig zu werden. So seien in den letzten Wochen einige Wunder geschehen: Ein Heroinsüchtiger sei clean geworden, eine Frau, die an multipler Sklerose gelitten habe, sei aus ihrem Rollstuhl aufgestanden, ein Kind mit Leukämie befinde sich auf dem Weg der Besserung, und ein schizophrener Jugendlicher sei vollkommen geheilt worden. Gottesdienste, in denen um Heilung gebetet würde, so hieß es auf der Website, fänden jeden Sonntagabend und Donnerstagnachmittag statt.

Auf Pastor Matt Mitchells aufmunternde Botschaft folgte ein Link zu einem Bereich, in dem Kirchenmitglieder ihre Bitten hinterlassen konnten. Jenny klickte sie an. Eine der Botschaften sprang ihr sofort ins Auge. »Bitte beten Sie für meine Tochter, die in eine ›Beziehung‹ mit einer Frau reingerutscht ist. Ihr Vater und ich lieben sie sehr.«

Plötzlich waren Alisons Schritte auf der anderen Seite der Tür zu hören. Hektisch hantierte Jenny mit der Maus herum, um die Seite zu schließen. Ihre Wangen waren knallrot, als ihre Assistentin in der Tür erschien.

»Rafi Hassans Tutor hat zurückgemailt«, sagte Alison. »Um eins könnte er sich mit Ihnen auf dem Campus treffen.«

Jenny zog ihren Mantel an und war schon auf dem Sprung zu der Verabredung, als das Telefon auf Alisons Schreibtisch klingelte. Sie drehte sich um und schaute auf das Display der neuen, eleganten Anlage: Mrs. Jamal. Jenny war unentschlossen, kämpfte mit ihrem Gewissen. Alison war schon zur Kirche aufgebrochen, also musste sie allein damit fertig werden. Sie griff nach dem Hörer und war fest entschlossen, das Telefonat so kurz wie möglich zu halten, als ihr Handy klingelte. Instinktiv gab sie ihm den Vorzug.

»Hallo?«

»Mrs. Cooper?«, sagte eine vertraute Stimme. »Ich wollte mich nur erkundigen, wie es mit den Nachforschungen zu dem Wagen läuft.« Alec McAvoy.

»Oh, hallo«, sagte Jenny und merkte überrascht, dass ihre Stimme höher war.

Das Telefon hörte auf zu klingeln. Erleichtert trat Jenny in den Flur und schloss die Tür hinter sich ab. Mrs. Jamal konnte eine Nachricht hinterlassen.

»Wir haben eine Liste von Kandidaten«, sagte sie.

»Gut gemacht. Ich dachte schon, die Polizei würde Sie außer Gefecht setzen.«

»Ich kenne Mittel und Wege, sie zu umgehen.«

»Klingt spannend.«

»Betriebsgeheimnis, tut mir leid.« Um Himmels willen, was sagte sie da bloß?

Noch als sie das Haus verließ, hörte sie in weiter Ferne erneut das Telefon klingeln. Mrs. Jamal war offenbar nicht geneigt, sich mit dem Anrufbeantworter abzufinden.

»Ich dachte, wir könnten den Drink später vielleicht nachholen und noch ein paar Ideen wälzen«, sagte McAvoy.

»Was war das noch gleich für ein Drink?« Sie konnte sich nicht beherrschen, sie flirtete mit ihm wie ein albernes Schulmädchen.

»Der Kaffee, für den Sie keine Zeit hatten. Gegen Abend könnte es allerdings auch ein Gläschen von irgendetwas anderem sein.«

Sie nahm sich zusammen. »Danke, aber darauf sollte ich mich wirklich nicht einlassen, bevor Sie nicht Ihre Aussage gemacht haben.«

»Ein bisschen spät, um sich darauf zu berufen, oder?«

»Alec, Sie kennen die Gepflogenheiten …«

»Ich habe in meinen Fachbüchern nachgelesen und ein paar Ideen für Sie ausgegraben … Wie man zum Beispiel diese Scheißkerle vom MI5 dazu bringen kann, ihre Akten rauszurücken. Wenn Sie an den richtigen High-Court-Richter geraten, könnten Sie es schaffen. Es gibt noch ein paar Gute unter ihnen.«

»Freunde von Ihnen?«

»Auch ich habe meine Methoden.«

Jenny stellte sich vor, wie einem kleinen Beamten in der Gerichtsverwaltung eine braune Papiertüte überreicht wurde, damit er dem Verfahren einen entsprechenden Richter zuwies. McAvoy würde das Verdienst in Anspruch nehmen und zweifellos eine Gegenleistung fordern. Worin die wohl bestehen würde?, fragte sich Jenny.

Sie wusste, dass sie das Gespräch beenden und den Kontakt zu ihm abbrechen sollte, und zwar so lange, bis die Untersuchung abgeschlossen war, aber sie fand keine Worte, um ihm abzusagen. Den warnenden Stimmen in ihrem Kopf zum Trotz erklärte sie sich einverstanden, sich um halb sechs in einem Weinlokal nahe dem Gericht mit ihm zu treffen.

»Ich verspreche Ihnen auch, mich zu benehmen«, sagte er.

Tariq Miah erwartete Jenny vor der juristischen Fakultät. Er führte sie um das Gebäude herum in einen angelegten Garten – jetzt, im frostigen Februar, war er noch nackt und kahl, aber immerhin war man hier vor neugierigen Blicken geschützt. Miah war Ende dreißig. In seinem schwarzen Haar und dem kurz geschnittenen Bart zeigten sich erste graue Strähnen. Den Gesichtszügen nach kam er aus dem Nahen Osten, seine Haut war dunkel, seine Augen schwarz. Jenny hatte sich auf der Website der Fakultät umgesehen und den Eindruck gewonnen, dass er die Karriereleiter nach und nach emporkletterte. Im Moment war er Spezialist für Verfassungsrecht und hatte in den späten Neunzigern ein Forschungsstipendium bekommen.

Als sie über die schmalen Kieswege schritten, erklärte sie ihm, dass sie irgendeinen Hinweis zu finden versuche, der Aufschluss darüber liefern könnte, womit oder mit wem Rafi Hassan und Nazim Jamal es damals zu tun bekommen hatten. Sie erwähnte Anwar Ali und den verschwundenen Mullah der Al-Rahma-Moschee, Sayeed Faruq, und fragte Miah, ob er die beiden gekannt habe.

»Nur ihren Ruf«, sagte er in der überdeutlichen Art, mit der akademische Juristen den Anforderungen des Alltags begegneten.

»Und was für einen Ruf hatten sie?«

»Angeblich wurden in der Moschee Leute für die Hizb ut-Tahrir angeworben. Kennen Sie die Organisation?«

»Ich habe ein bisschen darüber gelesen, bin aber immer noch nicht ganz schlau aus ihr geworden. Die Geheimdienste scheinen sie mit dem Terrorismus in Zusammenhang zu bringen. Die Organisation selbst bezeichnet sich allerdings als friedlich.«

»Sie selbst propagiert keine Gewalt. Einzelne Mitglieder schon.«

»Denken Sie da an jemand Bestimmtes?«

»Nein. Aber es würde mich nicht wundern, wenn die Al-Rahma-Moschee Leuten zugearbeitet hätte, die nicht in der Öffentlichkeit stehen.«

»Sie denken, sie war vielleicht eine Basis für Anwerber?«

»Möglich.« Miah bewunderte ein paar Schneeglöckchen, dann wandte er sich ihr wieder zu. »Wenn sie Jamal und Hassan allerdings einfach so in die Gruppe aufgenommen hätten, würde mich das schon wundern. Normalerweise indoktriniert die Hizb neue Mitglieder jahrelang, bevor sie ihnen den Treueschwur abverlangt.«

»Treue wem gegenüber?«

»Der Organisation. Ihrem Ziel, ein internationales Kalifat zu errichten. Sie ist keine gewöhnliche Partei mit kurzfristigen Vorhaben. Man möchte Gottes Willen verwirklichen, egal wie viele Generationen dazu nötig sein werden. Es gibt einen Dreistufenplan: Zuerst müssen Zellen und ein Netzwerk aus Mitgliedern etabliert werden, dann muss die Meinung der Muslime in Richtung eines islamischen Staats beeinflusst werden, und schließlich sollen Institutionen und Regierungen der Zielländer unterwandert werden, um eine Revolution von innen auszulösen.«

»Aber warum sollten sich junge Männer und vor allem junge Frauen von diesen Ideen angesprochen fühlen?«, fragte Jenny. »Ich meine, wer möchte schon im Iran leben?«

»Wir alle träumen davon, unser Leben zu entrümpeln,

eine Schneise durch das Chaos zu schlagen und ihm Sicherheiten entgegenzusetzen«, sagte Miah. »Und welche Phase im Leben des Menschen ist beängstigender als der Übergang ins Erwachsensein? Wenn Ihnen dann irgendjemand den Weg zu Status und Sicherheit ebnen will und Ihnen obendrein noch das Gefühl moralischer Überlegenheit vermittelt, wäre es vermutlich auch für Sie schwer, Nein zu sagen. Und wenn man sich sowieso schon im eigenen Land als Fremder fühlt, ist man unweigerlich verführbar. Männer sind Eroberer, das liegt in unserer DNA. Der eigene Samen muss sich durchsetzen. Die komplizierten Institutionen der westlichen Welt sind genau aus dem Grund heraus entstanden, solche Instinkte kontrollieren zu wollen.«

»Aber beide Jungen kamen aus guten Familien. Sie sprachen Englisch, waren integriert, etabliert …«

»Die Eltern hegen keinerlei Illusionen darüber, wer oder was sie sind – Außenseiter. Ihre Nachkommen sind keine Außenseiter mehr, gehören aber auch nicht richtig dazu, also müssen sie um ihre Identität kämpfen.«

»Haben Sie Rafi Hassan das angemerkt?«

Miah hatte anscheinend genug von Schneeglöckchen und ging weiter. »Ich hatte nicht viel mit ihm zu tun. Ich sage den indopakistanischen Studenten immer, dass ich jederzeit für sie da bin, aber er ist nie auf mich zugekommen.«

Jenny versuchte sich einen Reim auf den Mann zu machen. Mit seiner vorsichtigen Ausdrucksweise schien er ihr etwas mitteilen zu wollen, das er selbst nicht laut aussprechen mochte.

»Ich weiß nicht, ob Sie etwas über meine Untersuchung gelesen haben«, sagte Jenny. »Aber ich habe einem Verein Befragungsrechte erteilt, der sich British Society for Islamic Change nennt. Vermutlich hat Anwar Ali etwas damit zu tun.«

Miah nickte. »Das ist dieselbe Organisation wie die Hizb

ut-Tahrir, oder zumindest ein Ableger davon. Die Leute sind sehr raffiniert. Der Regierung machen sie weis, dass sie moderate Muslime sind, die sich um die emotional entfremdeten jungen Indopakistaner kümmern und sie in die Gesellschaft eingliedern. Wer sie kritisiert, gilt dementsprechend als Rassist. Ihre Philosophie aber bleibt immer dieselbe: Der Islam ist die eine und einzige Wahrheit und muss die Vorherrschaft gewinnen.«

Er schüttelte leicht den Kopf. Seine Augen wirkten jetzt wie die eines älteren Herrn, der die Geschichte eines lange Jahre währenden sinnlosen Kampfes erzählt. »Wir befinden uns in einer schwierigen Phase, Mrs. Cooper. Für die meisten von uns ist das Leben zu komplex und zu anstrengend geworden, um unseren Platz darin zu begreifen. Und die Kräfte des liberalen Fortschritts bringen nur weitere Ungewissheiten, Konkurrenzkämpfe und Unwägbarkeiten mit sich. Ist es da ein Wunder, dass Fundamentalisten auftauchen und uns erklären, dass wir den Anker werfen sollen, bevor das Schiff an der Klippe zerschellt?«

»Ich habe den Eindruck, Sie versuchen mir zu verstehen zu geben, dass die beiden Jungen zum Kämpfen ins Ausland gegangen sind.«

Miah seufzte. Sein Atem kondensierte zu einer dichten Dampfwolke. Er blieb stehen und fixierte Jenny mit einem schmerzlichen, ernsten Blick. »Als die beiden verschwanden, hatte ich das Problem bestenfalls ansatzweise verstanden. Wenn ich aber im Nachhinein ein Profil des idealen Anwärters für die extremistische Sache entwerfen sollte, würde ich die beiden für mustergültige Kandidaten halten. Sie kamen aus der Mittelklasse, waren hochintelligent, ehrgeizig, kulturell entwurzelt und so emotional empfänglich wie alle jungen Leute. Man musste sie nur abholen. Jetzt, acht Jahre später, gibt es nicht mehr nur ein oder zwei oder zehn von ihrer Sorte, jetzt gibt es Hunderte und Tausende von ihnen.« Er sprach mit gequälter Leidenschaft. »Wir leben in einem Land, das sich nicht kennt, Mrs. Cooper. Wir machen weiter und kämpfen ums Überleben, aber wir wissen nicht, warum wir es tun.«

Nachdem er anscheinend gesagt hatte, was ihm am Herzen lag, zog Miah sich wieder hinter seine akademische Fassade zurück. Er erzählte Jenny, dass sowohl der MI5 als auch die Polizei ihn damals ausgiebig befragt hätten, dabei aber nichts herausgekommen sei. Als sie wissen wollte, ob sie sich in letzter Zeit wieder bei ihm gemeldet hätten, verneinte er. Sein Vertrauen, dass der Staat mit dem Problem fertig werde, habe sich im Übrigen in Luft aufgelöst, sagte Miah. In Kommissionen engagiere er sich schon lange nicht mehr, und er schreibe auch keine Berichte mehr für Regierungsbehörden. Lieber Bücher und Artikel. Außerdem tue er alles, um seinen Studenten Werte zu vermitteln, die sie gegen den Extremismus schützten.

»Aber die Fundamentalisten haben einen guten Punkt«, sagte Miah, als sie wieder zum Gartentor kamen und ihre Unterhaltung sich dem Ende zuneigte. »Ohne eine Geschichte, mit der wir uns unserer Identität vergewissern können, sind wir ein Nichts.«

Miahs Worte klangen in ihren Gedanken nach, als sie durch feinen Sprühregen zum Büro zurückging. Sie hatten Jennys Dämme durchbrochen und setzten nun die Fluten in Bewegung, die ihr Medikament eigentlich in Schach halten sollte. Jenny selbst hatte keine Geschichte und suchte nach den Bruchstücken ihrer Kindheit, die erklären könnten, was bedrohlich und nicht greifbar in ihrem Innern lauerte. Seine Worte hatten dazu geführt, dass sie den Realitätssinn noch stärker verlor. Jedes Gesicht auf der Straße, egal ob faltig oder jung, schön oder hässlich, schien sich mit der ihm eigenen Geschichte zu identifizieren und in einer Sicherheit zu wurzeln, die Jenny selbst vor langer Zeit verloren hatte.

Sie kam an einem Blumenladen vorbei, betrachtete sich im Schaufenster und hätte sich fast nicht wiedererkannt. Ein gespenstisches, durchsichtiges Wesen schaute sie an. Ihre Brust und ihr Hals krampften sich panisch zusammen. Schnell beschleunigte sie ihren Schritt, konzentrierte sich auf die Kraft in ihren Armen und Beinen, die Luft in ihren Lungen, das Leben in ihr. Ihr Zustand wurde von dem überwältigenden Bewusstsein von etwas Abwesendem bestimmt. Rafi und Nazim hatten nie existiert. Die Leere war schon wieder gefüllt gewesen, bevor sie sich ihrer auch nur bewusst geworden waren. Als Jenny über die Straße eilte und Autos auswich, erinnerte sie sich an den Satz vom *horror vacui* aus längst vergangenen Schuljahren: Die Natur hasst den leeren Raum. Wenn die Natur aber keine Abwesenheiten duldete, dann mussten es, wie Jenny immer befürchtet hatte, verderbte und unnatürliche Mächte sein, die für die Risse in der Wirklichkeit verantwortlich waren und die nicht verwurzelten Seelen mit sich rissen.

Als sie ein paar heruntergekommene Läden passierte, wandte sie den Blick von deren billigen Fensterscheiben ab, und schon wieder spülten ihre rasenden Gedanken eine neue Einsicht hervor: Das Böse, dem sie in ihren Träumen begegnete, war eine Abwesenheit. Ein Nichts, dem wahre Unschuld leicht zum Opfer fallen konnte.

Nazim und Rafi waren spurlos in dem Strudel dieser Mächte verschwunden, und jetzt war die Reihe an ihr und an all den Leuten um sie herum, ihnen zu folgen.

Jenny lehnte sich gegen die vertrauenerweckend massive Haustür und begab sich in das Heiligtum ihres Büros. Das kurze Gespräch mit Tariq Miah hatte sie unverhältnismäßig stark aufgewühlt, doch hier war sie an einem Ort, wo sich ihr der Sinn der Dinge erschloss. Hier hatte sie Zugriff auf ihre Bücher und den ganzen Bürokram, auf all die Dinge, die ihr zeigten, wer sie war und wofür sie stand.

Als Jenny eintrat, schaute Alison erschrocken auf. Sie saß im Mantel am Schreibtisch, aus ihrem Gesicht war alle Farbe gewichen. Auf dem Anrufbeantworter flehte Mrs. Jamal pathetisch, dass irgendjemand den Hörer abnehmen möge, *bitte*. Sie habe Angst, sagte sie. In der Nacht habe erneut jemand bei ihr angerufen. Würde ihr denn niemand helfen? Dann schluchzte und schniefte sie wieder.

»Ich dachte, sie wollte damit aufhören«, sagte Jenny.

»Sie hat bereits drei Nachrichten dieser Art hinterlassen. Angeblich hat man sie beobachtet …«

»Ich werde sie anrufen«, sagte Jenny und wollte in ihr Büro gehen.

»Sie ist tot, Mrs. Cooper.«

Jenny blieb mitten im Raum stehen. »Was?«

»Ich habe sie zurückgerufen«, sagte Alison. »Gerade eben. Ein junger Polizist ist ans Telefon gegangen. Ein Nachbar hat sie im Vorgarten gefunden, ungefähr vor einer Viertelstunde. Sie ist vom Balkon gestürzt.«

Benommen schaute Jenny auf ihre Uhr. Es war Viertel nach zwei. Vor eineinhalb Stunden hatte sie das Büro verlassen.

»Wann hat sie das letzte Mal angerufen?«

»Kurz nach eins«, sagte Alison. »Ich fühle mich schrecklich. Es gibt Dinge, auf die man nie vorbereitet ist …«

Jenny sprach auf McAvoys Mailbox, dass sie sich nicht mit ihm treffen könne. Es sei etwas passiert – worum es sich handelte, sagte sie nicht. Als sie aufgelegt hatte, holte sie ihre Tabletten aus der Tasche, schüttelte eine aus dem Röhrchen und schluckte sie herunter. Unruhig kritzelte sie etwas auf einen Block, während sie darauf wartete, dass die rasenden Gedanken in ihrem Kopf zum Stillstand kamen. Die Schuldgefühle, weil sie Mrs. Jamals Anruf nicht beantwortet hatte, schlugen ihr auf den Magen. Ein irrationaler Teil von ihr machte McAvoy dafür verantwortlich, da er sie zur selben Zeit wie Mrs. Jamal hatte erreichen wollen. Hätte er nur eine Sekunde später ihre Nummer gewählt, dann hätte sie Mrs. Jamals Anruf entgegengenommen, und vielleicht … Aber darüber durfte man gar nicht nachdenken.

14

Das quer über die Straße gespannte Absperrband der Polizei hatte eine Gruppe Schaulustiger angelockt, die nur zu gerne einen Blick auf die Leiche erhascht hätten. Jenny schob sich durch die Menge und sah, wie Kriminalinspektor Pironi aus dem Gebäude kam. Dies war sein Revier. Die Polizeiwache von New Bridewell lag weniger als eine halbe Meile entfernt. Sie erreichte ihn, als er auf dem Bürgersteig stand, sich die Latexhandschuhe auszog und die von einem Gummiband zusammengehaltenen Plastiktüten von seinen Schuhen streifte.

»David.«

»Jenny.« Er schien nicht erfreut, sie zu sehen. »Sie können jetzt nicht hinein, tut mir leid. Die Spurensicherung ist noch drin.«

»Was ist passiert?«

»Sieht aus, als wäre sie vom Balkon gestürzt.«

Sie sah an dem Gebäude hoch. »Aber wie kann das passieren? Das Geländer geht mir bestimmt bis zur Hüfte.«

Er knüllte die Plastiktüten und die Handschuhe zusammen und warf sie in den Rinnstein. »Ich denke, sie könnte gesprungen sein.«

»Warum sollte sie das tun?«

»Keine Ahnung. Wenn Sie wollen, können Sie einen Blick auf sie werfen. Sie ist noch da.« Er winkte einer Polizistin zu, die so aussah, als sollte sie noch zur Schule gehen. »Zeig ihr bitte die Leiche. Sie ist der Coroner. Und geht nicht zu nah ran.« Mit einem Schlüsselanhänger zeigte er auf einen Mannschaftswagen, der in zweiter Reihe parkte. »Wir haben für heute Nachmittag eine Obduktion vor Ort angesetzt. Ich dachte, Sie würden schnelles Handeln begrüßen – wegen Ihrer Untersuchung und so. Wir hören uns dann sicher morgen früh.« Er lächelte flüchtig und verschwand.

Jenny folgte der Polizistin. Sie stiegen über das Absperrband und überquerten ein feuchtes Stück Rasen neben dem Gebäude. Zwei uniformierte Polizisten standen Wache vor einem provisorischen Sichtschutz, einer schwarzen Plastikplane, die man zwischen zwei Stangen gespannt hatte. Die Polizistin erklärte, Jenny dürfe dahinterschauen, aber nicht hinter die Absperrung treten. Sie ging in Richtung Plane und redete sich ein, dass dort nur ein Körper lag, eine leere Hülle. Dann machte sie einen weiteren Schritt vorwärts.

Die Leiche war nackt, die Beine schmutzig, ihr Körper verdreht. Sie war in der Mitte geknickt und kniete fast, ein ausgerenkter Arm klemmte unter dem Oberkörper, das Gesicht lag im Gras. Jenny war überrascht, wie wenig schockiert sie war.

»Hat irgendjemand gesehen, wie es passiert ist?«

»Bislang hat sich noch niemand gemeldet«, sagte die Polizistin. »Ein Nachbar hat eventuell einen Schrei gehört.«

»Was ist mit ihren Kleidern passiert?«

»Die liegen in einem Haufen im Wohnzimmer – neben einer Flasche Whisky.«

»Whisky? Sie ist Muslimin.«

»Der Mann, der sie gefunden hat, behauptet, sie habe danach gestunken.«

Loyalität und erhebliche Schuldgefühle trieben Jenny in die Leichenhalle. Die nächsten Angehörigen – der Exmann und eine Schwester aus Leicester – waren bereits informiert worden. Beide hatten die Nachricht schweigend entgegengenommen und dem Beamten nur für die Mitteilung gedankt. Seinem Eindruck nach hatte Mrs. Jamals mutmaßlicher Selbstmord keinen von beiden schockiert.

Jenny saß vor dem defekten Snackautomaten im leeren Empfangsbereich und wartete. Es war fast sechs Uhr abends, und mit einer Ausnahme waren alle Mitarbeiter nach Hause gegangen. Das einzige Geräusch, das zu hören war, war das Jaulen einer Spezialmotorsäge. Jenny konnte fast vor sich sehen, wie Dr. Kerr vorsichtig um Mrs. Jamals Schädel herumfuhr und auch an die v-förmige Kerbe am Hinterkopf dachte, die das ausgesägte Teil daran hindern sollte, nach dem Einsetzen wieder herauszurutschen.

In den stillen dreißig Minuten, die nun folgten, musste Jenny daran denken, was auf der anderen Seite der Mauer geschah. Das Gehirn wurde aus dem Schädel gehoben und auf dem Stahltresen in Scheiben geschnitten. Eine kleine Probe wurde zu Analysezwecken präpariert, der Rest ohne große Umstände mit den anderen inneren Organen in den durchsichtigen Plastikbeutel getan, der wiederum in die Bauchhöhle gestopft wurde. Mit der Sektion von Lebern und Nieren und sogar von Herzen und Lungen konnte Jenny sich abfinden, aber die Sektion des Gehirns erschien ihr wie ein Sakrileg.

Als Andy Kerr erschien, hatte er sich schon gründlich gewaschen, doch der Geruch von Seife überdeckte nur ansatzweise den von Desinfektionsmitteln, der sich nach einem Tag im Obduktionsraum tief in die Poren des Pathologen gefressen hatte.

»Das Ergebnis entspricht ungefähr dem Polizeibericht«, sagte er schnell, weil er hoffte, endlich Schluss machen und nach Hause gehen zu können. »Ausgerenkte Schulter, Wirbelsäule gestaucht, gebrochene Rippen. Aber das hat nicht zum Tod geführt. Todesursache war ein Herzstillstand, verursacht wahrscheinlich vom Schock des Sturzes. Den Fotos vom Ort des Geschehens nach zu urteilen würde ich sagen, dass der Tod ziemlich schnell eingetreten sein muss. Sieht nicht so aus, als hätte sie sich noch bewegt.«

»Was ist mit Alkohol?«

»Das werden wir morgen früh erfahren. In ihrem Magen scheint sich aber eine große Menge von etwas zu befinden, das wie Whisky riecht.«

»Können Sie sagen, ob sie regelmäßig getrunken hat?«, fragte Jenny.

»Ihre Leber war absolut gesund. Keine Flecken. Ich habe Tests angefordert, die zeigen werden, ob der Alkoholkonsum ungewöhnlich war. Jeder, der regelmäßig Alkohol trinkt, produziert bestimmte Enzyme, um ihn zu verdauen.«

»Was befand sich sonst noch in ihrem Magen? Hatte sie Tabletten geschluckt?«

»Nein. Abgesehen vom Alkohol war er praktisch leer.«

Jenny nickte. Ihr unbehagliches Gefühl, für Mrs. Jamals Tod verantwortlich zu sein, verstärkte sich. Wie viel hatte sie getrunken, nachdem Jenny ihren Anruf ignoriert hatte? Hätte sie irgendetwas sagen können, das Mrs. Jamal zurückgehalten hätte, oder hätte sie sie angefahren, sich doch bitte zu beruhigen, und damit ihr Ende nur noch beschleunigt?

»Alles okay?«, fragte Andy. »Sie sehen …«

»Ich habe sie gekannt. Ihr Sohn …«

»Die Polizei hat mir die Geschichte erzählt. Tut mir leid. Aber ich muss Ihnen ja nicht sagen, wie viele Selbstmorde dieser Art wir hier zu sehen bekommen. Betrunken, nackt. Irgendetwas hat ihnen immer den Rest gegeben. Bei ihr vielleicht die Sache mit der Untersuchung.«

»Sie hat acht Jahre lang dafür gekämpft.«

Andy zuckte mit den Achseln. »Vielleicht war ihr Kampf das Einzige, was sie noch aufrechterhalten hat.«

»Sie hätte aber doch in jedem Fall das Urteil abgewartet.«

»Und was, wenn es das falsche gewesen wäre?«

Die Regeln verpflichteten den Coroner dazu, sich zurückzuhalten, wenn die Polizei einen verdächtigen Todesfall untersuchte, doch Jenny war nicht in der Stimmung dazu. Einerseits waren die Gründe eigennütziger Natur – sie musste irgendetwas gegen ihre Schuldgefühle tun –, andererseits war da auch noch die nagende Angst, dass Mrs. Jamal möglicherweise doch nicht an Hirngespinsten gelitten hatte. Die eigene Erfahrung hatte Jenny schmerzlich gelehrt, wie leicht sich irrationale Gedanken festsetzen konnten, aber was, wenn Mrs. Jamal bei viel klarerem Verstand gewesen war, als es nach außen hin den Anschein gehabt hatte? Vielleicht hatte wirklich jemand sie beobachtet. Vielleicht hatte sie aber auch gelogen und die gesamte Zeit über wichtige Informationen zurückgehalten.

Als Jenny den Krankenhausparkplatz zu ihrem Auto überquerte, war sie bereits entschlossen, der Polizei das Feld nicht zu überlassen. Sie stellte sich Pironis Männer vor, diese unfähigen Trampel, die nichts über Mrs. Jamals Geschichte oder ihre geistige Verfassung wussten. Was auch immer sie unternehmen würden, Jenny könnte es besser und schneller tun.

Sie jagte den Motor hoch, damit die Heizung in Gang kam, und erledigte ein paar Telefonate. Ross teilte sie mit, sie würde später nach Hause kommen. Alison erwischte sie, als sie gerade das Büro verlassen wollte. Jenny bat sie, Mrs. Jamals Nachrichten abzutippen und der Polizei zukommen zu lassen. Schon geschehen, sagte Alison. Außerdem habe sie soeben die Telefonauskunft angerufen, um Zachariah Jamal ausfindig zu machen. In seiner Zahnarztpraxis sei aber nur ein Anrufbeantworter angesprungen. Unter der Notfallnummer, die auf dem Band genannt wurde, habe sie eine Sprechstundenhilfe erwischt, die gerade alle Hände voll mit einem schreienden Baby zu tun gehabt hatte. Die Frau habe sich geweigert, Mr. Jamals Privatnummer herauszugeben, sich aber bereit erklärt, Nachricht und Kontaktdaten an ihn weiterzuleiten.

Während sie auf seinen Rückruf wartete, hörte Jenny ihre eigenen Nachrichten ab. Zwei waren von Ärzten des Vale, die sich erkundigen wollten, ob die Totenscheine für ihre verstorbenen Patienten schon ausgestellt seien. Abgesehen von der Aussicht, verklagt zu werden, gab es für einen Arzt nichts Schlimmeres, als wenn seine fachliche Kompetenz zum Gegenstand einer öffentlichen Untersuchung wurde. Die dritte Nachricht stammte von McAvoy. Er klang bedauernd. »Schade, dass Sie es nicht zu unserem Treffen schaffen. Ich habe etwas für Sie. Falls Sie es sich noch anders überlegen, wissen Sie ja, wo Sie mich finden.« Jenny kämpfte mit der Versuchung, ihn zurückzurufen, als ein Piepsen ein Gespräch ankündigte.

Zachariah Jamal klang, als würde er nicht von zu Hause aus anrufen. Im Hintergrund war Verkehrslärm zu hören, seine Stimme war aufgeregt und unsicher. Jenny fragte sich, ob er der neuen Mrs. Jamal und den Kindern überhaupt schon vom Tod seiner ersten Frau erzählt hatte. Betrunken, nackt und unter den Augen der Öffentlichkeit gestorben – sie würden es bald genug erfahren.

»Was kann ich für Sie tun?«, fragte er. »In den letzten Jahren hatte ich nicht mehr viel Kontakt zu Amira.«

»Es scheint, dass sie sich das Leben genommen hat«, sagte Jenny. »Würde Sie das überraschen?«

Er seufzte. »Ich weiß nicht. Sie war eine schwierige Frau. Sehr emotional, aber …«

Jenny ließ ihm Zeit, seine Gedanken in Worte zu fassen.

»… auch sehr entschlossen. Ich hatte mich längst mit Nazims Tod abgefunden, aber sie wollte immer noch nicht aufgeben.«

»Warum sagen Sie *Tod*?«

»Es ist doch klar, dass er gestorben ist. Vielleicht in Afghanistan. Ich kenne meinen Sohn. Wenn er leben würde, hätte er Kontakt zu uns aufgenommen.«

»Aber Ihre Frau – Ihre Exfrau – wollte das nicht glauben?«

Er schwieg. Sie konnte spüren, wie die unterdrückten Gefühle in ihm kämpften. »Nein. Sie wollte es nicht glauben.«

»Möglicherweise hat die Untersuchung zum Verschwinden Ihres Sohns sie gezwungen, genau das zu akzeptieren.«

»Ja …«

»Wir hegen offenbar beide den gleichen Gedanken, Mr. Jamal. Vielleicht könnten Sie mir Ihre Version erzählen?«

»Unser Kontakt war sehr oberflächlich. Ich weiß nicht, was sie gedacht hat.«

Du möchtest nur nichts mit der Sache zu tun haben, dachte Jenny. *Zu viele schmerzliche Erinnerungen, Schuld über Schuld. Schließ die Tür und schieb einen Riegel vor. Vergiss, dass sie und Nazim je existiert haben.*

»In den letzten beiden Wochen habe ich mich ein paarmal mit ihr getroffen«, sagte Jenny. »Sie war aufgebracht, vielleicht sogar ein bisschen hysterisch, aber nicht depressiv. Depressive Menschen ziehen sich in sich selbst zurück und schotten sich von ihrer Umwelt ab. Ihre Exfrau hingegen hat eine Untersuchung erzwungen. Sie war voller Tatendrang. Hätte sie nicht das Urteil hören wollen?«

»Dazu kann ich wirklich nichts sagen.«

»Ich kann mir vorstellen, dass sich eine trauernde Mutter umbringt, weil sie dann wieder mit ihrem Kind vereint zu sein glaubt. Wäre das denkbar?«

Mr. Jamal antwortete nicht.

»War Ihre Exfrau religiös?«

»Ja, sehr.«

»Entschuldigen Sie mein Unwissen, aber gilt im islamischen Glauben Selbstmord nicht als Sünde?«

»Ja«, sagte er leise.

»Ich würde nicht erwarten, dass jemand, der kurz vor dem Selbstmord steht, logisch denkt, aber ...«

»Sie muss krank gewesen sein«, sagte er. Und dann stockend: »Sie muss sehr krank gewesen sein.«

»Der Obduktionsbericht bestätigt, dass sie kurz vor ihrem Tod Whisky getrunken hat. Ziemlich viel sogar.«

Mr. Jamal verstummte vollständig. Jenny hörte den Wind, der über den Lautsprecher seines Handys strich. Ein Auto fuhr vorbei.

»Ich versuche mir nur einen Reim auf das Ganze zu machen. ... Alkohol, Selbstmord? Selbst wenn man krank ist, sind bestimmte Tabus oft stärker. Sie war nicht psychotisch.«

»Sie haben vollkommen recht, Mrs. Cooper«, sagte Mr. Jamal schwach. »Ich weiß nicht, was ich sagen soll. Das ergibt alles keinen Sinn.«

»Ich lasse Sie jetzt in Ruhe«, sagte Jenny. »Eine Frage habe ich aber noch: Hat Ihre Exfrau Ihnen je etwas über Nazims Verschwinden oder über seine Freunde erzählt? Etwas, von dem sie nicht wollte, dass es an die Öffentlichkeit gelangt?«

»Nein, nichts. Aber das war es, was sie umgetrieben hat – ihr Wunsch zu wissen.«

Die letzten Mitarbeiter des Spurensicherungsteams kamen aus dem Haus und stiegen in den Kleinbus. Ein Polizist wickelte die Plastikbänder auf, die Arbeit des Tages schien erledigt. Die Haustür wurde durch einen verkeilten Besen offen gehalten. Jenny trat ein und fuhr mit dem Fahrstuhl in das Stockwerk, in dem Mrs. Jamal gewohnt hatte. Inspektor Pironi und ein jüngerer Zivilpolizist mit spärlichen Bartstoppeln und strähnig zurückgegeltem Haar schlossen gerade die Wohnung ab.

»Hallo«, sagte Jenny. »Was dagegen, wenn ich mich ein wenig umschaue?«

Die Polizisten wechselten einen Blick. »Mrs. Cooper, der Coroner«, sagte Pironi zu seinem Untergebenen. »Aber vielleicht sollten wir sie lieber Mrs. Snooper nennen, wo sie doch so gerne überall herumschnüffelt.«

Der junge Mann lächelte und musterte sie von oben bis unten. Ihm war deutlich anzusehen, was er dachte – *ganz akzeptabel.*

»Haben Sie ein Problem damit?«, fuhr Jenny ihn an.

Pironi schaute auf seine schicke Uhr und seufzte. »Wenn Sie sich dann aber bitte beeilen könnten.«

»Okay, wenn ich eine rauche, Boss?«, fragte der Jüngere. Pironi bedeutete ihm zu verschwinden, zog einen Bund mit Schlüsseln aus der Tasche und suchte umständlich nach dem richtigen, als hätte Jenny ihn um einen riesigen, sinnlosen Gefallen gebeten.

»Haben Ihre Leute etwas mitgenommen?«, fragte Jenny.

»Ein paar Fingerabdrücke, einen Stapel Kleidung und eine Whiskyflasche. Scheint, als hätte sie über die Hälfte davon getrunken – genug, um jeden von uns aus dem verdammten Fenster springen zu lassen.« Er hatte den Schlüssel gefunden, öffnete die Tür und hielt sie ihr auf. Genauso gut hätte er sagen können: »*Nach Ihnen, Mylady!*«

Jenny trat ein. Alles sah noch so aus und roch auch noch so wie gestern, nach einer leicht exotischen Mischung aus Kräutern und Gewürzen. Sie öffnete die Türen zum Bade- und zum Schlafzimmer. Beide Räume waren tadellos sauber. Der Bettüberzug war straff über das Einzelbett gespannt, Chintzkissen waren gegen das Kopfteil drapiert worden. Auch die Küche war perfekt aufgeräumt. In der Spüle entdeckte Jenny eine einzelne benutzte Teetasse, das Frühstücksgeschirr stand im Abtropfständer. Am Kühlschrank war mit einem fröhlich geblümten Magneten eine Einkaufsliste befestigt.

»Haben Sie etwas dagegen, wenn ich in die Schubladen schaue?«, fragte sie Pironi, der ungeduldig im Türrahmen stand.

»Machen Sie nur.«

Sie zog ein paar Fächer auf. Besteck, Tee, Handtücher, Küchenutensilien. Alles sauber und an seinem Platz.

»Irgendwelche Arzneimittelrezepte?«

»Nein.«

Sie öffnete einen Hängeschrank und fand die Geruchsquelle: getrocknete Thymiansträußchen und riesige Gläser mit Gewürzen. »Kein Alkohol im Haus außer dem Whisky?«

»Kein Tropfen.«

»Eine Nachricht?«

Pironi schüttelte den Kopf.

Sie ging an ihm vorbei ins Wohnzimmer, wo sie gestern Morgen noch gesessen hatte. Es war so, wie sie es in Erinnerung hatte, nur stiller. Über den Räumen Verstorbener lag eine Trägheit, als würde sich kein Lüftchen mehr regen. Man roch den Teppich und die Möbelbezüge, also eher die Umgebung als die Person, die in ihr gewohnt hatte. Jennys Augen glitten ein zweites Mal durch den Raum. Irgendetwas war anders.

»Wurde hier etwas verändert?«, fragte sie.

»Nur der Stuhl da.« Er zeigte auf einen Holzstuhl, der gestern noch vor dem Schreibtisch gestanden hatte. Jetzt befand er sich auf der gegenüberliegenden Raumseite, neben der Balkontür. »Er war dort, wo Sie jetzt stehen. Ihre Kleider lagen daneben, zusammen mit der Whiskyflasche.«

»Der Deckel war zugeschraubt?«

»Spielen Sie jetzt Miss fucking Marple?«

Jenny überging den Kommentar. »Waren die Vorhänge offen? Was ist mit der Balkontür?«

Pironi verdrehte die Augen. »Die Vorhänge waren geschlossen, und eine Lampe in der Ecke war an. Sie hat dort gesessen und getrunken, dann hat sie ihre Kleider ausgezogen und ist gesprungen.«

»Es sind nur drei Stockwerke.«

»Wenn einen der Verstand im Stich lässt, holt man nicht Bleilot und Maßband raus«, sagte Pironi. »Genug gesehen? Ich erwarte einen Anruf von meinem Sohn aus Helmand.«

»Einen Moment noch.« Jenny ging zur Balkontür und versuchte sich vorzustellen, wie eine nackte Mrs. Jamal über das Geländer kletterte. Ein eleganter Abgang wäre das nicht. Sie drehte sich um und ließ noch einmal den Blick durchs Zimmer schweifen. Die Fotos von Nazim waren genauso angeordnet, wie sie es in Erinnerung hatte, ebenso der Zierrat in den Regalen: verspielte Porzellanfiguren und etliche glänzende Sport-Pokale.

Als sie zur Tür zurückging, fiel es Jenny auf – auf den beiden Regalbrettern über dem Schreibtisch hatte sich am Tag zuvor noch ein halbes Dutzend graue Dokumentenkästen befunden. Jetzt lag auf dem oberen Brett ein Stapel Zeitschriften, auf dem unteren standen Taschenbücher.

»Haben Sie Akten mitgenommen?«, fragte Jenny. »Als ich gestern hier war, waren die beiden Regalbretter voll davon. Der gesamte Papierkram, der mit ihrem Sohn zu tun hatte.«

»Wir haben nichts mitgenommen.«

»War sonst noch irgendjemand hier? Sie wissen schon, wen ich meine.«

»Ich sage es Ihnen doch, da waren keine Akten.« Er kratzte sich am Kopf. »Keine Ahnung ...Vielleicht hat sie das Zeug in den Müll geschmissen.«

Pironi überließ es Jenny, mit dem Hausmeister zu sprechen. Mr. Aldis war ein gereizter alter Mann, dem es gar nicht passte, vom Fußballspiel, das gerade im Fernsehen lief, weggeholt zu werden. Die Mülltonnen standen in einem verschlossenen Unterstand vor dem Gebäude und waren seit fünf Tagen nicht mehr geleert worden. Mr. Aldis schwor, dass die Polizei bisher keinen Zutritt erbeten hatte. Jenny borgte sich Gummihandschuhe und verbrachte eine unerfreuliche halbe Stunde damit, Müll zu sichten. Von Akten keine Spur.

»Warum haben Sie mir das nicht erzählt?«, fragte McAvoy. »Ein Bulle, der auch hier ist, hat mir die Sache gesteckt. Gütiger Gott. Tot.« Im Hintergrund klirrten Gläser. Es klang, als würde er den Abend auch ohne sie genießen.

Die Handyhalterung in ihrem Auto war kaputt, daher hatte sie sich das Mobiltelefon unters Kinn geklemmt und betete, dass sie auf dem Heimweg nicht der Polizei begegnen würde.

»Die Polizei denkt, sie sei gesprungen«, sagte Jenny.

»Dann würde sie direkt zur Hölle durchmarschieren«, sagte McAvoy. »Wie meine Leute auch – kein Pardon. Selbstmörder werden im Feuer gebraten, ›was für Allah ein Leichtes ist‹, so der Koran. Ein Typ im Knast hat mir mal einen geliehen.«

»Ihre Akten fehlen. Alle Papiere, die mit dem Fall zu tun haben.«

»Die werden sich die Bullen schon geschnappt haben, keine Sorge.«

»Nicht, wenn Pironi die Wahrheit sagt.«

»Petrus hat den Herrn drei Mal verleugnet und ist trotzdem Bischof von Rom geworden.«

»Er hat mir dabei in die Augen geschaut. Ich glaube ihm.«

»Weil Sie eine naive Seele sind, Mrs. Cooper ... Verdammte Scheiße, *tot*. Warum?«

»Sie hat getrunken. Eine halbe Flasche Whisky.«

»Arme Seele. Arme, unglückliche Seele.«

Jenny hatte die Severn Bridge hinter sich gelassen und umfuhr nun Chepstow. Bald würde sie die Rennbahn passiert haben und in eine Talschlucht einbiegen. Dann würde es kein Netzsignal mehr geben.

»Mein Handy hat gleich kein Netz mehr. Ich werde Sie auf den neuesten Stand bringen, sobald ich etwas höre.«

»Ich durchschaue Sie, Jenny«, sagte McAvoy. »Sie wollen sich korrekt verhalten, aber ich kann Ihnen helfen. Wenn Sie wirklich auf den Grund dieser Scheiße vordringen wollen, brauchen Sie einen Mann wie mich.«

Die Straße wand sich sechs Meilen bergauf durch die schwarzen Wälder zwischen St. Arvans und Tintern, einem alten Dorf mit einer Abteiruine, in dem sie das schmale Sträßchen nehmen und auf den Hügel nach Melin Bach rauffahren würde. Seit jener Nacht im vergangenen Juni, als sie – mitten im Fall Danny Wills von akuten Angstzuständen geplagt – ihren Wagen auf den Waldparkplatz gelenkt hatte und beinahe einem verzweifelten Impuls nachgegeben hätte, graute ihr vor der Strecke. So spät am Abend gab es hier fast keinen Verkehr. Ein feuchter Film lag auf der Straße, und die

Kurven, die sich stets als schärfer und länger entpuppten als zunächst angenommen, zwangen sie dazu, im Schneckentempo zu fahren. Die steile Abbruchkante forderte jährlich mehrere Menschenleben.

Sie schaltete das Radio an, um ihre Fantasie davon abzuhalten, Schatten in Geister zu verwandeln. Sie versuchte sich in sanfter klassischer Musik zu verlieren. Wie Dr. Allen es ihr geraten hatte, beschwor sie unter Zuhilfenahme sämtlicher Sinne eine ländliche Idylle aus Feldern und Wiesenblumen herauf. Doch je klarer das Bild wurde, umso schärfer wurde der Stachel ihrer Angst. Etwas Kaltes, Bedrohliches bemächtigte sich ihrer.

Geh weg, geh wieder weg, sagte sie sich und wollte sich in ihre Idylle zurückzwingen. Dann erklärte sie mit lauter Stimme: »Du bist gar nicht wirklich … Lass mich in Ruhe.« Ein Geräusch war zu hören, ein Schniefen, ein unterdrücktes Schluchzen einer verlassenen Person. Jennys Blick flog zum Beifahrersitz. Einen Moment lang sahen Mrs. Jamals große schwarze Augen sie verzweifelt an, dann verschwanden sie wieder. Jennys Herz klopfte. Sie zwang sich, tief einzuatmen, dann trat sie das Gaspedal so weit durch, wie sie es sich traute. Sie hatte schon alle möglichen Symptome erlebt, aber noch nie Dinge gesehen.

Sie lief vom Auto zum Haus und redete sich ein, dass ihre Einbildungskraft ihr etwas vorgespiegelt hatte. Die Augen waren in Wirklichkeit Lichtreflexe gewesen, das Gesicht ein flüchtiger Schatten. Es war nur natürlich, dass der Geist in der Dunkelheit Bilder konstruierte.

Sie schloss die Haustür ab und schob den Riegel vor.

Aggressiver Rap, so basslastig, dass er die Fenster zum Klirren brachte, wummerte aus Ross' Zimmer. Sie rief einen Gruß hinauf, erhielt aber keine Antwort. Es war fast elf, zu spät zum Essen. Sie musste sich beruhigen. Was hätte sie für einen Drink gegeben. Sie ging in ihr Arbeitszimmer in der Hoffnung, vielleicht etwas von ihrer Spannung aufs Papier übertragen zu können.

Sie schaltete das Licht an und sah, dass die Unterlagen auf ihrem Schreibtisch durcheinandergebracht worden waren und die Schublade, in der sich ihr Tagebuch befand, nicht ganz geschlossen war. Sie zerrte das Fach auf. Das Buch lag zwischen dem Chaos aus Briefumschlägen und Papier, der schwarze Einband war mit dem Gummiband verschlossen. Aber hatte sie es so liegen lassen, mit der Bindung nach links?

»Hallo. Du kommst spät.«

Sie fuhr herum. Ross stand in Kapuzenshirt und Schlabberhose in der Tür.

»Warst du an meinen Sachen?«

»Nein.«

»Sag mir die Wahrheit.«

»Es war nichts zu essen im Haus. Ich habe Geld gesucht, um in den Pub zu gehen und mir etwas zu holen.«

»Lüg mich nicht an.«

»Ich habe nichts angerührt.«

»Wühle nie wieder in meinem Schreibtisch herum. Das sind meine persönlichen Sachen.«

»Klar. Eine Menge Müll.« Er drehte sich um und ging die Treppe hoch.

Sie rannte hinter ihm her. »Ross, es tut mir leid …«

»Du bist hoffnungslos«, sagte er, eher mitleidig als wütend.

»Ross, bitte …«

Er verschwand in seinem Zimmer und knallte die Tür hinter sich zu.

15

Um fünf wachte sie auf, ausgelaugt von den unruhigen Träumen, die ihren leichten Schlaf gestört hatten. Ihr Körper war erschöpft, aber ihr Gehirn arbeitete auf Hochtouren und stürzte sich in die verrücktesten Spekulationen: Kompetenzgerangel zwischen Polizei und Regierung, geheime Absprachen, unterschlagene Beweise und im Hintergrund stets ein verhalten lächelnder McAvoy. Wie passte er ins Bild? War er vertrauenswürdig, oder benutzte er sie, wie Alison befürchtete? Zwei Bilder tauchten vor ihrem geistigen Auge auf: ein Engel und ein Dämon. Einer von beiden war McAvoy, da war sie sich sicher, aber sie konnte sich nicht entscheiden. Vielleicht war er auch Engel und Dämon zugleich.

Der anfängliche Schock über Mrs. Jamals Tod hatte sich zu einem kontinuierlichen leichten Schmerz abgeschwächt. Schuldgefühle und Mitleid spielten hinein, aber auch die Scham, die Mrs. Jamal vor ihrem Sprung in den Tod empfunden haben musste. Jenny hatte Schwierigkeiten, die gut gekleidete Frau, die in ihrem Büro aufgetaucht war und mit stiller Würde im Gerichtssaal gesessen hatte, mit den verdrehten menschlichen Überresten auf dem Rasen in Zusammenhang zu bringen. Sie stand auf, zog einen Pullover über den Schlafanzug und ging nach unten, um Kaffee zu machen, den sie dann mit in ihr Arbeitszimmer nahm. Sie sah ihre Papiere und Notizen durch, die sie mit nach Hause genommen hatte. Irgendein Puzzleteil fehlte – etwas, das Mrs.

Jamal ihr nicht erzählt und das zu ihrer Kurzschlussreaktion geführt hatte.

Sie las die alten Aussagen mehrfach durch, dann dachte sie noch einmal über jedes einzelne Wort nach, das vor Gericht gefallen war. Abgesehen von der Tatsache, dass Mrs. Jamal so heftig auf Dani James' Aussage reagiert hatte, hatte sich nichts Ungewöhnliches ereignet. Sie versuchte sich an die Unterhaltung in ihrer Wohnung zu erinnern und wünschte, sie hätte Notizen gemacht. Mrs. Jamal war entsetzt gewesen, als sie von Madogs Beobachtung erfahren hatte, aber sie hatte sowohl McAvoy als auch seinem Ermittlerfreund misstraut. Letztlich war Madogs Geschichte nichts als weiterer Schlamm in denselben trüben Gewässern gewesen, in denen sie bereits erfolglos herumfischten. Erst als Jenny sie gefragt hatte, ob es noch eine andere Frau gegeben habe, hatte sie anders reagiert. Sie hatte ihre Tränen unterdrückt und sich an die Stimme des Mädchens erinnert, als hätte es gestern angerufen. So alt wie Nazim sei sie gewesen, außerdem weiß, und sie habe sich gut ausgedrückt. Demnach konnte es Dani James nicht gewesen sein, denn Mrs. Jamal hätte mit Sicherheit ihren Manchester-Dialekt bemerkt. Trotz der Kürze hatte das Telefonat sie zutiefst erschüttert, und Jenny hatte mehr als bloßes Missfallen aus ihren Worten herausgehört. Sie suchte nach möglichen Erklärungen. Hatte es einen Skandal gegeben? War das Mädchen schwanger gewesen? Hatte Mrs. Jamal die beiden vielleicht gemeinsam in ihrer Wohnung erwischt? Hatte sie das Mädchen fortgejagt und sich derart mit ihrem Sohn überworfen, dass er ihr nie verziehen hatte? Und sollte es so gewesen sein, warum hatte sich das Mädchen dann nie gemeldet?

Außer Dani James hatte nur eine einzige andere junge Frau eine offizielle Aussage gemacht: Sarah Levin, jetzt Dr. Levin von der Fakultät für Physik. Auch sie sollte noch vor

Gericht aussagen, weshalb Jenny vorher eigentlich keinen Kontakt mit ihr aufnehmen konnte. Doch instinktiv hatte sie das Gefühl, dass sie die Regeln auch in dieser Angelegenheit etwas weiter auslegen sollte. Außerdem brauchte sie dringend eine Spur, irgendetwas, um Licht in die Vergangenheit zu bringen.

Unter Gemurre und Protest ließ sich Ross um sieben aus dem Bett zerren und gegen acht, immer noch ächzend, in der Nähe seines Colleges absetzen. Eigentlich hatte sich Jenny für ihren Ausbruch am Abend zuvor entschuldigen wollen, aber Ross hatte darauf bestanden, die vierzigminütige Fahrt zu verschlafen. Es war zu einem Muster geworden: Während der immer selteneren gemeinsamen Momente tat ihr Sohn alles, um nicht mit ihr kommunizieren zu müssen.

Sarah Levins Privatadresse hatte Jenny durch eine Reihe von Telefonaten mit unwilligen Universitätsangestellten erfahren. Sie wohnte im ersten Stock eines großen viktorianischen Reihenhauses in der Nähe der Bristol Downs. Für eine junge Frau ein ziemlich teures Pflaster. Auf dem Schild neben der Klingel stand Spencer-Levin, über die Sprechanlage meldete sich eine Männerstimme.

Jenny stellte sich vor und erklärte, sofort mit Dr. Levin sprechen zu müssen.

»Die ist in der Dusche. Und um neun hat sie ein Seminar«, sagte er mit einer Arroganz, die man mit Spitzenanwälten oder Investmentbankern verbindet.

Nach der schlechten Nacht war Jenny ziemlich gereizt. »Habe ich mich nicht verständlich ausgedrückt? Ich bin Coroner und führe eine offizielle Ermittlung durch.«

Eine kurze Pause trat ein.

»Brauchen Sie dafür nicht einen Durchsuchungsbefehl oder so etwas?«

»Nein. Werden Sie mir also meine Bitte erfüllen, oder wollen Sie die ganze Angelegenheit verkomplizieren?«

Sie hörte ihn fluchen. Selbst der Türsummer klang wütend.

Wie ein Anwalt sah er nicht aus, überhaupt nicht wie jemand mit einem seriösen Beruf. Er trug T-Shirt, Leinenjackett und Turnschuhe. Das schulterlange Haar war gestylt, und die Jeans spannte etwas um die Hüften, die allmählich füllig wurden. Werbung oder Fernsehen, tippte Jenny. Die Lässigkeit der Branche war eine gute Sache, wenn man zwanzig war, wurde aber mit vierzig allmählich peinlich. Mr. Spencer – sie nahm an, dass er so hieß, denn er besaß nicht die Freundlichkeit, sich vorzustellen – führte sie in die Wohnküche. Sie war bewusst kühl gehalten: polierter Holzboden, weiße Möbel, ein einzelnes abstraktes Bild an der Wand.

»Ich muss jetzt weg. Sie wird gleich da sein.«

Er hängte sich eine Designertasche über die Schulter und verschwand, um sich seiner ungewissen Arbeit zu widmen.

Sarah Levin kam herein, während sie mit einem Handtuch ihr blondes Haar trocknete. Sie war groß und schlank und auf eine so mühelose Weise attraktiv, dass Jenny sie nur als erhaben bezeichnen konnte. Spencer hatte außergewöhnliches Glück gehabt.

»Hallo. Was kann ich für Sie tun?«, sagte sie zurückhaltend. »Sie sind Mrs. Cooper, nicht wahr?« Ihr Akzent hatte eine leicht amerikanische Färbung, obwohl sie definitiv aus England stammte.

»Ja. Entschuldigen Sie bitte, dass ich Sie zu Hause störe«, sagte Jenny und merkte, dass Sarah Levins Auftreten sie kurzzeitig abgelenkt hatte. »Ich würde Ihnen gerne ein paar Fragen stellen.«

»Kürzlich hat jemand aus Ihrem Büro angerufen und mir mitgeteilt, dass die Anhörung vertagt wurde.«

»Nur bis nächste Woche. Ich versuche ein paar Details über Nazims erstes Trimester in Bristol herauszufinden. Wenn ich richtig informiert bin, haben Sie mit ihm zusammen Physik studiert?«

»Ja.« Sie legte das Handtuch auf den Küchentresen und strich sich das Haar aus dem Gesicht. Es reichte ihr fast bis zur Hüfte.

»Haben Sie manchmal miteinander geredet? Waren Sie befreundet?«

»Nicht wirklich. Darf ich Ihnen einen Kaffee anbieten?«

»Nein, danke. Aber lassen Sie sich nicht abhalten.«

Sarah drückte auf einen Schalter an der Espressomaschine und holte aus einem Schrank mit Glastür eine elegante Tasse. Jenny sah ihr zu und spürte ihre Anspannung. *Nicht wirklich*. Was sollte das heißen?

»Seine Mutter ist gestern gestorben«, sagte Jenny.

»Oh.« Sarah drehte sich um, während sie eine Kaffeedose öffnete. »Das tut mir leid.«

»Ich nehme an, Sie haben sie nie getroffen?«

»Nein.«

»Sie hat mir erzählt, dass sie den Verdacht hatte, Nazim könne sich gegen Ende des ersten Trimesters mit einem Mädchen angefreundet haben.«

»Von so etwas habe ich nichts mitbekommen.«

»Sie kannten sich also doch gut genug, dass Sie es gemerkt hätten?«

»Nicht wirklich ... Natürlich habe ich seither mehr über Nazim nachgedacht als damals.« Sie lehnte sich an den Küchentresen, während sie darauf wartete, dass sich das Wasser in der Espressomaschine erhitzte. Sie wirkte, als wäre ihr die Situation unbehaglich.

»Haben Sie Nazim je auf seinem Mobiltelefon angerufen?«

Sie schüttelte den Kopf. »Nicht dass ich wüsste.«

»Mrs. Jamal hat einmal einen Anruf auf seinem Handy entgegengenommen. Es war ein Mädchen, das sehr gut Englisch sprach. Sie wirkte ertappt, so als wüsste sie, dass Nazims Mutter ihren Kontakt zu Nazim nicht begrüßen würde. Haben Sie eine Vorstellung, wer das gewesen sein könnte?«

»Hört sich an wie die Hälfte aller Mädchen in Bristol. Nein, tut mir leid.«

»Wie viel hatten Sie mit ihm zu tun?«

»Wir sind in dieselben Vorlesungen und Seminare gegangen. Bei ein paar praktischen Übungen haben wir zusammengearbeitet. Er war nur einer von vielen, kein spezieller Freund von mir ... oder auch von irgendjemandem sonst. Soweit ich mich erinnere, wollte er sich bewusst von den anderen abheben.«

»Wegen seines Glaubens?«

»Die muslimischen Jungen hingen meistens zusammen rum. Das tun sie immer noch.« Sie drehte sich um und schaute nach dem Kaffee.

»Nazim war also in Ihrem Jahrgang und hat sich durch seine religiösen Überzeugungen hervorgetan und außerdem von den anderen Studenten ferngehalten«, sagte Jenny. »Würden Sie es nicht merkwürdig finden, wenn er eine weiße Freundin gehabt hätte?«

»Hat seine Mutter sie denn gesehen? Es gibt viele muslimische Frauen, die akzentfrei sprechen.« Sie drückte auf einen Knopf, und der Kaffee lief lautstark in die Tasse. »Ich habe ihn kaum gekannt. Aber Leute wie ich stürzen sich auch nicht gerade auf Jungen mit Bärten und diesen komischen Klamotten, wie auch immer die heißen.«

Jenny beobachtete, wie sie den Kaffeesatz in den Mülleimer leerte und ein paar braune Tropfen vom Tresen wischte. Wie eine Physikerin sah sie nicht gerade aus. Zu Jennys Studienzeiten waren Naturwissenschaftler meistens langhaarige Typen mit schlechter Haut gewesen. Die wenigen Frauen, die es unter ihnen gab, hatten immer ausgesehen, als würden sie gerade zu einer Wanderung aufbrechen.

»Was ist Ihr Spezialgebiet, wenn ich fragen darf?«, fragte Jenny.

»Teilchenphysik. Theoretisches Zeug. Wir suchen nach neuen Energiezuständen – nach dem Heiligen Gral.«

»Muss eine ziemliche Männerdomäne sein, oder?«

»Ich stamme aus einer Familie von Naturwissenschaftlern, daher habe ich das nie so gesehen.«

Die Aufmerksamkeit gefällt dir aber vermutlich trotzdem, dachte Jenny.

»Sie haben bei der Polizei eine Aussage gemacht, nachdem Nazim und der andere Junge verschwunden waren«, sagte Jenny. »Demnach haben Sie ihn einmal in der Mensa über Brüder reden hören, die nach Afghanistan gegangen sind.«

»Das stimmt. Er saß mit einer Gruppe von Freunden zusammen. Damals hat man sich mit so etwas wichtiggemacht. Ich habe nur Gesprächsfetzen mitbekommen, Jungengeschwätz – wie cool es wäre, um sich zu schießen und Leute abzuknallen, solches Zeug. Sie haben gelacht und voreinander angegeben.«

»An etwas Genaueres können Sie sich nicht erinnern?«

»Nein, sonst hätte ich es der Polizei erzählt.« Sie nippte an ihrem Kaffee, ihre Hand war ruhig. »Außerdem ist das wahnsinnig lange her.«

»Und im Fachbereich gab es kein Gerede? Keine Gerüchte, keine Spekulationen?«

»Nein.« Sarah Levin runzelte die Stirn und schüttelte ihren schönen Kopf. »Es kommt einem immer noch genauso komisch vor wie damals. Er war einfach … verschwunden.«

Alison war in einer ihrer angespannten, frostigen Stimmungen, die in den letzten Wochen immer häufiger auftraten. Genervt und ohne Jenny zu sagen, was sie beschäftigte, rannte sie in ihrem Büro hin und her und knallte in der Teeküche die Schranktüren. Jenny hatte ihr Verhalten immer auf die Wechseljahre oder die üblichen Streitereien mit ihrem Ehemann geschoben, aber an diesem Morgen war die Atmosphäre besonders erdrückend. Je angestrengter Jenny versuchte, Alison zu ignorieren, desto lauter wurden deren Schritte. Fast eine Stunde lang ertrug Jenny die Stimmung und arbeitete sich durch den jüngsten Schub Obduktionsberichte hindurch. Als sie ihre Aufmerksamkeit der Liste mit den schwarzen Toyotas zuwandte, kam Alison ohne anzuklopfen herein und knallte ihr die Post direkt auf die Liste, die sie gerade las.

»Ihre Post. Von gestern ist auch noch etwas dabei.«

Jenny riss sich zusammen. »Stimmt irgendetwas nicht?«

»Wieso, Mrs. Cooper?«

»Sie wirken aufgebracht.«

Alison zwang sich zu einem dünnen Lächeln. »In einer Minute sind Sie mich los. Ich habe einen Termin, um Mr. Madogs Aussage aufzunehmen.«

Das Spielchen folgte dem üblichen Muster. Alison würde mehrfach bestreiten, dass irgendetwas mit ihr nicht stimmte, bis sie sich schließlich dazu herablassen würde, Jenny ihren irrationalen Wunsch zu erfüllen und sich zu erklären.

»Ich werde dieses Wochenende alle noch ausstehenden Akten bearbeiten«, sagte Jenny. »Wenn irgendwelche Ärzte vom Vale Ihnen zusetzen, weil sie auf eine Entscheidung warten, können Sie ihnen sagen, dass sie spätestens am Montag alles haben werden.«

»Als ich das letzte Mal nachgeschaut habe, lagen wir nicht mehr im Rückstand als sonst.«

»Habe ich dann irgendetwas übersehen?«

»Nicht dass ich wüsste.«

»Oder habe ich etwas Falsches getan?«

Alison runzelte ihre Stirn noch stärker.

»Offenbar bin ich nahe dran«, sagte Jenny.

Alison seufzte. »Es steht mir nicht zu, Ihnen zu sagen, wie Sie Ihre Arbeit zu machen haben, Mrs. Cooper, aber manchmal bin ich es leid, zwischen den Stühlen zu sitzen.«

»Zwischen welchen Stühlen genau?«, fragte Jenny.

»Dave Pironi hat mich gestern Abend angerufen und gefragt, warum sich Coroner plötzlich in polizeiliche Ermittlungen einmischen.«

»Mrs. Jamals Tod betrifft meine Untersuchung.«

»Es geht nicht nur um ihn. Ich hatte in dieser Woche auch mehrere Anrufe von Gillian Golder, die wissen wollte, wieso die Anhörung vertagt wurde.«

»Das geht sie gar nichts an. Warum haben Sie sie nicht einfach zu mir durchgestellt?«

Alison schaute sie an. Ihr Blick sprach Bände: *Ist das nicht klar?*

»Sie will, dass Sie mich ausspionieren?«

»So hat sie es nicht ausgedrückt.«

»Ich kümmere mich darum«, sagte Jenny.

»Das bringt mich in eine unangenehme Situation.«

»Ich werde Ihren Namen nicht erwähnen.«

Alison sah sie misstrauisch an.

»Sie können mir vertrauen, wirklich. Sonst noch etwas?«

Alison sog die Wangen ein und wischte nervös eine imaginäre Fluse von ihrem Revers. »Sie wissen, dass ich so etwas normalerweise nie sagen würde …«

»Hallo? Jemand zu Hause?« Eine unverkennbare Stimme erklang im Empfangsbereich. McAvoy.

Alison warf Jenny einen anklagenden Blick zu. »Was macht der denn hier?«

Jenny zuckte mit den Achseln. »Keine Ahnung.« Sie stand auf.

Alison trat zwischen sie und die Tür. »Bitte, Mrs. Cooper, lassen Sie mich das übernehmen. Ich habe Ihnen doch gesagt, Sie sollen sich von diesem Mann fernhalten.«

»Er hat uns die einzige Spur geliefert.«

»Sie können ihm nicht trauen. Er ist die Pest. Ich war bei seinen Verhören dabei.«

An der Bürotür klopfte es.

»Mrs. Cooper?«

»Einen Moment bitte!«, rief Jenny, dann wandte sie sich an Alison. »Lassen Sie mich ihn wenigstens fragen, was er will.«

Sie ging an Alison vorbei und betrat den Vorraum. McAvoy stand im Wartebereich und blätterte in Alisons Kirchenblatt.

»Mr. McAvoy.«

»Entschuldigen Sie bitte, dass ich unangemeldet hier hereinplatze«, sagte er höflich, indem er ihre förmliche Art imitierte. »Ich dachte, wir könnten vielleicht kurz über Mrs. Jamal sprechen.«

Alison erschien hinter Jenny. »Davon würde ich abraten, Mrs. Cooper. Mr. McAvoy ist ein Zeuge. Sie möchten sicher nicht das Risiko eingehen, Ihre Untersuchung zu diskreditieren.«

»Schön, Sie zu sehen, Mrs. Trent«, sagte McAvoy mit

mehr als nur einem Hauch Ironie in der Stimme. »Ist ja schon eine Weile her.«

Alison ging in Kampfstellung, ganz die Polizistin, die sie früher gewesen war. »Sie sollten wissen, dass Mr. McAvoy wegen Rechtsbeugung im Gefängnis saß. Er hat in einem brutalen Raubüberfall ein Alibi gefälscht. Dafür hat man ihn rangekriegt.«

McAvoy lächelte und legte das Kirchenblatt auf den Tisch zurück. »Wie ich hörte, behauptet Ihr alter Chef Pironi, er habe Jesus gefunden. Meiner bescheidenen Meinung nach könnte es dafür ein wenig zu spät sein. Er war einer der schmutzigsten und korruptesten Polizisten, die mir je über den Weg gelaufen sind. Die Kleine hat er damals persönlich bei mir vorbeigeschickt. Aber ich denke, Sie wissen das.«

»Sehen Sie, mit wem Sie es zu tun haben?«, sagte Alison.

»Haben Sie sich je gefragt, warum mein Büro an jenem Tag zufällig verwanzt war? Oder warum diese Zeugin gar nicht genug für die Polizei tun konnte, wo doch jeder Mensch mit gesundem Verstand die Kripo meidet, wenn es nur geht?«

»Können wir bitte damit aufhören?«, sagte Jenny. Sie wandte sich an McAvoy. »Denken Sie, es ist gut für Sie, jetzt hier zu sein?«

»Dieser Fall hat mich meine Freiheit und meine Karriere gekostet ...«

Alison schnaubte abfällig.

Er ignorierte sie und fuhr fort: »Falls Sie sich erinnern, Mrs. Cooper – es war unmittelbar nachdem ich auf die Spur mit dem Toyota gestoßen war, dass Ihre Assistentin und die Kollegen mich geschnappt haben.«

»Damit hatte das nichts zu tun«, sagte Alison.

»Bei allem Respekt«, gab McAvoy zurück und wurde jetzt lauter, »als Kriminalmeisterin hatten Sie keinen blassen Schimmer, Mrs. Trent. Irgendjemand hat Pironi bearbeitet, damit man mich wegsperrt und dieser Wagen nicht gefunden wird. Dann der Anruf am nächsten Tag – der Typ, der mich in die Kiste stecken wollte. Und dann, bevor ich eingebuchtet wurde, der Anruf von diesem Amerikaner, der dieselbe Frage gestellt hat: *Was wissen Sie*?« Er sah Alison an. »Ich denke mir diesen Haufen Scheiße aus und lasse es mir gut gehen, das glauben Sie doch, oder? Aber was ist mit Mrs. Jamal? Und wer ist wieder mal für den Fall zuständig? Na?«

»Mrs. Jamals Wohnung gehört zu seinem Revier.«

»Und wie lange hat er den Posten schon? Drei Monate, wie ich gehört habe. Pironi wurde zur selben Zeit versetzt, als Mrs. Jamal den Antrag eingereicht hat, um ihren Sohn für tot erklären zu lassen. Ich möchte keinem Glaubensbruder eine Todsünde unterstellen, aber man macht sich allmählich so seine Gedanken.«

»Er hat mit Mrs. Jamals Tod nichts zu tun«, fuhr Alison ihn an.

»Ich bin mir sicher, dass Sie eine intelligente Frau sind, Mrs. Trent, aber selbst Exbullen sollten wissen, dass Verbrecher nicht immer mit gezückten Messern herumlaufen.« Er nickte zu der Kirchenzeitung hinüber, die er auf den Tisch gelegt hatte. »Mir ist aufgefallen, dass Sie beide in dem Blatt dort erwähnt werden ...«

Alison durchquerte den Raum, schnappte sich ihren Mantel und verschwand.

McAvoy nahm die Kirchenzeitung, schlug eine Seite auf und reichte sie Jenny. »Die Erwachsenentaufe ist eine wunderbare Angelegenheit, aber die Sache scheint an Glanz zu verlieren, wenn ...«

Er zeigte auf die Meldungen. Mrs. Alison Trent war als eins von fünf neuen Mitgliedern der Gemeinschaft Christi aufgeführt. Sie war am letzten Sonntag getauft worden und hatte zwei Paten, von denen einer als Dave Pironi aufgelistet war.

»Das ist ziemlich mies«, sagte McAvoy. »Sogar für seine Maßstäbe. Wie hat er das nur geschafft? Sie hat doch keine tödliche Krankheit oder so, oder?«

»Nein«, antwortete Jenny. »Nur etwas Ärger in der Familie.«

Sie unterhielten sich in Jennys Büro weiter. McAvoy erklärte, der Prozess, mit dem er im Moment zu tun habe, sei vertagt worden, weil der Richter eine umfangreiche Anhörung anberaumen musste. Acht Mitglieder eines Pädophilenrings behaupteten, sie seien von den jeweils anderen in die Sache hineingezogen worden. Der Gedanke an Mrs. Jamal habe ihn die ganze Nacht nicht schlafen lassen, sagte McAvoy. Doch als ihm in den frühen Morgenstunden die Zigaretten ausgegangen waren, hatten sich die Teile langsam zu einem Ganzen zusammengefügt. Er hatte einen alten Kontaktmann bei der Polizei angerufen, der ihm von Pironis Versetzung nach New Bridewell erzählt und außerdem erwähnt hatte, dass Pironi offenbar bereits seit dem Tod seiner Frau in die Kirche ging. An Werktagen log und hurte er herum wie gehabt, aber sonntags wurde er neu geboren.

Während des Gesprächs mit McAvoy lösten sich Jennys Zweifel an ihm in Luft auf. Er gab sich beherrscht und sachlich und lächelte schuldbewusst, wenn er wieder einmal übertrieben hatte. Sie hatte nicht den Eindruck, dass er erfundene Verschwörungstheorien verbreitete. Nachdem sie mit ihm bei Madog gewesen war und Alison so hartnäckig darauf bestanden hatte, dass er Zeugenaussagen fälschte, um sich zu rehabilitieren, war Jenny tatsächlich misstrauisch geworden. Doch als sie ihm nun in die Augen schaute, glaubte sie kein Wort von den Gerüchten. Wie passte Mrs. Jamals Tod zu Alisons Theorie? Wollte sie behaupten, dass McAvoy etwas damit zu tun hatte? Dass er sie mit nächtlichen Anrufen verfolgt hatte? Und weshalb? Um Pironi in Misskredit zu bringen?

Nein, der Mann, der nun am offenen Fenster lehnte und eine Zigarette rauchte, war kein Monster. Er war zu nervös, hatte zu viel erlebt und wurde zu offensichtlich von einem schlechten Gewissen geplagt, um der Psychopath zu sein, als den Alison ihn hinstellte. Rücksichtslose Menschen hatten Charme, McAvoy strahlte Wärme aus. Sie war unbeständig, diese Wärme, eine nackte Flamme, die vor sich hinflackerte und zwischendurch aufloderte. Jenny spürte, wie sie in ihm brannte, und war überzeugt davon, dass seine leidenschaftliche Liebe zur Gerechtigkeit echt und tief war.

Sie zeigte ihm Alisons Liste der Toyotas, von denen sie einige eingekreist hatte. Er überflog das Papier mit dem Auge des Strafrechtlers. »Wenn man jemanden beiseiteschaffen will«, sagte er, »benutzt man kein Privatfahrzeug. Vermutlich mietet man ein Auto, und zwar mit falschen Papieren, damit man die Spur verwischen kann.« Nur zwei Fahrzeuge auf der Liste waren auf Autovermietungen angemeldet. Eine saß in Cwmbran in South Wales, die andere lag dreißig Meilen nördlich in Hereford, auf der englischen Seite der Grenze.

Jenny griff nach dem Handy und wollte beide anrufen.

»Halten Sie das für eine gute Idee?«, fragte McAvoy. »Man weiß nie, wer alles zuhört.«

»Sie haben recht. Ich werde hinfahren.«

Es war Zeit, das Gespräch zu beenden. McAvoy schaute sie an, als sie nach einem taktvollen Weg suchte, ihm das klarzumachen.

Doch er war schneller. »Wenn ich Ihre Assistentin damit

nicht noch mehr aufbringen würde, würde ich fragen, ob ich mitkommen darf.«

»Denken Sie, ich brauche jemanden zum Händchenhalten?«

»Mrs. Jamal hätte jemanden gebraucht.«

Jenny zuckte innerlich zusammen, gab sich aber Mühe, sich nichts anmerken zu lassen.

16

Auf der einstündigen Fahrt in die ehemalige Kohlestadt Cwmbran rauchte McAvoy und döste vor sich hin. Ein, zwei Mal versuchte Jenny, ein Gespräch zu beginnen, aber er antwortete kaum. Mit halb geschlossenen Augen starrte er in die graue Landschaft. Der ewige Nieselregen verwandelte sich in Schneeregen, als sie tiefer nach South Wales hineinfuhren.

Sie fragte, ob ihn irgendetwas bedrücke, und erhielt ein missmutiges »*Mhm*« zur Antwort. Seine Stimmung war undurchschaubar.

Die Autovermietung lag am Stadtrand, in einem Industriegebiet mit Blick auf gleichförmige Hügel, die aus dem Abraum entstanden waren, als die mittlerweile stillgelegten Bergwerke die Erde noch von innen nach außen gekehrt hatten. McAvoy wachte auf, als Jenny parkte, und folgte ihr hinein. Kunden waren nicht da, nur ein fülliger Angestellter, der gerade ein Sandwich aß. Er wischte sich die Krümel vom Mund, als sie durch die Tür traten. McAvoy ignorierte seine Begrüßung und ging zur Kaffeemaschine, um sich einen Gratiskaffee zu holen.

Jenny zog eine Visitenkarte hervor und erklärte dem Angestellten, dass sie wissen müsse, ob jemand in der Nacht des 28. Juni 2002 den Toyota gemietet habe, und wenn ja, wer es gewesen sei. Der Angestellte erklärte, keinen Zugang zu den Akten zu haben, man könne ihr nur im Hauptbüro in Cardiff weiterhelfen. Er suchte in seinem Computer nach der Nummer, fügte aber hinzu, dass er sich keine großen Hoffnungen machen würde: Die Firma behalte ihre Fahrzeuge nur ein, höchstens zwei Jahre.

Von hinten hörte Jenny McAvoys Stimme. »Was hat das denn damit zu tun, verdammt noch mal?«

»Wie bitte, Sir?«

»Was hat die Frage, wie lange Sie ein Fahrzeug behalten, mit Ihren Akten zu tun? Die archivieren Sie doch für die Steuerbehörde. Wo sind sie also?«

Jenny sah, dass der Mann zauderte, als er McAvoy musterte.

»Es besteht kein Grund zum Fluchen.«

McAvoy ging zum Tresen, stellte seinen Kaffee ab und starrte ihn aus roten, verquollenen Augen an. Jenny spürte, wie sich ihr der Magen umdrehte.

»Ich entschuldige mich«, sagte McAvoy. »Die Gesellschaft, in der ich mich im Rahmen meiner Arbeit zumeist bewege, bringt mich manchmal dazu, unangemessene und zügellose Worte zu benutzen. Bitte vergessen Sie meinen Ausfall.«

Jenny krümmte sich innerlich zusammen und senkte vor Scham den Blick. Der Angestellte wandte sich wieder seinem Bildschirm zu. McAvoy trank seinen Kaffee und schaute ihm böswillig zu.

»Hier ist die Nummer, Ma'am«, sagte der Mann. »Null, eins, zwei, neun, null ...«

»Die Verträge ...«, unterbrach ihn McAvoy. »Die Formulare, die man unterschreibt, wenn man ein Auto mietet – wo bewahren Sie die auf?«

Der Angestellte schaute Jenny an. »Ist schon okay. Ich werde die Nummer anrufen«, sagte sie.

»Was ist da hinten drin?«, fragte McAvoy und zeigte auf

eine Tür im Büro. »Da bewahren Sie doch die Akten auf, richtig? Die Steuerfritzen gehen doch direkt dorthin durch, um zu kontrollieren, ob Ihr Papierkram in Ordnung ist.«

»Ich bin nicht befugt, die Dokumente herauszugeben, Sir.«

»Vorhin haben Sie noch gesagt, Sie hätten keinen Zugang dazu«, sagte McAvoy leise, aber mit einem bedrohlichen Unterton. »Da haben Sie gelogen, was, mein Sohn?«

Der Angestellte wischte sich eine Schweißperle von der Unterlippe. Sein Blick huschte zum Telefon auf dem Tresen hinüber.

Zu Jenny sagte McAvoy: »Nur zu. Man muss nicht tausend Umwege machen.« Dann nahm er seinen Kaffee und ging hinaus.

Jenny und der Angestellte sahen sich an. Er wartete darauf, dass sie die Führung übernahm.

»Ich denke, es ist das Beste, wenn Sie mir einfach die Akten für dieses Datum heraussuchen«, sagte Jenny.

Er nahm einen Schlüssel aus einer Schublade und verschwand im hinteren Büro. Während er in den Aktenschränken herumwühlte, schaute Jenny hinaus und sah McAvoy zum Outlet für Teich- und Aquarienbedarf auf der gegenüberliegenden Straßenseite schlendern. Er blieb stehen, um einer jungen Frau, die sich mit einem Kind im Buggy und schweren Einkaufstüten herumplagte, die Tür aufzuhalten. Als er etwas sagte, lachte sie, dann bückte er sich und tätschelte dem Kind den Kopf.

Der Angestellte kam mit verschiedenen Unterlagen wieder. »Wenn Sie wollen, kann ich Ihnen Kopien machen«, sagte er. »Der Wagen wurde am 24. Juni für zwei Wochen an das Pflegeheim von Fairleas vermietet. Hier sind der unterschriebene Vertrag und der Kreditkartenbeleg. Möchten Sie sonst noch etwas sehen?«

Jenny blätterte in den vergilbten Dokumenten. »Nein. Das reicht.«

Mit quietschenden Reifen verließ sie das Industriegebiet und fuhr aus der Stadt hinaus. McAvoy saß ungerührt auf dem Beifahrersitz und genoss die Aussicht. Die Wolken waren stellenweise aufgerissen, und hinter den modernen identischen Reihenhäusern konnte man eine dünne Schneeschicht auf den Hügeln liegen sehen.

Jenny beschleunigte aus dem Kreisverkehr heraus und jagte den Golf im dritten Gang auf siebzig Meilen hoch. Dann wechselte sie direkt in den fünften. Der Wagen machte einen Satz, als sie die Kupplung zu früh kommen ließ. McAvoy ruckte nach vorn, sagte aber nichts.

»Benehmen Sie sich immer so?«, fragte Jenny.

»Sie waren gerade dabei, sich an irgendeinen beschissenen Kundenservice abwimmeln zu lassen.«

»Unglaublich. Dabei dürften Sie gar nicht hier sein.«

»Was ist wichtiger?«, fragte McAvoy. »Die Wahrheit zu erfahren oder einen unbeteiligten Typen zu schonen?«

»Ich bin Coroner, ich kann mich so nicht aufführen.«

»Glauben Sie etwa, ich war der Erste, der vor dem Typen geflucht hat?«

»Sie haben ihm Angst eingejagt, verdammt. Und meine Autorität untergraben.«

»Das haben Sie schon selbst hinbekommen.«

»Sie haben nicht das Recht, sich in meine Untersuchung einzumischen. Und wenn Sie das nicht verstehen, können Sie auf der Stelle aussteigen.«

»Sie würden mich nach Hause laufen lassen?«

»Von mir aus können Sie erfrieren.«

McAvoy zuckte mit den Achseln, dann musterte er sie von der Seite, als wäre er zu einem Schluss gekommen.

»Was ist?«, fuhr sie ihn an.

»Sie müssen ruhiger werden, Jenny. Sie sind ein Nervenbündel.«

»Ach ja?«

»Das ist mir schon aufgefallen, als ich Sie vor der Gemeindehalle sitzen sah, so in sich zusammengekauert, als hätte die ganze Sache nichts mit Ihnen zu tun. Damals dachte ich, irgendjemand hat sämtliches Vertrauen aus Ihnen rausgeprügelt.«

»Wenn ich Ihre Meinung hören möchte, frage ich Sie danach«, sagte Jenny.

»Warum weinen Sie nicht einfach? Würde die Atmosphäre zwischen uns bereinigen.«

»Sie können mich mal gernhaben.«

Das Gefühl der Wut hielt ihre Tränen in Schach. Sie klammerte sich die gesamte Fahrt nach Hereford daran. McAvoy saß provozierend ruhig da und schaute auf die vielen ineinander verschachtelten Felder hinaus. Seine wechselhaften Stimmungen machten ihr Angst. Er erinnerte sie an diese brutalen Typen, die ihre Frauen schlugen. In ihrem alten Beruf war sie ihnen gelegentlich im Gerichtssaal begegnet: Männer, deren Charme ohne Vorwarnung in Gewalt umschlug und umgekehrt. Ihre unglücklichen Partnerinnen hatten stets dasselbe gesagt: *Wenn er gut gelaunt ist, ist er der netteste Mensch der Welt.* Sie verfluchte sich dafür, dass sie McAvoy je irgendwohin mitgenommen hatte.

Hereford war eine Stadt, mehr ein Marktstädtchen, das Jenny im Verlauf der Jahre immer mal wieder besucht hatte. Sie hatte miterlebt, wie es sich von einem hübschen, unberührten Ort in ein zubetoniertes, vollgemülltes, charakterloses Nest verwandelt hatte, mit den üblichen Geschäftsketten im historischen Zentrum und amerikanischen Einkaufszentren an der Peripherie. Hereford war ein weiteres Opfer der Kleingeister geworden, die die meisten britischen Städtchen auf dem Gewissen hatten. Nur die tausend Jahre alte Kathedrale und ein paar Straßen in ihrer Nähe hatten ihren Charakter bewahrt, doch auch hier hatten die Kulturbanausen schon zugeschlagen. Eine Pizzakette hatte das viktorianische Postamt übernommen, und ein heruntergekommener Laden mit billigen Plastikschildern hatte ein alteingesessenes Familienunternehmen verdrängt.

Die Autovermietung befand sich in einer alten Baracke auf einem ehemaligen Güterbahnhof und lag versteckt hinter ein paar Elektro- und Heimwerkermärkten. In dieser trostlosen Umgebung war sie beinahe ein Relikt: *St. Ethelbert's Fahrzeugvermietung. Seit 1962* verkündete das Schild. Von gegenüber war das Getöse einer Mechanikerwerkstatt zu hören, vor der ausgeweidete Fahrzeuge und stapelweise alte Autoreifen lagen. Rechts war eine Tischlerei. Ein paar Arbeiter standen davor und machten Pause. Sie hatten in einem Ölfass ein Feuer entzündet und stampften mit den Füßen gegen die schneidende Kälte an. Die Szene ließ Jenny an ihre Kindheit denken, die sie in einer Kleinstadt verbracht hatte. Vor allem der Geruch nach feuchten Ziegeln, Maschinenöl und brennendem Holz weckte Erinnerungen.

»Ich nehme an, Sie verzichten auf meine Begleitung«, sagte McAvoy.

»Was denken Sie?« Jenny stieg aus und ging zum Büro hinüber.

Ein junger Mann, nicht älter als zwanzig, in einem billigen Anzug mit Krawatte tippte hinter dem Tresen auf einer schmierigen Tastatur herum. Die Luft war schwer vom Gestank alten Linoleums und den Ausdünstungen einer betagten Gasheizung.

Jenny reichte ihm ihre Visitenkarte und erklärte höflich

den Grund ihres Besuchs. Der Schnellste war der Junge nicht, und Jenny bezweifelte, dass er je ihre Berufsbezeichnung gehört hatte, aber er war hilfsbereit.

»Ich bin erst seit Weihnachten hier«, sagte er, »daher kann ich mich an dieses spezielle Auto nicht erinnern. Aber ich könnte den Chef auf seinem Handy anrufen.«

»Haben Sie die Akten nicht hier?«, fragte Jenny.

»Nicht als Ausdrucke. Die nimmt der Chef mit nach Hause.«

»Und was ist mit dem Computer? Da tragen Sie doch alles ein, oder?«

»Ja ...«

»Wollen wir mal nachschauen?« Sie hoffte, ihn durch ein Lächeln zur Mitarbeit zu ermutigen. Er begann, auf den dreckigen Tasten herumzutippen, und auf dem altmodischen Monitor erschien eine Liste mit Daten.

»Okay ... Da ist der Toyota. Wir haben ihn 2005 abgestoßen.« Jenny drehte sich um und blickte besorgt aus dem Fenster. McAvoy saß nicht mehr auf dem Beifahrersitz. Alarmiert schaute sie nach links und nach rechts und entdeckte ihn dann, wie er auf das Feuer zuging. Er hob die Hand, um die zwei Männer zu grüßen, die sich dort noch wärmten.

»Sie interessieren sich für Juni 2002, nicht wahr?«

»Das ist richtig.« Sie wandte sich wieder dem jungen Mann zu, der mit dem Finger den Bildschirm hinabfuhr und einen Streifen in der Staubschicht hinterließ.

»Der war vom 20. bis zum 23. vermietet. Dann erst wieder am 6. Juli.«

»Sind Sie sich sicher?«

»So steht es hier. Schauen Sie.« Er drehte den Bildschirm zu ihr herum. Für das Datum war kein Eintrag verzeichnet.

»Aha, okay«, sagte sie enttäuscht. »Danke, dass Sie es versucht haben. Vielleicht könnten Sie mir trotzdem die Nummer Ihres Chefs geben?«

McAvoy kam in ihre Richtung geschlendert, als sie das Büro verließ. Es war erst drei Uhr nachmittags, und das Tageslicht ließ bereits nach. Funken sprühten aus dem Ölfass und flogen ihm mit der scharfen Brise hinterher.

»Alles in Ordnung?«, fragte er und unterdrückte ein Lächeln.

Jenny ging direkt zu ihrem Wagen. »Der Toyota war an dem Tag nicht verliehen. Wir haben die Computerdaten gecheckt.«

»Haben Sie ihn gefragt, ob sie auch Geschäfte gegen Barzahlung machen?«

»Er ist nur ein Junge. Ich habe die Nummer von seinem Chef.« Sie setzte sich auf den Fahrersitz.

McAvoy hielt die Tür fest, bevor Jenny sie zuschlagen konnte. »Wenn Sie ein Auto mieten würden, um jemanden zu entführen, würden Sie dann Spuren hinterlassen? Schauen Sie sich die Gegend hier doch an. Ein paar Riesen in bar – denken Sie, die Leute würden Nein sagen?«

»Ich werde mit dem Besitzer sprechen. Könnten Sie jetzt bitte loslassen? Mir ist kalt.«

Er stemmte sein Knie gegen die Tür. »Um was zu fragen? Ob er sich an einen Deal vor acht Jahren erinnert?«

»Was schlagen Sie vor?«

»Dass Sie sich ein bisschen Mühe geben, Mrs. Cooper. Himmelherrgott.«

»Diese Diskussion hatten wir schon«, sagte Jenny entnervt.

»Hören Sie. Diese Jungs da drüben sind aus Lettland. Sie haben einen Mann mit Pferdeschwanz gesehen, Mitte vierzig etwa. Ein, zwei Mal hat er ein Auto gemietet. Meist kommt er mit einem alten Mark 1 Land Rover, den er in der Werkstatt dort überholen lässt. Letzten Herbst hat er ein Aluminium-Hardtop anfertigen lassen. Einer der Letten ist eigentlich Schweißer und hat dem Mechaniker dabei geholfen.«

Jenny seufzte. »Kennen die Männer den Namen dieses Typen?«

»Sie haben keinen Schimmer.« McAvoy lächelte unschuldig. »Mein Vorschlag ist doch nur, dass man mal höflich nachfragen sollte.«

»Okay. Aber das werde ich dann übernehmen.« Sie stieg wieder aus. »Und wagen Sie es ja nicht, mir zu folgen.«

Sie kehrte zum Büro zurück, wo der junge Mann soeben ein Telefonat beendete. Er wirkte leicht irritiert, als sie erneut auftauchte.

»Helfen Sie mir bitte noch einmal«, sagte Jenny. »Sie haben einen Kunden, einen Mann in den Vierzigern mit Pferdeschwanz. Fährt einen alten Land Rover. Wissen Sie, wen ich meine?«

Er schüttelte den Kopf. »Nein ...«

Sie trat näher an den Tresen heran und lächelte. »Was ich jetzt frage, bleibt ganz unter uns, okay? Zahlen manche Kunden bar, wenn sie ein Auto mieten? Keine Belege, kein Papierkram?«

»Bei mir nicht«, sagte er und zuckte mit den Achseln. »Für den Chef kann ich nicht sprechen.«

Sie versuchte es erneut. »Ich brauche dringend Informationen über diesen Mann mit dem Pferdeschwanz. Sind Sie sich ganz sicher, dass Sie ihn noch nie gesehen haben?«

»Ich arbeite erst seit sechs Wochen hier.«

»Ich glaube Ihnen«, sagte Jenny. »Aber geben Sie mir besser auch noch die Adresse von Ihrem Chef.«

McAvoy saß auf der Motorhaube, hauchte in seine Hände und schaute über den Hof in die offene Autowerkstatt.

»Er ist neu hier«, sagte Jenny. »Ich werde mit dem Besitzer sprechen müssen.«

»Warum versuchen Sie es nicht dort drüben?«, fragte McAvoy. »Der Typ wird ihn kennen – er hat eine Woche lang an seinem Auto herumgebastelt. Ist sinnvoller, als einen Mann zu bitten, sich selbst zu belasten.«

Sie schaute zu der Werkstatt hinüber. Der Mechaniker, ein großer Mann mit muskelbepackten Armen, arbeitete am Auspuff eines Fahrzeugs, das auf einer Heberampe stand. »Bleiben Sie hier.«

Sie ging über den Kies und vermied die Pfützen, so gut es ging. Ihre Schuhe wurden nass, und die schmalen Absätze verkratzten. Trotzdem schaffte es Jenny irgendwie doch noch zum Betonvorplatz und näherte sich der Werkstatt. Sie wusste nie, wie man sich in solchen Betrieben benahm. Sollte sie darauf warten, dass er zu ihr kam, oder sollte sie ihm etwas zurufen?

Aus dem Blick, den er ihr zugeworfen hatte, als sie rüber zur Werkstatt gelaufen war, schloss sie, dass er sie gesehen hatte. Trotzdem ließ er sie stehen und frieren, während er eine weitere Schraube rausdrehte.

»Hallo!«, rief sie gegen ein Radio an, aus dem nonstop Neunzigerjahre-Techno wummerte.

Erst als der Mann seine Arbeit in Seelenruhe beendet hatte, drehte er sich halb zu ihr um und musterte sie. »Was kann ich für Sie tun?«

»Mein Name ist Jenny Cooper. Ich bin der Coroner des Severn Vale District und suche einen Ihrer Kunden. Haben Sie einen Moment Zeit?«

Der Mechaniker steckte den Schraubenschlüssel in eine längliche Tasche an seinem Hosenbein, duckte sich unter der Rampe hindurch und wischte sich seine ölverschmierten Hände an der Rückseite seiner Hose ab. Er war mindestens eins neunzig groß, mit den breiten Schultern wirkte er wie ein Stier.

Höflich erzählte ihm Jenny von dem Mann mit dem Pferdeschwanz, der einen Mark 1 Land Rover fuhr.

Der Blick des Mechanikers huschte zur Tischlerei hinüber, während er sich fragte, wer sie geschickt hatte.

»Ich würde es sehr begrüßen, wenn Sie mir weiterhelfen könnten. Der Mann könnte ein wichtiger Zeuge sein.«

Langsam schüttelte der Mechaniker seinen massigen Kopf. »Keine Ahnung, von wem Sie reden.«

»Sie haben letzten Herbst etwas für ihn gemacht ... ein Dach ...« Wenn sie mit Handwerkern sprach, bewegte sich Jenny stets auf unbekanntem Terrain. »Einer der lettischen Jungs hat Ihnen geholfen.«

»Mir nicht«, sagte er und wandte sich wieder zur Rampe um.

»Entschuldigen Sie«, sagte Jenny. »Ich weiß nicht, ob Ihnen klar ist, dass es sich um eine ernste Angelegenheit handelt. Ich kann Sie als Zeugen vorladen.«

»Tun Sie das.« Er zückte seinen Schraubenschlüssel und ging an die Arbeit zurück.

»Rechnen Sie mit einer Vorladung. Wir sehen uns Montagmorgen vor Gericht«, drohte sie schwach und wirkungslos.

»Hey, großer Knabe.« Jenny fuhr herum und sah McAvoy über den Kies rennen. »Sie sollten wissen, wen Sie da schützen.«

Jenny warf ihm einen flehentlichen Blick zu, sich rauszuhalten.

Er hob die Hände. »Ganz ruhig.« Dann rief er dem Mechaniker hinterher: »Der Pferdeschwanz ist ein Perverser. Liebt es, kleinen Kindern Farbe ins Haar zu sprühen.«

Der große Mann drehte sich um.

»Das ist die Wahrheit. Ich weiß nichts über Sie, aber an Ihrer Stelle würde es mir nicht gefallen, als Freund von solchen Typen zu gelten. Wenn die Leute zu tuscheln anfangen ...«

»Alec, um Himmels willen.«

McAvoy beachtete sie nicht, ging zur Rampe und drückte auf den Knopf, der die Hydraulik in Gang setzte. Der Mechaniker schoss unter der Rampe hervor, den Schraubenschlüssel in der Hand. »Was machen Sie da, verflucht?«

»Ihre Aufmerksamkeit suchen.« McAvoy trat einen Schritt vor. »Vergessen Sie die Karre da, mein Freund. Pech und Schwefel wird sich über Sie ergießen, wenn Sie sich nicht ein bisschen hilfsbereit zeigen.«

Der Mechaniker umklammerte seinen Schraubenschlüssel. Jenny beobachtete die Szene mit offenem Mund. Ihre Kehle schnürte sich zusammen.

»Er hatte es auf ein kleines sechsjähriges Mädchen abgesehen. Möchten Sie wirklich, dass so etwas passiert?« McAvoy trat noch einen halben Schritt vor und stand nun wenige Zentimeter vor dem großen, wesentlich kräftigeren Mann. »Oder möchten Sie lieber das Richtige tun?«

Jenny beobachtete die Szene ungläubig. Der Mechaniker musterte McAvoy, hob den Schraubenschlüssel ein wenig an, bereit zum Schlag, besann sich dann aber eines Besseren, senkte das Werkzeug wieder, reckte trotzig das Kinn nach vorne und trat einen Schritt zurück. Schweigend ging er zu dem vollgestellten Brett, das ihm als Büro diente – eine Planke auf Reifenstapeln –, riss ein Stück Papier ab und kritzelte etwas mit einem Bleistiftstummel darauf. Den Zettel reichte er Jenny, dann verschwand er hinten im Gebäude. *Chris Tathum, Capel Farm, Peterchurch.*

Sie steckten im Stau, direkt vor einem Gebäude, das einst ein Viehmarkt gewesen war. Ihre feuchten Mäntel ließen die Fenster beschlagen, und Jenny fühlte sich eingeengt. Am liebsten hätte sie eine Tablette genommen, traute sich aber vor McAvoy nicht. Sie hatte sowieso schon das Gefühl, keine Geheimnisse vor ihm zu haben, so als hätte er eine unnatürliche Begabung, ihre Schwächen zu durchschauen.

Er brach das Schweigen, das zwischen ihnen herrschte, seit sie die Werkstatt verlassen hatten. »Sie wollen dem Mann nicht zufällig gleich einen Besuch abstatten, wo Sie schon einmal hier draußen sind?«

»Ich bin keine Polizistin«, sagte Jenny schnell.

»Aber Sie müssen ihn bitten, eine Aussage darüber zu machen, wo er in jener Nacht war.«

»Ich werde meine Assistentin hinschicken.«

Sie schoben sich ein paar Meter weiter. Die Ampel vor ihnen sprang wieder auf Rot.

»Wenn Sie mich fragen, sollten Sie schon einmal vorbeischauen und ihm damit zeigen, dass Sie es ernst meinen. In aller Höflichkeit natürlich.«

Jenny trommelte nervös mit den Daumen auf dem Lenkrad herum, hielt die Augen starr auf die Straße gerichtet und kämpfte gegen das Gefühl an, dass sich sämtliche Autos auf sie zuschoben.

»Wenn Sie es nicht tun«, sagte McAvoy, »könnte er Ihnen durch die Lappen gehen. Die lettischen Jungs haben ihn nur ein paarmal gesehen. Der Typ von der Autovermietung wird schon seinen Chef angerufen haben, und der Mechaniker hat ihm vielleicht sogar bereits einen Tipp gegeben. Wenn die Lage etwas anders wäre, könnte man sich vielleicht von der Polizei helfen lassen, aber ich bezweifle, dass wir diese Option haben.«

»Was bedeutet das alles für Sie?«, fragte Jenny. »Warum interessiert Sie dieser Fall? Sie werden doch nicht einmal dafür bezahlt.«

Er nickte zum Turm der Kathedrale hinüber, der in der Ferne hinter einer falschen Stadtmauer aufragte, die einen Supermarkt umschloss. »Aus denselben Gründen, aus denen andere Leute so etwas gebaut haben – es scheint einfach das Richtige zu sein.«

»Sie werden von einem Gefühl gelenkt, mhm?«

»Wenn Sie so wollen.«

»Warum hört sich das nur zynisch an?«, fragte Jenny.

»Warum nicht – bei einem Mann mit meiner Geschichte?«

»Genau das ist es. Begreifen Sie jetzt, warum ich Sie nicht chauffiere, um Mr. Tathum Hallo zu sagen?«

McAvoy putzte mit dem Ärmel sein Seitenfenster. »Wissen Sie was, Jenny? Ich glaube nicht, dass ich es bin, vor dem Sie Angst haben. Oder Mr. Tathum, wer auch immer das sein mag. Die Person, die Ihnen den Arsch auf Grundeis gehen lässt, sind Sie selbst.« Er schaute sie über die Schulter hinweg an und musterte sie dann mit gerunzelter Stirn. »Ich habe den Fall verfolgt, mit dem Sie letztes Jahr zu tun hatten. Die beiden Jugendlichen, die in der Haftanstalt gestorben sind. Dazu war sicher eine Menge Mut nötig. Und wissen Sie, wovon ich überzeugt bin?«

Jenny schloss die Augen und schüttelte den Kopf. Es war ihm schon wieder gelungen, direkt in ihr Innerstes vorzudringen.

»Wir finden uns nicht grundlos in solchen Situationen wieder. Ich würde wetten, dass Sie irgendetwas über sich gelernt haben. Sie haben diese Befugnisse und diese Macht übernommen, ohne auch nur eine Sekunde nachzudenken. Erst danach haben Sie sich über Ihren eigenen Mut erschrocken.«

»Nicht ganz.«

»Was ich damit sagen will: Sie wissen genauso gut wie ich, was es bedeutet, von etwas berührt zu werden. Es ist kein angenehmes Gefühl. Beim ersten Mal wird man von einer Welle in die Höhe gehoben. Bei jedem weiteren Mal hat man meist die Wahl.«

Hinter der Adresse verbarg sich ein kleines Bauernhaus im Schatten der Black Mountains. Von Peterchurch aus waren sie drei Meilen einer schmalen Straße gefolgt, die dann für eine weitere Meile in einen Feldweg überging. Es war bereits vollkommen dunkel, als Jenny vor dem Tor auf einen Platz fuhr, auf dem sich Werkzeug und Baumaterial stapelten. Das Haus, das aussah wie zwei miteinander verbundene Cottages, wurde gerade renoviert. Die eine Hälfte mit den erleuchteten Fenstern im Erdgeschoss wirkte bewohnt, die andere war noch eine dachlose Hülle. Jenny ließ McAvoy auf die Heilige Jungfrau schwören, dass er im Auto bleiben würde. Er wünschte ihr viel Vergnügen und stellte seine Rückenlehne zurück, um ein Nickerchen zu machen.

Sie öffnete den Riegel des schweren Tors und suchte sich im Licht der Miniaturtaschenlampe an ihrem Schlüsselanhänger einen Weg zwischen den Schlaglöchern hindurch, vorbei an dem alten Land Rover mit dem schicken Aluminium-Hardtop. Bevor sie den schweren Eisenklopfer an der Vordertür anhob, schaute sie zum Golf zurück. McAvoy war in der Dunkelheit nicht zu erkennen. Dabei würde es hoffentlich auch bleiben.

Ein Mann in Jeans und einem mit Farbe vollgekleckerten Sweatshirt kam an die Tür. Hinter ihm im Haus bellten Hunde. Er hatte das richtige Alter der gesuchten Person, aber sein Haar war kurz geschoren. Sein Körper war so durchtrainiert und muskulös wie der eines Menschen, der viel Zeit an der frischen Luft verbringt. Nervöser, als sie es erwartet hatte, fragte Jenny ihn, ob er Christopher Tathum sei. Als er bejahte, ließ sich an seinem Verhalten keinerlei

Angst oder Vorsicht erkennen. Er war einfach nur ein Mann, der auf dem Land lebte und ein Haus renovierte.

Sie fühlte sich schuldig, als sie ihm erklärte, dass sein Name als der eines möglichen Zeugen in einem ihrer Fälle gefallen sei.

»Tatsächlich? Und um was für einen Fall handelt es sich?«, fragte er. »Ich glaube nicht, dass ich irgendjemanden kenne, der in letzter Zeit gestorben ist.« Seiner Stimme nach war er durchaus gebildet. Irgendetwas kam Jenny vertraut vor, aber sie konnte es nicht zuordnen. Seine Augen blickten intelligent, sein Gesichtsausdruck war geduldig, aber skeptisch.

Die Worte sprudelten aus ihrem Mund, ohne dass sie noch einmal nachgedacht hätte. »Ende Juni 2002 sind in Bristol zwei Männer indopakistanischer Herkunft verschwunden. Sie wurden auf dem Rücksitz eines Wagens gesehen, den Sie möglicherweise damals ausgeliehen hatten.«

Tathum lächelte verblüfft. »Wer hat Ihnen das denn erzählt?«

»Das kann ich im Moment leider nicht sagen. Ich brauche aber eine Aussage von Ihnen, in der Sie erklären, wo Sie damals waren. Am 28. Juni 2002, um genau zu sein.«

Er schien belustigt. »Und wenn ich es nicht mehr weiß?«

»Denken Sie ein bisschen nach. Warten Sie, welche Erinnerungen wieder hochkommen.« Sie gab ihm die letzte Visitenkarte, die noch in ihrem Portemonnaie steckte. »Vielleicht könnten Sie Ihre Aussage als Brief formulieren und mir übers Wochenende unterschrieben ins Büro faxen? Wenn es Ihnen lieber ist, kann ich auch meine Assistentin vorbeischicken.«

Im Licht der schwachen Glühbirne der Veranda, auf der sie standen, sah er auf die Karte. »Ich weiß nichts über irgendwelche Indopakistaner. Ich bin Maurer.«

»Auch damals schon, Sir?«

»Ich dachte, ich soll einen Brief schreiben.« In seiner Miene lag jetzt etwas Bedrohliches. Sein Gesicht hatte sich zu einer abweisenden Maske verhärtet.

»Wenn Ihnen das möglich wäre. Vielen Dank.« Sie trat von der Tür weg und wollte über den Hof zurückgehen.

»Warten Sie einen Moment«, sagte Tathum. »Was wirft man mir vor?«

Sie blieb stehen und schaute zurück. »Man wirft Ihnen gar nichts vor. Die Untersuchung eines Coroners dient nur dazu, Fakten und Ereignisse zu einem Todesfall zusammenzutragen. Hier handelt es sich um einen mutmaßlichen Todesfall.«

»Ich weiß nichts über Ihren Fall. Sie verschwenden nur Ihre Zeit.«

»Dann sollten Sie genau das aufschreiben. Berichten Sie, wo Sie gearbeitet haben, mit wem Sie zusammen waren und so weiter. Dann kann ich Sie aus der Untersuchung heraushalten. Guten Abend, Mr. Tathum.«

Sie wandte sich wieder in Richtung Tor.

»Sie nehmen diesen ganzen Weg auf sich und sagen mir dann nicht einmal, was ich getan haben soll?«

Ihr Instinkt riet ihr, nicht stehen zu bleiben.

»He, Lady. Ich rede mit Ihnen.« Sie hörte seine Schritte hinter sich und drehte sich um. Jenseits der Lichter des Hauses war er nichts als ein wütender Schatten.

»Die Sache ist ganz einfach, Mr. Tathum. Ich bitte Sie nur, mir zu sagen, was Sie in der fraglichen Nacht getan haben, am 28. Juni 2002.«

»Wissen Sie was?« Er trat näher. Jenny wich zurück, bis ihr Rücken gegen das Tor stieß.

»Mr. Tathum …«

Wo war McAvoy jetzt, da sie ihn tatsächlich einmal brauchte?

Tathum funkelte sie an und schien eine Beschimpfung herunterzuschlucken. Sie zuckte zusammen, als unvermittelt sein Kopf auf sie zuschnellte. Er berührte sie nicht, doch ihre Nerven lagen blank. Als er zum Haus zurückkehrte, tastete sie nach dem Riegel am Tor, ging schnell hindurch und ließ sich ins Auto fallen.

Als sie wieder zu Atem kam, sagte McAvoy: »Das war schon besser.«

Es war McAvoys Idee, am Pub anzuhalten. Wenn Jenny nicht das verzweifelte Bedürfnis gehabt hätte, eine Tablette zu nehmen, hätte sie sich nicht so leicht überreden lassen. Sie zog sich in die zugige Damentoilette zurück und dankte Gott für die Möglichkeit, sich selbst helfen zu können. Die Dosierung hatte sie mittlerweile im Griff: gerade genug, um ihre Nerven zu beruhigen, ohne benommen zu werden. Sie hatte McAvoy um ein Tonic Water gebeten und schon fast das gesamte Glas getrunken, als ihr auffiel, dass das wohlige Gefühl, das ihren Körper durchströmte, nicht nur mit dem Holzfeuer in der Kaminecke oder der Erleichterung über die überstandene Begegnung mit Tathum zu tun hatte. Das Getränk enthielt Wodka. Sechs Monate Nüchternheit waren zum Teufel. Sie hätte es ihm sagen sollen, aber ein Teil von ihr dachte: *Was soll's? Ich habe mich so danach gesehnt, mich wieder gut zu fühlen. Es ist schließlich nur ein einziger Drink*. Also trank sie den Rest langsam in kleinen Schlucken und redete sich ein, dass es schon nicht so schlimm sein würde. Wie McAvoy richtig gesagt hatte, wollte sie nicht verängstigt durchs Leben gehen. Ein Drink am Abend gehörte dazu, wenn sie lernen wollte, sich wieder selbst unter Kontrolle zu haben.

Er war witzig und mitreißend, einfühlsam und geistreich. Seine Abenteuer aus dem Gerichtssaal waren zum Brüllen komisch, und seine Schilderungen der tragischen Charaktere, die ihm im Gefängnis begegnet waren, rührten sie zu Tränen. Je mehr er trank, desto herzlicher und poetischer wurde er. Plötzlich ahnte sie die komplizierten Schichten seines widersprüchlichen Charakters und verstand seine moralischen Überzeugungen: Er akzeptierte alle Menschen gleichermaßen, egal ob gut oder schlecht, weil »wir letztlich alle Kreaturen Gottes sind«. In ihrem aufgeputschten Zustand fand Jenny diese Mischung aus Demut und Kreativität, aus bewusster Unabhängigkeit und überzeugter Unterwerfung außerordentlich betörend. Als Anwalt, erklärte er, habe es für ihn immer nur eine Philosophie gegeben: »Richte nicht, damit du nicht gerichtet wirst.« Das hieß nicht – wie die meisten Leute dachten –, dass es Sünde sei, über andere zu urteilen, sondern dass alle, die heute richteten, eines Tages auch gerichtet werden würden, und zwar nach wesentlich strengeren Regeln als die, die sich die Menschen ausdachten.

»Und darin finde ich ein winziges bisschen Trost«, sagte er. Die Finger, die sein Glas umfassten, waren nur einen Hauch von ihren entfernt. »In meinem Leben habe ich ein paar wirklich verruchte Dinge getan, zusammen mit ein paar wirklich schlechten Menschen dieser gefallenen Welt, aber keinen Moment zweifelte ich daran, dass ich irgendwann genauso hart beurteilt werden würde wie mein Nächster.«

»Denken Sie, dass Sie später durch das richtige Tor treten werden? In den Himmel?«, fragte Jenny lächelnd.

»Mir gefällt jedenfalls der Gedanke, dass ich es zum Quietschen bringe … Wer weiß.« Er nippte an seinem Whisky und richtete seinen Blick nach innen.

Jenny betrachtete ihn und fragte sich, von was für Sünden er sich mit seinem Kreuzzug reinzuwaschen gedachte. Fast hätte sie ihn gefragt, aber irgendetwas hielt sie davon ab. Sie wollte es nicht wissen, wollte nicht zu einem Urteil gezwungen werden. Es war genug, dass sie von ihm lernte. Er ließ sie an seinen Weisheiten teilhaben, die sich ihr allerdings noch erschließen mussten.

Aus den Tiefen seiner Versunkenheit fragte McAvoy: »Glauben Sie wirklich, dass diese Jungen Terroristen waren?«

»Tut das etwas zur Sache?«, fragte Jenny.

»Was im Dunkeln geschieht, muss immer ans Licht gezerrt werden«, sagte McAvoy. Er kippte den Rest seines Whiskys runter. »Wir sollten gehen.«

17

Mum … Ist alles in Ordnung?«

Jenny erwachte aus einem bleiernen, traumlosen Schlaf. Ihre Glieder waren zu schwer, um sich zu bewegen. Ross' ängstliche Stimme kam vom Fußende des Bettes.

»Mum?«

»Mhm«, machte sie und drehte sich von dem Licht weg, das durch den Spalt im Vorhang fiel.

»Ich dachte, du bist vielleicht krank.«

Irgendetwas stimmte nicht, sie fühlte sich eingeengt. Sie versuchte, sich aufzusetzen, und merkte, dass sie noch Rock und Kostümjacke trug.

»Es ging dir nicht gut, als du gestern Abend nach Hause kamst«, sagte Ross. »Ich wusste nicht, was du hast.«

Sie blinzelte. Allmählich sah sie klarer. Ihr schläfriger Blick wanderte durch den Raum. Sie sah ihre Schuhe neben der Tür und ihre Handtasche auf dem Boden neben dem Bett. Der Inhalt – einschließlich der zwei Tablettenröhrchen – lag auf dem Läufer verstreut.

»Wie geht es dir?«

»Gut … Nur müde. Wie spät ist es?«

»Erst kurz nach neun. Das ist okay. Es ist Samstag.«

Er schaute erst die Tabletten, dann sie mit seinem fragenden Blick an, den er schon als kleiner Junge immer gehabt hatte. »Was ist passiert?«

Sie hatte keine Ahnung. Sie konnte sich nicht daran erinnern, ins Bett gegangen oder auch nur nach Hause gekommen zu sein. Vage erinnerte sie sich daran, auf der Autobahn Bristol verlassen zu haben. Ein Rüttelstreifen hatte sie aus ihrer Benommenheit gerissen, hinter ihr hatte jemand gehupt …

»Ich komme gleich runter«, sagte sie schwach. »Gib mir noch einen kleinen Moment.«

Sie robbte zur Bettkante und schwang ihre Beine hinaus, um ihren Worten Nachdruck zu verleihen. Ross zog sich wenig überzeugt zurück und ging die Treppe hinunter.

»Du könntest Kaffee machen!«, rief ihm Jenny hinterher.

Sie brauchte ein paar Minuten unter der kalten Dusche, bis sich ihre Muskeln wieder lebendig anfühlten. Als ihr Kreislauf in Gang kam, kehrten auch die Erinnerungen allmählich zurück. Auf der Fahrt vom Pub nach Bristol hatte sie sich gut gefühlt. Sie und McAvoy hatten gelacht und Musik gehört. Nahe Bristol war sie plötzlich schläfrig geworden. Das war wohl der Alkohol gewesen, der zusammen mit den Betablockern ihren Herzschlag verlangsamt hatte. Sie hatte McAvoy vor seinem Büro hinausgelassen. Er hatte gesagt, dass sie auf sich aufpassen soll, und dann ihre Wange getätschelt. Einen Moment lang hatte sie den Eindruck gehabt, er würde sich herüberbeugen und sie küssen, aber er hatte es bei einem Blick bewenden lassen. In einem Gefühl der Hochstimmung war sie durch Clifton hindurch in Richtung Heimat gefahren. Kristallene Lichter hatten wie Sternenstaub in den Bäumen vor den Cafés und Boutiquen geglänzt, dann war alles verschwommen … Jenny hing über dem Lenkrad … Sie überquerte die Severn Bridge … Ihre Schultern schleiften an der Wand entlang, die Treppe hoch, Ross hinter ihr her.

Zurück im Schlafzimmer zog sie einen Pullover über die

Bluse, als sie plötzlich ihr Tagebuch auf dem Boden liegen sah. Aufgeschlagen neben ihrem Bett, genau dort, wo Ross gestanden hatte. Sie bückte sich und hob es mit klopfendem Herzen auf. In ungelenker Schrift stand dort das gestrige Datum, dann folgten ein paar hingekritzelte Zeilen.

Ich weiß nicht, was heute Abend passiert ist. Dieser Mann ... Irgendetwas macht er mit mir. Ich finde ihn nicht einmal attraktiv – er ist so müde, so verbraucht. Aber wenn er mir in die Augen schaut, weiß ich, dass er vor nichts Angst hat. Was bedeutet das? Warum er? Warum jetzt? Es ist, als ob

Das letzte b war über die Seite geschmiert und ließ den Gedanken für immer unvollständig.

Sie legte das Tagebuch in die untere Schublade ihres Kleiderschranks. Ihre Wangen waren vor Scham gerötet.

»Was möchtest du zum Frühstück?«, rief Ross von unten hoch.

»Toast wäre gut. Ich komme runter.« Sie holte tief Luft und sagte sich, dass es keinen Grund zur Panik gab. Er hatte das Tagebuch nicht gesehen. Er war zu besorgt gewesen, um es zu bemerken. Vielleicht hatte er die Tabletten entdeckt, aber für die hatte sie eine Erklärung – Scheidungsstress, neuer Job. Medikamente konnten helfen, vorübergehend die Belastung zu bewältigen. Jeder nahm so etwas irgendwann mal im Leben. Er würde das verstehen.

Ross hatte Toast und Kaffee gemacht und Tassen und Teller auf dem kleinen Klapptisch arrangiert, der fast die gesamte Küche einnahm und trotzdem nur zwei Personen Platz bot. Er hatte geduscht, sich rasiert und frische Sachen angezogen – etwas noch nie Dagewesenes an einem Wochenende.

Jenny setzte ein strahlendes Lächeln auf. »Und? Hast du heute schon etwas vor?«

Er schüttelte den Kopf. »Karen ist mit ihrer Mutter unterwegs.«

»Morgen muss ich arbeiten, also dachte ich, wir könnten heute vielleicht einen Spaziergang machen, wo die Sonne so schön scheint. Oder rüber in den Nationalpark fahren, nach Brecon Beacons.«

Ross schenkte ihr Kaffee ein. »Solltest du dich nicht besser ausruhen?«

»Es war eine lange Woche«, sagte Jenny. »Das ist alles. Die Mutter des verschwundenen Jungen ist am Donnerstag gestorben ...«

»Das habe ich in der Zeitung gelesen.«

»Ach ja?«

»Große Sache, das. Der Fall war überall in den Nachrichten.«

»Ich versuche, mir das nicht anzuhören. Die verdrehen sowieso immer die Tatsachen.« Es sollte so klingen, als würde es sie nicht weiter stören, aber es gelang ihr nicht.

»Bist du sicher, dass du das schaffst?«, fragte Ross schonungslos, wie nur Teenager es vermochten. »Du wirkst ziemlich gestresst ... Fällst in Klamotten ins Bett ...«

»Ich bin beim Lesen eingeschlafen. Passiert dir das nie?«

»Warum bist du nur immer so empfindlich, Herrgott?«

»Tut mir leid, dass ich nicht Julie Andrews bin.«

»Aber warum musst du immer überreagieren?«

»Können wir nicht einfach frühstücken, ohne uns zu streiten?« Sie schnappte sich einen Toast und wollte mit ihrem Messer in die Butter stechen. Es rutschte ihr aus den Fingern. Sie versuchte es noch einmal und schaffte es wieder nicht. Sie gab auf und legte die Hände in den Schoß. Tränen brannten in ihren Augen.

»Was ist bloß los mit dir?«, fragte Ross.

»Nichts.« Sie schniefte. Verdammt. Warum musste sie ausgerechnet jetzt zusammenbrechen.

Seine Gereiztheit schlug in Sorge um.

»Wofür sind all diese Tabletten?«

»Nur damit ich über die Runden komme ... Es hat eine Weile gedauert, bis ich über die Scheidung hinweg war.«

»Aber du warst doch schon vor der Scheidung krank.«

»War ich nicht ...«

»Und warum bist du dann zum Psychiater gegangen?«

»Wer sagt das?«, fragte sie, als hätte man ihm Lügen aufgetischt.

»Ich habe gehört, wie ihr darüber gestritten habt, du und Dad.«

Jenny musste all ihre Kraft zusammennehmen, um nicht einen Nervenzusammenbruch zu erleiden. »Es geht mir jetzt besser. Alles ist anders. Ich habe ein neues Leben. Es hat einfach eine Weile gedauert, bis ich mich daran gewöhnt habe.«

Er glaubte ihr kein Wort. »Warum kannst du mir nicht einfach die Wahrheit erzählen? Steve glaubt auch nicht, dass es dir besser geht.«

»Was hat er gesagt?«

»Nichts. Aber ich merke das daran, wie er über dich redet.«

»Ross, bitte, du musst mir glauben. Ich war eine Zeitlang ziemlich unglücklich, das stimmt. Aber ich war mit deinem Vater zusammen, seit ich zwanzig war, kaum älter als du jetzt. Allein zu sein ist etwas, an das man sich erst gewöhnen muss.« Sie zwang sich zu atmen und schaffte es irgendwie, die Tränen zurückzuhalten. »Jetzt wird alles besser. Ich habe einen tollen Job.« Sie streckte den Arm über den Tisch und nahm seine Hand. »Du weißt nicht, wie viel mir das bedeutet.«

»Der Beruf macht dich also nicht fertig«, stellte er sarkastisch fest.

»Nein. Ehrlich nicht.« Sie beließ es dabei und merkte selbst, was sie ihm zumutete, zumal sie gleichzeitig den eigennützigen Wunsch verspürte, von ihm bestärkt zu werden.

»Ich habe das ernst gemeint, dass wir zusammen etwas unternehmen sollten. Was denkst du?«

»Wie du meinst«, sagte Ross und biss in seinen Toast.

Jenny wusste, was er hinter seinem gleichgültigen Machogehabe verbergen wollte. Sein Gesicht hatte sich im Wesentlichen seit seiner Kindheit nicht verändert. Er fühlte sich getröstet wie damals, als er mit aufgeschlagenen Knien zu ihr gerannt war, um in den Arm genommen zu werden.

»Musst du mich so anstarren?«, fragte er.

»Ich habe dich nicht ...«

Im Wohnzimmer klingelte das Telefon.

»Ich geh dran«, sagte Ross, froh, sich der angespannten Atmosphäre entziehen zu können.

Er kam mit dem Hörer wieder. »Für dich. Andy Soundso.«

Andy? Sie hatte einen Aussetzer. »Hallo ...?«

»Mrs. Cooper. Andy Kerr. Tut mir leid, dass ich Sie am Wochenende anrufe. Ihre Assistentin hat mir Ihre Nummer gegeben.«

»Geht es um die Jane Doe?«

»Ich bin mir nicht sicher ... Heute Morgen bin ich in mein Büro gekommen, um ein paar Sachen abzuarbeiten. Hier lag immer noch das Dosimeter herum. Während ich darauf gewartet habe, dass mein Computer hochfährt, habe ich damit herumgespielt. Dabei ist mir aufgefallen, dass es auf irgendetwas anschlägt. Ich habe es in die Kühlung mitgenommen, weil ich dachte, dass sich vielleicht noch Spuren von der verschwundenen Leiche dort befinden. Plötzlich schlug es wie wild aus.« Er machte eine Pause, als könnte er immer noch nicht glauben, was er anschließend sagte. »Von Mrs. Jamals Körper geht Strahlung aus. Was auch immer die ursprüngliche Quelle sein mag, sie bringt das Dosimeter auf fast fünfzig Millisievert in der Stunde.«

Jenny fühlte sich, als hätte der Boden plötzlich unter ihr gebebt. *Strahlung?*

»Ich verstehe nichts von den Messgrößen«, sagte sie. »Was bedeutet das?«

»Lassen Sie es mich so sagen«, erklärte Andy Kerr. »Hintergrundstrahlung hat einen Wert von zwei Millisievert im Jahr. Fünfhundert Millisievert in einer einzigen Dosis wird für gewöhnlich als ziemlich gesundheitsschädlich betrachtet. Wir reden hier also nicht über eine sofort tödliche Dosis, aber über eine gefährliche Menge.«

»Woher könnte die stammen?«

»Keine Ahnung. Eine Kollegin aus der Radiologie ist schon auf dem Weg zu mir, vielleicht kann sie etwas dazu sagen. Ich dachte, Sie würden möglicherweise dabei sein wollen.«

»Haben Sie schon mit der Polizei gesprochen?«

»Sollten wir nicht erst die Fakten kennen?«

»Ich bin sofort bei Ihnen.«

Jenny versprach, nur ein, zwei Stunden fort zu sein, aber Ross sagte, dass er ihre Zeitangaben mit drei zu multiplizieren gelernt habe. Den Ausflug könnten sie vergessen. Sie solle ihn lieber mitnehmen und in Bristol rauslassen, dann würde er sich dort mit Freunden treffen.

In der Nähe des Hafens stieg er aus. Sie sah ihn in Richtung der Coffeeshops und Bars davonschlendern, in denen er sich mit seinen Kumpels wohl rumtrieb. Fünfundsiebzig

Wochenenden noch, dann würde er fort sein. Wie viele davon würden sie noch miteinander verbringen? Eine Handvoll vielleicht, wenn sie Glück hatte.

Auf der fünfzehnminütigen Fahrt ins Severn Vale District Hospital versuchte sie zwei Mal, McAvoy auf seinem Handy zu erreichen. Jedes Mal meldete sich nur die Mailbox, und jedes Mal brachte sie kein Wort heraus, wenn sie eine Nachricht hinterlassen sollte. Sie konnte nicht länger leugnen, dass sie sich auf zutiefst verstörende Weise zu ihm hingezogen fühlte. Aber nicht die Schüchternheit verschlug ihr die Sprache. Eher das vage Gefühl, dass das, was sie erwartete, schon ohne seine Anwesenheit kompliziert genug sein würde. Und wenn sie ehrlich war, musste sie zugeben, dass sie ihm gegenüber immer noch Misstrauen hegte. Er hatte ja selbst zugegeben, dass er mir irgendetwas in seinem Leben noch nicht im Reinen war, und diesem Etwas traute sie nicht über den Weg.

Vor der Leichenhalle wartete eine angespannte weibliche Person in Anorak und Handschuhen. Es war Alison. Ihre Missbilligung, die sie leidend ertrug, konnte Jenny zwanzig Meter gegen den Wind spüren.

»Guten Morgen, Alison.«

»Ganz allein, Mrs. Cooper?«, gab sie scharf zurück.

»Ja.«

»Ich hätte eigentlich erwartet, Sie mit McAvoy hier aufkreuzen zu sehen – wo Sie doch so freundschaftlichen Umgang mit ihm pflegen.«

»Ich weiß, dass Sie Probleme mit ihm hatten, aber er hat mir vielleicht zu einem großen Durchbruch verholfen. Ich habe den Mann aufgetrieben, der den Toyota gefahren und Madog einen Besuch abgestattet hat. Haben Sie seine Aussage schon aufgenommen?«

»Ja«, sagte Alison knapp. »Sei er nun hilfreich oder nicht, ich fühle mich verpflichtet, Ihnen zu sagen, dass McAvoy seinen Charme spielen lässt, um sich bei Ihnen einzuschmeicheln. Er führt nichts Gutes im Schilde, ich weiß es.«

Jenny hätte erwidern können, dass Alison selbst wohl kaum objektiv war, wenn es beispielsweise um ihren attraktiven Exchef und Taufpaten, Kriminalinspektor Dave Pironi, ging, aber ihre menschlicheren Instinkte geboten ihr Einhalt. Das war eben die Art und Weise ihrer Assistentin, Besorgnis zum Ausdruck zu bringen, und Jenny wusste das zu schätzen. Sie würde zurzeit nicht gerne ohne sie zurechtkommen müssen.

»Ich mache mir keine Illusionen«, sagte Jenny. »Das nächste Mal werde ich ihn sowieso erst wieder vor Gericht sehen, das verspreche ich Ihnen.« Sie drückte auf den Klingelknopf.

Andy Kerr kam ihnen auf dem Flur entgegen. Er trug eine Strahlenschutzschürze, eine Chirurgenmaske und eine Haube.

»Weiter darf ich Sie nicht hereinlassen«, sagte er und hielt die Hände hoch. »Wir haben bedenkliche Mengen gefunden. Sonia versucht gerade mit Spezialgeräten, die Quelle zu orten. Ein Beerdigungsunternehmen bringt uns einen bleiverkleideten Sarg.«

Jenny blickte an ihm vorbei und sah eine junge Frau in ähnlicher Schutzkleidung auf dem Boden knien. Sie tippte etwas in einen Laptop, der mit Taschen verbunden war, die denen eines Fotografen ähnelten.

»Könnte Mrs. Jamal verstrahlt worden sein?«, fragte Jenny.

»Kommen Sie hier herein«, sagte Andy. »Dies ist der einzige Raum, in dem das Dosimeter nicht ausschlägt.« Er ging durch die Schwingtür in den leeren Obduktionsraum. Jenny und Alison folgten ihm.

Andy nahm die Maske ab und riss die Klettverschlüsse an seiner Schürze auf. Das Beach-Club-T-Shirt, das er darunter trug, war durchgeschwitzt. »Sonia sagt, sie habe Strahlenpartikel an der Hautoberfläche gefunden. Es handelt sich um Betastrahler, was die Möglichkeiten eingrenzt. In den Nasenhöhlen ist sie auch auf Partikel gestoßen. Für ein genaueres Urteil ist es noch zu früh, aber ihr erster Eindruck ist, dass Mrs. Jamal sich in einer Umgebung aufgehalten haben muss, in der sie mit radioaktiven Substanzen in Berührung gekommen ist.«

»Was für eine Umgebung käme da in Frage?«, erkundigte sich Alison.

»Für diese Radionuklide gibt es ein paar medizinische und gewerbliche Verwendungen – mit Jod 129 behandelt man zum Beispiel Schilddrüsenbeschwerden. Wahrscheinlicher ist aber, dass Mrs. Jamal Atommüll mit niedriger oder mittlerer Strahlenwirkung ausgesetzt war.«

»Das ist aber eher unwahrscheinlich«, sagte Jenny.

»Mir müssen Sie das nicht sagen«, meinte Andy, holte das Dosimeter, ein kleines gelbes Gerät von der Größe eines Funkempfängers, aus seiner Tasche und schaltete es ein. Er schwenkte es in Jennys und Alisons Richtung, während er die Digitalanzeige im Blick behielt. »Sie sind beide unbelastet.«

Sonia Cane, eine Frau aus Ghana, hatte die Stirn in Dauerfalten gelegt. Nachdem sie ihre Arbeit in der Kühlung beendet hatte, schrubbte sie sich im Obduktionsraum ab und betete anschließend eine Liste von Dingen herunter, die jetzt zu erledigen wären. Unverzüglich müssten die Gesundheitsbehörden benachrichtigt werden. Ein Radiologenteam würde die Reinigung der Leichenhalle und die Verwahrung und den eventuellen Abtransport der Leiche überwachen müssen. Solange das Gebäude nicht strahlenfrei sei, würde es versiegelt werden. Keine Leiche dürfe herein- oder hinausgelangen. Die Strahlenbelastung sei hoch genug, um das Ganze als gravierenden Unfall zu behandeln.

»Haben Sie irgendeine Vorstellung, woher die Kontamination stammen könnte?«, fragte Jenny.

»Nein, aber ich kann Ihnen die Substanz nennen. Detaillierte Untersuchungen stehen noch aus, aber ich bin mir sicher, dass es sich um Cäsium 137 handelt. Kleine Mengen – nicht größer als Staubkörnchen –, aber von einer starken Quelle.«

»Und wo findet man so etwas sonst?«, fragte Alison und bewahrte Jenny davor, ihre Unwissenheit zu offenbaren.

»Cäsium 137 ist ein Nebenprodukt der Atomindustrie«, sagte Sonia. »Es entsteht unmittelbar bei der Uranspaltung. Außerdem da, wo eine Atomexplosion stattgefunden hat.«

»Die Frau hat in einer Boutique gearbeitet«, unterbrach Jenny.

»Ich finde es genauso verwunderlich wie Sie«, sagte Sonia. »Hätte sie in einem Atomkraftwerk gearbeitet, könnte man es noch verstehen.« Ratlos schüttelte sie den Kopf. »Man liest von Terroristen, die sich so ein Zeug beschaffen wollen, um ihre verdammten Bomben zu bauen, aber das ergibt alles keinen Sinn.«

»Wissen Sie, wann sie kontaminiert wurde?«, fragte Andy.

»Erst vor sehr kurzer Zeit. Das Teilchen in der Nase kann nicht länger als ein paar Tage oder sogar Stunden vor ihrem Tod dort eingedrungen sein. Natürliche Prozesse hätten es entfernt.«

»Und die Kontamination hat man an ihrer Haut festgestellt, nicht wahr?«, fragte Jenny. »Ihr Körper wurde nackt gefunden.«

»Ich kenne mich nicht genug damit aus, um sagen zu können, ob sie Kleider trug, als sie der Strahlung ausgesetzt war«, sagte Sonia. »Wir werden Experten hinzuziehen müssen.«

Jenny ging eine Reihe gleichermaßen abwegiger Möglichkeiten durch. Aber so unglaubwürdig sie auch waren, deuteten sie doch alle darauf hin, dass Amira Jamal auf wesentlich kompliziertere Weise mit dem Verschwinden ihres Sohnes zu tun hatte, als Jenny es vermutet hätte.

»Wir sollten besser die Polizei einschalten«, sagte Alison.

Andy Kerr griff nach dem Telefon an der Wand.

»Warten Sie«, hielt ihn Jenny zurück. »Ich würde gerne erst noch einmal in ihre Wohnung gehen. Sie liegt nur ein paar Minuten von hier entfernt.«

»Dies ist ein Strahlenunfall«, sagte Sonia. »Wir sind gesetzlich dazu verpflichtet …«

»Ich weiß. Aber lassen Sie uns doch erst herausfinden, wie groß der Unfall ist, oder? Würden Sie uns begleiten?«

Sonia und Andy sahen sich unsicher an.

»Sie können in einer halben Stunde anrufen. In der Zwischenzeit sammle ich Indizien für meine Untersuchung zum Tod von Mrs. Jamals Sohn. Ich erkläre es Ihnen unterwegs. Nehmen Sie alles mit, was Sie für Ihre Messungen brauchen. Wir müssen uns beeilen.«

Alison war kurz davor zu explodieren, als sie hinausgingen und den Parkplatz überquerten. Sonia folgte ihnen und delegierte per Handy häusliche Pflichten an einen offenbar verstimmten Ehemann.

»Würde es Ihnen etwas ausmachen, mich wissen zu lassen, was Sie vorhaben, Mrs. Cooper?«, sagte Alison. »Wir sind verpflichtet, den Vorfall sofort zu melden.«

»Sie haben mir doch selbst erzählt, dass die Geheimdienste Druck auf die Polizei ausgeübt haben, damit die Ermittlungen zu Nazims und Rafis Verschwinden vorzeitig eingestellt wurden.«

»Ich habe gesagt, dass es Gerede gab, das ist alles«, verteidigte sich Alison.

»Das habe ich anders in Erinnerung ... Schauen Sie, ich weiß, dass Pironi Ihr Freund ist ...«

»Er hat alles getan, was er konnte.«

»Er hätte aufgeben können.«

»Warum ziehen Sie ihn mit hinein?«

»Warum nicht? Er steckt mit drin.«

»Er ist ein anständiger Mann.«

»Da habe ich auch schon anderes gehört.«

»Na klar, von McAvoy ...«

Jenny hatte ihren Golf erreicht und blieb abrupt stehen. »Sie mögen einem Mann vertrauen, der sich hat kaltstellen lassen. Ich tue das nicht, und ich leite diese Untersuchung. Auf wessen Seite stehen Sie?«

Alison schaute sie mit versteinerter Miene an, als Sonia zu ihnen trat und damit ihre Auseinandersetzung unterbrach.

»Sie haben die Wahl«, sagte Jenny.

Jenny fuhr mit Sonia die drei Meilen zu Mrs. Jamals Wohnung und hielt im Rückspiegel nach Alisons Peugeot Ausschau. Er war nicht zu sehen. Unerwartet spürte sie Traurigkeit in sich aufsteigen, fast fühlte sie sich verraten. Die Beziehung zu Alison war von Beginn an schwierig gewesen, aber bis zu dieser Woche hatte Jenny nie ernsthaft an ihrer Loyalität gezweifelt. Jetzt schien sie sich innerhalb von wenigen Tagen in Luft aufgelöst zu haben.

Sie musste drei Mal ausgiebig klingeln, bis der gereizte Hausmeister Mr. Aldis in die Sprechanlage blaffte, er würde am Wochenende nicht arbeiten und sie könne sich wieder verziehen. Jenny drückte noch einmal auf die Klingel. Diesmal raffte sich die kräftige Mrs. Aldis, die ein Gesicht wie eine Bulldogge hatte, dazu auf, an einem Stock an die Tür zu humpeln. Sie hielt Jenny einen Schlüsselbund hin und empfahl ihr, sich selbst um alles zu kümmern, dann schleppte sie sich wieder zurück.

Sonia Cane holte ein hochsensibles Dosimeter von der Größe eines kleinen Handys heraus. Sie erklärte, dass es mit einem Geigerzähler ausgestattet war und zwischen verschiedenen Strahlenkategorien unterscheiden konnte. Unauffällig hielt sie es in der Hand, um möglicherweise vorbeikommende Bewohner nicht zu erschrecken, und begann im Hausflur mit den Messungen. Ein elektronisches Knistern war zu hören – jedes Geräusch ein Elektron, das wie ein Partikel einer mikroskopischen Schrotflintenladung den Sensor des Dosimeters durchschoss. Die Ergebnisse ähnelten denen an Mrs. Jamals Leiche – fünfzig Millisievert. Richtung Treppe verringerte sich der Wert, aber als sie den Fahrstuhl betraten, schoss er auf alarmierende achtzig hoch.

»Wir müssen das Gebäude evakuieren lassen«, sagte Sonia besorgt.

»Fünf Minuten«, sagte Jenny. »Lassen Sie uns nur ein Mal durch die Wohnung gehen.«

Sonia beeilte sich, da sie nicht mehr Strahlung abbekommen wollte als unbedingt nötig. Auf dem Treppenabsatz zwischen Fahrstuhl und Wohnungstür schwächte sich die Spur auf fünfundzwanzig Millisievert ab, dahinter explodierte die Zahl allerdings wieder.

»Himmel«, sagte Sonia und schwenkte das Dosimeter im Rahmen der Wohnzimmertür herum. »Dreiundneunzig.«

Jenny zeigte auf die Stelle, wo sich Mrs. Jamals Kleider

und die Whiskyflasche befunden hatten. »Dort hat sie gesessen.«

Sonia rannte in den Raum, hielt das Dosimeter an die Stelle, dann drehte sie sich schnell um die eigene Achse. Anschließend ging sie zu einem der beiden Sessel und schwenkte das Gerät darüber hinweg.

»Hundertzehn.« Sie lief zur Tür. »Das reicht. Wir gehen.«

Widerwillig ließ Sonia sich dazu überreden, vor ihrem Anruf noch die restlichen Treppenabsätze des Gebäudes zu kontrollieren, maß aber dabei nur einen unwesentlich höheren Wert als die gewöhnliche Hintergrundstrahlung. Somit war bewiesen, dass die Spur direkt von der Haustür zu Mrs. Jamals Wohnung führte. Die Tatsache, dass der Sesselbezug die höchste Belastung aufwies, deutete darauf hin, dass jemand oder etwas Kontaminiertes damit in Berührung gekommen war. Es handelte sich nur um wenige Teilchen – um feinen Staub, wie Sonia es nannte –, aber für Jenny war damit der klare Beweis erbracht, dass Mrs. Jamal in ihren letzten Stunden Besuch gehabt hatte.

Sonia weigerte sich, den Aufzug zu nehmen, und eilte voraus die Treppe hinunter, um die Gesundheitsbehörde zu verständigen. Innerhalb einer Stunde würde das Gebäude evakuiert und versiegelt sein. Ein Team in postapokalyptischen weißen Overalls würde jeden einzelnen radioaktiven Krümel aufspüren und entfernen. Ein seltsameres Schauspiel würde das Viertel nie wieder zu sehen bekommen.

Als sie die letzten Stufen hinunterging, hörte Jenny Stimmen im Hausflur. Sie bog um die Ecke und sah Alison vor der Hausmeisterwohnung stehen und mit Mrs. Aldis reden. Sonia hatte das Haus bereits verlassen, hielt ein Handy ans Ohr und erklärte den ungläubigen Gesundheitsbehörden gestenreich, was vorgefallen war.

Auf ihren Stock gestützt nickte Mrs. Aldis mürrisch zum

Fahrstuhl hinüber. »Großer Kerl, schlank«, hörte Jenny sie sagen.

»Hautfarbe?«

»Weiß. So um die fünfzig. Baseballkappe. Hat mich fast umgerannt. Keine Entschuldigung oder so.«

»Haben Sie der Polizei davon erzählt?«, fragte Alison.

»Ich war nicht da, als die hier waren. War auf dem Weg ins Krankenhaus. Mein Knie.«

»Um welche Uhrzeit?«

»Muss so um eins gewesen sein. Vielleicht ein paar Minuten später.« Mrs. Aldis erblickte Jenny. »Haben Sie oben abgeschlossen, Schätzchen? Heute schleppt sich mein Mann, der Faulpelz, da bestimmt nicht mehr hoch. Wenn Fußball läuft, bräuchte man eine Bombe, um ihn vom Sofa hochzukriegen.«

»Da könnten Sie heute Glück haben«, sagte Jenny.

Sie saßen in Alisons Wagen. Ein paar friedliche Minuten, bevor die Luft vom Heulen der Sirenen zerrissen werden würde. Jenny widerstand jeder Versuchung, die Entscheidung ihrer Assistentin, sich von ihrem Freund und Glaubensgenossen Inspektor Pironi abzuwenden, zu kommentieren. Sie war einfach nur erleichtert, dass sie es getan hatte. Auch wenn sie es nur ungern zugab, spürte sie eine fast kindliche Dankbarkeit. Was sagte das über sie selbst aus? Sie hörte noch McAvoys Stimme: *Irgendjemand hat sämtliches Vertrauen aus Ihnen rausgeprügelt.*

»Ich werde die Aussage später aufnehmen«, sagte Alison ruhig. »Der Mann, den sie aus dem Aufzug hat kommen sehen, könnte derselbe gewesen sein, dem Dani James damals im Studentenheim über den Weg gelaufen ist.«

»Ein Weißer ... Keine Ahnung, warum ich erwartet hatte, dass sie sagt, er sei Indopakistaner gewesen.«

»Wir wissen nicht, ob er etwas mit Mrs. Jamal zu tun hatte. Es könnte auch bloßer Zufall gewesen sein«, meinte Alison wenig überzeugt.

Nach einem Moment des Schweigens sagte Jenny: »Anna Rose Crosby hat im Atomkraftwerk Maybury gearbeitet. Unsere verschwundene Jane Doe hatte einen Tumor an der Schilddrüse …«

»Sie sollten nicht anfangen zu fantasieren, Mrs. Cooper. Beginnen Sie lieber mit dem, was wir wissen.«

Dann kam der erste Streifenwagen. Mit quietschenden Reifen und heulender Sirene hielt er vor dem Haus. Sonia Cane eilte den beiden Polizisten entgegen.

»So einen Fall wird sie vermutlich nie wieder bekommen«, sagte Alison. »Überlassen wir ihr das Rampenlicht, oder?«

»Warum nicht«, sagte Jenny. »Und wo wir schon einmal dabei sind: Ich habe das Gefühl, dass es voreilig wäre, Montag mit der Anhörung fortzufahren, oder?«

»Was immer Sie meinen, Mrs. Cooper.«

Der Tag hatte eine traumähnliche Qualität bekommen. Die Stimmungen wechselten so rasch wie die Wolken am Himmel. Der Akku ihres Handys reichte gerade noch für einen Anruf bei Ross, der ihr in den wenigen verbleibenden Gesprächssekunden mitteilte, dass er übers Wochenende bei seinem Vater bleiben würde. Ob sie wohl am Montag auf dem Weg zur Arbeit seine Sachen dort vorbeibringen könne?

Ausgelaugt und entmutigt fuhr Jenny heim. Die Straßen waren auf unheimliche Weise ruhig, als die Sonne hinter den Hügeln versank und sich für einen kurzen Moment Licht von fast überirdischer Klarheit über das Wye Valley legte. Einen Augenblick lang schien das Leben in einem Schwebezustand zu verharren. Jenny war nichts weiter als die Betrachterin der verwirrenden Bilder, aus denen sich ihre Gegenwart zusammensetzte: ein Sohn, der von ihrer Schwäche enttäuscht war. Ein beunruhigender, verwirrender Mann, zu dem sie sich zutiefst hingezogen fühlte. Ein Fall, der, sosehr sie es auch zu verdrängen suchte, ihre ureigensten Ängste heraufbeschwor. Dann die zunehmend bizarren Verwicklungen in der Stadt, die nur eine Flussbreite hinter ihr lag – eine Spur radioaktiver Verstrahlung, die zum nackten Körper einer Frau führte, deren Hilferuf sie ignoriert hatte. Sie könnte sich schuldig fühlen, könnte entsetzt darüber sein, dass sie McAvoys Anruf demjenigen Mrs. Jamals vorgezogen hatte, aber in diesem Moment der Stille spürte Jenny eine fast egoistische Erleichterung. Es war, als wäre das, was bislang bedrohlich im Verborgenen gelauert hatte, für ein paar Sekunden sichtbar geworden. Mrs. Jamals Mörder – Jenny war zu der Überzeugung gelangt, dass es sich bei dem Mann mit der Baseballkappe genau um diesen handelte – war derselbe Dämon, der auch in der Nacht von Nazims und Rafis Verschwinden aufgetaucht war. Vor acht Jahren hatte er nur Kratzspuren am Türrahmen hinterlassen, dieses Mal hatte er ein Andenken aus der Hölle mitgebracht.

Das Böse besaß nun eine Gestalt, wenn nicht gar ein Gesicht.

Es blieb nicht die Zeit, ihre Theorien zu überdenken oder auszuformulieren. Den gesamten Nachmittag über klingelte das Telefon. Andy Kerr, das Bestattungsunternehmen, verschiedene Mitarbeiter der Gesundheitsbehörden, Kriminalinspektor Pironi und sogar Gillian Golder waren irgendwie an ihre Privatnummer gekommen, die doch angeblich nicht im Telefonverzeichnis stand. Alle wollten Informationen, über die Jenny nicht verfügte, und niemand glaubte ihr ihre Unwissenheit. Pironi und Golder klangen fast verzweifelt in ihrem Beharren, irgendetwas über die Quelle der Verstrahlung zu erfahren. Beide waren überzeugt, dass Jenny wichtige Informationen unterschlug. Sie erzählte ihnen von Mrs. Aldis und dem Mann mit der Baseballkappe und redete sich ein, dass sie damit ihrer Pflicht Genüge getan hatte. Madog oder Tathum erwähnte sie nicht. Beide gehörten der Vergangenheit an, und die war immer noch ihr ureigenstes Terrain.

Zwischen den Gesprächen plante Jenny an ihrem Schreibtisch ihre nächsten Schritte. Die Grenzen ihres Berufs hatte sie längst überschritten, indem sie sich wie eine Polizistin verhalten hatte, aber instinktiv ahnte sie, dass es noch weitere Fragen gab, die sich nicht allein durch die Befragung von Zeugen im Gerichtssaal klären lassen würden. Die gestohlene Jane Doe hatte an der Schilddrüse einen Tumor gehabt, der möglicherweise auf eine niedrige Strahlenbelastung zurückzuführen war. Die vermisste Anna Rose hatte in einem Atomkraftwerk gearbeitet. Nazim Jamal war Physikstudent gewesen. Es war mehr als nur Wunschdenken: Zwischen all dem musste es eine Verbindung geben.

Das Telefon unterbrach ihre Gedanken, wie es ihr vorkam, zum hundertsten Mal. Jenny meldete sich mit einem müden Hallo.

»Dir scheint's ja gut zu gehen«, sagte Steve. »Schwer beschäftigt?«

Jennys Stimmung hob sich. »Hast du einen besseren Vorschlag?«

»Ich würde gerne reden«, sagte Steve.

Im Apple Tree war es für einen Samstag ziemlich ruhig. Steve saß als einziger Gast neben dem eisernen Kohlebecken auf der mit Steinplatten ausgelegten Veranda. Das Prasseln des Feuers und das Rauschen des Baches, der ein Stück weiter in den Wye floss, waren die einzigen Geräusche in der klammen, kühlen Nacht.

»Hältst du es hier draußen aus?«, fragte Steve, als sie die unebenen Stufen heraufkam.

»Mir gefällt's«, sagte Jenny und setzte sich neben ihn auf eine der drei rustikalen Bänke, die um das Feuer herumstanden. Es strahlte eine angenehme Wärme aus, aber sie war dankbar für ihren dicken Wollpullover und die imprägnierte Jacke, die sie wie eine Bäuerin aussehen ließen.

Steve hielt seine Selbstgedrehte an eine Flamme und zog. »Ich habe dir eine Virgin Mary mitgebracht.« Er reichte ihr ein Glas.

»Danke.« Sie nahm einen Schluck von dem alkoholfreien Drink. »Himmel, ist das langweilig, tugendhaft zu sein.« Sie streckte die Hand nach seiner Tabakdose aus. »Darf ich sündigen?«

»Sooft du magst.« Er starrte in die Flammen.

Unbeholfen drehte sie sich eine Zigarette. »Ich würde dir ja erzählen, was für eine Woche ich hinter mir habe, wenn ich es nur selbst glauben könnte.«

»Ich habe von Ross ein bisschen was gehört«, sagte er wie aus weiter Ferne.

»Offenbar habt ihr in letzter Zeit viel miteinander geredet«, erwiderte Jenny und hoffte, dass er auf ihre Bemerkung eingehen würde.

»Gelegentlich.« Steve stieß eine dünne Rauchfahne aus. »Er macht sich Sorgen um dich.«

Sie befeuchtete das Papier und drehte die Zigarette zusammen. Nicht schlecht. Sie steckte sie durch das Gitter vom Kohlebecken, um sie zu entzünden.

»Er macht sich wirklich Sorgen«, sagte Steve.

»Was soll ich sagen? Ich tue mein Bestes ... Ist es das, worüber du mit mir reden wolltest?«

»Nein. Eigentlich eher über dich.«

»Was soll mit mir sein?«

Seine Zigarette schwebte zögernd vor seinen Lippen.

»Was?«, beharrte sie.

»Als wir neulich miteinander im Bett waren ... Das war, als wärst du gar nicht da. Und das war nicht das erste Mal.« Er drehte sich zu ihr und sah sie an. »Du fühlst nicht mehr dasselbe wie früher.«

»Das stimmt nicht.«

»Du rufst mich kaum an.«

»Ich bin eine berufstätige Mutter.«

»Und ich gehe ins Büro ... Ich bin auch nicht mehr derselbe, nicht wahr?«

»Derselbe was?«

»Deine Fantasie. Der Typ ohne Bindungen.«

»Da verwechselst du mich offenbar mit deiner Exfreundin«, sagte Jenny verletzt. »Falls du dich erinnerst: Ich war es, die dich dazu ermutigt hat, zurückzugehen und deinen Abschluss zu machen.«

»Ich möchte mich wirklich nicht streiten, Jenny.« Er ließ den Kopf hängen. »Ich möchte nur wissen, was mit uns los ist und was du von mir erwartest.«

Sie zog so heftig an ihrer Zigarette, dass sie sich ihren Mund an dem heißen Rauch verbrannte. »Tut mir leid, wenn ich so auf dich wirke. Vielleicht liegt es an den Tabletten, die mir mein Psychiater verschrieben hat. Aber ich werde sie bald absetzen.«

»Habe ich dich nicht glücklich gemacht?«

Sie spürte, wie ihre Beine zuckten, und ein Schauer durchfuhr sie: Physische Empfindungen traten an die Stelle ihrer Gedanken. »Du weißt, wie es mir geht, Steve. Ich versuche die Teile von mir, mit denen ich fertig werden muss, zu kontrollieren, aber manchmal schaffe ich es einfach nicht.«

»Du kannst jederzeit mit mir reden, wenn dir danach ist, das weißt du. Ich wünschte, du tätest es auch.«

»So funktioniert das nicht. Das ist nicht das, was ich von dir brauche.«

»Was dann? Kannst du mir das sagen?«

Berühre mich, halte mich fest, gib mir Sicherheit ... In ihren Gedanken sprudelten die Worte nur so aus ihr heraus, aber kurz vor ihrem Mund versiegten sie. Jenny konnte nur den Kopf schütteln.

»Liebst du mich?«, fragte Steve. »Oder liebst du nur eine bestimmte Idee von mir?«

»Du willst mich verlassen?«

»Ich muss wissen, wie unsere Zukunft aussieht. Ich muss wissen, was du fühlst. Auf der Arbeit hat mich eine junge Kollegin gefragt, ob ich mit jemandem zusammen bin. Einen Moment lang wusste ich nicht, was ich antworten soll.«

»War sie hübsch?«

»Um Himmels willen, Jenny.« In diesem Moment war er den Tränen näher als sie. »Du musst aufhören, Angst zu haben. Zuzulassen, dass man geliebt wird, ist ein Risiko, das weiß ich nur zu gut. Aber du versuchst es nicht einmal.«

»Ich ... Ich ... Ich versuche es die ganze Zeit.« Die Worte klangen selbst in ihren eigenen Ohren falsch.

»Ich habe über deinen Traum nachgedacht«, sagte Steve. »Dass ein Teil von dir gestorben ist. Warum träumst du das ausgerechnet jetzt wieder? Als wir zusammenkamen, habe ich gesehen, wie du aufgeblüht bist. Du hast gestrahlt und gelacht und dich hingegeben. Aber dann war es plötzlich, als würdest du dich schuldig fühlen und könntest dich nicht wirklich davon befreien.« Er warf den Zigarettenstummel ins Feuer und fuhr sich mit den Händen übers Gesicht. »Was ich nur sagen möchte: Wird man vor die Wahl gestellt, ist das manchmal der beste Weg, um etwas zu ändern.«

Er stand auf, beugte sich zu ihr hinab und küsste sie sanft auf die Stirn. »Denk darüber nach und ruf mich an.«

Dann ging er die Treppe hinunter und verschwand in der Dunkelheit.

18

Jenny hatte sich schon viele Beleidigungen von Männern anhören müssen, aber niemand hatte ihr je vorgeworfen, im Bett langweilig zu sein. Sicher, sie hatte an jemand anderen gedacht, aber das hatte sie bei ihrem Exmann auch oft getan. Und selbst auf dem Höhepunkt ihrer Krise hatte David die Güte besessen, sie wissen zu lassen, dass er an der physischen Seite ihrer Ehe wenig zu beanstanden habe.

Als Jenny sich im Spiegel betrachtete, entdeckte sie eine gewisse Abwesenheit, eine Stumpfheit im Blick, eine Leblosigkeit in ihren Gesichtszügen. Sie war sich ziemlich sicher, dass diese Veränderung von ihren neuen Medikamenten kam. Das allgemeine Unbehagen, von dem Steve gesprochen hatte, war zwar existentieller Natur, aber an ihrem Spiegelbild erkannte sie, dass es jetzt auch physisch sichtbar war. Die Tabletten waren eine wertvolle Hilfe gewesen, als sie ihren Tiefpunkt erreicht hatte; sie hatten die Melancholie und die Ängste vertrieben, die sich immer, wenn der Geist nicht durch die Arbeit abgelenkt war, mit aller Macht aufgedrängt hatten. Aber sie hatten auch ihren Antrieb und ihre Leidenschaft zerstört.

Steve hatte recht. Etwas von ihr war gestorben, der Teil, der sich einst voller Freude ins Leben gestürzt hatte.

Es war Zeit, einen Schlussstrich zu ziehen. Die abstumpfenden Medikamente mussten weg. Fort mit Dr. Allens Gift, über die nasse Wiese in den dunklen Strom. Lieber wollte sie wahrhaftig leben und wie McAvoy sein: eine Naturgewalt, ein wütender Sturm oder eine sanfte Brise, je nach Situation.

Und wenn sie ins Wanken geriet, würden ein Drink oder ein, zwei Tranquilizer sicher nicht schaden.

Sie öffnete die unterste Schublade ihrer Eichenkommode, in der sie ein paar besondere Dinge aufbewahrte – Seidenunterwäsche, weiße Baumwollhandschuhe mit feinen Perlenknöpfen, eine Seidenstrumpfhose, die sie erst ein einziges Mal getragen hatte –, und suchte nach dem in Folie eingewickelten Paket, das sie Monate zuvor dort deponiert hatte. Damals hatte sie sich geschworen, es nur im alleräußersten Notfall wieder hervorzuholen. Mit einer Nagelschere schnitt sie das schmierige Klebeband auf und nahm das braune Fläschchen heraus. Xanax 2 mg. Sechzig Stück. Ein beruhigendes Rasseln. Sie drehte den Deckel ab und zog den Baumwollpfropfen heraus, um ganz sicher zu gehen.

Sie hatte ihren Fallschirm. Nun konnte sie springen.

Kurz vor sieben am Sonntagmorgen wurde sie vom Telefon geweckt. Sie ging nach unten, um den Ton abzustellen, und frühstückte dann in aller Ruhe. Sie hatte nicht die geringste Absicht, heute irgendwelche Anrufe anzunehmen. Bevor sie selbst keine Antworten hatte, würde sie auch niemand anderem etwas sagen. Zwei Tassen Kaffee halfen gegen die Trägheit. Ohne Dr. Allens Tabletten fühlte sie sich anfälliger. Die Angst lauerte als kleiner, harter Klumpen zwischen Kehle und Zwerchfell, aber sie spürte auch eine ungewohnte Energie. Eine Vorahnung von Aufregung und Gefühlen, die lange Zeit unterdrückt worden waren. Der Tag war jung und voller Möglichkeiten.

Kurz nach neun fuhr sie vor dem Haus der Crosbys in Cheltenham vor. Es stand in einer Reihe von gleichartigen

Häusern im Regency-Stil, die sich nur in der Gestaltung ihrer schmiedeeisernen Vordächer und Balkone voneinander unterschieden. Die stuckverzierten Straßenzüge hatte man mit dem ersten Geld, das aus den Kolonien in die Hände der Kaufleute gelangt war, errichtet und damit eine idealisierte Vision dessen geschaffen, was als englisch und zivilisiert galt. Selbst an einem trüben Februarmorgen schienen die Gebäude zu leuchten.

Mrs. Crosby kam an die Tür. Ihre Haare waren leicht zerzaust, aber immerhin hatte sie seit Jennys Anruf vor einer halben Stunde Zeit gehabt, sich anzuziehen und, dem verbrannten Geruch nach zu urteilen, sich einen Toast zu machen. Sie führte Jenny in ein elegantes, schnörkelloses Wohnzimmer, in dem moderne Sofas mit einem alten Kronleuchter kombiniert worden waren. Die Gemälde waren abstrakt, dem großen, reich verzierten Spiegel über dem weißen Marmorkamin sah man sein Alter an. Über drei Meter hohe Fenster gingen auf einen italienischen Garten hinaus.

»Sie haben es herrlich hier«, sagte Jenny. »So hell.«

Mrs. Crosby lächelte traurig und sah zur Tür hinüber, durch die soeben ihr Ehemann eintrat, das Haar noch nass vom Duschen. Die Verärgerung, an einem Sonntagmorgen so früh aufgescheucht worden zu sein, war ihm deutlich ins Gesicht geschrieben.

»Sie haben eine Leiche gefunden, oder?«, sagte er und setzte sich neben seine Frau.

»Nein. Keine Leiche. Ich habe keinen Hinweis darauf, dass Ihre Tochter tot ist.«

Der Mann und seine Frau wechselten einen erleichterten Blick. Die Spannung schien nachzulassen.

»Es mag Ihnen komisch vorkommen«, sagte Jenny, »aber ich möchte mit Ihnen sprechen, weil an der Leiche einer anderen Frau Spuren radioaktiven Materials gefunden wurden. Ich hatte mit dieser Frau in Zusammenhang mit einem meiner Fälle zu tun. Vielleicht haben Sie vom Fall Nazim Jamal gehört?«

Mrs. Crosby wirkte irritiert.

»Ich habe verschiedene Artikel darüber gelesen«, sagte ihr Ehemann. »Aber was hat das mit Anna Rose zu tun?«

»Vielleicht gar nichts. Ich weiß es nicht. Lassen Sie es mich erklären.« Sie schilderte ihnen die Tatsachen: Nazims und Rafis Verschwinden, Mrs. Jamals Unternehmungen, ihr sonderbarer Tod, die Spuren von Cäsium 137, das nur aus einem Atomkraftwerk stammen konnte. Sie erzählte ihnen auch, dass nach allem, was sie im Internet gefunden hatte, der Schwarzmarkt für radioaktives Material vor allem aus dem Ostblock gespeist wurde. Dass Anna Rose in Maybury gearbeitet hatte, war ein seltsamer Zufall, dem man nachgehen musste.

Mr. und Mrs. Crosby hörten schweigend zu und tauschten gelegentlich Blicke aus. Jenny spürte, dass sie einen wunden Punkt berührt hatte, aber sie schloss erst ihre Schilderung, bevor sie fragte, ob die beiden sich an irgendetwas erinnern könnten.

Eine bedeutungsschwangere Pause trat ein, dann ergriff Mrs. Crosby das Wort. »Wussten Sie, dass Anna Rose in Bristol Physik studiert hat?«

»Nein.«

»Sie hat im letzten Sommer ihren Abschluss gemacht«, sagte Mr. Crosby.

»Aha.«

Zu dritt saßen sie einige Momente da und schwiegen.

»Wann genau ist sie verschwunden?«, fragte Jenny.

»Montagabend, den 11. Januar, haben wir mit ihr telefoniert«, sagte Mr. Crosby. »Am Dienstag war sie noch bei der Arbeit, am Mittwoch nicht mehr.«

»Wo war sie Dienstagnacht?«

»In ihrer Wohnung. Das nehmen wir jedenfalls an. Das Bett sah benutzt aus. Ihr Freund hat abends noch am Telefon mit ihr gesprochen. Alles schien okay zu sein.«

»Hat sie irgendetwas mitgenommen?«

»Offenbar hatte sie eine Tasche gepackt«, sagte Mrs. Crosby. »Ihr Portemonnaie und ihr Pass fehlten. An einem Geldautomaten in der Nähe ihrer Wohnung hat sie fünfhundert Pfund von ihrem Sparbuch abgehoben, am Mittwochmorgen um halb acht.«

»Hat es seither irgendwelche Bewegungen auf ihrem Konto gegeben?«

»Nein«, sagte Mr. Crosby bestimmt. »Und es deutet auch nichts darauf hin, dass sie das Land verlassen hat.«

»Gab es Hinweise darauf, dass irgendetwas nicht stimmte?«, fragte Jenny.

»Es kam aus heiterem Himmel«, sagte Mrs. Crosby. »Sie schien vollkommen glücklich zu sein. Ihr Job gefiel ihr, sie hatte einen neuen Freund ...« Mitten im Satz brach sie ab und schaute zu ihrem Ehemann hinüber, dem offenbar derselbe Gedanke gekommen war. Sie überließ ihm das Wort.

»Wir denken, dass sie vielleicht im letzten Jahr einen indopakistanischen Freund hatte«, sagte er, als wäre das etwas, wofür man sich schämen müsste. »Meine Frau hat sie letzten Oktober einmal besucht und ihn aus ihrer Wohnung kommen sehen. Sie hat gesagt, dass er nur ein Freund sei, aber ... Sie verstehen ja. Man hat so ein Gefühl.«

»Wissen Sie, wie der junge Mann hieß?«

»Salim Soundso, glaube ich. Einen Nachnamen hat sie nie erwähnt.«

»Wie sah er aus?«

Mr. Crosby wandte sich an seine Frau. »Mitte zwanzig, ein bisschen älter als Anna Rose«, sagte sie. »Absolut respektable Erscheinung«, fügte sie entschuldigend hinzu. »Sah wirklich ziemlich attraktiv aus.«

»Verdammt«, sagte Mr. Crosby. »Ich wusste, wir hätten etwas unternehmen sollen. In was hat sie sich da nur verstrickt?«

Mrs. Crosby legte ihrem Mann beruhigend die Hand auf den Rücken. »Ich glaube nicht, dass die Sache noch lief. Sie war wirklich sehr angetan von Mike. Die beiden haben sich bei der Arbeit kennengelernt.«

»In Maybury?«

»Ja. Ich glaube, er war ihr direkter Vorgesetzter. Sie hat den Job letzten September im Rahmen ihres zweijährigen Aufbaustudiums begonnen.«

»Wissen Sie noch mehr über diesen indopakistanischen Freund? War er in irgendeiner Weise politisch engagiert?«

»Keine Ahnung«, sagte Mr. Crosby. »Ich habe Anna Rose nie über Politik reden hören.«

»Wofür interessiert sie sich sonst?«

»Sie will sich ein schönes Leben machen, wie ich sie einschätze«, sagte er. »Wir waren beide ziemlich überrascht, als sie sofort einen Job angenommen hat. Für Physik hatte sie sich nur entschieden, weil sie dachte, dass es in dem Fach wenig Konkurrenz gibt.«

»War sie gut im Studium?«

»Nicht wirklich«, sagte Mrs. Crosby. »Ihre Noten waren eher mittelmäßig. Sie kann von Glück sagen, dass sie überhaupt zum Aufbaustudium zugelassen wurde. Eigentlich hatte sie immer davon gesprochen, dass sie erst einmal ein Jahr herumreisen wolle.«

»Wahrscheinlich hat ihr Aussehen ihr geholfen«, sagte ihr Ehemann. »Männer würden alles für sie tun.«

Jenny betrachtete die geschmackvollen Schwarz-Weiß-Fotos, die auf einem glänzenden Walnussholzsekretär aufgestellt waren. Als Anna Rose auf die zwanzig zuging, hatte sie schulterlanges blondes Haar gehabt. Auf den Fotos lächelte sie auf eine Weise, bei der Ärger vorprogrammiert zu sein schien. Sie wirkte natürlicher, weniger stilvoll als ihre Adoptiveltern.

»Wie hat sie den Job überhaupt bekommen?«, fragte Jenny. »Es klingt fast so, als würde er nicht wirklich zu ihr passen.«

Mr. Crosby zuckte mit den Achseln. Offenbar hatte er sich an die Überraschungen gewöhnt, mit denen seine Tochter gelegentlich aufwartete. »Sie kam sehr gut mit ihrer Tutorin aus, mit Dr. Levin«, sagte Mrs. Crosby. »Ich hatte immer den Eindruck, sie würde Anna Rose in diese Richtung drängen. Vermutlich war sie es auch, die die entscheidenden Strippen gezogen hat, aber Anna Rose würde das nie zugeben.«

»Sie war sehr selbstständig?«

»Oh ja«, sagte Mr. Crosby. »Und sehr eigensinnig. Sie konnte noch so sehr im Unrecht sein, sie hatte trotzdem immer recht.« Der Tonfall ließ darauf schließen, dass er schon eine genaue Vorstellung davon hatte, was passiert sein musste: Seine lebhafte, naive Tochter, attraktiver, als gut für sie war, hatte sich mit irgendeinem verdammten Ausländer eingelassen. Wenn sie nicht schon tot war, gab es sicher nichts mehr, womit man ihr noch helfen konnte.

»Bedeutet das, dass jetzt wegen einer Strafsache gegen sie ermittelt wird?«, fragte Mrs. Crosby.

»Natürlich«, fuhr sie ihr Ehemann an, »das ist doch glasklar. Sie steckt bis zum Hals in irgendetwas drin.«

»Das weißt du doch gar nicht, Alan«, protestierte sie verletzt.

»Du kennst sie doch, sie ist so leicht zu beeindrucken. Schon als Kind war sie so.« Er wandte sich an Jenny. »Ich möchte ehrlich zu Ihnen sein, Mrs. Cooper. Wir waren hocherfreut, dass Anna Rose ihre Teenagerjahre überhaupt lebend überstanden hat. Von zwei Schulen geflogen, Gott weiß wie viele unpassende Jungs – ständig hatte sie irgendwelchen Ärger.«

Mrs. Crosby brach in Tränen aus. »Das ist nicht fair.«

»Vorläufig sehe ich keinerlei Veranlassung, mit der Polizei zu reden«, sagte Jenny. »Ich würde mich aber gerne in der Wohnung Ihrer Tochter umschauen und auch mit Mike Stevens sprechen.«

Jenny verließ das Haus der Crosbys mit dem Schlüssel zu Anna Roses Wohnung und der Handynummer von Mike Stevens. Sie rief ihn gleich vom Auto aus an, weil sie sich gerne später am Morgen mit ihm getroffen hätte, doch er war auf einer einwöchigen Dienstreise zur Wiederaufbereitungsanlage bei Sellarsfield und wohnte für die Zeit in einem Hotel im Lake District. Es würde jetzt auch nichts mehr nützen, zu Hause zu bleiben, so Mike Stevens. Anna Roses Eltern hatten sich mit sämtlichen Freunden und Bekannten ihrer Tochter, die ihnen namentlich bekannt waren, in Verbindung gesetzt. Auch er war ratlos, was man überhaupt noch tun konnte.

»Meine Frage klingt sicher etwas merkwürdig, Mr. Stevens«, sagte Jenny, »aber hatte Anna Rose Zugang zu radioaktivem Material, zum Beispiel zu Cäsium 137?«

Am anderen Ende trat Stille ein, die sie als verwundertes Schweigen interpretierte. Irgendwann fand Mike Stevens die Sprache wieder. »Warum wollen Sie das wissen?«

»In einem meiner Fälle sind Spuren davon aufgetaucht.«

»Einem Todesfall?«

»Keine Sorge«, sagte Jenny. »Außer dem Cäsium gibt es keine Verbindung zu Anna Rose. Ich möchte nur wissen, ob die Substanz irgendwie aus Ihrem Werk hinausgelangen könnte.«

»Um Himmels willen, nein. Haben Sie eine Ahnung von der Nuklearindustrie? Da sind nur Roboter im Einsatz.«

»Sie würden also sagen, dass es Anna Rose unmöglich gewesen wäre, beispielsweise an Cäsium 137 heranzukommen?«

»So unmöglich wie für Sie. Worum geht es denn genau? Was soll sie getan haben?«

»Nichts. Vielleicht handelt es sich auch um zwei voneinander unabhängige Ereignisse. Wissen Sie etwas über einen indopakistanischen Freund von Anna Rose namens Salim?«

»Nie gehört.«

»Ihre Mutter hat ihn letzten Oktober ihre Wohnung verlassen sehen.«

»Woher haben Sie das alles nur? Anna Rose hat keinen Freund namens Salim. Letzten Oktober kannten wir uns schon.«

»Tut mir leid, wenn ich Sie beunruhigt habe, Mr. Stevens. Mr. oder Mrs. Crosby wird es Ihnen erklären. Machen Sie sich keine Sorgen.«

»Moment mal ...«

Sie beendete die Verbindung und wählte Alisons Nummer. Es klingelte sieben Mal, bevor ihre Assistentin sich mit einem verhaltenen Hallo meldete.

»Ich dachte schon, Sie seien in der Kirche«, sagte Jenny.

Alison ignorierte die Bemerkung. »Und Sie leben also auch noch, Mrs. Cooper. Halb Bristol möchte Sie sprechen. Alle denken, Sie wüssten etwas.«

»Noch nicht, aber ich arbeite daran. Ist es schon in den Nachrichten? Ich habe nichts gehört.«

»Kein Mucks. Es muss eine Art Sperre gegeben haben.«

»Ich weiß nicht, ob ich das beängstigend oder beruhigend finden soll. Aber jetzt brauche ich erst einmal ein Dosimeter.«

»Ein was?«

»Die Nummer von Andy Kerr würde es auch tun.«

Den Geräuschen nach zu urteilen, erwischte sie Andy in einer Art Sportstudio. Es lief schlechte Popmusik, und im Hintergrund war das metallische Klappern von Gewichten zu hören. Offenbar hatte er keine Freundin, die ihn sonntagmorgens auf Trab hielt. Das Dosimeter stecke immer noch in seinem Kittel, erklärte er, aber das gesamte Gebäude sei für die Zeit der Dekontamination versiegelt. Vor Wochenmitte würde er wohl kaum Zugang dazu haben. Er würde Sonia Cane ja gerne anrufen, aber ihm sei zu Ohren gekommen, dass sie eine Beschwerde über ihn schreibe, weil er nicht sofort nach Entdeckung der Verstrahlung die Gesundheitsbehörden alarmiert habe.

»Wovor hat sie solche Angst?«, fragte Jenny.

»Wovor ich auch Angst habe – gefeuert zu werden. Mir wurde nahegelegt, mit niemandem darüber zu sprechen, nicht einmal mit Ihnen.«

»Ich werde es niemandem verraten. Aber wo bekomme ich nun ein Dosimeter her?«

»Heute?«

»Wär nicht schlecht.«

Andy seufzte. »Ich werde ein paar Anrufe machen.«

Jenny bekam das Dosimeter vom Radiologie-Assistenten, der am Vale Sonntagsschicht hatte und von einer ganzen Reihe von Notfällen gestresst war. Er fragte nichts, und sie erklärte nichts. In seinem Job war das Gerät Teil der Grundausstattung, wenn auch längst nicht so raffiniert wie das von Sonia. Es bestand aus einem kreditkartengroßen Gehäuse mit einem Stück Fotofilm darin und besaß eine Farbskala.

War es Strahlung ausgesetzt, nahm der Film unterschiedlich abgestufte Grüntöne an.

Die Fahrt zu Anna Roses Wohnung dauerte keine Viertelstunde. Sie lag in einer Neubausiedlung am nordwestlichen Stadtrand, nicht weit entfernt von der Parkway Station. Die von Gewerbegebieten, Industrieanlagen und Zufahrtsstraßen geprägte Gegend war nicht schön, lag aber in der Nähe der Autobahn. Bis nach Maybury waren es weniger als zwölf Meilen. Das dreistöckige Wohnhaus hatte man in eine Ecke der Siedlung gequetscht. Jeder Zentimeter der schmalen Straße war mit Autos zugeparkt, sodass Jenny sich gezwungen sah, einen Wendekreis zu blockieren.

An dem Schlüsselring, den die Crosbys ihr gegeben hatten, befanden sich zwei Schlüssel. Der erste war für die Haus-, der zweite für die Wohnungstür. Jenny sah auf das Dosimeter. Es blieb im hellsten Grünbereich.

Sie betrat eine auffällig ordentliche Einzimmerwohnung. Öffnete man die Wohnungstür, stand man direkt in einer geräumigen Küche, die mit wenigen schlichten und modernen Möbeln eingerichtet war. Aus einem Fenster sah man auf ein eingezäuntes, verwildertes Gelände, das man einst wohl für ein nie realisiertes Bauvorhaben vorgesehen hatte. Das Hellgrün des Dosimeters blieb unverändert. Jenny ging durch den Raum, betrachtete ein sich unter Lehrbüchern biegendes Regalbrett, öffnete Schubladen, sah sich im Bad um und durchsuchte das winzige Schlafzimmer. Sie hielt das Dosimeter in jede Ecke, aber nichts passierte.

Sie war gleichzeitig erleichtert und enttäuscht. Erschöpft ließ sie sich auf einem der beiden Stühle am Kiefernholztischchen in der Küche nieder und machte eine Bestandsaufnahme. Am interessantesten war das, was sie nicht gefunden hatte. Sie hatte weder Koffer noch Rucksack entdeckt, keinen Computer, keinen Fotoapparat und kein Handy.

Kein Portemonnaie, keine Zahnbürste. Die Bügel im Kleiderschrank waren leer, und in der Kommode lag nur wenig Wäsche und ein paar Strümpfe. An der Eingangstür gab es keine Spuren gewaltsamen Eindringens. Im Poststapel auf dem Küchentisch und unter den Briefen, die sie von der Fußmatte aufgehoben hatte, war sie auf nichts Ungewöhnliches gestoßen – nur Rechnungen und Werbung. Anders als Nazim und Rafi schien Anna Rose freiwillig ihre Sachen gepackt und ihre Wohnung verlassen zu haben.

Jenny wollte nicht der Versuchung erliegen zu spekulieren, aber ein siebter Sinn sagte ihr, dass dieser Raum einer Person gehörte, die noch lebte. Hier roch es nicht nach Tod. Die Atmosphäre war gestört, aber nicht vergiftet.

Noch einmal schaute sie sich um und suchte nach irgendeinem Hinweis. Nichts. Keine Notizbücher, keine Papierfetzen, kein Müll im Papierkorb, überhaupt keine Spur von Anna Rose. Nur Lehrbücher und eine Reihe von Taschenbüchern auf dem Regalbrett darunter. Jenny überflog die Titel: seichte Literatur für junge Frauen und ein paar kitschige Promibiografien. Anna Rose mochte intelligent sein, aber intellektuell war sie nicht. Jenny kam es merkwürdig vor, dass eine kluge junge Frau jenseits ihres begrenzten Fachgebiets keinerlei Neugierde verspürte, aber irgendwie kannte sie so ein Verhalten auch. Sie betrachtete ein gerahmtes Plakat, das sie zuvor kaum wahrgenommen hatte. Es war der einzige Gegenstand, der entfernt etwas mit Kultur zu tun hatte, und wirkte auf den ersten Blick wie eine plumpe Karikatur der Mona Lisa. Bei näherer Betrachtung erwies sich das Plakat als Collage aus Hunderten von Fotos von Britney Spears in verschiedenen provozierenden Posen. Das war raffiniert gemacht, sexy und seriös zugleich, und dürfte sowohl die Wissenschaftlerin als auch das Partygirl in Anna Rose angesprochen haben. Jenny musste an ihren Besuch bei Sarah Levin denken. Die junge Akademikerin verbrachte ihre Tage über der Teilchentheorie, aber wenn sie abends heimkam, schaute sie wahrscheinlich MTV und las Hochglanzmagazine. Diese Frauen verkörperten eine ganz bestimmte Haltung. Sie nahmen eine Menge Dinge für selbstverständlich, die es für Jennys Generation nie gegeben hatte, besaßen aber kein rechtes Format. Woran glaubten sie? Worauf würden sie in einer Krise zurückgreifen können?

Nach einem letzten Blick auf ihr Dosimeter schloss sie die Wohnungstür hinter sich ab. Die Strahlenspur hatte sich verlaufen. Doch als Jenny das Gebäude verließ, wusste sie bereits, was ihr nächster Schritt sein würde.

Niemand öffnete, als sie bei Sarah Levin klingelte. Über eine Stunde lang wartete Jenny in ihrem Wagen und versuchte die Spekulationen, die ihre Fantasie bevölkerten, in glaubwürdige Theorien zu verwandeln. Bedachte man, dass jede von ihnen den Diebstahl radioaktiven Materials als Ausgangspunkt haben musste, war das kein leichtes Unterfangen.

Mittlerweile hatte es zu regnen begonnen. Sie fühlte sich müde und hätte eine Tablette gebraucht, als plötzlich auf der anderen Straßenseite ein taubenblauer Fiat 500 in eine Lücke einparkte. Sarah Levin stieg aus und schleppte etliche exklusive Einkaufstüten in Richtung Haustür. Jenny war schneller und fing sie vorher ab.

»Dr. Levin, ich würde Ihnen gerne noch ein paar Fragen stellen.«

Die junge Frau reagierte überrascht und unwirsch.

»Jetzt? Machen Sie Witze? Ich wollte nur schnell die Tüten abstellen, dann bin ich wieder auf dem Sprung.«

Sie steuerte auf die Haustür zu. Jenny lief hinterher.

»Es geht um Anna Rose Crosby. Ich habe gehört, dass Sie die junge Frau gut gekannt haben.«

Sarah Levin hielt inne und drehte sich verärgert um.

»Freunde von mir sind Rechtsanwälte. Die konnten es gar nicht fassen, dass Sie zu mir nach Hause gekommen sind. Was glauben Sie eigentlich, wer Sie sind?«

»Anna Rose wird vermisst.«

»Davon habe ich gehört.«

»Können Sie sich vorstellen, was dahintersteckt?«

»Woher soll ich das wissen? Ich war ihre Tutorin, nicht ihre Freundin. Und jetzt muss ich mich wirklich beeilen.« Sie holte den Schlüssel aus der Tasche.

»Ihre Eltern waren ziemlich überrascht, dass sie den Job in Maybury bekommen hat«, sagte Jenny. »Sie glauben, dass Sie vielleicht ein bisschen nachgeholfen haben.«

Sarah Levin seufzte theatralisch und warf ihr langes blondes Haar zurück. »Ich schreibe für all meine Studenten Empfehlungen. Keine Ahnung, worum es hier eigentlich geht. Und da Sie offenbar auch nicht vorhaben, mich aufzuklären, lassen wir es doch dabei bewenden, oder?«

Jenny war drauf und dran, ihr die ganze Geschichte zu erzählen – von Mrs. Jamal, dem Cäsium 137, von einfach allem –, aber ihr Instinkt riet ihr, sich zurückzuhalten. Hinter Sarah Levins Trotz lauerte Panik. Und Wut. Sie hatte alles geleugnet, und falls es nötig sein sollte, würde Jenny genau das später gegen sie verwenden.

Ruhig sagte sie: »Sie haben ziemlich erschrocken gewirkt, als ich Anna Rose erwähnt habe.«

»Könnte das vielleicht etwas damit zu tun haben, dass Sie mir vor meiner eigenen Haustür auflauern?«

»Haben Sie eine Idee, was Anna Rose dazu getrieben haben könnte, einfach zu verschwinden?«

»Das ist doch lächerlich. Und nein, habe ich nicht.«

»Wann hatten Sie zuletzt Kontakt mit ihr?«

»Keine Ahnung. Im Sommer.«

»Würden Sie das auch unter Eid sagen?«

»Tut mir leid, Mrs. Wer-auch-immer-Sie-sein-mögen, das reicht jetzt. Sie können mich darum bitten, eine schriftliche Aussage zu machen, aber Sie können mich nicht auf der Straße ausfragen. Ich bin doch nicht blöd.«

Sie trat durch die Tür und schlug sie unüberhörbar hinter sich zu. Eine Weile hing ihr Parfüm noch in der Luft. War Anna Rose hübsch, dann war Sarah Levin schön. Der Eindruck hatte nicht nur mit ihrem Aussehen zu tun, auch eine physische Komponente war dabei. Kein Mann und keine Frau würde an ihr vorbeigehen können, ohne sich umzudrehen, sei es aus Sehnsucht oder aus Neid. Die Fotos, die Jenny von Nazim gesehen hatte, deuteten darauf hin, dass er eine ähnliche Ausstrahlung gehabt haben musste. Auf jeden Fall hatte er besser ausgesehen als Sarah Levins gegenwärtiger Freund. Leicht vorzustellen, dass er hoffnungslos in sie verliebt gewesen war, egal was für religiöse Überzeugungen zwischen ihnen gestanden haben mochten. Und für sie, die jeden haben konnte, war er bestimmt einer der interessanteren Kandidaten gewesen.

Jenny eilte zu ihrem Wagen zurück und holte ihr Handy heraus.

»Alison, ich bin's.«

»Ich weiß, Mrs. Cooper. Ich erkenne Sie schon am Klingeln.«

»Ich habe in Anna Roses Wohnung keine Strahlung gefunden.«

»Überrascht Sie das?«

Jenny ignorierte den sarkastischen Tonfall. »Gerade habe ich noch einmal mit Sarah Levin gesprochen. Mir ist eine Idee gekommen. Könnten Sie ihre Arztberichte besorgen?«

»Ohne ihre Zustimmung?«

»Ja.«

Im Hintergrund versuchte Alisons Ehemann, über das Gebell eines Hundes hinweg seiner Frau etwas zu sagen. Sie rief ihm zu, er möge warten, und wandte sich dann ungeduldig wieder an Jenny.

»Ist das nicht ein wenig ungewöhnlich, Mrs. Cooper? Sollten Sie nicht die Zeugin vorher fragen?«

»Vergessen Sie die Regeln. Besorgen Sie mir einfach die Berichte.«

Jenny hatte die Stadt schon wieder hinter sich gelassen und starrte durch die regennasse Windschutzscheibe auf die neblige Autobahn, als ihr plötzlich aufging, dass es nur eine Person gab, die Anna Rose und Nazim Jamal miteinander verband: der linkische Professor Rhydian Brightman. Sie wusste nicht viel darüber, wie es an Universitäten zuging, aber sie hielt es für ziemlich wahrscheinlich, dass in einer solchen Institution die Beziehungen unter den Lehrenden relativ eng waren. Brightman musste mit Sarah Levin über die gerichtliche Untersuchung gesprochen haben, wenn auch nur aus Sorge um den Ruf des Instituts. Er musste von Anna Rose gehört haben, und sollte tatsächlich jemand ihrer Karriere auf die Sprünge geholfen haben, war es mehr als wahrscheinlich, dass er seine Finger mit im Spiel gehabt hatte.

Sie fuhr auf eine Tankstelle an der M4 und machte ein paar Anrufe. Schließlich erwischte sie den Pförtner eines der Studentenwohnheime, der sich darin gefiel, ihr mitzuteilen, dass er lieber seinen Job behalte, als die Privatnummer eines Fakultätsmitglieds herauszugeben. Jenny verlor die Geduld und erklärte ihm, dass er, würde er sich nicht innerhalb von fünf Minuten mit der Nummer zurückmelden, mit einem Besuch der Polizei zu rechnen habe.

Brightman rief persönlich zurück. Zögernd erkundigte er sich, wie er helfen könne. Jenny entschuldigte sich dafür, ihn am Wochenende zu stören, und fragte, ob sie sich treffen könnten.

»Was möchten Sie wissen, Mrs. Cooper? Ich kann wirklich keinerlei Informationen zum Verschwinden der beiden Jungen beitragen.«

»Nazims Mutter wurde am Donnerstag tot aufgefunden«, sagte Jenny.

»Oh. Die arme Frau.«

Jenny schwieg und dachte über ihren nächsten Zug nach. Warum sollte sie ihn eigentlich nicht mit den Tatsachen konfrontieren? Früher oder später würde er sie sowieso erfahren. »Es scheint, als hätte sie kurz vor ihrem Tod Besuch gehabt. An ihrem Körper haben wir Spuren von Cäsium 137 gefunden. Der Wohnblock, in dem sie gewohnt hat, wurde evakuiert.«

Einen Moment lang war Brightman still. »Nun, ich weiß wirklich nicht, was ich sagen soll ...«

»Ich habe nur ein paar Fragen«, sagte Jenny. »Es wird nicht lange dauern.«

»Vielleicht ist es das Beste, Sie kommen in mein Büro.«

Professor Brightman wartete auf der Treppe vor dem Physikinstitut. Er trug einen alten Anorak und hatte eine abgewetzte Ledertasche dabei. Jenny bemühte sich um Smalltalk, als sie ihm durch die kalten, verlassenen Flure zu seinem Büro folgte, einem winzigen, vollgestopften Zimmer im dritten Stock, das auf die Straße hinausging. Er räumte ihr einen Stuhl frei und entschuldigte sich für die Kälte. Wegen der Sparmaßnahmen wurde die Heizung sonntags abgeschaltet. Sie saßen sich in Mantel und Anorak am Schreibtisch gegenüber. Jenny spürte kaum noch ihre Zehen.

Erregt schob Brightman seine dicke Brille hoch. »Darf ich fragen, was das für Umgangsformen sind, Mrs. Cooper?

Normalerweise würden meine Arbeitgeber von mir erwarten, dass ich sie davon in Kenntnis setze, wenn ich verhört werde.«

»Sie stehen unter keinem Verdacht, Professor. Von mir aus können Sie Ihren Arbeitgebern erzählen, was Sie wollen.«

Nervös klopfte er auf den Schreibtisch. »Mir wäre es lieber, wenn das Gespräch für den Moment unter uns bliebe, falls es Ihnen nichts ausmacht. Sollte ich natürlich eine offizielle Aussage machen müssen ...«

»Lassen Sie uns einen Schritt nach dem anderen tun, okay? Was mich heute zu Ihnen führt, ist eine Ihrer letzten Studentinnen – Anna Rose Crosby.«

»Ich kann mich an sie erinnern. Wollen Sie etwa sagen, dass sie ...?«

»Nein. Bislang wissen wir nur, dass sie verschwunden ist. Ich interessiere mich für sie, weil sie in der Atomindustrie gearbeitet hat. Wie ich schon sagte, Mrs. Jamals Leiche weist Spuren radioaktiver Verseuchung auf.«

Brightman runzelte die Stirn. »Und Sie sind sich sicher, dass es sich um Cäsium 137 handelt?«

»Die Gesundheitsbehörden haben es bestätigt. Einhundertzehn Millisievert.«

Ungläubig schüttelte er den Kopf. »Wie ist das möglich, um Himmels willen? Warum?«

»Keine Ahnung. Aber da Anna Rose vermisst wird, ist ihre Verbindung zu diesem Institut etwas, dem man nachgehen muss. Ich bin mir sicher, Sie stimmen mir zu.«

»Ich habe sie kaum gekannt, nicht persönlich zumindest. Aber soweit ich weiß, war sie eine ganz normale Studentin. Cäsium 137? So etwas lagern wir hier gar nicht. Ich weiß nicht, ob Ihnen bekannt ist, wie ...«

»Vage. Cäsium 137 ist nichts, was einfach so in einer Universität herumliegt, nicht wahr?«

»Richtig. Winzigste Mengen für bestimmte Experimente vielleicht, aber die werden dann sehr streng kontrolliert. Wir hatten den Stoff noch nie hier.«

»Anna Rose Crosby hat im Rahmen ihres Aufbaustudiums in Maybury gearbeitet. Überrascht Sie das?«

»Nicht wirklich. Sie war eine normale Studentin.«

»Ich meine eher von ihrem Charakter her.«

»Dazu kann ich wirklich nichts sagen. Dr. Levin wird das besser beurteilen können.«

»Dr. Levin war in dieser Hinsicht nicht sehr auskunftsfreudig.«

»Oh«, sagte Brightman misstrauisch, »Sie haben schon mit ihr gesprochen?«

»Die Mutter von Anna Rose erzählte mir, dass Dr. Levin ihren Einfluss geltend gemacht und ihrer Tochter zu dem Job verholfen hat.«

»Vermutlich hat sie so ihre Beziehungen. Wir versuchen manchmal, unsere Studenten in die Industrie zu vermitteln.«

»Sie wirken unsicher.«

»Nein ... Ich denke nur darüber nach, was Sie gesagt haben. Dr. Levin ist noch nicht sehr lange an unserem Institut. Ich kann mir kaum vorstellen, dass sie so viel Einfluss hat. Außerdem entspricht das eigentlich nicht unseren Gepflogenheiten.«

Jenny musterte ihn. Er wirkte beunruhigt über die Richtung, in die ihre Fragen jetzt zielten. Vermutlich war er kein Mensch, der überzeugend lügen konnte. Er war ein schusseliger Wissenschaftler, zutiefst weltfremd. Sein Anorak war fleckig, und an seinem Hals hatte sie Schnittwunden vom Rasieren entdeckt. Möglicherweise konnte er Menschen nicht richtig einschätzen und bekam nicht alles mit, was vor seiner Nase passierte. Sie konnte sich nicht vorstellen, dass er irgendwelche Strippen zog.

»Die Eltern von Anna Rose denken, dass sie vielleicht letztes Jahr einen indopakistanischen Freund hatte. Salim Soundso. Klingelt da etwas bei Ihnen?«

Er schüttelte den Kopf. »Tut mir leid. Wie ich schon sagte, ich bin da nicht der richtige Ansprechpartner.«

»Vielleicht könnten Sie sich bei jemandem erkundigen, der mehr mit ihr zu tun hatte, bei Dr. Levin zum Beispiel.«

»Ja ... Ja, natürlich«, antwortete er zerstreut und war im Geiste schon bei den möglichen Skandalen, die über ihn hereinbrechen könnten.

Jenny zögerte, als sie Mitleid mit ihm verspürte. Er wirkte vollkommen hilflos. Man konnte sich leicht vorstellen, dass jüngere Kollegen nur darauf lauerten, ihn beim geringsten Fehlverhalten aus seinem schmuddeligen Büro rauszukatapultieren.

Sie schlug einen sanfteren Ton an, um ihm etwas von seiner Angst zu nehmen. »Darf ich Sie etwas fragen, das nur mit Ihrem fachlichen Wissen zu tun hat?«

»Ja, natürlich.«

»Bislang weiß ich über Cäsium 137 nur, dass es gefährlich ist, dass es sich um ein Nebenprodukt der Atomindustrie handelt und dass sich in Tschernobyl und Umgebung viel davon befindet. Was genau könnte man mit dem Stoff anfangen?«

»Sie liegen ganz richtig, wenn Sie den ehemaligen Ostblock erwähnen«, sagte er und sprach jetzt in einem aufgeregten, abgehackten Stakkato. »Die meisten illegal beschafften Substanzen stammen vermutlich von dort – von verarmten Wissenschaftlern, die sich in den frühen Neunzigerjahren ein paar Dollar dazuverdient haben. In der Tat, nach allem, was ich in der Zeitung gelesen habe, halte ich es für das ideale Material für eine schmutzige Bombe. Eine kleine Menge, in einem konventionellen Sprengkörper platziert, könnte sich mit dem Wind über eine ganze Stadt verteilen und sie für Jahrzehnte unbewohnbar machen. Eine grauenhafte Vorstellung.«

»Ich verstehe.« In Jennys naturwissenschaftlich unbedarftem Hirn begann sich ein neues Bild zu formen. Sie hatte sich vage vorgestellt, dass man mit der Substanz jemanden verseuchen oder eine lokal wirksame Bombe basteln konnte. Dass auch eine ganze Stadt zum Ziel werden könnte, war ihr nicht bewusst gewesen. Sie sahen sich über die chaotischen Bücher- und Papierstapel auf seinem Schreibtisch hinweg an, und zum ersten Mal verstand Jenny seine tiefe Besorgnis.

»Haben Sie irgendeine Vorstellung, wie Mrs. Jamal kontaminiert worden sein könnte?«, fragte er. »Für die Antiterrorkämpfer ist vermutlich nichts Schlimmeres denkbar.«

»Nein«, sagte Jenny. »Aber man hat einen Mann dort gesehen. Groß, weiß, schlank, um die fünfzig. Der Beschreibung nach hat er eine gewisse Ähnlichkeit mit einer Person, die in der Nacht von Nazims und Rafis Verschwinden im Studentenwohnheim gesehen wurde.«

Brightman starrte in die Luft. »Ich erinnere mich, dass die Polizei ihn damals erwähnt hat. Eine Studentin will ihn gesehen haben.«

»Sie heißt Dani James. Am ersten Tag meiner Anhörung hat sie ausgesagt. Sie hat auch behauptet, sie habe in der Woche zuvor mit Nazim geschlafen.«

»Das habe ich in der Zeitung gelesen …« Seine Stimme verlor sich, als er die unzusammenhängenden Bruchstücke zu einem sinnvollen Ganzen zusammenzufügen versuchte.

»Es gibt Hinweise darauf«, sagte Jenny, »dass sich Nazim gegen Ende des ersten Trimesters noch mit einer anderen Frau getroffen hat. Mit einer, die sich sehr gut auf Englisch ausdrücken konnte. Vermutlich können Sie mir nicht sagen, ob es sich um Dr. Levin gehandelt hat?«

Sofort schaute Brightman sie wieder an. »Wie bitte?«

»Ich habe mich nur gefragt, ob sie und Nazim ein Verhältnis miteinander gehabt haben könnten.«

»Haben Sie Gründe für diese Frage?« Seine geweiteten Pupillen wurden von den dicken Brillengläsern noch einmal vergrößert.

»Nazims Mutter hat damals zufällig einen Anruf von einem Mädchen entgegengenommen«, sagte Jenny. »Es ist reine Spekulation, aber wer auch immer sie sein mag, sie weiß möglicherweise etwas über ihn, das wir nicht wissen.«

Brightman schluckte unbehaglich.

Sie hatte irgendetwas gesagt, was ihn berührte, das spürte sie.

»Nun, tatsächlich ... Ich habe sie mal zusammen gesehen«, sagte er und räusperte sich. »Dass ich mich überhaupt daran erinnere, hat damit zu tun, dass mir schon einmal jemand diese Frage gestellt hat. Ende 2002 muss das gewesen sein. Mrs. Jamals Anwalt, wenn ich mich recht entsinne.«

Jennys Herz begann zu rasen. »Alec McAvoy?«

Brightman runzelte die Stirn. »Ein Schotte, genau.«

»Er hat Sie gefragt, ob Nazim Jamal und Sarah Levin ein Verhältnis miteinander hatten?«

»Ja«, sagte er schuldbewusst. »Aber alles, woran ich mich erinnern konnte, war dieser eine Vorfall. Es war im Labor hier im Flur. Man kennt das ja mittlerweile von Studenten ...«

Jenny konnte nur mühsam sprechen. »Was haben Sie McAvoy erzählt?«

»Dass ich sie mal aus Versehen gestört habe. Sie sind auseinandergewichen, als hätten sie sich geküsst. Ich weiß noch, dass sie ziemlich nervös wirkten.«

»Haben Sie mit Dr. Levin je darüber gesprochen?«

»Über so etwas reden wir nicht unbedingt«, wehrte er

ab. »Die Frau ist außerordentlich begabt. Irgendwann hat sie ein Stipendium für Harvard bekommen und ist dann mit den besten Referenzen zurückgekehrt.« Seine Miene wirkte fast gequält. »Sarah würde sich nie etwas zuschulden kommen lassen. Das ist absolut undenkbar.«

Jenny atmete tief durch. »Wenn es Ihnen nichts ausmacht, würde ich Sie bitten, eine Aussage zu machen.«

Ihr Körper brannte. Die Kälte fühlte sie nicht länger.

19

Die Leute um sie herum hatten schon immer bemerkt, wie ruhig Jenny auf schlechte Nachrichten reagierte. Während andere Menschen angesichts plötzlicher Todesfälle oder unerwarteter Tragödien in Tränen ausbrachen, regte sich in ihr kaum etwas. Eine unnatürliche Abgeklärtheit bemächtigte sich ihrer, und ihre Augen blieben unweigerlich trocken, wenn die emotional aufgewühlten Zeitgenossen ihre Nähe suchten. Sie strahlte Sicherheit aus und wirkte beruhigend. Viele Jahre lang hatte Jenny selbst geglaubt, sie besitze eine natürliche Immunität gegen Trauer und sei stärker als die meisten Menschen. Sie musste erst neununddreißig werden und ihre *Phase* durchmachen – sie hatte sich stets geweigert, von einem Zusammenbruch zu sprechen –, um die Wahrheit zu erkennen. Dr. Travis, der liebenswürdige Psychiater, der sie geduldig und zuversichtlich durch die schlimmsten Monate begleitet hatte, hatte ihr zu begreifen geholfen, dass sie ab einer bestimmten Ausprägung ihre Gefühle internalisierte und gar nicht erst an die Oberfläche dringen ließ. Sie existierten, waren sogar sehr heftig, blieben aber in einem Raum tief in ihrem Unterbewusstsein verschlossen. Nun musste es darum gehen, die Tür zu diesem Raum Millimeter um Millimeter zu öffnen, um das Trauma – was auch immer es war – herauszulassen und zu verarbeiten. Sosehr Jenny sich aber auch bemühte, sie hatte den Schlüssel noch nicht gefunden.

Alec McAvoy hatte sie betrogen. Er hatte die ganze Zeit über gewusst, dass Sarah Levin und Nazim ein Verhältnis miteinander gehabt hatten, und er hatte ihr nichts davon erzählt. Warum? Stattdessen war er zu ihrer Anhörung gekommen, hatte sie ausgehorcht und ein Gedicht zitiert.

Wer war dieser Winkeladvokat wirklich, dieser rechtskräftig Verurteilte, der in ihr Innerstes vordrang und ihr wie kein anderer das Gefühl gab, nicht allein zu sein? Was wollte er von ihr? Hatte Alison vielleicht recht? Benutzte er ihre Untersuchung in der Hoffnung, seine gescheiterte Karriere zu retten? Oder waren seine Beweggründe noch unmoralischer?

Sie wusste es nicht. Sie konnte es nicht wissen. Sie spürte ihren Instinkt nicht mehr, ihre Intuition war vernebelt. Die rasende Wut und die Enttäuschung, die eigentlich aus ihr herausbrechen mussten, waren tief in ihr verschlossen und ließen ihr nichts, an dem sie sich festhalten konnte, nur eine schwache Logik. War er Engel oder Teufel? Sie selbst befand sich in der Vorhölle, würde es also nie erfahren.

Mit dem messerscharfen Bewusstsein, das ihr geblieben war, beschloss sie, wieder die Kontrolle über ihr Leben zu gewinnen. Sie würde nur ihrem Intellekt trauen, sämtlichen Spekulationen widerstehen und ihre Untersuchung streng nach Vorschrift durchführen. Es war ein Fehler gewesen zuzulassen, dass der unbestechliche rationale Teil ihrer Persönlichkeit untergraben wurde. Legen Sie hinreichend tiefe Fundamente, hatte Dr. Travis ihr geraten, dann können Sie zwar ins Wanken geraten, aber Sie werden niemals fallen.

Als sie das letzte Stück nach Melin Bach hinauffuhr, merkte sie, dass die vierzig Minuten wie im Fluge vergangen waren. Die Ängste und Bilder, die sie auf den dunklen Heimfahrten oft plagten, hatten sich in Luft aufgelöst. Ihre Augen orientierten sich am Scheinwerferlicht, und als sie ihr zukünftiges Vorgehen plante, funktionierte ihr Geist so mechanisch wie ein Uhrwerk. Mitte der Woche würde sie die Anhörung wieder aufnehmen. Die Vorladungen an die Zeugen würde sie morgen früh sofort rausschicken, dann würde sie detailliert ihre Verhöre vorbereiten, die jede Beweislücke zum Vorschein bringen würden. Sie würde keine Urteile fällen und keine Schlüsse ziehen außer solchen, die durch die Aussagen zu hundert Prozent gerechtfertigt sein würden. Jenseits von jeglichen Einflüssen und ungeachtet aller Kritik würde sie Gerechtigkeit streng nach Gesetz ausüben. So legte man Fundamente, und so würde sie auch das Vertrauen wiedergewinnen, das, wie McAvoy nebenbei bemerkt hatte, irgendjemand aus ihr herausgeprügelt hatte.

Jenny gab einem Anflug von Trotz nach: Vielleicht hatte er sie ja ungewollt stärker gemacht.

Im Cottage brannten die Lichter. Der Weg zur Haustür wurde von der starken Halogenlampe beleuchtet, die sie für den Winter angebracht hatte. Auf der Straße stand ein dunkelblauer BMW. Sie erkannte ihn sofort. Er gehörte David, ihrem Exmann.

Als sie vorfuhr, öffnete sich die Fahrertür, und er stieg aus. Er wirkte noch schlanker und sportlicher als vor drei Monaten, als sie ihn zum letzten Mal gesehen hatte. Zu Baumwollhose und T-Shirt trug er einen schmalen Lambswoolpullover mit V-Ausschnitt. Trotz seiner siebenundvierzig Jahre war sein Haar immer noch tiefbraun, sein Gesicht war von gerade genug Falten durchzogen, um ihm eine gewisse Seriosität zu verleihen, ohne ihm das Jungenhafte zu nehmen. Irgendwie hatte er es geschafft, sich diese Alterslosigkeit zu bewahren, obwohl er fünfzehn Stunden am Tag als Herzchirurg arbeitete. Gerecht war das nicht, dass er mit den Jahren immer besser aussah, während sie selbst langsam alt wurde. Als sie ausstieg, kam er auf sie zugeschlendert, arrogant wie immer.

»Jenny. Wir haben uns gefragt, wo du bist.« Auf unnachahmliche Weise signalisierte sein Blick, dass alles, was sie betraf, unweigerlich eine amüsante Seite hatte.

»Ich hatte mein Handy ausgeschaltet. Man hat mich das ganze Wochenende über verfolgt.« Sie blickte zum Haus und sah, dass Ross gerade am Treppenhausfenster vorbei nach oben ging. »Ich dachte, Ross wäre heute Abend bei dir?«

»Ist er auch.« Er bedachte sie mit einem besänftigenden Lächeln. »Und er wird wohl auch noch eine Weile bleiben.«

»Er wird was? Wie lange? Was hast du ihm erzählt?« Sie hörte, dass ihre Stimme unsicher klang.

»Beruhige dich, Jenny. Ich bin nicht gekommen, um mich mit dir zu streiten. Im Gegenteil. Aber es ist kalt hier draußen. Warum gehen wir nicht hinein?«

Er trat auf das Gartentor zu. Sie blieb stehen.

»Wann hat Ross das beschlossen? Ich dachte, er sei glücklich hier. Seine Freundin wohnt nur ein Stück die Straße runter.«

»Er sieht sie im College.«

»Die Idee war doch, ihn von der Stadt fernzuhalten. In der Zeit, in der er bei mir wohnt, hat er keine Drogen mehr angerührt.«

»Seit letztem Sommer ist er reifer geworden. Vielleicht fällt mir das stärker auf, weil ich ihn seltener sehe.«

»Was soll das alles? Warum hat er seine Meinung geändert?«

»Können wir nicht in Ruhe darüber reden?«

»Ich bin ruhig, David.«

»Du zitterst.«

Jenny schloss die Augen. Sie sollte gar nicht darauf reagieren.

»Ich möchte nur, dass du mir erzählst, was sich plötzlich verändert hat«, sagte sie und riss sich zusammen. »Du hast mit ihm gesprochen, oder?«

»Möchtest du diese Unterhaltung wirklich hier draußen führen?«

»Wo immer du willst.«

Sie ging den Weg entlang.

»Soll ich nun mit hineinkommen oder nicht?«

»Wär vielleicht keine schlechte Idee, wenn du mir schon meinen Sohn wegnehmen willst.«

Die Haustür war angelehnt. Sie stieß sie auf, ging direkt ins Wohnzimmer, zog ihren Mantel aus und warf ihn auf einen Sessel. David folgte zögernd.

»Klingt, als wäre er oben«, sagte Jenny. »Mach besser die Tür zu.«

Sie blieb mit verschränkten Armen stehen und wartete auf eine Erklärung. David sah sich in dem Raum mit dem Steinfußboden, den niedrigen Deckenbalken und den zugigen Fenstern um. Seine Miene sprach Bände: *Kein Wunder, dass er nicht bleiben will.*

»Und?«, fragte Jenny.

David trat zum Sofa und setzte sich vorsichtig auf die Lehne, als könnte sie unter ihm nachgeben. »Ich möchte ehrlich mit dir sein, Jenny. Er macht sich Sorgen um dich. Er denkt, du bist einem zu großen Druck ausgesetzt, um dich auch noch um ihn kümmern zu können.«

»Das hat er gesagt?«

»Ja.«

»Weil nicht jeden Abend um sechs das Essen auf dem Tisch steht? Du arbeitest doch noch länger als ich.«

»Ich habe Deborah.«

»Die arbeitet auch.«

»Sie hat gerade auf Teilzeit gewechselt.«

»Ach ja? Hast du ihr eine Wahl gelassen?«

David parierte den Seitenhieb mit einem trockenen Lächeln. »Eigentlich war es ihre Entscheidung. Ich wollte es dir sowieso irgendwann erzählen. Sie ist schwanger.«

»Oh … Aha.« Sie fühlte sich benommen. »Ich nehme an, da sollte ich wohl gratulieren.«

»Danke. Es war nicht wirklich geplant.«

Jenny schwieg. Obwohl sie es gegen Ende ihrer Ehe eilig gehabt hatte, David zu verlassen, verspürte ein Teil von ihr immer noch Unbehagen bei der Vorstellung, dass es in seinem Leben eine andere Frau gab. Dass Deborah erst Ende zwanzig, attraktiv und mehr als nur bemüht freundlich war, machte die Sache nicht besser.

»Damit wollte ich dich heute eigentlich gar nicht überfallen«, sagte er entschuldigend.

»Du musst dich nicht rechtfertigen.«

Dass er das anders sah, konnte sie an einer plötzlichen Schwermut in seinem Blick erkennen. In der Pause, die nun folgte, hörten sie Ross' Schritte auf den knarrenden Dielen über sich. Schubladen wurden geöffnet und geschlossen, Schranktüren knallten. Die Geräusche überstürzten Packens.

»Dir ist es vermutlich lieber, wenn ich ehrlich bin«, sagte David.

Sie verkniff sich jeden Sarkasmus. Konnte Unehrlichkeit je vorzuziehen sein? Er ließ es immer so aussehen, als würde sie die Verletzungen, die er ihr zufügte, selbst von ihm fordern. Vermutlich war das eine Technik, die er sich im Laufe seiner beruflichen Karriere instinktiv angeeignet hatte, um sich vom Leiden seiner Patienten und ihrem nicht seltenen Tod zu distanzieren.

David holte tief Luft. »Ross denkt, dass du nicht klarkommst, Jenny. Mit Egoismus hat das nichts zu tun. Er hat einfach das Gefühl, dir zur Last zu fallen. Und wenn er bleibt und sieht, wie du dich abstrampelst, fühlt er sich noch schuldiger.«

»Wie kommt er auf die Idee, dass ich mich abstrample? Ich finde es toll, dass er hier ist ... Wir kommen doch gut miteinander aus.«

»Es ist nie etwas zu essen im Haus.«

»Das stimmt nicht.«

»Das ist keine Beschuldigung. Allein würde ich es auch nicht besser hinbekommen.«

»Warum erzählt er mir nichts davon? Wir könnten uns die Sachen doch vom Supermarkt liefern lassen.«

David seufzte und legte eine Hand in seinen sehnigen Nacken. »Jenny, es geht dir einfach nicht gut genug, um dich noch um jemand anderen zu kümmern.«

»Woher willst du das wissen?«

»Er hat mir von der Nacht neulich erzählt. In was für einem Zustand du nach Hause gekommen bist.«

»Ich war wahnsinnig müde.«

»Er musste dir ins Bett helfen. Du kannst dich nicht einmal daran erinnern, nicht wahr? Was war los? Hattest du zu viele Tabletten genommen?«

Aus ihren Händen und Füßen wich jedes Gefühl. Jeder Atemzug strengte sie an. Systematisch brach ihr Nervensystem zusammen.

»Es war spät, das ist alles.«

»Was willst du nur tun, Jenny? Lässt du dir von irgendjemandem helfen? Du wirst es vielleicht nicht glauben, aber ich mache mir Sorgen um dich.«

»Ich gehe zu einem Arzt.«

»Gut. So etwas kann man wieder hinbekommen. Kollegen haben mir versichert, dass ...«

»Du redest mit Kollegen über mich?«

»Damals, als …«

Ihr Blick enttarnte seine Lüge.

»Streng vertraulich natürlich. Ich möchte doch wissen, wie man dir helfen kann.«

»Wenn man dich so hört, würde man nicht auf die Idee kommen, dass ich einen verantwortungsvollen Job habe, gerichtliche Untersuchungen führe, trauernde Familien tröste …«

»Ich weiß, dass du das tust. Aber es reicht nicht, alles andere einfach zu verdrängen, oder? Du musst mir nichts beweisen, Jenny, und Geld ist auch nicht das Problem. Ich möchte nur, dass es dir gut geht. Und Ross möchte das auch.«

»Und das ist also eure Methode, sich um mich zu kümmern?«

»Auch wenn du die Probleme anderer Leute löst, verschwinden deine nicht über Nacht.«

Oben wurde eine Tür geschlossen. Ross' Schritte waren auf der Treppe zu hören.

»Ich soll meinen Beruf aufgeben und alles andere auch, ist es das, was du mir vorschlagen willst?«

»Jetzt sei doch nicht so. Du weißt selbst, was gut für dich wäre. Da habe ich keinen Zweifel dran. Unser Sohn hat seine eigenen Probleme. Er braucht Sicherheit.«

Ross stand jetzt am Treppenabsatz.

»Wir sind hier drinnen!«, rief Jenny, so munter sie konnte, ohne hysterisch zu wirken.

Die Klinke senkte sich. Er schaute herein, blass und elend.

»Hallo, Mum.« Er blickte seinen Vater an.

»Alles okay, Ross. Wir haben miteinander gesprochen.«

Jenny zwang sich zu einem Lächeln. Sagen konnte sie nichts.

»Wir werden etwas wegen der Wochenenden ausmachen«, sagte David, mehr zu Ross als zu Jenny. Er erhob sich. »Jetzt sollten wir aber aufbrechen. Du musst vermutlich noch arbeiten.«

Ross schaute zu Boden. »Wir sehen uns.«

»Hoffentlich bald«, sagte Jenny.

Er nickte. Das Haar fiel ihm über die Augen.

David ging zur Tür und legte Ross väterlich die Hand auf die Schulter. »Du musst nicht mit zur Tür kommen.«

Auf dem Gartenweg entfernten sich ihre Schritte. Das Tor fiel zu, der Motor sprang an, David raste den Hügel hinab. Die Stille, die folgte, war so absolut wie die Schwärze der Nacht.

Jenny sank auf einen Stuhl, blieb reglos sitzen und wünschte, sie könnte endlich die Scham verspüren, die das Bild in ihrem Kopf eigentlich auslösen sollte: sie selbst, in Klamotten gerade aufgewacht, die Tabletten auf dem Boden verstreut, das Tagebuch aufgeschlagen am Fußende, ein paar hingekritzelte Zeilen. Ross hatte sie gelesen, klar, wenn auch nur, um zu verstehen, warum sich seine Mutter ins Haus geschleppt und es nicht einmal mehr aus eigener Kraft ins Bett geschafft hatte. Er wusste von einem Mann, der McAvoy hieß, von ihrer Schuld, ihren Sehnsüchten, den Gespenstern, die sie heimsuchten. Seinem Vater würde er wahrscheinlich nichts davon erzählen, weil damit seine Verwirrung über die Entdeckung, eine verrückte Mutter zu haben, nur noch größer werden würde.

Das Schlimmste an allem war, dass David mit seinen Vermutungen richtiglag. Sie war nicht in der Lage, sich um einen Halbwüchsigen mit seinen eigenen Problemen zu kümmern. Dass sich Ross unter ihrem Dach gut entwickelt hatte, das war eine Illusion gewesen. Seine relative Ruhe hatte einzig und allein damit zu tun gehabt, dass sie ihm mit ihren Dramen die Schau gestohlen hatte. Sie hatte ihm keinen Freiraum gelassen, sie hatte ihn erstickt.

Obwohl Ironie in diesem Moment völlig unangemessen war, musste sie daran denken, was ihre verstorbene Mutter einmal gesagt hatte. Sie selbst hatte ihre Familie verlassen, als Jenny noch zur Schule gegangen war. Als Jenny zum ersten Mal davon gesprochen hatte, sich von David scheiden zu lassen, hatte ihre Mutter behauptet, dass es Kindern besser ging, wenn ihre Eltern zusammen unglücklich waren, als wenn sie sich glücklich trennten. Wie hatte sich Jenny gegen diesen Gedanken aufgelehnt. Wie unvorstellbar war es ihr vorgekommen, dass eine unterdrückte, traurige Ehefrau und Mutter sich besser um ihr Kind kümmern können sollte. Eine andere Lebensweisheit ihrer Mutter war bitterer Erfahrung entsprungen: *Eine Frau, die ihr Heim verlässt, verlässt alles.* Vielleicht hatte sie letztlich doch recht gehabt. Jenny hatte nichts erlebt, das diesen Satz widerlegen konnte – genauso wie Mrs. Jamal.

Das Telefon klingelte so unerwartet, dass sie zusammenzuckte. Sie meldete sich mit einem knappen Hallo. Am anderen Ende war nur eine elektronische Stimme zu hören, die ihr mitteilte, dass sie neue Nachrichten habe. Stumm erfüllte sie ihr die Bitte, sie jetzt abzuspielen.

Es waren acht Nachrichten. Kriminalinspektor Pironi hatte zwei Mal angerufen. Zunächst teilte er ihr mit, dass die Ereignisse in Mrs. Jamals Wohnung ausschließlich eine Angelegenheit der Polizei seien. Beim zweiten Anruf betonte er, dass die Ermittlungen zur Quelle der Verstrahlung absolut geheim seien. Der Presse habe man erklärt, dass die weiß gekleideten Männer, die in dem Wohnblock herumliefen, nur nach weiteren Spuren zum Selbstmord von Mrs. Jamal suchten. Zwei Mal hatten sich Lokaljournalisten gemeldet, die sich Informationen erhofften, eine Nachricht war von

Gillian Golder, die brüsk um baldigen Rückruf bat, und zwei von Simon Moreton, der im Justizministerium für die Coroner zuständig war. Mit der falschen Freundlichkeit, mit der er auch seinen eigensinnigen Untergebenen begegnete, bat er um Rückruf »in einer wichtigen Angelegenheit« und hinterließ seine Privatnummer. Die letzte Nachricht stammte von Steve, der sich erkundigte, wie es ihr ging, und erklärte, er würde gerne vorbeikommen.

Mit gefühllosen Fingern tippte sie seine Nummer, ohne zu wissen, was sie sagen sollte. Er meldete sich beim zweiten Klingeln.

»Ich bin's. Du hast eine Nachricht hinterlassen.«

»Ja. Na ja, ich … Ich hätte es neulich abends nicht so enden lassen sollen.« In seiner Stimme lag eine gewisse Dringlichkeit, als hätte er auf ihren Anruf gewartet.

»Richtig«, sagte sie distanziert.

»Weißt du, ich hatte selbst ein paar Probleme.«

»Mhm.«

Eine Pause trat ein. Er seufzte, ungeduldig mit sich selbst. »Was ich gesagt habe … über die Wahl, die man treffen muss … Das gilt für beide Seiten. Ich habe mich zehn Jahre lang versteckt, um vor diesem Problem zu fliehen.«

Sie wusste, dass sie etwas sagen sollte, dass sie auf seine unterschwellige Botschaft reagieren sollte, aber sie hatte keine Ahnung, was er ihr eigentlich mitteilen wollte. »Vor was für einem Problem?«, fragte sie.

»Überzeugungen«, sagte Steve. »Wofür ich stehe. Was ich fühle.«

»Aha.«

»Ich muss mit dir reden, Jenny. Es gibt etwas, das du wissen solltest.«

Ein Schauder durchfuhr sie, der eher mit Erschöpfung als mit irgendwelchen Gefühlen zu tun hatte.

»Steve, ich bin sehr müde ...«

»Jenny ...«

»David hat Ross mitgenommen.«

»Oh. Bist du daheim?«

»Du kannst von mir heute nichts erwarten. Komm nicht ... Ich muss schlafen.«

»Jenny ...«

»Bitte nicht.« Sie legte auf und spürte nichts als Erleichterung.

Sie war versucht, ihr Tagebuch zu vernichten, es ins Feuer zu werfen und damit in Asche zu verwandeln. Als sie vor dem Herd stand und bereits nach den Streichhölzern griff, wurde sie plötzlich von der unwiderstehlichen Neugierde gepackt, den letzten Eintrag noch einmal zu lesen. Sie wollte einen Blick auf den Wahnsinn erhaschen, der die Welt um sie herum hatte zusammenstürzen lassen.

Ich weiß nicht, was heute Abend passiert ist. Dieser Mann ... Irgendetwas macht er mit mir. Ich finde ihn nicht einmal attraktiv – er ist so müde, so verbraucht. Aber wenn er mir in die Augen schaut, weiß ich, dass er vor nichts Angst hat. Was bedeutet das? Warum er? Warum jetzt? Es ist, als ob

Entfernt konnte sie sich wieder daran erinnern, wie sie die Zeilen geschrieben hatte. Sie hatte an ihrem Schreibtisch gesessen und einen tieferen Sinn verspürt, den sie nicht in Worte fassen konnte. Ein nervöses Klopfen an der Tür. Ross hatte hereingeschaut und gesagt, dass es spät sei. Als er sie die Treppe hochgeführt hatte, hatte sie sich das Tagebuch an die Brust gedrückt. Ihre Schulter war an der Wand entlanggeschrammt, und sie war gestrauchelt, weil die Stufen zu steil für sie waren. An alles, was danach kam, konnte sie sich nicht mehr erinnern.

Mit einem Anflug von Selbstekel schlug sie das Tagebuch zu, starrte die Streichhölzer aber nur an, ohne sie zu benutzen. Stattdessen hörte sie die Stimme von Mr. Travis, wie er sie am Anfang ihrer Behandlung davor gewarnt hatte, sich in Fantasien zu verlieren. Ihre Unsicherheit durfte nicht in einer Weise überhandnehmen, dass sie an unsinnige Dinge zu glauben begann und Verbindungen herstellte, wo keine waren. »Behalten Sie festen Boden unter den Füßen«, hatte er gesagt. »Selbst das kleinste Fleckchen Erde ist besser als die offene See.« Für den akuten Notfall mochte das ein guter Rat gewesen sein, aber irgendwann musste es doch weitergehen, irgendwann musste man neues Terrain erobern.

Es ist, als ob … Plötzlich fiel es ihr ein. Sie griff nach einem Stift, schlug die Seite wieder auf und vervollständigte den Satz: Es ist, als ob … *er zu mir gekommen ist, um mir etwas zu sagen, das ich wissen muss.*

Es war fast Mitternacht. Sie nahm das Tagebuch mit ins Schlafzimmer und versteckte es in der üblichen Schublade. Als sie ins Bett ging und sich der Kälte wegen zusammenrollte, hatte sie das Gefühl, dass sich etwas verändert hatte. Zum ersten Mal seit Stunden spürte sie etwas: Angst und Wut. Aber auch ein vages Gefühl, den kleinsten Hauch von Überschwang.

20

Sie zog das schwarze Kostüm an, das sonst für formale Anlässe reserviert war, dazu eine elfenbeinfarbene Seidenbluse, eine schlichte Silberkette und schmale, elegante Schuhe, die ihre Zehen einquetschten. Dann tupfte sie Parfüm auf ihre Handgelenke, zog ihren besten Mantel aus Kaschmir an, schluckte eine Xanax-Tablette, kontrollierte ihr Make-up und fuhr durch das Tal, das noch im Nebel lag.

Als sie die Severn Bridge hinter sich gelassen hatte, rief sie im Büro an, wohl wissend, dass Alison noch nicht da sein würde. Sie hinterließ die Nachricht, sie würde auf ihrem Weg ins Büro noch einen Zwischenstopp einlegen müssen, stellte das Handy aus und steckte es in die Tasche. An ihrer üblichen Ausfahrt blieb sie auf der Autobahn, nahm erst die nächste und fuhr dann in Richtung Innenstadt zum Justizpalast.

Auf der Außentreppe standen müde Anwälte. Daneben hingen ein paar junge Männer in Kapuzenjacken und ihre genervten, gepiercten Freundinnen herum. Alle rauchten und vermieden es, sich anzuschauen. Jenny bahnte sich einen Weg durch die Menge, zog dabei etliche Blicke auf sich und betrat die Vorhalle, dankbar, dass niemand sie angespuckt hatte. Nachdem sie die Sicherheitskontrolle passiert hatte, sah sie sich unter den versammelten Rechtsanwälten, Klienten, Zeugen und Gerichtsdienern um. Im Landgericht wären ihr die Gesichter vertraut vorgekommen, aber mit Strafrecht hatte sie bisher nie etwas zu tun gehabt. Der Crown Court, in dem solche Fälle verhandelt wurden, war für sie eine fremde, beunruhigende Welt.

Sie schritt an der Menge vorbei und blickte in das dunstige, überfüllte Café, aber McAvoy sah sie nicht. Um direkt zum Raum der Anwälte zu gehen, fehlte ihr der Mut. Stattdessen stellte sie sich am Empfang in die Schlange und wartete zehn Minuten, bis die beleibte Angestellte ein Telefonat gerade lange genug unterbrach, um über die Lautsprecheranlage einen Ausruf zu machen: »Mr. McAvoy von O'Donnagh and Drew bitte sofort zur Rezeption.«

Unsicher stand sie im Eingangsbereich und beobachtete, wie die Anwälte und ihre Klienten miteinander verhandelten und irgendwelche Deals beschlossen. Kaum verhohlene Wut lag in der Luft. Flüche schwirrten herum, und die Polizisten, die den Bereich durchqueren mussten, beeilten sich und hielten den Blick gesenkt. In Jennys Nähe heulte eine junge Frau auf und beschimpfte einen Anwalt, der ihr schlechte Nachrichten überbrachte. Zwei andere Frauen hielten sie fest, als sie nach ihm schlagen wollte. Sie wehrte sich, kämpfte sich frei und hatte ihm schon die Fingernägel ins Gesicht geschlagen, bevor ein Gerichtsdiener und ein älterer Polizist herbeieilen konnten. Ungläubig betupfte der Anwalt mit einem Taschentuch seine blutende Wange, als seine undankbare Klientin fortgebracht wurde.

»Das ist aber nicht Ihre Art, einen ehrlichen Mann von der Arbeit abzuhalten, Mrs. Cooper.«

Sie wandte sich von der Szene ab und sah McAvoy auf sich zukommen. Er trug einen unordentlichen Stapel Papiere unter seinem Arm.

»Unten wartet ein Mann, dessen Leben in meinen Händen liegt. Der Barrister ist ein nutzloses Stück Scheiße, ich habe also nicht viel Zeit.«

»Gibt es einen Raum, in dem wir in Ruhe reden können?«, fragte sie. »Einen Konferenzraum zum Beispiel?«

»Jetzt am Morgen? Sie sind lustig.«

»Auf der anderen Straßenseite ist ein Café.«

»In zehn Minuten muss ich einen Antrag durchbringen. Freilassung auf Kaution. Der Typ springt mir an die Gurgel, wenn wir ihn nicht rausholen. Heute Mittag geht sein Flieger.« Er sah sich in der Halle um und bedeutete ihr dann, ihm zu folgen. »Mal schauen, was ich machen kann.«

Jenny lief ihm durch die aufgeregte Menge hinterher, die nach Armut und kaltem Schweiß roch, in einen kleinen Gerichtssaal. Auf den Bänken der Anwälte stapelten sich Akten und Fachbücher. Anscheinend wurde hier ein langwieriger Prozess geführt.

McAvoy schaute auf die Uhr über der Tür. »Wir haben fünf Minuten.«

Sie hatte eine Ansprache vorbereitet, die sie während ihrer Herfahrt geprobt hatte. Sie sei ein Coroner Ihrer Majestät, würde sie sagen, eine hohe Amtsperson, die für einen schweren und ernsten Fall verantwortlich sei, und er habe nicht nur eine Unterbrechung ihrer gerichtlichen Untersuchung provoziert, sondern sie außerdem auch noch in die Irre geleitet. Er habe ihr nicht mitgeteilt, dass er acht Jahre zuvor Informationen über Nazim Jamal herausgefunden habe, die mit ihrem Fall zu tun hatten. Könne er nicht mit einer Erklärung aufwarten, könne er von Glück sagen, wenn er nicht ein zweites Mal in seiner fragwürdigen Karriere wegen Behinderung der Rechtsfindung angeklagt werden würde.

Jenny atmete tief durch, aber plötzlich packte sie schiere Wut. »Für wen, zum Teufel, halten Sie sich, McAvoy? Was reitet Sie bloß? Vor acht Jahren haben Sie mit Brightman gesprochen. Sie wussten von Nazim und Sarah Levin.«

Sein Lächeln verschwand. Er blickte zur Tür hinüber, dann schaute er sie ertappt an.

»Da gibt es nichts zu wissen.«

»Brightman hat die beiden zusammen gesehen. Dieser pubertäre Gotteskämpfer hat mit der Frau geschlafen, die als Einzige gehört haben will, dass es den Jungen ins Ausland zieht.« Sie spürte, dass ihr Gesicht vor Zorn glühte.

McAvoy zuckte mit den Achseln. »Der Junge war ein Heuchler oder hat sich einfach nur mal verführen lassen. Was soll das? Hat seine Mutter nicht genug gelitten? Sie war eine konservative Frau.«

»Seine Mutter ist tot.«

»Darüber bin ich genauso entsetzt wie Sie.«

Jenny trat einen Schritt auf ihn zu. »Warum haben Sie mich angelogen?«

»Das habe ich doch gerade gesagt. Er war alles, was sie hatte. Warum sollte man sie nicht in dem Glauben lassen, dass sie die einzige Frau war, die er je geliebt hat?«

»Verdammter Scheißkerl.«

Sie ging auf ihn zu, wollte ihn schlagen. McAvoy ließ die Papiere fallen und packte sie hart am Handgelenk.

»Sind Sie verrückt geworden?«

»Fuck you.«

Reflexartig schnappte sie sich einen Kugelschreiber von einem der Tische, holte Schwung und rammte ihn in seine Schulter. McAvoy schrie vor Schmerz auf und ließ ihr Handgelenk los, um sich an die Schulter zu fassen.

»Um Gottes willen.«

Jenny trat zurück und atmete schwer, noch immer den Stift in der linken Hand. McAvoy sah sie an, den Kiefer angespannt nach vorne gereckt. Dann hob er die Hand und schlug ihr so unvermittelt ins Gesicht, dass sie gegen das Geländer der Anklagebank taumelte. Sie bekam es zu fassen und hielt sich daran fest, eher verblüfft als verletzt. Er streckte sich, hielt die Luft an. Jenny erwartete einen weiteren Schlag, doch stattdessen bückte er sich und sammelte seine Papiere zusammen.

Die Hand an die brennende Wange gepresst sah Jenny zu, wie er die Unterlagen sortierte, als wäre sie gar nicht da. Sein Gesicht verzog sich ein paarmal wegen der Schmerzen in seiner Schulter. Es hatte etwas Besessenes, fast Pathetisches, wie er sich auf das Aufräumen konzentrierte.

»Ich habe Sie schockiert, nicht wahr?«, sagte Jenny und spürte, wie das Adrenalin in ihren Adern pulsierte. »Das hatten Sie nicht erwartet.«

»Ich glaube, Sie haben sich eher selbst schockiert«, antwortete er, ohne aufzublicken.

»Ich wusste, dass Sie ein uneinsichtiger Lügner sind.«

»Wissen Sie, was *Sie* sind? Eine Gefahr für sich selbst.«

»Und Sie sind ein Feigling. Haben Sie Angst, dass ich Sie hinter Schloss und Riegel bringe?«

McAvoy klopfte die Kante des Papierstapels auf einem Tisch gerade, bevor er sich zu ihr umwandte. »Warum sollten Sie das tun?«

»Weil Sie versucht haben, meine Untersuchung für Ihre Zwecke zu missbrauchen. Sie wollten Ihre miese Karriere retten. Ich kann mir gut vorstellen, was es bedeutet, von einem hochkarätigen Partner zu einem kleinen Angestellten degradiert zu werden.«

»Dafür bin ich noch nie im Gerichtssaal zusammengebrochen«, sagte er. »Niemand kann behaupten, ich sei je vor irgendetwas zurückgeschreckt.«

Jenny hatte sich schon gefragt, wann er zugeben würde, in ihrer Vergangenheit gewühlt zu haben. Dass er die nun gegen sie verwendete, war eine Erleichterung. Jetzt konnte sie ihn endlich als die Person wahrnehmen, die er war.

»Sie haben gelogen, ohne mit der Wimper zu zucken. Ist das alles, worauf Sie stolz sein können?«

»Ich habe Sie nicht angelogen. Ich habe versucht, Sie in Richtung der Wahrheit zu lenken.«

»Ach ja?«

»Ich habe Sie mit Spuren versorgt, mit Zeugen, an die Sie sonst nie herangekommen wären. Ich habe Ihnen Madog und Tathum zugespielt.«

»Wie kann ich Ihnen trauen? Woher soll ich wissen, dass Madog echt ist? Vielleicht ist er einfach nur einer von denen, die Sie gekauft haben.«

»Sie sind der Coroner, Mrs. Cooper. Finden Sie es heraus. Ich muss jetzt zur Anhörung.«

Als er an ihr vorbeiging, sagte Jenny: »Sie sehen aus, als hätten Sie schreckliche Angst.«

Er blieb an der Tür stehen und schaute sich zu ihr um. »Wenn Sie eine starke Frau wären, hätte ich vielleicht den nötigen Mut aufgebracht, es Ihnen zu sagen, aber Sie sind nur eine Mimose, Jenny, nicht wahr? Angeschlagen, würde ich sagen. Warum geben Sie nicht einfach auf? Die Sache ist eine Nummer zu groß für Sie.«

»Sie sind ein Haufen Scheiße.«

»Tut mir leid, dass ich Sie aufgebracht habe«, sagte McAvoy. »Wie Sie schon sagten, Mrs. Jamal ist tot. Was soll das Ganze also noch?« Er lächelte schwach und wollte gehen.

»Sie haben mir immer noch nicht erklärt, warum Sie mir Informationen vorenthalten haben«, sagte Jenny.

Er zögerte ein zweites Mal, dann ließ er den Kopf sinken. Seine Worte richtete er leise an die Tür. »Ich trinke, Jenny. Es erleichtert mich, aber es führt auch dazu, dass ich anderen noch weniger traue als mir selbst. Ich blicke Menschen an, die ich seit Jahren kenne, und sie verwandeln sich vor meinen Augen.«

»Was haben Sie sich dabei gedacht? Was wollen Sie von mir?«

»Das muss Sie nicht interessieren.«

»Stellen Sie mich auf die Probe.«

Er schüttelte den Kopf.

»Erzählen Sie es mir, Alec. Warum geben *Sie* nicht einfach auf?«

Eine Pause. »Es geht um Beweise, nehme ich an ...«

»Wofür?«

»Dass Er mich nicht ganz vergessen hat.«

»Wer?«

»Der Urheber all dieser Traurigkeit.«

»Sie reden wirres Zeug.«

»Ja ...« Er schaute sie mit rot geränderten Augen an. »Was ist in der Wohnung von Mrs. Jamal passiert? Mir ist zu Ohren gekommen, dass am Wochenende Männer in weißen Overalls dort eingefallen sind.«

Sie zögerte. »An ihrem Körper wurde etwas gefunden. Eine Substanz.«

»Trauen Sie diesen Leuten? Wer weiß, was für faule Tricks die auf Lager haben. Mrs. Jamal war eine äußerst unbequeme Frau.«

»Ich weiß nicht, wem ich trauen soll.«

Er nickte schwermütig. »Vielleicht sollten Sie sich besser aus der Sache heraushalten. Wenn diese Leute die Wahrheit begraben, werden sie keinerlei Bedenken haben, Sie gleich mitzuverbuddeln.«

Er trat in den Flur hinaus, auf dem es vor Menschen wimmelte.

»Alec ...!«, rief Jenny, aber er war schon fort.

McAvoys Miene stand ihr so beharrlich vor Augen wie das Bild eines Ertrinkenden. Sie hatte das beunruhigende Gefühl, gerade mal an die Schwelle von etwas Wichtigem vorgedrungen zu sein. Möglicherweise lagen dahinter seine finsteren Geheimnisse, aber die hatte er ihr erspart, um sie nicht mit sich in den Abgrund zu reißen. Sie war zu ihm gegangen, um einen Geist loszuwerden, und stattdessen wurde sie jetzt von vielen verfolgt. Ihr eigenes Verhalten sollte sie schockieren – sie war nicht besser als die Frau, die ihren Anwalt angegriffen hatte –, aber das Gefühl auseinanderzufallen überwältigte sie. Ihr Geist, ihr Körper und ihre Empfindungen schienen aus drei verschiedenen Richtungen an ihr zu zerren und sie zerreißen zu wollen.

Als Jenny eintrat, schaute Alison auf und schlug sofort einen dringlichen Flüsterton an. »Da sind Sie ja, Mrs. Cooper. Mr. Moreton ist hier und möchte Sie sprechen. Ich habe ihn in Ihr Büro geschickt.«

»Moreton? Was will der denn?«

»Das hat er nicht gesagt. Er wartet schon fast eine Stunde.« In ihrer Stimme schwang ein deutlicher Tadel mit.

»Ich hatte zu tun.«

»Warten Sie ab, bis Sie erst einmal sehen, was am Wochenende reingekommen ist.« Alison deutete auf einen dicken Stapel Todesmeldungen.

»Darum kümmere ich mich später.«

Jenny wappnete sich und betrat ihr Büro.

Moreton legte seine Zeitung hin und begrüßte sie herzlich, aber auch mit einer gewissen Reserviertheit. »Jenny. Wie schön, Sie wiederzusehen.«

Er streckte eine Hand aus.

»Simon.«

»Es ist viel zu lange her, dass wir uns gesehen haben. Wann war das? Im August?«

»So ungefähr.« Jenny hatte alles getan, um das Sommerfest des Ministeriums in der Middle Temple Hall zu vergessen. Moreton hatte viel zu viel billigen Champagner getrunken – ebenso wie sie – und sich ziemlich plump an sie herangemacht, indem er mehrfach erwähnt hatte, dass seine Frau mit den Kindern in Frankreich war. Ironischerweise war es gerade die Erwähnung seiner Familie gewesen, die sie gegen jede Verlockung immun gemacht hatte.

»Haben Sie meine Nachricht nicht bekommen?«, fragte er.

»Ich bin gestern erst spät zurückgekommen.«

»Kein Problem. Ich freue mich über jeden Vorwand, hier aufzukreuzen.« Er schenkte ihr ein zweideutiges Lächeln und setzte sich wieder.

»Ich kann mir schon vorstellen, was Sie herführt.« Sie rückte ihren Stuhl vom Schreibtisch weg und ließ sich in einer ungezwungenen Pose ihm gegenüber nieder. »Vermutlich haben Sie von der Sache mit Mrs. Jamal gehört?«

»Das wäre selbst für eine öffentliche Behörde eine Untertreibung. Ich habe Gillian Golder und ihre Mannschaft in Schach gehalten, damit Sie nicht unter unangemessenen Druck geraten. Aber die richtige Umschreibung für den gegenwärtigen Gemütszustand dieser Leute wäre wohl blinde Panik.«

»Hat man irgendwelche Theorien, woher das Cäsium kommen könnte?«

»Theorien ja, Verdächtige nein. Ich glaube, sie haben ein paar Leute im Visier, darunter auch einen Ihrer Zeugen.«

»Anwar Ali?«

»Der Name kommt mir bekannt vor. Meinem Eindruck nach machen sie aber keine großen Fortschritte.« Er zuckte mit den Achseln und schaute sie erwartungsvoll an.

»Vermutlich nehmen sie an, dass derjenige, der Mrs. Jamal kontaminiert hat, irgendetwas mit ihrem Sohn zu tun hatte – dass er vielleicht Mitglied einer Terrorzelle ist«, sagte sie.

»Ich bin mir sicher, dass es so ist.«

»Glaubt man denn, dass es Mord war?«

»Das wird in Betracht gezogen.«

»Ich weiß nur, dass sie überzeugt davon war, beobachtet zu werden. Das hat sie auch der Polizei erzählt. Und ungefähr zu dem Zeitpunkt, als sie gestorben ist, hat die Frau des Hausmeisters im Flur einen verdächtigen Mann gesehen. Meine Assistentin hat mit ihr gesprochen. Ich denke, die Frau hat mittlerweile auch eine Aussage gemacht.«

»Ja, das hat sie. Ich wurde gestern über alles Wesentliche informiert.« Er klopfte mit den Fingern auf die Stuhllehne. Widerwillig kam er auf den Punkt. »Hören Sie ... Ich weiß, dass die Untersuchung eines Coroners heilig ist, aber die Geheimdienste hoffen trotzdem, dass Sie Ihre Informationen mit ihnen teilen.«

»Es gibt keine weiteren Informationen.«

»Wenn ich recht verstanden habe, dann haben Sie die Anhörung vertagt, um weitere Ermittlungen anzustellen.«

McAvoys Abschiedsworte hallten in ihrem Gedächtnis nach. Sie könnte Sarah Levin, Anna Rose, Madog und Tathum erwähnen, aber was würde dann aus ihrer Untersuchung werden? Man würde sie sich vorknöpfen und sie ebenso zum Schweigen bringen, wie man es mit Mrs. Jamal gemacht hatte. Himmel, sie dachte schon wie McAvoy. Warum erzählte sie ihm nicht einfach alles und schob die Verantwortung auf andere ab?

»Nun?«, fragte Moreton vorsichtig. »Haben die Ermittlungen irgendetwas ergeben?«

»Nein.« Sie hatte spontan geantwortet.

Moreton war enttäuscht. »Das stimmt nicht ganz, Jenny, nicht wahr? Sie haben nach einem Wagen gesucht. Ihre Assistentin hat die Aussage eines Zeugen aufgenommen.«

»Sie haben meine Assistentin ausgefragt? Dazu haben Sie

nicht das Recht. Meine Untersuchungen sind strikt vertraulich.«

Er hob seine Hände in einer Geste der Unschuld. »Tut mir leid, dass in einer solchen Situation die Regeln ein wenig abgewandelt werden müssen. Aber niemand wird das so gut verstehen wie Sie.«

Trotzig sagte Jenny: »Wenn Sie geschickt wurden, um mir vor der Anhörung Informationen zu entlocken, vergessen Sie es. Gillian Golder und ihre Leute können wie jeder andere auch auf der Zuschauertribüne Platz nehmen.«

»Normalerweise würde ich Ihre Einstellung verstehen, aber in diesem Fall läuft jemand mit radioaktivem Material in der Gegend herum. Wer weiß, was er damit anstellt. Ganz sicher wird er nicht darauf warten, bei Ihrer Untersuchung ertappt zu werden.«

»Ich habe keine weiteren Informationen über Amira Jamals Tod als das, was ich Ihnen schon gesagt habe. Die Sache ist sowieso Angelegenheit der Polizei. Mich interessiert einzig und allein, was mit ihrem Sohn geschehen ist.«

»Ich muss schon sagen, dass ich enttäuscht bin, Jenny. Ich hatte auf ein wenig mehr Entgegenkommen gehofft. Wir befinden uns alle im selben Krieg.«

»Für Ihre Freunde muss es frustrierend sein, dass sie ein paar Türen nicht nach Lust und Laune eintreten können, nicht? Aber das Recht ist schlicht und einfach auf meiner Seite, Simon. Ich habe die gesetzliche Pflicht, eine gründliche und unabhängige Untersuchung durchzuführen, und mir ist nicht klar, was Sie sich dabei gedacht haben, hier so einfach hereinzuplatzen. Sie sollten auf meiner Seite stehen, nicht auf der dieser Leute.«

Moreton nickte geduldig, als hätte ihr Ausbruch ihn zum Nachdenken gebracht. »Ich möchte ehrlich mit Ihnen sein, Jenny. Der MI5 denkt darüber nach, einen Durchsuchungsbefehl für Ihre Büroräume zu beantragen. Im Rahmen der Antiterrorgesetze wäre das durchaus möglich. Sie waren gestern schon kurz davor, aber ich konnte sie davon überzeugen, dass Sie wichtige Informationen freiwillig rausrücken.«

»Und diese Leute würden dasselbe für mich tun? Sie rücken ja nicht einmal die Akten von 2002 heraus.«

»Ich könnte ihnen vorschlagen, dass sie Ihrer Anfrage nachgehen.«

Jenny hätte das Telefon nehmen und in sein feiges, selbstmitleidiges Gesicht schmeißen können, aber sie beherrschte sich. Nicht nur, dass die Geheimdienste, ihrerseits Teil der Exekutive, den Coroner in eine Marionette verwandeln wollten. Schlimmer noch! Ein Mann, der das Prinzip der juristischen Unabhängigkeit schützen sollte, tat alles, um es zu zerstören. All das Gerede von freundschaftlicher Zusammenarbeit zwischen den Bereichen diente nur einem einzigen Ziel: alle Macht den Mächtigen zuzuschanzen. Der Triumph der Einigkeit.

Als sie in Moretons charakterschwaches Gesicht mit seinem oberflächlichen Charme schaute, waren alle Zweifel verschwunden.

»Wenn ich meinen Job nicht mache, wie er gemacht werden soll, Simon, dann gilt das Recht nicht mehr. Dann bleibt nur Bequemlichkeit, was okay ist, solange man nicht als die Unbequeme abgestempelt wird. Mrs. Jamal war nicht bequem, und die Untersuchung zum Tod ihres Sohnes ist es sicher auch nicht. Ich bin ebenfalls nicht bequem, aber wenn es hart auf hart kommt, würden Sie es sicher vorziehen, mich auf Ihrer Seite zu haben.«

»Wenn nur alle Facetten Ihres Charakters eine solche Selbstsicherheit ausstrahlen würden«, entgegnete Moreton mit einem gewissen Bedauern.

»Am Mittwoch nehme ich die Anhörung wieder auf. Und ich werde sie nicht eher beenden, bis ich herausgefunden habe, was mit Nazim Jamal geschehen ist.«

Man musste Moreton zugutehalten, dass er wusste, wann er geschlagen war. Er versuchte es erst gar nicht mit Drohungen oder Versprechungen. Mit einem laschen Händedruck und einem freundlichen Gruß an Alison verabschiedete er sich. Er hatte nicht mehr erfahren als den Namen und den Beruf von Frank Madog.

Bestärkt von ihrem Sieg trat Jenny in den Empfangsbereich und ging zur Küche, aus der sie Geschirr klappern hörte. Alison war mit ihrem üblichen Teeritual beschäftigt und schaute schuldbewusst auf.

»Kann ich Ihnen irgendetwas anbieten, Mrs. Cooper?«

»Sie haben Moreton von Madog erzählt.«

»Er hat mir keine Wahl gelassen. Er sagte, ich sei dazu verpflichtet.«

»Wozu verpflichtet?«

»Ihm zu erzählen, was wir herausgefunden haben.«

»Hat er auch gesagt, was passiert, wenn Sie nicht damit herausrücken?«

»Es tut mir leid, Mrs. Cooper, aber wer bin ich, dass ich ihm widersprechen würde?«

»Sie hätten auf mich warten können.«

»Er hat mich nicht in Ruhe gelassen. Er hat darauf bestanden, sonst werde die Sache ein Nachspiel haben.«

»Er hat Sie bedroht?«

»Nicht wirklich.«

»Hat er gesagt, wofür er die Informationen braucht?«

»Nein.«

»Sie haben also einfach so alles preisgegeben.«

»So war das nun auch nicht. Er hat behauptet, die Geheimdienste hätten mit ihm gesprochen. Sie hätten ihm erzählt, dass sich Nazim Jamal und Rafi Hassan mit Terroristen eingelassen haben, die möglicherweise auch Mrs. Jamal auf dem Gewissen haben.«

»Hatte er Beweise dafür?«

»Wenn Sie hier gewesen wären, hätte ich vielleicht …«

»Was haben Sie ihm sonst noch erzählt?«, fuhr Jenny sie an.

»Nichts. Dr. Levins Arztberichte habe ich nicht erwähnt.«

»So sehr haben Sie ihm also doch nicht vertraut.«

»Ich bin kein Rechtsanwalt. Ich wusste nicht, was ich davon halten sollte.«

»Mit wem haben Sie sonst noch gesprochen? Mit Dave Pironi?«

»Natürlich nicht.«

»Die Frage ist ernst gemeint. Sie gehen mit ihm zum Gottesdienst.«

Alisons Verteidigungshaltung verwandelte sich jetzt in Ärger. »Bei allem Respekt, Mrs. Cooper, aber das ist meine Privatsache. Damit haben Sie nichts zu tun.«

»Wenn es meine Untersuchung betrifft, dann schon. Haben Sie je darüber nachgedacht, dass Pironi Sie vielleicht benutzt? Soweit ich weiß, war er persönlich in die Sache mit Nazim Jamal verwickelt. Ist es nur ein Zufall, dass er sich just in dem Moment, da alles wieder hochkocht, zu Ihrem geistlichen Mentor aufschwingt?«

»Sie wissen nicht, wovon Sie reden.«

»Ich weiß von Ihrer Tochter.«

Alison hielt inne und starrte sie an. »Wirklich? Und was genau glauben Sie über meine Tochter zu wissen, Mrs. Cooper?«

»Ich habe gehört, wie Sie mit Ihrem Mann telefoniert haben. Sie lebt mit einer Frau zusammen. Was hat Pironi Ihnen erzählt – dass Ihre Tochter durch Gebete geheilt werden könnte?«

»Ich werde Ihnen etwas über meine Tochter erzählen«, sagte Alison. »Als sie siebzehn war, hat sich ein junger Mann ihr mit Gewalt aufgedrängt. Sie können es auch Vergewaltigung nennen. Zwei Jahre lang hat sie kaum noch das Haus verlassen. Auch danach konnte sie es nicht allein mit einem Mann im Raum aushalten, nicht einmal mit ihrem Vater. Nicht Dave Pironi hat mich aufgesucht, ich bin zu ihm gegangen. Ich habe miterlebt, wie er seine Frau verloren hat und wie er jetzt damit klarkommt, dass sein Sohn in Afghanistan ist. Ich wollte wissen, was er mir voraushat. Vielleicht passt es nicht in Ihr Weltbild, aber Sie sollten doch besser wissen als andere, dass die Wahrheit nicht immer so ist, wie man sie gerne hätte.«

Der Wasserkocher schaltete sich aus, als das Wasser aufkochte. Alisons Hände zitterten, als sie den Teebeutel übergoss und Milch in die Tasse schüttete. »Im Übrigen habe ich die Kopien von Dr. Levins Arztberichten. Im April 2002 wurden bei ihr Chlamydien diagnostiziert. Zu spät für sie, die Arme. Sie hat dadurch ihre Eileiter verloren.«

21

Wo waren Sie, als es zu dem Blackout kam?«

»In meinem Büro.«

»Waren Sie bewusstlos?«

»Nicht wirklich. Mein Herz fing an zu rasen und wollte gar nicht mehr aufhören. Ich konnte weder richtig atmen noch mich bewegen, über eine halbe Stunde lang.«

»Dann haben Sie mich angerufen?«

»Ja.«

»Und dann?«

»Ich habe ein paar Tabletten genommen und weitergearbeitet.«

»Was für Tabletten?«

Jenny schwieg. Kurz dachte sie daran, ihm eine Lüge aufzutischen, aber sie hatte keine Energie für das unweigerlich folgende Kreuzverhör. »Xanax.«

Dr. Allens Gesicht verriet keinerlei Überraschung, er machte sich lediglich eine Notiz. »Zusätzlich zu Ihren anderen Medikamenten?«

»Nein. Die nehme ich seit ein paar Tagen nicht mehr.«

»Gibt es dafür einen besonderen Grund?«

Jenny zögerte. »Ich dachte, ich könnte dann vielleicht besser arbeiten. Mit mehr Energie.«

Er nickte, ohne ihr Geständnis zu kommentieren. »Hat es funktioniert?«

»Alles wurde irgendwie ein bisschen intensiver.«

»Hatten Sie Stimmungsschwankungen?«

»Ich bin mir nicht sicher.«

»Irgendwelches Fehlverhalten?«

Sie dachte an die letzten Tage zurück. »Ich habe mich schwungvoller gefühlt. Weniger gehemmt ... aber auch ängstlich, nervös.«

»Das kann ich mir vorstellen.« Er sah sie an, als täte es ihm leid, dass er nicht da gewesen war, um einzugreifen.

Wäre ich an seiner Stelle, würde ich wütend sein, dachte Jenny. *Ich würde sicher nicht den ganzen Weg von Cardiff nach Chepstow fahren, nur weil eine verantwortungslose Patientin ihre Medikamente eigenmächtig abgesetzt hat.* Aber genau das hatte er getan, und zwar nicht zum ersten Mal. Sie schämte sich. Dass er so wohlwollend und ruhig reagierte, machte ihre Dummheit in ihren Augen noch unverzeihlicher.

»Erzählen Sie mir, was unmittelbar vor dem Anfall passiert ist«, bat Dr. Allen.

Jenny zuckte zusammen. »Ich habe mich mit meiner Assistentin gestritten. Sie hat Informationen an jemanden herausgegeben, die sie nie hätte herausgeben dürfen ... Dann habe ich ihr vorgeworfen ...« Ihre Stimme versagte.

»Was?«

Jenny versuchte, die Spucke herunterzuschlucken, die sich in ihrem Mund angesammelt hatte.

Dr. Allen lächelte beruhigend. »Lassen Sie sich Zeit.«

»Sie hat ein Problem mit ihrer Tochter ... Das beschäftigt sie sehr. Ich war sauer, dass es sich auf ihre Arbeit auswirkt, aber es hat sich herausgestellt, dass ich die ganze Sache missverstanden hatte. Ich habe die vollkommen falschen Schlüsse gezogen ... und sie damit sehr verletzt.«

»Möchten Sie mir erzählen, worum es ging?«

»Nicht wirklich.«

»Vielleicht sollten Sie es trotzdem tun, Jenny. Es könnte Ihnen helfen.«

Sie bewegte ihren Kopf hin und her, um die Spannung im Nacken zu lösen.

»Versuchen Sie es«, bat er sanft.

»Das Problem hat nichts mit ihrer Tochter zu tun, sondern damit, dass ich so falschliegen konnte. Ich war mir so sicher ... Deshalb habe ich auch die Tabletten abgesetzt. Ich wollte sie wiedergewinnen, die Energie ... Mit den Tabletten hatte ich das Gefühl, ein Opfer von Täuschungen zu werden.«

Er notierte ihre Antwort. »Erzählen Sie es mir nun oder nicht?«

Ärgerlich stöhnte Jenny auf. »Ihre Tochter ist lesbisch. Meine Assistentin hat zusammen mit einem Mann in der Kirche gebetet, dass sie geheilt werden möge. Dieser Mann ist ein Polizist, dem ich nicht traue. Ich habe gesagt, dass er sie nur benutzt und manipuliert. Dann hat sich herausgestellt, dass die Tochter mit einer Frau zusammenlebt, weil sie als Teenager vergewaltigt wurde. Auch der Polizist hat in seinem Leben schon mehr als genug Schicksalsschläge erlebt.« Sie bohrte ihre Fingernägel in die Armlehne. »Gott, jetzt geht es mir gleich besser.«

Dr. Allen ignorierte Jennys Sarkasmus, blickte von seinen Notizen auf und betrachtete sie nachdenklich. »Sie haben sie verletzt, und, was noch schlimmer ist, Sie haben sich als Opfer einer Täuschung gefühlt. War es so?«

»Das war nur ein Ausrutscher. Vielleicht hatte es auch mit den Tabletten zu tun. Es ist ja nicht so, dass Sie mich nicht gewarnt hätten.«

»Sie reden um den heißen Brei herum.«

»Ich rede um nichts herum. Ich bin sofort zu Ihnen gekommen.«

»Wenn Sie wollen, dass ich Ihnen helfe, müssen Sie es auch zulassen.« Zum ersten Mal hörte sie einen leichten Vorwurf aus seinen Worten heraus. Ernst sprach er weiter. »Sie haben fünfzehn Jahre im Familienrecht gearbeitet, nicht wahr?«

»Ja.«

»Sie haben die Gemeinden vertreten, wenn es darum ging, über das Sorgerecht für gefährdete Kinder zu entscheiden.«

»Größtenteils.«

Er blätterte in seinem Notizheft zurück. »Genau, da ist es. Eine ausgewachsene Panikattacke hatten Sie zum ersten Mal in einem Gerichtssaal. Sie haben einen Arztbericht vorgelesen ... Erinnern Sie sich an den Fall?«

»Den werde ich wohl kaum vergessen können.« Ihr Herz schlug schneller. Sie schloss die Augen, atmete tief ein und konzentrierte sich auf das Bild eines Sonnenuntergangs am Mittelmeer. Die Vorstellung half ein wenig, wenn auch nicht viel. »Es ging um einen achtjährigen Jungen, Patrick Lindsey. Ich hatte mehr oder weniger zwei Jahre lang mit dem Fall zu tun. Seine Mutter kam mit ihrem Sohn nicht zurecht, also haben wir ihn in Pflege gegeben. Die meisten Kinder sind froh, wenn sie aus einem derart chaotischen Haushalt herausgeholt werden, er aber wollte ständig nach Hause zurück. Gegen den Rat des Sozialarbeiters habe ich mich dafür entschieden, den Antrag der Mutter, den Jungen wieder zu sich zu nehmen, nicht abzulehnen. Am ersten Wochenende, als er wieder zu Hause war, hat sie sich betrunken und ihn mit einem Topf kochendem Wasser übergossen ... In dem Arztbericht, den ich vorgelesen habe, ging es um die Verbrennungen.«

Dr. Allen kritzelte schnell alles mit. Er schrieb immer noch, als er sagte: »Und dann haben Sie Ihren Arbeitsbereich von den Gefährdeten auf die Toten verlegt – tote Menschen, für die jede Hilfe zu spät kommt, denen man aber auch nicht mehr schaden kann.«

»Mhm. Möglich.«

Er balancierte seinen Stift in der Luft und sah sie eindringlich an. »Sie tun Leuten nicht gerne weh, nicht wahr, Jenny? Tatsächlich würde ich sogar so weit gehen zu sagen, dass Sie alles tun würden, um niemanden zu verletzen.«

»Das gelingt mir nicht sehr gut.«

»Wenn Sie von Ihrem Exmann gesprochen haben, ging es immer um seine Arroganz und darum, dass er Sie und seine Patienten von oben herab behandelt. Ich kann mich noch gut erinnern: Einmal haben Sie gesagt, dass es Sie wütend macht, wie wenig ihn der Schaden berührt, den er anrichtet.«

»Ein herzloser Herzchirurg. Das muss man sich mal vorstellen.«

»Vielleicht ist er auch nur mit einer grundlegenden Tatsache des Lebens im Einklang: Man kann nicht leben, ohne zu verletzen. Tatsächlich heiraten wir oft Leute mit Eigenschaften, die uns selbst fehlen.«

»Aber ich verachte seine Lebenseinstellung.«

»Trotzdem versuchen Sie, sie nachzuahmen. Es ist keine unterwürfige, mütterliche Frau, der ich zwei Mal im Monat gegenübersitze.«

»Gerade eben haben Sie noch gesagt, dass ich es nicht ertragen könnte, jemanden zu verletzen.«

»Ihre Abwehr lässt darauf schließen, dass ich einen Nerv getroffen habe. Die emotionalen Reaktionen der Menschen brechen zusammen, wenn sie die Last, die sie sich bewusst oder unbewusst selbst aufgeladen haben, nicht länger ertragen können. Jetzt wird mir auch allmählich klar, dass Sie ein gewaltiges Verantwortungsgefühl für Dinge haben, die Sie nicht kontrollieren können.«

»Soll das vielleicht jetzt so etwas wie eine Offenbarung sein? Fühlt sich für mich nicht so an.«

»Dieser Traum, den Sie das letzte Mal erwähnt haben – die Kinder, die sich in Luft auflösen. Sie konnten nichts für sie tun, rein gar nichts. Das hat Sie in Panik versetzt.«

»Ihrer Logik kann ich nicht widersprechen.«

»Dann das andere Bild, das Sie verfolgt – der Spalt, der sich in der Ecke Ihres Kinderzimmers auftut, das schreckliche, bisher unsichtbare Wesen, das in einem geheimen Raum dahinter lauert. Das Reich, in dem das Grauen herrscht, entzieht sich Ihrer Kontrolle.«

Jenny seufzte. Sie hatte die Fähigkeit verloren, sich für solche mutmaßlichen Enthüllungen zu begeistern.

Unbeirrt fuhr Dr. Allen fort. »Was haben Sie in Ihr Tagebuch geschrieben?«

»Kaum etwas.«

»Wirklich?«

Allein die Erwähnung ließ eine Welle von Scham über ihr zusammenschlagen. Es kam überhaupt nicht infrage, Dr. Allen zu gestehen, dass Ross es gefunden hatte. Nicht einmal sie selbst konnte ja diesen Gedanken ertragen. Sie speiste den Doktor mit der halben Wahrheit ab. »Größtenteils Geschichten darüber, dass ich mich wieder echt fühlen möchte, dass ich wieder ich selbst sein möchte.«

»Um zu finden, was Ihnen fehlt.« Eine Feststellung, die vor allem dazu diente, seine Theorie zu vervollständigen.

Jenny war enttäuscht, weil sie sich schon so oft an dieser Stelle befunden hatten. Dr. Travis hatte wenigstens ein paar interessante Ideen gehabt, auch wenn die alle im Sande verlaufen waren.

»Lassen Sie uns in die Vergangenheit zurückgehen.«

»Schon wieder?« Jenny konnte ihren Zynismus nicht verhehlen.

»Machen Sie bitte mit«, beharrte er. »Es ist nur zu Ihrem Besten.«

Sie war erstaunt. Acht Monate lang hatte er sich hinter einer Maske der Passivität versteckt. Seine Bestimmtheit war neu.

»Schließen Sie Ihre Augen. Spüren Sie, wie Sie in Ihrem Stuhl versinken ...«

Sie zwang sich, die Augen zu schließen, und überließ sich unwillig dem vertrauten Ritual. Mit seinen Worten führte er sie durch die verschiedenen Stadien der körperlichen Entspannung. Füße, Fußgelenke und Beine wurden schwer, dann Hände, Arme, Kopf, Oberkörper, Unterleib, innere Organe. Während Jenny immer tiefer sank, wurde Dr. Allens Stimme kontinuierlich schwächer, bis sie nur noch ein fernes Echo in der tröstlichen Dunkelheit war, ihrem Schutzmantel zwischen Wachen und Schlaf.

Unbemerkt wollte sie dem Drang der Schwere nachgeben.

»Bleiben Sie bei mir, Jenny«, sagte Dr. Allen. »Sie sind hier absolut sicher. Ihnen kann nichts passieren. Ich möchte, dass Sie dorthin zurückgehen, wo Sie schon einmal waren. Sie sind ein Kind in Ihrem Kinderzimmer und spielen, allein. Sie hören ein lautes Klopfen an der Haustür, erregte Stimmen. Es ist Ihr Großvater. Er ruft, schreit.«

Jennys Körper zuckte unwillkürlich.

»Sagen Sie mir, was er ruft.«

»Ich kann ... Ich kann es nicht hören.«

»Sie können die Worte nicht hören?«

»Nein.«

»Sind da noch andere Stimmen?«

Pause. Jennys Augen bewegten sich unter den geschlossenen Lidern.

»Da ist eine Frau ... Sie schluchzt, sie heult ... Meine Mutter.«

»Sagt sie etwas?«

»Sie schreit. *Nein, nein* – ruft sie immer wieder.«

»Und dann?«

Jenny schüttelte den Kopf. »Es geht immer so weiter.«

»Was ist mit den Männern? Was sagen sie?«

»Die sind jetzt still. Nur meine Mutter ... Man hört nur ihr Geschrei. Ihre Stimme dröhnt die Treppe zu mir hinauf.«

»Wie fühlen Sie sich? Was tun Sie?«

»Ich möchte nur fort ... Ich möchte weggehen, nach draußen, das Haus verlassen.«

»Warum?«

»Keine Ahnung ... Ich möchte nur weg.«

»Wovor haben Sie Angst?«

Tränen quollen unter ihren Lidern hervor und liefen ihre Wange hinunter. »Ich kann nicht ... Es hat nichts mit mir zu tun. Es ist nicht meine Schuld.«

»Was ist nicht Ihre Schuld?«

»Das Geschrei ... Ich halte es nicht aus.«

»Warum sollte es Ihre Schuld sein?«

»Ich möchte das nicht ... Es ist schrecklich hier ... Es ist schrecklich. Ich möchte nur weg.«

»Wo möchten Sie hingehen, Jenny? Erzählen Sie mir, wohin Sie gehen möchten?«

»Es gibt keinen anderen Ort ... Sie würden mich sehen ... Es gibt sonst nichts ... Ich kann nicht gehen, nicht einmal nach ...« Ihr Körper bäumte sich auf, als hätte sie einen elektrischen Draht berührt. Abrupt war sie wieder bei Bewusstsein und starrte mit aufgerissenen, ausdruckslosen Augen in die Luft.

Dr. Allen ließ ihr einen Moment, um sich zu fangen. »Wohin können Sie nicht gehen?«

Jenny blinzelte. »Zu Katy«, sagte sie und hob die Stimme auf der zweiten Silbe, als würde ihr der Name nichts sagen.

Dr. Allen zog ein Kleenex aus der Schachtel auf seinem Schreibtisch und reichte es ihr. Jenny trocknete ihre Augen und fühlte sich unangenehm leer, weder ruhig noch ängstlich.

»Wer ist Katy?«

»Keine Ahnung.« Sie schniefte, um die Tränen zu unterdrücken, und zitterte.

»Eine Schwester, eine Bekannte, eine Freundin?«

Jenny schaute auf. »Ich weiß es nicht. Keine Schwester ...«

Dr. Allen starrte ihr eindringlich ins Gesicht. »Was ist?«

»Ihr Großvater kommt mit schlechten Nachrichten zu Ihnen nach Hause, die Ihre Mutter zum Schreien bringen. Sie sagen, es war nicht Ihre Schuld. Bezieht sich das auf die Nachricht, die er Ihrer Mutter überbracht hat?«

»Ich weiß es nicht.« Sie schüttelte den Kopf. »Sobald ich wach war, schien alles nicht mehr wirklich zu sein ... Vielleicht habe ich es mir nur eingebildet.«

»Aber Sie kennen jetzt einen Namen: Katy. Ich möchte, dass Sie herauszufinden versuchen, was das bedeutet.«

»Ich habe Ihnen doch erklärt, dass ...«

»Tun Sie bitte, was ich sage. Das ist von nun an meine Bedingung dafür, dass Sie wiederkommen dürfen. Sie tun sich einen Gefallen damit. Und das nächste Mal möchte ich Ergebnisse Ihrer Recherchen hören.« Er beugte sich über sein Notizbuch und schrieb seine Forderung hinein.

»Sie werden langsam ungeduldig mit mir, nicht wahr?«, sagte Jenny.

»Überhaupt nicht. Sie brauchen nur einen Schubs. Sie werden auch die Medikamente weiternehmen.« Er griff nach seinem Rezeptblock. »Vermutlich ist es nicht möglich, dass Sie bei der Arbeit kürzertreten?«

»Nur wenn Sie mich zwangseinweisen.«

»Wenn Sie sich so kratzbürstig verhalten, bedeutet das

nur eins für mich: dass Sie empfindlich sind. Wenn Sie also so weitermachen wollen wie bisher, seien Sie vorsichtig. Versuchen Sie, zu emotionale Reaktionen zu vermeiden.« Er tippte sich mit dem Finger an die Schläfe. »Die besten Urteile treffen Sie immer noch hier oben.«

Sie holte die Tabletten in der Apotheke ab und nahm die erste Dosis auf dem Damenklo. Beide Medikamente waren neu für sie: eins blau, eins rot, wie Jelly Beans. Die Welt, in die sie Jenny entführten, war weniger bunt. Die Tabletten nahmen ihr die Energie und jedes Gefühl für Gefahr. Dafür konzentrierte sich ihre Aufmerksamkeit auf banale Dinge: die Anzeigen auf dem Armaturenbrett und auf das Quietschen, wenn sie auf die Bremse trat. Sie nahm zwar ihre Gefühle wahr, aber diese waren nur noch ein kalter Abklatsch von dem, was sie in den letzten zwei Tagen gespürt hatte. Sie konzentrierte sich auf die Untersuchung, und ohne jede bewusste Anstrengung reihten sich ihre Gedanken aneinander und formierten sich zu einer strukturierten Liste von Aufgaben, die in den nächsten Tagen zu erledigen waren: Jurymitglieder mussten angerufen, Zeugen vorgeladen und Gesetzestexte studiert werden. Dr. Allen hatte ihr den Verstand eines Bürokraten verpasst.

Das Gefühl war von kurzer Dauer. Sie hatte erst den halben Weg nach Hause hinter sich, als ihr Handy piepte. Eine SMS war eingegangen: »Rufen Sie mich an. Dringend. Alec.«

Sie zuckte zusammen. Dr. Allens Abschiedsworte hallten noch wie eine Warnglocke in ihren Gedanken nach. Sie sollte McAvoy ignorieren und ihn nur zu einer einzigen Gelegenheit sehen: im Zeugenstand. Unschlüssig schwebte ihr Finger über der Anruftaste, als der Empfang plötzlich schlechter wurde, dann ganz zusammenbrach und sie davon erlöste, eine Entscheidung zu treffen. Die zehn Minuten, die sie noch nach Hause brauchen würde, konnte sie nutzen, um sich wieder zu fassen.

Als sie auf dem Fahrweg neben ihrem Cottage parkte, hatte sie bereits eine Strategie parat: Sie würde Alison anrufen und ihr sagen, dass sie jede Nachricht von McAvoy annehmen solle. Außerdem solle sie ihm mitteilen, dass die Anhörung am Mittwochmorgen wieder aufgenommen werde und er dann auch aussagen möge. Sie würde alles nach Vorschrift abwickeln und nichts an sich heranlassen. Mit den Gefühlen, die McAvoy in ihr aufgewühlt hatte, würde sie sich hinterher beschäftigen können. Dann würde sie ihn auch eindeutiger beurteilen und seine Motive besser verstehen können.

Sie beugte sich zum Handschuhfach hinüber, um die Taschenlampe herauszuholen, mit der sie abends immer die zehn Meter zur Haustür zurücklegte. Als sie nach ihrem Schalter tastete, wurde ihr Wagen plötzlich in Licht getaucht. Erschrocken schaute sie auf und sah eine große männliche Gestalt neben der Halogenlampe im Eingangsbereich stehen, die sich automatisch anschaltete, wenn jemand in die Nähe der Haustür kam. In dem hellen Licht, das die Gestalt von hinten anstrahlte, konnte man keine Gesichtszüge ausmachen, aber die Silhouette war unverkennbar: der lange, dunkle Mantel, der Schal, die widerspenstigen Haare. Beschwichtigend hob er eine Hand, da er ihr den Schrecken offenbar ansah. Durch die Tabletten blieb ihr Herzschlag ruhig, aber eine wilde Hitze strömte ihr durch Brust und Hals und brannte auf ihren Lippen, als sich die Angst einen anderen Weg suchte, um Jenny zu warnen.

»Ich bin's nur«, rief er. »Alec. Es ist alles in Ordnung.«

Sie dachte daran, einfach loszufahren und darauf zu hoffen, dass er verschwand, aber sie wusste, dass er das nicht tun würde. Er war einer der Typen, die die ganze Nacht durchmarschierten und tagelang ohne Schlaf auskamen. Er besaß die Geduld eines Gefangenen, gepaart mit der Willenskraft eines Wahnsinnigen.

Sie ließ den Schlüssel im Zündschloss stecken und stieg aus. Die Luft war schneidend. Die Taschenlampe hielt sie in einer abwehrenden Geste erhoben, als sie um den Wagen herumging. An der Beifahrertür blieb sie stehen.

»Was machen Sie hier?«

»Ich habe Informationen.«

Sie richtete den Strahl der Taschenlampe auf ihn. Er trug Anzug und Krawatte, saubere Schuhe.

»Ich wollte wissen, was Sie *hier* machen?«

»Mein Wagen hat seinen Geist aufgegeben. Ich habe ein Taxi genommen.«

»Wollen Sie hier herumstehen und Scheiße reden oder meine Frage beantworten?«

Jenny leuchtete ihm ins Gesicht. McAvoy schirmte seine Augen ab.

»Ich wollte nicht am Telefon mit Ihnen sprechen ... Ich habe herausgefunden, für wen Tathum gearbeitet hat, als die beiden Jungen verschwanden.«

»Und um mir das mitzuteilen, haben Sie so viel Geld für ein Taxi rausgeschmissen?«

»Ich wollte Sie nicht erschrecken. Wenn es Ihnen lieber ist, verschwinde ich wieder. Es ist nur ...« Er schaute zu Boden und fuhr sich mit seinen Händen zerstreut durchs Haar. Dann hörte sie ihn tief ausatmen. »Die Wahrheit? Da tun sich tiefe Abgründe auf, Jenny. Ich bin mir nicht sicher, wie weit Sie sich hineinbegeben möchten, und da dachte ich, dass ich Ihnen besser hier davon erzähle, weit weg von allem. So können Sie selbst entscheiden. Ohne öffentlichen Druck.«

Langsam lenkte sie den Lichtstrahl von seinem Gesicht

weg. Seine Stimme klang ernst. Hätte er sie schlagen wollen, hätte er direkt auf sie zustürmen oder sie aus der Dunkelheit heraus angreifen können. Er hätte ihr auch keine SMS geschickt und damit Spuren hinterlassen.

»Okay«, sagte sie. »Dann werde ich mir wohl mal anhören, was Sie zu sagen haben.«

Sie schloss die Haustür auf und führte ihn ins Wohnzimmer. Sofort setzte sie sich an den kleinen Esstisch und deutete auf den Stuhl gegenüber. Kein Smalltalk, kein Angebot, etwas zu trinken. Selbst im milden Licht ihrer Lampe sah McAvoy müde aus. Dunkle Schatten lagen unter seinen Augen. Sein Gesicht war abgespannt, seine dichten Bartstoppeln grau. Er verschränkte seine Finger ineinander und lehnte sich vor, als hätte er lange mit sich gerungen und wäre dann zu einer schmerzhaften Entscheidung gekommen.

»Erinnern Sie sich an Billy Dean, den Privatdetektiv?«, fragte McAvoy. »Sein Sohn hat sein Büro übernommen. Ich habe ihn nach unserem Besuch bei Mr. Tathum angerufen und gefragt, ob er noch irgendetwas über ihn herausbekommen kann. Heute Morgen hat er mich zurückgerufen, kurz bevor Sie aufgetaucht sind.« Er lächelte gequält. »2002 war Tathum selbstständig gemeldet. Er hat ein Einkommen von fünfundsechzigtausend Pfund angegeben. Die Bankvorgänge zeigen, dass es in Form von drei Zahlungen vom selben Konto eingegangen ist. Das Konto lief auf den Namen Maitland Limited – ein privates Sicherheitsunternehmen mit Büro in der Broad Street in Hereford.«

»Woher weiß er das?«

»Vermutlich kennt er jemanden beim Finanzamt. Sein Vater hat das meiste Geld mit Scheidungen gemacht. Wie auch immer, bis zum Jahr davor hat Tathum seinen Lohn immer von der Army erhalten. Mit Mitte dreißig war er dann vermutlich zu alt dafür.«

»Was wissen Sie über Maitland?«

»Der Website zufolge ist die Firma Spezialist für Personenschutz. Hereford ist der Standort des Special Air Service, vermutlich rekrutiert Maitland von dort sein Personal. Ich habe mir sagen lassen, dass es eine Art lokaler Brauch ist: Die Exsoldaten des SAS wechseln zur anderen Straßenseite und machen ihr Glück im privaten Sektor.«

»Was hätte Maitland mit Nazim und Rafi anfangen sollen?«

»Sie wurden nur für eine Dienstleistung bezahlt. Wenn Sie mich fragen, könnten sie ein Einsatzkommando gestellt haben. Aber für wen? Vielleicht waren die Jungs Terrorverdächtige, und man hat sie weiß Gott wohin verschleppt. Oder sie waren Agenten, die aufgeflogen sind. In dem Fall leben sie nun vermutlich fröhlich irgendwo in Australien.«

»Warum erzählen Sie mir das jetzt?«, fragte Jenny. »Warum bewahren Sie sich das nicht für die Anhörung auf? Sie wissen, wie riskant es für mich ist, mit Zeugen zu sprechen. Jeder Beliebige könnte sich hinstellen und meine Untersuchung mit dem Argument kippen, dass mir Formfehler unterlaufen sind.«

»Das genau ist der Punkt, Jenny. Keiner von uns beiden weiß, wo der andere steht, nicht wirklich.« Er musterte sie mit einem traurigen, fragenden Blick. »Ich habe in meinem Leben genug schlimme Dinge gesehen und getan, um zu wissen, in was ich Sie da hineinziehe. Britische Staatsbürger verschwinden unter Mitwirkung ihres eigenen Staats – darf so etwas je an die Öffentlichkeit geraten? Nennen Sie mich einen Zyniker, aber ich würde sagen, dass ein, zwei Leben mehr keinen großen Unterschied machen würden.«

»Aber?« Sie wusste, dass es ein Aber gab und dass der Enthusiasmus, der in seinen Augen noch brannte, nicht so leicht verschwinden würde.

»Ihre Methoden sind nicht sehr konventionell, nicht wahr?« McAvoys müdes Gesicht entspannte sich zu einem faltigen Lächeln. »Meine Schulter schmerzt derartig, dass ich heute kaum ein Glas anheben konnte.«

Jenny blieb ungerührt. »Das war fürs Lügen. Und wo wir schon einmal dabei sind, ich denke, dass Sie es noch immer tun.«

Eine Pause trat ein. McAvoy senkte den Kopf. »Es ist schon lustig, Jenny. Ich habe Karriere damit gemacht, im Auftrag anderer Leute Lügen zu erzählen. Die größeren Sünder waren immer die auf der anderen Seite. Sogar als man mich rangekriegt und weggesperrt hat, war die Rechtschaffenheit immer noch auf meiner Seite. Dieser Fall aber ... Ich habe Gerichtsverfahren manipuliert, ich habe Zeugen gekauft und verkauft, ich habe Mörder rausgeholt und mit gutem Gewissen auf ihre Gesundheit getrunken, aber dieser verdammte Fall ...« Er schüttelte den Kopf und schaute weg. »Und dann tauchen Sie auf wie der Engel der Leidenschaft ... wie eine Zauberin ... Wie soll ein ausgebrannter Typ wie ich wohl darauf reagieren?«

Jenny taumelte innerlich. Sämtliche Luft wich aus ihrer Lunge. Etwas in ihr wünschte, er möge sie berühren, nur den geringsten Kontakt herstellen, um dann anschließend alles geschehen zu lassen.

Sie wusste, dass er ihre Veränderung bemerkte, sie war ihr ins Gesicht geschrieben.

»Sie sind eine Versuchung, das sind Sie«, sagte McAvoy. »Eine schöne, süße Versuchung und so dunkel und verrucht wie ich. Ich kann nicht einmal Ihre Hand berühren, weil ich Angst habe ...«

»Wovor?«, fragte Jenny.

Wieder schüttelte er den Kopf. »Lassen Sie uns von etwas anderem sprechen.« Er schluckte und zwang sich weiterzureden. »Dr. Sarah Levin – sie ist eine attraktive Frau, nicht wahr? Damals war sie achtzehn. Man hätte sie mit Sicherheit befragt. Wohin auch immer Nazim und Rafi gegangen sind, man hätte die beiden verhört und das halbe Leben aus ihnen herausgeprügelt. Es ist kein Zufall, dass es Sarah Levin war, die mit der Polizei gesprochen hat. Sie hatte keine andere Wahl. Das habe ich mir schon vor acht Jahren gedacht. Aber muss die Wahrheit jetzt noch ans Licht gezerrt werden? Muss diese Frau auch noch zerstört werden? Wie viel Schaden muss denn noch angerichtet werden?«

»Und warum würde Dr. Levin Ihr Gewissen belasten?«

»Sie war ein unschuldiges junges Mädchen, warum also nicht?«

»Könnte es sein, dass Sie sie idealisieren?«

»Verglichen mit mir ist sie die Heilige Jungfrau persönlich.«

»Was ist mit dem Mann, der Sie angerufen hat, diesem Amerikaner?«, fragte Jenny.

»Keine Ahnung. Ich weiß nur, dass derjenige, der die beiden Jungen mitgenommen hat, auch Mrs. Jamal in den Tod getrieben hat. Selbst wenn er sie nicht eigenhändig umgebracht hat.«

»Sie kennen noch nicht die ganze Wahrheit«, sagte Jenny und spürte einen irrationalen Drang, ihre Last mit ihm zu teilen. »In ihrer Wohnung wurden Spuren radioaktiven Materials gefunden. Cäsium 137.« Schon als die Worte heraus waren, wusste sie, dass sie zu viel gesagt hatte. Sie konnte sich gerade noch beherrschen, nicht auch noch Anna Rose zu erwähnen.

»Es sollte nach Terroristen aussehen«, sagte McAvoy. »Diese dreckigen Schweinehunde. Normale Kriminelle bringen wenigstens nur sich selbst um. Im Gefängnis würden Sie niemanden finden, der einer alten Frau etwas antut. Nur gottlose Regierungen und verrückte Mütter können die Seele eines Mannes derart ruinieren, dass er so etwas tut.«

Jenny entfuhr ein Laut, der fast wie ein Lachen klang.

»Was ist?«, fragte McAvoy.

»Wie Sie reden ...«

»Was machen *Sie* sich denn für einen Reim auf die Dinge?«

»Gar keinen.«

»Sie sollten es mal mit Lyrik oder Religion versuchen, oder besser noch mit beidem. Sie machen auf mich ganz den Eindruck, als könnte Ihnen das helfen.«

»Als ich ins Gericht gekommen bin, wollte ich Sie nicht angreifen. Ich weiß nicht, was in mich gefahren ist.«

»Die Frage kann ich Ihnen auch nicht beantworten ...«

Das sanfte Lächeln, das Verlangen in den Augen. Das vom Leben gezeichnete Gesicht, das einen Geist verbarg, der sie längst in ihrem Inneren berührt hatte, der Dinge über sie wusste, die ihr selbst fremd waren.

»Sagen Sie mir, dass Sie ehrlich sind, Alec«, bat Jenny. »Schwören Sie, dass Sie mich nicht benutzen oder von irgendjemandem bestochen werden.«

»Was könnte ich wohl sagen, damit Sie mir glauben? Ich bin hierhergekommen, um Ihnen mitzuteilen, dass Sie nicht alleine sind, das ist alles.« Er hielt ihrem Blick stand, was ihn seine gesamte Kraft zu kosten schien. »Ich weiß, dass ich Ihnen ziemliche Angst einjage, aber falls es für Sie ein Trost ist: Das beruht auf Gegenseitigkeit.«

Er stand auf und ging zur Tür.

»Sie wollen doch jetzt nicht gehen?«, fragte Jenny.

»Das sollte ich aber, denken Sie nicht?«

»Soll ich Sie fahren?«

»Ich schaffe das schon.« Er griff nach der Klinke, dann hielt er inne. Einen Moment lang dachte Jenny, er würde sich umdrehen und zurückkommen, um die unerträgliche

Spannung zwischen ihnen zu lösen und die unterdrückten Gefühle explodieren zu lassen.

Ohne sie noch einmal anzusehen, sagte er: »Wenn dieser Fall vorbei ist, darf ich Sie dann wiedersehen?«

»Ja ... Ja, das sollten wir so machen.«

»Gute Nacht, Jenny.« Und mit der Andeutung eines Lächelns: »Wir sehen uns dann vor Gericht.«

McAvoy ging allein hinaus und schloss sanft die Tür hinter sich.

Sie zog die Gardine ein Stück zur Seite und sah, wie er den Weg hinunterschritt. Noch lange nachdem er verschwunden war, stand sie an derselben Stelle und wünschte sich, er möge zurückkommen, obwohl sie wusste, dass ihr Wunsch vergebens war.

Es galt, die Post zu sortieren, Essen zu kochen und Nachrichten abzuhören. Steve hatte eine dringende Bitte hinterlassen, sie möge ihn doch anrufen, er müsse ihr etwas sagen, doch sie konnte nur an McAvoy denken. Er hatte sich mit einem Versprechen verabschiedet, aber gleichzeitig auch ein schmerzendes Gefühl der Unvollständigkeit in ihr hinterlassen. Es war, als hätte er sie besucht, um ein Geständnis abzulegen, und dann doch einen Rückzieher gemacht. Die Atmosphäre im Cottage war erfüllt davon: Es gab etwas, das McAvoy ihr noch erzählen musste, etwas, das sein Gewissen belastete. Sie wusste es.

Jenny wachte so abrupt auf, als hätte ihr jemand in die Rippen getreten. Sie konnte sich nicht mehr an den Traum erinnern, nur das Gefühl, von einem bedrohlichen Geräusch aufgeschreckt worden zu sein. Sie bildete sich ein, draußen auf den Steinplatten Schritte zu hören, den Atem eines Mannes. Über zwanzig Minuten lag sie da und zuckte bei jedem Knarren und Ächzen des alten Hauses zusammen, aber was für ein Gespenst sie auch immer gestört hatte, es hatte sich wieder in sein Versteck verzogen. Nichts rührte sich, nur der Wind rauschte leise. Als ihre Lider schwer wurden, dachte sie an Ross und an David, der jetzt wahrscheinlich tief und fest neben seiner glücklichen schwangeren Freundin schlief, und fragte sich, was sie getan hatte, um so einsam und allein zu sein. *Tatsächlich würde ich sogar so weit gehen zu sagen, dass Sie alles tun würden, um niemanden zu verletzen.* Das hatte Dr. Allen gesagt, aber am selben Tag hatte sie einen Kugelschreiber in McAvoys Schulter gerammt … McAvoy. Wenn sie ihn anschaute, war es, als würde sie in einen Spiegel sehen, aus dem ihre eigenen finsteren Abgründe zurückblickten. Das war es, das war der Reiz des Ganzen: Wenn sie McAvoy begreifen würde, würde sie endlich auch sich selbst begreifen.

22

Noch vor sechs Uhr wachte Jenny mit einem Gefühl großer Dringlichkeit auf. In vierundzwanzig Stunden würde die Anhörung beginnen, und davor mussten noch wichtige Entscheidungen getroffen werden. Unter der Dusche bekam sie plötzlich Gewissensbisse wegen des fast vertraulichen Moments, den sie mit McAvoy verbracht hatte. Die Gedanken an ihn verdrängten jeden Gedanken an ihren Sohn. Was war sie nur für eine Mutter? Sofort verspürte sie die Symptome aufkommender Angst – kribbelnde Fingerspitzen, Herzklopfen – und lief schnell, nur in ein Handtuch gewickelt, in die eiskalte Küche hinab. Mit dem Rest aus einer alten Orangensaftpackung nahm sie zwei Tabletten. Sie fühlte sich wie eine Süchtige, als sie sich zwang, die saure Flüssigkeit herunterzuschlucken. Die neuen Medikamente schienen Wunder zu wirken: Kaum hatte sie sich abgetrocknet und angezogen, fühlte sie sich einsatzbereit. Auf Mrs. Jenny Cooper, den Coroner, warteten wichtige Aufgaben.

An ihrem Schreibtisch im Arbeitszimmer aß sie eine Schale altes Müsli und suchte nach der Website von Maitland. Sie fand die Adresse im Online-Telefonverzeichnis, klickte sie an und stieß auf eine unpersönliche, aber irgendwie auch exklusive Seite, die ein Minimum an Informationen preisgab. Das offizielle Büro befand sich in Hereford, was mit dem übereinstimmte, was McAvoy gesagt hatte. Geschäftsführer war Colonel Marcus Maitland. Spezialgebiete des Unternehmens waren Personenschutz im In- und Ausland, operative Beratung und Sicherheitsplanung sowie strategische Sicherheitsdienste. Die Erläuterungen waren dürftig, die Sprache voller Klischees und nichtssagend. Es hätte sich auch um die Website einer Unternehmensberatung handeln können. Ehemalige Soldaten vom Special Air Service oder Söldner wurden nicht erwähnt.

Das Einzige, was eine Verbindung zwischen dem Unternehmen und Tathum herstellte, waren McAvoys Behauptungen, doch selbst wenn diese erfunden sein sollten – wie möglicherweise auch Madogs Geschichte von dem schwarzen Toyota –, fühlte sich Jenny verpflichtet, Colonel Maitland als Zeugen vorzuladen. Im Zweifelsfall würden damit dann wenigstens sämtliche Unterstellungen widerlegt werden.

Jenny druckte ein Formblatt für eine Zeugenvorladung aus, trug von Hand die Daten ein und forderte Maitland dazu auf, am Mittwoch, den 10. Februar zu ihrer Anhörung zu erscheinen. Eigentlich eine unzumutbar kurze Frist, die ihn aufschrecken und auf der Hut sein lassen würde. Statt das Schreiben mit einem Kurier zu schicken, beschloss sie sicherheitshalber, selbst hinzufahren. Obwohl die Zustellung durch Unterschrift bestätigt werden musste, neigten unwillige Zeugen immer wieder zu der Behauptung, die Vorladung habe sie nie erreicht. Auf Diskussionen würde sie sich gar nicht erst einlassen. Wenn Maitland und Tathum die Aussage verweigerten, würde Jenny sie wegen Missachtung des Gerichts ins Gefängnis stecken lassen. Es hatte nicht viele Vorzüge, Coroner zu sein, aber Leute maßregeln zu können, die sich sonst über dem Gesetz wähnten, war definitiv einer davon.

Es war kurz nach acht und noch kaum hell, als sie Hereford erreichte und im Zentrum in einer ruhigen Straße in der

Nähe von Maitland parkte. Als sie die Klingel vom ersten Stock drückte, blieb eine Reaktion aus. Auch aus dem Fenster drang kein Licht. Vor die Wahl gestellt, entweder im Starbucks ein paar Meter weiter die Zeit totzuschlagen oder in die Kathedrale gegenüber zu gehen, schlug Jenny den Mantelkragen hoch und überquerte die Straße.

Im weiten, hallenden Innenraum probte gerade ein Chor. Es roch nach Weihrauch, kaltem Stein und polierter Eiche. Große Eisenöfen spendeten eine unerwartete, aber willkommene Wärme. Jenny schlenderte durch das Hauptschiff und anschließend durch die Seitenschiffe. Dann ließ sie sich in der Marienkapelle in einer der Stuhlreihen nieder, mit Blick auf den Altar, auf dem das Ewige Licht flackerte und das Allerheiligste behütete.

Inmitten der Ruhe erinnerte sie sich an Mrs. Jamal. Sie sah den Schmerz in ihrem Gesicht, als sie von ihrem Sohn erzählte. Ihre letzten Gedanken waren bestimmt gewesen, dass sie beide bald wieder vereint sein und sich an dem Ort wiedersehen würden, wohin auch immer die Seelen der Toten verschwanden. Das war eine tröstliche Vorstellung, aber keine, die Jenny überzeugte. Das Gebäude, in dem sie sich befand, war mindestens so sehr aus der Angst der Gläubigen vor Hölle und Verdammnis entstanden wie aus der Liebe zu Gott. Sie betete selten, und dann auch nur aus Verzweiflung oder Selbstmitleid. Doch jetzt fühlte sie sich zutiefst bewegt, also sprach sie ein Gebet für die Seelen von Amira und Nazim und Rafi. Die Worte flogen ihr aus dem Nichts zu: »Bitte, Gott, lass sie nicht verloren sein.«

Der Empfang war elegant und teuer eingerichtet, mit geschmackvollen Originalen und cremefarbenen Ledersofas. So etwas gehörte eigentlich nach London, nicht in die ländliche Provinz. Die Dame an der Rezeption war nicht älter als fünfundzwanzig und hübsch. Sie sprach gebildet und ohne jeden lokalen Akzent.

»Womit kann ich Ihnen helfen?«, fragte sie.

Obwohl sie ihr elegantestes Kostüm und ihren besten Mantel angezogen hatte, fühlte Jenny sich plump neben der jungen Frau. Sie reichte ihr eine Visitenkarte hinüber. »Jenny Cooper, Coroner des Severn Vale District. Ist Colonel Maitland da? Ich würde gerne mit ihm sprechen.«

»Nein«, sagte die Frau, die Gefahr im Verzug sah, »er ist heute nicht im Büro, tut mir leid.«

»Morgen?«

»Ich denke, morgen könnte er wieder zurück sein.« Die zweite Lüge wirkte schon nicht mehr so selbstsicher.

Jenny griff in ihre Tasche und holte den Umschlag mit der Vorladung und ein Empfangsformular heraus.

»Dies ist eine persönliche Zustellung. Der Umschlag enthält eine Vorladung für Colonel Maitland. Er soll morgen als Zeuge bei meiner Anhörung erscheinen. Taxigeld liegt auch bei, das ist gesetzlich vorgeschrieben. Sollte er partout nicht kommen können, soll er sich heute noch mit meinem Büro in Verbindung setzen, um den Termin zu verschieben. Wenn ich Sie jetzt bitten dürfte, die Empfangsbescheinigung zu unterschreiben.«

»Nun, ich ...«

Jenny kam allen Ausflüchten zuvor. »Tun Sie es nicht, sind Sie Zeugin der Tatsache, dass ich das Schreiben um«, Jenny schaute auf ihre Uhr, »acht Uhr zweiundvierzig am Dienstag, den 9. Februar abgegeben habe. Sie werden dann ebenfalls vor Gericht erscheinen müssen, mit oder ohne Maitland.«

Sie hielt der Frau einen Stift hin, die ihn einen Moment lang anschaute, dann aber ergriff und schnell eine unleserliche Unterschrift auf die Empfangsbescheinigung kritzelte.

»Wenn Sie Ihren Namen bitte auch noch in Druckbuchstaben schreiben würden.«

Sie folgte der Anweisung und wurde rot, ob vor Ärger oder Verlegenheit konnte Jenny nicht sagen.

»Noch etwas. Ich müsste die aktuelle Adresse Ihres Mitarbeiters Mr. Christopher Tathum abgleichen.«

Das Mädchen schaute unsicher zum Computer hinüber.

»Sie werden mir jetzt erklären, dass Sie keine Privatadressen herausgeben dürfen, nicht wahr?«

»Ja«, stammelte die junge Frau.

»Ich habe das Recht, Sie dazu zu zwingen, aber lassen Sie es uns so machen: Ich sage sie Ihnen, und Sie sagen mir, wenn sie nicht stimmt.«

Jenny nannte Tathums Adresse. Das Mädchen zögerte einen Moment, dann tippte es auf der Computertastatur herum. Von der Seite sah Jenny, dass die junge Frau eine Liste mit Adressen hinabscrollte.

»Haben Sie mir etwas zu sagen?«, fragte Jenny.

Das Mädchen schüttelte den Kopf.

»Gut. Und Sie werden sicherstellen, dass Colonel Maitland den Brief heute Morgen noch bekommt, nicht wahr?«

Als Jenny nach Bristol zurückfuhr, hatte sie das Gefühl, dass eine Last von ihren Schultern genommen worden war. McAvoy hatte sie nicht angelogen. Tathum war bei Maitland angestellt, und falls es nötig sein sollte, hatte sie sogar eine Zeugin, die dies bestätigen würde. Vor Gericht waren noch etliche Hürden zu überwinden, aber zum ersten Mal seit Tagen hatte sie das Gefühl, festen Boden unter den Füßen zu haben. Sie vertraute McAvoy wieder und begann auch sich selbst wieder zu vertrauen.

Als sie vor dem Büro parkte, fühlte sie sich bereit, Alison entgegenzutreten und den Streit vom Vortag beizulegen. Seit ihrem Fauxpas hatten sie kaum miteinander gesprochen, nur ein paar schnelle Worte gewechselt, als Jenny zu ihrer Notsitzung mit Dr. Allen geeilt war. Sie stellte sich auf einen frostigen Empfang ein und bereitete ein paar versöhnliche Sätze vor.

»Guten Morgen, Mrs. Cooper«, sagte Alison betont förmlich, als Jenny eintrat.

Der Empfangsbereich war ungewöhnlich ordentlich. Die Zeitschriften auf dem Tisch waren dekorativ arrangiert, in der Vase standen frische Blumen, die religiösen Sinnsprüche waren weggeräumt worden. Alles wirkte irgendwie ... keimfrei.

»Guten Morgen, Alison«, erwiderte Jenny mit einem Anflug von Reue und nahm ihre Post, die nach Größe sortiert war, aus dem Posteingangskorb.

»Haben Sie es noch rechtzeitig zu Ihrem Sohn geschafft?«

Es dauerte eine Weile, bis Jenny sich an den Vorwand erinnerte, unter dem sie am Vortag eine Stunde eher als sonst aus dem Büro geeilt war.

»Ja, danke. Gerade so.«

Sie blätterte durch die Post und nahm all ihren Mut für eine Entschuldigung zusammen. Wenn sie noch länger schwieg, hätte sie die Chance vertan. Dann würden sie sich den gesamten Tag eisig anschweigen.

»Hören Sie, Alison. Es tut mir leid, was ich gestern gesagt habe. Es steht mir nicht zu, Ihre Tochter ins Spiel zu bringen oder mir Urteile über Ihr Privatleben anzumaßen. Ich war sauer auf Simon Moreton, nicht auf Sie. Er hatte kein Recht, Sie nach vertraulichen Informationen zu fragen.«

»Entschuldigung angenommen, Mrs. Cooper«, sagte Alison, während sie ihre Augen auf die Schreibtischplatte gerichtet hielt.

»Sie hätten die Karten mit den Sprüchen nicht abnehmen müssen.«

»Sie haben am Arbeitsplatz nichts zu suchen. Bei der Polizei würde man so etwas auch nicht dulden. Nicht heutzutage.«

»Wie Sie meinen.«

Ein unbehagliches Schweigen folgte, keine der beiden wusste, wie sie das Gespräch beenden sollte.

»Ich werde manchmal leicht wütend, aber wir wissen doch beide, dass ich ohne Sie nicht weit kommen würde.« Jenny lächelte versuchsweise.

Alisons Kiefer blieb angespannt.

»Ich habe mich in der Harry-Marshall-Sache lächerlich gemacht«, sagte Alison in Anspielung auf ihren ehemaligen Vorgesetzten, Jennys Vorgänger. »Mit David ist das anders. Nicht dass irgendetwas Verbotenes zwischen uns wäre«, fügte sie schnell hinzu, »aber ich habe gesehen, wie er ein paar der schlimmsten Dinge durchgemacht hat, die man sich überhaupt vorstellen kann. Er ist kein Lügner, Mrs. Cooper. Er tut nur seine Pflicht.«

»Das respektiere ich. Die Pflichten eines Coroners sind allerdings andere als die eines Polizisten. Niemand scheint sich das klarzumachen, aber meine Aufgabe ist es, die Wahrheit zu finden, und zwar egal wem das gegen den Strich gehen mag. Bis nicht der Lordkanzler zum Telefonhörer greift und mir mitteilt, dass ich gefeuert bin, muss ich weitersuchen.«

Alison nickte wenig überzeugt. In ihrem tiefsten Innern war sie immer noch Polizistin, juristische Finessen und hehre Ideale waren nichts für sie. Sie zog es lieber vor, zu einer mächtigen Gruppe wie etwa der Polizei zu gehören, und hatte Angst, wenn sie auf sich allein gestellt war. Andererseits sorgte sie dafür, dass Jenny mit den Füßen am Boden blieb, und das war auch der Grund dafür, dass die Zusammenarbeit bereits acht turbulente Monate überstanden hatte. Jenny brauchte Alison mittlerweile wie ein Baum seine Wurzeln.

»Sie haben eine Nachricht von dieser Frau vom MI5«, sagte Alison. »Sie bittet um Rückruf. Vermutlich geht es um den Bericht von der Gesundheitsbehörde. Der kam gestern Abend.« Sie reichte Jenny einen Ausdruck mit der Überschrift »Radiologisches Gutachten«, daneben prangte der Stempel »Streng vertraulich«.

Jenny blätterte zu den letzten Absätzen.

Die Cäsium-137-Teilchen, die in der Wohnung gefunden wurden, konzentrierten sich vor allem im Gewebe eines Sessels. Verschiedene Partikel fanden sich auch im öffentlichen Teil des Gebäudes und auf der Haut der Verstorbenen, Mrs. Amira Jamal, vor allem im Lendenbereich und am Gesäß. Mit gutem Recht kann angenommen werden, dass die Verstorbene kurz vor ihrem Tod durch Kontakt mit dem Sessel kontaminiert wurde. Es ist allerdings unmöglich zu bestimmen, wie lange die Partikel an dem Sessel oder in dem Gebäude bereits vorhanden waren. Die äußeren Umstände legen nahe, dass die Kontamination erst kurz zuvor erfolgt war. Weder in Mrs. Jamals Staubsauger noch in dem des Hausmeisters haben sich Partikelspuren gefunden. Vermutlich kann man davon ausgehen, dass die Kontamination in den Tagen unmittelbar vor Mrs. Jamals Ableben stattgefunden hat.

»Die Polizei hat nicht die geringste Spur, falls Sie das beruhigt«, sagte Alison. »Man vermutet, dass es jemand war, der mit ihrem Sohn zu tun hatte. Manche denken sogar, dass er selbst aus der Versenkung aufgetaucht und dafür verantwortlich ist. Es geistern alle möglichen wilden Theorien herum.«

»An einem Sessel? Es scheint, als hätte dort jemand gesessen, der selbst schon kontaminiert war«, sagte Jenny.

»Stellen Sie sich mal vor, es war Nazim«, sagte Alison. »Das wäre ein Schock für sie gewesen – als ob er von den Toten auferstanden wäre.«

Jenny schüttelte den Kopf. »Nein. Das ergibt keinen Sinn.«

»Warum nicht? Es existieren keinerlei Beweise dafür, dass er tot ist. Wir haben nur zwei widersprüchliche Augenzeugenberichte, denen zufolge er höchst lebendig in zwei verschiedene Richtungen unterwegs war. Vielleicht ist er zurückgekommen, um seine Mutter zum Schweigen zu bringen. Diese Gotteskämpfer scheren sich nicht um ein einzelnes Leben. Wenn sie den Märtyrertod sterben, bekommen sie gemeinsam mit siebzig Verwandten freien Eintritt ins Paradies.«

Jenny vermutete, dass Alison sich in die Abgründe des Polizeikantinengeschwätzes gestürzt hatte. Und wie immer hatten die Beamten Theorien entwickelt, die sämtliche Vorurteile bestätigten. Ein rundum indopakistanischer Fall mit abschließendem Muttermord würde die Polizei reinwaschen. Es gäbe keinen Grund, sich schuldig zu fühlen, weil man vor den Geheimdiensten gekuscht und zugesehen hatte, wie sich zwei junge Männer in Luft auflösten.

»Haben Sie irgendjemandem gegenüber Madogs Aussage erwähnt?«, fragte Jenny.

»Natürlich nicht, Mrs. Cooper«, sagte Alison beleidigt. »Ich unterhalte mich zwar mit meinen Exkollegen, aber ich bin loyal.«

»Ich wollte Ihnen nichts unterstellen …«

»Ich weiß, dass Sie eine Menge auf McAvoy geben, aber wäre ich Sie, würde ich vorsichtig sein.«

»Ich habe Ihnen noch gar nicht alles gesagt. Die Beweiskette führt …«

»Bevor Sie weiterreden, sollte ich Ihnen vielleicht etwas über McAvoy erzählen.«

»Aha?« Alles in Jenny sträubte sich, aber sie widerstand dem Bedürfnis, im selben Tonfall zu antworten. Vor der Gerichtsversammlung sollte sie Alison besser nichts über die Maitland-Verbindung erzählen. Das Letzte, was sie sich wünschte, war, dass der Inhalt der Zeugenaussagen frühzeitig bis zu der Polizei und den Geheimdiensten durchsickerte.

»Nur damit Sie wissen, was er für ein Typ ist«, sagte Alison. »Er gehörte zu dem Team, das Marek Stich verteidigt hat – den Tschechen, der letztes Jahr im Oktober den jungen Polizisten erschossen hat. Ich weiß nicht, ob Sie gestern die Nachrichten gehört haben?«

»Nein, ich versuche, es zu vermeiden.«

»Stich kam davon, was nicht weiter verwunderlich ist. Alles, was man gegen ihn in der Hand hatte, waren zwei Zeugen, die gesehen haben, wie er ein Stück vom Tatort entfernt mit dem Auto davongefahren ist. Hinter Stichs Wagen hatte allerdings ein anderes Auto gestanden. Einem weiteren Zeugen zufolge muss dessen Fahrerin alles gesehen haben. Die Kripo hat sie nie ausfindig machen können, aber gestern Nacht ist ein anonymer Anruf eingegangen. Eine aufgewühlte weibliche Stimme sagte, dass Stich abgedrückt habe. Sie habe es gesehen. Sie habe eine Aussage machen wollen, aber noch am selben Nachmittag habe sie ein Mann mit einem schottischen Akzent vor dem Tor zur Schule ihres Sohnes abgepasst. Er habe ihr gedroht: Wenn sie auch nur einen Mucks sage, werde sie ihren Sohn verlieren. Der Junge war dabei, das müssen Sie sich mal vorstellen! Ein achtjähriges Kind.«

Noch eine dubiose Geschichte, mit der das Versagen der Kriminalpolizei erklärt werden sollte, war Jennys erster Gedanke. Wie es diese Leute ärgern musste, dass der unbequeme Rechtsanwalt, den man für immer los zu sein geglaubt hatte, zurückgekommen war und sie gedemütigt hatte.

»Ich bin mir sicher, dass man der Sache auf den Grund gehen wird«, sagte Jenny. Sie wollte jede weitere Konfrontation vermeiden.

»Aber genau davon hatte ich Ihnen doch schon erzählt, Mrs. Cooper. Er manipuliert Zeugen, redet mit ihnen oder macht sie mundtot. Das ist alles, was er kann.«

Jenny wollte sich nicht auf eine Diskussion einlassen und wechselte das Thema. »Wo wir schon von Zeugen reden: Ist für morgen alles vorbereitet?«

Alison schob ihr eine Liste mit Namen über den Schreibtisch: Kriminalmeister Angus Watkins, der Polizist, der Nazims und Rafis Zimmer auf Spuren gewaltsamen Zutritts hin untersucht hatte; Kriminalinspektor Pironi; David Skene, einer der MI5-Agenten, die an den ursprünglichen Ermittlungen beteiligt gewesen waren; Robert Donovan; Madog; Tathum; Sarah Levin; Professor Brightman; McAvoy und David Powell, der Besitzer der Autovermietung in Hereford. Dann folgte ein Name, der ihr nichts sagte – Elizabeth Murray.

»Das ist die alte Dame, die denkt, dass sie einen Toyota gesehen hat. Sie hatten mich doch gebeten, mich zu erkundigen, ob sie noch lebt. Gestern Abend auf dem Heimweg habe ich ihre Aussage aufgenommen. Sie ist sechsundachtzig, aber immer noch fit.«

Sie reichte Jenny einen Zettel, auf dem in wenigen kurzen Sätzen stand, dass Mrs. Murray vor ihrem Haus einen schwarzen Wagen mit zwei Männern darin habe parken sehen. Während Jenny las, versuchte sie sich daran zu erinnern, dass sie Alison gebeten hatte, die Zeugin ausfindig zu machen. Erfolglos. Was mochte sie sonst noch alles vergessen haben? Schon wieder hatte McAvoy ihre gesamte Aufmerksamkeit absorbiert, und es war ihr noch nicht einmal bewusst gewesen. Alison dagegen verstand. An ihrer besorgten Miene war deutlich zu erkennen, dass ihr die Gedächtnislücke ihrer Chefin nicht entgangen war. Ihr Polizisteninstinkt wusste, dass Jennys Verstand auf Abwege geraten war und den offensichtlichen Wahrheiten irgendwelche unlogischen Verrücktheiten vorzog. Und das nur, weil sie in den Bann eines korrupten Mannes geraten war.

»Ich verstehe Sie, Mrs. Cooper«, sagte Alison. »Ich weiß, was es bedeutet, von jemandem beeindruckt zu sein. Schauen Sie mich und Harry Marshall an … Der ideale Mann ist immer der, den man nicht bekommen kann, das ist das ganze Geheimnis. Es ist nichts als Einbildung – was man zu wollen glaubt.«

Alison hatte sie durchschaut. Sie hatte recht, es war nur eine Einbildung. So wie Alison davon geträumt hatte, dass Harry sie in eine freundlichere, schönere Welt entführen würde, hatte Jenny in McAvoy, der schon so viel Schreckliches erlebt hatte, den Mann gesehen, der mit einem Streich all ihre Gespenster vertreiben würde.

Sie belog sich und Alison gleichermaßen, als sie erwiderte: »Keine Sorge, ich könnte für ihn nie etwas empfinden. Der Mann ist ein Wrack.«

Alison lächelte schwach, nur halbwegs beruhigt. »Freut mich, das zu hören.«

Jenny überließ Alison ihrer Arbeit, nachdem sie sie angewiesen hatte, noch einmal die Zeugen zu kontrollieren, die ordnungsgemäße Anreise der Jurymitglieder sicherzustellen und die unzähligen Aufgaben zu erledigen, für die bei jedem anderen Gerichtsverfahren eine ganze Batterie an Mitarbeitern zur Verfügung stand. Als sie allein in ihrem Büro war, rief sie Gillian Golder an.

»Jenny, endlich. Ich habe mich schon gefragt, ob *Sie* jetzt auch noch verschwunden sind.« Der Scherz misslang.

»Sie werden doch bestimmt mit Simon Moreton gesprochen haben«, erwiderte Jenny. »Ich habe ihm alles gesagt, was ich weiß, und das ist nicht viel.«

»Darin liegt auch schon das Problem«, sagte Golder. »Wir tappen im Dunkeln und wissen nicht, was uns am Ende des Tunnels erwartet.«

Jenny gefiel das *wir* nicht. Es klang bedrohlich.

Sie nahm eine von Golders Befürchtungen vorweg. »Wenn Sie denken, dass meine Untersuchung den Ermittlungen zum Tod von Mrs. Jamal in die Quere kommt, kann ich Sie beruhigen. Mich interessiert einzig und allein, was vor acht Jahren passiert ist.«

»Können wir denn sicher sein, dass die beiden Ereignisse vollkommen unabhängig voneinander sind?«

»Ich habe keine Gründe, die Anhörung noch einmal zu verschieben, Miss Golder. Ihre Organisation und die Polizei haben die Ermittlungen vor vielen Jahren abgeschlossen.«

»Lassen Sie uns doch für einen Moment realistisch sein, Jenny. Mein Dienst und die Polizei suchen verzweifelt nach der Quelle des radioaktiven Materials, das sich in illegalem Besitz befinden muss. Und einer der Hauptverdächtigen ist Gegenstand Ihrer Untersuchung.«

»Haben Sie Beweise dafür, dass Nazim lebt?«

»In jedem Fall sollten wir die Sache so lange aus der Presse heraushalten, bis wir den Hurensohn, den wir suchen, gefunden haben. Selbst wenn man Mrs. Jamal nicht erwähnt, werden sich die Medien auf den Fall stürzen. Und wenn es etwas gibt, das Nazim oder denjenigen, der dafür verantwortlich ist, alarmieren könnte, dann das Interesse der Öffentlichkeit.«

»Das sehe ich nicht so«, sagte Jenny. »Ich höre nur, dass

Sie sich vor einer Bloßstellung schützen wollen. Schließlich waren es Ihre Dienste, die die Spur nicht weiterverfolgt haben. Damals mag es Ihren Zwecken gedient haben – der Kriegspropaganda Vorschub zu leisten und was weiß ich nicht alles –, aber ich würde mein Amt nicht verdienen, würde ich mich davon beeinflussen lassen.«

Gillian Golders Stimme war jetzt eisig. »Glauben Sie mir, wir sind nicht so unvernünftig, wie Sie denken. Wenn wir es wirklich wollten, würden wir einen Weg finden, Ihre Untersuchung zu unterbinden. Vielleicht können wir uns stattdessen auf einen vernünftigen Kompromiss einigen.«

Golder machte eine Pause, wartete darauf, dass Jenny bereitwillig in ihre Falle ging. Doch Jenny schwieg.

»Unser Vorschlag lautet folgendermaßen: Abschnitt siebzehn des Gesetzbuchs für den Coroner ermöglicht es ihm, seine Untersuchung unter Ausschluss der Öffentlichkeit abzuhalten, wenn dies im Interesse der nationalen Sicherheit ist. Ich habe keine Ahnung, was für Aussagen die Befragten machen werden, aber Nazim Jamal und Rafi Hassan wurden extremistischer Neigungen verdächtigt. Mrs. Jamal wiederum ist unter Umständen gestorben, die nahelegen, dass sie mit einer Substanz in Berührung gekommen ist, die für Terroristen extrem interessant ist. Wir halten es daher für angezeigt, wenn nicht gar für unumgänglich, dass die Anhörung nicht öffentlich stattfindet.«

»Ich weiß, warum Ihnen das lieb wäre«, sagte Jenny. »Allerdings scheinen Sie mir dabei ein paar grundlegende Prinzipien der Gerechtigkeit zu vergessen.«

»Lassen Sie es mich so sagen«, erklärte Golder. »Wir haben unsere Rechtsanwälte eingeschaltet. Sie stehen bereit, noch heute Nachmittag beim High Court eine gerichtliche Verfügung zu erwirken, damit sichergestellt ist, dass Abschnitt siebzehn korrekt angewendet wird.«

Jenny fühlte sich der geballten Macht des Justizapparats gegenüber. Es bestand kein Zweifel mehr daran, dass Golder es ernst meinte. Die Regierungsanwälte würden einen sorgsam ausgewählten Richter darauf hinweisen, dass Beweise in einer äußerst sensiblen Angelegenheit, deren Tragweite ein provinzieller Coroner nicht ermessen konnte, eine Bedrohung der nationalen Sicherheit darstellten. Der Richter, der geheime Anhörungen aus dem Umkreis der Terrorbekämpfung längst kannte und sich auch schon an die Umgehung einst unverletzlicher Freiheitsrechte – wie etwa das Recht auf Aussageverweigerung und das Recht eines Strafgefangenen, die gegen ihn vorliegenden Beweise zu kennen – gewöhnt hatte, würde keinerlei Probleme damit haben, einen Coroner mundtot zu machen. Jenny könnte kämpfen, wie sie wollte, sie würde diese Schlacht nicht gewinnen. Sie könnte sich an Simon Moreton im Justizministerium wenden, aber selbst wenn sie ihn dazu bewegen würde, in ihrem Namen Protest einzulegen, würden ihn seine Vorgesetzten einfach ignorieren. Sie konnte nur retten, was zu retten war.

Ein letztes Mal versuchte sie ihr Glück. »Es wäre nicht nötig, die Öffentlichkeit auszuschließen, wenn ich der Berichterstattung gewisse Beschränkungen auferlegen würde.«

»Vor den Zeiten des Internets hätte das vielleicht etwas genützt, jetzt reicht das leider nicht mehr aus«, sagte Golder. »Aber wir können den nächsten Familienangehörigen unter der Auflage die Teilnahme erlauben, dass sie nichts von dem, was sie zu hören bekommen, nach außen tragen.«

»Ich könnte Sie zur Hölle schicken.«

»Das könnten Sie tun. Helfen würde das allerdings auch niemandem, oder?«

23

Zachariah Jamal war ein würdevoller Mann von Mitte fünfzig, der seinem Sohn auf unheimliche Weise ähnelte. Er war attraktiv und hatte dieselben feinen Gesichtszüge und dasselbe tiefschwarze Haar. Jenny begriff sofort, warum er sich von seiner verstorbenen Exfrau getrennt hatte. So beherrscht und gelassen, wie er wirkte, schien ihm emotionaler Überschwang vollkommen fremd zu sein. Er hatte allein am Ende einer der drei Reihen hinter den Rechtsanwälten Platz genommen, wo in der vergangenen Woche die sensationslüsternen Journalisten und die militanten Mitglieder der British Society for Islamic Change gesessen hatten.

Sofort nach ihrem Gespräch mit Gillian Golder hatte Jenny Kontakt zu ihm aufgenommen und ihn über die neuesten Entwicklungen informiert. Sie hatte ihn gefragt, ob sie den Antrag ablehnen und für eine öffentliche Anhörung kämpfen solle. Seine Antwort war ein unmissverständliches Nein gewesen. Er hatte so distanziert geklungen, dass Jenny nicht erwartet hatte, ihn überhaupt zu sehen. Alison zufolge hatte er allerdings schon vor dem Saal gewartet, als sie kurz nach acht eingetroffen war. Jenny wurde klar, dass sie sich am Telefon ein falsches Bild von ihm gemacht hatte. Das Leid hinter seiner stoischen Maske war mit Händen greifbar. Da er eine zweite Familie gegründet hatte, war ihm bisher wenig Gelegenheit gegeben worden, um seinen erstgeborenen Sohn zu trauern. Das hier war seine Chance.

Höflichkeitshalber hatte sie auch Mr. und Mrs Hassan angerufen, um ihnen mitzuteilen, dass sie an der Anhörung teilnehmen durften. Mr. Hassan hatte schlicht erklärt, sie würden nicht kommen, mochten nun Journalisten anwesend sein oder nicht. Seine Stimme hatte nach kaum verhohlenem Ärger geklungen, den Jenny als Schuldbewusstsein interpretierte. Mr. Hassan machte sich für das Schicksal seines Sohnes verantwortlich. Hätte er sich in den Weihnachtsferien damals nicht mit ihm gestritten, wäre er aufmerksamer gewesen ... Jenny war sich sicher, dass er und seine Frau gerne gekommen wären, es aber selbst nach acht Jahren einfach nicht übers Herz brachten.

Sie saß am Kopfende der großen Mehrzweckhalle, in der sonst eher Tanzveranstaltungen und Gartenausstellungen stattfanden, und spürte eine unerträgliche Verantwortung auf sich lasten.

Der Morgen hatte schon turbulent begonnen. Als Jenny eingetroffen war, hatte sie mehr als ein Dutzend uniformierter Polizisten vor dem Eingang stehen sehen. Der Einsatzleiter teilte ihr mit, dass er den Auftrag habe, Journalisten und Besuchern den Zutritt zu verwehren. Jenny stritt gerade mit ihm, als plötzlich mehrere Kleinbusse mit BRISIC-Sympathisanten vorfuhren und es zu unschönen Szenen kam. Unter den Augen der entgeisterten Anwohner riefen sie Namen und Parolen und prügelten schließlich auf die Polizisten ein, die sich mit Schlagstöcken und Pfefferspray wehrten. Zeitweise erblindet und vor Panik schreiend wurden etliche Demonstranten festgenommen und fortgeschafft. Der Rest wurde größtenteils vertrieben. Erst als Jenny ihm mit verschiedenen Disziplinarstrafen drohte, willigte der Einsatzleiter ein, das verbliebene Häufchen zu dulden, das eine symbolische Mahnwache abhalten wollte.

Als die Stimmung hochgekocht war, hatten sich auch mehrere der Zeugen eingefunden. Von Polizei flankiert hatte Alison sie zu einem Nebeneingang geleitet. Jetzt drängten sie sich in einem kleinen Sitzungsraum, der vom Saal nur durch eine Tür abgetrennt war. Von Maitland und Tathum war nichts zu sehen, aber sonst waren alle, einschließlich McAvoy, der Vorladung gefolgt.

Außer Mr. Jamal war als einziger Beobachter noch Alun Rhys erschienen, Golders Mann vor Ort. Er saß ganz hinten, am Ende einer Stuhlreihe. Jenny hätte ihn wegschicken können – die Anhörung fand unter Ausschluss der Öffentlichkeit statt, also war er rein rechtlich nicht befugt, ihr beizuwohnen –, aber ihr Gefühl sagte ihr, dass sie ihn dulden sollte. An seiner Miene würde sie Überraschung, Entsetzen oder möglicherweise sogar Anerkennung ablesen können.

Äußerst dankbar für Dr. Allens neue Medikamente, die ihre Angst in Schach hielten, wandte sie sich den Rechtsanwälten zu. Yusuf Khan, der Solicitor der BRISIC, war kaum zu bremsen.

»Ma'am, ich protestiere entschieden gegen Ihre Entscheidung, die Anhörung unter Ausschluss der Öffentlichkeit stattfinden zu lassen. Das Gesetz sagt klar und deutlich, dass die Anhörungen eines Coroners öffentlich sein sollen, es sei denn, die nationale Sicherheit ist in Gefahr. Die Leute, die ich vertrete, können daraus nur schließen, dass sie es sind, deren Teilnahme Sie verhindern möchten.«

»Keineswegs, Mr. Khan«, unterbrach ihn Jenny. »Ich gehe selbstverständlich davon aus, dass Sie die Auflagen zur Geheimhaltung respektieren werden, daher kann ich Ihnen im Vertrauen mitteilen, dass ich mit meiner Entscheidung einer Bitte der Geheimdienste entspreche.« Sie schaute zu Rhys hinüber. »Was diese befürchten und welche Aussagen ihrer Erwartung nach die Sicherheit des Landes gefährden könnten, haben sie nicht für nötig befunden mir mitzuteilen. Dennoch habe ich entschieden, dass es besser ist, unter diesen Bedingungen mit der Anhörung fortzufahren, als sie ganz aussetzen zu müssen.«

»Aber das ist doch absurd«, sagte Khan. »Einem Coroner darf niemand Bedingungen diktieren. Dies ist ein unabhängiges Gericht, kein politisches Tribunal.«

»Da wir unter Ausschluss der Öffentlichkeit reden, kann ich aufrichtig bekennen, dass ich vollkommen Ihrer Meinung bin.«

Rhys' Gesicht verzog sich missbilligend.

»Ich bin mehr als einverstanden, wenn Sie Ihren Protest von den Dächern schreien«, ergänzte Jenny, »aber wenn ich Ihre Anhänger jetzt hereinlasse, kann ich Ihnen garantieren, dass die Anhörung nicht fortgesetzt wird. Es geht hier nicht darum, was einer von uns beiden für richtig oder gerecht hält, daher würde ich vorschlagen, dass Sie sich Ihre Kräfte für die Zeugen aufsparen.«

Keineswegs beruhigt stieß Khan einen Finger in die Luft. »Eins kann ich Ihnen jetzt schon sagen: Meine Klienten werden durch alle Instanzen gehen und nichts unversucht lassen, damit die Protokolle der Anhörung der Öffentlichkeit zugänglich gemacht werden. Eine Gerechtigkeit, die im Stillen betrieben wird, ist keine Gerechtigkeit.«

Die beiden Barrister, Fraser Havilland für den Polizeipräsidenten und Martha Denton für den Präsidenten der Geheimdienste, wirkten gelangweilt und unbeeindruckt von Khans Auftritt. Trevor Collins, der bescheidene Solicitor, der Mrs. Jamals Nachlass verwaltete, war der einzige Anwalt, der zustimmend nickte.

»Danke, Mr. Khan«, sagte Jenny. Sie schaute zu Alun Rhys hinüber und fuhr fort: »Ich bin mir sicher, dass Ihrem Wunsch nach Öffentlichkeit stattgegeben wird, wenn nichts zur Sprache kommt, das die nationale Sicherheit gefährdet.«

Rhys' Miene war undurchdringlich, trotzdem kam er Jenny merkwürdig kraftlos vor – ein bloßer Beobachter, der keinerlei Sanktionen mehr verhängen konnte.

Sie wandte sich an die Jury und dankte ihr für die Geduld in der vergangenen Woche. Damit Rhys und die Anwälte nicht schon erahnen konnten, was sie zu hören bekommen sollten, erklärte sie in unbestimmten Worten, dass die Verschiebung notwendig geworden war, um weitere Ermittlungen anzustellen. Als Ergebnis würden zusätzliche Zeugen zu Wort kommen. Die Jurymitglieder waren unbeeindruckt. Ungeduldig schauten sie Jenny an.

Als sie Alison bat, den ersten Zeugen hereinzuholen, erhob sich plötzlich Fraser Havilland.

»Ma'am, bevor wir zur Befragung schreiten, möchten meine verehrte Kollegin Miss Denton und ich darum bitten, dass Sie uns eine Liste der Zeugen zur Verfügung stellen. Außerdem, wenn ich das vorzuschlagen wagen darf, hätten wir auch gerne Kopien ihrer Aussagen. In der Anhörung eines Coroners sind das heutzutage ja eigentlich die üblichen Gepflogenheiten.«

Martha Denton, die neben Havilland saß, starrte Jenny an.

Doch diese war sich ihrer Sache sicher. »Übliche Gepflogenheiten zweifellos, Mr. Havilland, aber keine Pflicht. Ich schlage vor, dass Sie einen Blick in *R. v. H.M. Coroner for Lincolnshire ex parte Hay* von 1999 werfen. Die Zurückhaltung von Dokumenten und sogar von Zeugenaussagen liegt im Ermessen des Coroners.« Sie wandte sich an die Jury. »Die Anhörung eines Coroners ist kein Gerichtsverfahren, sie ist eine Untersuchung im Namen der Krone. Die Rechtsanwälte, welche die beteiligten Personen vertreten, nehmen lediglich an der Versammlung teil und dürfen Fragen stellen. Sie können nicht verlangen, mit irgendwelchen Dokumenten versorgt zu werden.«

»Bei allem Respekt, Ma'am«, beharrte Havilland. »Im Fall *Bentley* im Jahr 2003 wurde noch einmal hervorgehoben, dass ein Coroner unbedingt Zeugenlisten zur Verfügung stellen sollte, besonders in komplizierten Fällen.«

»Sie geben sich nicht leicht zufrieden, Mr. Havilland, nicht wahr? Wir tagen hier unter Ausschluss der Öffentlichkeit, aber Ihre und Miss Dentons Klienten möchten in aller Genauigkeit wissen, welche Aussagen in diesem Raum gemacht werden? Ich denke, Sie hätten sich vorher Gedanken darüber machen sollen, was von beidem Ihnen wichtiger ist.«

Ein paar Jurymitglieder lächelten.

»Es sind die üblichen Gepflogenheiten, Ma'am«, beharrte Havilland säuerlich.

»Ich bin immer für Bitten zugänglich, aber kein leichtes Opfer, Mr. Havilland«, sagte Jenny und spürte, wie sich Ärger in ihr regte. Sie bemühte sich, ihn herunterzuschlucken. »Sie bekommen, worauf Sie ein Recht haben, aber nicht mehr.«

Havilland wollte zurückschlagen, doch sein Solicitor zog ihn am Ärmel und flüsterte ihm etwas zu. »Sehr wohl, Ma'am«, sagte er dann und nahm wieder Platz.

Martha Denton saß weiterhin mit versteinerter Miene da. Sie musterte Jennys Gesicht, suchte nach Schwachstellen, wartete auf den richtigen Augenblick, um zuzuschlagen.

Elizabeth Murray kam als erste Zeugin aus dem Sitzungsraum und schritt zum Zeugenstand. Sie setzte sich links von Jenny an den kleinen Tisch. Die Sechsundachtzigjährige war von krummer Statur und wirkte gebrechlich, ging aber entschlossen und ohne fremde Hilfe. In ihrem adretten marineblauen Kostüm und mit frisch frisierten Haaren war sie fest entschlossen, ihren Moment im Rampenlicht zu genießen. Den Eid las sie klar und feierlich. Niemand zweifelte, dass sie die Wahrheit zu sagen beabsichtigte.

»Mrs. Murray«, sagte Jenny, »gibt es besondere Gründe, warum Sie sich an die Nacht vom 28. Juni 2002 erinnern können?«

»Die gibt es«, sagte sie entschieden. »Ein großer schwarzer Wagen parkte den ganzen Abend vor meinem Haus. Mit zwei Männern auf den vorderen Sitzen. Je länger sie dort standen, desto misstrauischer wurde ich. Gegen halb elf beschloss ich dann, die Polizei anzurufen. Ich hatte gerade den Hörer abgenommen, da hörte ich den Motor anspringen. Als ich zum Fenster ging, sah ich sie noch wegfahren.«

»Können Sie sich an das Auto erinnern?«

»Ein Minivan. So nennt man das, glaube ich.«

»Und haben Sie die Polizei trotzdem noch angerufen?«

»Nein. Ich dachte, es sei nicht mehr wichtig genug, um sie damit zu behelligen.«

»Aber später im selben Jahr bekamen Sie Besuch?«, gab Jenny ihr das Stichwort.

»Das ist richtig. Im Dezember, wenn ich mich recht entsinne, klopfte ein Mann an meine Tür. Er sagte, er komme im Auftrag der Familie eines jungen Mannes, der zuletzt gesehen wurde, als er ein Gebäude in meiner Straße verließ. Er selbst werde nun von Haus zu Haus gehen, um Zeugen zu finden. Ich habe ihm von dem Auto erzählt.«

»Sie haben sich an das genaue Datum erinnert, obwohl bereits sechs Monate vergangen waren?«

»Ja. Es war der letzte Freitag im Juni. Irgendetwas war mit den beiden Männern. Ich konnte die Sache einfach nicht vergessen.«

»Was meinen Sie? Was war mit den beiden Männern?«

»Sie sahen irgendwie bedrohlich aus. Den Mann auf dem Fahrersitz konnte ich ziemlich gut erkennen. Er war untersetzt und hatte einen kahl rasierten Schädel.«

»Und der Beifahrer?«

»Den konnte ich nicht so gut sehen. Aber ich denke, er hatte längere Haare.«

Jenny sah, dass Alun Rhys sich eine Notiz machte. Die Information schien neu für ihn zu sein.

»Haben Sie gesehen, in welche Richtung der Wagen weggefahren ist?«, fragte Jenny.

»In die Richtung, in der er auch geparkt hatte – nach rechts.«

Jenny gab Alison ein Zeichen, an die Jurymitglieder und die Anwälte Kopien von einer detaillierten Straßenkarte zu verteilen. Darauf war die Marlowes Road zu sehen, wo damals sowohl Mrs. Murray als auch Anwar Ali gewohnt hatten. Mrs. Murray bestätigte, dass sie in der Nummer 102 auf der südlichen Straßenseite gelebt habe. Anwar Alis Wohnung mit der Hausnummer 35, in der auch die *halaqah* stattgefunden hatte, lag etwa zweihundert Meter weiter westlich auf der nördlichen Straßenseite. Die Bushaltestelle, von der aus Nazim und Rafi normalerweise den Bus zurück zum Campus genommen hatten, befand sich dreißig Meter weiter westlich auf der südlichen Straßenseite. Mrs. Murray bestätigte, dass ein Bus, wäre er von der Haltestelle losgefahren, das parkende Auto passiert hätte. Als Jenny aber fragte, ob ungefähr zu der Zeit, als der Wagen weggefahren war, auch ein Bus vorbeigekommen sei, konnte sie sich nicht erinnern.

»Konnten Sie erkennen, wie viele Personen in dem Wagen saßen, als er anfuhr?«, fragte Jenny.

»Nein. In dem Moment stand ich ja nicht am Fenster«, sagte Mrs. Murray.

»Hat Sie, abgesehen von dem Privatdetektiv, noch irgendjemand nach diesem Abend gefragt?«

»Nein, nie.«

»Polizisten sind nicht bei Ihnen vorbeigekommen?«

»Nein.«

Weder Fraser Havilland noch Martha Denton hatten Fragen an die Zeugin. Trevor Collins verzichtete ebenfalls, doch Khan, den während der Aussage eine wachsende Aufregung gepackt hatte, quetschte Elizabeth Murray minutenlang nach Details über die geheimnisvollen Insassen des Wagens aus. Sie tat ihr Bestes, sagte aber wenig Neues. Nachdem Khan immer wieder dieselben Fragen gestellt hatte, nahm er enttäuscht Platz. Er hatte eine Verschwörung gewittert und gierte nach mehr.

Kriminalmeister a.D. Watkins wurde als Nächster in den Zeugenstand gerufen. Er war siebenundfünfzig, sah aber mit seinen grauen Haaren und dem Bierbauch, der über den Bund seiner Anzughose hing, älter aus. Den Schwur las er mit der müden Resignation eines lang gedienten Beamten, für den die Welt nicht mehr viele Überraschungen zu bieten hatte.

»Mr. Watkins, Sie haben am 3. Juli 2002 nach Ihrer Inspektion der Zimmer von Nazim Jamal und Rafi Hassan eine Aussage gemacht. Haben Sie diese in letzter Zeit noch einmal gelesen?«

»Ja. Ihre Assistentin hat mir eine Kopie gegeben.« Watkins sprach mit dem für Bristol typischen breiten Akzent und nickte Alison zu, als er sie wiedererkannte.

»Können Sie sich an den Einsatz erinnern?«

»Kaum. Ich war mit Inspektor Pironi auf Beobachtungsposten. Als die beiden vermisst gemeldet wurden, hat er mich gefragt, ob ich schnell rüberfahren kann.«

»Sie haben Spuren für einen gewaltsamen Zutritt gefunden«, nahm Jenny nun Bezug auf seine Aussage. »In beiden Zimmern fehlten die Laptops und die Handys, aber andere wertvolle Gegenstände wie Rafi Hassans MP3-Player waren noch da.«

»Ja, Ma'am.«

»Worauf ließ das Ihrer Meinung nach schließen?«

Watkins atmete lautstark durch geschlossene Lippen aus. Er klang wie ein altes Zugpferd. »Könnte ein Einbruch gewesen sein, denke ich. Die Abdrücke in den Türrahmen waren allerdings bei beiden Zimmern die gleichen. Wäre schon ein schöner Zufall. Vielleicht wollte man es aber auch nur so aussehen lassen, als wären die Türen aufgebrochen worden.«

»Als Sie die Aussage geschrieben haben, wussten Sie nicht, was mit den beiden Jungen geschehen ist. Der Zeuge, der sie im Zug nach London gesehen haben will, hat sich erst am 20. Juli gemeldet.«

»Das ist richtig.«

»Wie hat die Polizei also auf Ihre Entdeckung reagiert?«

»Ich habe dem Inspektor meine Aussage gegeben, das ist alles.«

»Kriminalinspektor Pironi?«

»Ja.«

»Sie wurden nicht gebeten weiterzuermitteln, da es sich um einen Einbruch hätte handeln können?«

»Nein, Ma'am.«

»Wussten Sie, dass am 8. Juli eine Studentin, Miss Dani James, eine Aussage gemacht hat? Sie hat behauptet, sie habe einen Mann in einem unförmigen Anorak und mit einer Baseballkappe aus Manor Hall eilen sehen, und zwar am 28. Juni gegen Mitternacht – am Abend, an dem die beiden Jungen verschwanden.«

»Ich bin mit ein paar Kollegen durch Manor Hall gegangen und habe mit den Studenten gesprochen, da habe ich davon gehört.«

»Was hat man unternommen, um den Mann zu finden?«

Watkins schüttelte den Kopf. »Das kann ich Ihnen nicht sagen, Ma'am. Die Beschreibung war sehr ungenau, daher denke ich, dass man nicht viel getan hat.«

»Klären Sie mich auf, Mr. Watkins. Hatten Sie das Gefühl, dass es sich bei dem Fall um eine wichtige Ermittlung gehandelt hat? Haben Sie sich über den Verbleib der beiden jungen Männer Gedanken gemacht?«

»Soweit ich weiß, steckte kein wirkliches Verbrechen dahinter. Wir wussten ja, dass die beiden in schlechte Gesellschaft geraten waren. Vermutlich hielten wir es für wahrscheinlicher, dass sie sich irgendwohin verzogen hatten.«

»Sind Sie selbst zu dieser Meinung gelangt, oder hat man sie Ihnen nahegelegt?«

»Ich glaube, Inspektor Pironi könnte so etwas in der Art gesagt haben. Wir haben unsere Beobachtungen noch fortgesetzt und geschaut, wer in der Moschee und bei Anwar Ali ein und aus geht.«

»Sie haben von schlechter Gesellschaft gesprochen. Worin genau, denken Sie, waren Nazim Jamal und Rafi Hassan verwickelt?«

Watkins zuckte mit den Achseln. »Der Inspektor hat die Geheimdienstberichte gelesen. Meine Kollegen und ich haben die beiden nur beobachtet.«

»Waren Sie der Überzeugung, dass es sich bei den Beobachteten um potentielle Straftäter gehandelt hat?«

»Ja. Besonders damals. Wir wussten ja nicht, was noch passieren würde.«

»Dann ist es umso erstaunlicher, dass es keine groß angelegte Suche nach den beiden Vermissten gegeben hat.«

Watkins lächelte vage und warf Alison einen Blick zu.

»Dazu sollte lieber der Inspektor etwas sagen. Ich gehörte nur zum Fußvolk.«

Doch Jenny war noch nicht zufrieden und bohrte weiter. »Was für Gründe hat man Ihnen genannt, dass man keine Anstrengungen unternahm, um die Jungen zu finden?«

»Gar keine, Ma'am.« Er zögerte. »Ich denke, es ist kein Geheimnis, dass sich der MI5 in die Sache reingehängt hat. Aber ich selbst hatte nie etwas mit denen zu tun.«

Jenny griff nach der Akte mit den Beobachtungsprotokollen der Polizei und schlug eine markierte Seite auf. »Waren Sie am 28. Juni auf dem Beobachtungsposten in der Marlowes Road?«

»Nein, Ma'am.«

»Hier gibt es einen Eintrag, der besagt: ›Subjekte NJ und RH wurden um 22:22 Uhr beim Verlassen von Marlowes Road 35 beobachtet. Subjekte gingen in östliche Richtung zur Bushaltestelle.‹ Der Eintrag ist nicht unterschrieben.«

»In der Abschrift vielleicht nicht. Auf den handgeschriebenen Originalen gibt es bestimmt Initialen.«

»Die Originale sind aber vermutlich längst vernichtet worden?«

»Das weiß ich nicht. Da müssen Sie sich an den Inspektor wenden.«

»Das werde ich auch.« Jenny hatte viele Fragen an Pironi. »Vielen Dank, Mr. Watkins. Bleiben Sie bitte noch sitzen.«

Fraser Havilland erhob sich. Aus seinem Blick sprach Mitleid mit dem Zeugen. »Mr. Watkins, wenn ein Erwachsener vermisst gemeldet wird und die Umstände seines Verschwindens keine direkten Hinweise auf eine Straftat geben, wie verhält sich die Polizei dann für gewöhnlich?«

»Es gibt wenig, was wir in so einem Fall tun können.«

Havilland warf der Jury einen nachsichtigen Blick zu, als wollte er sagen, dass es sich hierbei ja wohl um eine Selbstverständlichkeit handele, und stellte seine nächste Frage. »Gab es denn Hinweise auf ein Verbrechen?«

Watkins schüttelte den Kopf. »Keine Spuren von Gewaltanwendung.«

»Würden Sie also sagen, dass Ihre Maßnahmen eher ungewöhnlich gründlich waren?«

»Ja, das würde ich sagen.«

»Das wär's.« Havilland sah bedauernd zur Jury hinüber, als hielte er Watkins' Befragung für Zeitverschwendung.

Martha Denton ließ sich wieder nicht dazu herab, Fragen zu stellen, aber Trevor Collins kam Khan diesmal zuvor. Der stille Solicitor, der sich in seinem Arbeitsalltag mehr mit Veräußerungen als mit Befragungen beschäftigte, erhob sich nervös.

»Mr. Watkins«, sagte Collins undeutlich und hustete dann. »Meine Klientin, die verstorbene Mrs. Jamal, wurde erst ein Jahr später von Ihrer Aussage über die Schäden an den Türrahmen der beiden Wohnheimzimmer in Kenntnis gesetzt, und das auch nur auf Nachfrage ihres Solicitors. Wie ist das möglich?«

»Das weiß ich nicht, Sir.«

Collins zog nervös an seinen Jackett-Taschen. »Solche Schäden könnten Hinweise auf Gewalt sein«, sagte er. Es war eher eine Feststellung, als eine Frage. »Warum, um alles in der Welt, wurden keine ernst zu nehmenden Ermittlungen eingeleitet?«

»Aber es wurden doch Ermittlungen eingeleitet.«

»Keine, die den Namen wert wären. Die Spurensicherung wurde nicht gerufen, und man hat auch keine Fingerabdrücke sichergestellt.«

»Wir haben nach vermissten Personen gesucht, kein Verbrechen aufklären müssen. Das sind zwei vollkommen verschiedene Dinge.«

»Sie scheinen kein großes Interesse an dem Verbleib der beiden jungen Männer gehabt zu haben, und das, nachdem Sie sie monatelang beobachtet hatten und zu angeblich subversiven politischen Treffen hatten gehen sehen.«

»Wie ich schon sagte, ich habe nur getan, was mir aufgetragen wurde.«

»Und der Auftrag lautete offenbar, keine allzu großen Anstrengungen zu unternehmen«, sagte Collins mit einer Direktheit, die seine Kollegen zu überraschen schien. Er hob sogar die Stimme. »Ihnen und Ihren Kollegen wurde befohlen, nicht nach Nazim Jamal und Rafi Hassan zu suchen. Das ist die bittere Wahrheit, nicht wahr, Mr. Watkins?«

Watkins schaute unsicher zur Jury hinüber. »Das sind Ihre Worte, Sir, nicht meine.«

»Sie haben keine Antwort darauf, nicht wahr, Mr. Watkins? Wären Sie mit dem Verhalten der Polizei auch zufrieden gewesen, wäre Ihr eigener Sohn oder Ihre Tochter vermisst worden?«

Watkins blickte Jenny an, als hoffte er von ihrer Seite auf Rettung.

»Das ist eine absolut zulässige Frage«, sagte Jenny.

Nach einer Pause, in der er mit dem Gedanken zu spielen schien, seine Taktik zu ändern, sagte Watkins: »Ich war Kriminalmeister, Sir. Diese Fragen stellen Sie besser meinen Vorgesetzten.«

Fraser Havilland und Martha Denton wechselten einen Blick und steckten mit ihren Beratern die Köpfe zusammen. Sie schienen etwas zu planen.

Khan schüttelte den Kopf, als Jenny sich erkundigte, ob er Watkins befragen wolle, schaute ihn aber mit unverhohlener Verachtung an. Der Zeuge, auf den er wartete, war Pironi. Jenny ging es genauso, aber für den Moment sollte er noch etwas schmoren. Sie wollte zunächst andere Zeugen hören.

»Sie können den Zeugenstand verlassen, Mr. Watkins.« Sie wandte sich an Alison. »Robert Donovan, bitte.«

Donovan trat zum zweiten Mal in den Zeugenstand. Er wirkte abgespannt. Seine schlaffen Gesichtsmuskeln waren jetzt vollständig degeneriert. Wangen und Kinn seines fetten Gesichts hingen ungesund hinab.

»Sie stehen noch immer unter Eid, Mr. Donovan«, sagte Jenny. »Nach Ihrer Aussage von letzter Woche gibt es noch ein paar Fragen zu klären.« Sie blickte auf die schriftliche Version seiner Aussage und blätterte zu ihren eigenen Notizen zurück. »Sie haben uns erzählt, dass Sie am 29. Juni 2002 im Zug nach London zwei junge Indopakistaner gesehen und ihre Gesichter aus der Zeitung wiedererkannt haben.«

»Das ist richtig.«

»Ferner haben Sie ausgesagt, dass die Polizei vorbeikam – bei Ihnen zu Hause, nehme ich an – und Ihnen eine Auswahl an Fotos vorgelegt hat, von denen Sie dann diejenigen mit Nazim Jamal und Rafi Hassan identifiziert haben.«

»Das ist richtig.«

Jenny sah, dass Zachariah Jamal den Zeugen eindringlich musterte.

»Und das haben Sie getan, weil Sie in Sorge waren, die beiden könnten in kriminelle Handlungen verwickelt sein.«

»Ja, Ma'am.«

Jenny machte eine Pause und musterte Donovan, der mit seinen Händen spielte, sie faltete und wieder löste.

»Was haben Sie damals beruflich gemacht?«

»Ich war Bilanzbuchhalter.«

»Mit einem eigenen Büro?«

»Ja.«

»Seit April jenes Jahres wurde wegen Verdacht auf Betrug gegen Sie ermittelt, nicht wahr?«

Khan und Collins sahen sich an. Havilland und Denton wirkten unbeeindruckt. Havilland vertiefte sich in ein Dokument, während Denton sich gelangweilt eine Notiz machte.

»Ich wurde von der Polizei verhört, Ma'am«, sagte Donovan, »wurde aber entlastet. Sogar mehr als das. Ich habe gegen ein paar meiner Klienten und gegen meinen ehemaligen Geschäftspartner ausgesagt. Es hat sich herausgestellt, dass er für den Betrug verantwortlich war.« Seine Antwort war einstudiert, aber selbstbewusst vorgetragen. Jenny sah seinen Blick zu Havilland schweifen, als würde er unbewusst dessen Bestätigung suchen.

»Können Sie sich noch erinnern«, fragte Jenny, »ob Sie zwischen dem 29. Juni und dem 20. Juli, also dem Tag Ihrer Aussage zu Nazim Jamal und Rafi Hassan, von der Polizei als Verdächtiger verhört wurden?«

»An genaue Daten erinnere ich mich nicht, aber es wäre möglich.«

»Ich kann Ihnen das Thema nicht ersparen, Mr. Donovan: Haben Sie in Zusammenhang mit den Betrugsvorwürfen einen Deal mit der Polizei geschlossen? Und war Ihre Aussage, Sie hätten die beiden jungen Männer gesehen, Teil dieses Deals?«

Empört stand Havilland auf. »Ma'am, als Anwalt des Präsidenten der Polizei, um die es hier geht, muss ich mich entschieden gegen Ihre Frage verwehren, sollten Sie nicht über handfeste Beweise für eine solche Unterstellung verfügen.«

»Wir werden Aussagen zu hören bekommen, die meine Frage erklären, Mr. Havilland. Bitte haben Sie noch ein wenig Geduld.«

»Ma'am, im Interesse der Gerechtigkeit muss ich Sie daran erinnern, dass Sie zur Unparteilichkeit verpflichtet sind. Ihre Fragen lassen eine Voreingenommenheit erkennen, die nur Anwälten einer bestimmten Partei zustehen würde. Die gerichtliche Untersuchung eines Coroners sollte objektiv sein.«

»Ich versichere Ihnen, Mr. Havilland, dass ich nicht die Absicht habe, meine Unparteilichkeit aufzugeben«, fuhr Jenny ihn an. »Wenn Sie mich jetzt bitte weitermachen lassen würden.«

Havilland gab widerwillig nach und nahm mit einem theatralischen Seufzer Platz.

»Mr. Donovan«, sagte Jenny, »geben Sie mir bitte eine klare Antwort: Hat Ihnen die Polizei vorgeschlagen, eine Aussage zu Nazim Jamal und Rafi Hassan zu machen?«

»Nein«, sagte Donovan so entschieden, dass er schon wieder unglaubwürdig wirkte.

»Haben Sie Beweise dafür, dass Sie tatsächlich zu der angegebenen Zeit mit genau diesem Zug gefahren sind, einen Kreditkartenbeleg zum Beispiel?«

»Ich habe bar bezahlt.«

»Und die Eintrittskarte für das Fußballspiel, zu dem Sie wollten?«

»Habe ich auch bar bezahlt.«

»Sind Sie mit jemandem unterwegs gewesen, der Ihre Aussage bezeugen kann?«

»Nein.«

»Es muss doch irgendjemanden geben, der Ihre Geschichte in irgendeiner Weise bestätigen kann.«

»Sie könnten es bei meiner Exfrau versuchen«, sagte er in der Hoffnung, den Jurymitgliedern ein Lächeln zu entlocken.

Jenny versuchte noch einmal, ihn zu provozieren. Sie stellte die Überlegung in den Raum, dass Donovan sich vielleicht bei der Polizei hatte beliebt machen wollen, aber er bestritt das. Er bestand darauf, dass seine Aussage die spontane Reaktion eines besorgten Bürgers gewesen sei. Mehr gebe es dazu nicht zu sagen.

Havilland entschied, Jennys Unterstellungen nicht noch mehr Gewicht zu verleihen, und verzichtete auf eine Befragung. Martha Denton schloss sich erneut an. Khan kam auf seine Vorwürfe der vergangenen Woche zurück und behauptete, Donovan würde indopakistanische Gesichter nicht voneinander unterscheiden können. Sein anmaßender Ton schien die Jury zu irritieren. Je lauter Khan wetterte, desto versteinerter wurden ihre Mienen. Allmählich lernte Jenny das Wesen von britischen Jurymitgliedern kennen: Egal ob deren Hautfarbe schwarz, weiß oder irgendetwas dazwischen war, man hegte ein instinktives Misstrauen gegen Gefühligkeiten. Es war paradox, aber in einer Gesellschaft, in der jede Facette emotionaler Selbstbespiegelung öffentlich breitgetreten wurde, hielt sich in den Gerichtssälen die instinktive Abneigung gegen jede Art von Gefühlsüberschwang.

Als Khan schließlich die Luft ausgegangen war, erhob sich Collins, um eine Frage zu stellen.

Er sprach leise und drehte nervös einen Stift in seinen Fingern herum. »Möchten Sie uns weismachen, Mr. Donovan, dass Sie nie auf die Idee gekommen sind, dass die Identifizierung von potentiellen Terroristen – und dafür haben Sie die beiden Ihrem eigenen Bekunden nach ja gehalten – sich positiv auf Ihren Fall auswirken könnte? Kaum vorzustellen, was für einen Anwalt Sie gehabt haben müssen, wenn das nicht irgendwann zur Diskussion stand.«

Donovan zögerte einen Moment zu lange, um vollkommen ehrlich zu wirken. »Dieser Gedanke ist mir vor meiner Aussage tatsächlich nie gekommen. Hinterher hat mein Solicitor allerdings so etwas in der Richtung gesagt.«

»Ich bin mir sicher, dass er das getan hat«, bekräftigte Collins, dann ergänzte er, mehr zu sich selbst: »Ich jedenfalls hätte es getan, daran kann gar kein Zweifel bestehen.« Er schaute einen Moment zu Boden, und sein Mund zuckte, als würde er an einem nervösen Tick leiden. Mit unerwartetem Eifer in den Augen blickte er wieder auf. »Und obwohl Sie keinerlei Anklage zu befürchten haben, und obwohl diese Anhörung unter Ausschluss der Öffentlichkeit stattfindet und Ihre Worte niemals irgendjemandem zu Ohren kommen werden, sind Sie immer noch nicht Manns genug zuzugeben, dass man Ihnen diese Aussage im Tausch gegen Gefälligkeiten untergeschoben hat. Die Aussage war eine Lüge, Mr. Donovan, nicht wahr?«

Collins war aus sich herausgegangen und hatte damit alle überrascht. Kerzengerade saßen die Jurymitglieder da und verfolgten interessiert die Szene. Sie musterten Donovan, der sich in einem abfälligen Lächeln versuchte, während sein Hals sich immer röter färbte.

»Nein«, sagte Donovan knapp. »Ich habe sie wirklich gesehen. Zwei Indopakistaner. Ich bin mir sicher, dass sie es waren.«

Als er den Zeugenstand verließ und erleichtert durch den Saal hindurch zum Ausgang eilte, ermahnte sich Jenny, dass es nicht ihre Aufgabe war, stur McAvoys Vorgaben umzusetzen. Es war nicht ausgeschlossen, dass Donovan tatsächlich die Wahrheit gesagt hatte. Vielleicht hatte er zwei Indopakistaner im Zug gesehen, und vielleicht waren es tatsächlich Nazim und Rafi gewesen. Sie musste für alle Möglichkeiten offen bleiben.

Sie atmete tief durch. *Ganz ruhig*, sagte sie sich. *Die Leute vertrauen darauf, dass du die Wahrheit herausfindest. Versuche in ihrem Interesse, die Ruhe zu bewahren.*

Dr. Sarah Levin gelang es mühelos, bei ihrem Auftritt gleichzeitig seriös und atemberaubend zu wirken. Den Eid auf die

Bibel verweigerte sie und legte stattdessen eine eidesstattliche Erklärung ab. Jenny stellte sich vor, wie McAvoy Levin provozieren würde. *Dann wollen wir mal sehen, was von dem Atheisten in Ihnen übrig bleibt, wenn die Ewigkeit ruft*, würde er sagen. *Werden Sie dann lieber Ihren lange vernachlässigten Priester oder Ihren Friseur an Ihrem Bett sitzen haben wollen?*

»Dr. Levin«, sagte Jenny und verdrängte die unfreundlichen Gedanken. »Sie haben im gleichen Jahrgang wie Nazim Jamal Physik studiert, nicht wahr?«

»Ja, das habe ich.«

»Sie haben dieselben Vorlesungen und Tutorien besucht?«

»Ja, das haben wir.«

»Sie hatten ein Zimmer im Goldney, einem anderen Studentenwohnheim?«

»Das ist richtig.«

»Und ungefähr zwölf Tage nach Nazims Verschwinden haben Sie bei der Polizei eine Aussage gemacht.«

»Ja.«

»Erinnern Sie sich, was Sie damals gesagt haben?«

»Ich habe gesagt, dass ich in der Mensa ein Gespräch mitbekommen habe, in dem er über Brüder geredet hat, die zum Kämpfen nach Afghanistan gehen. In der Unterhaltung ging es darum, dass Dschihadisten gegen Briten und Amerikaner kämpfen. Nazim schien von der Idee beeindruckt zu sein. Ob er sich allerdings nur aufspielen wollte, kann ich nicht sagen.« Sie zuckte mit den Achseln. »Sie waren sehr jung.«

»Wann war das?«

»Irgendwann im Sommertrimester. Im Mai vielleicht.«

»Hat Nazim Ihnen gegenüber je erwähnt, dass er darüber nachdenke, nach Afghanistan zu gehen?«

»Nein. Nie.«

Jenny machte eine kurze Pause und ermahnte sich selbst, ihre Fragen nicht zu übereilt zu stellen und Dr. Levin die Wahrheit geduldig zu entlocken.

»Ihre Aussage bei der Polizei datiert vom 28. Juli. Drei Wochen nachdem Nazim Jamal und Rafi Hassan verschwunden waren. Was war in der Zwischenzeit passiert?«

»Das war nach Trimesterende. Ich bin noch eine Weile auf dem Campus geblieben. Vorher war alles so hektisch gewesen, aber als es dann ruhiger wurde, habe ich mich an dieses Gespräch erinnert.«

»Die Polizei hatte vorher schon mit Studenten gesprochen, nicht wahr?«

»Es waren ein paar Polizisten dort, ja. Mich hat allerdings niemand gefragt.«

»Aha. Und als Sie sich an dieses Gespräch erinnerten, das Sie mitbekommen haben, was dachten Sie da?«

»Ich nehme an, dass ich es für richtig hielt, die Polizei zu informieren.«

»Sind Sie auf das Präsidium gegangen, oder ist die Polizei zu Ihnen gekommen?«

»Im Physikinstitut hing ein Zettel mit einer Nummer aus. Die habe ich angerufen.«

»Damals hatte auch Mr. Donovan schon seine Aussage gemacht. In der Lokalpresse war davon berichtet worden.«

»Das habe ich mitbekommen. Vielleicht hat mich das auch auf die Idee gebracht.«

Jenny betrachtete Sarah Levin sehr genau. Ihr Auftreten war bescheiden, als Zeugin schien sie ihr Bestes zu geben. Andererseits hatte sie auch etwas Zerbrechliches an sich. Statt der Jurymitglieder schaute sie eher Havilland und Denton an, als spürte sie das Gewicht der Institutionen, die sie vertraten. Dabei konnte sie gar nicht wissen, wer sie waren. In der vergangenen Woche war sie noch nicht zur Anhörung erschienen, und als sich die Beteiligten zu Beginn der Sitzung vorgestellt hatten, war sie wie alle Zeugen im Nebenraum gewesen.

»Wie gut haben Sie Nazim Jamal gekannt, Dr. Levin?«, fragte Jenny.

Sie dachte einen Moment nach. »Nicht gut.«

»Wie war es im ersten Trimester? Hatten Sie da mehr mit ihm zu tun?«

Über Sarah Levins Gesicht glitt ein trauriger Schatten. Ihre Stimme war leiser, als sie schließlich antwortete. »Ich weiß, worauf Sie hinauswollen.«

»Sie hatten ein Verhältnis mit ihm, nicht wahr?«

Sarah Levin schaute zu Mr. Jamal hinüber. Seine Miene war gefasst und ausdruckslos.

»Ja, Nazim und ich hatten ein kurzes Verhältnis miteinander, wenn Sie es so nennen wollen ... Die Uni hatte angefangen, wir waren zum ersten Mal von zu Hause weg ...«

Jenny sah die Rechtsanwälte an. Khan schien das Geständnis zu irritieren.

»Wie lange ging das?«

»Eine Woche oder zwei ... Es war nichts Ernstes. Sie wissen ja, wie das bei Studenten so ist.«

»Ja, das weiß ich. Aber hat Nazim damals nicht eine sehr religiöse Phase durchgemacht? Er kleidete sich traditionell und hatte sich einen Bart wachsen lassen, nicht wahr?«

»Ich wollte seiner Familie das alles damals nicht zumuten, deshalb habe ich es nie erwähnt«, sagte Sarah peinlich berührt. »Wir waren beide achtzehn. In dem Alter ist man sich nicht sicher, was man glauben soll. Man sucht nach seiner Identität.«

»Was ich eigentlich sagen wollte: Offenbar hatte Nazim keine Bedenken, mit Ihnen zu schlafen.«

»Die schien er nicht zu haben, nein.«

»Hat er mit Ihnen über seine religiösen Überzeugungen gesprochen?«

»Er hat nur gesagt, dass niemand etwas erfahren darf, weder seine Familie noch seine indopakistanischen Freunde. Es war alles total verboten. Und deshalb so aufregend, nehme ich an.«

»Wirkte er wie ein religiöser Fanatiker auf Sie?«

»Damals nicht. Er war religiös, ja, er hat fünf Mal am Tag gebetet – aber in jeder anderen Hinsicht war er ein ganz normaler junger Mann.«

»Wer hat die Beziehung beendet?«

»Er hat mich in den Weihnachtsferien nicht mehr angerufen. Es ist einfach irgendwie zu Ende gegangen.«

»Vielleicht wissen Sie, dass Nazim danach noch eine andere kurze Beziehung mit einer Studentin hatte, mit Dani James?«

Sarah Levin nickte. »Davon habe ich letzte Woche gehört. Damals wusste ich es nicht.«

»Sie glaubt, dass er sie mit Chlamydien angesteckt hat. Haben Sie ähnliche Erfahrungen gemacht?«

Sarah Levin verkrampfte sich, ihre Schultern wirkten plötzlich steif. Offensichtlich eine spontane emotionale Reaktion. »Ist das von Bedeutung?«

»Möglicherweise. Ich habe Ihre Krankenakte gesehen, Dr. Levin.«

Sie blinzelte, sichtlich getroffen von der unerwarteten Enthüllung. »Ein paar Monate später hat man auch bei mir diese Infektion diagnostiziert, ja«, sagte sie mehr als verlegen. »Ob ich sie von Nazim hatte, weiß ich allerdings nicht.«

»Haben Sie es ihm gegenüber erwähnt?«

»Nein.«

»Waren Sie deswegen wütend auf ihn?«

»Nicht in dem Sinne, den Sie suggerieren.«

»Dr. Levin, hat die Polizei von Ihrer Beziehung zu Nazim gewusst?«

»Nein. Bis heute habe ich sie niemandem gegenüber erwähnt.«

»Sie können die Bedeutung dieser Frage einschätzen, oder? Das hier ist kein Strafprozess, und ich erhebe auch keinerlei Anklage gegen Sie. Trotzdem: Hätte die Polizei davon gewusst, hätte sie Sie sicher befragt, um Beweise für ihre Theorie zu finden, dass Nazim und Rafi ins Ausland gegangen sind.«

»Ich weiß, was Sie sagen wollen, aber das ist nicht der Fall.«

»Hat je irgendjemand von den Geheimdiensten mit Ihnen gesprochen?«

»Nein.«

Jenny lehnte sich zurück. Sie hatte das ungute Gefühl, dass noch irgendetwas fehlte, dass irgendeine Frage noch unbeantwortet geblieben war. Wäre sie Anwältin, könnte sie Sarah Levin ins Kreuzverhör nehmen und sich auf die unglaubwürdige Behauptung stürzen, sie fühle keinerlei Wut auf den jungen Mann, der ihr gesundheitlich derart geschadet hatte. Doch für einen Coroner wäre ein solches Verhalten unangemessen. Jenny würde sich dem Vorwurf der Parteilichkeit aussetzen und mangelndes Fingerspitzengefühl demonstrieren.

»Können Sie *uns* denn sagen, ob Nazim je irgendetwas erzählt hat, was vielleicht auf sein späteres Schicksal hindeuten könnte?«

Sarah dachte sorgsam über ihre Antwort nach. »Er hat nichts erzählt, aber wenn ich an die Zeit zurückdenke, kommt es mir so vor, als wäre er sehr wütend gewesen. Ich bin mir nicht sicher, ob er selbst überhaupt wusste, worauf er wütend war. Er hat all seine Wut in die Religion gesteckt – sie gab ihm ein Ziel und vielleicht auch das Gefühl, etwas Besonderes zu sein. Aber er war auch intelligent, sensibel …«

»Glauben Sie, dass er ins Ausland gegangen ist?«

»Ich könnte es mir vorstellen«, sagte sie. »Vermutlich wäre es eine Art Abenteuer für ihn gewesen.«

»Hat er mit Ihnen je über Rafi Hassan gesprochen?«

»Ich wusste nicht einmal, dass er existierte, bevor die beiden verschwunden sind. Im Rückblick würde ich sagen, dass Nazim zwei sehr verschiedene Leben geführt hat. Von dem zweiten Leben habe ich nichts mitbekommen.«

Jenny beendete ihre Befragung, aber der nagende Zweifel war nicht verschwunden. Als Havilland aufstand, um sich von Sarah Levin noch einmal bestätigen zu lassen, dass jeder Kontakt mit der Polizei von ihr ausgegangen sei, fragte sich Jenny, warum McAvoy sein Wissen um die Beziehung zwischen Sarah und Nazim für sich behalten hatte. Seine Erklärung, er habe Mrs. Jamal die Schande ersparen wollen, kaufte sie ihm nicht ab. Stattdessen hatte er Jenny auf eine finstere Verschwörungstheorie stoßen und damit von der Person ablenken wollen, zu der Nazim den engsten Kontakt gehabt hatte. Es war, als würde McAvoy nicht wollen, dass Nazim und Rafi ins Ausland gegangen waren. Viel eher hatte er es auf einen Kampf zwischen Gut und Böse abgesehen, in dem er selbst auf der Seite der Guten stehen würde, um hinterher erlöst zu werden.

Als Havilland mit seinen Fragen den Ruf der Polizei erneut reingewaschen hatte, erhob sich Martha Denton. Zum ersten Mal an diesem Tag.

»Ich bin mir sicher, Dr. Levin, dass wir alle hier verstehen, warum Sie Ihre intime Verbindung mit Nazim Jamal bislang nicht erwähnt haben. Vermutlich begreifen Sie aber auch, wie wichtig es ist, dass Sie diesem Gericht alles erzählen, was auf seinen möglichen Verbleib hindeuten könnte.« Sie sprach mit sanfter Stimme, nichts an ihr wirkte drohend oder ungeduldig.

»Absolut.«

»Natürlich würde jeder Einblick in seinen damaligen Gemütszustand uns helfen, die Theorie, er sei aus politischen oder religiösen Motiven ins Ausland gegangen, entweder zu bestätigen oder zu entkräften.«

»Wenn ich etwas dazu sagen könnte, würde ich es tun. Aber ich weiß nicht, was Nazim gedacht hat.«

»Hat er mit Ihnen nicht über seine religiösen Überzeugungen gesprochen?«

»Nicht im Detail. Ich wusste, dass er in die Moschee geht, und ich habe Bücher über Politik und Geschichte bei ihm gesehen. Aber wenn ich ehrlich bin, hat mich das nicht besonders interessiert.«

»Sie hatten nicht das Gefühl, dass er Sie benutzt?«

»Nicht wirklich.«

»Sie klingen unsicher ... Er war ein radikaler Muslim und hatte Sex mit einer Ungläubigen. Das muss eine schwierige Situation für ihn gewesen sein.«

»Das war es vermutlich.«

»Hat er unter Schuldgefühlen gelitten?«

Sarah Levin sah zu Mr. Jamal hinüber, dem seine innere Qual nun ins Gesicht geschrieben stand. Nach so vielen Jahren unbeantworteter Fragen wurde er plötzlich gezwungen, Einblick in das unbekannte Privatleben seines Sohnes zu nehmen. »Ja, ich denke schon. Aber er war zu rücksichtsvoll, um mich damit zu behelligen. Er muss sich in einem Konflikt befunden haben, das ist ganz klar.«

»Einem Konflikt zwischen Extremen – war das Ihr Eindruck?«

»Er war ein leidenschaftlicher Mensch ... Wenn man so

jung ist, kann man diese Dinge nicht in ihrer ganzen Tiefe ermessen, aber wenn ich jetzt darüber nachdenke, war er wahrscheinlich einfach nur das: leidenschaftlich.«

»Als er Sie dann versetzt hat, hat er den Kontakt ganz abgebrochen?«

»Vollständig.«

»Was glauben Sie, warum er das getan hat?«

»Seine Religion hat den inneren Konflikt wahrscheinlich gewonnen ... Ich war verletzt, habe aber versucht, irgendwie weiterzumachen.«

»Sie haben uns sehr geholfen, Dr. Levin«, sagte Martha Denton.

Als wollte er seine Immunität gegen Sarah Levins Schönheit, die nach ihrer Aussage bereits an Kraft eingebüßt hatte, unter Beweis stellen, führte Khan die Befragung in einem aggressiven Tonfall fort. Vor allem wehrte er sich gegen die Behauptung, Nazim habe seine sexuelle Leidenschaft in religiösen Eifer umgewandelt, und ließ durchblicken, dass die ganze Geschichte auch ein Auswuchs von Sarah Levins Fantasie sein könnte. Nazim Jamal schien seiner Vorstellung nach jenseits von Gut und Böse gestanden zu haben und bestenfalls – als unmittelbare Folge seiner spirituellen Reinheit – das ideale Opfer für gefährliche Verführungskünste gewesen zu sein.

Während sie Sarah Levins schmerzerfüllten Antworten zuhörte, kam Jenny zum ersten Mal der Gedanke, dass sie Nazim wirklich geliebt haben könnte. Je deutlicher Khans Attacken sie trafen, desto stärker kam ihr Schmerz zum Vorschein. Vielleicht fühlte sie sich für sein Verschwinden verantwortlich – eine schöne, ahnungslose Sirene, die ihn in sein fatales Schicksal getrieben hatte.

24

Jenny kaute lustlos an einem durchgeweichten Käsebrot herum, als Alison an die Tür des kleinen Raums im ersten Stock klopfte. Die fehlenden Zeugen, Tathum und Maitland, seien nun eingetroffen. Maitland habe gebeten, möglichst bald angehört zu werden, da er am nächsten Morgen in den Nahen Osten fliege. Jenny willigte ein, ihn gleich nachmittags zu befragen. Sie wollte ohnehin erst die Beweiskette von Elizabeth Murrays Aussage zu dem schwarzen Toyota bis hin zu Maitlands Unternehmen aufrollen, bevor sie McAvoy als Zeugen in den Saal rufen würde. Pironi und Skene würden danach an der Reihe sein. Die Aussagen des Morgens hatten eine Reihe von Rissen in der offiziellen Darstellung des Falls offenbart, und diese Risse wollte sie nach Möglichkeit noch vergrößern, bevor der Kriminalinspektor und der MI5-Mitarbeiter ihre Aussage machen würden.

»Ich habe noch einen Antrag von Kriminalinspektor Pironi«, sagte Alison leicht verlegen. »Er lässt fragen, ob Mr. McAvoy woanders als im Sitzungsraum warten könne. Offenbar kann er sich nicht benehmen.«

»Nur zu gut möglich, dass die Atmosphäre angespannt ist«, sagte Jenny. »In Ordnung. McAvoy soll aber vom Saal ferngehalten werden, solange die anderen ihre Aussage machen.«

»Danke, Mrs. Cooper«, sagte Alison und zögerte einen Moment.

Jenny sah sie an. »Was ist denn noch?«

»Nichts.« Alison drehte sich zur Tür.

»Sie haben doch wohl nicht mit Dave Pironi gesprochen?«

»Nein ... Ganz bestimmt nicht.«

»Aber?«

»Ich sollte Sie nicht mit meiner Meinung behelligen. Er kann seine Position selbst darlegen. Ich hoffe nur, dass dieser Wurm vom MI5 das auch tut.« Bevor Jenny noch nachfragen konnte, was sie damit meinte, war sie bereits verschwunden.

Doch Jenny ahnte bereits, worum es ging. Alison war überzeugt davon, dass mögliche Versäumnisse in Pironis Ermittlungen ihm nicht angelastet werden konnten. Wie alle guten Polizisten hatte er nur Befehle ausgeführt, aber da er nicht mutig genug war, das auch vor Gericht auszusagen, ließ er die Botschaft von seiner alten Freundin Alison überbringen. Rückgratloser Bastard, dachte Jenny. Und feige noch dazu. Es muss für ihn die Hölle gewesen sein, den gesamten Morgen über mit McAvoy im selben Raum zu hocken – sein personifiziertes schlechtes Gewissen stets vor Augen.

Madog leistete stotternd den Eid und fummelte an seiner Brille herum, als Jenny ihm ein paar einleitende Fragen stellte, von denen sie etliche wiederholen musste. Nach ein paar Anläufen stand immerhin fest, dass er neunundfünfzig Jahre alt war und seit dreiundzwanzig Jahren als Mautkassierer an der Severn Bridge arbeitete.

»Ich gebe zu, dass es lange her ist, Mr. Madog, aber können Sie sich daran erinnern, ob Sie in der Nacht vom 28. Juni 2002 auf den 29. etwas Ungewöhnliches bemerkt haben?«

Ängstlich schaute Madog zu den Anwälten hinüber, bevor er wieder Jenny ansah. »Sie meinen das schwarze Auto?«

»Wenn Sie uns bitte kurz erzählen würden, was in Ihrer Aussage steht.«

»Nun, es war spät. Gegen elf Uhr abends ungefähr«, begann er unsicher. »Ich saß im Kassenhäuschen, als ein schwarzer Wagen vorfuhr. Vorne saßen zwei weiße Männer, hinten zwei Indopakistaner.«

Seine Antwort löste unter den Anwälten ein erregtes Flüstern aus. Martha Denton und Havilland drehten sich zu ihren jeweiligen Beratern um, dann steckten sie alle die Köpfe zusammen. Alun Rhys zeigte keine Reaktion.

»Um was für einen Wagentyp handelte es sich?«

»Einen Siebensitzer. Ein Toyota, glaube ich. Schwarz.«

»Können Sie die Insassen genauer beschreiben?«

Nachdem Jenny ihn noch ein wenig drängte, gab Madog endlich eine holprige Beschreibung von dem Mann mit dem kahl geschorenen Schädel, dem Mann mit dem Pferdeschwanz und den beiden verängstigten Mitfahrern auf der Rückbank ab. Während er redete, bemerkte Jenny, wie Mr. Jamal entsetzt die Augen aufriss und seine bisherige Gefasstheit Empörung wich.

»Sie kassieren jeden Tag Hunderte von Fahrzeugen ab«, sagte Jenny. »Was war an diesem Wagen so besonders, dass er Ihre Aufmerksamkeit erregt hat?«

»Der Fahrer war äußerst arrogant. Kein Bitte, kein Danke, das Wechselgeld hat er mir praktisch aus der Hand gerissen. Und einer der Typen auf der Rückbank hat mich auf so eine Weise angeschaut, die ich nie vergessen werde. Er trug einen Bart, aber irgendetwas an ihm hat mich berührt. Er sah noch so jung aus, fast wie ein Kind.«

»Frau Gerichtsdienerin, könnten Sie dem Zeugen bitte Fotos von Nazim Jamal und Rafi Hassan zeigen?«

Alison verließ ihren Tisch an der Saalseite und brachte Madog zwei Bilder. Er sah sie sich an, dann nickte er. »Das waren sie.« Schließlich tippte er auf das linke Foto. »Das ist der, an den ich mich erinnere.«

Alison sah auf den Aufkleber auf der Rückseite. »Er meint Nazim Jamal, Ma'am.«

Mr. Jamal schaute Jenny nun direkt an, entsetzt und erwartungsvoll. Er hoffte zu erfahren, wie sich die Bruchstücke des Falls zu einem Ganzen zusammenfügen würden.

»Haben Sie die Insassen dieses Wagens noch einmal wiedergesehen, Mr. Madog?«

»Ja, leider ...«

Alun Rhys saß noch immer ruhig auf seiner Bank. Jenny beobachtete, dass er sich nicht die geringste Überraschung anmerken ließ. Er wirkte, als wüsste er, was noch kommen würde.

»Fahren Sie fort, Mr. Madog.«

Immer wieder gegen seine schwachen Nerven ankämpfend erzählte er von der Begegnung mit dem Mann mit dem Pferdeschwanz am darauffolgenden Samstag. Er berichtete der Jury, dass der Mann Farbe ins Haar seiner damals sechsjährigen Enkelin gesprüht und dabei noch nicht einmal wütend ausgesehen habe. Er habe überhaupt keine Gefühle gezeigt, sagte Madog.

»Haben Sie der Polizei von dem Angriff auf Ihre Enkelin erzählt?«

»Das habe ich mich nicht getraut. Ich wollte sie doch nicht in Gefahr bringen.«

»Haben Sie den Mann seither noch einmal gesehen?«

Madog schüttelte den Kopf.

Jenny drehte sich der Magen um. Sie sah zu Alison hinüber, die leicht mit den Achseln zuckte. Madog hatte mindestens eine Viertelstunde lang mit Tathum im selben Raum gesessen, bevor er in den Zeugenstand getreten war. Sein Gesicht hätte er in jedem Fall wiedererkennen müssen, auch wenn er jetzt keinen Pferdeschwanz mehr trug. Sie könnte Tathum in den Saal rufen und Madog bitten, ihn zu identifizieren, aber das Risiko war zu groß. Die höheren Gerichte sahen es nicht gerne, wenn es während einer Verhandlung oder Anhörung zu Gegenüberstellungen kam – die Umgebung und die Umstände konnten die Zeugen unter Druck setzen. Solange Madog aber Tathum nicht identifiziert hatte, würde ein wichtiges Glied in Jennys Beweiskette fehlen.

Sie beschloss, auf Zeit zu spielen. Sie würde Madog bitten, nach seiner Aussage im Saal zu bleiben, und ihn nach Tathums Aussage noch einmal in den Zeugenstand bitten.

Sie forderte die Anwälte auf, Fragen zu stellen. Havilland verwies auf Martha Denton, die aufstand und Madog mit einem amüsierten Lächeln betrachtete.

»Sie behaupten, sich an einen Wagen und seine Insassen zu erinnern, obwohl das betreffende Ereignis fast ein Jahrzehnt zurückliegt.«

»Nun ja …« Madog schaute zu Jenny hinüber. »Kurz nach dem besagten Abend hat mich schon einmal jemand danach gefragt. Ich glaube, es war im Juli.«

»Ach ja? Und wer war das?«

»Mr. Dean hieß er, wenn ich mich richtig erinnere. Er sagte, er sei Privatdetektiv.«

»Privatdetektiv in wessen Auftrag?«

»Das kann ich Ihnen sagen, Miss Denton«, mischte sich Jenny ein. »Mr. Dean war von Mrs. Jamals damaligem Anwalt beauftragt worden.«

»Aha.« Martha Dentons Solicitor zog sie am Ellbogen und flüsterte ihr etwas zu. Sie lächelte und wandte sich dann angriffslustig an den Zeugen. »Dieser Anwalt war Mr. Alec McAvoy, nicht wahr? Er wurde im Dezember 2002 für den

Versuch der Rechtsbeugung ins Gefängnis gesteckt. Vermutlich war Mr. McAvoy damals bereits in Haft, oder?«

»Davon wusste ich nichts«, sagte Madog.

Jenny wünschte sich, sie hätte den Mund gehalten. »Sie werden Mr. McAvoy zu gegebener Zeit selbst hören. Dann können Sie ihm persönlich Ihre Fragen stellen.«

»Das werde ich ganz sicher tun, Ma'am. Haben Sie dem Privatdetektiv eine schriftliche Aussage gegeben, Mr. Madog?«

»Damals wollte ich eigentlich gar nichts sagen – wegen meiner Enkelin.«

»Wie ist er überhaupt auf Sie gekommen?«

»Er suchte nach einem bestimmten Auto, von dem er wusste, dass zwei junge Indopakistaner darin saßen. Er hat sich erkundigt, ob irgendein Mautkassierer den Wagen gesehen hat.«

»Er hat Sie also ganz gezielt danach gefragt, ob Sie ein großes schwarzes Fahrzeug mit zwei weißen und zwei indopakistanischen Männern gesehen haben?«

»Das ist richtig.«

»Hat er Ihnen Geld gegeben, Mr. Madog?«

»Nein, nichts.«

»Und hat er Ihnen nahegelegt, die Geschichte mit der Enkelin und der Farbe zu erfinden?«

Madog schüttelte entschieden den Kopf. »Nein, außerdem habe ich ihm gar nichts davon erzählt.«

»Aha. Und wann haben Sie sich erstmals wieder an diesen angeblichen Zwischenfall erinnert?«

»Letzte Woche, als ich gebeten wurde, eine Aussage zu machen.«

Martha Denton setzte eine verblüffte Miene auf. »Dass ich Sie auch richtig verstehe, Mr. Madog: Sie behaupten, Sie seien zu verängstigt gewesen, um der Polizei von dem hinterhältigen Angriff auf Ihre sechsjährige Enkelin zu erzählen, aber mit einem dahergelaufenen Privatdetektiv haben Sie umstandslos geredet.«

»Nicht über meine Enkelin. Ich sagte ja schon, dass ich den Vorfall ihm gegenüber nicht erwähnt habe.«

Martha Denton starrte in die Luft, als würde sie vergeblich versuchen, sich einen Reim auf seine Antwort zu machen. Dann ließ sie sich mit einem wegwerfenden Achselzucken und einem »Aha« wieder auf ihren Stuhl fallen.

Jenny sah, dass zwei Jurymitglieder in der vorderen Reihe einen wissenden Blick austauschten. Martha Denton hatte ihnen das Gefühl vermittelt durchzublicken, während Madog nun wie ein Idiot dastand.

Havilland hatte keine Fragen. Er begnügte sich damit, Dentons Angriff zu dulden. Khan witterte einen Durchbruch in seiner Sache und versuchte, einen Teil des Schadens, für den auch Jenny verantwortlich war, wiedergutzumachen. Er erklärte, dass Madog keinerlei Gründe dafür habe, über den Vorgang und die spätere Begegnung mit dem Mann mit dem Pferdeschwanz zu lügen, es sei denn, er sei bestochen worden. Doch Madog bestand darauf, dass er nie Geld angenommen und nichts als die Wahrheit gesagt habe. Nicht alle Jurymitglieder schienen überzeugt.

Als Collins keine Fragen an den Zeugen anmeldete, verließ Madog den Zeugenstand in der Absicht, sich so schnell wie möglich zu verabschieden, aber Jenny hielt ihn zurück. »Wenn Sie bitte hier im Saal warten würden, Mr. Madog. Es könnte sein, dass Sie vielleicht noch ein paar Fragen beantworten müssen.«

Jenny achtete auf Rhys' Reaktion. Noch immer blieb er vollkommen regungslos. Arrogant. Sie erlaubte sich eine kleine Wunschvorstellung: Vielleicht konnte sie noch genügend Zweifel schüren und hinreichend viele unbequeme Fragen stellen, um die Jury zu einem mutigen Urteil zu bewegen und ihn aus seiner Selbstgefälligkeit zu reißen. Obwohl die Aussagen im Wesentlichen geheim bleiben mussten, würde man das Urteil nicht einfach übergehen können. Die Jury eines Coroners war befugt, ihre Befunde in Form einer Schilderung darzulegen. Wenn die Mitglieder entschieden, dass Nazim und Rafi gegen ihren Willen verschleppt worden und die offiziellen Ermittlungen unzureichend gewesen waren, konnten sie es auch klar und deutlich sagen.

Die acht arglosen Männer und Frauen, die gegenwärtig in unterschiedlichem Maße an Langeweile oder Verärgerung über diese sonderbare Bürgerpflicht litten, besaßen die Macht, der Anhörung eine gänzlich neue Richtung zu geben.

Der nächste Zeuge war David Powell, der Besitzer der Autovermietung, die Jenny mit McAvoy in Hereford aufgesucht hatte. Er war klein und schwerfällig, sprach mit einem breiten Akzent und unternahm keinen Versuch, seinen Unmut über den verlorenen Arbeitstag zu verhehlen. Er starrte Jenny mit demselben Misstrauen an, mit dem er vermutlich allen Amtspersonen entgegentrat.

Ja, sein Unternehmen habe im Juni 2002 einen schwarzen Toyota besessen, sagte er, aber seine Akten belegten, dass er nur vom 20. bis zum 23. Juni ausgeliehen gewesen und dann erst wieder ab dem 6. Juli vermietet worden sei. Am 28. Juni habe der Wagen demzufolge draußen im Hof gestanden. Als Jenny sich erkundigte, ob er nicht vielleicht unter der Hand verliehen worden sein könnte, stritt Powell das vehement ab und war zu keinem Zugeständnis bereit. Wenn die Akten sagten, dass er nicht ausgeliehen gewesen war, dann gab es daran keine Zweifel.

Jenny versuchte es auf eine andere Art. »Sie haben einen Stammkunden namens Christopher Tathum, nicht wahr?«

»Kein direkter Stammkunde«, brummte Powell.

»Haben Sie die Daten zu den Wagen mitgebracht, die er ausgeliehen hat?«

Er nickte und entfaltete ein Blatt, das er aus der Jackentasche gezogen hatte. Alison nahm es ihm ab und reichte es Jenny. Auf offiziellem Firmenbriefpapier hatte er eine Liste sämtlicher Geschäftsvorgänge ausgedruckt, die mit *Tathum, C. Mr.* abgewickelt worden waren. Zum ersten Mal hatte Tathum im Dezember 2001 einen Wagen ausgeliehen, eine Audi-Limousine. Jenny überflog die Liste und sah, dass er in den nächsten zwei Jahren etwa ein halbes Dutzend Mal dasselbe Auto gemietet hatte, meist für den Zeitraum einer Woche. Der Toyota war nur ein Mal angegeben, im März 2003.

»Haben Sie einen guten Kontakt zu Mr. Tathum?«, fragte Jenny.

»Nicht besonders.«

»Würden Sie ihm irgendwelche Gefälligkeiten erweisen – Bargeschäfte zum Beispiel?«

»Nein.«

Jenny fixierte ihn, als sie die nächste Frage stellte. »Hat er oder sonst irgendjemand mit Ihnen oder mit Ihren Mitarbeitern schon einmal über den Toyota gesprochen?«

Er wich ihrem Blick aus und murmelte: »Nein, Ma'am.«

Seine Antwort war nichts, worauf man aufbauen konnte, sie weckte in Jenny nur eine ungewisse Ahnung, dass er log. Doch genau das schürte ihre Wut. Sie konnte es sich nicht verkneifen, ihre Ahnung der Jury verklausuliert mitzuteilen. »Sind Sie sicher, dass Sie dem Gericht die ganze Wahrheit erzählt haben, Mr. Powell?«

»Ganz sicher.«

Nachdem Khan ihn mit ein paar spekulativen Fragen erfolglos provoziert hatte, bat Jenny, Powell möge sich neben

Madog auf die leere Zuschauertribüne setzen. Ein bisschen Show musste sein – mit den Zeugen setzte sie gleichermaßen die Glieder ihrer Beweiskette nebeneinander, um die Geschichte im Geiste der Jury wachzuhalten. Seit Donovan seine unglaubwürdige Aussage gemacht hatte, kämpfte sie gegen das wachsende Gefühl an, ihre Untersuchung könnte geschickt manipuliert worden sein. Sie hatte sich so bemüht, die Existenz von Elizabeth Murray, Madog, Tathum und Maitland bis zur Anhörung geheim zu halten, und trotzdem hatte keiner von ihnen Rhys auch nur den geringsten Anlass zur Beunruhigung gegeben. Jetzt war Härte gefragt. Bei der Aussicht verkrampfte sich sofort Jennys Brustkorb. Sie musste die Panik mit Entschlossenheit bekämpfen.

Tathum ließ sich Zeit, als er vom Sitzungsraum zum Zeugenstand ging. Mit seinem Anzug und der Krawatte wirkte er wie ein seriöser Geschäftsmann. An den ehemaligen Soldaten erinnerten nur noch seine kompakten, kräftigen Schultern und ein gewisser Jagdinstinkt, den seine engzusammenstehenden Augen ausstrahlten. Jenny schaute zu Madog hinüber und suchte nach Anzeichen von Angst. Er rieb sich die Wange und kratzte sich am Hals. Vielleicht waren das sogar winzige Hinweise, aber ganz bestimmt nichts, was ihr Gewissheit geben könnte.

Tathum nahm die Bibel und las den Eid in einer entspannten Haltung, mit der er sich möglicherweise auch damals durch Madogs Wagenfenster gebeugt hatte. Jenny spürte instinktive Abneigung gegen diesen Mann, einen irrationalen Hass, der ihre Position schwächen würde, wenn sie ihn offen zeigte.

»Mr. Tathum«, sagte sie und ließ sich Name und Adresse von ihm bestätigen. »Können Sie dem Gericht erzählen, für wen Sie im Juni 2002 gearbeitet haben?«

»Soweit ich mich erinnere, für niemanden, Ma'am.«

»Wovon haben Sie dann gelebt?«

»Im Jahr zuvor hatte ich die Army verlassen. Mir wurde eine Pension ausgezahlt, und ich habe verschiedene Auftragsarbeiten erledigt. Das tue ich heute noch.«

»Um was für eine Art von Auftragsarbeiten handelte es sich?«

»Der Fachausdruck dafür ist wohl Personenschutz.« Seine Erklärung war an die Jury gerichtet. »Gewöhnlich sprechen die Leute von Bodyguards.«

Er wirkte ungezwungen und offen und hatte nicht die geringsten Bedenken, der Jury von sich zu erzählen.

»Wer war Ihr damaliger Hauptauftraggeber?«

»Ich hatte verschiedene Verträge mit einem Unternehmen namens Maitland Limited laufen. Ich kümmerte mich zumeist um britische Ölmanager in Nigeria und Aserbaidschan.«

»Waren Sie bewaffnet, wenn Sie Ihrem Dienst nachgingen?«

»Ich wäre keine große Hilfe gewesen, hätte ich keine Waffe getragen.«

Obwohl die Medikamente sie vor einer allzu starken emotionalen Reaktion schützten, beschleunigte sich Jennys Herzschlag, und ihr Zwerchfell krampfte sich zusammen. Sie trieb sich selbst zum Weitermachen an.

»Sie haben die Haare damals anders getragen, Mr. Tathum, nicht wahr? Sie hatten einen Pferdeschwanz.«

»Ja, hatte ich«, sagte er schlicht.

Jenny zögerte. Seine Direktheit hatte sie kalt erwischt. »Lassen Sie uns über den 28. Juni jenes Jahres reden. Können Sie uns sagen, wo Sie damals waren?«

»Vermutlich war ich zu Hause, wenn ich das so sagen kann. Nachdem ich die Army verlassen hatte, kaufte ich mir ein verfallenes Bauernhaus.« Er lächelte die Jury an. »Die Restaurationsarbeiten sind schnell zu meinem Hauptberuf geworden.«

Die Jurymitglieder reagierten nicht. Kein Lächeln, kein Stirnrunzeln war in ihren Gesichtern zu erkennen, nur eine gewisse Vorsicht gegenüber Tathums berechnendem Charme.

Jenny wappnete sich. »An jenem Abend wurden in der Marlowes Road in Bristol auf den Vordersitzen eines schwarzen Toyota Minivans zwei Männer gesehen. Dasselbe oder ein ähnliches Auto wurde gegen elf Uhr abends gesichtet, als es die Severn Bridge überqueren wollte. Der Fahrer war ein Weißer, untersetzt, mit kurz geschorenen Haaren. Der Beifahrer war ebenfalls weiß und trug einen Pferdeschwanz. Auf der Rückbank saßen zwei junge Indopakistaner. Waren Sie in diesem Wagen, Mr. Tathum?«

Tathum lächelte und schüttelte den Kopf. »Nein, das war ich nicht.«

»Sie haben schon häufiger bei Mr. Powells Autovermietung in Hereford Wagen ausgeliehen. Waren Sie an jenem Tag mit einem seiner Mietfahrzeuge unterwegs?«

»Nein. Ich habe einen eigenen Wagen, den ich benutze, wenn ich nicht arbeite.«

Dass er alles leugnete, war nicht weiter verwunderlich, aber seine abgrundtiefe Zuversicht irritierte Jenny. Vermutlich würde ihn nichts verunsichern, was sie ihm an den Kopf werfen könnte. An den Mienen der Jurymitglieder war abzulesen, dass sie allmählich begannen, zwei und zwei zusammenzuzählen, aber noch immer gab es keinen soliden Beweis, mit dem sie ihren Verdacht erhärten könnten.

»Am darauf folgenden Samstag wurde Mr. Madog, der Mautkassierer von der Severn Bridge, der den Toyota gesehen hat, von einem Mann angesprochen. Der Mann trug einen Pferdeschwanz, und Mr. Madog erkannte ihn als den Beifahrer aus dem Toyota. Er forderte Mr. Madog dazu auf, die Begegnung mit ihm für immer zu vergessen, dann sprühte er seiner sechsjährigen Enkeltochter, die in Mr. Madogs Wagen saß, Farbe ins Haar.« Jenny begegnete Tathums Blick und spürte, wie ihre Kräfte sie verließen. »Waren Sie dieser Mann?«

Echtes Erstaunen spiegelte sich auf seinem Gesicht wider. »Nein, Ma'am.«

»Können Sie uns sagen, wo Sie an dem Abend waren?«

»Wahrscheinlich immer noch zu Hause.«

Alles, was sie brauchte, war eine Bestätigung, die seiner Rolle in ihrer Beweiskette eine gewisse Substanz verleihen würde. Aus den Augenwinkeln sah sie Mr. Jamal. Der lang angestaute Zorn in seinem Gesicht drängte sie weiterzumachen. Der Moment war gekommen. Sie hatte nichts zu verlieren. Über die Rechtsanwälte hinweg schaute sie Madog an.

»Mr. Madog«, sagte sie, »ich bitte Sie nicht um eine offizielle Identifizierung, aber könnten Sie uns bitte sagen, ob Sie den Zeugen kennen?«

Madog fuhr zusammen, dann schüttelte er nervös den Kopf.

»Es ist sehr wichtig, dass Sie ganz genau darüber nachdenken und sich nicht eingeschüchtert fühlen, Mr. Madog. Ich präzisiere meine Frage noch einmal: Erkennen Sie in diesem Zeugen den Mann wieder, von dem Sie behaupten, dass er Sie und Ihre Enkeltochter belästigt hat?«

Madog erhob sich ängstlich und blieb leicht gebeugt stehen. »Nein, Ma'am, das ist er nicht.«

Eine bekannte Taubheit bemächtigte sich ihrer. Mechanisch führte Jenny die Verhandlung fort, fühlte sich aber nur noch als unbeteiligte Beobachterin. Von Havillands und

Khans Befragung bekam sie kaum ein Wort mit, sie registrierte nur, dass Tathum vollkommen glaubhaft aus der Sache hervorging. Jede Unterstellung und jede Anklage, die Khan ihm entgegenschleuderte, wischte er einfach beiseite und verließ dann den Zeugenstand so gelassen, wie er ihn betreten hatte.

Maitlands Aussage dauerte weniger als zehn Minuten. Der wache und höfliche ehemalige Oberst der Special Air Forces bestätigte, dass sich das von ihm geleitete Unternehmen darauf spezialisiert habe, erfolgreichen Geschäftsleuten und ausländischen Regierungen Bodyguards und Sicherheitsberater zu vermitteln. Diese Mitarbeiter rekrutiere er aus hochkarätigen ehemaligen Mitgliedern der Special Air Forces. Tathum sei einer davon gewesen und habe im Jahr 2002 drei Mal auf Vertragsbasis für ihn gearbeitet. Keiner der Aufträge, versicherte er in dem gelassenen Tonfall eines hohen Offiziers, habe darin bestanden, zwei junge indopakistanische Universitätsstudenten über die Severn Bridge zu begleiten.

Es ging auf vier Uhr zu, als Maitland zusammen mit Tathum den Saal verließ. Es hätte nahegelegen, die Sitzung erst einmal zu unterbrechen und über die Niederlagen des Tages Rechenschaft abzulegen, aber Jenny konnte es nicht ertragen, die Jurymitglieder mit einer längst gefassten Meinung nach Hause zu schicken. Es war ein Risiko, aber vielleicht war dies der richtige Moment, um McAvoy hereinzuholen. Sein Auftritt würde unkonventionell sein, er würde ihnen Spekulationen und Unterstellungen liefern, aber zumindest würde er die Aufmerksamkeit auf sich ziehen.

»Können wir bitte Mr. McAvoy hören«, sagte sie zu Alison.

Ihre Assistentin warf ihr einen Blick zu, als hoffte sie, dass Jenny wusste, was sie tat. Dann durchquerte sie den Saal, um McAvoy aus der Vorhalle zu holen, wohin er in der Mittagspause verbannt worden war. Es dauerte ungewöhnlich lange, dann kehrte Alison allein zurück und erklärte, dass McAvoy laut dem Kriminalbeamten an der Eingangstür das Gebäude vor einer Stunde verlassen habe.

»Oh«, sagte Jenny und konnte ihre plötzlich aufsteigende Panik nicht verbergen. »Nun, dann sollten wir es vielleicht für heute dabei bewenden lassen und zusehen, dass wir ihn morgen früh als Ersten befragen.«

Jetzt schaltete sich Martha Denton ein. »Wenn ich Sie noch einen Moment belästigen dürfte, Ma'am? Am liebsten ohne die Jury.«

»Gibt es eine rechtliche Frage?«

»Es ist eher eine Verfahrensfrage, die aber die Jury nicht interessieren muss. Ich nehme an, dass die Herrschaften nach einem so langen Tag mehr als froh sind, endlich nach Hause gehen zu dürfen.«

Ihre Worte wurden mit dankbarem Gelächter quittiert.

»Gut«, sagte Jenny und erinnerte die Jurymitglieder daran, dass sie den Fall mit niemandem besprechen durften, nicht einmal mit den engsten Verwandten. Noch während Jenny redete, sammelten die Juroren Mäntel und Taschen zusammen und eilten fast unhöflich schnell aus dem Saal.

»Also, Miss Denton«, sagte Jenny, während sie immer noch zu akzeptieren versuchte, dass McAvoy sie im Stich gelassen hatte.

Martha Denton holte mehrere Kopien heraus. Alison reichte Jenny eine davon, während die anderen den Anwälten ausgehändigt wurden.

»Im Interesse der Klarheit der Rekonstruktion des Verschwindens der beiden Jungen war es meinen Klienten wichtig, dass David Skene in seiner Aussage das Wesentliche dargelegt«, sagte Denton. »Wie Sie sehen werden, stellt sich darin eine wichtige rechtliche Frage, von der meine Klienten allerdings annehmen, dass sie gelöst werden kann.«

»Warten Sie, Miss Denton.«

Jenny überflog die kurze, nur drei Absätze lange Aussage.

Mein Name ist David Skene, und ich war Agent im Dienste der britischen Geheimdienste. Von 2001 bis 2004 war ich einem Antiterrorteam zugeordnet. Anfang Juli 2002 wurde ich gebeten, eine Einheit zu leiten, die mit der Kriminalpolizei von Bristol im Fall des Verschwindens der zwei indopakistanischen Studenten Nazim Jamal und Rafi Hassan zusammenarbeiten sollte. Jamal und Hassan waren regelmäßig in die Al-Rahma-Moschee gegangen. Die Moschee stand unter polizeilicher Beobachtung, weil Geheimdienstinformationen zufolge der damalige Mullah Sayeed Faruq und ein paar seiner Vertrauten, einschließlich des Studenten Anwar Ali, Personen für die islamistische Organisation Hizb ut-Tahrir rekrutierten.

Im Verlauf der folgenden Wochen haben mein Kollege Ashok Singh und ich eine Reihe von Studenten und Mitarbeitern der Universität sowie Mitglieder der Familien der beiden Männer befragt. Verwertbare Hinweise auf den Verbleib der beiden haben wir nicht erhalten. Die Kriminalpolizei hatte mehr Erfolg. Insbesondere erfuhr sie durch einen Bericht der damaligen Studentin und jetzigen Frau Dr. Sarah Levin, dass Jamal in einer Studentenmensa mit größter Bewunderung von jungen britischen Radikalen geredet haben soll, die als Gotteskämpfer nach Afghanistan gegangen seien. Dann meldete sich ein Bürger zu Wort, Mr. Robert Donovan, der behauptete, Jamal und Hassan am Morgen des 29. Juni in einem Zug nach London gesehen zu haben. Während die Polizei ihre Ermittlungen vor Ort fortsetzte, wurden Mr. Singh und ich zu anderen Verpflichtungen abberufen, hielten aber weiterhin regelmäßigen Kontakt mit der Kripo von Bristol.

Im August 2002 haben wir von einer vertrauenswürdigen Quelle erfahren, dass Jamal und Hassan tatsächlich mithilfe einer radikalen islamistischen Organisation das Land verlassen haben. Die Quelle galt als sehr zuverlässig, und der allgemeine Inhalt der Aussage, wenngleich nicht ihr konkreter Wortlaut, wurde an die Kripo Bristol weitergegeben, was dazu führte, dass die Ermittlungen irgendwann eingestellt wurden. Die Information gilt weiterhin als höchst vertraulich.

Jenny schaute auf und wusste, dass sie in die Falle gegangen war. Übelkeit stieg in ihr auf.

»Werden wir den Inhalt dieser geheimdienstlichen Information zu hören bekommen?«

»Das denke ich kaum, Ma'am. Ich wurde davon in Kenntnis gesetzt, dass die Quelle noch immer geschützt werden muss und jede Enthüllung ihn oder sie ernsthaft in Bedrängnis bringen würde. Wie Ihnen sicher bewusst ist, lässt das Gesetz in diesen Dingen nichts an Klarheit zu wünschen übrig. Um aber all Ihre diesbezüglichen Fragen zu beantworten, habe ich eine kleine Vorlage vorbereitet.«

Sofort teilte Martha Dentons Solicitor Kopien von Fällen aus, die bis in die Sechzigerjahre zurückreichten. Jennys Kenntnisse der Gesetze zur nationalen Sicherheit und zur Zurückhaltung von Beweismaterial waren bestenfalls lückenhaft, sodass Denton mit ihrer belehrenden Lektion fortfuhr.

Seit dem bahnbrechenden Fall *Conway v. Rimmer (1968)*,

erklärte sie, konnten dem Gericht Informationen vorenthalten werden, wenn das Ministerium davon überzeugt war, dass es im Interesse der Öffentlichkeit geschah. Das wusste selbst Jenny. Was sie sich aber nicht klargemacht hatte, war die Definition des »öffentlichen Interesses«, die verschieden weit gefasst werden konnte. Im vorliegenden Fall etwa verlangte das öffentliche Interesse, Geheimdienstquellen zu schützen und mit ihnen auch ihre Informationen, die sonst offenbar dazu benutzt werden könnten, sie zu identifizieren.

»Wie ich sicher nicht erst hinzufügen muss, ist das Ministerium davon überzeugt, dass die Information unserer Quelle diesen Kriterien genügt. Die Bestätigung der Immunität aus Gründen des öffentlichen Interesses wird morgen dem Gericht vorliegen.«

Jenny blätterte schnell in ihrem *Jervis* und fand eine Stelle, die darauf hindeutete, dass Coroner und andere Richter das Recht hatten, Aussagen einzusehen, die das Ministerium zu sperren beabsichtigte. Sie konnten mitentscheiden, ob das Kriterium des zu schützenden öffentlichen Interesses tatsächlich erfüllt wurde. Denton hatte allerdings eine ganze Batterie weiterer Präzedenzfälle parat, die alle nahelegten, dass ein »richterlicher Blick« auf umstrittene Informationen unter gewissen Umständen nicht angemessen war. Denton bestand darauf, dass es sich in dem vorliegenden um genau so einen Fall handelte. Die Information, um die es ging, war so sensibel, dass sie nicht einmal ein Coroner Ihrer Majestät erfahren durfte. Sollte Jenny dem nicht zustimmen, würde die Anhörung vertagt und die Angelegenheit dem High Court vorgelegt werden müssen.

»Lassen Sie uns für einen Moment Recht und Gesetz vergessen, Miss Denton«, sagte Jenny. »Sie wollen mir also mitteilen, dass es konkrete Hinweise darauf gab, dass Nazim Jamal und Rafi Hassan das Land verlassen haben. Seitdem sind acht Jahre vergangen, und Sie haben den Familien nichts davon mitgeteilt. Und auch jetzt haben Sie nicht die Absicht, es zu tun. Richtig?«

»Bei allem Respekt, Ma'am, aber den Familien wurde gesagt, dass es Hinweise dieser Art gibt. Leider ist nicht einmal Angehörigen der Zugang zu solchen hochsensiblen Informationen gestattet, besonders wenn es sich um Familien mutmaßlicher Extremisten handelt.«

Khan konnte seinen Ärger nicht länger unterdrücken. »Ma'am, das ist doch unerhört. Sie müssen darauf bestehen, diese sogenannten Informationen einsehen zu dürfen. Und wenn Ihnen das nicht zugestanden wird, müssen Sie durch alle Instanzen gehen und sämtliche Rechtsmittel ausschöpfen.« Er zeigte mit dem Finger auf Martha Denton. »Die Klienten dieser Frau, die Geheimdienste, sind doch genau diejenigen, die sich darüber beklagen, dass junge Indopakistaner von Extremisten verführt werden, und Miss Denton fragt sich noch, warum? Ihre Klienten sind keine Respektspersonen, sie sind eher Mitglieder einer Geheimpolizei. Glauben Sie wirklich, Miss Denton, es liege im öffentlichen Interesse, solche Informationen zurückzuhalten? Ich sage Ihnen mal, was im öffentlichen Interesse liegt – eine faire und gerechte Justiz.«

»Ich habe alles zur Kenntnis genommen, Mr. Khan«, sagte Jenny. Sie brauchte Zeit, um Recherchen anzustellen und Argumente zu finden, die genauso stark waren wie die von Martha Denton. »Ich werde die Anhörung vertagen und diesen Punkt morgen früh als Erstes zur Diskussion stellen.«

Doch Denton ließ sich nicht zum Schweigen bringen. »Ich bin mir nicht sicher, ob das nötig sein wird, Ma'am. Da meine Klienten entschlossen sind, direkt zum Obersten Gerichtshof zu gehen, falls Ihre Entscheidung zu ihren Ungunsten ausfällt, erscheinen mir weitere Diskussionen ziemlich überflüssig. Darüber hinaus liegen, soweit ich es beurteilen kann, keinerlei Beweise dafür vor, dass Nazim Jamal oder Rafi Hassan tot sind. Ich weiß also nicht, auf welcher Basis die Jury überhaupt zu einem vernünftigen Urteil gelangen will.«

Jennys angeschlagene Nerven gingen mit ihr durch. »Miss Denton, ich habe für diese Untersuchung gekämpft, und ich werde sie bis zum bitteren Ende durchziehen. Wenn alle Aussagen auf dem Tisch liegen und die Jury nicht zu einem Urteil gelangt, dann sei's drum. Aber bis dahin bin ich nicht gewillt, mir von Ihnen oder von irgendjemandem, den Sie vertreten, irgendetwas sagen zu lassen. Haben Sie mich verstanden?«

Martha Denton zuckte gleichgültig mit den Achseln. Es interessierte sie nicht länger, was Jenny dachte.

Als Denton und Havilland ihre Papiere zusammensuchten und Khan und Collins zu Mr. Jamal gingen, um ihrer Empörung Luft zu machen, bemerkte Jenny, dass Alison in der Nähe des Sitzungsraums stand. Der Gesichtsausdruck ihrer Assistentin verriet schuldbewusste Unentschlossenheit. Jenny kannte die Miene schon von den traumatischen zwei Wochen ihres ersten gemeinsamen Falls im letzten Sommer. Alisons Welt war in gute und böse Menschen eingeteilt. Wenn die Kategorien verschwammen, wurde sie konfus und wütend.

Jenny fing Alisons Blick auf und merkte, dass sie sich beide mit denselben Gedanken herumschlugen. Eher würde die Hölle gefrieren, als dass sich Skene oder ein anderer Geheimdienstmitarbeiter dazu überreden ließ, in dieser Untersuchung die Wahrheit zu sagen. Auf der anderen Seite der Tür saß wiederum Kriminalinspektor Dave Pironi, ein Karrierepolizist, den nur noch wenige Jahre von seiner Pensionierung trennten. War er anständig und mutig genug, um eine bequeme Zukunft zu gefährden? Würde Alison ihren geringen Einfluss nutzen, um ihn zu überzeugen?

Martha Dentons Solicitor ging in Richtung Sitzungsraum. Alison hielt ihn mit einer Handbewegung auf und verschwand hinter der Tür. Sekunden später kam David Skene heraus, kurz darauf folgte Alison, die Jenny einen Blick zuwarf und kaum wahrnehmbar nickte.

Den Ort hatte Pironi vorgeschlagen: ein verlassener, von der Straße nicht einsehbarer Parkplatz, der in ein Wäldchen überging. Es war eiskalt und dunkel, aber der milchige Mond spendete genug Licht, sodass Jenny auf den Vordersitzen von Alisons Wagen die Umrisse zweier Gestalten erkennen konnte. Einen Moment sah es so aus, als würden sich ihre Köpfe zum Gebet neigen. Jenny meinte beobachten zu können, dass sich Pironis Lippen bewegten und sein Oberkörper leicht vor und zurück wippte. Alison legte ihm beruhigend die Hand auf die Schulter.

Sie sprachen fast zwanzig Minuten miteinander. Während Jenny wartete, versuchte sie mehrfach erfolglos, McAvoy anzurufen. Sein Handy war ausgeschaltet. Möglicherweise hatte er eine Spur gewittert, war jetzt unterwegs, handelte Deals aus und rang Leuten Informationen ab, die er dann mit großer Geste präsentieren würde. Martha Denton und Alun Rhys würden toben.

Als eine Tür zuschlug, schaute Jenny wieder auf. Pironi lief die paar Schritte zu seinem Auto und fuhr schnell davon. Alison wartete, bis die Rücklichter in der Nacht verschwunden waren, dann ging sie die zehn Meter über den gefrorenen Matsch und setzte sich neben Jenny. Einen Moment lang schwieg sie und sammelte sich, die Hände im Schoß.

Sie roch nach ihrem Wagen und auch ein wenig nach Pironi. Jenny fühlte sich, als wäre sie in die Intimsphäre der beiden eingedrungen.

»Er möchte nicht unter Eid aussagen«, erklärte Alison ruhig. »Das wäre so gut wie ein Schwur, und er müsste dann die *ganze* Wahrheit sagen.«

»Und das wird er nicht tun?«

»Er wird versuchen, seinen Prinzipien treu zu bleiben, Mrs. Cooper.«

»Was hat er denn gedacht, was er sonst vor Gericht tun sollte?«

»Er ist davon ausgegangen, dass man ihn nicht brauchen würde.«

»Wer hat das gesagt?«

»So klar hat er sich nicht ausgedrückt ... Schauen Sie, man kann ihm in dieser Sache nichts anlasten. Er ist da in eine unmögliche Situation geraten, das sehen Sie doch sicher genauso, oder? Hätte er nicht so ein ausgeprägtes Gewissen, wäre er gar nicht zu einem Treffen bereit gewesen.«

»Besser eine späte Einsicht als überhaupt keine.«

»So ist es nicht, und das wissen Sie.«

Jenny verzichtete auf den scharfen Unterton. »Was hat er also gesagt?«

»Das ist jetzt aber alles inoffiziell. Es muss inoffiziell bleiben.«

Jenny kämpfte gegen die Versuchung an, eine ironische Bemerkung loszulassen. Pironis Gewissen schien wandelbarer zu sein, als es seiner Kirche oder erst recht seinem Erlöser gefallen dürfte.

»Okay. Erzählen Sie es mir einfach.«

»Er hat die Suche nach den vermissten Jungen nicht auf die leichte Schulter genommen. Im Gegenteil: Er hat versucht, sie zu finden, aber der MI5 war von Beginn an ziemlich sicher, dass sie das Land verlassen hatten.«

»War Donovans Aussage echt?«

»Die hat er nicht erwähnt.«

Jenny zog ihre eigenen Schlüsse. »Was noch?«

Alison seufzte. »Zwei seiner Leute saßen in einem Wagen gegenüber von der Adresse der *halaqah*. Sie haben definitiv keinen schwarzen Toyota gesehen, aber bis zu Mrs. Murrays Haus konnten sie auch nicht gucken, weil die Straße dort eine Kurve macht. Pironi hat allerdings jemanden zum Busbahnhof geschickt, der den Fahrer des Busses aufgetrieben hat. An dem besagten Abend sind die Jungen nicht eingestiegen, aber er konnte sich von anderen Abenden her an sie erinnern.«

»Hat er eine offizielle Aussage gemacht?«

»Ja. Die ist aber irgendwo weiter oben in der Hierarchie gelandet. Pironi hat keine Ahnung, was damit passiert ist.«

»Sind noch andere Aussagen verloren gegangen?«

»Nein. Aber offenbar ging es eine Weile ziemlich chaotisch zu. Der MI5 dachte, dass die Jungen außer Landes sind. Für den Mann, der nach Dani James' Aussage aus dem Studentenheim gestürmt ist, haben sie sich nicht besonders interessiert. Sie sagten, es könnte eine x-beliebige Person gewesen sein.«

»Was hat Pironi gedacht?«

»Er hatte das Gefühl, dass man ihn im Dunkeln tappen lässt. Der MI5 hat ihn um alle Unterlagen zu dem Fall gebeten, aber selbst hat der Geheimdienst natürlich nichts herausgerückt. Pironi haben die Familien leidgetan, besonders Mrs. Jamal.«

»Freut mich zu hören. Hat er irgendwelche Theorien, was mit ihr passiert sein könnte?«

»Man hält ihn an der kurzen Leine. Die Antiterrortruppe von Scotland Yard hat den Fall übernommen.«

»Leider kann ich nicht behaupten, dass ich jetzt besser durchblicke als zuvor. Was hat er über McAvoy gesagt?«

Alison schaute auf ihre Hände hinab. »Über den wollte er nicht reden.«

»Sie haben mit ihm nicht über die Anklagen gegen McAvoy gesprochen?«

»Ich habe es versucht«, sagte Alison in einem leicht leidenden Tonfall. »Allerdings habe ich keinerlei Zweifel daran, dass Pironi in gutem Glauben gehandelt hat. Er ist nicht so.«

»Was soll das bedeuten? Dass die Entlastungszeugin, die sich gemeldet hat, auf ihn angesetzt war? Für ihn ist es also kein Zufall, dass so etwas gerade dann passiert ist, als McAvoy mit seinen Nachforschungen angefangen hatte?«

»Ich weiß es nicht, Mrs. Cooper. Ich weiß es wirklich nicht.«

»Ich schon«, sagte Jenny.

»Es sind tausend Möglichkeiten denkbar«, protestierte Alison. »Sind Sie je auf die Idee gekommen, dass Mrs. Jamal ursprünglich selbst zur Polizei gegangen sein könnte? Vielleicht hat sie ja der Polizei erzählt, dass sich ihr Sohn möglicherweise mit Extremisten eingelassen hat und sie sich Sorgen um ihn macht. Das Nächste, was sie erfährt, ist, dass er verschwunden ist.«

»Und acht Jahre später bestreut sie sich mit radioaktiven Partikeln und springt aus dem Fenster?«

»Nein. Nazims Leute sind gekommen und haben es wie Selbstmord aussehen lassen.«

»Das glaubt Pironi?«

»Die Theorie ist so gut wie jede andere auch.«

Sie verfielen in unbehagliches Schweigen. Alison musste sich mit der Tatsache abfinden, dass sich Pironi irren konnte, und Jenny wollte sehnlichst erfahren, an wem sie endlich all ihre Wut ablassen konnte. Das Aftershave, das Alison verströmte, roch billig. Pironi hatte aus allen Poren geschwitzt, als er sein klägliches Pulver verschossen hatte.

»Ich sollte jetzt gehen«, sagte Alison.

»Warten Sie«, sagte Jenny. »Was war das heute Nachmittag mit McAvoy?«

»Offenbar hat er sich sonderbar benommen. Dave sagt, er habe mit sich selbst geredet wie ein Betrunkener, obwohl er ausnahmsweise mal nicht nach Alkohol stank. Ich glaube nicht, dass er einen guten Zeugen abgegeben hätte.«

»Was hat er gesagt?«

Alison schüttelte den Kopf. »Dave hat versucht, sich mit ihm zu unterhalten, aber der Mann hat nur unverständliches Zeug von sich gegeben. Irgendetwas vom Teufel und von einem Amerikaner.«

25

Jenny wartete, bis Alison vom Parkplatz gefahren war, dann nahm sie ihre Tabletten aus der Handtasche und schluckte die Dosis, die sie eigentlich erst in drei Stunden in den Schlaf befördern sollte.

Was war mit McAvoy geschehen? Er konnte doch nicht einfach verrückt geworden sein, dafür war er viel zu stark. Immer hatte er seine Karriere darauf aufgebaut, dass er andere Menschen durchschaute und gegen ihre Verrücktheiten immun war, und hatte dann Polizisten und Kriminelle gegeneinander ausgespielt. Er konnte sie jetzt nicht im Stich lassen. Sein merkwürdiges Verhalten muss eine Finte gewesen sein, eine Taktik, um seine Gegner nervös zu machen.

Er hatte also einen Amerikaner erwähnt. War das der Anrufer, der gedroht hatte, ihn in eine Kiste zu stecken? Wusste er vielleicht doch mehr über diesen Mann, als er erzählt hatte? Er hatte ihr auch andere Dinge verschwiegen, vor allem bezüglich Sarah Levin, und wo sie schon einmal darüber nachdachte: Auch Levin hatte Beziehungen nach Amerika. Professor Brightman hatte erwähnt, dass sie mit einem Stipendium nach Harvard gegangen war. Für sich genommen könnte man das als Zufall abtun, aber wenn man berücksichtigte, dass sie auch Anna Rose kannte, wurde daraus eine solide Verbindung.

Zwischen den beiden Frauen bestand eine fast schon unheimliche Ähnlichkeit. Wie Sarah Levin hatte auch Anna

Rose einen indopakistanischen Freund gehabt, und auch sie war sehr attraktiv. Es gab aber auch bedeutende Unterschiede. Nach allem, was Jenny von ihr wusste, war Anna Rose eine ganz andere Persönlichkeit als ihre Mentorin. Sie war lebhaft und intelligent, aber auch naiv und immer noch auf der Suche nach sich selbst. Ihre Adoptiveltern waren überrascht gewesen, dass sie den Job in Maybury bekommen hatte, als hätten sie ihrer Tochter nie einen richtigen Beruf zugetraut, als müsste die Sache einen Haken haben. Jenny dachte an die Miene der Crosbys, als sie ihnen in der Leichenhalle zum ersten Mal begegnet war. In ihrem Ausdruck hatte sich Angst mit einer gewissen Resignation gemischt. Tot oder lebendig, sie hatten Anna Rose offenbar schon verloren gegeben.

Plötzlich fiel es ihr wie Schuppen von den Augen. Ein einzelnes Gesicht unter den vielen, die an jenem Tag einen Blick auf die Jane Doe geworfen hatten. Der Mann war groß gewesen, schlank, in den Fünfzigern, mit einem braun gebrannten, wettergegerbten Gesicht und einem amerikanischen Akzent. Er hatte gesagt, er sei Geschäftsmann, seine Stieftochter reise durch Europa und werde vermisst. Zuletzt sei sie in Bristol gewesen. Als er an die offene Schublade getreten war und einen Blick auf das tote Gesicht geworfen hatte, hatte er nicht mit der Wimper gezuckt. Jenny war irritiert gewesen. Eine innere Stimme hatte ihr gesagt, dass der Mann den Tod gewöhnt war.

Jenny knipste das Licht im Wagen an. Sie blätterte in dem zerfledderten Notizbuch, in das sie die Telefonnummer der Crosbys geschrieben hatte, und griff nach ihrem Handy. Sie wählte, aber niemand meldete sich. Sie blätterte weiter in ihrem Büchlein. Papierfetzen flogen auf die Fußmatte, bis sie irgendwo in der Ecke einer Pappeinlage vom Trennregister Mike Stevens' Nummer fand. Nachdem es ein paarmal geklingelt hatte, sprang der Anrufbeantworter an. Sie begann, eine Nachricht aufs Band zu sprechen.

»Hallo, Mrs. Cooper?«, meldete sich plötzlich seine Stimme. Mike Stevens klang aufgewühlt.

»Ja. Keine Sorge, ich habe keine schlechten Nachrichten.«

»Okay ...«

»Ich wollte Sie nur etwas fragen. Es mag unwichtig erscheinen, und wahrscheinlich ist es das auch, aber wissen Sie vielleicht, ob Anna Rose irgendetwas mit einem Amerikaner zu tun hatte, einem etwas älteren Mann, so um die fünfzig?«

Er schwieg.

»Mr. Stevens?«

»Wissen Sie, wer der Mann ist?«

»Nein. Sie?«

Sie hörte ihn atmen, schnell und flach.

»Von wo aus rufen Sie an?«

Mike Stevens lebte in einem Vorort von Stroud. Das ehemalige Landarbeiterhäuschen stand am Ende einer niedrigen Reihe von Steinhäusern. Das Marktstädtchen in South Gloucestershire gehörte zu den Orten, die sich gut entwickelt hatten. Es gab Bioläden und teure Küchengeschäfte. Mike hatte die Sicherheitskette vorgelegt und betrachtete Jenny kurz, bevor er sie einließ. Sobald sie über die Schwelle getreten war, schloss er die Tür zwei Mal ab.

»Alles in Ordnung?«, fragte Jenny.

Er zuckte unbestimmt mit den Achseln und bat sie herein.

Sie stand direkt in einem gemütlichen Wohnzimmer mit einer alten Sitzgarnitur und einem geschmacklos gemusterten Teppich.

»Ich wohne hier nur zur Miete«, sagte er entschuldigend.

Er trug Anzughose und Hemd. Beides hatte er vermutlich schon bei der Arbeit angehabt. Obwohl es kalt im Haus war, glänzte Schweiß auf seiner Stirn. Jenny behielt ihren Mantel an und setzte sich aufs Sofa.

Mike nahm auf einem Stuhl gegenüber Platz. Seine Miene war angespannt. »Was kann ich für Sie tun?«, fragte er.

»Als Sie mit den Crosbys in der Leichenhalle waren, war noch ein anderer Mann dort, groß, mit Anzug und Krawatte. Er war Amerikaner …«

Mike schloss die Augen, dann blinzelte er. »Gütiger Gott …« Es war nur ein Flüstern.

»Was ist?«

Er sah sie mit großen, ängstlichen Augen an.

»Was ist los, Mike?«, fragte Jenny eindringlich. »Es ist wichtig. Vielleicht hat es mit einer Untersuchung zu tun, mit der ich zurzeit beschäftigt bin.«

»Was für eine Untersuchung? Wer ist gestorben?«

»Vor mehr als sieben Jahren sind zwei junge Indopakistaner verschwunden. Sie waren beide im ersten Studienjahr in Bristol eingeschrieben. Einer von ihnen hat Physik studiert.«

Sie wartete, während er durch sie hindurchsah und die Informationen verarbeitete. Schließlich sagte er: »Gestern Abend war jemand hier … Ich habe den ganzen Tag darüber nachgedacht, wo ich ihn schon einmal gesehen habe.«

»Der Amerikaner?«

Er nickte und legte den Kopf in die Hände. Er kämpfte mit den Tränen.

»Was ist los, Mike?«

»Ich bin mitten in der Nacht aufgewacht … Vielmehr: Ich wurde aufgeweckt … Ein Knie an meiner Brust, eine Pistole an meinem Kopf.«

Jenny war sprachlos.

»Dieser Mann ... Er hatte einen amerikanischen Akzent. Er hat mich bedroht: ›Sag mir, wo sie ist, verdammt noch mal, oder du landest in einer Kiste.‹ Ich habe geantwortet, dass ich es nicht weiß ... Dann hat er mich ziemlich brutal geschlagen, hier.« Er knöpfte sein Hemd auf und enthüllte einen Bluterguss, der sich über den gesamten oberen Brustkorb zog. »Ich bekam keine Luft mehr. Ich dachte, er bringt mich um.«

Jenny dankte Gott für ihre Tabletten. Ihr Oberkörper und ihr Hals fühlten sich plötzlich glühend heiß an, aber sie konnte noch klar denken.

»Was hat er anschließend getan?«

»Wollen Sie das wirklich wissen?«

»Erzählen Sie es mir. Bitte.«

Er schaute weg und konzentrierte sich auf einen Punkt an der Decke. »Er hat mir die Nase zugehalten ... und in meinen Mund gepinkelt. Bis ich gewürgt habe.« Rote Äderchen durchzogen plötzlich seine Augen. »Dann ist er gegangen.«

»Hat er noch etwas gesagt?«

Mike schüttelte den Kopf.

»Haben Sie mit irgendjemandem darüber gesprochen?«

»Ich wollte heute Abend die Polizei anrufen, aber nicht mein Telefon benutzen ... Mir ist das alles schleierhaft ... Wer ist dieser Mann?«

»Ich weiß es nicht. Aber lassen Sie uns vielleicht kurz über Anna Rose sprechen. Haben Sie eine Vorstellung, wo sie sein könnte?«

»Nein.«

»Wie hat sie sich verhalten, bevor sie verschwand?«

»Ihr schien es gut zu gehen. Sie war wie immer ... vielleicht ein bisschen ruhiger als sonst.«

»Seit wann?«

»Seit ungefähr einem Monat, würde ich sagen.«

»Was ist mit diesem Indopakistaner, den ihre Mutter im letzten Herbst bei ihr gesehen hat? Salim Soundso.«

»Das war nur ein Freund vom College.«

»Kennen Sie ihn?«

»Ich habe mich nach ihm erkundigt.«

»Haben Sie mit ihm gesprochen?«

»Ich habe ein paar Nachrichten auf seinem Handy hinterlassen.«

»Wissen Sie, wo er wohnt?«

»Ich habe bei der Uni angerufen, aber die dürfen keine persönlichen Daten herausgeben.«

»Ich kümmere mich darum.« Jenny machte sich eine Notiz. »Sie erinnern sich bestimmt, dass ich Sie gefragt habe, ob Anna Rose irgendwie an radioaktives Material hätte kommen können.«

»Ja. Worum ging es bei der Frage?«

»Das ist eine lange Geschichte, aber in einer Wohnung in Bristol sind Spuren von Cäsium 137 aufgetaucht.« Sie erzählte kurz von Mrs. Jamals Bemühungen, eine Untersuchung zu erwirken, und über ihren plötzlichen gewaltsamen Tod. »Es sieht so aus, als wäre das Cäsium durch jemanden in die Wohnung gelangt, an dessen Körper es bereits haftete.«

»Aber Anna Rose hat die gesamte Zeit im Büro verbracht. Sie hätte gar nicht die Möglichkeit gehabt, in die Nähe von gefährlichen Substanzen zu gelangen.«

»Sind Sie sich da ganz sicher?«

»Vollkommen.«

»Sie klingen wütend. Warum ärgert Sie meine Frage?«

»Ich weiß es nicht genau ...«

»Doch, Sie wissen es.«

Er schaute auf den hässlichen Teppich. »Bei all den Sicherheitsvorkehrungen ist so etwas absolut unmöglich. Aber sie war so …« Er unterbrach sich, wollte den Satz offenbar nicht beenden.

»So was?«

»So … unschuldig, könnte man vielleicht sagen. Jeder Kollege fand sie toll. Man konnte sich ihr nicht entziehen.«

»Wollen Sie sagen, dass sie auf die Flirts eingegangen ist?«

»Gelegentlich.«

Jennys Verstand rotierte. Sie versuchte zu formulieren, was Mike nicht über die Lippen kam. »Haben Sie Angst, dass man Anna Rose zu irgendetwas überredet hat? Oder dass sie benutzt wurde?«

Er zuckte mit den Achseln. »Natürlich habe ich mir meine Gedanken gemacht. Ganz ehrlich: Ich habe über nicht viel anderes nachgedacht.«

»Irgendwelche Theorien?«

»Ich hatte gehofft, dass sie mich anruft. Sie hat gesagt, sie liebt mich. Es klang ehrlich.«

»Glauben Sie, dass sie noch lebt?«

Er zögerte eine Weile, dann sagte er: »Sie hat Nachrichten abgehört, oder zumindest hat es jemand mit ihrem Handy getan. Ich wollte es der Polizei sagen, aber vorher noch mit ihr sprechen.«

»Wissen ihre Eltern das?«

Eine Pause, dann Kopfschütteln.

»Kann ich die Nummer haben?« Sie kramte in ihrer Tasche nach ihrem Adressbüchlein. »Wer hat sie sonst noch?«

»Ich weiß nicht. Das Handy läuft über meinen Vertrag, damit wir immer miteinander telefonieren können.«

Sie gab ihm den Stift und sah zu, wie er in sorgfältiger Handschrift die Ziffern notierte. Er war ein zuverlässiger Typ, nicht schlecht aussehend, aber auch kein Hauptgewinn.

Er könnte aus einer Familie von Lehrern oder Beamten stammen, aus geordneten Verhältnissen. Man konnte nachvollziehen, warum sich Anna Rose zu ihm hingezogen fühlte, er bot ihr Sicherheit, aber so wie er sie beschrieben hatte, würde sie nicht lange bei ihm bleiben, und das wusste er auch. Er hatte sein Glück versucht und sogar Geld für ein zusätzliches Handy ausgegeben, aber jetzt war er gezwungen, seine Fantasien mit der Realität abzugleichen. Wo auch immer sie war, Anna Rose würde nicht zu ihm zurückkommen.

Jenny betrachtete eine gerahmte Fotografie, die über dem Fernseher an der Wand hing: Mike im Laborkittel mit einem Glaspokal. »Doktorand des Jahres 2004« stand in goldenen Buchstaben auf dem Sockel. An der Brusttasche des Kittels war ein mittlerweile vertrauter Gegenstand festgeklemmt.

»Sie haben nicht zufällig ein Dosimeter daheim?«, fragte Jenny.

Als er fast panisch aufschaute, wusste sie, dass sie richtiggelegen hatte. Er war heute nicht bei der Arbeit gewesen. Der Muff, der in dem Raum hing, roch, als hätte ihn Mike schon länger nicht mehr verlassen.

»Sie haben es bemerkt, bevor Sie heute Morgen loswollten«, sagte sie. »Der Mann gestern war kontaminiert ... Und weil man die Strahlen an Ihnen geortet hätte, konnten Sie nicht zur Arbeit gehen. Dort stehen überall Strahlenmonitore herum, nicht wahr?«

Er nickte stumm.

»Wie schlimm ist es?«, fragte Jenny und spürte die Panik zurückkehren, die sie schon früher am Tag im Gerichtssaal empfunden hatte.

»Zweihundert Millisievert. Es war in seinem Urin.«

»Sollten wir uns überhaupt hier aufhalten?«

»Hier unten ist es einigermaßen sicher, aber hochgehen würde ich nicht ... Ich weiß nicht, was ich tun soll.«

»Und Sie haben keine Idee, in welcher Verbindung dieser Mann mit Anna Rose stehen könnte?«, fragte sie.

»Nein.«

»Sie müssen die Polizei anrufen.«

»Das hätte ich heute Morgen tun sollen.«

»Sie haben nichts falsch gemacht. Es wird sich schon alles aufklären.« Sie versuchte zu lächeln. »Aber tun Sie mir bitte einen Gefallen – warten Sie eine Stunde, bevor Sie den Anruf machen. Ich muss noch etwas erledigen und möchte nicht die ganze Nacht von der Polizei aufgehalten werden.«

Sein Blick flog zum Telefon auf dem Sideboard. »Eine Stunde?«

»Bitte, Mike«, sagte Jenny. »Ich werde versuchen, Anna Rose zu finden. Ich möchte mit ihr reden, bevor die Polizei es tut.«

»Wie wollen Sie das anstellen? Wohin gehen Sie?«

»Möchten Sie mitkommen?«

Er dachte einen Moment nach, dann schüttelte er den Kopf.

»Wenn ich etwas herausfinde, rufe ich Sie an.«

Er nickte. Jetzt, da er eine Entscheidung getroffen hatte, wirkte er etwas zuversichtlicher. Jenny wusste, dass ihr bestenfalls eine halbe Stunde blieb. Spätestens in zehn Minuten würde er zum Hörer greifen und der Polizei alles erzählen.

Über kleinere Straßen fuhr sie in Richtung Severn Bridge. Gelegentlich hielt sie im Rückspiegel Ausschau nach eingebildeten Verfolgern. Schwerer Regen, gemischt mit Schneeregen, schlug gegen die Windschutzscheibe. Mehrfach wählte sie McAvoys Nummer, stets erfolglos. Er war für sie nicht erreichbar. Sie spielte mit dem Gedanken, Alison anzurufen und sie zu bitten, noch eine Aussage von Sarah Levin aufzunehmen, aber ihr Instinkt sagte ihr, dass sie damit nicht viel erreichen würde. Was auch immer für eine Geschichte Sarah zu erzählen hatte, sie würde ihr Geheimnis bleiben, bis etwas noch Schlimmeres passierte.

Jenny wartete eine Viertelstunde im leeren Empfangsbereich der Polizeiwache von Chepstow auf Kriminalmeister Owen Williams. Mit ihrem Anruf hatte sie ihn aus dem Pub fortgelockt. Er begrüßte sie mit einem wohlwollend resignierten Lächeln, als er seinen durchnässten Mantel auszog.

»Mit Ihnen hat man nie Langeweile, was, Mrs. Cooper?«

»Tut mir leid. Es geht um eine dieser Geschichten, bei denen ich unseren Jungs aus Bristol nicht trauen kann.«

»Ich kann Ihnen aber nur helfen, wenn der Fall in meinem Zuständigkeitsbereich liegt.«

»Teilweise tut er das.«

»Hauptsache, ich kann bald weiterspielen.« Er schaute auf die Uhr. »Es wird nicht lange dauern, oder? Ich stecke mitten in einer Partie.«

»Ich beeile mich.«

Sie folgte ihm durch die Sicherheitstür in sein Büro, einen quadratischen Würfel von drei mal drei Metern, dessen Wände mit Stahlregalen voller staubiger Karteikästen zugestellt waren. Sein Computer stand verdeckt unter einer Plastikhaube auf einem eigenen Tisch, so als würde er nur zu besonderen Anlässen enthüllt. Während Williams seinen Mantel sorgfältig über den Heizkörper legte, unterbreitete ihm Jenny eine knappe Version der jüngsten Ereignisse ihrer Untersuchung. Er war schockiert, als er von Mrs. Jamals Tod erfuhr, von dem er nichts mitbekommen hatte. Dass er von der radioaktiven Substanz nichts wusste, überraschte ihn allerdings nicht. Obwohl seine Wache nur ein Dutzend Meilen vom Zentrum von Bristol entfernt lag, lebte er nach

Auffassung der englischen Kollegen am anderen Ende der Welt. Die Waliser Beamten behandelte man mit einer Gleichgültigkeit, die an Verachtung grenzte. Die Einstellung beruhte auf Gegenseitigkeit.

Williams hörte stumm zu und strich sich über den dichten, allmählich ergrauenden Schnurrbart, als Jenny aufzählte, aus welchen Gründen sie nach Anna Rose suchte. Von ihrem Verschwinden hatte er kaum etwas gehört, geschweige denn von ihrer Verbindung zu dem Atomkraftwerk, das direkt gegenüber von seiner Wache auf der anderen Mündungsseite des Flusses lag.

»Dieses verdammte Ding ist nur zwei Meilen von hier entfernt«, sagte Williams. »Sie können sich bestimmt denken, wo Ebbe und Flut den ganzen Müll hinspülen – direkt in die Mündung des Wye. Hierher. Die elenden Bastarde leugnen das natürlich.«

»Der Freund von Anna Rose hat mir eine Handynummer gegeben, die sie manchmal benutzt. Er glaubt, dass sie Nachrichten abgehört hat.«

»Von hier? Wenn sie in England ist, kann ich nichts tun.«

»Betrachten Sie es mal so: Als Nazim und Rafi zum letzten Mal gesehen wurden, waren sie auf dem Weg nach Wales. Es gibt mittlerweile genügend Indizien, um Ermittlungen in einem Entführungsfall zu rechtfertigen, und Anna Rose ist eine mögliche Zeugin.«

»Verstehe.« Allmählich freundete sich Williams mit der Idee an.

»Ich würde Sie nur darum bitten, sich mit der Telefongesellschaft in Verbindung zu setzen und die letzte bekannte Position des Handys herauszubekommen.«

»Wie schnell brauchen Sie die Information?«

»Jetzt sofort?«

»Soll das ein Scherz sein? So etwas kann man nicht so einfach aus dem Hut zaubern, Mrs. Cooper. Und kosten tut es auch. Für eine solche Recherche lassen die Telefongesellschaften den Antragsteller richtig bluten. Ich kann es nicht verantworten, einen solchen Betrag auszugeben.«

»Und wer könnte das?«

»Ich kann es mal beim Chef versuchen, aber ich würde keine großen Hoffnungen hegen.«

»Dann lassen wir es über mein Büro laufen.«

»Bekomme ich das schriftlich?«

»Ich schreibe es mit meinem eigenen Blut, wenn Sie es wollen.«

Williams schaute sie mit väterlicher Besorgnis an. »Mrs. Cooper, Sie wissen, dass ich nicht davor zurückschrecke, mich für Sie aus dem Fenster zu lehnen, aber ich tue das nur, wenn wir auf der richtigen Seite stehen. Die Nummer dieses Mädchens und sein Aufenthaltsort sind Informationen, die mit einem terroristischen Akt in Verbindung gebracht werden können. In einem solchen Fall ist es ein ernsthaftes Vergehen, das Ganze nicht den zuständigen Behörden zu melden.«

»Sie sind die zuständige Behörde.«

»Und ich muss mich ebenfalls an die Gepflogenheiten halten und meinem Vorgesetzten Meldung erstatten. Was ich sagen will, Jenny – darf ich Jenny sagen? –, die Sache kann nicht unter uns bleiben, so gerne ich diesen englischen Verbrechern auch eins auswischen will.«

»In Ordnung. Geben Sie mir später nur ein paar Minuten Vorsprung.«

Williams hatte keinerlei Erfahrung damit, wie man die letzte bekannte geographische Position eines Handys herausbekam. Er rief etliche Kollegen an, sprach mit ihnen ausschließlich auf Walisisch und fand heraus, dass Telefongesellschaften solche Anfragen nur bearbeiteten, wenn sie von höher gestellten Beamten eingereicht wurden. Nach einem weiteren Gespräch verfügte er immerhin über den Namen eines freundlichen Kriminalinspektors in Cardiff, den er dann mit mehr Halbwahrheiten, als er eigentlich vertreten konnte, dazu überredete, die Anfrage für ihn zu stellen. Schließlich folgte ein fünfzehnminütiges Gefeilsche mit einem schlecht gelaunten Mitarbeiter der Mobilfunkgesellschaft, der für die Nachforschung zehntausend Pfund forderte. Williams handelte ihn auf sechstausend herunter, weiter ließ es der Mitarbeiter nicht kommen.

Verdammt, dachte Jenny. Ihr beschränktes Budget würde die Kosten nie decken. Sie zückte die Kreditkarte von ihrem Büro und betete, dass der Vorgang reibungslos funktionieren möge. Fehlanzeige. Erst nach einem emotionalen Anruf bei Visa und dem Versprechen, persönlich für den Betrag zu bürgen, wurde die Zahlung genehmigt.

Nach mehr als einer Stunde Drängen und Überreden hatte Jenny die gewünschte Information. Das Handy von Anna Rose war zuletzt vor vierundzwanzig Stunden mit dem Netz verbunden gewesen. Man hatte es in einem Gebiet im Umkreis von etwa hundert Metern um die Harlowe Street lokalisieren können, im nördlichen Zentrum von Bristol. Es war weniger als zwei Minuten lang eingeschaltet gewesen. Für eine ähnlich kurze Dauer war es drei Tage zuvor am selben Ort ins Netz gegangen.

»Ich hoffe, das war die verdammte Mühe wert«, sagte Williams, als er den Hörer auflegte.

»Ich werde die Rechnung an die Kripo in Bristol schicken«, sagte Jenny. »Die werden mehr als wild darauf sein, Anna Rose in die Finger zu bekommen.«

»Bestellen Sie ihnen meine allerbesten Grüße, Jenny. Und

wenn Sie schon mal dabei sind, treten Sie ihnen mal kräftig in die Eier.«

Es war bereits nach zehn, als Jenny die Severn Bridge überquerte und über die Autobahn nach Bristol fuhr. Sie war sich unsicher, ob sie es noch einmal bei McAvoy versuchen sollte, konnte der Versuchung dann aber nicht widerstehen. Erfolglos. Als sie das Handy wieder ausstellen wollte, klingelte es. Ihr Herz setzte für einen Schlag aus, als sie aufs Display schaute: UNBEKANNT.

»Hallo?« Das Netz war schwach. Sie hoffte sehnlichst darauf, McAvoys Stimme zu hören.

»Mrs. Cooper? Inspektor Pironi hier. Ich habe soeben mit Mike Stevens gesprochen.«

Scheiße.

»Wurde auch Zeit«, sagte Jenny.

»Wer zum Teufel ist dieser Amerikaner?«

»Sagen Sie es mir.«

»Sie haben doch mit McAvoy geredet. Er weiß es.«

»Dann fragen Sie ihn.«

»Wo ist er.«

»Auf diese Frage muss ich leider passen.«

Pironi verlor die Geduld. »Sie wissen doch, was für eine Strafe auf die Unterschlagung von Informationen steht?«

»Ich habe nichts unterschlagen. Ich habe der Polizei alles erzählt, was ich weiß.«

»Welcher Polizei?«

»In Chepstow.«

»Himmelherrgott. Was, zum Teufel, spielen Sie für ein Spielchen, Cooper? Die Antiterrorabteilung, der MI5 und alle Uniformierten sind unterwegs, um nach Anna Rose Crosby zu suchen. Vielleicht treibt sich da draußen irgendwo jemand herum, der gerade eine schmutzige Bombe gebastelt hat.«

»Auf die Idee bin ich auch schon gekommen.«

»Wenn Sie mir Informationen vorenthalten …«

»Ich schlage Ihnen einen Deal vor. Wer auch immer Anna Rose zuerst findet – wir werden beide mit ihr reden.«

»Glauben Sie etwa, dass Sie oder ich in ihre Nähe gelassen werden? Sie sind noch naiver, als ich gedacht hatte.«

»Ich merke, dass Sie Gewissensbisse haben, Mr. Pironi«, sagte Jenny. »Aber wenn Sie nicht acht Jahre lang keinen Finger gerührt hätten, könnte Mrs. Jamal noch leben und Anna Rose noch Partys feiern. Warum tun Sie nicht das einzig Angemessene und sehen zu, dass wir beide bekommen, was wir wollen?«

Eine kurze Pause trat ein, dann sagte Pironi: »Ich habe den begründeten Verdacht, dass Sie Informationen über terroristische Aktivitäten zurückgehalten haben. Ich empfehle Ihnen, zur nächsten Polizeiwache zu gehen und sich zu stellen.«

»Hat man Ihnen eingeflüstert, mir das zu raten?«, fragte Jenny. »Waren es dieselben Leute, die wollten, dass Sie McAvoy etwas anhängen?«

»Sie haben gehört, was ich gesagt habe.«

»Sie sollten noch einmal darüber nachdenken, für wen Sie arbeiten. Ich bin mir nicht sicher, dass es damit getan ist, in die Kirche zu gehen.«

Jenny hatte die Gegend erreicht, in der Anna Rose ihre Nachrichten abgerufen hatte. Verrußt und von den Laternen in ein trübes, orangefarbenes Licht getaucht harrten die viktorianischen Gebäude der Harlowe Road im Schneeregen aus. Langsam fuhr Jenny an geschlossenen Billigläden, verschiedenen heruntergekommenen Pubs und einem schäbigen Imbiss vorbei. Dann parkte sie in einer Seitenstraße und eilte, den Mantel über den Kopf gezogen, zu dem Imbiss zurück.

Ein älterer Indopakistaner mit fingerlosen Handschuhen und zwei übereinandergezogenen Strickjacken sah einen Bollywoodfilm in einem winzigen Fernseher, der in fragilem Gleichgewicht auf einem Zigarettenregal balancierte. Jenny wühlte in ihrer Tasche herum und holte eine zerknickte Visitenkarte hervor. Dann stellte sie sich vor und erklärte, dass sie nach einer attraktiven jungen Frau suche, die möglicherweise in letzter Zeit in den Laden gekommen sein könnte.

Der alte Mann kniff die Augen zusammen und studierte die vom Regen durchgeweichte Visitenkarte. Jenny schenkte ihm ein freundliches Lächeln, wohl wissend, dass viele Indopakistaner dem Amt des Coroners mit tief verwurzeltem Misstrauen gegenüberstanden. Überzeugte Hinduisten und viele Muslime lehnten Obduktionen ab.

»Sie ist möglicherweise eine Zeugin«, sagte Jenny. »Eine junge Frau, Anfang zwanzig, kurze blonde Haare, intelligent, sehr hübsch – sie wäre Ihnen in jedem Fall aufgefallen.«

Der Mann zog die Mundwinkel herunter und schüttelte den Kopf.

»Ich weiß, dass sie gestern noch hier unterwegs war«, sagte Jenny. »Sie könnte ängstlich gewirkt haben, scheu.«

Die Beschreibung schien seinem Gedächtnis auf die Sprünge zu helfen. »Englisches Mädchen?«

»Ja. Haben Sie sie gesehen?«

»Ich bin mir nicht sicher. Vielleicht. Dahinten gibt es mehrere Pensionen.« Er zeigte mit dem Daumen in Richtung Osten. »Viele junge Leute wohnen dort. Vor allem Ausländer.«

Er gab ihr die Karte zurück.

»Danke. Sie waren sehr freundlich.«

Er runzelte die Stirn, hustete rasselnd und wandte sich dann wieder seinem Fernseher zu.

Das erste B&B auf ihrem Weg war das Metropole, eine umgebaute viktorianische Villa mit bröckelnder Fassade und einer einzelnen Glühbirne im Windfang. Jenny trat an die Rezeption, hinter der eine schlanke und für ihr Alter zu faltige Frau saß, und beschrieb ihr Anna Rose. Die Frau schaute sie gelangweilt an, bevor sie mit einem schweren osteuropäischen Akzent erklärte, dass in dem Hotel vorwiegend ausländische Arbeiter wohnten. Jetzt bemerkte Jenny auch, dass die laminierten Hinweisschilder an der Wand hinter dem Tresen größtenteils in Polnisch geschrieben waren. Das Metropole war eine billige Arbeiterabsteige, nichts für Leute wie Anna Rose.

Eiskaltes Wasser drang in ihre Schuhe, als sie sich einen Weg durch den aggressiven Verkehr bahnte, um auf der anderen Straßenseite die Stufen zum Hotel Windsor zu erklimmen. Das Etablissement wollte wohl etwas Besseres sein als seine Nachbarn, doch das klägliche Bemühen darum ließ es noch billiger aussehen. Die Chintzsofas im Foyer waren fleckig und durchgesessen, der ausgefranste Teppich mit Klebeband am Boden befestigt. Jenny drückte auf die Klingel an der unbesetzten Rezeption. Ein kleiner, fetter, triefäugiger Mann in einer schmuddeligen marineblauen Weste mit passender Krawatte kam aus seinem Büro. Ein Plastikschildchen wies ihn als Gary aus, er war stellvertretender Hoteldirektor. Seine Verärgerung über die lästige Störung wich, als er eine leidlich attraktive Frau erblickte. Er bedachte Jenny mit einem schleimigen Lächeln.

»Guten Abend, Madam. Was kann ich für Sie tun?«

Jenny reichte ihm die Visitenkarte, die sie bereits dem Mann im Imbiss gegeben hatte, und erzählte ihre Geschichte. Garys Tonfall wechselte von beflissen zu schmeichelnd, als er erklärte, dass die Beschreibung auf keinen seiner Gäste zutraf.

Jenny bemerkte einen gewissen Vorbehalt. »Sind Sie sich ganz sicher? Was ist mit Ihren Mitarbeitern von der Tagesschicht? Gibt es da jemanden, den ich anrufen könnte?«

Er kratzte sich am Kopf und dachte nach. »Ein paar Tage lang war ein Mädchen hier, aber sie hatte schwarze Haare, ganz kurz, fast so einen Bürstenhaarschnitt.«

»Wie hieß sie?«

»Sam, Sarah … irgendwie so.« Er tippte etwas in den Computer. »Da ist sie – Samantha Stevens.«

»Wohnt sie noch hier?«

»Sie hat am frühen Abend ausgecheckt – vor gut einer Stunde.«

Das ergab Sinn. Wenn sie heute Abend noch einmal ihre Nachrichten abgehört hatte, waren vermutlich auch einige von Mike dabei gewesen. Sie würde von dem Amerikaner erfahren haben und dass er sie suchte.

»Haben Sie eine Idee, wo sie hingegangen ist?«

»Sie hat ein Taxi genommen. Ich habe gehört, wie sie es bestellt hat.« Er nickte zu einem Münztelefon, das neben dem Tresen an der Wand hing.

»Hatte sie viel Gepäck dabei?«

»Nur einen Rucksack, glaube ich. Sie schien es eilig zu haben. Hat sie irgendwelchen Ärger?«

Jenny ignorierte die Frage, nahm den Hörer und drückte auf Wahlwiederholung. Am anderen Ende meldete sich eine Mitarbeiterin von PDQ Taxi. Ungeduldig erkundigte sich Jenny, wo der letzte Fahrgast vom Hotel Windsor abgesetzt worden sei, woraufhin die Mitarbeiterin sie mit ihrer Raucherstimme unfreundlich darüber aufklärte, dass es ihr nicht gestattet sei, vertrauliche Informationen über Fahrgäste weiterzugeben.

»Dann formuliere ich es eben anders«, entgegnete Jenny. »Sie haben gar keine Wahl. Ich bin mir sicher, dass Ihr Büro ein mieses Loch ist, aber lassen Sie es sich gesagt sein, es ist ganz bestimmt immer noch besser als jede Polizeizelle.«

Gary trat hinter dem Tresen hervor und bedeutete Jenny, ihm den Hörer zu geben. »Lassen Sie mich mal ...«

Widerwillig gab Jenny nach.

»Hallo, Julie, meine Süße«, gurrte er. »Ich bin's, Gary. Ich stehe hier gerade mit einer Dame, Schätzchen, und tue mein Bestes, um ihr zu helfen. Warum sagst du ihr nicht einfach, was sie wissen möchte, sonst müsste ich mir überlegen, in Zukunft ein anderes Taxiunternehmen zu empfehlen.«

Jenny hörte ein missmutiges Grunzen, dann teilte die Mitarbeiterin Gary mit, dass das Fahrtziel der Busbahnhof in der Marlborough Street im Zentrum gewesen sei.

Breit grinsend legte er den Hörer auf und erkundigte sich, ob er sonst noch irgendwie behilflich sein könne. Sein Blick glitt zu Jennys Brüsten hinab.

»Nein, danke. Sie haben mir schon sehr geholfen.« Sie zog den Mantel über der Brust zusammen. »Bis dann einmal, Gary.«

Als sie durch die Tür ging, sah sie sein Spiegelbild in der Scheibe. Er züngelte wie eine hungrige Eidechse.

26

Jenny bemerkte die nachtblaue Lexus-Limousine nicht, die sich zwei Wagen hinter ihr hielt, als sie in Richtung Busbahnhof fuhr. Aus dem Schneeregen waren dicke, nasse Flocken geworden, die liegen blieben. In ihrer Scheibenwischanlage war keine Flüssigkeit mehr, und die Lichter der Straße blendeten sie durch die schmutzige Windschutzscheibe. Sie schlängelte sich durch den dichten Verkehr auf dem Haymarket, hätte fast einen leichtsinnigen Betrunkenen angefahren, missachtete rote Ampeln und bog in die Marlborough Street ein.

In einer Halteverbotszone stellte sie den Wagen ab und rannte in den Busbahnhof. Außer ein paar Fahrgästen, die müde an einem Taxistand warteten, war keine Menschenseele zu sehen. Die Busse, die hier noch herumstanden, parkten über Nacht, das Metallgitter vor dem Tickethäuschen war heruntergelassen. Jenny lief zwischen den Bussen umher, aber von einer jungen Frau mit Rucksack gab es keine Spur.

Jenny kämpfte gegen die Panik an, Anna Rose könnte ihr entwischt sein, und eilte zu den Fahrplänen zurück. Auf dem Weg entdeckte sie einen Mann in Overall, der mit einem Staubsauger aus einem leeren Bus stieg. Sie lief auf ihn zu und fischte ihre zerknitterte Visitenkarte aus der Tasche.

»Entschuldigen Sie …« Außer Atem reichte sie ihm die Karte. »Ich bin Coroner. Ich suche eine junge Frau, die vor ungefähr einer halben Stunde hier gewesen sein muss. Kurze schwarze Haare. Rucksack.«

Die Reinigungskraft musterte die Karte misstrauisch. Der Mann aus der Karibik hatte schwere Lider und den müden Gesichtsausdruck einer Person, die sich damit abgefunden hat, ihr Leben lang einen freudlosen, schlecht bezahlten Job machen zu müssen.

»Haben Sie das Mädchen gesehen?«

Der Mann antwortete ausweichend. »Glaub nicht.«

»Sind in der letzten halben Stunde noch Busse von hier abgefahren?«

»Der Bus nach London um Viertel vor elf.«

Jenny schaute auf ihre Uhr: neun vor elf.

»War das der einzige?«

»Soviel ich weiß, ja.«

»Fährt er direkt nach London durch?«

Der Reinigungsmann zuckte mit den Achseln. »Bin noch nie mit ihm gefahren.«

Jenny lief zu ihrem Wagen zurück. Ihre eleganten Schuhe rutschten auf der dünnen Schneeschicht, ihre Seidenstrumpfhose war an den Füßen nass, und ihre Zehen schmerzten vor Kälte. Sobald sie hinter dem Steuer saß, drehte sie die Heizung auf und fuhr mit einem leichten Schlingern los. Knapp fünfzig Meter hinter ihr schaltete der Lexus die Scheinwerfer an und folgte ihr.

Die Hauptstraße, die aus der Stadt hinausführte, ging schnell in die Autobahn M32 über. Jenny fuhr mit achtzig Meilen auf der äußeren rechten Spur. Die Reifen hinterließen Abdrücke im unberührten Schnee. Was würde sie überhaupt tun, wenn sie den Bus einholte? Sie könnte ihm bis nach London folgen, und dann? Selbst wenn Anna Rose tatsächlich in dem Bus saß, gab es keinen Grund, warum sie sich auf ein Gespräch mit Jenny einlassen sollte. Und wer wusste schon, was sie in ihrem Rucksack hatte. Es wäre vernünftiger gewesen, die Polizei anzurufen. Wenn Anna Rose in sicherem Gewahrsam war, hätte sie eine Befragung einfordern können. Verweigerte man sie ihr, könnte sie mit einer Verfügung des Obersten Gerichtshofes ihr Recht durchsetzen. So kalt, nass und entsetzlich müde, wie Jenny war, war sie einen Moment lang versucht, genau das zu tun. Ihr Handy steckte in ihrer Handtasche. Innerhalb weniger Sekunden könnte sie mit Pironi sprechen.

Doch eine andere, überzeugendere Stimme riet ihr, der Versuchung nicht zu erliegen. Würde die Polizei Anna Rose stellen, bekäme Jenny nie die Gelegenheit, mit ihr zu sprechen. Man würde sie kaltstellen und ihr mit Entlassung drohen, sollte sie Ärger machen. Ihr würde die ganze Übermacht eines Staates im Antiterrorkampf gegenüberstehen.

Sie trat aufs Gaspedal. Der Tacho pendelte sich bei neunzig ein.

Am Stadtrand nahm sie die Abzweigung Richtung Osten und fuhr in einem Bogen auf die M4. Die Autobahn war unbeleuchtet und wurde vom Dunkel verschluckt. Ihre Augen hatten Mühe, durch die schmierigen Streifen auf der Windschutzscheibe etwas zu erkennen. Jedes entgegenkommende Licht blendete sie und ließ die Straße vor ihr für einen kurzen Augenblick verschwinden.

Nachdem sie in größter Anspannung gut fünfzehn Meilen zurückgelegt hatte, tauchten plötzlich die doppelten Schlusslichter eines Reisebusses in der Finsternis auf. Er fuhr mit einer konstanten Geschwindigkeit von siebzig Meilen auf der Innenspur. Unter seinen massiven Reifen spritzen ganze Schlammlawinen auf.

Jenny wechselte auf die äußere Spur, als sie auf der Höhe des Busses war, um die Personen im Innern zu betrachten. Doch alles, was sie hinter den beschlagenen Fenstern ausmachen konnte, waren die flackernden Bildschirme in den Rückenlehnen der Sitze.

Plötzlich wurde ihr Auto von gleißendem Licht durchflutet. Erschreckt schaute Jenny in den Rückspiegel. Ein paar Zentimeter hinter ihren Rücklichtern blendete ein größeres Gefährt bereits zum zweiten Mal auf. Blind schwenkte Jenny auf die Mittelspur. Während rechts ein Range Rover an ihr vorbeischoss, spritzte ihr der Bus eine volle Ladung Schlamm auf die Windschutzscheibe. Instinktiv trat sie auf die Bremse und riss den Wagen zur Seite. Hinter ihr hupte es, und wieder blendeten Schweinwerfer auf, sodass sie gezwungen war, ihren Wagen sofort nach links zurückzuziehen. Dass der Lexus sie überholte, nahm sie kaum wahr, weil nun das Heck von ihrem Golf nach rechts ausscherte. Für einen Moment rutschte sie seitlich über die Autobahn. Als sie die hintere Ecke des Busses streifte, riss sie ihr Lenkrad herum, drehte sich langsam um hundertachtzig Grad und kam endlich auf dem Seitenstreifen zum Stehen. Ihr Wagen zeigte gegen die Fahrtrichtung. Ein großer Lastwagen donnerte vorbei und hupte laut und anhaltend, weil er ausweichen musste.

Erleichtert, noch am Leben zu sein, drehte Jenny den Zündschlüssel herum, startete den Motor und legte den ersten Gang ein. Die Vorderräder ließen Schnee aufspritzen, fanden dann Halt und ließen den Golf vorwärtsholpern. Auf der Innenspur schossen ein paar Wagen vorbei und hupten. Bevor die nächsten Schweinwerfer näher kommen würden, musste Jenny die Lücke nutzen. Sie trat das Gaspedal durch, riss den Wagen scharf nach links und knallte die Gänge rein, bis der Tacho sechzig, siebzig, achtzig Meilen zeigte.

Zitternd raste sie knapp zwei Kilometer über die dünne Schneedecke und erreichte schließlich den Lastwagen, der fast in sie hineingefahren wäre. Sie überholte und sah bald auch wieder die unverwechselbaren Rücklichter des Busses vor sich. Er blinkte links und fuhr auf eine Tankstelle. Jenny zog über zwei Spuren nach außen und erwischte die Ausfahrt um Haaresbreite.

Die Straße führte bergan auf einen Hügel, auf dem Jenny dem Schild zum Bus- und Lastwagenparkplatz folgte. Der Bus stand in der hinteren rechten Ecke. Sie lenkte den Golf durch den Schnee, vorbei an reihenweise Lkws, die hier über Nacht parkten, und dachte darüber nach, dass sie möglicherweise gleich Anna Rose begegnen würde. Was, wenn die sich weigerte, mit ihr zu reden? Oder einfach wegrannte? Schmerzen wie heiße Nadelstiche schossen ihr durch Brustkorb und Arme.

Sie näherte sich dem Bus von der linken Seite. Als sie kaum noch dreißig Meter von ihm entfernt war, glitt die vordere Tür auf. Im selben Moment huschten zwei Gestalten aus dem Schatten: drahtige, athletische Männer in schwarzen paramilitärischen Kampfanzügen und entsprechenden Kappen. Als sie die Bustür erreichten, griffen sie in ihre Jacken und stürmten in das Innere. Jenny trat auf die Bremse und kam schlitternd zum Stehen. Hinter den beschlagenen Fensterscheiben konnte sie die hektischen, verschwommenen Bewegungen von Menschen beobachten. Gedämpfte Schreie und Stimmen drangen an ihr Ohr. Dann wurde eine schmale, nicht näher zu erkennende Person gewaltsam durch den Mittelgang gezogen.

Ein metallischer Schimmer erregte Jennys Aufmerksamkeit. Als sie nach links schaute, sah sie eine große, schlanke Silhouette zwischen den Anhängern zweier Sattelschlepper hervortreten. Er trug Jeans und eine Skijacke. Eine Baseballkappe, die tief in seine Stirn gezogen war, verdeckte sein Gesicht. Er hielt inne und schaute kurz zu ihr herüber.

Er war es. Der Amerikaner. Der Mann, der in die Leichenhalle gekommen war, weil er angeblich seine vermisste Stieftochter suchte. Seine Aufmerksamkeit richtete sich wieder auf den Bus. Er hob beide Hände und zielte, als die beiden Männer ihre Gefangene die Treppe herunterzerrten.

Aus einem Reflex heraus trat Jenny aufs Gas und fuhr auf ihn zu. Orangefarbenes Feuer blitzte ein Mal aus dem Lauf seiner Pistole auf, dann ein zweites Mal. Auch aus Richtung des Busses ertönten kurze Schüsse. Der Amerikaner strauchelte und streckte die Hand nach einem Anhänger aus. Jenny fuhr an ihm vorbei und bremste in einem Bogen.

Etwas weiter links von ihr stießen die zwei Männer eine kleine dunkelhaarige Frau auf den Rücksitz eines Range Rovers, sprangen selbst auf die Vordersitze und rasten durch die Hecke los, die den Busparkplatz von der dahinter liegenden Ausfahrt trennte.

Die Streifenwagen und Zivilfahrzeuge kamen zwei Minuten später. Kurz darauf tauchte auch ein Hubschrauber auf und erleuchtete mit seinen Suchscheinwerfern die Szenerie. Der Busparkplatz wurde abgeriegelt, Jenny zusammen mit den hysterischen Fahrgästen aus dem Bus und einer Handvoll verwirrter Lastwagenfahrer zusammengetrieben. Sie alle wurden durchsucht und mussten Handys, Kameras und anderes elektronisches Gerät abgeben. Dann führte man sie zur Raststätte. Jenny weigerte sich und wollte dem uniformierten Polizisten soeben erklären, dass sie ein Coroner Ihrer Majestät und in einem offiziellen Einsatz sei, als sie Kriminalinspektor Pironi mit Alison im Schlepptau auf sich zukommen sah.

»Ich kümmere mich um die Frau, Officer!«, rief Pironi dem Polizisten zu und wedelte mit seinem Dienstausweis.

Widerwillig trat der Mann einen Schritt zurück.

»Sie halten sich für großartiger als den Rest der Welt«,

explodierte Pironi. »Da läuft einer mit einer schmutzigen Bombe herum, und Sie wollen es uns Ermittlern unbedingt zeigen, ja?«

»Es ist mein gesetzlich verbürgtes Recht, mit Anna Rose zu sprechen.«

»Sie haben ein Recht zu schweigen, Mrs. Cooper. Informationen zu unterschlagen ...«

»Ich habe den Amerikaner gesehen«, unterbrach ihn Jenny. »Er stand genau dort.« Sie zeigte auf den einen Anhänger. »Er hat auf die Männer geschossen, die Anna Rose mitgenommen haben.«

Pironi verstummte für einen Moment. »Wo ist er hin?«

»Er ist sofort nach ihnen weggefahren. Ich denke, er wurde getroffen.«

»Bleiben Sie hier.«

Pironi ging zu dem Anhänger.

»Was ist sein Problem?«, wollte Jenny von Alison wissen.

»Er hat den Auftrag, Sie einzulochen.«

»Von wem?«

»Das fragen Sie noch?«

»Was soll das alles bedeuten?«

»Das weiß er auch nicht. Es wird einfach von oben angeordnet.«

»Und was machen Sie hier? Moralische Unterstützung?«

»Ich dachte, er wollte reden.«

Pironi kam zurück. Er schaute Alison an, dann Jenny. Er wirkte ängstlich und unentschlossen. »Konnten Sie sein Gesicht erkennen?«

»Ich habe ihn vor zehn Tagen in der Leichenhalle gesehen. Er hat sich als Geschäftsmann ausgegeben, der seine vermisste Stieftochter sucht.«

Pironi betrachtete den dreckigen Schnee. »Sie waren nie hier. Verschwinden Sie.«

»Was ist mit meinem Auto?«, fragte Jenny.

»Geben Sie mir den Schlüssel und warten Sie dort drüben.«

Sie gehorchte seiner Aufforderung. »Verraten Sie mir, wer der Mann ist?«

»Wir haben keine verdammte Ahnung.«

Die Szene an der Raststätte spulte sich unentwegt in einer Endlosschleife vor ihrem geistigen Auge ab, wie ein verstörendes, immer wiederkehrendes Nachrichtenfragment. Nach all ihren Bemühungen war man ihr doch zuvorgekommen. Und mit derselben Zuverlässigkeit, mit der man Anna Rose ihrem Zugriff entzogen hatte, hatte man wahrscheinlich auch Sarah Levin mittlerweile zum Schweigen gebracht. So wie die frustrierende Reise in ihr Inneres war nun auch ihre Untersuchung an einer unbezwingbaren Hürde gescheitert.

Eine dünne Schneeschicht bedeckte den Boden um Melin Bach herum. Der Sturm hatte sich verzogen, die Luft war totenstill. Die Nacht war so ruhig, wie Jenny sie noch nie erlebt hatte. Selbst das Holz, das sonst unentwegt arbeitete, hatte aufgehört zu knarren. Nur ihr Atem und ihre Schritte auf den Steinplatten waren zu hören. In Nachthemd und Strickjacke ging sie rastlos zwischen Wohn- und Arbeitszimmer hin und her und suchte nach Argumenten, die es ihr ermöglichen würden, ihre Untersuchung weiterzuführen. Sie bewegte sich auf einem Terrain, das von den Paragrafen in ihren Gesetzbüchern nicht abgedeckt wurde. In erhabenen Worten wurde dort von der Macht des Coroners gesprochen, an höhere Gerichte zu appellieren, um Dokumente einsehen oder Zeugen berufen zu können, aber dem lag immer ein Rechtssystem zugrunde, das sich politischem Druck nicht beugte. Die Richter müssten unparteiisch sein und alle staatlichen Instanzen gleich behandeln, und es dürfte keinen

Raum für Manipulationen, Absprachen, sanktionierte Leugnungen und vorsätzliche Missverständnisse geben.

Es war vier Uhr morgens, als sie erschöpft aufgab. Sie ließ sich auf einen Stuhl sinken und versuchte sich auszuruhen. *Du kannst jetzt nichts mehr tun*, sagte sie sich. *Du hast alles versucht. Du hast mehr getan, als jeder andere Coroner getan hätte.* Langsam entspannten sich ihre Muskeln und wurden schwer. *Manche Dinge liegen einfach jenseits deiner Möglichkeiten. Lass es sein, Jenny.*

Ihre Augenlider fielen zu. Sie beugte sich vor, wollte sich in ihr Bett schleppen, doch stattdessen döste sie ein und sank in einen tiefen, erschöpften Schlaf.

Ihrem Gefühl nach waren nur wenige Minuten vergangen, als sie vom Telefon unsanft in die Wirklichkeit zurückgeholt wurde. Orientierungslos tastete sie nach dem Hörer und murmelte ein heiseres Hallo.

»Jenny? Hier ist Alec.« McAvoys Stimme war leise und nüchtern.

»Mein Gott.« Jenny schaute auf die Uhr. Es war fast halb fünf. »Wo zum Teufel sind Sie abgeblieben?«

»Ich dachte nicht, dass Sie mich gestern noch brauchen würden … Ich hatte ein paar Dinge zu erledigen.«

Ihre Gedanken überstürzten sich.

»Ich brauche Sie aber. Sie müssen heute früh eine Aussage machen. Sie müssen etwas über diesen Amerikaner sagen. Sie wissen doch etwas über ihn, oder?«

»Ich habe Ihnen eine Menge zu erzählen, Jenny. Ein ganzes Buch könnte ich damit füllen.« Er klang müde.

»Alec … Es ist doch alles okay, oder? Pironi hat Alison erzählt, dass es Ihnen nicht gut zu gehen schien.«

»War das eine physische Diagnose, oder bezog er sich damit auf meinen geistigen Zustand?«

»Ich werde ihn ins Gericht bitten, um sich Ihre Aussage

anzuhören. Möglicherweise können wir ihn überzeugen, zumindest damit rauszurücken, wer damals die Einstellung der Ermittlungen befohlen hat. Vielleicht würde er sogar einräumen, dass er angewiesen wurde, Sie beiseitezuschaffen.«

»Das wäre ein Wunder.«

»Ich glaube, sein Gewissen quält ihn. Heute Abend ist etwas passiert ...« Sie beherrschte sich. »Ich erzähle es Ihnen nach Ihrer Aussage. Sie werden doch aussagen, oder?«

McAvoy schwieg.

»Alec, bitte. Hören Sie mir zu. Sie müssen kommen. Ich hatte schon die Hoffnung aufgegeben, aber es gibt noch Hoffnung, oder?«

»Es gibt immer Hoffnung.«

»Und wenn alles vorbei ist, reden wir miteinander, ja?«

»Das werden wir. Gute Nacht, Jenny.«

»Gute Nacht ... Alec ...« *Sie haben mir nicht erzählt, warum Sie angerufen haben*, wollte sie noch sagen, aber die Leitung war schon tot. Sie hätte ihn zurückrufen können, aber das hätte den Moment verdorben. Außerdem wusste sie, was er sagen wollte, sie spürte es: Sie war nicht allein. Er war bei ihr.

27

Selbst in ihrem Büro im ersten Stock konnte Jenny die Proteste vor dem Saal hören. Die Menge der wütenden jungen Indopakistaner war auf mehr als dreißig Personen angewachsen, aber die Polizisten waren in der Überzahl. Noch immer war keine Silbe über die gerichtliche Anhörung in Zeitung, Radio oder Fernsehen verloren worden. Auch die Entführung von Anna Rose und der Schusswechsel auf der Autobahnraststätte hatten nicht den Weg in die Medien gefunden. Was die Außenwelt betraf, war nichts davon je passiert.

Alison klopfte und trat mit einer bedauernden Miene ein.

»Von McAvoy ist keine Spur zu sehen, genauso wenig wie von Dave Pironi. Dr. Levin habe ich eine weitere Nachricht hinterlassen. Sie weiß, dass sie herkommen soll.«

»Was ist mit diesem Salim? Konnten Sie ihn ausfindig machen?«

»Ich habe von der Universität eine Adresse und eine Telefonnummer bekommen, aber er geht nicht ans Telefon. Der Betreuer, mit dem ich gesprochen habe, behauptet, er sei zu den letzten beiden Tutorien nicht erschienen.«

»Wann wurde er zuletzt gesehen?«

»Vor fast drei Wochen.«

Jenny kämpfte gegen den Verdacht an, dass ihre Zeugen vorsätzlich der Anhörung ferngehalten wurden.

»Was gedenken Sie zu tun?«, fragte Alison. »Wir hätten

vor einer Viertelstunde beginnen sollen. Miss Denton wird ungeduldig.«

Jenny mobilisierte ihre letzten Kraftreserven. Die Erschöpfung und die überwältigende Angst, dass ihr alles aus den Fingern gleiten könnte, drohten die Wirkung der Medikamente zunichtezumachen. Ihr Herz hämmerte gegen ihre Rippen.

»Ich sollte der Jury gegenüber eine Erklärung abgeben«, antwortete sie und stand auf. »Versuchen Sie weiter, McAvoy und Pironi zu erreichen. Wer weiß, vielleicht sind sie ja gemeinsam auf dem Weg hierher.«

Alison zog die Augenbrauen hoch. »Es sind schon Wunder geschehen.«

Martha Denton erhob sich ungeduldig, als Jenny ihren Platz am Kopfende des Saals eingenommen hatte.

»Können wir kurz etwas besprechen, bevor Sie die Jury hereinrufen, Ma'am?«

Jenny hatte keinen Grund, warum sie der Bitte nicht stattgeben sollte. Ihr fiel auf, dass Mr. Jamal heute älter aussah, resigniert.

Denton griff nach einem Papier. »Es wird Sie nicht überraschen zu hören, dass vom Ministerium ein Entscheid vorliegt, im öffentlichen Interesse die Informationen zu den Umständen von Nazim Jamals und Rafi Hassans Verschwinden unter Verschluss zu halten.«

Alison reichte eine Kopie an Jenny weiter, die den unpersönlichen Text überflog.

»Wenn ich Einblick in die Akten beantrage, wird mir der also vermutlich verweigert«, sagte Jenny.

»Vielleicht ist es hilfreich zu wissen, Ma'am, dass sich gegenwärtig ein Richter vom Höchsten Gerichtshof in Bristol aufhält. Er könnte sich heute Nachmittag Zeit nehmen.«

Und zwar mit einem fertigen Urteil in der Tasche, das jede Berufung von vornherein ausschloss, daran hatte Jenny keinerlei Zweifel.

»Ich muss noch verschiedene Zeugen anhören, Miss Denton. Meine Entscheidung werde ich Ihnen mitteilen, wenn ich alle Aussagen kenne.«

Denton wirkte überrascht. »Nun, wenn Sie nicht beabsichtigen, die amtliche Bestätigung anzufechten, wäre es wohl das übliche Verfahren, die Jury darauf hinzuweisen, dass sie früher oder später auf unbekannte Todesursache urteilen sollte. Mr. Skenes Aussage bestätigt immerhin, dass die Geheimdienste die Männer außer Landes wissen. Das ist zwar kein konkreter Beweis, aber soweit ich sehe der beste, den wir im Moment haben.«

»Solange *ich* das nicht so sehe, ist es überhaupt kein Beweis, Miss Denton«, sagte Jenny und provozierte ein zustimmendes Nicken von Khan.

Sofort schoss Denton zurück. »Ma'am, obwohl es äußerst unüblich wäre, kann das Urteil eines Coroners angefochten und eine neue Untersuchung beantragt werden, wenn das Urteil eindeutig fehlerhaft ist. Es mag zwar frustrierend sein, den Inhalt der Geheimdienstinformationen nicht zu kennen, aber die Jury kann nicht zu einem anderen glaubwürdigen Urteil kommen, als dass die Todesursache unbekannt ist.«

Ruhig sagte Jenny: »Miss Denton, meine Jury wird ihr Urteil abgeben, wenn sie sämtliche verfügbaren Informationen gehört hat, und nur dann. Ob das Ihre sogenannten Geheimdienstinformationen nun einschließt, das sei dahingestellt.«

Alison erschien in der Tür zum Sitzungsraum und bedeutete Jenny stumm, dass Dr. Levin eingetroffen war.

»Bringen Sie jetzt bitte die Jury herein«, sagte Jenny. »Anschließend werden wir noch einmal Dr. Levin hören.«

Martha Denton warf Alun Rhys über die Schulter hinweg einen Blick zu und ließ sich auf ihren Stuhl sinken. Rhys starrte Jenny bedrohlich an, konnte aber nichts tun, als dazusitzen und zuzuschauen. Die Jury nahm ihre Plätze ein, und Sarah Levin kam vom Nebenzimmer aus in den Raum.

Als sie den Zeugenstand betrat, sah sie ängstlich zwischen Jenny und den Anwälten hin und her.

»Sie stehen noch immer unter Eid«, sagte Jenny. »Ich habe Sie erneut hergebeten, damit Sie uns bei der Klärung von ein paar wichtigen Hintergrundfragen helfen. Hat irgendjemand von der Polizei oder den Geheimdiensten mit Ihnen gesprochen oder sonst irgendwie Kontakt zu Ihnen aufgenommen, seit Sie gestern hier ausgesagt haben?«

»Nein.«

»Hat irgendjemand Ihnen vorgeschrieben, was Sie in Ihrer Aussage ansprechen dürfen und was nicht?«

Sie schüttelte den Kopf.

Jenny war nicht überzeugt, versuchte aber, sich nichts anmerken zu lassen. Havilland und Denton würden sich auf das geringste Anzeichen von Voreingenommenheit stürzen, das sie zeigte.

Sie schlug einen verbindlichen Ton an. »Sie hatten ein Stipendium für Harvard, nicht wahr? Nach Ihrem Abschluss hier in Bristol haben Sie dort promoviert.«

»Das ist richtig.«

»In jenem Jahr waren Sie einer von nur zwölf Stipendiaten.«

»Das stimmt.«

»Hatten Sie Kontakte nach Amerika, als Sie noch in Bristol studiert haben?«

»Nein«, sagte Dr. Levin, aber es klang verhalten.

Jenny fragte weiter. »Um Mitternacht des 28. Juni wurde beobachtet, wie ein Mann, etwa in den Vierzigern, Manor

Hall verlassen hat. Das war in der Nacht, in der Nazim und Rafi verschwunden sind. Dani James hat ausgesagt, er habe einen unförmigen Anorak und eine Baseballkappe getragen. Außerdem hatte er einen Rucksack oder eine Reisetasche bei sich. Wissen Sie, wer dieser Mann war?«

»Ich habe keine Ahnung.«

»Kannten Sie damals einen Amerikaner, auf den die Beschreibung zutreffen würde?«

»Nein …«

»Sie wirken unsicher.«

»Nein, ich kannte keinen.«

»Letzte Woche ist ein ähnlich beschriebener Mann, nur dass er etwas älter war, aus dem Haus von Nazims Mutter gekommen. Ein paar Minuten nach ihrem Tod. Haben Sie in letzter Zeit einen etwa fünfzigjährigen Amerikaner getroffen?«

Martha Denton knallte ihre Handfläche auf den Tisch, als sie aufsprang. »Ma'am, was für eine Bedeutung kann das für einen Fall haben, der acht Jahre zurückliegt?«

»Ich möchte Sie daran erinnern, Miss Denton, dass ich diejenige bin, die entscheidet, was relevant ist und was nicht.«

»Wenn ich recht informiert bin, ist Mrs. Jamals Tod im Moment Gegenstand polizeilicher Ermittlungen. Es ist nur angemessen, Sie darauf hinzuweisen, dass jede diesbezügliche Spekulation vor diesem Gericht das Risiko birgt, die Jury zu beeinflussen und ihr Urteil damit ungültig werden zu lassen.«

»Setzen Sie sich, Miss Denton. Und unterbrechen Sie mich nicht mehr.«

Die Jurymitglieder lächelten. Martha Denton folgte der Anweisung, warf Jenny aber einen giftigen Blick zu.

Jenny wandte sich wieder an die Zeugin. »Sie haben meine Frage noch nicht beantwortet, Dr. Levin.«

»Aber ich kann sie eindeutig beantworten: Ich kenne keinen Mann, auf den die Beschreibung zutrifft.«

»Aber Sie kennen Anna Rose Crosby, nicht wahr?«

Alun Rhys setzte sich abrupt auf.

»Ja ...«, sagte Sarah Levin zögernd.

»Könnten Sie der Jury bitte erzählen, um wen es sich bei ihr handelt?«

»Sie ist ... Sie war Studentin an meinem Institut. Letzten Sommer hat sie ihren Abschluss gemacht.«

»Und dann haben Sie ihr geholfen, einen Job in der Atomindustrie zu bekommen.«

»Ich war ihre Tutorin. Ich habe die üblichen Empfehlungen geschrieben.«

»Ist Ihnen bewusst, dass sie seit fast einem Monat vermisst wird?«

Sarah Levin schaute ängstlich zu den Anwälten hinüber. Alun Rhys war aufgestanden und kam nun durch den Saal auf sie zu.

»Das weiß ich, ja.«

»Und ist Ihnen auch bekannt, dass Anna Rose sich im letzten Jahr mit einem jungen Indopakistaner eingelassen hat – einem Doktoranden der Universität namens Salim Hussain?«

»Nein ... Das wusste ich nicht.«

»Können Sie sich vorstellen, warum derselbe Amerikaner Anna Rose sucht, seit sie vermisst wird?«

Sarah Levin schüttelte den Kopf und hielt den Blick auf Rhys, Denton und Havilland gerichtet, deren Anwälte sich angespannt berieten.

»Sie haben nicht die geringste Ahnung?«

»Das habe ich Ihnen doch gesagt, nein.«

»Würde es Ihrem Gedächtnis vielleicht auf die Sprünge helfen, wenn ich Ihnen erzähle, dass dieser Mann mit einer radioaktiven Substanz kontaminiert ist, die Ihnen zweifellos bekannt sein dürfte, mit …«

Denton fuhr dazwischen. »Ma'am, ich wurde angewiesen, Ihnen mitzuteilen, dass diese Art der Befragung zu unterbleiben hat.«

»Ich hatte Sie bereits ermahnt, Miss Denton.«

Rhys lehnte sich über den Tisch zu seiner Kollegin hinüber und gab ihr neue Anweisungen, bevor er aus dem Saal eilte.

Denton zögerte. Der Ausdruck von Empörung wich dem von Verblüffung. »Ma'am, ich wurde angewiesen, Ihnen zu sagen«, sie klang, als könnte sie selbst kaum glauben, was sie jetzt aussprechen würde, »dass Dr. Levin unter Tatverdacht steht und sofort verhaftet werden wird.«

»Dr. Levin ist Zeugin in einer gerichtlichen Untersuchung. Wer sie davon abhält, ihre Aussage zu beenden, macht sich der Missachtung der Würde des Gerichts schuldig.«

Durch die hintere Tür platzte Rhys wieder in den Saal herein. Er wurde von zwei Polizisten flankiert.

»Entschuldigung, Ma'am«, stotterte der Kriminalmeister, »ich wurde gebeten, Dr. Sarah Levin zu verhaften.«

»Warten Sie bitte, bis sie ihre Aussage beendet hat, oder ich werde Sie wegen Missachtung des Gerichts belangen«, fuhr Jenny ihn an.

»Verhaften Sie sie«, befahl Rhys.

Die beiden Polizisten näherten sich dem Zeugenstand.

Jenny ließ ihre angestaute Wut an ihnen aus. »Wagen Sie es ja nicht, diesem Gericht in die Quere zu kommen!«

Mit der emotionslosen Maske uniformierter Männer, die Befehlen bedingungslos gehorchen, nahmen die beiden Beamten die zu Tode erschrockene Sarah Levin am Arm und führten sie aus dem Zeugenstand. Jenny überkam ohnmächtiger Zorn. Sprachlos schaute sie zu, wie sie die Frau aus dem Saal schafften. Als sie hinausgingen, war es Kriminalinspektor Pironi, der ihnen die Tür aufhielt.

»Mr. Pironi«, sagte Jenny fast flüsternd, »können Sie mir bitte erklären, was hier vor sich geht?«

Aus den staubigen Tiefen ihrer Handtasche fischte sie die zwei Xanax, die es offiziell gar nicht gab und die sie für äußerste Notfälle aufbewahrt hatte. Sie schluckte beide, wartete zwei Minuten, bis sie zu wirken begannen, und rief dann Pironi vor. Alison folgte ihm, und Jenny erhob keine Einwände. Kein Protokollbruch konnte die Situation noch absurder werden lassen.

Jenny starrte ihn an. »Und?«

»Ich habe keine Ahnung, Mrs. Cooper«, sagte er trocken. »Mit dem, was hier gerade geschehen ist, habc ich nichts zu tun. Vermutlich ist der MI5 verantwortlich. Was ich Ihnen jetzt aber zu erzählen habe, steht in keiner Verbindung mit dem Geheimdienst. Jedenfalls noch nicht.«

Jenny presste die Hände gegen ihren schmerzenden Kopf. »Wovon reden Sie?«

»Vor einer guten Stunde habe ich einen Anruf von Mr. McAvoy erhalten. Er behauptet, die sterblichen Überreste von Nazim Jamal und Rafi Hassan gefunden zu haben. Irgendwo in North Herefordshire.« Pironi schluckte. »Um ihn wörtlich zu zitieren: ›Dieser finstere Bastard Tathum hat fast bis zu seinem letzten gottverdammten Atemzug dichtgehalten.‹«

Als Pironi anrief, um Jenny die Neuigkeiten über Tathum zu übermitteln, stiegen sie und Alison gerade einen steilen, matschigen Pfad hoch. Mehr als eine Meile von der nächsten Straße entfernt führte er durch einen dichten, Beklemmungen verursachenden Kiefernwald. Tathums Leiche hatte man in einem Nebengebäude seines Bauernhofs gefunden. Eine Schrotflinte hatte in beide Oberschenkel Löcher von der Größe einer Dessertschale gerissen. Eine Seite seines Gesichts war eingedrückt, der rechte Arm mehrfach gebrochen. Die Waffe war draußen im Hof gefunden worden. McAvoy stand unter Mordverdacht und wurde gesucht. Jenny wusste nicht, was sie sagen sollte, und legte mit einem leisen Dankeschön auf.

Sie erreichten eine kleine Lichtung, die durch ein paar umgestürzte Bäume entstanden war. Schweigend sahen Jenny und Alison zu, wie zwei Tatortspezialisten vorsichtig Erde wegwischten, um dann nach und nach den Absatz eines Schuhs, einen weißen Schienbeinknochen, Fetzen halb verwester Kleidung und eine Armbanduhr an einem Handgelenk freizulegen. Als sie noch mehr Erde abtrugen, kam das Becken einer zweiten Leiche zum Vorschein, die ebenfalls mit dem Gesicht nach unten lag. Wirbel für Wirbel wurde in mühevoller Kleinarbeit die Wirbelsäule herausgearbeitet, dann die Rundung des Schädels.

»Gütiger Gott«, sagte der Kriminalmeister und hielt den Atem an. »Schauen Sie mal.« Mit dem behandschuhten Finger zeigte er auf eine Stelle am Hinterkopf.

Jenny näherte sich im Licht der Dämmerung und erblickte ein sauberes Einschussloch.

»Dann ist es immerhin schnell gegangen«, sagte Alison wenig überzeugt.

Der unmittelbare Moment mochte kurz und schmerzlos gewesen sein, doch das Vorspiel musste sich in die Länge gezogen haben. Von Bristol brauchte man neunzig Minuten hierher, und der Pfad zum Ort der Exekution war steil, lang und einsam.

In Jenny regte sich die bittere Genugtuung, dass Tathum genauso gelitten haben musste wie seine Opfer, wenn nicht sogar noch mehr. Sie war froh über das, was McAvoy getan hatte, und dachte daran, wie er am ersten Anhörungstag vor der Stadthalle gestanden und ein Gedicht rezitiert hatte, das Haar vom Wind zerzaust:

Die ganze Nacht würde ich auf den Knien liegen und beten, um deine Leiden zu heilen … My Dark Rosaleen.

Sie würde ihn wiedersehen. Sie musste ihn wiedersehen.

28

Es war Freitagmorgen. Gillian Golder und Simon Moreton saßen neben Alun Rhys in der wieder aufgenommenen geheimen Anhörung. Sie waren gekommen, um sicherzustellen, dass die Vereinbarungen auch eingehalten wurden. Erst nach langen, erbitterten Verhandlungen und nachdem auch Mr. Jamal und die Hassans ihr Einverständnis gegeben hatten, war Jenny zu Zugeständnissen bereit gewesen: Anna Rose Crosby und die laufenden Ermittlungen zu ihrem Fall würden nicht weiter erwähnt werden. Auch Mrs. Jamal und die Recherchen zu ihrer mutmaßlichen Ermordung würden außen vor bleiben. Da Dr. Sarah Levin in Schutzhaft saß, solange sie den Geheimdiensten bei ihren Ermittlungen half, würde ihre Aussage in schriftlicher Form der Jury vorgelesen werden. Im Gegenzug hatte sich Golder bereit erklärt, Jenny nach Abschluss der Untersuchung umfassend darüber zu informieren, was zu den Geheimhaltungsmaßnahmen geführt hatte und was aus McAvoy geworden war.

Dr. Andy Kerr hatte detaillierte Fotos von zwei vollständig erhaltenen Skeletten mitgebracht. Auch der entsetzten Jury wurden Abzüge vorgelegt. Laut Kerr bestätigten die DNA-Tests und die Zahnprofile, dass es sich um die sterblichen Überreste von Nazim Jamal und Rafi Hassan handelte. Beide jungen Männer waren auf ähnliche Weise zu Tode gekommen: Man hatte ihnen eine Neunmillimeterkugel in den Hinterkopf gejagt. Eine identische Austrittswunde fand sich jeweils an der Stirn.

Der Ballistiker Dr. Keith Dallas bestätigte, dass dieselbe Feuerwaffe benutzt worden war, um die Männer zu töten. Zwei gebrauchte Corbon-115gr-DPX-Kugeln wurden in der Nähe der Leichen sichergestellt. Sie zeichneten sich dadurch aus, dass sie sich beim Aufprall ausdehnten. Nazims und Rafis Gehirne waren im wahrsten Sinne des Wortes aus ihren Schädeln herausgeblasen worden.

Weder Denton noch Havilland hatten Fragen an die Zeugen und überließen es Collins und Khan, jedes grausame Detail aus ihnen herauszuquetschen. Als auch dieses Thema erschöpft war, las Alison der Jury Sarah Levins Aussage vor.

Mein Name ist Dr. Sarah Elizabeth Levin, ich bin wohnhaft in 18c Ashwell Road, Bristol. Diese Aussage ist wahr nach bestem Wissen und Gewissen, und mir ist bewusst, dass ich, wenn sie vor Gericht zu Gehör gelangt, juristisch verfolgt werden kann, wenn ich darin in voller Absicht etwas behaupte, von dem ich weiß, dass es falsch ist, oder das ich nicht für wahr halte.

Im Oktober 2001 habe ich im ersten Jahr an der Bristol University Physik studiert. Gegen Monatsende wurde ich auf einer Cocktailparty des Instituts von einem Amerikaner angesprochen, der sich als Henry Silverman vorstellte. Silverman sagte, er sei Chemieprofessor und führe vertrauliche Recherchen für ein angloamerikanisches Verteidigungsunternehmen durch. Meiner Schätzung nach war er damals etwa Mitte vierzig. Er war höflich und charmant, und ich fühlte mich von seiner Aufmerksamkeit geschmeichelt.

Ein paar Tage später rief mich Silverman an und fragte, ob ich mich mit ihm treffen könne, um eine »berufliche

Angelegenheit« zu besprechen. Er sagte, unser Institutsdirektor, Professor Rhydian Brightman, habe ihm meine Nummer gegeben. Wir trafen uns an einem Freitagabend nach den Vorlesungen in einem Café in der Nähe von Goldney Hall, wo ich damals wohnte. Damals erzählte er mir, dass er im Auftrag der amerikanischen Regierung geheimdienstliche Informationen über britische muslimische Studenten zu beschaffen versuche, die in extremistische Aktivitäten verwickelt seien. Er sagte, er suche nach einer »intelligenten jungen Frau«, die mit ihm zusammenarbeiten würde, und dass mir seine Arbeitgeber sehr hilfreich sein könnten. Angeblich hatten sie schon anderen Studenten Stipendien an den großen amerikanischen Universitäten verschafft und könnten dasselbe für mich tun. Damals habe ich mein Studium mit Darlehen finanziert, und die Aussicht, meine Schulden zurückzahlen und im Ausland studieren zu können, hat mich gereizt. Ich sagte zu Silverman, dass ich darüber nachdenken würde, und traf mich noch einmal mit ihm – im Restaurant des Hotel du Vin im Zentrum von Bristol –, bevor ich dann schließlich einwilligte, mit ihm zusammenzuarbeiten.

Während unseres dritten Treffens, das in einem Café in der Whiteladies Road stattfand, bat er mich, ein besonderes Augenmerk auf Nazim Jamal zu haben, einen Studenten aus meinem Jahrgang. Er sagte, Nazim habe sich mit einer Organisation namens Hizb ut-Tahrir eingelassen und besuche zusammen mit anderen Studenten eine radikale Moschee. Ich erfuhr, dass sein Mullah Sayeed Faruq im Verdacht stand, Mitglieder für Terrorgruppen anzuwerben. Silverman behauptete, man habe E-Mails abgefangen, in denen Nazim und ein enger Freund von ihm – ein Jurastudent namens Rafi

Hassan – darüber diskutiert hätten, wie man ein »britisches 9/11« aufziehen könne. Silverman räumte ein, es könne sich auch nur um die Fantasien junger Männer handeln, betonte aber, dass die beiden exakt dem Profil derjenigen entsprachen, die bekanntermaßen von Al-Qaida rekrutiert wurden. Als ich Silverman fragte, warum er denke, dass ich Nazims Vertrauen gewinnen könne, erwiderte er, dass sich Nazim im Internet oft Bilder von hübschen blonden Frauen anschaue. Ich erklärte Silverman daraufhin, dass ich nicht die Absicht hätte, mich zu prostituieren, aber er versicherte mir, dass man nichts dergleichen von mir verlangen würde. Ich solle nur mit Nazim reden und mich ein wenig mit ihm anfreunden. Er bot mir fünfhundert Pfund in bar und versprach, mehr zu zahlen, wenn ich ihm Informationen liefere.

Es war leichter, als ich vermutet hatte, Kontakt zu Nazim zu knüpfen. Ich arbeitete bei einem Praktikum mit ihm zusammen und kam mit ihm ins Gespräch. Er war ganz anders, als ich ihn mir vorgestellt hatte. Er war auf gute Schulen gegangen, und es stellte sich heraus, dass wir viele Gemeinsamkeiten hatten. In den nächsten Wochen arbeiteten wir oft zusammen und verstanden uns sehr gut, auch wenn Nazim sich nicht gerne mit mir in der Öffentlichkeit sehen ließ. In der letzten Uniwoche, Anfang Dezember 2001, lud er mich auf sein Zimmer ein, und wir verbrachten die Nacht miteinander.

Während der Ferien blieben wir in Kontakt und setzten dann im nächsten Trimester unsere Beziehung fort. Damals hing ich schon sehr an ihm und hatte fast vergessen, wieso das zwischen uns eigentlich begonnen hatte. Im Januar rief mich dann Silverman ständig an und verlangte Informationen. Während des Frühjahrs wurde Nazims und mein Verhältnis enger. Wir verbrachten jede Woche mehrere Nächte miteinander, obwohl das für ihn ein großes Problem darstellte. Jeden Morgen bei Dämmerung hat er gebetet, selbst wenn ich im Raum war. Über Religion oder Politik hat er nicht viel geredet, aber ich sah, was für Bücher er las, und habe auch darauf geachtet, was für Internetseiten er besuchte. Aus alldem schloss ich, dass er sich sehr mit der islamistischen Sache identifizierte. Manchmal habe ich mitbekommen, wie er mit indopakistanischen Freunden über Israel und Palästina oder über den Krieg in Afghanistan sprach. Gelegentlich habe ich auch versucht, mit ihm über seine Überzeugungen zu reden, aber dann hat er unweigerlich das Thema gewechselt oder behauptet, das sei irrelevant oder für mich nicht interessant. Immer stärker bekam ich das Gefühl, dass er zwei Leben führte: eins mit mir, das andere mit seinen indopakistanischen Freunden. Er achtete sehr darauf, dass sie sich nicht überschnitten. Die Folge davon war, dass ich Silverman nichts erzählen konnte und er immer ungeduldiger wurde. Ab einem bestimmten Zeitpunkt hat er mich jeden Tag angerufen und mir Vorschläge gemacht, was ich Nazim für Fragen stellen könnte. Er hat mir sogar nahegelegt, ich solle mit ihm darüber sprechen, ob ich zum Islam konvertieren könne.

Die Situation wurde immer unangenehmer für mich, sodass ich schon nach einem Ausweg suchte, als Nazim am Ende des Trimesters plötzlich erklärte, er wolle unsere Beziehung beenden. Gründe nannte er nicht, aber er war sichtlich aufgebracht. Es schien fast so, als hätte er etwas herausgefunden und wäre angewiesen worden, sich von mir fernzuhalten.

Ich erzählte Silverman, was passiert war. Er war außer sich und sagte, er habe Informationen, dass Nazim und seine Freunde über die Möglichkeit eines Anschlags auf eins der vier Atomkraftwerke bei der Severnmündung diskutiert hätten. Man habe sie an einem Wochenende verfolgt, als sie nach Hinkley Point und dann weiter nach Maybury gefahren seien. Er befahl mir, Nazims Abfuhr nicht zu akzeptieren. Damals hatte ich schon richtige Angst vor ihm, wusste aber nicht, an wen ich mich wenden sollte.
Zu Beginn des nächsten Trimesters versuchte ich mich wieder Nazim zu nähern, aber er verhielt sich fast schon feindselig und erklärte, ich solle ihn in Ruhe lassen. Silverman reagierte darauf, indem er mir ein paar winzige Abhörgeräte gab und mich anwies, sie in Nazims Zimmer zu verstecken. Das war das einzige Mal, dass ich mich prostituiert habe. Ich bin spätabends zu ihm gegangen und habe gebettelt, dass er mich hereinlässt. Wir haben die Nacht miteinander verbracht, aber er hat mich schwören lassen, dass ich es niemandem erzähle. Am nächsten Morgen war er in Tränen aufgelöst. Er hatte sein Morgengebet verpasst und machte mich dafür verantwortlich. Er sagte, ich sei eine Hure und der Teufel habe mich geschickt, um ihn in Versuchung zu führen. Er war sehr aufgewühlt und verließ den Raum, als ich mich anzog. Ich war wütend auf ihn und ekelte mich vor mir selbst. Ich schloss die Tür von innen ab und wühlte in seinen Papieren herum. Ich fand einen Block, auf dem er während einem seiner religiösen Treffen Notizen gemacht hatte, und entdeckte auf der Rückseite eine Liste mit Zeiten und Orten. An den ersten Eintrag kann ich mich noch erinnern: Avonmouth Treibstoffdepot. Mit einer Mini-

kamera, die Silverman mir gegeben hatte, fotografierte ich die Seite ab.

Silverman war begeistert und sagte, die Liste beweise, dass Nazim und seine Freunde einen Tanklaster entführen und mit ihm in eins der Atomkraftwerke rasen wollten. Er spekulierte sogar, dass sie nicht nur einen, sondern mehrere Tanklaster entführen wollten, um ein richtiges Loch in ein Atomkraftwerk zu reißen. Allerdings forderte er jetzt natürlich mehr Informationen. Ich erklärte ihm, dass die Beziehung beendet sei, aber er bestand darauf, dass ich, so weit es nur ging, weiterhin Nazims Nähe suchen sollte. Kein Detail konnte unbedeutend sein. Stimmungswechsel, winzige Veränderungen in Nazims äußerer Erscheinung – alles wollte er wissen.

Ich tat, was er von mir verlangte. Im Juni habe ich Silverman fast jeden Tag kontaktiert. Mir fiel auf, dass Nazim immer zerstreuter und distanzierter wurde. Er verpasste Vorlesungen und Seminare und sprach weder mit mir noch mit anderen Studenten. Ich machte mir Sorgen und fragte Silverman, was mit Nazim geschehen würde. Er antwortete nicht, sondern sagte nur, ich solle ihm weiterhin berichten.

Mitte Juni war ich selbst davon überzeugt, dass Nazim in eine terroristische Verschwörung verwickelt war. Dann aber passierte etwas, das mich meine Meinung wieder ändern ließ. Aus heiterem Himmel sprach er mich auf dem Flur an – ich glaube, es war am 24. Juni. Er sagte, es tue ihm leid, dass er mich so schlecht behandelt habe. Seine Stimmung war komplett umgeschlagen. Zum ersten Mal seit Wochen sah ich ihn lächeln. Ich fragte ihn, ob es ihm gut gehe. Er sagte, alles sei bestens. Dann berührte er meine Hand

und ging fort. Wir haben nie wieder miteinander gesprochen.
Am Samstag, den 29. Juni 2002, rief Silverman mich an und erklärte, er würde mich vor Goldney Hall abholen. Er fuhr mit mir bis zu den Bristol Downs und überreichte mir einen Umschlag mit fünftausend Pfund. Dann erzählte er mir, dass Nazim und Rafi verhaftet worden seien – von wem, sagte er nicht – und ich mit niemandem über die Sache sprechen dürfe. Gedroht hat er mir nicht, aber das war auch nicht nötig. Sein Verhalten war absolut ausreichend.
Ungefähr eine Woche später rief er mich dann noch einmal an. Ich solle zur Polizei gehen und sagen, dass ich in der Mensa ein Gespräch mitbekommen hätte, in dem Nazim und seine Freunde darüber gesprochen hätten, zum Kämpfen nach Afghanistan zu gehen. Er sagte, ich solle mich auf eine kurze Aussage beschränken. Ich habe mich nicht getraut, mich zu weigern.
Ende Juli hat er mich erneut kontaktiert. Er sagte, er würde das Land verlassen, um im Ausland zu arbeiten, aber sein Versprechen würde er in jedem Fall halten.
Im ersten Trimester des dritten Studienjahrs wurde mir ein Bewerbungsformular für ein Stipendium für Harvard zugeschickt. Meine Bewerbung war erfolgreich. Ich habe drei Jahre dort studiert und im Jahr 2007 mit der Promotion abgeschlossen.
Was mit Nazim Jamal und Rafi Hassan passiert ist, weiß ich nicht. Aus dem wenigen, was Silverman mir erzählt hat, bekam ich den Eindruck, dass sie von den Geheimdiensten verhaftet worden waren. Als ich dann mehr über die politische Lage erfuhr, kam mir die Idee, dass sie möglicherweise von US-amerikanischen Behörden in Gewahrsam genommen und ins Ausland ge-

bracht worden sein könnten. Dafür habe ich allerdings keine Beweise.
Jetzt befinde ich mich in Schutzhaft der britischen Geheimdienste. Diese Aussage mache ich aus freiem Willen und bekomme keine Belohnung oder Vergünstigungen dafür.

Khan sprang auf.

»Ma'am«, sagte er mit einem ungläubigen Ausdruck. »Schlagen Sie ernsthaft vor, dass der Inhalt dieser Aussage niemandem außer den engsten Angehörigen der Verstorbenen zugänglich gemacht werden soll? Wenn das, was Dr. Levin schreibt, wahr ist, dann lässt sich das Ausmaß der Korruption dahinter gar nicht in Worte fassen.«

Collins, der neben ihm saß, nickte zustimmend. Havilland rutschte unbehaglich auf seinem Stuhl herum. Martha Denton hatte eine distanzierte Miene aufgesetzt.

»Ich schlage überhaupt nichts vor, Mr. Khan. Wie sich jeder Einzelne von uns verhalten würde, setzte man ihm die Pistole auf die Brust, ist eine Frage des persönlichen Gewissens.«

Khan gab nicht auf. »Ich weigere mich, die Sache auf sich beruhen zu lassen. Ich werde alles tun, damit das, was wir soeben gehört haben, öffentlich gemacht wird.«

Jenny spürte, dass die Blicke von Golder, Rhys und Moreton auf ihr ruhten. Die Mauer des Schweigens, die man um ihre Untersuchung errichtet hatte, würde niemals eingerissen werden, das wurde ihr jetzt klar. Jeder Fernseh- oder Zeitungsredakteur, der sich der Anweisung widersetzen würde, hätte mit sofortiger Inhaftierung zu rechnen. Wenn Khan die Geschichte herumerzählen wollte, musste er sich mit Megafon und Apfelsinenkiste oder mit irgendeiner obskuren Nische im Internet zufriedengeben. Er würde mit Spinnern und

Verschwörungstheoretikern um die Gunst des Publikums buhlen müssen.

»Tun Sie, was Sie für richtig halten, Mr. Khan«, sagte Jenny und begann ihre Zusammenfassung für die Jury.

Die Anspannung hatte längst wieder nachgelassen, als das Urteil der ungesetzlichen Tötung gefällt wurde. Niemand hatte das Gefühl, dass im Namen der Gerechtigkeit ein Sieg errungen worden war. Niemand spürte die Befriedigung, dass nun der wartenden Welt die Wahrheit präsentiert werden würde. Stattdessen herrschte eine schuldbewusste Ruhe, weil jeder im Raum das Gefühl hatte, sich stillschweigend an der Verschleierung eines unbeschreiblichen Übels beteiligt zu haben. Das ungute Gefühl der Komplizenschaft wurde noch verstärkt, als Jenny die Jury daran erinnerte, dass jedes einzelne Wort, das hier gesprochen worden war, absolut geheim bleiben musste, selbst vor den engsten Familienangehörigen.

Sie selbst konnte sich nicht entscheiden, ob sie die Wahrheit enthüllt oder nur noch tiefer vergraben hatte.

Als die Jury sich von den Stühlen erhob, sah Jenny zu Mr. Jamal hinüber. Er wischte sich Tränen von den Wangen, nickte ihr zum Zeichen der Anerkennung zu und verließ dann den Saal. Am Ausgang warteten Polizisten, um ihn zu seinem Wagen zu begleiten. Es war nur ein schwacher Trost, aber er schien froh zu sein, dass ihm jedes öffentliche Aufsehen erspart blieb.

Khan war da ganz anderer Meinung. Er stürmte aus dem Saal und erklärte den wartenden Sympathisanten, dass ihre Brüder von amerikanischen und britischen Geheimagenten ermordet worden seien. Ein Aufruhr brach aus. Es gab Handgemenge und Verhaftungen, Platzwunden und Schmerzensschreie, aber keine Journalisten, um das Chaos zu bezeugen.

Jenny traf sich im Restaurant des Vogelschutzgebiets mit Golder und Rhys. Sie saßen an einem Tisch am Fenster, von dem man einen Blick auf den Teich hatte. Der strahlende Himmel versank in der Dämmerung, und die Flamingos, die durch das Wasser wateten, glänzten in fluoreszierendem Rosa.

»Mögen Sie Vögel?«, fragte Gillian Golder und rührte Süßstoff in ihren Tee.

»Die meisten Arten schon. Sie nicht?«

»Wenn sie nicht schmutzig sind«, sagte Golder. »Die Tauben in London könnte man ausrotten, wenn es nach mir ginge.«

»Und wer würde dann unseren ganzen Dreck fressen? Würden Sie Ratten bevorzugen?«

»Was wollen Sie wissen, Mrs. Cooper?«, mischte sich Alun Rhys ein.

Jenny nippte an ihrem lauwarmen Kaffee. Es gab so viel, das sie von ihnen wissen wollte, aber sie vertraute ihnen zu wenig.

»Wer ist Silverman?«

Golder antwortete. »Wir halten ihn für einen amerikanischen Geheimagenten, der jenseits der offiziellen Kooperationen agiert. Er scheint Zugang zu unseren Informationen gehabt zu haben, aber wir hatten von ihm oder seinen Aktivitäten keine Ahnung.«

»Sie wollen behaupten, dass er Ihnen unbekannt war?«

»Das waren schreckliche Zeiten damals. Verständlicherweise waren die Amerikaner nervös, und wir haben zu lange getrödelt. Nicht dass das eine Entschuldigung für vorschnelle Tötungen sein soll, das kann ich Ihnen versichern.«

Jenny blieb skeptisch. »Wenn die Amerikaner der Meinung waren, Terroristen aufgespürt zu haben, warum hat man sie Ihnen nicht einfach übergeben oder sie außer Landes geflogen?«

Golder und Rhys wechselten einen Blick. »Daran arbeiten wir noch«, sagte Golder. »Alles, was wir im Moment haben, ist das wenige, was McAvoy uns erzählt hat. Offensichtlich hat Tathum ihm gestanden, dass er und sein Kollege – der übrigens kürzlich im Irak getötet wurde, falls das ein Trost für Sie ist – die beiden Jungen direkt von Bristol in den Wald gefahren haben. Sie haben die beiden die ganze Nacht befragt, aber nichts rausbekommen, also haben sie Hassan erschossen, um Jamal zum Reden zu bringen. Ohne den gewünschten Effekt, wie es aussieht.«

»Sie stehen in Kontakt mit McAvoy?« Jenny versuchte sich ihre Aufregung nicht anmerken zu lassen.

»Er hat ein einziges Mal bei der Polizei angerufen. Eine weitere Kontaktaufnahme gab es nicht.«

»Wird er strafrechtlich verfolgt werden?«

Die treuen Diener der Krone wechselten einen weiteren Blick. »Das ist eine Entscheidung, die von vielen Faktoren abhängt«, sagte Rhys. »Nicht zuletzt davon, ob er noch am Leben ist. Die Polizei hat gestern einen Wagen gefunden, von dem wir denken, dass er ihm gehören könnte.«

»Wo?«

»Ein Stück die Mündung hinauf, bei Aust, in der Nähe der Brücke.«

Jenny schaute zu den Vögeln hinaus. Wahrscheinlich war es nur eine List. McAvoy wollte sich Zeit verschaffen, das war alles. Er würde seine nächsten Schritte planen. Er würde sie jetzt nicht verlassen. Er hatte versprochen …

Golders geschäftsmäßige Stimme unterbrach ihre Gedanken. »Wir wurden von der Polizei darüber informiert, dass er auch in einen anderen mutmaßlichen Tötungsfall verwickelt ist. Kürzlich hat er die Verteidigung eines tschechischen Nachtclubbesitzers namens Marek Stich organisiert. Der Mann hatte einen jungen Polizisten erschossen, war aber auf wundersame Weise freigesprochen worden. Seit kurz vor der Verhandlung gilt Stichs Freundin als vermisst. Sie stammte aus der Ukraine. Offenbar vermutet die Polizei, dass es ihre Leiche war, die letzte Woche aus der hiesigen Leichenhalle gestohlen wurde.«

»Das kann nicht sein ...«

»Ich kann dazu nichts sagen«, erklärte Golder. »Darüber müssen Sie mit der Polizei sprechen.«

Das würde er nicht getan haben. Das konnte er nicht getan haben ... Aber warum sonst hätte er sich an jenem Tag die Jane Doe anschauen wollen? Jetzt erinnerte sie sich auch wieder an seine Geschichte. Er hatte ihr von einem Klienten erzählt, der seine Tochter vermisste, und er hatte nie wieder davon gesprochen. Alles gelogen. Sein Klient war Stich gewesen. Er musste ihn losgeschickt haben, um die Leiche zu identifizieren, die unbeabsichtigt von den Gezeiten an Land gespült worden war. Andererseits war sein Verhalten nicht illegal. Es handelte sich nicht um Komplizenschaft, so etwas taten Strafanwälte nun mal für ihre Klienten. McAvoy hatte nichts mit dem Mord oder dem Diebstahl der Leiche zu tun.

»Ich nehme an, Sie wollen unsere Meinung zu Mrs. Jamal hören?«, fragte Golder.

»Ja«, sagte Jenny zerstreut.

»Wir glauben, dass Silverman mit ihrem Tod zu tun hat. Unsere Vermutung ist, dass ihn die Aussicht auf eine öffentliche Untersuchung auf den Plan gerufen hat. Nach allem, was wir wissen, ist er kein besonders gefestigter Charakter. Konkrete Hinweise darauf, dass er sie gezwungen hat, sich auszuziehen und eine halbe Flasche Whisky zu trinken, haben wir natürlich nicht, aber diese Erklärung ist so gut wie jede andere.«

»Aber warum? Sie wusste doch gar nichts.«

»Sie hätte von Dr. Sarah Levin gewusst haben können. Vielleicht hat sie Kontakt zu ihr aufgenommen, an ihr Gewissen appelliert und sie zum Reden gebracht.«

»Aber Silverman kannte Levin doch. Er hätte direkt mit ihr sprechen können.«

»Wir nehmen an, dass er das auch getan hat«, sagte Rhys. »Es war nur ein Teil seiner Hausaufgaben, Mrs. Jamal loszuwerden, wenn Sie so wollen.«

»Was ist mit Anna Rose?«

Rhys verwies auf Golder, die ihre Worte sorgfältig wählte. »Soweit wir wissen, ist Silverman Anfang letzten Jahres, nachdem er sich lange im Nahen Osten aufgehalten hatte, wieder aufgetaucht. Er hat sich an Sarah Levin gewandt, weil er eine neue junge Frau brauchte, die für ihn arbeiten würde.«

»Von derselben Universität?«

»Dort hatte er Kontakte«, sagte Golder. »Wir denken allerdings, dass sein Motiv diesmal ein anderes war.« Sie überlegte einen Moment und suchte nach einer angemessenen Formulierung. »Lassen Sie uns einfach sagen, dass unsere amerikanischen Freunde wider jeden Anschein immer noch ein gewisses Misstrauen gegenüber unserem *Britistan* hegen, wie sie unser Land zu nennen pflegen. Sie denken, wir müssten erst einen Schock erleben, um wachgerüttelt zu werden und unsere nachgiebige Haltung den radikalen Elementen unserer muslimischen Bevölkerung gegenüber zu überdenken. Anna Rose sollte weniger eine Informantin als ein Lockvogel sein.«

Golder bedachte Jenny mit einem Blick, der besagte, dass sie nicht mehr verraten würde.

Jenny war nicht zufrieden. »Er hat sie benutzt, um Salim Hussain etwas anzuhängen. Sie sollte behaupten, dass sie an die Substanz zum Bauen einer schmutzigen Bombe herankommt, aber tatsächlich kam das Zeug von Silverman. Und was dann? Dann hat sie Angst bekommen und ist abgehauen?«

»Sie werden verstehen, dass wir keine weiteren Informationen preisgeben können.«

»Was will Silverman? Was ist sein Plan? Er wollte doch wohl keine radioaktive Bombe hochgehen lassen?«

»Wenn man Ihren rein hypothetischen Spekulationen folgt, dann würde ich sagen, nein, das wohl nicht. Aber der Propagandawert wäre, nun ... unbezahlbar gewesen. Ich bin mir ziemlich sicher, dass unsere amerikanischen Kollegen mehr als glücklich gewesen wären, uns bei den nötigen Maßnahmen zu beraten, um erneute Anschläge zu verhindern.«

»Was ist mit ihm geschehen? Haben Sie ihn geschnappt?«

Gillian Golder schaute auf die Uhr. »Es tut mir leid, aber wir müssen jetzt gehen.« Sie trank den letzten Schluck Tee, stand auf und bat Alun Rhys, draußen auf sie zu warten. Dann entfernte sie sich in Richtung Damentoilette.

Rhys wirkte plötzlich verlegen. »Was Mr. McAvoy betrifft – Sie wissen nicht zufällig, was das hier zu bedeuten hat? Es wurde in seinem Auto gefunden.«

Er zog einen Plastikbeutel der Spurensicherung aus der Jackentasche. In dem Beutel befand sich ein zusammengefalteter Zettel, auf dem mit Tinte, die von Regen oder Tränen verwischt worden war, drei elegant geschriebene Worte standen: *My Dark Rosaleen.*

»Darf ich?«

»Natürlich«, sagte Rhys unbehaglich. Er öffnete das Tütchen und reichte ihr den Zettel.

Sie drehte sich von ihm weg und tat, als benötigte sie das wenige verbliebene Tageslicht, um den Text zu entziffern. Die Verse waren in Schönschrift geschrieben.

Roll forth, my song, like the rushing river,
That sweeps along to the mighty sea;
God will inspire me while I deliver
My soul of thee!

Tell thou the world, when my bones lie whitening
Amid the last homes of youth and eld,
That once there was one whose veins ran lightning
No eye beheld.

Him grant a grave to, ye pitying noble,
Deep in your bosoms: there let him dwell!
He, too, had tears for all souls in trouble,
*Here and in hell.**

»Sagt Ihnen das etwas, Mrs. Cooper?«, fragte Rhys. »Mrs. Cooper …?«

Den ganzen Samstag über fütterte Alison Jenny mit immer weiteren Informationen, die sie ihren Exkollegen von der Kripo abluchste. Sie erfuhr, dass Fotos von Marek Stichs vermisster Freundin mit denen von der Jane Doe übereinzustimmen schienen. Stich selbst war wegen Mordverdacht festgenommen worden. McAvoy wurde als Komplize bei der ungesetzlichen Entführung, Entsorgung oder Vernichtung

* *Zieh dahin, mein Lied, wie der rauschende Fluss, / Der sich in das mächtige Meer ergießt; / Gott wird mir beistehen, wenn sich am Schluss / meine Seele losreißt von dir!*
Erzähl's der Welt, wenn meine Knochen verbleichen / An der letzen Stätte von Alt und von Jung, / Dass einer war, in dessen Adern es gleißte, / Wie kein Aug' es ertrug.
Bereite auch ihm ein Grab, mitleid'ger Geist, / Tief in deinem Busen: Dort lass ihn ruhn! / Auch er vergoss Tränen für Seelen in Not, / Hier und in der Hölle nun.

der Leiche gesucht. In den letzten achtundvierzig Stunden hatten seine Kreditkarte und sein Konto keine Transaktionen aufgewiesen, und sein Handy war zum letzten Mal für seinen Anruf bei Pironi benutzt worden. Unbestätigten Zeugenaussagen zufolge war am späten Freitagmorgen in der Nähe der Severn Bridge ein gut gekleideter Mann mittleren Alters auf einem Gehweg gesehen worden. Allerdings war niemand Zeuge eines Selbstmords geworden. Bei der Kripo wettete man darauf, dass McAvoy in ein paar Wochen wieder aus der Versenkung auftauchen und einen Deal vorschlagen würde: Einstellung der strafrechtlichen Verfolgung für eine Aussage gegen Marek Stich.

Jenny dagegen spürte, dass er für immer gegangen war. Nicht aus Selbstmitleid oder Verzweiflung, sondern weil er bereit war, sein Urteil anzunehmen. Was er in ihr berührt und was seine kurze Anwesenheit in ihrem Leben bedeutet hatte, das konnte sie noch nicht einschätzen, aber sie hatte keinerlei Zweifel, dass es ihr schon bald gelingen würde.

Epilog

Jenny überquerte den Vorplatz von Steves Bauernhof. Sie fand ihn im Gemüsegarten hinter der Scheune. Ein ganzer Schwarm hungriger Vögel stürzte sich auf die Würmer und Insekten, die er zusammen mit der dunklen Erde aufwühlte. Er ging zu sehr in der körperlichen Arbeit auf, als dass er bemerkt hätte, dass sie am Zaun lehnte und ihn beobachtete. Erst als er eine ganze Reihe umgegraben hatte, ließ sein siebter Sinn ihn sich umdrehen.

»Jenny. Wie lange stehst du schon da?« Er wischte sich mit dem Ärmel seines Arbeitshemds über die Stirn.

»Eine ganze Weile. Du hast ausgesehen, als wärst du meilenweit entfernt.«

»Das war ich auch.« Er stach den Spaten in den Boden und ging zu ihr hinüber.

»Es tut mir leid, dass ich mich nicht gemeldet habe«, sagte sie. »Du hast vor ein paar Tagen eine Nachricht hinterlassen. Die Arbeit hat mich auf Trab gehalten.«

»Das dachte ich mir schon.«

Er lehnte sich an den Zaun. Weit genug von ihr entfernt, wie Jenny auffiel, dass sie sich nicht berühren konnten. Er blinzelte im gleißenden Winterlicht. Er war dünner geworden. Seine Haut spannte sich über die Wangenknochen, und sein Blick war irgendwie leer. Er wirkte nachdenklich.

»Ross ist noch bei seinem Vater?«, fragte er.

»Ja … Keine Ahnung, vielleicht ist er im Moment in der

Stadt besser aufgehoben. Ich bin keine gute Gesellschaft für ihn.«

»Du hast gesagt, dass David ihn mitgenommen hat.«

»Es war mein Fehler ... Ross hat mich kürzlich abends in einem üblen Zustand gefunden. Er musste mich ins Bett bringen.«

Steve zog an einem Holzspan des verwitterten Zauns. »Möchtest du darüber reden?«

»Du musst es leid sein, dass ich immer als therapeutischer Notfall bei dir aufkreuze. Es wird Zeit, dass ich die Sache selbst in den Griff bekomme.«

Er sah sie an. »Darf ich etwas sagen?«

Sie nickte.

»Du wirkst angespannt, wenn Ross bei dir ist. Als würde dir die Verantwortung Angst einjagen.«

Sie zuckte mit den Achseln. »Das tut sie auch. Er ist mein Sohn.«

»Wovor hast du Angst?«

Jenny schüttelte den Kopf und spürte ein Engegefühl im Hals. Mühsam wehrte sie sich gegen die aufsteigenden Tränen. »Wenn ich das nur wüsste ...«

Steve trat auf sie zu und streichelte ihr sanft übers Gesicht. »Du musst nichts in den Griff bekommen, Jenny. Du musst loslassen.«

»Ja, richtig ... Ein emotional enthemmter Coroner würde bestimmt Vertrauen einflößen.«

»Versuch es ... Ich denke, du möchtest es sogar.«

Er fuhr ihr mit der Hand durchs Haar und streichelte ihren Nacken, dann berührte er mit seinen Lippen ihre Wange.

Es war ein gutes Gefühl, ihm wieder so nahe zu sein und die Wärme seiner Haut zu spüren.

»In deiner Nachricht hast du gesagt, du willst mir etwas mitteilen«, sagte Jenny.

Steve schloss die Augen und suchte nach Worten.

»Ich weiß nichts über deine Gefühle«, sagte er. »Ob du zum Beispiel mit mir zusammen sein möchtest oder ... Aber ich möchte mit dir zusammen sein, Jenny. Monatelang habe ich versucht, es nicht zu sagen, aber ich muss es tun. Ich liebe dich.«

Sie war schockiert. »Das meinst du nicht so.«

»Du hast schon genug Dinge am Hals, als dass ich etwas sagen müsste, das ich nicht so meine.« Er küsste sie auf die Stirn. »Also, ich habe es ausgesprochen. Jetzt ist es an dir.«

Er ließ sie stehen und nahm seinen Spaten. »Ich habe mir vorgenommen, das Beet hier bis zum Mittagessen fertig zu haben. Möchtest du bleiben?«

»Ich muss meinen Vater besuchen.«

»Oh ... Ich wusste gar nicht, dass er noch lebt.«

»Er ist in einem Pflegeheim in Weston untergebracht. Ich muss ihn etwas über die Vergangenheit fragen. Ärztliche Anweisung.«

»Dann solltest du das auch tun ... Aber wenn du mir eine Abfuhr erteilen möchtest, dann wäre es mir lieber, du würdest mich jetzt sofort von meinem Elend erlösen.«

Jenny schaute in den eisblauen Himmel hinauf. »Ich könnte hinterher zurückkommen.«

»Wirst du dann bleiben?«

»Ja. Das wäre schön ... Heute scheint der ideale Tag für einen Neuanfang zu sein.«

In den letzten fünf Jahren hatte sich Brian Coopers Leben in einem zwei mal drei Meter großen Zimmer im ersten Stock einer großen Villa abgespielt, deren Fassade mit kieselhaltigem Mörtel verputzt worden war. Die Einrichtung lag in einer windgepeitschten Straße in Küstennähe. Brian Cooper war erst dreiundsiebzig und eigentlich noch ziemlich rüstig, aber bereits mit Mitte sechzig hatte ihn die Demenz ereilt, und seine zweite Frau, die Jenny nie gemocht hatte, hatte nur ein einziges Jahr gebraucht, um ihn ins Heim zu stecken und einen anderen Mann zu finden, der ihr billige Mittelmeerkreuzfahrten finanzierte. Zunächst hatte Brian Cooper noch viele Besucher gehabt, aber als seine klaren Momente immer seltener wurden, war die Zahl auf ein pflichtbewusstes Häufchen zusammengeschrumpft. Das letzte Mal hatte Jenny ihn an Weihnachten gesehen, als er seinen Abendbrotteller Richtung Fernseher geworfen hatte, weil er dachte, die Nachrichtensprecherin sei seine erste Frau.

Die Pflegerin bereitete Jenny darauf vor, dass er vermutlich sehr schweigsam sein würde. Man hatte ihm neue Tabletten gegeben, um seine zunehmend unberechenbaren und explosiven Ausbrüche in den Griff zu bekommen. Jenny fühlte sich stets unbehaglich bei dem Gedanken, dass die Pfleger die widerspenstigen Bewohner des Heims sedierten, hatte aber mittlerweile eingesehen, dass es dazu keine Alternative gab.

Sie klopfte an die Tür und öffnete sie.

»Hallo, Dad.«

Er saß in Hemdsärmeln in seinem Lehnstuhl, der zum Fenster ausgerichtet war und von dem man auf die Straße hinausschauen konnte. Er war sauber und rasiert, seine Haare waren ordentlich geschnitten.

»Dad? Ich bin's, Jenny.«

Sie ging zum Bett, das neben dem Stuhl stand, und setzte sich.

»Wir haben uns eine Weile nicht gesehen. Wie geht es dir?«

Sein Blick schoss misstrauisch zu ihr hinüber. Sein Mund bewegte sich, aber kein Laut drang heraus. Dann schien er das Interesse zu verlieren und betrachtete eine Möwe, die auf dem Fenstersims gelandet war und ein Stück Brötchen von einem Burger im Schnabel hatte. Er lächelte.

»Du siehst gut aus«, sagte Jenny. »Wie geht es dir?«

Keine Antwort. Er reagierte selten, aber der Arzt hatte ihr gesagt, dass sie, solange sie es ertragen konnte, mit ihm wie mit einem Erwachsenen reden solle. Es war nie ausgeschlossen, dass er etwas wahrnahm, hatte er gesagt, und sie würde es schon merken, wenn er überhaupt nichts mehr verstand. Jenny suchte nach Zeichen dafür, dass er sie erkannte, und entdeckte etwas Kindliches, fast Verspieltes in seinem Gesicht, als er beobachtete, wie die Möwe das Brot in ihre Krallen nahm und mit dem Schnabel daran herumzerrte.

»Dad, ich muss dich etwas fragen. Ich habe versucht, mich an ein paar Dinge zu erinnern – aus der Zeit, als ich klein war. Ich dachte, es wäre vielleicht schön, wenn man sie für Ross aufschreiben und ein paar Fotos dazukleben könnte. Dann kann er das vielleicht später mal seinen Kindern zeigen.«

Brian nickte, als würde er sie bestens verstehen.

Sie griff in ihre Handtasche und zog ein paar alte Polaroidaufnahmen hervor, die sie in einer Schuhschachtel gefunden hatte. Sie zeigte ihm die Fotos: Bilder von ihr im Alter von vier, fünf Jahren auf einer Schaukel im Garten ihres Hauses. Ihr Vater, der ihr lächelnd Schwung gab, in der Hand eine Zigarette.

»Ich weiß noch, wie du die Schaukel aufgestellt hast. Das war ein Geburtstagsgeschenk, nicht wahr?«

»Ja, das war dein Geburtstag. Du hast immer gelächelt. Eine kleine Prinzessin. Schau doch.« Er nahm das Bild und starrte es an.

Jenny wurde von Begeisterung gepackt. »Du kannst dich daran erinnern?«

»Das war das Kleid, das meine Mutter für dich genäht

hat. Sie sagte, sie habe ewig daran gesessen und sich die Augen ruiniert.«

Diese Sätze hatte sie schon tausendmal gehört, aber jetzt waren sie von den Bildern ausgelöst worden. Er hatte sie nicht zufällig dahergeredet wie das meiste des wenigen, das er sonst von sich gab. Sie musste seine geistige Klarheit ausnutzen.

»Mist, ich muss vergessen haben, es einzupacken. Ich habe ein Foto, auf dessen Rückseite jemand Katy geschrieben hat. Ich wusste nicht, wer das sein …«

»Deine Cousine Katy?«

Cousine? Jenny wusste nur von drei Cousins, alles Jungen.

»Katy ist meine Cousine? Bist du dir sicher?«

»Die Kleine von Jim und Penny.«

Jim und Penny waren Brians Bruder und seine Frau. Sie hatten nur ein einziges Kind, einen Sohn, der zehn Jahre jünger war als sie selbst.

»Das kann nicht stimmen, Dad.«

Brian ließ das Foto auf den Boden fallen. »Bevor man nicht wenigstens halb verdurstet ist, bekommt man hier keinen Tee.«

Jenny hob das Foto auf. »Ich kann mich an keine Katy erinnern. Jim und Penny haben doch nur Christopher, oder?«

»Schleimiger Bastard, immer in Anzug und Krawatte. Deine Mutter dachte, er hat Geld. Ha!«

Noch mehr bekannte, dieses Mal aber aus dem Zusammenhang gerissene Sätze – ihr Vater meinte den Immobilienmakler, mit dem Jennys Mutter durchgebrannt war.

»Ich spreche nicht von Mum«, sagte Jenny. »Was ist aus meiner Cousine Katy geworden?«

Eine zweite Möwe landete auf dem Fensterbrett und schnappte sich den Brötchenrest aus dem Schnabel der anderen. Brian kicherte.

»Dad, es ist wichtig. Ich muss es wissen.«

Sein Blick verlor sich, seine Augen schienen sich einzutrüben.

»Dad, bitte.«

Sie nahm seinen Arm und schüttelte ihn. Er zog ihn fort. Die Muskeln in seinem Unterarm waren hart wie Eisen.

»Das weißt du doch, kleine, lächelnde Prinzessin«, sagte er. »Du hast sie getötet.«

Dank

Es ist ein rein spekulativer Akt, ein erstes Buch zu schreiben. Was soll's, sagt man sich vorher, wenn es nichts wird, dann habe ich es jedenfalls versucht. Ein zweites Buch zu schreiben, bei dem man einen Abgabetermin einhalten und erwartungsvollen Mitmenschen irgendwann ein Manuskript präsentieren muss, ist ein vollkommen anderes Unterfangen. Glücklicherweise waren mir besagte Mitmenschen eine große Hilfe. Besonderen Dank an Greg Hunt, meinen Drehbuchagenten, der mich in seiner direkten Art dazu gedrängt hat, Romane zu schreiben, weil »dich niemand ernst nimmt, solange du kein Buch vorweisen kannst«, und auch an Zoë Waldie, meine Literaturagentin, die mir nichts als goldrichtige Ratschläge gegeben hat. Ebenfalls riesigen Dank an Maria Rejt, die viele seltene Talente hat, darunter auch jenes, ihre große Weisheit auf die bescheidenste und respektvollste Weise weiterzugeben. Der Dank schließt ihr freundliches und hoch professionelles Team mit ein.

Ich möchte auch gerne den anderen Kreativen in meiner großen, bunten Familie danken. Sie alle haben mich bedingungslos unterstützt. Meine Mutter und mein Stiefvater, beide Schriftsteller, verstehen nur zu gut, was es bedeutet, sich stets von Neuem an die einsame Aufgabe zu machen, Wort an Wort zu reihen. Mein Vater wiederum, ein Musiker, ist der wandelnde Beweis dafür, dass auf den Schultern eines Künstlers ein verständiger Kopf sitzen kann. Meine

Frau und meine Söhne, Zeugen der täglichen Tief- und Höhepunkte eines Schriftstellerlebens, lassen das Ganze erst möglich werden.

Ed Husains Buch *The Islamist* (London, 2007) war eine große Hilfe, um sich in die Denkweise eines jungen muslimischen Radikalen hineinzuversetzen. Jeder sollte es lesen, der begreifen möchte, warum sich junge Leute, die im Westen aufgewachsen sind, vom schrecklichen Extremismus verführen lassen. Und auch, wie sie davon wieder abgebracht werden können.

Vielen Dank schließlich an all meine Freunde und ehemaligen Kollegen aus dem Berufsstand der Juristen. Ich stütze mich auf ihre Erfahrungen und Anekdoten, besonders auf jene von James McIntyre, die keinerlei Zweifel daran aufkommen lassen, dass die Wahrheit immer verrückter ist als jede Fiktion.